Née en 1978, **Céline Landressie** est autodidacte. Fascinée par l'Histoire, ainsi que par tout ce qui à trait à la littérature – notamment gothique et fantastique –, elle commença à monopoliser la machine à écrire de sa mère dès ses 9 ans. Quelques années plus tard, dans son premier roman, *La Floraison*, elle donne vie à une héroïne de caractère qui a su conquérir le cœur de ses lecteurs.

Du même auteur, aux Éditions de l'Homme Sans Nom,
en grand format :

Rose Morte :
1. *La Floraison*
2. *Trois Épines*
3. *Flétrissures*

Chez Milady, en poche :

Rose Morte :
1. *La Floraison*
2. *Trois Épines*

www.milady.fr

Céline Landressie

Trois Épines

Rose Morte – tome 2

Les Éditions de l'Homme Sans Nom

Milady est un label des éditions Bragelonne

ISBN : 978-2-8112-1525-5

Bragelonne – Milady
60-62, rue d'Hauteville – 75010 Paris

E-mail : info@milady.fr
Site Internet : www.milady.fr

Remerciements

À Alexis Wimmer, dont les connaissances ont éclairé le tortueux chemin de mon imaginaire.

À Alexeï et à son épouse, Tatiana, qui ont doté d'une voix un certain officier hussard.

À « Athénaïs », membre du « boudoir de Marie-Antoinette », pour ses aimables précisions sur la vêture de ces messieurs et dames du XVIIIe siècle.

À Magali, Laetitia, Annie, Ermeline, Benoît, Laurent, Jordan, Clara, Jeanne et Lauriane, dont les encouragements ainsi que l'inébranlable confiance m'ont aidée à surmonter la longue traversée du désert que peut être (souvent) l'aventure littéraire.

À mon époux, mon premier lecteur et mon principal soutien, qui partage sans faillir les moments d'enthousiasme et les moments de déroute. Sans lui, j'aurais pu baisser les bras plusieurs fois.

Aux lecteurs et lectrices qui me font l'honneur de suivre cette saga, et pour qui je continuerai de travailler sans relâche.

À vous tous,
MERCI

Trois épines dans une paume enfoncées,
Trois chardons pour une main écorcher…
Trois épines sur une fleur fanée,
Trois aiguilles pour un être accabler…

La première depuis le dos fut plantée,
Pour doucement les forces éroder.

La seconde un sang bleu fit couler,
Sur les bribes d'une obscure nuit d'été.

La dernière vint si fort se loger,
Qu'elle alla jusque l'âme transpercer.

Trois épines dans sa paume enfoncées,
Trois chardons pour sa main écorcher…
Trois épines sur une fleur fanée,
Trois aiguilles pour son cœur accabler…

Prologue

[illegible]

— Allons, commandant, vous n'êtes pas si vieux, se récria [illegible]

— J'ignorais que les [illegible] une seconde jeunesse, je pensais qu'ils [illegible] contraire de piètres cavaliers.

[illegible] fit le commandant. [illegible]

[illegible]

Prologue

Mars 1789, Tsarskoïe Selo – palais Catherine.

Louvoyant avec adresse au milieu des courtisans, les serviteurs impeccablement vêtus promenaient ici et là leurs plateaux d'argent chargés d'une profusion de petits-fours. Derrière le brouhaha de la foule, et montant depuis la mirifique salle de bal située à quelque distance, l'on pouvait percevoir les premiers accords d'une valse.

— Si j'avais eu quelques années de moins, je serais volontiers allé me joindre à la fête, soupira un sexagénaire engoncé dans un uniforme devenu trop juste pour sa bedaine.

— Allons, commandant, vous n'êtes pas si vieux, se récria poliment la demoiselle debout à son côté.

— J'ignorais que les militaires savaient danser, s'amusa une seconde jouvencelle. Je pensais qu'ils faisaient au contraire de piètres cavaliers.

— Ma foi, vous aurez peut-être l'occasion de le vérifier, fit le commandant. J'ai ouï dire que le colonel Golitsyne comptait au nombre des invités.

Le sourire de la demoiselle se mua en moue dédaigneuse.

— Voilà qui ne risque pas de m'aider à trancher la question, répliqua-t-elle. Chacun ici sait de qui il cherche les faveurs…

— Lui comme d'autres, très chère.

Se rejoignant dans un silence désapprobateur, les demoiselles lancèrent une œillade assassine par-dessus leurs éventails. La cible de ces imprécations muettes se tenait à plusieurs pas de là, au milieu d'un attroupement de gentilshommes dont les galanteries empressées trahissaient les intentions.

— Les étrangères ont toujours cet effet sur ces messieurs, persifla l'une des donzelles. L'exotisme, sans doute.

— Elle n'est pas juste étrangère, ma chère, elle est *française*, fit sa comparse en insistant sur le dernier mot comme s'il s'agissait d'une tare évidente.

— Navré de vous contredire, mesdemoiselles, mais la comtesse n'est pas française. Elle est anglaise, rectifia le commandant, le regard rivé à ladite aristocrate. Quant à ses faveurs, d'aucuns prétendent qu'il y a belle lurette que le colonel ne les cherche plus.

— Nombreux sont ceux qui ont claironné la même chose. Le comte Apraxine notamment.

— Les racontars sont légion il est vrai, concéda le vieux militaire. Toutefois, on peut les comprendre. Que ne ferait-on pour approcher aussi divine créature…

— « Divine » ? Diabolique, plutôt !

— Qui s'en soucie ? Pas eux, apparemment ! Ni moi non plus d'ailleurs… Ah ! si seulement j'avais quelques années de moins…, soupira-t-il de nouveau, s'absorbant dans une contemplation rêveuse.

La comtesse, parée d'une robe de cour issue des ateliers de Mlle Bertin, la célèbre modiste, était dans ce salon comme un rubis sur un tapis de neige : elle étincelait. Aussi la trouver fut-il un jeu d'enfant pour le laquais qui accourait, un petit plateau à la main. Forçant plus ou moins le passage parmi l'assistance, il alla s'incliner devant elle, avant de lui présenter son plateau.

Sans se départir de son radieux sourire, la comtesse s'empara de la missive qui reposait bien sagement sur ce lit d'argent. Elle y jeta un œil indifférent, puis prit congé de ses galants en quelques mots d'une exquise courtoisie. Traversant le salon avec une grâce aérienne, elle se replia dans une antichambre annexe dont elle referma soigneusement les portes.

Son sourire s'envola sitôt qu'elle se fut isolée. Et le regard qu'elle baissa sur la missive fut bien loin du désintérêt affiché la minute précédente.

Elle resta un moment figée devant le rectangle de papier, à lire et relire l'inscription qui y figurait.

Cette élégante calligraphie aux déliés nets comme des coups de griffe, elle la connaissait par cœur. Voilà des années qu'elle espérait la revoir. Or, maintenant qu'elle avait cette lettre en main, elle répugnait à l'ouvrir. Il lui faudrait pourtant s'en enquérir, car, quoi qu'elle pût contenir, ce devait nécessairement être d'importance.

Tâchant de maîtriser le tremblement de ses doigts, Rose fit sauter le cachet de cire et déplia la feuille. Son teint pâlit à mesure qu'elle parcourut le texte, admirable de sobriété et de concision. Quand elle eut terminé, elle laissa retomber les bras le long de son corps et porta le regard par l'immense fenêtre qui lui faisait face. Elle ne savait au juste à quoi elle s'était attendue en voyant arriver la missive, mais en tout cas pas à cela…

Abandonnant négligemment la feuille dans une coupelle d'argent qui ornait l'un des guéridons de la pièce, Rose gagna la porte-fenêtre. Elle en ouvrit les vantaux, puis sortit sur l'étroit balcon.

Bien qu'elle pût sentir le froid mordre sa chair, elle n'y prêta nulle attention. Son regard ambré survola les chemins couverts d'une neige tardive. Au loin, une formation de quatre cavaliers remontait l'allée principale. Celui de tête conduisait sa monture avec aisance, une main émergeant de sous son manteau pour tenir les rênes. Contrastant avec la sombre fourrure, ses cheveux clairs tombaient sur ses épaules en mèches légères. Rose le suivit des yeux un instant, puis, comme il bifurquait vers l'entrée sud, s'en désintéressa.

Fallait-il suivre les consignes, ou au contraire fallait-il prétendre ne les avoir jamais reçues ? Aurait-elle seulement la force de se soustraire à cet ordre ? Et, si elle y parvenait, viendrait-on jusqu'ici la déloger ?

Elle pinça brièvement les lèvres, ainsi qu'elle le faisait souvent lorsqu'elle était contrariée. Il était peu probable qu'on la laissât en paix si elle ne s'exécutait pas. Mais, à dire vrai, elle n'était pas même sûre de vouloir désobéir…

Cette lettre la prenait au dépourvu. Et cela lui déplaisait souverainement. Confuse, elle posa les mains sur la rambarde gelée. Ses paumes adhérèrent un instant au métal, puis la glace commença doucement à se liquéfier. À l'intérieur de la pièce, le feuillet resté dans la coupelle d'argent disparut dans une brusque gerbe de flammes.

Chapitre premier

Juin 1789, Boissy.

Cette route, Rose l'avait empruntée des centaines de fois. Des milliers, peut-être. Elle la connaissait mieux que toutes celles qui menaient à ses propres fiefs pour l'avoir arpentée sans relâche, à pied, à cheval, ou en carrosse. Les bois environnants n'avaient guère conservé leurs secrets, tant elle les avait battus et rebattus. Elle y avait passé des nuits entières à s'endurcir, à se renforcer, à développer ses facultés sous l'œil critique, mais néanmoins bienveillant, de son mentor.

Son mentor. Artus…

À leur retour d'Angleterre, après qu'ils eurent ensemble récupéré les terres de la famille Leigh et qu'ils eurent rétabli Rose dans son titre, elle avait de nouveau envisagé de le quitter. Mais au bout du compte elle était restée près de lui. Année après année, il l'avait patiemment guidée, lui apprenant à se découvrir et à se maîtriser, lui enseignant les beautés cachées de la nuit ainsi que ses forces et ses dangers. Sous son égide, elle était devenue un membre à part entière de leur étrange société, jusqu'à régner à son tour sur les territoires confiés à sa garde.

Des décennies qu'elle n'aurait osé espérer aussi douces, et dont l'évocation amena à ses lèvres un sourire mélancolique.

Elle avait eu trois mois pour se préparer à ce retour. Trois mois d'un fastidieux voyage où elle avait eu tout loisir d'y songer. Pourtant, tandis que l'équipage s'engageait sous la sempiternelle arche de pierre marquant l'entrée du domaine de Boissy, Rose ne put empêcher son cœur de trembler. Elle se revit remontant cette même allée, cramponnée à la taille d'Artus pour ne pas tomber de cheval, alors qu'il la menait au grand galop à la rencontre de son triste destin.

Près de deux siècles s'étaient écoulés depuis. Cent quatre-vingt-onze années qui avaient étonnamment peu laissé d'empreintes dans ses souvenirs, lesquels conservaient une fraîcheur insolente. Elle avait découvert à ses dépens que c'était là l'une des particularités de leur maudite engeance. Une caractéristique des plus désagréables, qui vous refusait obstinément la paix de l'oubli…

— Qu'y a-t-il, madame ? Vous déplairait-il d'être ici ?

Rose tourna vers son vis-à-vis un masque d'enjouement d'excellente composition.

— Point du tout, monsieur. Je m'en félicite, au contraire. Toute ma jeunesse repose ici, voyez-vous.

« Reposer » était le terme approprié. Voilà longtemps qu'était morte l'innocence de ses jeunes années, quand bien même Rose n'avait pas pris une ride.

— L'on vous attendait plus tôt, nota son interlocuteur.

— La route est longue depuis les salons de l'impératrice. Cela dit, je n'avais nullement besoin d'escorte pour rallier le manoir.

— L'Héritier a insisté.

Rose ne réagit pas à cette dernière information. Il était dans les habitudes d'Artus de tout contrôler. Lorsqu'elle était partie pour Saint-Pétersbourg, il avait aussi tenu à ce qu'elle soit escortée. Le chevalier François de Montorgueil, à présent assis en face d'elle, faisait déjà partie du cortège. Il avait même résidé quelques mois auprès d'elle à la cour impériale, avant de finalement reprendre le chemin de la France.

— Vous a-t-il donné d'autres consignes à mon sujet ? s'enquit la resplendissante comtesse.

— Non, madame.

Elle esquissa un sourire. La loyauté du chevalier était proverbiale parmi les Arimath. S'il avait en effet reçu plus amples recommandations de leur régent, elle savait fort bien qu'il n'en dirait mot. Mais parfois Rose aimait à jouer les ingénues. Cela n'aidait que mieux à brouiller les cartes…

Le carrosse stoppa devant la haute bâtisse. Les laquais sautèrent de leurs postes et se hâtèrent aux portières qu'ils ouvrirent toutes grandes. Le chevalier descendit le premier, puis proposa sa main à Rose. Celle-ci l'accepta, bien qu'elle n'en eût évidemment nul besoin.

Dès qu'elle posa pied à terre, la comtesse leva les yeux sur la façade du manoir. Pour qui l'ignorait, il était impossible de voir que cette demeure avait pour moitié brûlé. Les travaux de reconstruction avaient été réalisés avec brio, et en seulement trois années, ce qui, pour l'époque, avait été exemplaire de célérité. Depuis, le manoir avait connu plusieurs périodes de travaux, destinées pour l'essentiel à consolider ceci ou cela. Telle la toiture par exemple, qui avait eu par deux fois besoin d'être restaurée.

— Je vous accompagne, madame, fit Montorgueil.

Ce n'était pas une question, bien entendu. Le chevalier avait reçu ses ordres. Il fallait qu'il rende compte au régent Arimath. Que cela lui plaise ou non, Rose devrait s'y plier.

— Avec joie, monsieur.

Jetant un dernier regard sur le carrosse autour duquel les laquais commençaient à s'affairer, elle prit le bras que le chevalier lui offrait, puis ils gagnèrent ensemble la double porte. Empoignant le lourd heurtoir doré, le chevalier en frappa plusieurs coups. L'huis s'ouvrit aussitôt sur un valet portant la perruque et la livrée propres à sa charge.

— Le chevalier de Montorgueil et la comtesse de Greer, énonça sobrement le chevalier.

Le laquais s'inclina bien bas, tout en s'écartant pour leur laisser le champ libre. Ils pénétrèrent dans le vaste hall tandis qu'un second valet disparaissait par une porte latérale, probablement pour aller les annoncer auprès du maître des lieux. À cet instant, une silhouette émergea au bout du long couloir qui leur faisait face.

D'un battement de paupières, Rose troqua sa vision de mortelle contre celle de son engeance, laquelle nimba les ténèbres d'un halo bleuté. Il avait la main posée sur la poignée de la porte qu'il venait de refermer. Vêtu d'un frac[1] bleu nuit, d'un gilet, d'une chemise à jabot, d'une culotte[2] beige et de bottes de cuir souple, Adelphe n'avait bien évidemment pas changé. Ils s'observèrent une seconde, surpris de se retrouver si tôt, puis un sourire apparut au coin des lèvres de cet éternel éphèbe comme il allait à la rencontre de la flamboyante comtesse. Enchantée plus qu'elle n'aurait su le dire, celle-ci se contenta de tendre les mains afin qu'il les saisisse, ce qu'il fit avec chaleur.

— Adelphe, mon ami, comme il est bon de vous revoir…

---

1. Pour les notes culturelles et historiques, se référer au glossaire en fin d'ouvrage.

En fait de réponse, le jeune homme déposa un baiser sur le dos de ses mains, avant de l'attirer dans ses bras et de l'y blottir tendrement.

— Ma très chère comtesse, fit-il à mi-voix, la pommette appuyée contre sa tempe.

Ils se tinrent un instant enlacés, puis Rose s'écarta quelque peu.

— Vous vous êtes finalement décidé à les attacher ? remarqua-t-elle en touchant du doigt le catogan retenant la chevelure d'ébène.

— Comme vous voyez.

— Cela vous sied à ravir. Mais il est vrai qu'il n'existe rien qui ne vous aille.

— Vile flatteuse, gronda le jeune homme en plantant un nouveau baiser sur la main qu'il tenait encore. Comment s'est déroulé votre périple ?

— Bien, merci. Quoiqu'un peu long, je vous l'accorde.

— Je me l'imagine, oui...

Se tournant enfin vers monsieur de Montorgueil, Adelphe inclina la tête. Le chevalier qui, à l'instar d'Adelphe, paraissait environ vingt-cinq années, comptait en fait au rang d'Ancien, et à ce titre aurait dû avoir la préséance sur Rose, d'un échelon son inférieure. Mais, en coutumier des lieux, il s'accommoda sans sourciller de ce manquement à l'étiquette. Retournant son salut à leur hôte, il se tint coi, estimant sans doute que la conversation n'était pas terminée.

— Il était soucieux de vous voir arriver, reprit effectivement Adelphe à l'adresse de la comtesse.

Ignorant cette remarque, celle-ci pivota vers Montorgueil :

— Il serait peut-être opportun que vous rencontriez le comte en particulier, monsieur. Je présume que vous avez à converser.

— C'est exact, madame.

— Permettez que je vous mène à lui, chevalier, proposa Adelphe en parfait gentilhomme.

— Ce ne sera pas nécessaire, monsieur. Je connais le chemin. Restez-en donc à vos retrouvailles…

Sans laisser le temps à l'intéressé de répliquer, Montorgueil tourna les talons et s'en fut par la porte qui avait vu disparaître le second laquais un peu plus tôt.

— Ce cher François est un modèle de rectitude mais point toujours de patience, s'amusa Adelphe, une lueur malicieuse au fond de ses yeux outremer.

— C'est peut-être que vous vous bornez à égratigner son amour-propre ? Après tout, lorsque j'étais encore novice, il n'y a point si longtemps, il appartenait déjà à la caste des Anciens…

— Vanité que tout cela ! Les amis sont trop précieux pour souffrir de ces prérogatives. Puis ne sommes-nous pas dans le repaire du seigneur de notre maison ? Les règles, ici, sont celles que nous jugeons bon d'appliquer.

Le sourire mutin qu'Adelphe adressa à la comtesse accentua sa ressemblance, déjà grande, d'avec son frère aîné. Troublée, Rose ôta sa main de la sienne et détourna les yeux. L'atmosphère changea soudain notablement.

— Je vais faire amener votre bagage, fit le jeune homme en s'éloignant.

— Les valets s'en occupent déjà.

— Ah ? Bien. En ce cas… nous devrions peut-être le rejoindre.

Adelphe revint vers son invitée, cependant aucun d'eux ne fit le moindre mouvement.

— Je suis navré, s'excusa finalement le jeune homme. Je n'ai pas eu le choix. Je ne pouvais vous…

— Je le sais, l'interrompit Rose. Ne vous justifiez pas.

— Je suis navré, répéta pourtant Adelphe en venant de nouveau prendre sa main. Je ne puis qu'espérer que vous voudrez bien un jour me pardonner…

— Encore faudrait-il que je vous en aie tenu rigueur. Ce ne fut pas le cas. Cessez de vous tourmenter.

Sourcils froncés sur une émotion sincère, Adelphe esquissa un sourire attristé. Rose le lui rendit. Comme toujours, la délicatesse de son ami trouvait le chemin de son cœur ; toutefois, elle ne devait surtout pas se laisser attendrir. Car si elle faiblissait devant lui, qu'en serait-il devant son frère ?

— Allons, dit-elle. Menez-moi à lui, qu'on en finisse.

Une ombre passa sur le visage du jeune homme. Posant sur son bras la main de la comtesse, il l'entraîna à sa suite.

L'architecture des lieux n'avait pas changé depuis la nuit où Rose les avait découverts. Seule la décoration avait évolué, afin d'accompagner les modes. Le manoir n'avait cependant pas perdu de son raffinement, et était toujours considéré comme un havre d'élégance parmi la bonne société. D'autant qu'avec les années Artus y avait accumulé de véritables trésors en antiquités.

Mais, pour l'heure, Rose était hermétique aux merveilles de la demeure. Elle ne pouvait songer qu'à celui qui l'attendait derrière ces portes blanches, que les habituels domestiques ouvrirent à leur approche…

Ce qui avait été la grand-salle était devenu le grand salon. Garnie de boiseries bleues, de moulures dorées, de tapis précieux, de meubles d'acajou, de sculptures d'albâtre et de vases en porcelaine emplis de brassées de fleurs aux couleurs pastel, la pièce était un modèle de luxe et de bon goût. À quelque distance de l'âtre, debout près du piano-forte qui trônait derrière les bergères et les causeuses en tapisserie de Beauvais, Artus cessa d'écouter le chevalier de Montorgueil pour se tourner vers la porte.

Fidèle à lui-même, il portait libres ses cheveux charbonneux ; lesquels, tombant en mèches soyeuses de part et d'autre de son visage, venaient flirter de leurs pointes avec sa mâchoire légèrement anguleuse. Ses prunelles, telles deux émeraudes, reflétaient le scintillement des chandelles. Écrasant de prestance dans son habit « à la française » fait d'une soie aussi rouge que la robe de son infante et surpiqué d'un argent aussi pur qu'une pluie d'étoiles, il était d'une insoutenable beauté.

Lorsqu'il lui sourit, adjoignant à la délicieuse fossette de son menton les deux non moins plaisantes fossettes de ses joues, Rose entendit son âme agoniser. Elle quitta alors le bras d'Adelphe et, toute de sourires et de manières enjôleuses, rejoignit son mentor.

— Mon seigneur, fit-elle en plongeant dans une gracieuse révérence.

— Mes hommages, *lady*.

Le son de cette voix suave et profonde faillit bien percer sa cuirasse. Mais elle tint bon. C'en était fini de tout cela.

— Pardonnez mon retard, je ne suis point encore rompue aux subtilités que requiert l'organisation d'un si long périple.

— Ne vous inquiétez pas de cela, *lady*. Vous êtes ici, c'est tout ce qui importe… Vous pouvez nous laisser, François, ajouta le comte à l'intention du chevalier, qui attendait à deux pas devant lui. Je vous sais gré de votre efficacité.

— Ce fut un honneur, mon seigneur.

— S'il y avait le moindre changement, si petit soit-il, informez-m'en immédiatement, voulez-vous ?

— Certainement.

— De même si vous aviez nécessité de quoi que ce soit.

— Entendu, mon seigneur.

Le chevalier se retira sur une dernière courbette, laissant seuls les deux frères et la comtesse. Cette dernière reprit son badinage mondain avant que les portes du grand salon ne fussent refermées.

— Je constate que vous avez ajouté plusieurs bustes, dit-elle en gagnant un piédestal sur lequel reposait l'une desdites sculptures. Vous avez également remplacé le pianoforte. Qu'est-il arrivé à l'ancien ?

— Il fut brisé.

— Vraiment ? fit Rose en arquant un sourcil dubitatif. Comment cela ?

— Lors d'un petit incident.

Adelphe glissa un regard en coin à son aîné, mais celui-ci n'ajouta rien. Un sourire aimable plaqué sur le visage, Rose se remit à déambuler dans le vaste salon.

— Je crois être parvenue aux résultats escomptés, commença-t-elle en considérant d'un œil absent les tableaux suspendus aux murs. Si la prédominance Oström reste indiscutable, l'insignifiance à laquelle ils avaient réduit notre maison n'a plus cours. Nombre de leurs affidés se sont ralliés à nous, nous assurant une meilleure visibilité sur nos frontières occidentales. Du reste, la portée de notre voix à la cour impériale n'a, je crois, jamais été aussi bonne. L'on boude plus volontiers les suggestions Oström pour écouter les nôtres, relayées par diverses familles de mortels d'influence. En cela, l'exemple du comte Apraxine, de qui l'attachement n'est plus à démontrer, nous est précieux. Il serait bon de veiller à ce qu'il ne soit pas désavoué. Ni lui, ni son épouse, dame d'honneur à la cour, de qui les entrées nous auront été fort utiles…

— *Lady*, je ne vous ai pas fait venir pour entendre un rapport circonstancié. Je sais combien votre présence en terres Oström fut efficiente.

— Oui ? Eh bien quoi ? N'ai-je pas montré assez de discrétion ?

— Si, vous avez parfaitement suivi mes consignes.

— Pourquoi m'avoir rappelée, en ce cas ? Y aurait-il eu quelque nouveauté concernant l'érudit ?

Artus se fendit d'une lippe fugace.

Ce mystérieux personnage, à qui l'on dut indirectement la découverte d'une sixième maison, n'avait toujours pas été démasqué. L'érudit couvrait ses traces avec une minutie agaçante. Si la fratrie d'Holival, secondée par la comtesse, suivait sa piste depuis des décennies, elle n'avait jamais obtenu que des miettes d'informations. Toutefois, Artus continuait inlassablement de le chercher, guettant son ombre derrière chaque nouvel achat ou disparition d'antiquité.

Car l'érudit était un collectionneur. Ce personnage aurait pu sembler inoffensif, s'il n'était la redoutable influence qu'il avait laissé entrevoir. En plus d'être apparemment dépourvu d'empreinte – cette sorte de sensation, ou de parfum, que distillait autour d'eux chacune des entités de leur engeance –, l'érudit faisait grande impression sur ceux qu'il rencontrait ; lesquels, craintifs, se révélaient toujours incapables de livrer le moindre détail à son sujet. En outre de ces éléments comminatoires, Artus ne croyait pas à l'innocuité de cet amassement de reliques. Et si, pendant un temps, il pensa que seule la mythologie aztèque et ses récits apocalyptiques suscitaient l'intérêt de l'érudit, il s'était aperçu lors d'un énième vol que des prophéties plus occidentales, traitant elles aussi de ces thèmes, intéressaient tout autant cet insaisissable collectionneur.

Rose n'avait jamais réussi à tirer de son mentor les exactes réflexions que lui inspirait ce faisceau de renseignements. Néanmoins, elle le savait préoccupé.

— L'érudit n'a donné nul signe d'activité ces derniers mois, confessa le comte de Janlys. Ou bien je n'ai pas su le déceler.

— Je présume donc que vous n'avez acquis aucune autre pièce ?

Comme il l'avait décrété cette nuit de septembre 1598, alors que les cendres de son manoir étaient encore fumantes, Artus avait à son tour glané récits et reliques semblables à ceux qui avaient échu en leur possession, afin d'essayer de saisir ce qu'y cherchait l'érudit.

— Non. Pas la moindre.

Rose fit de nouveau face à son mentor. Ce dernier l'observait avec une gravité attentive qu'elle connaissait bien. Verrouillant son regard au sien, la comtesse bâillonna le sursaut ému de son cœur, puis esquissa un sourire satisfait :

— Alors peut-être apprécierez-vous le présent que je vous amène, mon seigneur. Vous n'êtes pas sans savoir que l'impératrice Catherine est férue d'art, et qu'elle rassemble dans ses palais des toiles venues des quatre coins du monde. Or, il y a de cela plusieurs années, j'eus la primeur sur un arrivage de pièces possiblement destinées à s'adjoindre à cette immense collection. J'y vis une toile que je sus être susceptible de vous intéresser. Aussi m'arrangeai-je pour en faire l'acquisition. Toutefois, vous devinant fort affairé, je ne souhaitai pas vous importuner de l'une de mes lettres.

Un léger plissement flotta au front du comte, brouillant un tantinet son impassibilité.

— *Lady*, à ce propos il y a certaines choses que je voudrais…

— Ne vous donnez pas cette peine, l'interrompit-elle. J'ai fort bien compris que vous aviez d'autres préoccupations que ma petite personne. Du reste, qu'est-ce que dix années de silence pour d'aussi bons amis que nous ? Une goutte d'eau dans l'interminable océan de nos existences, n'est-ce pas ?

— *Lady*, je…

— Je me suis permis d'apporter cette toile avec moi, poursuivit-elle. Peut-être aimeriez-vous la contempler ?

Rompue aux habitudes du manoir, qu'elle avait presque toujours habité, Rose frappa deux fois dans ses mains. Les portes du salon s'ouvrirent aussitôt sur l'un des laquais commis au service.

— L'on a dû garder dans le vestibule une partie de mon bagage, lui expliqua la comtesse. Faites-le apporter, je vous prie.

Le domestique s'inclina, puis repartit par où il était venu. Rose rassembla ses forces. Durant la minute à venir, il allait lui falloir résister aux doucereuses paroles que ne manquerait pas de lui servir son mentor… Lissant d'un geste distrait l'une des longues boucles anglaises qui tombaient depuis sa coiffure jusque sur ses rondes épaules, elle tourna vers ses hôtes un visage aimable.

Le comte l'observait, arborant toujours ce vague froncement de sourcils.

— Rose, laissez-moi vous ex…

— Allons, mon seigneur, vous n'avez pas à vous expliquer, coupa-t-elle avec un sourire sucré. Ce fut on ne peut plus clair. Croyez-m'en.

— Madame, s'il vous plaît, intercéda Adelphe, qui s'était rapproché de son frère. Écoutez-le.

Rose haussa un sourcil, conférant ainsi à son sourire une touche de moquerie. L'écouter ? Elle n'était plus assez naïve pour cela. Le risque était trop grand de se laisser bercer par sa voix de miel tandis qu'il lui déverserait à l'oreille un astucieux verbiage. Or, elle avait assez soupé de sa duplicité.

— Je pense que vous trouverez à la toile le même intérêt que j'y ai vu, fit-elle, préférant éluder derechef plutôt que d'avoir à rabrouer son ami. J'ignore si cette œuvre aurait trouvé sa place parmi la collection de l'impératrice, néanmoins il est certain que dans la vôtre, mon seigneur, elle fera bonne figure.

— Madame, insista Adelphe, vous dev…

Laissant sa phrase en suspens, il tourna soudain la tête vers le seuil. La stupeur qui se peignit alors sur son visage amena aux lèvres de Rose une ombre matoise.

Les portes venaient de nouveau de s'ouvrir, livrant passage à la toile, et à celui qui la tenait.

Âgé d'une trentaine d'années, le nouveau venu portait un uniforme bleu sombre. Surmontant ses bottes de cuir noir et son pantalon hongrois, son dolman, orné de quantité de ganses et autres brandebourgs[3] d'argent, était maintenu à la taille par une ceinture en étoffe tressée. Une pelisse semblablement parée et toute bordée de fourrure blanche était posée sur son épaule gauche, effleurant d'une manche la garde du sabre pendu à son côté.

Aussi athlétique que les frères d'Holival, l'homme accusait bien une demi-tête de plus qu'eux. Sa chevelure, blonde et pâle comme un soleil d'hiver, était aussi lumineuse que la leur était sombre. Si, avec ses traits fins et acérés, et ses yeux d'un sublime turquoise translucide, il était très différent de la fratrie française, il n'en rivalisait pas moins de splendeur avec elle. Égalant la beauté du jeune monsieur d'Holival, il n'avait, de ce fait, que peu à envier à l'aîné…

— Messieurs, dit Rose, permettez-moi de vous présenter le prince Vassili Andreïevitch Golitsyne.

Dérogeant à son usuelle courtoisie, Adelphe resta muet comme une carpe. À ses côtés, son frère ne fit pas montre de plus de politesse.

— Vassili, poursuivit la comtesse, voici Artus d'Holival, comte de Janlys, et son frère, Adelphe.

— Mes seigneurs, salua le Slave en s'inclinant.

— Vassili Golitsyne, énonça lentement Artus, un rien narquois. Amusant…

— Le prince Vassili Vassilievitch était un parent, fit Rose, devinant la pensée de son mentor.

— Le cousin de mon bisaïeul, spécifia l'intéressé lui-même dans un excellent français émaillé seulement d'une pointe d'accent sur les r.

Se désintéressant du Slave, Artus alla s'installer dans l'une des bergères avoisinant la cheminée.

— J'ignorais que vous aviez pris un serviteur, lança-t-il à l'adresse de son infante.

Rose n'était pas sans savoir que d'ordinaire, à son âge, l'on ne prenait pas de serviteur. Mais à son âge, d'ordinaire, l'on n'était pas non plus envoyé en mission à l'autre bout du monde…

— J'ignorais que cela pût vous importer, répliqua-t-elle, la moue candide.

Le coude appuyé sur le bras de son siège, le pouce sous le menton et l'index posé en travers de la bouche, Artus jeta à la comtesse un regard indéchiffrable. Cette dernière pivota vers la porte et, d'un geste, invita le prince à approcher.

Ce faisant, elle vit Adelphe se détourner pour aller se planter devant une fenêtre par laquelle il porta le regard, bien qu'à cette heure de la nuit il n'y eût pas grand-chose à contempler.

Arrivé auprès de Rose, le prince Golitsyne lui tendit la toile, pour l'heure recouverte d'une gangue de tissu blanc.

— Merci, Vassili, fit la comtesse en saisissant la peinture. Prenez un siège, je vous en prie.

Au lieu d'obtempérer, le Slave posa les yeux sur le maître de maison avec un stoïcisme glacé. Les deux hommes s'observèrent une seconde, puis le comte donna son agrément d'un infime signe de tête. Le prince choisit alors de s'asseoir dans la bergère qui lui faisait directement face, et ce en dépit du sabre qui lui interdisait de s'y caler confortablement.

Rose réprima un sourire, puis rejoignit son serviteur. Illico, celui-ci leva le nez vers elle.

— J'eus le plaisir de rencontrer le prince dans les salons du palais d'Hiver, il y a de cela quelques années, expliqua-t-elle. Nous fûmes présentés par la comtesse Apraxine, qui est une parente éloignée du prince. Nous nous découvrîmes ce soir-là une foule d'intérêts communs.

— Nul doute que le prince soit un homme plein de ressources, intervint Artus à mi-voix, les prunelles rivées à son vis-à-vis.

Abandonnant la contemplation de sa maîtresse, l'intéressé tourna vers le comte son regard polaire.

— Je ne suis pas familier de vos distinctions militaires, reprit Artus. À quel grade correspondent les insignes cousus à votre col ?

— Colonel, mon seigneur.

— Cavalerie ?

— Hussard. Cinquième régiment de guerre.

— Je vois…

Artus croisa brièvement les yeux de son infante, puis il s'intéressa au rectangle de tissu qu'elle avait en main.

— Me montrerez-vous cette toile, *lady* ?

Rose s'apprêtait à ôter le linge de protection, mais le prince lui subtilisa gentiment la toile et se chargea lui-même de la découvrir. La faisant ensuite reposer sur ses cuisses, il la présenta au seigneur des lieux.

Sur cette peinture aux couleurs quelque peu éteintes, l'on pouvait voir la berge rocailleuse d'un petit cours d'eau. La rive opposée représentait un à-pic de pierre montrant de multiples stries horizontales, comme si l'on eut empilé des couches de roche jusqu'à obtenir la hauteur désirée. Au sommet de ce promontoire gris-brun foisonnait une végétation d'un vert luxuriant.

En soi, ce paysage n'avait rien d'exaltant. La perspective était certes un peu étrange, mais le style était trop compassé pour lui donner du cachet. Non. Le véritable intérêt de cette œuvre était la silhouette que l'artiste avait ébauchée parmi les ombres du feuillage, dans le coin supérieur gauche de la toile.

Lorsqu'on y regardait d'assez près – ou lorsqu'on possédait l'acuité visuelle de Rose ou de l'un de ses congénères –, l'on discernait un homme accroupi sur une haute branche.

Sa chevelure était à peine perceptible. La couleur de sa peau s'apparentait à celle du tronc contre lequel il apposait une main. Son autre bras, passé entre ses jambes, dissimulait les attributs que son pagne de fourrure n'aurait pu couvrir en pareille posture. L'on entrevoyait aussi les contours de petites babioles suspendues à sa ceinture.

Outre l'improbable emplacement de ce personnage, ce qui éveillait la curiosité était les gantelets qu'il arborait, bien visibles sur le bras pendant entre ses cuisses. L'on y distinguait quatre griffes aiguës et noires partant depuis son poing fermé.

Comme Artus soulevait un coin de lèvres en un presque sourire, Adelphe quitta enfin son observatoire pour venir se placer près de lui.

— Vous remarquerez la singulière ressemblance d'avec des indigènes de notre connaissance, souligna Rose.

Le prince Golitsyne retourna la toile pour en exposer l'envers.

— Nous apprenons ici que cela fut peint en 1592, ajouta la comtesse en pointant du doigt une annotation griffonnée. Et ce dans un endroit dénommé « Yohualtepec ».

Le fin rictus du comte se changea en un authentique sourire. À cette vue, Rose ne put réprimer une bouffée de fierté.

À la suite de l'affrontement avec les hommes-fauves, qui faillit bien voir périr le mentor et son infante, il ne fut pas dépêché d'autre émissaire au Nouveau Monde. Le précédent – disparu à son retour en Europe lors de la vague de massacres perpétrée par les indigènes – avait été choisi conjointement par les maisons Oström et Arimath. Or, parvenir à s'accorder sur un individu n'avait pas été une mince affaire. Ce fut, entre autres, pourquoi Artus ne voulut pas perdre de temps à sélectionner un nouvel ambassadeur, surtout pour que celui-ci finisse haché menu dans les griffes de ces hommes-fauves à la redoutable promptitude.

Ainsi, pour tenter d'en savoir davantage sur ces autochtones, le comte avait dû se contenter des maigres renseignements que ses affidés mortels glanèrent sur place. Ce qui revenait à dire qu'il n'avait rien appris. Les frères d'Holival eurent beau minutieusement éplucher le journal que le défunt émissaire avait laissé derrière lui, ils ne parvinrent pas à trouver le moindre indice qui pointât un endroit plutôt qu'un autre, ou une peuplade plutôt qu'une autre. Aussi Artus avait-il de quoi être satisfait par cette avancée. Car ce qui motivait ses recherches n'était pas tant la découverte de cette nouvelle branche de leur engeance que la teneur de leurs croyances, objet de l'intérêt de l'énigmatique érudit.

En vérité, c'était ainsi que cela avait commencé. Si l'érudit n'avait pas exigé de l'émissaire qu'il effectuât pour lui des recherches sur la mythologie des indigènes, l'émissaire n'aurait pas commis le vol qui avait déclenché l'ire des hommes-fauves et les avait révélés au reste de la société obscure…

— Excellente prise, *lady*, complimenta Artus, le ton aussi velouté que le sourire. Vraiment excellente.

Tâchant de ne pas prêter attention à son charme capiteux, Rose poursuivit sur sa lancée :

— Depuis mes appartements de Saint-Pétersbourg, je ne disposais pas d'autant de moyens qu'ici ; cependant, je pus apprendre que le peintre, un certain Gonzalo Vélasquez, résida en Nouvelle-Espagne pendant cinq ans. Il y vint avec son frère et repartit après la mort de celui-ci. Durant le temps qu'il passa là-bas, il voyagea principalement dans la région appelée « Mexique ». Selon toute vraisemblance, Yohualtepec se trouve donc dans ce territoire-ci.

Le comte ponctua cette tirade d'un hochement de tête approbateur.

— Félicitations, *lady*.

— Merci, mon seigneur.

L'espace d'une seconde, un nuage sembla obscurcir l'exquis sourire d'Artus, mais il disparut avant que la comtesse pût en être sûre.

— Vous voyez que la patience paie, ajouta-t-il, une étincelle espiègle dans le regard.

Rose faillit répondre comme elle le faisait toujours qu'il « faudrait déployer plus encore de cette vertu pour la lui voir posséder », mais elle se rattrapa. Le comte essayait d'endormir sa vigilance en lui remémorant leur ancienne complicité. Or, celle-ci était morte voilà des années.

Morte et enterrée.

Se fendant d'un sourire de convenance, Rose se mit à observer son serviteur tandis que ce dernier glissait de nouveau la peinture dans son étui de tissu. Artus quitta alors son siège et alla s'appuyer au linteau de marbre de la cheminée :

— Ce présent est des plus utiles, *lady*. Il me tarde de le voir trôner parmi les autres pièces de ma galerie. D'ailleurs, je serais fort aise si Son Altesse illustrissime voulait bien prendre la peine de l'y porter...

Vassili leva les yeux vers le comte, qui le considérait avec une attention aiguë. Le prédicat employé était juste. Toutefois, dans le contexte, il avait quelque chose de ridicule. Ce qui à l'évidence était intentionnel.

— Mon frère va se faire une joie de vous y mener, précisa Artus.

Adelphe lança à son aîné un regard oblique. Sa crispation fut palpable, néanmoins, il se rendit au-devant du Slave :

— Si vous voulez bien me suivre...

Imperturbable, le prince tourna son profil à la rigueur toute nordique vers sa maîtresse.

— *Cela vous ennuie-t-il, Vassili ?* songea cette dernière.

— *Pas si c'est ce que vous souhaitez, ma lady.*

— *Je ne le souhaite pas*, répondit-elle. *Cependant, contrevenir aux vœux de l'Héritier comporte son lot de désagréments. Nous lui passerons donc son caprice… pour cette fois.*

Le prince inclina succinctement la tête, puis il se leva de son siège et baissa les yeux pour rencontrer ceux de son guide. La différence de stature n'était pas si grande, mais cela avait son importance. Il sembla d'ailleurs à la comtesse que jamais Adelphe n'avait affiché mine aussi fermée. Dans ses iris, elle vit flotter une lueur qu'elle ne lui connaissait pas davantage…

Repoussant derrière son oreille la mèche de cheveux charbonneux qui s'était évadée de son catogan, Adelphe dépassa le prince et s'éloigna vers la sortie. Ce dernier fit volte-face et lui emboîta le pas, tableau en main. Rose les entendit bientôt traverser l'antichambre. Usant de son ouïe prodigieuse, elle suivit leur progression.

— *Comment convient-il de vous appeler ?* questionna Adelphe, un brin sèchement. *Mon colonel ? Mon prince ? Votre Altesse ?*

— *Pourquoi pas Vassili ?*

— *Cela ne manque-t-il point trop de la déférence due à votre rang ?*

— *Mon rang, monsieur, ne diffère plus guère du vôtre, je crois…*

Rose sourit intérieurement. Voilà qui était adroitement répondu. Rassérénée, elle reporta son attention sur son mentor. Ce n'était pas le moment de flâner. Si elle voulait garder un minimum de contrôle sur ce tête-à-tête, il ne fallait surtout pas lui laisser l'initiative.

— Je gage que vous ferez bon usage du savoir que vous apporte ce tableau, mon seigneur, dit-elle.

— Certes, mais hélas je crains que cela ne doive attendre un moment plus propice.

— En viendrait-on enfin à savoir pourquoi vous m'avez sommée de rentrer ?

Le comte lui lança un regard sibyllin.

— Cela vous coûta-t-il tant de quitter la Russie, *lady* ?

Rose déploya son éventail d'un geste gracieux et le secoua paresseusement, faisant voleter les plumes piquées dans le coussin au brun rougeâtre de sa chevelure.

— Assez pour que j'en subtilise l'un des joyaux, répliqua-t-elle.

Voyant les prunelles du comte s'assombrir, Rose étouffa sa surprise. Elle n'aurait pas cru faire mouche avec cette repartie. Un peu déconcertée, elle se garda cependant de le laisser paraître.

— Puis le chemin me parut plus sûr avec le prince à mes côtés.

— Il est vrai qu'il règne par ici une certaine agitation, convint le comte. Cette effervescence a débuté avec les états généraux[4].

Rose esquissa une petite lippe. À la cour de l'impératrice, l'on n'estimait guère le roi de France, que l'on dépeignait falot et gros buveur. Aussi, lorsque perla dans les bavardages mondains la nouvelle de la convocation des États généraux, les commentaires se teintèrent souvent de mépris.

— Il semblerait que cette réunion tourne à la farce, expliqua Artus négligemment. L'on n'aurait pas dépassé la vérification des pouvoirs.

Rose haussa un sourcil. N'était-ce pas là le premier travail des députés ?

— Quand cela a-t-il commencé ? s'enquit-elle.

— Le 5 ou le 6 du mois de mai.

— Et ils en sont encore là ?

— Oui. De ce que j'en sais, la cacophonie domine et les esprits s'échauffent. Il y aura sûrement quelques rixes avant la fin. Rien que la garde ne saura endiguer, toutefois. Ce n'est pas pour cela que j'ai sollicité votre retour, évidemment…

Jouant avec l'épingle d'argent qui retenait son jabot, le comte se perdit dans un silence méditatif.

— Voilà plusieurs mois que l'on me rapporte la présence de conglomérats de Lamies dans nos territoires, déclara-t-il enfin, le ton neutre. Or, certaines de ces cliques se sont révélées belliqueuses.

Les Lamies, qui parmi leurs congénères étaient unanimement dépréciés, étaient connus pour leur hargne et leur sauvagerie. Ils ne faisaient aucun mystère de leur goût immodéré pour la violence gratuite et les actes de barbarie en tout genre. Ne respectant rien en dehors de la force brute, que malheureusement ils possédaient en abondance, ils répandaient chaos et désolation comme le paysan semait l'orge et le blé. Aussi, pour qu'Artus ait stipulé que certains d'entre eux se montraient agressifs, il fallait vraiment que ce fût grave.

— Belliqueuses comment ?

— Nous avons eu le déplaisir d'essuyer des incursions lamies dans divers fiefs du pays. Une dizaine au total, étalées sur ces huit derniers mois.

— Une minute… Voulez-vous dire qu'ils se sont organisés ? fit Rose, stupéfaite.

Artus hocha la tête.

— Dix incursions, dites-vous ?

— Onze, pour être exact.

— Où ? demanda encore son infante, sourcils froncés, l'éventail figé dans un mouvement ascendant.

— Deux en Lorraine, deux en Franche-Comté, une en Bourgogne, une dans le Berry, deux dans le Maine, et enfin trois ici, en Île-de-France.

— L'on pourrait croire qu'il s'agit d'un seul groupe qui se serait déplacé jusqu'ici depuis la frontière prussienne…

— L'on pourrait, oui, mais plusieurs de ces attaques furent simultanées. Puis, cela ne compte pas les autres.

— Quelles autres ?

— Semblables violences m'ont été signalées un peu partout sur notre territoire… Notamment près de Palerme, Naples, Milan, Valence, Tolède, Cadix, en Asturies aussi, et aux abords de Porto, Lisbonne, et Braga… pour l'essentiel.

La consternation qui gagna les traits de Rose n'eut rien de mensonger. Face à pareille nouvelle, elle ne savait que penser, et moins encore que dire. Pourtant, Artus paraissait à peine ennuyé… Comment diable faisait-il pour rester si serein ?

— Curieusement, nous n'avons eu à déplorer nulle saillie sur nos terres anglaises, prussiennes ou autrichiennes, poursuivit l'Héritier Arimath d'une voix posée, presque badine. Hormis une petite escarmouche dans la campagne tyrolienne.

— Cela aussi eut lieu lors des huit derniers mois ?

— Non. Les premières attaques, survenues près de Tolède, remontent à un peu plus d'un an.

De plus en plus abasourdie, Rose recommença machinalement à s'éventer.

— Aucun écho de tout cela n'est parvenu jusqu'à Saint-Pétersbourg, dit-elle comme pour elle-même. Là-bas, tout semblait calme…

— Probablement parce que ça l'était. Ces incidents ont éclaté uniquement dans les territoires occidentaux, comme je vous le disais.

— Il ne s'agissait que de Lamies, c'est certain ?

— Oui, *lady*.

— Mais ils ne s'assemblent jamais en meute. Je n'ai pas souvenance qu'on ait parlé de tels attroupements auparavant. Sauf cette fois-là, bien sûr…

Il n'était pas nécessaire que Rose précisât sa pensée. La nuit à laquelle elle songeait avait fait tristement date dans l'histoire des Arimath.

Cela remontait à une dizaine d'années. Le chevalier de Hautefort, gentilhomme aussi distrayant que versatile, avait convié plusieurs de ses pairs à jouir de festivités qu'il avait concoctées en son domaine pour célébrer la Saint-Jean. Officieusement, cette réunion devait aussi permettre à deux châtelains Arimath de régler une querelle de clocher qui durait depuis trop longtemps et dérangeait de plus grands seigneurs qu'eux. De fil en aiguille, la fête était devenue prétexte à l'apaisement de quelque autre menue tension, toujours prompte à surgir dans cette obscure société parsemée de vieux arrogants et de jeunes irrévérencieux. L'on tint cependant un langage discret sur cette assemblée, aux retombées plutôt mineures.

Néanmoins, Rose se vit conviée à ces réjouissances. Le château du sieur de Hautefort se trouvant à mi-chemin entre le manoir de Boissy et le manoir Saint-Jacques – devenu le fief secondaire de Rose depuis plusieurs décennies –, et la comtesse de Greer s'apprêtant à rentrer administrer ses terres normandes, le chevalier s'était empressé de lui proposer une escale.

À l'époque, les choses étant ce qu'elles étaient, nombre d'Arimath jugeaient avisé de tenir ouvertes les portes de leurs repaires pour celle que l'on avait perfidement surnommée « l'hétaïre[5] »... L'on ne pouvait passer autant de temps qu'elle en passait dans l'ombre d'Artus sans en ressentir les effets, bons ou mauvais. Rose savait cela très bien, et avait appris à s'en moquer. Elle accepta donc l'invitation du chevalier...

Lorsque vint le soir des festivités, Rose, qui avait dormi le jour précédent dans la résidence du sieur de Cressis, se mit en route pour le domaine de Hautefort.

Elle n'y parvint jamais.

Le hasard voulut que son carrosse fût assailli par une bande de marauds au sortir d'un petit bourg de campagne. La comtesse s'en débarrassa avec facilité, mais l'un de ses laquais fut blessé. L'équipage rebroussa chemin jusque chez Cressis, afin que soient prodigués au valet les soins nécessaires. Une fois sur place, il devint évident que la nuit était trop avancée pour pouvoir envisager de recommencer le voyage. Rose abandonna donc l'idée. Le lendemain soir, elle dépêcha un courrier auprès du chevalier de Hautefort pour s'excuser de son absence de la veille, puis elle changea son itinéraire pour un autre, plus direct, qui ne passait pas par le domaine du chevalier.

Ce ne fut qu'à l'arrivée dans son fief normand que Rose apprit ce qui s'était passé.

La nuit des festivités, un groupe d'une quinzaine de Lamies avait surgi au domaine de Hautefort et l'avait subitement pris d'assaut. Nul mortel ne survécut au massacre qu'ils perpétrèrent. Et seul un Arimath en réchappa.

Le chevalier François de Montorgueil.

— Pensez-vous que cela ait à voir avec ce qui se passa cette nuit-là ? interrogea Rose, émergeant de ses souvenirs.

— Quel rapport y aurait-il ?

— Je l'ignore, mais le phénomène paraît similaire.

— Cette fois ce n'est pas un acte isolé, *lady*. En vérité, cela ressemble fort à un soulèvement…

Cette hypothèse arracha à Rose un frémissement. Si les Lamies devaient en venir à s'unir et à se coordonner, les conséquences pour la société immortelle pourraient être terribles.

— Un soulèvement d'une curieuse nature, cela dit, ajouta Artus, les yeux tournés vers les fenêtres. Voyez-vous, *lady*, ces attaques, si elles prirent toutes place dans nos territoires, ne visèrent pas toutes nos fiefs. Les coups les plus rudes furent portés aux Oström.

La comtesse marqua un temps d'arrêt. Cette nouvelle était presque plus étrange que la précédente. Certes, les Lamies cherchaient volontiers querelle à n'importe qui, mais leur cible favorite était tout de même les Arimath, qu'ils ne rataient jamais une occasion de houspiller. Artus prétendait que leurs deux maisons étaient d'antiques ennemies, bien que plus personne ne se souvînt pourquoi elles se détestaient. Rose, pour sa part, n'avait pas besoin de raison supplémentaire pour exécrer les Lamies que leur inhérente brutalité. Puis, elle se souvenait encore de la cuisante présentation à laquelle elle avait eu droit, deux siècles auparavant… Toutefois, sachant le lourd passif entre les deux branches de cette famille honnie, il lui paraissait curieux que l'accent ne fût pas mis exclusivement sur la maison Arimath.

— Le hasard ? risqua-t-elle. Ils se seront laissé emporter par leur barbarie ?

— C'est ce que l'on aimerait nous voir croire.

— Qu'est-ce qui vous fait penser que c'est faux ?

— Piotr Emerson et Sven Hlodvirsson sont tombés.

— Tous les deux ? Juste ciel… Olaf doit fulminer d'avoir perdu ses lieutenants.

— Je suppose.

— Vous supposez ? Ne l'avez-vous pas rencontré ?

— Non. Olaf est reparti pour Bergen il y a de cela plusieurs mois.

— Sait-il ce qui se passe ici ?

— Magnus n'aura pas manqué de l'en informer…

Rose replia son éventail en l'abattant sèchement dans sa paume.

— Je ne peux croire que les Lamies se soient assemblés de leur propre chef, déclara-t-elle, catégorique.

— Moi non plus, *lady*.

— Puis pourquoi feraient-ils cela ? Se seraient-ils soudain décidés à s'établir sur un territoire, eux, les nomades ?

Abandonnant l'examen du ciel nocturne, Artus posa sur son infante un regard perçant.

— Là encore, c'est ce que l'on aimerait que nous pensions, dit-il.

— Mais vous avez une tout autre idée…

— De mémoire de nos pairs, jamais les Lamies ne se sont assemblés, pas plus qu'ils n'ont disputé de territoires à quiconque. Or, les voici qui subitement se massent et frappent en divers points de nos terres, nous prenant certains ports et attaquant au passage plusieurs des fiefs Ostrōm présents dans nos frontières.

— Dont deux des plus importants, appuya Rose.

— Depuis quand les Lamies sont-ils devenus stratèges ? renchérit son mentor. Cette étape de leur développement ne nous aurait sûrement pas échappé…

— Ils sont manipulés, cela ne fait aucun doute. Mais par qui ? L'érudit ?

Le comte avança les lèvres en une petite moue dubitative.

— Pourquoi irait-il s'encombrer de ces brutes ? Elles ne lui seraient d'aucun secours. Pour ce qu'il fait, l'érudit a besoin de discrétion et de patience, soit des qualités que ne possèdent pas les Lamies.

— Il y a pourtant bien quelqu'un à l'origine de ce phénomène…

— Certes, *lady*, mais ce n'est pas lui.

— Alors qui ?

— Quelqu'un qui aurait intérêt à orchestrer la débâcle. Quelqu'un qui, par exemple, préparerait une bataille de plus grande envergure…

Rose prit plusieurs secondes pour s'assurer d'avoir correctement entendu ce que son mentor venait de dire.

— Vous rendez-vous compte de ce que vous suggérez ? souffla-t-elle, sachant fort bien qu'il comprenait la portée de ses mots mieux encore qu'elle ne le pouvait.

— Je n'évoquerais pas l'éventualité d'une guerre sans y avoir pleinement réfléchi, *lady*, fit Artus en ajustant les dentelles qui dépassaient des manches de son habit.

Son visage, pas plus que ses manières, ne laissait entrevoir le moindre émoi. Cependant, Rose le connaissait assez pour ne pas être leurrée par sa nonchalance. Lui qui avait mis tant d'énergie à préserver l'apparente tranquillité de leur monde devait forcément être indisposé par cette perspective.

— Qui pourrait vouloir un conflit ? s'enquit-elle. Olaf ?

— Je ne pense pas. Il commence à s'accoutumer à l'idée de devoir traiter avec moi, même s'il ne m'apprécie guère. Puis, s'il avait dû provoquer tels affrontements, il aurait sûrement choisi d'ouvrir les hostilités sur les terres à domination Oström, et non sur les nôtres.

— Il n'aurait pas non plus clairsemé ses propres rangs, marmonna Rose. En effet, je n'avais pas songé à cela.

Artus lui jeta un bref regard, puis se dirigea vers le guéridon posté près des bergères. Il souleva la haute carafe en cristal qui dormait là, et servit deux verres d'un vin rouge sang. En prenant un pour lui-même, il apporta le second à son infante. Celle-ci le saisit sans réfléchir puis, comme son mentor levait son verre à sa hauteur, le fit s'entrechoquer avec le sien. Ce ne fut qu'en entendant résonner dans l'air le délicat tintement du cristal qu'elle réalisa.

Bercée par ce décor familier, elle avait baissé sa garde…

Ses lèvres s'ourlèrent sur un fin sourire. Maintenant qu'elle s'était laissé avoir, la dernière chose à faire était d'en paraître affectée.

— Voilà un singulier moment pour trinquer, mon seigneur, susurra-t-elle. Que fêtons-nous ?

— Votre retour ?

Le sourire de Rose s'élargit. Ses longs cils s'abaissèrent à demi sur ses yeux d'ambre, les voilant d'une ombre languide, tandis qu'elle trempait les lèvres dans son breuvage.

Artus l'imita, le regard cloué au sien.

Des remous indolents parcouraient ses iris d'un vert profond. Une fragrance sucrée émanait de lui en vagues entêtantes, comme autant d'appels à l'abandon. Sur sa peau satinée s'étendaient de minces rivages de lumière qui, épuisés d'avoir souligné la perfection de ses traits, s'en allaient mourir dans la mer d'encre de sa chevelure.

Rose aurait presque dit que le comte avait gagné en magnificence, si la chose avait été concevable. Peut-être devait-elle cette impression aux années d'éloignement ?

Comme elle l'observait, songeuse, par-dessus le rebord de son verre, Artus se fendit d'un sourire empli d'une assurance tranquille. Un sourire qui donna à la comtesse la pénible sensation que son âme venait d'être mise à nue. Inquiète que son mentor ait bel et bien réussi à franchir le mur de ses pensées, Rose rentra un peu plus en elle-même.

— Me direz-vous ce que vous attendez de moi ? demanda-t-elle, s'efforçant à ne pas détourner le regard.

— Me faut-il le préciser ? Je pensais que c'était évident...

— Je ne voudrais point me méprendre sur vos souhaits, mon seigneur.

Les yeux du comte s'étrécirent subtilement.

— Vous êtes-vous jamais trompée, *lady* ?

— Qui suis-je pour répondre à cela ? Néanmoins, je gage que vous ne m'avez pas rappelée pour goûter à ce cru, si excellent soit-il.

— Certes... La situation ici n'est pas des plus engageantes, ainsi que vous avez pu en juger. Aussi m'a-t-il paru judicieux de rassembler nos forces afin de nous préparer à résister.

— La guerre est-elle si proche ?

— Peut-être.

Rose regarda son mentor s'octroyer une petite gorgée de vin pendant qu'elle délibérait sur l'attitude à avoir.

— Auriez-vous vu quelque chose ? finit-elle par dire.

— Peut-être...

Une certaine déception s'empara d'elle à l'écoute de cette non-réponse. Il fut un temps où Artus n'aurait pas tant rechigné à lui parler. Il ne lui aurait certes pas relaté l'intégralité de ses présages ou de ses desseins – cela, il ne l'avait jamais fait –, mais il lui en aurait au moins expliqué une partie. Une preuve supplémentaire que cette époque était révolue… S'évertuant à repousser le chagrin qui menaçait, la comtesse termina son verre d'un seul trait puis s'en alla le reposer près de la carafe de cristal.

— Dois-je déduire de tout cela que vous souhaitez mon assistance, mon seigneur ?

— En effet, admit celui-ci en la rejoignant. Si les événements persistaient dans cette voie, notre maison aurait besoin de ses appuis les plus solides.

Rose ébaucha un sourire sans joie. Ce discret compliment lui laissait un arrière-goût amer. Pourtant, si idiot que ce puisse être, elle ne pouvait se résoudre à lui refuser son aide.

— Si tel est votre vœu… qu'il en soit ainsi…

Un voile de gravité tomba sur les traits d'Artus. Un fin sillon affleura à son front comme il déposait son verre, auquel il avait à peine touché, près de celui de son infante.

— Je sais que vous êtes furieuse, *lady*. Je comprends votre colère, croyez-le. Si vous me laissiez juste…

— Le voyage fut long pour me ramener jusqu'ici, coupa Rose en s'éloignant vers la sortie. Si vous n'y voyez pas d'inconvénient, maintenant que nous avons débattu de l'essentiel, j'aimerais me retirer dans mes appartements afin de me rafraîchir.

S'arrêtant à mi-chemin des portes, elle pivota de nouveau vers son mentor. Ce dernier la contemplait par-delà les dossiers des bergères, le regard brumeux.

— Comme vous voudrez, *lady*, concéda-t-il. Je vous ai fait aménager un appartement au premier étage. Je n'avais toutefois pas songé que vous seriez accompagnée. Je vais immédiatement faire préparer une chambre pour le prince.

— Oh, ne vous donnez pas cette peine, mon seigneur, protesta la comtesse avec un sourire aussi courtois qu'entendu. Mes appartements seront bien suffisants.

Une seconde passa, durant laquelle le comte resta parfaitement immobile. Lorsqu'il se remit en mouvement, ce fut pour retourner se planter près de la cheminée, où grelottaient des flammes expirantes.

— Vous n'aurez donc point besoin que je vous y escorte, trancha-t-il. Je vous souhaite un agréable repos, *lady*.

— Il le sera, mon seigneur…

Joignant les mains dans son dos, Artus n'accorda plus une once d'attention à son infante. Celle-ci se fendit pourtant d'une belle révérence, puis se détourna et s'en fut vers les portes. Elle frappa dans ses mains avant de les atteindre, juste à temps pour que les panneaux s'ouvrent devant elle, puis s'engouffra dans l'antichambre attenante au grand salon, les poings exagérément crispés sur sa robe.

L'entrevue était terminée.

Pour le pire ou le meilleur, c'était terminé.

Chapitre 2

— Bonsoir, ma *lady*.

Rose roula sur le côté avec un long soupir. Ouvrant les yeux, elle découvrit son serviteur torse nu devant le miroir situé à trois pas du lit.

— Bonsoir, Vassili.

— Votre repos fut-il agréable ?

— Qu'en fut-il de votre journée ?

Le Slave ne répondit pas immédiatement. Occupé à ajuster sa queue-de-cheval, il plaqua davantage ses cheveux sur son crâne d'un habile coup de peigne. Rose patienta en regardant jouer les muscles de son dos.

— Correcte, finit-il par dire.

— N'étiez-vous pas avec M. d'Holival ?

— Si.

La comtesse se redressa sur un coude, noyant son épaule dans la marée rougeoyante de sa chevelure.

— Et vous qualifiez seulement votre journée de « correcte » ?

— Oui.

— Adelphe ne fut-il pas aimable et plein d'allant, ainsi qu'il l'est toujours ?

Le prince reposa le peigne sur la table de toilette et s'en alla quérir sur le lit la chemise propre qu'il y avait posée. Lançant à sa maîtresse un bref regard, il enfila son vêtement :

— Il fut prévenant, mais taciturne.

Rose haussa un sourcil. Adelphe, taciturne ? Voilà qui ne cadrait absolument pas avec le personnage…

— Je crois que je lui déplais, conclut le Slave

Sur le front de la comtesse, le second sourcil se hissa à hauteur du premier. Comme son regard se perdait sur le ventre finement sculpté que Vassili achevait de couvrir, cette dernière remarque lui parut plus absurde encore.

Usant de l'effarante célérité de ses pairs, elle se mit en mouvement. En un éclair elle fut agenouillée au pied du lit, les mains posées sur les hanches de son serviteur et le visage levé vers le sien.

— Déplaire, vous ? Que me chantez-vous là ? susurra-t-elle, taquine.

Après une demi-seconde de flottement, Vassili se fendit d'un sourire d'une étonnante douceur.

— Je voulais dire…

— Je sais ce que vous vouliez dire, s'amusa Rose. Cela me semble tout aussi incongru. Il n'est pas dans la nature d'Adelphe d'être sombre.

— Avec vous, peut-être pas.

La comtesse considéra un instant ces longs yeux où des pupilles légèrement dilatées baignaient dans de limpides étendues turquoise. Ce regard aussi superbe que déroutant, Vassili l'avait toujours eu. Avant même que Rose fît de lui son servant. Si cet acte avait exalté sa beauté, elle ne la lui avait pas conférée. C'était d'ailleurs ce qui l'avait interpellée quand elle avait rencontré le prince pour la première fois. L'on ne croisait pour ainsi dire pas de telle joliesse parmi les mortels. Ce soir-là, comme elle le faisait à l'instant, elle avait détaillé les lignes de son visage. Ces pommettes hautes, un peu saillantes ; ce nez pointu, à l'arête fine et incroyablement droite ; ces traits ciselés comme ceux d'une statue, et ce regard arctique qui vous transperçait… Tout lui avait semblé remarquable. Elle s'était alors demandé en quel dieu se changerait cet homme si elle lui transmettait ne serait-ce qu'une once de la beauté des Arimath.

Car c'était là l'une des particularités de cette maison. La grâce n'était pas immanente à leur engeance ; loin s'en fallait. Or, bien qu'on ne le lui eût pas dit formellement, l'implicite vérité devint vite une évidence pour Rose : il n'existait pas d'Arimath vilains. Il n'en existait pas même de passables. Au pire, ils étaient juste séduisants.

Au début, la comtesse fut un brin dépitée par l'inintérêt de cette singularité face à celles que possédaient d'autres maisons, telles que l'adresse des Oström ou la force des Lamies, par exemple. Puis elle avait découvert quel incroyable avantage cela constituait…

Le charme des siens leur assurait des appuis et des facilités auxquels nulle autre maison ne pouvait prétendre. S'insinuant dans chaque strate des deux mondes avec la dangerosité feutrée d'un chat, ils avaient érigé la beauté au rang d'arme… que Rose maniait à présent avec une virtuosité consommée.

Il fallait dire qu'elle avait été à bonne école. De tous les Arimath qu'elle avait rencontrés, aucun ne soutenait la comparaison avec le régent de leur clan. À dire vrai, aucun n'avait même l'éclat d'Adelphe, son frère et serviteur. Aussi, lorsqu'elle avait posé les yeux sur Vassili, elle avait été instantanément tentée de voir ce qu'il pourrait devenir. Force était de constater que l'entrée de ce dernier dans la maison Arimath avait été une franche réussite.

Néanmoins, Rose n'y avait procédé que tardivement, et sur l'extrême insistance du prince…

— Qu'y a-t-il, ma *lady ?*

— Rien. Je vous admirais, voilà tout.

Le Slave esquissa un sourire, puis il tourna les talons et s'en retourna devant le miroir afin d'achever de s'habiller. Quittant le lit à sa suite, la comtesse alla s'installer à la table de toilette. Elle récupéra le peigne que Vassili avait posé là, puis entreprit de discipliner son abondante chevelure.

— Adelphe doit être fâché que je n'aie pas accepté d'écouter les fables de son frère, fit-elle avec une pointe d'aigreur. Cette regrettable humeur lui passera dès qu'il se sera fait à l'idée.

Rose perçut le scepticisme qui imprégna aussitôt les pensées de son serviteur. Il était naturel qu'il doute, après l'accueil qu'on lui avait réservé…

— Ne vous inquiétez pas davantage du comte, poursuivit-elle. Il ne s'attendait simplement pas que je m'affranchisse. Lorsqu'il estimera vous avoir assez jaugé, il vous laissera en paix.

— Je sais, ma *lady*, vous m'y aviez préparé.

Impassible, Vassili enfila son dolman et commença à le boutonner. Sa maîtresse jugea superflu d'insister. Ils avaient déjà longuement discuté du sujet avant de quitter Saint-Pétersbourg.

Lorsqu'elle avait reçu l'ordre d'Artus, Rose avait passé plusieurs nuits difficiles. Or, Vassili avait noté l'altération de son humeur, et l'avait questionnée. Elle lui avait alors expliqué que, selon les us de son engeance, elle n'aurait pas dû prendre un servant si tôt. Mais, sachant cette habitude loin d'être unanimement respectée, elle avait décidé d'y contrevenir. Elle lui avait ensuite dit que le régent de leur maison venait de la rappeler auprès de lui, et que, si elle rentrait, il lui faudrait rendre compte de ses actes. À commencer par celui d'avoir pris un serviteur. Suite à ces éclaircissements, le prince avait avancé que le régent prendrait certainement moins ombrage d'un serviteur inopiné que d'une fin de non-recevoir, et que, s'il connaissait Rose aussi bien que cette dernière le lui avait toujours laissé entendre, il comprendrait probablement son geste. La comtesse avait dû convenir que c'était la voix de la raison. Ç'avait toutefois été à contrecœur qu'elle avait décrété le début des préparatifs de retour.

Rose reposa le peigne sur la table, puis alla piocher une chemise dans la fastueuse armoire marquetée. S'en retournant vers le lit, elle se débarrassa de son vêtement de nuit. Tandis qu'elle passait sa chemise propre, elle surprit dans le miroir le regard de Vassili. Laissant retomber le tissu sur ses courbes voluptueuses, Rose se fendit d'un sourire enjôleur. Elle savait exactement l'effet qu'elle produisait sur autrui. Vassili avait beau vivre à son côté depuis plusieurs années, il lui plaisait de voir qu'il ne s'y était pas accoutumé.

Mais elle n'avait pas le temps de folâtrer. Réunissant les éléments de sa tenue, elle commença, elle aussi, à se vêtir.

Quand le prince eut terminé de nouer sa ceinture, il vint lui prêter son concours. Ce fut lui qui serra les cordons du corset que sa maîtresse rechignait toujours autant à porter. Après quoi il insista pour l'aider à apprêter ses cheveux. Rose lui répéta une énième fois qu'une telle tâche était indigne de sa condition, et qu'il existait pour cet office des femmes de chambre, mais le prince fit la sourde oreille. Il attachait aux atours de sa maîtresse un soin équivalent à celui qu'il accordait à sa propre mise, et n'entendait pas déléguer ce qu'il considérait comme un privilège.

Lorsque la confection de la dernière anglaise fut terminée, Rose se farda succinctement, puis tira à elle un coffret de bois rectangulaire. Long comme l'avant-bras, sombre et très ouvragé, il dégageait une aura de solidité. Saisissant sur la table une clef d'or qui y dormait, la comtesse la glissa dans la petite serrure. Malgré le passage des ans, le mécanisme joua avec facilité. Soulevant le couvercle de son antique coffret, la radieuse *lady* s'attacha à choisir ses bijoux du soir.

Sa main hésita au-dessus d'un sachet de feutre d'un vert profond, que de fines cordelettes tenaient fermé, puis se dirigea finalement sur une parure d'ambre que lui avait offerte le comte Grigori Rosakov.

Lorsque ce dernier avait jeté son dévolu sur elle, Rose voyait déjà se bousculer à ses pieds la moitié de la cour impériale. Sa cassette était devenue trop exiguë pour contenir les pierres précieuses sous lesquels ses galants l'ensevelissaient, que ce fût sous forme de bagues, de colliers, de bracelets, de tiares ou de pendants d'oreilles. Afin de se démarquer, Rosakov avait décidé de faire confectionner un bijou spécialement pour sa destinataire. Si on l'en croyait, l'entièreté de la parure avait été conçue comme une « ode à la braise de son regard ». D'où le choix de l'ambre pour ornement principal. Rose avait accepté ce présent, mais Rosakov ne s'était pas vu gratifié des faveurs escomptées. Il ne cessa pas pour autant de la poursuivre de ses assiduités. Seule la rumeur qui courut au sujet du colonel Golitsyne mit un terme à ses prétentions. L'on ne rivalisait pas avec un prince. Surtout pas avec celui-là.

Évaluant son allure d'un ultime regard, Rose quitta sa chambre et prit la direction du rez-de-chaussée.

Ce fut au bras de son serviteur qu'elle entra dans le grand salon. Adelphe, debout près de l'âtre, leva le nez du rectangle de cuir qu'il tenait entre ses mains pour les regarder approcher. Il arborait de nouveau cette mine austère, à la limite de l'hostilité, que Rose lui avait découverte la veille.

— Bonsoir, lâcha-t-il du bout des lèvres.

Froissée par la fraîcheur du jeune homme, la comtesse accrocha à son visage un sourire de façade.

— Le bonsoir, mon ami, salua-t-elle en allant, seule, au-devant de lui. Comment se déroula votre journée ? Le prince m'a dit que vous lui aviez tenu compagnie.

Adelphe lança un rapide coup d'œil au Slave resté à deux pas des portes.

— Il a dit cela…

— Je gage que vous lui aurez montré quel hôte charmant vous êtes.

Jetant un nouveau regard vers le prince, Adelphe ne prit pas la peine de répondre. Il tourna simplement les talons et s'en fut poser l'ouvrage qui l'encombrait sur la table la plus proche.

Rose ravala sa déconvenue. Le jeune homme était son plus cher ami ; elle supportait mal de le voir en si mauvaises dispositions. Néanmoins, le moment était mal choisi pour épiloguer.

— Qu'est-ce que cela ? interrogea-t-elle en approchant pour contempler l'épais volume. La reliure paraît centenaire. Serait-ce une nouvelle antiquité pour la collection de votre frère ?

— On peut dire cela.

Rose souleva précautionneusement la couverture patinée par le temps. Un léger nuage de poussière s'envola dans un craquement plaintif. Prenant un instant pour admirer la grande lettrine peinte qui ouvrait la première des deux colonnes de la page, la comtesse parcourut ensuite les inscriptions un peu passées qui figuraient sur cet antique vélin. Sa belle et factice humeur s'étiola.

— *Commedia*, fit-elle dans un souffle.

— Votre œuvre favorite, je crois…

Rose n'eut pas la force d'acquiescer. Elle se contenta de plaquer sur son visage un sourire qui fit hurler les muscles de ses joues, tandis qu'un millier de souvenirs assaillaient son esprit dans un désordre douloureux.

Ce volume était un incunable, un livre ayant vu le jour alors que l'imprimerie moderne en était encore à ses balbutiements. Elle le savait car, outre les caractères gothiques propres aux anciens volumes, l'on voyait que la reliure avait été ajoutée sur le tard pour contenir les cahiers de feuillets, et l'ouvrage ne comportait pas de page de titre. Rose n'avait cependant aucun besoin que ce texte fût nommé pour le reconnaître. Il s'agissait des célèbres vers de Dante Alighieri. Poème par le biais duquel Artus lui avait enseigné le toscan, avant de lui apprendre l'italien contemporain.

Ébranlée, la comtesse laissa retomber l'épaisse couverture sur la pile de vélin jauni. Ce fut alors qu'elle avisa la poudre grisâtre qui s'était collée à la pulpe de ses doigts. Reposant les yeux sur la reliure brune, elle y distingua d'infimes traînées cendreuses. Une poussière similaire à celle qu'elle avait aperçue sur les mains d'Adelphe, une minute plus tôt.

— Ce volume est bien poussiéreux, fit-elle en levant sur le jeune homme un regard aigu.

— Son précédent propriétaire n'était pas très soigneux. Je m'étais justement attelé à son nettoyage lorsque vous êtes entrés.

— Avec vos mains, très cher ? remarqua la comtesse, candide.

— Hélas, j'ai oublié mon mouchoir. Or un tel trésor n'attend point, n'est-ce pas ?

Comme Adelphe commençait d'épousseter ses paumes l'une contre l'autre, un carré de soie immaculée pourvu d'un fin liseré de dentelle surgit près de son épaule droite. Surpris, le jeune homme pivota en direction du bras au bout duquel le tissu pendait.

Vassili attendait, stoïque, qu'Adelphe se décidât à prendre le mouchoir. Ce qu'il finit par faire, avec une certaine raideur.

— Merci, articula-t-il néanmoins.

Altier, le prince se détourna et se mit à arpenter le salon d'un pas tranquille.

— Dois-je comprendre que vous venez de découvrir cette merveille ? s'enquit Rose.

— C'est exact, madame.

— Un si précieux manuscrit, Artus ne devrait pas le laisser ainsi aux quatre vents.

— Peut-être avait-il prévu d'en faire quelque chose…

— Il ne vous en a pas tenu informé ?

— Je ne l'ai pas encore croisé, madame.

— Voulez-vous dire que votre frère n'est pas levé ?

— Il n'est pas sorti de sa chambre, répondit sobrement Adelphe.

Rose tiqua. La nuit était tombée depuis une bonne heure maintenant, or son mentor s'éveillait toujours avant le crépuscule. Pourquoi n'avait-il pas encore quitté son antre ?

— Vous devriez mettre cette œuvre à l'abri en attendant qu'il paraisse, conseilla-t-elle.

— Que craignez-vous qu'il lui arrive, madame ?

Ils échangèrent un regard piquant, puis Adelphe se fendit d'un sourire aussi peu naturel que celui que la comtesse arborait. Celle-ci prit conscience de ce que la situation avait de désagréable. Il lui parut aussi futile que pénible de poursuivre ce jeu de dupes.

— Qu'est ce que cela signifie ? murmura-t-elle en abandonnant enfin le masque de jovialité qu'elle avait jusqu'ici apposé sur ses traits.

— À vous de me le dire, comtesse, riposta son hôte en réintégrant à son tour sa sombre humeur.

— Comment le saurais-je ? Voilà une décennie que je ne suis venue ici…

Adelphe fronça les sourcils. Ayant achevé de s'essuyer les mains, il laissa tomber le luxueux mouchoir sur la table.

— Si vous vouliez bien lui laisser l'opportunité de…

— Des années j'ai attendu qu'il daigne sortir du silence ! cracha Rose entre ses dents. Il est un peu tard maintenant.

— Madame, s'il vous plaît…

— Pourquoi tant d'efforts ? Sauriez-vous donc de quels vains verbiages Artus comptait m'abreuver ? Si tel est le cas, allez-y, je vous écoute.

La mine soudain froissée, Adelphe garda le silence. La comtesse secoua la tête, ébauchant un sourire désabusé :

— Il vous saura gré de votre dévouement. Cependant, vous pouvez vous épargner.

Le jeune homme parut sur le point d'objecter, mais Rose l'en dissuada d'une main posée sur son bras.

— Adelphe, fit-elle dans un chuchotement chagrin, faudra-t-il aussi que cela me coûte mon plus cher ami ?

— *Désirez-vous que je sorte, ma lady ?*

— *Non. Cela devrait aller*, supposa Rose dans le secret de son esprit.

À l'autre bout du grand salon, l'air tout à fait absorbé par l'examen des tableaux, Vassili poursuivit sa promenade le long des murs. La comtesse, qui n'avait pas quitté son vis-à-vis du regard, attendit que ce dernier se prononce. Après quelques secondes d'un complet mutisme, Adelphe expira brièvement, comme soufflerait un taureau avant la charge.

— Vous savez bien que non, convint-il.

Pressant doucement le bras sur lequel sa main était encore posée, Rose chuchota :

— Je ne veux plus songer à ce qui est perdu. Je ne veux que me réjouir de ce qui est retrouvé…

Les traits du jeune homme se défirent enfin de cette sévérité qui leur seyait si peu pour se teinter d'une sollicitude inquiète. Il hocha la tête, le regard chargé d'affection. La comtesse lui retourna un sourire empli d'un semblable sentiment, puis, impatiente de se soustraire à cette conversation, elle s'intéressa derechef au tome séculaire qui patientait sur la table.

— Pensez-vous qu'il voulait y faire des recherches ? demanda-t-elle.

— Non… Je crois qu'il pensait l'offrir.

Rose serra les poings. Elle retint à grand-peine la réplique venimeuse qui lui monta aux lèvres. Si Artus se figurait encore pouvoir l'amadouer avec des cadeaux, il allait vite déchanter… S'écartant de la table dans un tourbillon de falbalas, elle se dirigea vers le piano-forte.

— Artus m'a fait part des dernières nouvelles, dit-elle en commençant à tourner autour de l'instrument. Alarmant, n'est-ce pas ?

— Comme vous dites, madame.

— Que pensez-vous de tout cela ?

— La même chose que ce qu'il vous aura sûrement dit.

— Croyez-vous, vous aussi, en l'innocence d'Olaf?

— « Innocence » est un terme difficile à manier lorsqu'il s'agit du *Könungr*, madame.

Ce mot imprononçable venait d'une ancienne langue appelée « norrois », et signifiait « roi ». C'était ainsi que les Oström désignaient celui qui régentait leur maison, au même titre que les Arimath appelaient leur propre régent « Héritier ».

Artus avait longtemps insisté pour que son infante entamât l'apprentissage du norrois, mais Rose avait freiné des quatre fers. Après s'être consacrée à l'étude du grec, de l'italien, de l'espagnol, du portugais et de l'allemand, elle avait estimé avoir ingurgité assez de dialectes pour les dix siècles à venir. Malheureusement, les choses en avaient été autrement.

— Cela dit, je vois mal quel intérêt Olaf pourrait tirer de tout cela, souligna Adelphe.

— Vous voulez dire, autre que celui de poser problème à l'Héritier?

— Il y aurait des façons de faire plus subtiles, s'il ne s'agissait que de cela.

— Vous conviendrez que la finesse n'est pas ce qui caractérise le *Könungr*. Mais certes, il ne commettrait pas pareille énormité.

Comme elle réarrangeait distraitement les boucles de ses cheveux, Rose regarda par-dessus son épaule pour voir où se trouvait son serviteur. Celui-ci se tenait à peu de distance de l'âtre, la tête levée vers un tableau.

C'était un portrait d'elle. Peint en pied, il était fort classique, exception faite du décor. D'ordinaire, lorsqu'on se faisait représenter en habit de chasse, l'on optait pour un arrière-plan d'extérieur plus ou moins abouti. Mais Rose avait rejeté l'idée. Elle avait voulu être peinte dans un décor simple, un petit salon tel que celui de monsieur Tout-le-Monde. Car, selon elle, nulle allégorie n'aurait pu être plus parlante.

Elle se souvint des protestations de l'artiste lorsqu'elle lui avait exposé son souhait. Toutefois, ce ne fut rien en comparaison des hauts cris qu'il avait poussés lorsque le comte lui avait appris qu'il devrait exécuter ce portrait de nuit, à la lumière des chandelles. L'homme s'était tant plaint, et si fort, que dès le premier soir Artus avait dû user de leur persuasion particulière pour qu'il oubliât ses objections et commençât enfin à travailler. Le lendemain, le peintre avait repris sa litanie de critiques là où il l'avait laissée, sous l'œil interloqué d'Artus qui usa derechef du talent de leur engeance. Le troisième soir, en entendant l'artiste reprendre à zéro la liste de ses plaintes, l'infante et son mentor avaient ri aux éclats. Cette subite hilarité avait eu le mérite de faire taire l'artiste récalcitrant une bonne fois pour toutes.

Nostalgique, Rose adressa à la toile un sourire vague.

— Je n'avais jamais rencontré mortel aussi obstiné. Vous exceptée, bien sûr.

Une étrange chaleur parcourut son corps en ondes enveloppantes. Il y avait si longtemps qu'elle n'avait entendu ce doux murmure... Cela lui avait tant manqué qu'elle ne fut pas assez prompte à museler son émoi. Il fusa dans le ciel de ses pensées tel un cri dans le silence. Cette joie aberrante et incontrôlée exacerba son ressentiment. Ulcérée par sa propre bêtise, Rose rabattit un couvercle de plomb sur son esprit.

Alors elle perçut son empreinte. Plus grisante et plus vive que celles des deux serviteurs présents dans la pièce, son aura croissait dans l'atmosphère à mesure qu'il approchait du grand salon.

Pivotant sur sa gauche à l'exact moment où les portes s'ouvrirent, Rose le regarda entrer.

Il portait un habit assez proche de celui de la veille, bien que cette fois les passementeries fussent de fil d'or, et que la soie fût coordonnée à la couleur de ses yeux. Comme il s'arrêtait à quelques pas de son infante, un sourire diffus vint flotter à ses lèvres.

— *Bonsoir,* lady, songea-t-il tandis qu'il s'inclinait.

Rose contraignit les muscles de ses joues à maintenir le simulacre de gaieté qu'elle venait de nouveau d'y poser.

— Mon seigneur, salua-t-elle en faisant sa révérence.

Le regard d'Artus s'aventura par-dessus l'épaule de la comtesse le temps d'un bref hochement de tête, puis revint se poser sur Adelphe.

— Vous avez oublié cela hier matin, fit ce dernier en tapotant du doigt l'antique volume resté sur la table.

— Ce n'était pas un oubli.

— Que comptiez-vous en faire, dans ce cas ?

— Quelque chose que je ne ferai pas. Vous pouvez le ranger dans la bibliothèque.

Rose cilla, son prétendu sourire toujours accroché au visage.

— Vous êtes sûr ? insista Adelphe, des reproches plein la voix.

— Tout à fait…

Tournant le dos à son frère, le comte dirigea ses pas vers le prince Golitsyne, lequel examinait toujours le portrait de sa maîtresse.

— Cette toile fut exécutée il y a une vingtaine d'années, précisa Artus. Vous étiez encore dans les jupes de votre nourrice, Votre Altesse.

— Il y a vingt ans d'ici, je rejoignais mon premier régiment en Sibérie, mon seigneur.

— En Sibérie ? Tout s'explique…

Le prince jeta à son interlocuteur un œil glacé.

— L'impératrice devait être très fâchée pour vous punir de la sorte, poursuivit le comte de Janlys. Qu'aviez-vous donc fait ?

— Personne ne m'a imposé ce régiment. Je l'ai choisi.

— Oh. Si jeune et déjà un acte de bravoure…

— D'humilité, mon seigneur. Ceux de notre sang en manquent trop souvent. Je voulais m'assurer que ce ne serait pas mon cas.

Ni le sourire courtois du comte, ni l'indifférence du prince ne surent camoufler l'âpreté de l'œillade qu'ils s'adressèrent.

— Votre empire est en guerre, je crois ? remarqua Artus d'une voix douce. Comment l'impératrice put-elle accepter de se priver d'un homme tel que vous en pareil moment ?

— Cela il vous faudra le demander à *lady* Rose. Puisqu'en vérité ce fut elle que l'impératrice ne sut pas convaincre de se priver de moi.

Le sourire d'Artus eut beau s'évaser, personne n'eut la sottise d'y voir une marque de sympathie…

— Bien, fit-il en repartant vers la cheminée. Puisque nous en avons terminé avec les politesses, il est temps que je vous entretienne de la promenade de cette nuit.

— Nous sortons ? s'étonna Rose.

Bifurquant vers le guéridon sur lequel était entreposé le service de cristal, Artus désigna les fauteuils à son auditoire d'un ample mouvement du bras. Son infante et son frère y prirent place ; le prince resta debout, à proximité du siège de sa maîtresse.

— En effet, confirma le comte en commençant à servir. Nous allons rendre une petite visite à M. de Laudale. Vous vous souvenez de lui, *lady* ?

— Henri de Laudale, le châtelain de Beaule ?

— Celui-là même.

— Bien sûr, je me souviens de lui. Il surveillait les terres à l'est de Boissy.

— C'est toujours le cas, indiqua Artus en apportant à son infante un verre empli de vin rouge.

— Je connais ce ton… Qu'a-t-il fait qui vous disconvienne ?

— La garde a trouvé un rôdeur près du mur d'enceinte, il y a trois nuits de cela, expliqua Adelphe tandis que son aîné versait un deuxième verre. Le gaillard s'était embusqué dans un arbre, à quelque distance du portail.

— Il surveillait le domaine ?

— C'est ce à quoi les gardes songèrent. Ils délogèrent donc le malotru et le conduisirent à nous. La réponse qu'il donna lorsque nous l'interrogeâmes sur sa présence nous étonna.

— Et nous déplut, renchérit Artus en servant son frère. Il raconta habiter le bourg de Puiselet, et avoir été accosté par un inconnu un après-midi de la semaine précédente, alors qu'il était à l'auberge. Cet homme lui promit un louis d'or s'il obéissait à de simples instructions. Notre roublard accepta. Il se vit ensuite expliquer que tout ce qu'il avait à faire était de se rendre ici, au manoir, et de se cacher près du portail afin de surveiller les allées et venues. Il devait s'y consacrer deux nuits durant, puis retourner à l'auberge faire son rapport pour pouvoir toucher son butin. Mais, puisque nous le trouvâmes, il ne dépassa pas la première nuit…

Le comte se tut, le temps de reposer la carafe à présent presque vide.

— La maladresse avec laquelle cette surveillance fut échafaudée démontre une intelligence limitée, ainsi qu'une fâcheuse méconnaissance de la cible, reprit-il en se dirigeant vers le prince, un verre à la main. Si l'on ajoute à cela le fait qu'il n'y ait qu'un seul candidat au paiement d'un si gras salaire dans la région du Puiselet, un nom s'impose de lui-même.

— Laudale, conclut Rose. Mais pourquoi aurait-il voulu vous espionner alors qu'il œuvre pour vous ?

— Excellente question, à laquelle je ne vois qu'une seule réponse acceptable.

— Quelque être de notre engeance l'aura soudoyé ?

— Selon toute vraisemblance.

S'arrêtant devant le prince, Artus lui tendit son verre. Vassili s'en empara, mais, à l'inverse des deux autres, n'y toucha point.

— Laudale est-il devenu fou pour avoir accepté ? fit Rose.

— M. de Laudale a cédé aux démons de la boisson voilà plusieurs années, l'informa Artus en retournant près du guéridon. Son esprit est souvent embrumé d'alcool. Il n'a pas dû être difficile à convaincre.

Perplexe, la comtesse contempla le dos de son mentor tandis qu'il remplissait un dernier verre. Il aurait dû écarter le châtelain au premier signe de faiblesse ; pourquoi ne l'avait-il pas fait ? Intérêt, ou négligence ? Elle repoussa cette dernière hypothèse. Artus n'était jamais négligent. Il y avait forcément une raison à sa mansuétude.

— Trois nuits ont passé depuis cette découverte et vous n'êtes point encore allé visiter Laudale ? Pourquoi cela ?

Le comte fit face à son infante.

— *Je vous attendais,* lady. *J'ai pensé que vous pourriez apprécier cette distraction après votre ennuyant périple.*

Un fugitif pincement de lèvres accueillit cette réplique. Artus s'évertuait à ressusciter leur connivence, mais Rose était déterminée à ne plus se laisser berner. Tout cela n'était que poudre aux yeux. Il voulait juste s'assurer la pleine et entière coopération de l'arme qu'il avait si méticuleusement polie. Rien de plus.

— Très aimable, mon seigneur, répondit-elle à haute voix.

— Je vous en prie, c'est bien naturel.

Levant son verre dans sa direction, Artus s'en accorda une longue lampée.

Cette absence de réaction prit Rose de court. Elle s'était attendue que son mentor la foudroie pour avoir osé révéler la nature de leur lien devant Vassili. Cependant, il paraissait s'en moquer… Avait-il présagé que Rose avait de longtemps mis le prince dans la confidence ?

— Qu'avez-vous fait du rôdeur ? interrogea-t-elle, feignant de n'être pas décontenancée.

— Comme je vous le disais, *lady*, il n'a pas dépassé la première nuit…

Cela, en revanche, ressemblait davantage à l'homme qu'elle connaissait.

— Nous partirons lorsque vous aurez vidé vos verres, annonça-t-il alors en reposant le sien sur le guéridon. Le carrosse attend dans la cour. Ne traînez pas.

Saluant l'assistance d'un signe de tête, il gagna les portes en vastes foulées silencieuses, puis disparut dans l'antichambre attenante au grand salon.

Rose baissa le nez dans sa coupe de cristal. Elle se fichait de savoir ce qu'Artus était parti faire, ou ce qui avait pu le tenir enfermé dans son antre après la tombée de la nuit. Elle ne questionnerait pas Adelphe à ce sujet, ainsi qu'elle avait eu coutume de le faire en telles circonstances. Cela ne la concernait plus.

La mine sévère, elle acheva son verre de vin.

Quand ils se présentèrent au pied du carrosse, une poignée de minutes plus tard, le comte y était déjà installé.

Aidée par son serviteur, Rose grimpa la première dans le véhicule. L'espace d'un instant, elle envisagea de s'asseoir auprès d'Artus, puis elle se ravisa et opta pour la banquette opposée. Ce fut Adelphe qui s'assit aux côtés du comte, une fois que Vassili eut pris place près de sa maîtresse. Puis, lorsque tout le monde fut installé, Artus donna le départ en cognant dans la paroi du véhicule.

Le carrosse se mit en branle. La faible allure qu'il atteignit informa la comtesse de la nature ordinaire de l'attelage. Elle estima qu'à cette vitesse ils ne rallieraient pas le château de Beaule avant deux bonnes heures. Deux heures à supporter cette étouffante promiscuité…

Se calant dans la confortable banquette doublée de velours cramoisi, le visage parfaitement inexpressif, Rose s'attacha à ne penser à rien d'autre qu'à son souffle. Ainsi que son mentor le lui avait enseigné, elle contrôla la durée de chaque inspiration et de chaque expiration, s'appliquant aussi à en maîtriser la profondeur, afin de ne rien laisser deviner des tensions qui la tiraillaient.

Il était étonnant de constater comme le corps gardait ses réflexes primitifs. Respirer ne lui était plus d'aucune utilité, pourtant sa poitrine continuait de se soulever et de s'abaisser selon une séquence répétitive. Ce mécanisme de subsistance était si solidement ancré en elle que Rose avait un temps continué de croire qu'il lui était toujours nécessaire. Jusqu'à ce qu'Artus lui démontrât le contraire.

Une nuit, prétextant vouloir tester sa vivacité en lui demandant de pêcher à mains nues dans la rivière, il avait profité qu'elle se concentrait pour la ceinturer et l'entraîner par le fond. Encore aujourd'hui, Rose se remémorait avec effroi ce moment de panique où elle avait senti l'eau pénétrer sa gorge. Elle s'était débattue pour regagner la surface, convaincue qu'elle allait mourir si elle ne retournait pas à l'air libre. Mais l'étreinte d'Artus constituait un étau dont on ne se libérait que s'il l'avait décidé.

Il l'avait maintenue contre lui jusqu'à ce qu'elle cessât de s'agiter. Elle s'était alors aperçue qu'elle pouvait retenir son souffle indéfiniment. Aucune pression, ni aucune sensation d'étouffement ne la contraignait à essayer de respirer. Son corps n'avait plus besoin d'air pour fonctionner. Ce phénomène n'était qu'un automatisme. Lorsqu'il avait senti que son infante le comprenait, Artus avait doucement ouvert la prison de ses bras pour lui permettre de lui faire face. Dans ce vide mouvant que seule éclairait la vision bleutée de leur engeance, ses cheveux ondoyant autour de sa tête comme une auréole de noirceur, il ressemblait à une apparition… Elle lui avait souri, ébahie de ce prodige et soulagée de ne pas avoir eu à mourir. Artus avait dû entendre cette pensée car il avait éclaté de rire, juste avant de…

Rose repoussa vivement ce souvenir.

Stupide réflexe que la respiration. Pour peu que vous lui laissiez la bride sur le cou, elle était encore capable de trahir vos émotions. Tel qu'en cet instant, où sa poitrine luttait pour se répandre en mouvements anarchiques tandis que, malgré elle, Rose se souvenait…

Délaissant la contemplation du paysage qui défilait par sa fenêtre, la comtesse se tourna vers la vitre opposée.

Bras croisés, Adelphe regardait lui aussi par le carreau de sa portière. Une mèche de ses cheveux, derechef échappée de son catogan, courait insolemment le long de sa joue. Les yeux dans le vague, il semblait perdu dans ses pensées. Des pensées peu agréables, à en juger par son air maussade.

Sans doute alerté par le poids du regard fixé sur lui, le jeune homme tourna la tête en direction de Rose. Ébauchant un sourire crispé, il reporta illico son attention sur le paysage. Mais, avant de parvenir à la fenêtre, ses yeux s'arrêtèrent un court instant sur le Slave assis en face de lui. Ses traits se verrouillèrent de plus belle, causant à la comtesse un regain de contrariété.

Vassili avait-il vu juste ? Adelphe l'avait-il vraiment pris en grippe ? Tandis qu'elle se faisait cette réflexion, ce dernier ramena les jambes contre la banquette, comme s'il cherchait à s'extraire du voisinage du prince. Rose refoula son amertume. Elle n'avait pas imaginé que le jeune homme réagirait de cette façon. Elle avait au contraire espéré son soutien, ainsi qu'elle l'avait toujours obtenu par le passé.

— *Un souci,* lady ?

Rose pivota vers son mentor. Celui-ci l'observait depuis son recoin de pénombre, la tête légèrement inclinée sur le côté.

— *Pas le moindre*, songea-t-elle.

— Vous examiniez Adelphe avec gravité. Auriez-vous eu des mots ?

— Non. Rien de la sorte.

Claquemurée au fin fond de son esprit, la comtesse se morigéna rageusement. À quoi bon contrôler sa respiration si elle n'était pas fichue de diriger son regard où il fallait ?

Un demi-sourire naquit aux coins des lèvres d'Artus.

Rose canalisa son affolement.

Le lien qui unissait un immortel et sa progéniture, ainsi que celui qui l'unissait à ses servants, accordait la faculté de communiquer d'esprit à esprit. Toutefois, cette aptitude n'atteignait que les pensées superficielles. Pour se soustraire à toute intrusion, il suffisait d'apprendre à penser à un degré inférieur, à intérioriser davantage ses réflexions. Or, c'était précisément ce que Rose avait fait. Artus ne pouvait donc pas l'avoir entendu. Elle avait seulement commis une trop flagrante erreur, et par conséquent le mensonge qui avait suivi avait été aisément repérable. Fort de cette déduction, le comte jouait de son aplomb pour la percer à jour. Ce qui se produirait sans tarder si Rose ne trouvait pas meilleure excuse à proférer que ce piètre démenti.

— Je supposais que c'était avec vous qu'il s'était querellé, ajouta-t-elle alors.

— Pourquoi cela ?

— Une telle morosité est si inhabituelle chez lui, j'ai songé que vous vous étiez peut-être accrochés.

La chose s'était déjà produite. Car, si Adelphe avait grande foi en son aîné, il ne se privait pas pour lui signifier son désaccord, le cas échéant. Il n'hésitait même jamais à discuter les décisions d'Artus si celles-ci lui paraissaient douteuses. Une fantaisie qu'ils n'étaient pas nombreux à se permettre, d'ailleurs.

— *À quel propos nous serions-nous querellés,* lady ?

La belle infante prit un air ignorant, mais elle savait pertinemment qu'il existait une pomme de discorde entre les frères d'Holival. Il y avait certes longtemps qu'elle n'avait assisté à leur dissension, pourtant elle en avait entendu assez au fil des ans pour être sûre de son fait. La faille dans cette symbiose fraternelle, c'était elle.

Quel que fût le sujet, tant que Rose était impliquée, les deux frères semblaient incapables de s'entendre. Ces divergences perpétuelles tenaient surtout à l'antagonisme de leurs tempéraments. Là où Adelphe prônait la franchise à tous crins, Artus préférait la circonspection et la parcimonie. Outre les quelques manifestations d'agacement que générait, de part et d'autre, cette dissemblance, Rose avait eu l'occasion de constater leur désaccord grâce à son ouïe exceptionnelle. L'utilité de ces indécelables indiscrétions n'étant pas à prouver, elle avait tenté de s'inviter dans les conversations de la fratrie autant qu'elle avait pu. La pêche fut le plus souvent médiocre, car les frères d'Holival tenaient l'essentiel de leurs débats dans l'inviolable forteresse de leurs esprits. Néanmoins, il arriva qu'elle surprît des bribes de propos qui vinrent confirmer ses impressions.

Telle cette nuit de décembre 1673.

Cet hiver-là, tandis que Louis le quatorzième légitimait – derechef – sa progéniture adultérine pour la titrer grassement, et que la Cour cancanait sur ces agissements peu chrétiens, Artus offrit à son infante un manoir.

Ayant profité d'un séjour de Rose outre-Manche, il s'était porté acquéreur d'un domaine et du titre qui lui était attaché – lesquels étaient tombés depuis quelque temps dans l'escarcelle de Marie Jeanne Baptiste de Savoie, duchesse d'Aumale. Aussi, lorsque Rose rentra d'Angleterre ce

Noël-ci, elle se vit offrir non pas une nouvelle résidence, mais une baronnie.

La baronnie de Carville.

Celle-là même qui avait été le terrain de jeu de son enfance ; celle dont elle avait arpenté le parc des heures durant en compagnie de Charlotte, sa chère amie. Celle, aussi, qui avait vu mourir son père, et qui fut par la suite le théâtre de sa vengeance.

Rose fut bouleversée par ce présent. Cette demeure représentait beaucoup pour elle. C'était en quelque sorte le dernier témoin de celle qu'elle avait été. Son mentor savait cela, bien sûr. Ce fut pourquoi elle pensa que ce cadeau n'avait rien d'anodin. Mais, comme toujours, le comte se montra peu loquace quant à ses motivations. Un sourire aux lèvres, il s'était contenté d'écouter son infante babiller sur les améliorations qu'elle ferait apporter au manoir et sur les arbres qu'elle ferait planter dans le parc.

Ce fut au terme de cette nuit-là que Rose avait surpris une discussion entre les frères d'Holival. Certainement la plus explicite qu'elle n'eût jamais le loisir d'entendre. Alors qu'elle s'apprêtait à se coucher, et tandis qu'elle revêtait sa chemise de nuit, elle avait percé de son ouïe les murs du manoir en quête de voix qu'en général elle ne trouvait pas. Or, cette fois-ci, il en était allé différemment.

— *Votre présent aura eu l'effet escompté*, avait-elle entendu Adelphe dire quelque part dans la demeure. *Lady Rose était ravie.*

— *C'est ce qu'il m'a semblé, oui.*

— *Vous comptez en rester là ?*

— *Adelphe… cela ne va pas recommencer ?*

—Mon frère, je vous en conjure, cessez cette pénible comédie et libérez-la de ce fardeau. Elle mérite d'entendre la vérité.

—Combien de fois faudra-t-il que je vous répète de ne pas vous mêler de cela ?

—Des milliers ? Des centaines de milliers ? Peu importe, vous ne me convaincrez jamais du bien-fondé de votre attitude.

—Mais je n'ai pas à vous convaincre, Adelphe. Il me suffit de vous ordonner.

Un morne silence avait suivi cette repartie.

Rose, elle, était restée assise au bord du lit une pleine minute, oscillant entre chagrin et résignation. Bien qu'elle ait toujours su à quoi s'en tenir, Artus se montrait si galant avec elle qu'il lui arrivait d'oublier la triste réalité. Se l'entendre remémorer aussi crûment avait été fort douloureux. Elle s'était consolée en se disant qu'elle devait bien compter d'une quelconque manière pour que son mentor l'ait gardée auprès de lui tout ce temps, puis elle s'était empressée de rejoindre le néant salvateur du sommeil…

—J'ignore ce pour quoi vous pourriez vous être chicanés, mon seigneur, prétendit-elle en revenant à l'instant présent.

—Il y aurait eu discorde et Adelphe ne vous en aurait rien dit ? fit Artus avec un rien de moquerie. *Allons,* lady, *cela ne se peut.*

Rose décida d'ignorer cette réplique. Le comte l'avait toujours taquinée sur sa relation avec Adelphe – sans doute trop honnête à son goût –, mais elle n'était pas d'humeur à plaisanter.

Le reste du trajet se déroula dans un calme presque dérangeant. Et, bien que chacun eût l'air de s'accommoder de la chose, l'enthousiasme avec lequel ils descendirent du carrosse, une fois parvenus à bon port, pouvait laisser imaginer le contraire.

Le château de Beaule était un édifice récent. Bâti en 1701 par l'arrière-grand-père de l'actuel propriétaire, il présentait les caractéristiques communes aux constructions du siècle précédent. Avec ses trois niveaux – dont le dernier était sous les combles –, son toit en ardoise et sa façade en grès clair, le château était élégant sans être tapageur. Ce qui n'était pas le cas de son occupant.

Rose avait rencontré M. de Laudale à diverses occasions avant de partir pour la Russie. Elle se souvenait d'un homme avec un goût prononcé pour l'ostentatoire et une gouaille qui rappelait continuellement les origines roturières de ses aïeux. Celui auprès de qui on les introduisit correspondait toujours à cette description, à ceci près que les dix années passées avaient laissé plus de traces sur son visage que les sabots d'un cheval n'en laissaient dans la boue. Dépenaillé, bouffi, les joues couperosées, le sieur Henri de Laudale était avachi sur son siège, un bras étendu sur la table. Près de sa main, un verre plein d'une liqueur odoriférante attendait qu'on le boive.

— Mons… sieur d'Janlys ? baragouina-t-il en voyant entrer dans le petit salon les deux Arimath et leurs serviteurs. Qu'es'ce vous faites ici ?

— Vous allez me le dire, monsieur, répondit posément Artus en approchant de la table.

— J'vais vous dire quoi ?

Si son haleine n'avait pas empesté l'alcool, Laudale aurait tout de même été trahi par ses yeux rougis et sa voix pâteuse : il était ivre mort.

— Qui est-ce que vous m'am'nez là, monsieur ? interrogea-t-il en tournant un œil vitreux sur les trois autres.

Artus abandonna sur la table les gants et le tricorne qu'il n'avait pas mis, puis il s'y assit à demi, une cuisse reposant nonchalamment sur le plateau de chêne. Au bras de son serviteur, Rose avança jusqu'au centre de la pièce, où ils s'immobilisèrent tous deux. Comme Adelphe repoussait au-dehors le valet qui les avait accompagnés et refermait d'autorité la porte du salon, l'inquiétant de la situation parvint enfin au cerveau aviné du châtelain :

— Qu'es'c'qui s'passe ?

— Mes gardes ont fait une curieuse rencontre, il y a de cela plusieurs nuits, commença Artus sur un ton détaché. Un gredin était embusqué dans un arbre en bordure de ma propriété.

— Ah oui ?

— Il était chargé d'épier ce qui s'y déroulait. Voyez-vous, quelqu'un lui avait promis un louis d'or s'il remplissait correctement sa tâche.

— Vraiment ?

— Savez-vous d'où venait ce maraud, monsieur ?

— Eh bien…

Le châtelain lança en direction de Rose un coup d'œil qu'il crut sans doute furtif. Peut-être se souvenait-il l'avoir déjà vue ; ou peut-être était-il plus intéressé par ses charmes que par le discours d'Artus…

— Non… j's… ais pas, acheva-t-il laborieusement.

— Il semblerait qu'il ait été ramassé à l'auberge du Puiselet. Un homme l'y aurait accosté.

— Pourquoi vous m'dites ça ?

— Ma foi, je songeais que vous pourriez avoir une idée quant à l'identité de cet homme qui me veut faire espionner.

La figure de Laudale s'allongea en même temps que ses yeux s'arrondirent.

— Moi ? Pourquoi j'saurais ça ?

— Un louis d'or, c'est une somme rondelette à verser à un gueux. Il n'y a guère qu'une personne bien lotie pour pouvoir envisager dépense aussi inconsidérée…

Laudale continua à fixer son interlocuteur, mais ses paupières s'abaissaient lentement sur ses yeux. Artus attendit un instant, puis, comme rien ne venait, il abattit brusquement la main sur la table. Anesthésié par l'alcool, le châtelain sursauta à peine.

— Avez-vous recruté cet homme, monsieur ? questionna le comte, la mimique débordant de mépris.

— Qui, moi ?

Rose vit un éclair d'un vert luminescent traverser les iris de son mentor, signe qu'il commençait à s'irriter. C'était un trait de caractère qu'elle avait appris à connaître. Bien qu'Artus fût capable d'une infinie patience et d'un admirable contrôle de lui-même, il était néanmoins susceptible de sortir de ses gonds à une vitesse ahurissante lorsqu'il s'agissait de manigances de mortels.

— Quelle idée ! s'indigna Laudale. Pourquoi je f'rais une chose pareille ?

— C'est ce que je suis venu vous demander.

— Vous croyez vraiment que c'est moi ?

— Vous connaissez d'autres seigneurs dans les environs du Puiselet ?

— Non…

— Alors cela ne laisse pas moult possibilités, n'est-ce pas ?

Laudale se redressa, apparemment piqué au vif.

— V'là des années que j'surveille le coin pour vous ! postillonna-t-il en pointant l'index sur son vis-à-vis. J'me suis toujours contenté de c'que vous m'payez, et j'ai jamais failli à ma tâche. J'vous permets pas d'penser que j'puisse avoir envoyé un mouchard fourrer le nez dans vos affaires ! J'suis un homme de parole, moi !

Avant que la dernière gouttelette de salive ne fût retombée sur son gilet, le châtelain se retrouva encastré dans le dossier de son fauteuil.

— Votre fierté d'ivrogne m'importe peu, monsieur, indiqua Artus dans un murmure menaçant, la gorge du châtelain emprisonnée au bout de son bras tendu. Je vous ai posé une question, et j'entends obtenir une réponse précise... Avez-vous, oui ou non, enrôlé un villageois pour épier mon domaine ?

— Non !

Rose soupira. Ce qu'ils pouvaient être lassants. C'était toujours la même histoire avec eux ! Même au pied du mur, ils continuaient de jurer leurs grands dieux qu'ils étaient innocents de ce dont on les accusait.

— *Celui-ci dit vrai, pour une fois*, lui confia son mentor.

— *Ah oui ? Voilà qui nous change...*

— *N'y prenez pas trop goût,* lady, *m'est avis que cela ne durera pas.*

Comme Artus lui jetait un regard complice, la comtesse se prit à lui sourire. D'un vrai sourire. Faire abstraction de leur entente passée était plus complexe qu'elle ne l'aurait cru. Elle accumulait les faux pas. Le temps qu'elle se rattrape et efface cette indulgence de son visage, son mentor avait déjà tourné la tête.

— *Il est peu probable qu'un seigneur voisin soit venu jusqu'ici recruter un villageois*, songea-t-il, observant de nouveau le châtelain.

— *Qui alors ?*

— *Regardez-le,* lady, *n'importe qui d'assez dégourdi pourrait accéder à sa bourse...*

— Dites-moi, monsieur, reprit-il à haute voix, comme ses prunelles se paraient d'une diffuse nitescence. Qui sont vos hommes de confiance ?

Les yeux de Laudale s'écarquillèrent ; un air vacant gagna son faciès rougeaud tandis qu'Artus le scrutait...

Des six maisons composant leur société occulte, les Arimath étaient assurément les moins querelleurs. Volontiers taxés de veulerie par leurs pairs, ces trop beaux aristocrates se complaisant dans leur snobisme étaient souvent déconsidérés par leurs pairs. Et si l'on recherchait leur compagnie pour leurs charmes, l'on oubliait parfois de s'en méfier, leur maison étant communément admise pour être la moins bien lotie en termes de talents claniques.

Car, outre leur beauté, on ne leur connaissait comme seconde particularité qu'une faculté accrue à influencer les mortels. Or cette faculté était intrinsèque à leur engeance. N'importe quel être de leur race pouvait impressionner les mortels qui les entouraient. L'on se figurait donc que cette petite spécialité Arimath n'avait rien d'essentiel, à l'instar de leur joliesse, que beaucoup considéraient comme purement décorative. La combinaison de ces deux facteurs tendait donc à laisser croire que la maison Arimath était de toutes la moins dangereuse. Bien sûr, la place prépondérante que ce clan tenait sur l'échiquier européen démontrait qu'il était loin d'être passif. Mais, comme les Arimath étaient d'habiles négociateurs – qualité qu'on les soupçonnait d'avoir développée pour pallier l'absence de talents offensifs –, l'on ne voyait là que la résultante de leurs nombreuses et adroites manœuvres.

C'était aller un peu vite en besogne.

Premièrement, leur joliesse était très loin d'être juste ornementale, ainsi que Rose avait eu l'occasion de le découvrir. Il s'agissait au contraire d'un immense avantage. Puissant vecteur de convoitise, leur beauté affectait tous ceux qui les approchaient, mortels ou non, sans qu'il n'y ait à fournir le moindre effort. Et plus cette beauté était grande plus l'emprise générée était forte. Avec un soupçon de finesse et de séduction, les effets pouvaient se révéler dévastateurs. L'on n'imaginait pas ce qu'il était possible d'obtenir d'un être en proie au désir...

Deuxièmement, la perception que l'on avait de la seconde aptitude clanique des Arimath était tronquée. Pour jauger l'ampleur de la méprise, il fallait d'abord se remémorer que, si tout être de leur engeance savait dominer l'esprit d'un ou plusieurs mortels, cette ascendance ne perdurait pas au-delà de la présence effective de celui qui l'exerçait. En d'autres termes, le mortel dominé recouvrait ses esprits et réintégrait sa volonté propre une fois que le responsable de la domination avait quitté les lieux. Les autres maisons pensaient donc que les Arimath étaient simplement pourvus d'un meilleur contrôle en la matière.

Elles se trompaient.

Les Arimath n'exerçaient pas de domination supérieure. En revanche, ils étaient capables de pénétrer la mémoire d'autrui pour y fouiller autant que bon leur semblait. Et, s'ils ne pouvaient implanter de faux souvenirs, ils savaient à l'inverse comment en ôter de réels. Mais le plus important de tout cela était que cette aptitude ne se limitait pas aux seuls esprits mortels...

Bien entendu, les intéressés s'étaient toujours arrangés pour que l'on ne réalisât pas la véritable nature de leur faculté. Rose ne l'avait d'ailleurs su que plusieurs années après sa renaissance au monde de la nuit. Sous la gouverne d'Artus, elle avait alors appris à domestiquer ce délicat talent. Or, même aujourd'hui, elle se savait encore très loin de posséder la maîtrise qu'en avait son mentor.

— Mes hommes de confiance, répéta Laudale, atone. Desbruères et Martinaud.

— Qui sont-ils ?

— Martinaud est mon premier valet. Desbruères est mon garde-chasse.

Artus opina. Il aurait fort bien pu trouver ces informations en farfouillant dans l'esprit de Laudale, cependant, ainsi qu'il l'avait enseigné à son infante, interroger à haute voix faisait naturellement remonter les souvenirs concernés à la conscience du sujet. Ce procédé épargnait de hasardeuses prospections, et était largement plus reposant que la méthode silencieuse.

— En lequel de ces deux hommes avez-vous le plus foi ?

— Martinaud.

— Je pense que c'est notre homme, annonça le comte après un court instant. D'après ce que je vois, Laudale s'en remet à lui lorsqu'il est trop ivre pour se mouvoir par lui-même. De quoi agir en toute tranquillité.

— L'un de nos pairs l'aurait pris pour affidé ? fit Rose.

— Nous le pensions de Laudale, pourquoi pas de son valet ?

La comtesse garda un silence dubitatif. D'ordinaire, lorsque les leurs faisaient appel aux services d'un mortel, ils choisissaient le maître plutôt que le servant. Toutefois, dans le cas présent, le maître était quelque peu hors d'usage…

— Possible, convint-elle.

Artus observa une dernière fois le châtelain amorphe, puis il le relâcha et se leva de la table où il était assis.

— Martinaud a sa chambre près de celle de son maître, dit-il en se tournant vers Adelphe.

— Je m'en charge.

Quelque peu surprise, Rose leva les yeux vers son serviteur.

— Si vous le permettez, ma *lady*, ajouta celui-ci.

— Bien sûr, Vassili. Faites.

Sitôt obtenu l'assentiment de sa maîtresse, le prince rebroussa chemin vers la porte. Adelphe s'écarta de sa trajectoire, puis le suivit des yeux tandis qu'il passait à sa hauteur.

— *Vous ne savez pas où se situe la chambre de Laudale*, murmura Rose à l'esprit de son servant.

— *Cette lacune sera comblée sous peu.*

Comme Vassili ouvrait la porte, le valet qui patientait au-dehors sursauta. Il fit mine de battre en retraite, mais la main du Slave tomba sur son épaule.

— Nous avons à parler, signifia ce dernier tout en refermant le battant.

Ouvrant son éventail d'un geste machinal, Rose commença d'arpenter mollement le salon.

— *Pourquoi vouliez-vous vous charger de cela, Vassili ?* songea-t-elle. *Adelphe pouvait le faire, il connaît bien les lieux.*

— *Cette inertie me fatigue, je préfère me rendre utile. Puis mieux valait que je m'arroge une tâche avant que le comte m'en trouve une.*

La comtesse pinça brièvement les lèvres, ennuyée.

— *Ce n'est que le second soir. Cela va s'arranger.*

— *Si vous le dites…*

Cette fois, Vassili ne doutait pas. Il était absolument certain qu'elle avait tort. Rose contint un soupir. Elle aurait aimé pouvoir le détromper.

Pendant qu'Adelphe tuait le temps en feuilletant un livre qui traînait là, et qu'Artus vidait le verre de liqueur que Laudale s'était préparé sous le regard inexpressif de ce dernier, Rose suivit d'une oreille la progression de son serviteur. N'ayant eu aucun mal à obtenir du valet l'information souhaitée, il se dirigeait à présent au premier étage. Rose l'entendit gravir une volée de marches, puis ouvrir plusieurs portes. Elle perçut ensuite le bruissement du tissu que l'on froisse, suivi d'une exclamation étouffée.

—*Silence*, somma Vassili. *Si vous ne voulez point que ce sabre vous passe par le corps, vous me suivrez sans résister.*

Rose dissimula son sourire derrière son éventail. La diplomatie n'était pas le fort du prince, mais, à dire vrai, il n'en avait nul besoin. Son apparence glaçante et magnifique à la fois suffisait d'ordinaire à faire ployer les récalcitrants, ce qui constituait pour sa maîtresse un précieux gain d'énergie.

—*Avancez.*

—*Ma robe de chambre… puis-je?*

—*Dépêchez.*

Il y eut un nouveau froissement de tissu, que Rose identifia aisément, puis deux séries de pas résonnèrent sur le plancher.

—Le prince a trouvé Martinaud, annonça-t-elle.

—Superbe! C'était vraiment l'homme de la situation! s'exclama Artus, notoirement ironique.

La comtesse cessa ses allées et venues pour se tourner vers son mentor, qu'elle épingla d'un regard dur. À ses lèvres se pressa une marée de répliques acerbes qu'elle jugea imprudent de formuler. Il était trop tôt pour une opposition frontale. Elle ne savait pas encore quelle tournure prendraient les événements, ni quel rôle il lui faudrait jouer dans leur dénouement. Le silence était préférable, pour le moment…

Comme elle se remettait à battre le plancher, Rose se concentra sur le bruit des pas. Dans l'entrefaite, ils avaient atteint le cabinet adjacent au petit salon. Bientôt la porte s'ouvrit sur le valet en peignoir et bonnet de nuit, suivi de près par le prince.

— Entrez, entrez, monsieur ! fit Artus sur un ton presque enjoué. Nous vous attendions.

Poussé par Vassili, le valet trottina jusqu'au centre de la pièce, où il s'immobilisa, tremblant.

— Votre maître nous a dit combien il avait foi en votre valeur, reprit Artus. N'est-ce pas, monsieur ?

Le châtelain, toujours enchâssé dans le dossier de son fauteuil, fixait le vide d'un air absent.

— Il nous a dit que vous veilliez sur lui lorsqu'il était indisposé ; que vous preniez soin de le coucher lorsqu'il n'y parvenait pas ; que vous vous occupiez de ses vêtements, bref, que vous faisiez ce que l'on est en droit d'attendre d'un fidèle serviteur. Car vous êtes un fidèle serviteur, n'est-ce pas, Martinaud ?

— Oui, monsieur, souffla le bonhomme en s'enroulant dans sa robe de chambre.

— Alors pourquoi trahissez-vous votre maître ?

Le haut-le-corps que le valet eut à ces mots fut plus éloquent encore qu'une confession. Artus secoua la tête de gauche à droite, ponctuant cette marque de consternation par de petits clappements de langue.

— Quel stratagème saugrenu de lever un espion à la table d'une auberge. Pensiez-vous vraiment que mes gardes ne le trouveraient pas ?

— Je… Non, c'est…

— Vous êtes un imbécile, mais il en va souvent ainsi avec les vôtres. Maintenant, dites de qui vous exécutez les besognes, et peut-être me montrerai-je clément.

— C'est… pour M. Bernard, monsieur.

— Louis-Jacques Bernard ? Le banquier ?

— Oui, monsieur.

— *Auriez-vous fait des dettes, mon seigneur ?* s'amusa Rose.

Artus lui jeta un bref coup d'œil.

— Que me veut cet homme ?

— Je l'ignore, monsieur.

— Ne me contraignez pas à me répéter, gronda le comte. Vous n'aimeriez pas cela.

— Il ne m'a rien dit de précis, monsieur, bafouilla le valet. Il était venu voir mon maître…

Martinaud s'interrompit et tourna une mine contrite vers le châtelain.

— Poursuivez, exigea Artus. Que s'est-il passé exactement ?

— Mon maître avait eu une nuit difficile, il était encore au lit quand M. Bernard se présenta au château ce jour-là. Aussi reçut-il le banquier dans sa chambre. Monsieur me fit sortir mais…

— Vous avez écouté aux portes.

— Oui, monsieur…

— Continuez.

— M. Bernard rappelait à mon maître qu'il lui devait déjà beaucoup d'argent. Il lui disait qu'il fallait payer, faute de quoi il lui confisquerait ses terres. Comme mon maître demandait un délai, M. Bernard lui proposa un accord. Il dit que, si mon maître acceptait, il allégerait sa dette de moitié.

Le valet s'arrêta de nouveau, malaxant un pan de sa robe de chambre entre ses doigts grêles.

— Les termes de l'accord comprenaient des renseignements que mon maître devait donner. Des renseignements à votre sujet, monsieur le comte.

— Lesquels ?

— Je ne sais pas, monsieur. AH !

Grimaçant de douleur, Martinaud porta subitement les mains à ses tempes.

Bien des décennies étaient passées depuis la première fois que Rose avait vu son mentor à l'œuvre. Or elle ignorait toujours comment il s'y prenait pour produire un tel effet.

— Soit, convint Artus. Vous ne savez pas…

Le valet parut se détendre. Ses paumes se détachèrent de son crâne.

— Je… ne compris pas ce qu'ils se dirent après ça, reprit-il, essoufflé. J'ai seulement entendu M. Bernard insister, et menacer mon maître. Mais monsieur ne voulait rien entendre. Il a refusé tout net.

Rose accorda un regard au châtelain. Pour un soûlaud, Laudale avait fait preuve d'une surprenante loyauté. Voilà peut-être pourquoi Artus ne l'avait pas évincé ?

— Ensuite ? fit ce dernier.

— M. Bernard était furieux, monsieur. Il est sorti en vociférant que, puisque c'était ainsi, il allait s'arranger pour déposséder mon maître de tous ses biens. Je savais que mon maître ne pourrait pas rembourser un sou… Mais je ne pouvais laisser cela se produire, vous comprenez, j'ai une femme et deux enfants…

— Ensuite, répéta Artus, impassible.

— J'ai trouvé prétexte pour descendre sur les pas de M. Bernard, et j'ai sollicité un entretien. Au début il a refusé, puis quand j'ai dit que j'étais d'accord pour lui donner des renseignements sur vous, monsieur, il s'est arrêté… Nous avons parlementé un moment sur les détails pécuniaires, puis il a accepté mon concours.

— Que voulait-il savoir ?

— Tout, monsieur. Tout ce que je pouvais apprendre sur vous lui convenait. Mais il me confia être surtout intéressé par les visites que vous receviez, et les sorties que vous faisiez. Il se dit prêt à payer un supplément si je parvenais à le renseigner là-dessus. C'est pour ça que j'ai envoyé quelqu'un, monsieur. Je ne savais de vous que ce que mon maître disait, ce n'était pas suffisant.

Artus plissa les yeux. Son visage ne reflétait aucune émotion particulière, toutefois les ondoiements qui parcouraient ses iris en disaient assez long.

— De grâce, monsieur, ne vous fâchez pas ! supplia le valet en joignant les mains. Je sais que c'était mal, mais il fallait que j'empêche le banquier de tout prendre ! Que serions-nous devenus, ma famille et moi ? J'aurais eu trop de difficulté à trouver une autre place. Je n'avais pas le choix !

— Vous pouviez fort bien m'informer de ce qui se tramait.

Martinaud se figea. Rose comprit à son expression interdite que cette éventualité ne lui avait même pas traversé l'esprit.

— Pitié mon seigneur, bredouilla le valet blêmissant. Je… Je ferai ce que vous voulez pour me racheter… Je… j…

— Calmez-vous, l'enjoignit Artus. Je comprends.

— … Vraiment ?

— Vous vouliez sauver votre maître, n'est-ce pas ?

— Oui ! Oui c'est cela !

— C'est évident…

— Alors vous me pardonnez, mon seigneur ?

Serein, Artus avança vers l'homme en peignoir.

— Vous êtes un bon valet, Martinaud.

Le mouvement qui suivit fut si leste qu'il faillit échapper aux trois autres. Le domestique s'affaissa au sol, l'arrière du crâne appuyé entre ses deux omoplates, un sourire soulagé figé sur les traits.

Rose eut un rictus navré. Sa fin était inéluctable. L'on ne pouvait tolérer de traître parmi les affidés, quel qu'en soit le motif. Et surtout pas au bénéfice d'un simple mortel.

— Laudale, soupira le comte en s'en retournant vers le châtelain hébété, ne pouviez-vous m'aviser de vos difficultés ?

Il tendit la main, l'invitant à se lever. Docile, le châtelain s'extirpa maladroitement de son siège et vint se poster près de son seigneur.

— Si vous m'aviez rapporté ces menaces, croyez bien que je serais intervenu, poursuivit Artus en contournant le châtelain. Nous avons perdu beaucoup de temps à cause de cette maladresse. C'est fort regrettable…

Il s'arrêta dans le dos de Laudale, puis posa une main sur son épaule.

— Il y a longtemps que votre manque de discernement me pose problème. Il est temps, je le crains, de résoudre cette question…

Dégrafant le jabot du châtelain, Artus l'incita à pencher la tête sur le côté.

— Toutefois, je vous sais gré de votre loyauté, monsieur, murmura-t-il cependant que quatre crocs effilés s'épanouissaient entre ses lèvres. Permettez qu'en récompense je vous offre une ultime ivresse…

Les aiguilles d'ivoire perforèrent la chair avec un bruit de succion que seules perçurent les oreilles de la comtesse. Tandis qu'Artus aspirait la vie hors de ce corps amolli, ses prunelles s'illuminèrent, telles deux lucioles d'émeraude. Comme ses paupières se fermaient sur ces fascinantes lueurs, sa proie émit un soupir pâmé.

Rose observait la scène, un peu ailleurs, le regard errant sur cette lèvre supérieure rosée, légèrement bombée par les crocs et s'ourlant sur ce baiser maudit…

— *Voudriez-vous y goûter,* lady ?

Les yeux d'Artus s'entrouvrirent et se rivèrent aux siens :

— *Je vous en donnerai volontiers, si vous me le demandez…*

Rose sentit remuer au creux de son ventre une sensation qu'elle s'empressa d'ignorer. Bloquant sa respiration, elle se contraignit à un sourire vaporeux.

— *Non merci*, songea-t-elle. *Je n'ai pas soif.*

Une étincelle malicieuse brilla dans le regard du comte avant que le noir rideau de ses cils ne le voile de nouveau.

Le châtelain poussa un nouveau soupir, bien plus faible que le premier. Ses jambes ne paraissaient plus pouvoir supporter son poids. Obligeant, le comte s'occupa de le maintenir debout… jusqu'à ce que son repas fût achevé. Après quoi il le laissa choir. Laudale rejoignit alors son domestique sur le parquet. Sans plus de cérémonie, Artus alla récupérer ses effets restés sur la table. Tandis qu'il enfilait ses gants, il pivota vers son frère :

— Allons réveiller Thibault.

Adelphe opina. Coiffant leurs tricornes, les frères s'orientèrent vers la sortie, les deux autres sur leurs talons. Le laquais que Vassili avait réquisitionné précédemment était assis sur un tabouret, non loin des portes du petit salon. Voyant paraître les invités, il fit mine de se lever.

Rose l'en empêcha d'une main appuyée sur son épaule. Tout sourire, elle se pencha sur lui :

— N'ayez crainte, nous trouverons notre chemin…

Ses iris s'allumèrent d'un éclat diffus. Elle se concentra sur ce mortel qui la regardait, abasourdi et craintif. Sa mémoire était truffée des fraîches images de cette soirée. Elles grouillaient à la surface de ses pensées comme des mouches sur une charogne, mais n'y étaient pas fermement ancrées. Les éliminer serait un jeu d'enfant. Se focalisant davantage sur ces fragments de vie, Rose y supplanta un épais mur de ténèbres…

— Votre tâche est achevée, susurra-t-elle. Votre maître…

À ces mots, le laquais se souvint de Laudale assis à table, la perruque de guingois et un verre à la main.

— Votre maître n'a plus besoin de vous. Regagnez sagement votre lit.

La comtesse s'effaça devant l'homme qui se levait. L'air vacant, il dépassa le quatuor sans le voir et s'en alla par une porte latérale. Le temps qu'il atteigne son lit, il aurait récupéré ses esprits. Cependant, une impression d'apaisement persisterait, et, puisqu'il ne se souviendrait de rien d'autre que de son maître s'imbibant d'alcool, il céderait très certainement aux sirènes du repos.

Le petit groupe se remit donc en route, guidé par Adelphe. Rose ne s'étonna pas que celui-ci les entraînât dans l'escalier au lieu de les mener vers la grande porte. Ce Thibault, qu'Artus souhaitait rencontrer, était le neveu de Laudale. Il devait par conséquent loger au château. Après avoir franchi quelques portes, ils entrèrent en effet dans une chambre plongée dans l'obscurité. Le petit ronflement qui montait de sous les couvertures couvrit le chuintement de leurs pas tandis qu'Artus, Adelphe, et Rose approchaient du lit. Le prince, lui, referma la porte et resta sur le seuil.

S'inclinant au-dessus de la masse pelotonnée, Artus la secoua doucement. Un grognement salua bientôt son insistance, puis un visage bouffi de sommeil émergea de sous les draps, un œil couvert par un pan de bonnet de nuit.

— *Faites-nous de la lumière,* lady.

Rose parcourut la pièce d'un regard circulaire. Elle avisa un candélabre qui trônait sur la table de toilette. Cinq flammettes jaillirent aussitôt à l'extrémité des bougies, éclaboussant la chambre de leur brusque clarté. Dans le lit, l'homme cilla furieusement.

— Janlys ? gargouilla-t-il enfin, après que ses yeux se furent accoutumés à la luminosité.

Ledit comte se redressa, bras croisés. Thibault de Laudale s'assit dans son lit avec un air de colère rentrée. Son regard sauta d'un visiteur à l'autre, s'attarda sur Rose un instant, puis revint au comte de Janlys :

— Que faites-vous ici ?

— Je viens vous annoncer votre succession.

Thibault chercha confirmation de la nouvelle sur les visages qui l'entouraient.

— Depuis quand ?

— Une poignée de minutes.

— Comment est-ce arrivé ?

— Je croyais que cela vous importait peu ?

L'homme se fendit d'une grimace. Voir ainsi étaler son arrivisme devait lui disconvenir, mais il n'était pas en position de répliquer.

— Le premier valet de votre oncle a également trouvé la mort, précisa Artus.

Cette fois le sieur de Laudale retint sa langue.

— Je voulais m'assurer que vous vous souveniez de notre accord. C'est le cas, n'est-ce pas ?

— Oui…

— Parfait. Ce rapport doit me parvenir tous les trois jours. À compter de cette minute, c'est vous qui supporterez les conséquences s'il survenait un nouveau retard. Est-ce bien compris ?

— Oui, c'est très clair.

Rose tourna ses pensées vers son mentor :

— *Avez-vous reconduit l'accord que vous aviez avec feu son oncle ?*

— *Oui,* lady. *À l'identique.*

Les souvenirs de cet arrangement devaient virevolter à l'instant dans l'esprit du sieur de Laudale. Il suffirait à la comtesse d'y accéder pour obtenir confirmation. Artus savait cela. Mentir serait donc pour lui un pari fort risqué, dont elle ne voyait pas l'intérêt.

— Faites ce que je vous demande quand je vous le demande, et tout ira pour le mieux, assura Artus.

— Qu'en est-il de mes… petits tracas ? s'inquiéta Thibault.

— Ne vous ai-je point dit que je réglerais cela ?

— Si, si… Toutefois…

— Mettriez-vous ma parole en doute ?

— Non ! Non, non, point du tout ! Pardonnez ma curiosité, mons…

— J'ai acheté vos dettes, si c'est ce que vous vouliez savoir.

Le cillement ahuri qui suivit cette déclaration valut un acquiescement.

— Vous n'êtes pas très adroit à la brusquembille. Ni au trictrac[6]. Vous devriez suivre le conseil de l'inspecteur Fauville, et changer de marotte.

Le sieur de Laudale baissa le nez sur les draps.

Les jeux d'argent étaient illégaux, cependant cela n'arrêtait personne. Cette fièvre touchait toutes les couches de la société, de la plus modeste à la plus riche. Que l'on s'y adonnât dans la rue, à l'arrière d'une échoppe ou dans le salon d'un bourgeois, l'on espérait toujours voir fructifier ses mises. La police était supposée contrôler ces jeux clandestins, mais pour un tenancier châtié c'étaient trente autres qui préparaient leurs tables. Cela n'empêchait pourtant pas les forces de l'ordre d'être bien informées. En particulier l'inspecteur des jeux, qui était le noyau d'un réseau de renseignements tentaculaire composé tout autant de boutiquiers et de banquiers que de joueurs bavards. À en croire la remarque d'Artus, Thibault devait faire partie de ceux-là, sinon Fauville ne l'aurait pas enjoint à se modérer.

Ce dernier était inspecteur des jeux. Rose l'avait rencontré trois ou quatre fois, à l'époque où son mentor et elle fréquentaient les soirées illicites de la petite noblesse d'Étampes. En 1771, Fauville était un jeune premier respectant scrupuleusement les prérogatives de ses fonctions. Cependant, cela avait peut-être changé. Nombre d'inspecteurs se livraient à des actes de prévarication – tel qu'à Paris, où certains escamotaient une partie des gains saisis aux tables de jeu –, et Fauville s'y était peut-être mis ? Quoi qu'il en soit, cela ne modifiait guère la situation du sieur de Laudale, tout récemment catapulté châtelain de Beaule.

— Je ne couvrirai pas vos pertes une deuxième fois, spécifia Artus. Que j'apprenne que vous rôdez encore dans les tripots d'Étampes, et je viendrai personnellement vous entretenir de ma déconvenue…

— Je n'irai plus. Vous avez ma parole.

— Espérons qu'elle soit plus constante que vos martingales…

— Elle l'est, monsieur, certifia Thibault en opinant vigoureusement du bonnet.

Comme Artus le toisait, sévère, le châtelain se mit à triturer les couvertures. La manière dont ses sourcils fronçaient puis se haussaient consécutivement, tandis que sa bouche s'arrondissait sur le vide, donnait à penser qu'il voulait exprimer quelque chose sans y parvenir.

— Vous… hum… n'êtes pas sans savoir que mon oncle était un… hum… amateur de spiritueux ? formula-t-il enfin.

— Venez-en au fait.

— Oui… eh bien voilà je… je ne sais dans quel état je vais trouver les finances, monsieur… Il se pourrait qu'il… enfin qu'il ait dilapidé notre… son… enfin le… les revenus de…

La comtesse l'écouta trébucher sur chaque embryon de phrase tandis qu'il se tassait dans ses oreillers.

— Vous êtes ruiné, annonça posément Artus.

Le sieur de Laudale parut si déconfit que Rose en eut presque pitié.

— Mais si vous suivez mes directives, personne ne vous prendra vos terres.

— F… Fort bien…

Le comte fit mine de tourner les talons, puis feignit de se raviser et reposa les yeux sur le châtelain déboussolé.

— À ce propos, que savez-vous de Louis-Jacques Bernard ?

— Euh… C'est un banquier réputé. Il a un château près de Valpuits, qu'il habite pendant la belle saison.

— Quoi d'autre ?

— Il visitait mon oncle de temps à autre… Je me figurais déjà le pourquoi de ces irruptions, vos révélations me le confirment.

— C'est tout ce que vous pouvez me dire ? Vous ne vous souvenez de rien d'autre ?

— Ma foi non… Mais je peux me renseigner, si vous le désirez, se hâta de proposer Thibault.

Le comte leva une main en signe de refus, puis il riva son regard à celui du châtelain. La vacuité qui envahit les traits de celui-ci renseigna les autres sur ce qui se passait. Dans une seconde, le sieur de Laudale aurait oublié qu'Artus lui avait jamais posé cette question.

Lorsque ce fut fait, le comte de Janlys et son cadet se replièrent vers la porte, que Vassili gardait toujours. Le prince ouvrit le battant et se décala, laissant la préséance à la fratrie d'Holival. Il tourna ensuite les yeux vers sa maîtresse, qui vint immédiatement à lui. Comme elle posait la main sur son bras, une brise chaude souffla sur la pièce, emportant sur ses ailes les flammes qui brillaient au faîte des chandelles. À l'instar des deux frères, la comtesse et son serviteur prirent alors le chemin du rez-de-chaussée.

— *Un ivrogne et un joueur. Je vous ai connu plus pointilleux sur le choix de vos affidés, mon seigneur*, songea Rose tandis qu'ils descendaient les escaliers.

— *Ils sont plus commodément tenables qu'un homme que nul vice n'entache,* lady, rétorqua son mentor. *Mais peut-être auriez-vous préféré que mon choix se portât sur d'autres ? Un officier, possiblement ?*

Rose nota le sarcasme mais n'y prêta pas attention. Elle était intriguée que son mentor se fût si longtemps accommodé d'un pochard. Car, quoi qu'il pût en dire, cela ne lui ressemblait pas du tout. Elle lui aurait volontiers demandé le pourquoi de ce changement, s'il y avait eu la moindre chance qu'il réponde…

— *Qu'escomptez-vous que Thibault fasse des dépouilles qui agrémentent à présent le petit salon ?* fit-elle comme leur quatuor débouchait dans le vestibule.

— *Ce qu'il voudra*, répondit le comte.

— *Ne craignez-vous pas que la police s'en mêle ?*

— *Non. Et vous ?*

— *Vous savez ce que j'ai voulu dire*, s'agaça Rose. *Si la police fourrait son nez dans cette histoire, votre recrue pourrait se voir inquiéter.*

— *Je ne laisserai pas les choses aller jusque-là.*

— *À quoi bon prendre ce risque ? Pourquoi ne pas plutôt s'occuper des corps ?*

— *Parce que je veux lui donner une leçon*, répliqua Artus. *Je veux qu'il voie par lui-même ce qu'il en coûte de me décevoir, et ce qui pourrait advenir de lui si je n'étais pas là pour aplanir sa misérable existence.*

La colère perceptible dans ce murmure dissuada la comtesse de poursuivre sur ce terrain. Aiguillonner Artus lorsqu'il était irrité se révélait toujours une mauvaise idée.

Réintégrant les emplacements qu'ils avaient choisis à l'aller, ils s'installèrent dans le carrosse, puis le cocher lança les chevaux. Cependant que les contours du château de Beaule disparaissaient dans les ténèbres, Rose étudia l'horizon. Quand l'on était de son engeance, l'on apprenait à s'inquiéter de la couleur du ciel. Qu'il y paraisse la moindre clarté, et il fallait se dégoter un refuge toutes affaires cessantes. Or, en été, les nuits étaient courtes. Une catastrophe était vite arrivée.

— *Nous serons…*

— *… heureux de voir…*

— *… retour avant…*

— *… vous préoccuper de…*

— *… l'aube…*

— *… ma…*

— lady.

Rose ne put contenir un rictus. Ce brouhaha émanait de son mentor et de son serviteur. Ils s'étaient exprimés en même temps. Leurs paroles s'étaient entrecroisées dans son esprit, si bien qu'elle n'en avait pas compris un traître mot.

— *Pardon, vous disiez ?* demanda-t-elle au comte.

— *Que nous serions de retour avant l'aube. Nul besoin de…*

— *… allez bien ?*

Cette fois elle parvint à freiner le froncement nerveux de ses sourcils.

— *Certes*, dit-elle à son mentor, consciente que ce n'était peut-être pas une réponse adaptée. Puis, comme elle se concentrait sur son serviteur, elle se tourna vers lui :

— *Mes excuses, Vassili, je n'ai pas entendu. Vous disiez ?*

Le prince l'observait, les yeux très légèrement plissés. L'espace d'un battement de cils, son regard dévia sur le comte, avant de revenir se poser sur sa maîtresse.

— *Rien d'important*, conclut-il en se détournant.

Un certain malaise s'empara de Rose. Vassili était loin d'être idiot. Il avait fort bien compris ce qui l'avait distraite, et, semblait-il, n'appréciait que modérément.

— *Le prince aurait-il pris la mouche ?* susurra dans sa tête une voix moqueuse.

La comtesse serra les dents. Évidemment, Artus n'avait pas manqué de relever ce détail…

— Il est bien certain que ce banquier n'a pas agi de sa propre initiative, dit-elle tout haut, éludant ouvertement la remarque de son mentor. Celui de nos pairs que nous soupçonnions d'avoir soudoyé Laudale est en vérité celui qui doit être à l'origine de la curiosité du banquier.

— Cela va sans dire, abonda aussitôt Adelphe.

Rose en éprouva un tel soulagement qu'elle faillit le remercier. Elle s'était préparée à mener seule l'argumentation, mais, grâce à lui, cette diversion allait gagner un peu de substance. Avait-il lui aussi senti que quelque chose n'allait pas ?

Pivotant vers le jeune homme, elle continua :

— Qui que ce puisse être, choisir le banquier comme porte-parole était maladroit.

— Cette bévue nous aura été fort utile, intervint Artus, s'attirant les regards conjugués de son infante et de son frère. Reste à souhaiter que M. Bernard commette d'autres balourdises.

— Le trépas de Laudale va mettre le marionnettiste sur des charbons ardents. Je doute que le banquier survive longtemps après cela, objecta Rose.

— Son sort n'est pas encore écrit, *lady*. Chacun au Puiselet savait que feu Henri de Laudale s'appliquait à boire sa fortune. L'on ne s'étonnera point de sa mort, que l'on s'empressera d'attribuer à son vice. Quant à son valet… Ma foi, qui s'en soucie ?

— Le banquier le pourrait. Ils étaient en affaires.

Artus haussa un sourcil amusé.

— Croyez-vous qu'il lui accordera une seule pensée, sachant qu'un nouveau seigneur de Beaule vient de faire son entrée ?

— Doit-on comprendre que vous ne vous rendrez pas chez le sieur Bernard ?

— Pas dans l'immédiat. Si, comme je le crois, la mort de Laudale passe inaperçue, il serait stupide d'avertir le marionnettiste par une visite à sa marionnette. Un peu de patience nous en apprendra certainement davantage.

— Vous songez à Thibault ?

— S'il n'est pas sot, il me rapportera les moindres détails du marché que lui proposera le banquier.

— Mais il sera forcé de décliner, souligna Rose.

Artus lui adressa un regard entendu. Discernant ses intentions, la comtesse se fit soucieuse :

— Vous lui accorderiez assez de crédit pour ce rôle ?

— Il est seul à pouvoir le remplir, *lady*.

— Il pourrait se retourner contre vous.

— En effet. Néanmoins, vu les événements de ce soir, je serais surpris qu'il fasse cette erreur. Puis il aurait bien peu de choses à vendre, en dehors de sa pauvre carcasse…

Rose considéra ce qui venait d'être dit. Si cela n'avait tenu qu'à elle, elle se serait rendue chez le banquier au creux de la nuit et aurait dérangé son sommeil pour lui tirer les vers du nez. Mais elle reconnaissait la frilosité de ses méthodes. Ne parvenant pas à s'appuyer sur les mortels et leur fiabilité douteuse, elle s'exposait, de ce fait, trop fréquemment. Artus, lui, maniait le risque avec la dextérité d'un dentellier. Il tissait des toiles au maillage complexe, dont il était fort malaisé de se dégager. Elle le savait pour l'avoir vu quelques fois tirer ses fils. Lorsqu'il avait décidé de vous débusquer, l'on ne lui échappait que rarement.

Ce fut entre autres pourquoi son long silence avait été si éprouvant…

Au début, elle s'était répété qu'il devait y avoir eu un accroc dans la transmission des courriers. Des centaines de lieues séparant Boissy de Saint-Pétersbourg, il n'était pas fantaisiste de s'imaginer qu'il ait pu survenir un incident. Mais, après une année de désert épistolaire, elle avait dû se rendre à l'évidence : si Artus avait voulu écrire, ses lettres lui seraient parvenues, d'une façon ou d'une autre. Lorsqu'elle admit cela, elle ouvrit enfin les yeux sur la réalité de sa situation. Elle n'était pas en mission à la cour de l'impératrice Catherine. Elle y était en exil. Et c'était son propre mentor qui l'y avait envoyée.

L'année qui suivit cette prise de conscience avait été… cauchemardesque. Rose s'était mise à ressasser ses souvenirs, à les décortiquer, pour trouver d'éventuels signes précurseurs de sa disgrâce. Elle n'en vit aucun. Artus n'avait pas changé de comportement à son égard. Pas même à la veille de ce départ qu'il avait soigneusement planifié. Alors qu'il savait qu'elle ne reviendrait pas, il avait prétendu que cette tâche ne la retiendrait pas au-delà d'une poignée de mois. Rose, naïvement, l'avait cru. Elle avait même pensé voir de la tristesse dans les sublimes lacs de ses yeux. Son cœur s'était gonflé de joie à l'idée qu'il eût pu regretter cette séparation.

Quelle pauvre sotte…

Chassant ces sombres réminiscences, Rose s'efforça de revenir aux préoccupations actuelles :

— Auriez-vous une idée de qui se cache derrière tout cela, mon seigneur ?

— Peut-être.

Un nuage passa dans le regard ambré de la comtesse. Voici que reparaissaient les atermoiements.

— Il y a toujours des contentieux de-ci de-là, énonça Artus. Difficile d'émettre une hypothèse décente pour le moment.

— Il est vrai que la liste de vos détracteurs était déjà longue lorsque je suis partie ; je gage qu'elle a dû, depuis, grossir de quelques noms.

— *Dont le vôtre, lady ?*

Rose se fendit d'un demi-sourire cauteleux.

— *Il faudrait pour cela que je nourrisse un quelconque grief à votre encontre, mon seigneur. Or, vous ne m'en avez donné nulle raison, n'est-ce pas ?*

Le comte l'épingla d'un regard incisif, qu'elle soutint sans sourciller. Ces dix années de proscription avaient altéré son caractère. Charge à lui de découvrir dans quelle mesure.

Chapitre 3

— Le comte voit juste, certifia Vassili en posant sur la table une bassine d'argent aussi courte que peu profonde. Sans conteste, ces assauts présagent un conflit plus sévère.

— J'en ai bien peur, soupira Rose en faisant glisser le récipient jusqu'à elle. Mais les Lamies…

Elle laissa mourir sa phrase, examinant d'un œil inquiet le fond de la bassine. Bien que le sujet n'ait pas été abordé depuis l'avant-veille, et en dépit de ses autres préoccupations, la gravité de ces nouvelles n'avait pas quitté son esprit. Elle n'osait imaginer ce qu'il adviendrait si les phalanges batailleuses dont Artus avait narré les exploits s'assemblaient en armée.

— Les Arimath ne sont pas la cible première, déclara soudain son serviteur en lui tendant le rasoir.

Rose leva le nez vers lui :

— Ce sont néanmoins sur nos terres qu'ils agissent.

— N'avez-vous pas dit que les plus lourdes pertes furent essuyées par une autre maison ?

— Si…

Ils s'observèrent un instant, mais le prince n'ajouta rien. Esquissant une moue perplexe, sa maîtresse s'empara de l'ustensile qui dormait dans sa paume ouverte. Elle en sortit la lame du bout des ongles.

— Artus a aussi évoqué cet état de fait, dit-elle en posant son bras gauche en travers de la bassine. Pourtant, à ma connaissance, les Oström n'ont pas d'ennemis parmi nous. Bien sûr, il y a ces querelles avec les Égyptiens, mais je n'imagine pas ceux-là s'en offusquer au point de frayer avec la lie.

— Nul besoin d'aller chercher si loin, ma *lady*.

Sur le point de s'entailler, Rose suspendit son geste :

— Que voulez-vous dire ?

— Que, pour un roi, la menace la plus pressante vient souvent des princes, expliqua Vassili en sortant une flasque dorée de sous son dolman.

La comtesse adressa au flacon un long regard contrarié. Cette hypothèse était si évidente qu'elle s'en voulut de n'y avoir pas songé elle-même. Comment diantre avait-elle pu passer à côté de cette réflexion ?

Irritée, elle défoula sa colère d'un prompt revers de lame. Un ruisselet carmin s'écoula aussitôt depuis sa veine tranchée jusque dans la bassine d'argent. L'observant glisser sur sa peau, elle s'efforça d'ignorer la douleur qui pulsait au creux de son bras.

— Je n'imagine pas Magnus capable d'une telle perfidie, observa-t-elle. Ni d'un tel esprit d'initiative.

Comme Vassili se penchait pour lui confisquer le rasoir, elle l'entendit consulter ses souvenirs à la recherche d'informations sur le sieur susnommé.

— Magnus Meyer, précisa-t-elle à son intention. Celui que nous pensons être l'infant d'Olaf… Toutefois, cette qualité ne suffirait pas à faire de lui un bon *Könungr*. Même s'il lui prenait l'envie de ravir la régence à son mentor, il lui faudrait pour la garder plus de poigne et d'appuis qu'il n'en a.

Le prince s'éloigna vers une commode en demi-lune adossée à l'un des murs de la pièce. S'emparant de la cruche qui y trônait, il versa une bonne mesure d'eau dans la vasque de porcelaine reposant tout à côté, puis y trempa la lame souillée.

— Si je devais désigner un candidat à la forfaiture, ce ne serait pas celui-ci, poursuivit Rose, sachant fort bien que, sous ses dehors indifférents, Vassili l'écoutait avec attention. J'opterais plutôt pour Karl Skakke, ou Frederik Henssler peut-être. L'un et l'autre possèdent assez de moyens et d'influence pour orchestrer une insurrection. Pourtant, il me semble qu'ils n'auraient pas procédé ainsi. Puis, de là à les voir s'acoquiner avec les Lamies, il y a un monde...

— Nul ne paraît vouloir s'approcher de ceux-là, remarqua le Slave tandis qu'il essuyait le rasoir sur un linge propre.

Rose lui jeta un bref coup d'œil. S'ils avaient plusieurs fois évoqué ce clan lors de leurs conversations, Vassili n'en avait encore jamais rencontré aucun membre.

Les Lamies évitaient les cités de grande ou de moyenne importance. Celles-ci étant presque toujours sous contrôle d'un ou plusieurs immortels d'autres maisons, ils préféraient de beaucoup sévir en campagne, dans les petits bourgs excentrés. Or, c'était la première fois depuis sa transformation que le prince reprenait la route. Ces huit dernières années, ses déplacements s'étaient résumés à suivre sa maîtresse de Saint-Pétersbourg à Tsarskoïe Selo, et inversement. Leur plus long périple ne les avait pas conduits plus loin que Moscou, et ils n'avaient croisé personne de leur engeance en chemin.

Vassili était certes un homme de guerre expérimenté, mais il n'avait eu jusqu'ici que des mortels pour adversaires.

Les choses lui apparaîtraient très différentes lorsqu'il lui faudrait affronter ses semblables. La comtesse l'y avait bien sûr préparé de son mieux, toutefois, quelle que fût la qualité du sang dont il était nourri, il manquait au prince la force de l'âge. Si Rose s'était doutée de ce qui les attendait ici, elle l'aurait entraîné plus sévèrement encore…

— Les Lamies n'obéissent qu'à leurs instincts meurtriers, fit-elle en ôtant son bras de sur la bassine. Il est impossible de s'entendre avec eux.

— Quelqu'un l'a pourtant fait.

— C'est bien ce qui est effrayant.

Comme le prince revenait vers la table, rasoir en main, Rose porta son bras à ses lèvres et se mit à suçoter la plaie pour en accélérer la cicatrisation.

— *Qui que puisse être ce personnage, il doit être plus fou que ces brutes pour avoir emporté leur assentiment*, songea-t-elle. *Ou plus dangereux.*

— Ou les deux.

Une série de coups résonna dans la pièce. Interrompant leur conversation, la comtesse et son serviteur tournèrent les yeux vers la porte, d'où provenaient à présent les effluves d'un agréable parfum.

— Entrez, fit Rose.

Le battant s'ouvrit, laissant place au jeune M. d'Holival.

— Le bonsoir, mon ami, salua la comtesse en jetant un œil à la coupure rougeâtre et boursouflée qui barrait maintenant sa peau. Comment vous portez-vous aujourd'hui ?

— Fort bien, merci, répondit le jeune homme en approchant de la table où elle était assise. Et vous-même, madame ?

— On ne peut mieux.

Rabaissant la manche de son corsage sur son bras balafré, Rose poussa la bassine emplie de sang vers son serviteur. Adelphe effleura le récipient des yeux, puis s'intéressa à la flasque dorée que le Slave venait de déboucher. Le jeune M. d'Holival étant d'un naturel bien plus ouvert que son frère, Rose n'eut aucun mal à interpréter le plissement qui parut à son front.

— C'est du vermeil, expliqua-t-elle tandis que Vassili commençait à transvaser le sang d'un réceptacle à l'autre. C'est affreusement dispendieux, je vous l'accorde, mais je ne pouvais me résoudre à confier au prince la sempiternelle fiole d'argent. Cet habillage d'or lui convient beaucoup mieux, non ? Du vermeil pour une merveille…

Concentré sur sa tâche, le prince n'eut aucune réaction. Adelphe, lui, parut s'assombrir. Se détournant du bel officier, il posa sur Rose un regard curieusement opaque :

— Mon frère et moi-même nous demandions si nous aurions ce soir le plaisir de votre compagnie, madame.

La comtesse le gratifia d'un ravissant sourire. La nuit étant tombée depuis près de deux heures, il était prévisible que les frères d'Holival s'étonnent de ne pas l'avoir vue paraître au salon.

— Le prince et moi devisions si plaisamment que je n'ai vu le temps passer, fit-elle. Toutefois, nous ne projetions pas de rester enfermés dans mes appartements…

Quittant sa chaise, Rose s'en fut vers l'une des deux causeuses qui ornaient le petit salon. Elle s'empara de la veste abandonnée sur le dossier de l'une d'elles, puis l'enfila, complétant ainsi sa tenue.

— Je dois sortir chasser, annonça-t-elle. Croyez-vous que le comte aurait l'amabilité de nous accorder l'usage de deux de ses chevaux ?

— Bien entendu, convint Adelphe après un bref silence.

— Grand merci.

— Vous êtes ici chez vous, madame… Pensez-vous que votre chasse vous retiendra longtemps hors de ces murs ? ajouta-t-il, coupant court aux réfutations que la comtesse était visiblement sur le point de proférer.

— Non. Je ne pensais pas dépasser le bourg.

— Bien. Compte tenu des récents événements, mieux vaut ne point trop s'éloigner… Bon… Je vais donner ordre que l'on selle vos montures.

Saluant succinctement, le jeune homme se dirigea vers la porte. Mais, alors qu'il l'atteignait, il fit subitement volte-face :

— Vous aurez certainement remarqué le remuement qui semble s'être emparé de ce pays, madame ?

— Il aurait été difficile de le manquer tant l'agitation croît lorsque l'on approche de Paris. Sur la route, un groupe de paysans se permit même d'arrêter notre voiture pour demander nos passeports, rapporta Rose, la moue dédaigneuse. Il faisait pourtant nuit noire, je me serais attendu qu'ils fussent couchés. Bien sûr, ils ne nous causèrent nul tort et nous les renvoyâmes promptement dans leurs masures, néanmoins l'épisode me sembla fort déplaisant.

Adelphe opina, le regard grave et le front soucieux.

— Je ne sais si vous vous êtes tenue informée des événements de ces derniers mois, madame, mais il souffle ici un vent de changement. La révolte semble couver dans chaque village, et l'on a déjà rapporté plusieurs émeutes depuis le début de cette année… La tenue des états généraux n'a rien apaisé…

— Le comte m'a rapporté la débâcle de cette réunion, indiqua Rose. Il ne paraissait cependant pas s'en alarmer.

— Mon frère n'a pas jugé utile de vous encombrer l'esprit avec ces précisions, sa propre attention étant accaparée par les désagréments que nous essuyons depuis quelques mois. Mais puisque vous devez vous rendre à Boissy, je préfère que vous sachiez ce qu'il en est. Permettez que je vous brosse un portrait rapide...

Rose fronça les sourcils ; le jeune homme était anormalement sentencieux.

— Le mois dernier, poursuivit-il, lors de l'ouverture des états, les députés du tiers ont souhaité que la vérification des pouvoirs fût commune entre tous les ordres. Ce qui leur fut refusé. Chacun campa alors sur ses positions, et rien n'avança plus... Mais les choses ont évolué. Dans la journée d'aujourd'hui, les députés du tiers, qui ont semble-t-il été rejoints par quelques ecclésiastiques, se sont proclamés « assemblée nationale ». Ils estiment qu'au vu de leur nombre, et puisque leurs seuls pouvoirs ont été vérifiés, ni noblesse ni couronne ne sauraient s'opposer aux fruits de leurs délibérations...

La nouvelle laissa la comtesse médusée. Étaient-ce là les prémices d'une sédition ?

— Que fait le roi ? interrogea-t-elle, les sourcils encore arqués d'étonnement.

— Rien, madame. Du moins, pour le moment.

Passant de la surprise à l'introspection, Rose joignit les mains et les laissa reposer sur sa jupe.

Le temps qu'avait duré son séjour forcé en Russie, elle avait volontairement mis à l'index toute nouvelle concernant la France. Certaines informations avaient bien survécu à cette éviction systématique, cependant rien qui pût l'avoir préparée à un tel climat. Elle aurait peut-être pu l'apprendre par ses pairs, mais les Arimath établis en Russie étaient épars, et venaient pour l'essentiel d'Autriche ou de Prusse. La France ne surgissait donc dans leurs conversations que lorsqu'ils commentaient les faits et gestes de l'Héritier, dont Rose n'avait évidemment pas voulu entendre parler.

— Voilà quelque temps déjà qu'il ne fait plus bon être aristocrate, reprit Adelphe. Or la vue d'une noble dame escortée d'un cavalier en armes pourrait bien échauffer les esprits.

— Même à cette heure ?

— Les villes et villages ne dorment plus tout à fait, comme vous avez pu le voir. Aussi, afin d'éviter un gaspillage de forces, je crois qu'il serait préférable que vous vous changiez... Votre Altesse, acheva Adelphe en tournant la tête vers le prince.

Vassili, étincelant dans son uniforme, rendit son regard au jeune homme. Il y eut une seconde de flottement tandis qu'ils s'observaient, puis le prince s'inclina brièvement et mit le cap sur la chambre.

— Soyez prudents, enjoignit Adelphe.

S'inclinant à son tour, il quitta illico le petit salon.

Restée seule, Rose relâcha sa concentration et permit à l'anxiété qui l'habitait de conquérir ses traits. Son mentor n'avait rien laissé entendre de l'atmosphère délétère qui paraissait planer sur le pays. Elle se demanda si c'était vraiment qu'il ne voulait pas qu'elle se dissipe, ou si lui-même n'en avait pas pris l'exacte mesure... Quelques détails relevés lors des deux nuits passées l'avaient amenée à penser qu'Artus n'était pas tout à fait dans son état normal. Et ce dernier point ne faisait rien pour chasser cette impression... Que se passait-il donc pour le perturber de la sorte – si toutefois il était bel et bien perturbé ? Le spectre de cette guerre était-il plus menaçant encore qu'elle ne le pensait ?

Un faible grincement tira la comtesse de ses questionnements. Elle jeta un regard en direction de la chambre, d'où son serviteur sortait déjà. Il avait troqué son dolman pour un gilet et une longue redingote[7] noirs, assortis à la culotte. Surmontant sa chemise, un foulard bleu était noué en lavallière autour de son cou. Il n'y avait guère que son sabre et ses bottes qui n'avaient pas changé.

Lui adressant un léger sourire, Rose alla ramasser ses gants et son tricorne. Après quoi, ils quittèrent leurs appartements. Ils ne rencontrèrent pas un seul domestique de tout le trajet qui les mena aux écuries. Là-bas, en revanche, une grappe de petits palefreniers s'activaient autour de leurs montures, presque terminées de harnacher. Tandis que les garçons d'écurie apportaient les selles, un hennissement sonore monta depuis le fond de l'étable. Un sourire aux lèvres, Rose prit aussitôt la direction du son.

Dans le dernier et le plus large des compartiments, un magnifique pur-sang piétinait. Sa robe noire comme une nuit sans lune miroitait à la lumière des torches. Sa crinière, lustrée, s'irisait au gré de ses soubresauts. Comme la comtesse approchait, le cheval riva à elle son œil d'ébène. Il hennit de nouveau, impatient. Rose fit alors sauter la corde qui tenait fermée la barrière de sa stalle.

— Non m'dame ! s'exclama l'un des palefreniers, affolé. Faites pas ça !

La comtesse ne lui accorda pas même une pensée. Ouvrant largement la barrière, elle libéra l'animal. Celui-ci se rua vers elle séance tenante, fougueux comme l'étalon qu'il était, puis vint enfouir le nez dans la paume qui se tendait vers lui. Le sourire élégiaque, Rose lui flatta l'encolure de son autre main.

— Il n'y a rien à craindre, lança-t-elle au palefrenier qui l'avait mise en garde. Harald et moi sommes de vieilles connaissances. N'est-ce pas ?

Comme en réponse, l'animal piaffa faiblement ; après quoi, apposant le chanfrein contre l'avant-bras de Rose, il la poussa en direction des portes. La comtesse savait ce que ce geste exprimait pour l'avoir vu faire un grand nombre de fois. L'animal réclamait simplement sa promenade. Personne n'étant habilité à le monter en dehors de son maître, Harald passait ses journées cantonné entre sa stalle et l'enclos. C'était pourquoi il s'irritait facilement une fois la nuit tombée. Aussi, lorsque Rose avait ouvert la barrière, le palefrenier avait dû redouter que l'étalon s'échappe, ou qu'il s'emballe. Il ne pouvait pas savoir qu'Harald la connaissait si bien.

— Je suis désolée, susurra-t-elle à l'animal, je ne peux pas t'emmener. Ton maître viendra tout à l'heure.

Harald secoua la tête, semblant réfuter cette affirmation.

— Il va venir, insista Rose en l'orientant vers son compartiment. Moi, je ne peux rester.

Le pur-sang rebroussa chemin progressivement, l'oreille basse. Lorsqu'il eut réintégré son logement, la comtesse referma la barrière et remit la corde en place. Sur un dernier sourire, elle fit demi-tour et s'en retourna vers les montures désormais prêtes.

Le prince, qui jusqu'ici n'avait pas bougé d'un cheveu, obliqua vers le cheval équipé de la selle d'amazone et attendit que sa maîtresse le rejoigne. Quand celle-ci parvint à ses côtés, il fléchit un peu les genoux afin de la saisir à la taille, puis la hissa sur le dos de la bête. Assurée par la ferme prise de son serviteur, Rose prit le temps de caler ses jambes dans les fourches de la selle. Lorsque ce fut chose faite, Vassili retourna vers son propre palefroi et monta en selle.

— Le destrier du comte, je gage, dit-il alors.

Rose lui adressa un regard neutre.

Harald était en effet la monture d'Artus. Il s'agissait du même étalon que celui sur lequel elle l'avait vu quitter l'hôtel des Bruyères, par une belle nuit étoilée, près de deux siècles auparavant. Peu nombreux étaient ceux des leurs qui prenaient un animal pour servant, leur usage étant de fait très limité. Toutefois, les animaux asservis présentaient une qualité que les serviteurs humains n'avaient pas : ils étaient dépourvus d'empreinte. Bien sûr, cet atout était quasiment inexploitable, mais il était intéressant de le savoir.

— Oui, convint-elle. C'est le sien.

Le prince parut à peine s'intéresser à sa réponse. Occupé à enfiler ses gants, il orienta sa monture vers la sortie d'une simple pression des cuisses. Ce ne fut que lorsqu'ils eurent quitté les écuries qu'il daigna enfin prendre les rênes, les ramassant d'une seule main. Maintenant son cheval à hauteur du sien le temps de réajuster son tricorne, Rose prit ensuite la tête de leur petite équipe, qu'elle mena dans l'allée centrale. De là, ils accélérèrent, et s'en furent vers l'orée du domaine. Passant au galop entre les sentinelles postées de part et d'autre de l'arche, ils poursuivirent droit devant, sur l'unique route.

La première croisée était à une demi-lieue d'ici. Lorsqu'ils l'auraient rejointe, ils bifurqueraient à droite, puis suivraient les méandres de la chaussée jusqu'à atteindre le village. Ce qui leur prendrait environ une vingtaine de minutes ; un peu plus si les chevaux fatiguaient. Rose aurait bien coupé par les bois avoisinants, mais ces montures-ci ne le supporteraient probablement pas. Il leur faudrait donc s'accommoder de la lenteur du trajet.

— *Comment avez-vous employé votre temps aujourd'hui ?* songea Rose à l'intention du prince, qui galopait dans sa foulée.

— *De même façon qu'hier, ma lady.*

La comtesse fit la moue. Vassili s'étant montré aussi peu loquace la veille qu'à l'instant ; sa réponse lui était d'une totale inutilité. Elle avait bien essayé de sonder ses pensées pour en apprendre davantage, mais le prince était un homme extrêmement réservé. Elle avait toujours eu du mal à percevoir ses réflexions, et ce avant même de lui avoir expliqué comment les dissimuler. Alors maintenant qu'il était rompu à l'exercice…

— *Ne m'en direz-vous pas plus ?* persévéra-t-elle néanmoins.

— *C'est qu'il n'y a rien à relater.*

— *Rien du tout ?*

— *Non*, affirma le prince.

— *Adelphe vous a bien invité à partager son repas, n'est-ce pas ?* questionna la comtesse, prise d'un doute subit.

— *Oui.*

— *N'avez-vous point conversé à cette occasion ?*

— *Si.*

— *Ah*, fit Rose, tranquillisée. *De quoi avez-vous parlé ?*

— M. *d'Holival s'est enquis de mes goûts afin de prévoir le repas de demain. Je l'ai donc renseigné.*

La comtesse attendit un instant de s'entendre narrer la suite… avant de comprendre qu'il n'y en avait pas.

— *Fut-ce là toute votre discussion ?*

— *Oui.*

— *En somme, vous ne vous êtes guère côtoyés*, résuma-t-elle, quelque peu aigrie.

— *Notre hôte paraissait affairé, je n'ai pas souhaité l'incommoder*, conclut le prince.

À ces mots, Rose éprouva une pointe d'abattement mâtinée d'un brin d'animosité. Elle s'était figuré que peut-être, après leur conversation de la nuit précédente, Adelphe se montrerait plus ouvert avec le prince. Or, visiblement, il n'en avait rien été.

— *Lorsque la chasse sera terminée, vous plairait-il de visiter la galerie du comte ?* proposa-t-elle, préférant ne pas s'appesantir sur le sujet. *Vous n'avez fait que l'entrapercevoir, je crois.*

— *Volontiers, ma lady.*

— *Il faudra aussi que je vous mène à la bibliothèque*, poursuivit-elle. *Il y a là quantité d'œuvres sur quantité de thèmes. Vous y trouverez bien quelques livres d'intérêt.*

— *Ce sera avec plaisir. Merci.*

Rose envoya à son serviteur une pensée affectueuse, puis elle reporta son attention sur la route. Elle aurait dû continuer de faire la conversation plutôt que de retomber dans le silence. Agir ainsi donnait de l'importance au comportement des frères d'Holival, alors qu'au contraire il aurait fallu le minimiser. Mais pour parvenir à faire cela il fallait avoir sur la situation un recul que Rose peinait à prendre…

Fort heureusement, elle n'eut pas à se triturer l'esprit très longtemps. Les chevaux se révélant plus rapides que ce qu'elle avait envisagé, ils arrivèrent en vue des fermes bordant le bourg de Boissy moins d'un quart d'heure plus tard. Ralentissant l'allure, les deux Arimath s'arrêtèrent en lisière d'un modeste champ de blé dont les épis chétifs annonçaient la maigre récolte.

Scrutant la campagne alentour, Rose commença à écouter. La première chose qu'elle perçut fut la respiration sifflante et régulière d'un dormeur. Probablement le paysan qui habitait la maisonnette sise de l'autre côté du champ. S'en désintéressant, elle se mit en quête d'autres sons.

Un léger chuchotis vint alors chatouiller son oreille. Une voix pleine de l'assurance de la jeunesse murmurait :

— *Viens que je te dis !*

— *Mais s'ils se réveillent ?* geignit une autre voix, féminine cette fois.

— *Plus qu'tu tarderas plus qu'y aura d'chance… Allez, Jeanne, viens, dépêche-toi. Ils s'apercevront de rien.*

Un discret frou-frou de tissu, suivi d'un raclement boiseux, apprit à Rose que la dénommée Jeanne cédait au caprice de son galant et faisait le mur. Esquissant un sourire, la comtesse chercha ailleurs.

Après une demi-minute de calme, il lui parvint enfin l'écho d'un tintement métallique. Le son, indistinct, dansait à la limite de sa perception. Faisant abstraction du reste du monde, elle ferma les yeux et se focalisa sur le bruit. De nombreux grattements et soufflements se firent entendre. Comme Rose s'interrogeait sur leur origine, un martèlement de sabots vint s'adjoindre à ce tableau auditif.

Elle rouvrit les yeux, la lippe ennuyée.

C'était le maréchal-ferrant. Le seul à des lieues à la ronde. Or, avec la moisson qui approchait, il devait être débordé de travail. Rose ne pouvait décemment pas s'en prendre à lui, sinon qui ferrerait les chevaux du comte ? Puis, elle n'avait nulle envie de compromettre la récolte de ces pauvres gens par un acte aussi inconséquent. Non. Il fallait trouver quelqu'un d'autre.

D'un petit coup de talon, la comtesse incita son cheval à repartir. Suivie par le prince, elle reprit la direction du bourg. La nuit, à la campagne, l'activité tombait presque à néant, ce qui constituait pour Rose un sérieux désavantage. Ses habitudes de chasse, elle les avait rodées dans les grandes villes. Que ce fût autour des opéras, des théâtres, des tavernes, ou des maisons closes et des tripots, il se tramait toujours quelque fripouillerie qui lui offrait un large panel de proies.

Car la comtesse aimait à giboyer parmi les prédateurs. Par-dessus tout, elle affectionnait les détrousseurs et autres bandits de ruelles, qu'elle prenait un malin plaisir à traquer lorsqu'elle en avait loisir. S'il n'y en avait point – chose rare –, elle soupait d'une courtisane ou d'un ivrogne. En revanche, elle évitait les mendiants, dont l'excessive malpropreté la rebutait.

Mais en campagne, c'était une tout autre histoire… Ici il n'y avait point de tavernes surpeuplées ou de bas quartiers grouillants de canailles. À la campagne, l'on ne trouvait que fermes et églises. L'auberge, quand il y en avait une, accueillait des voyageurs exténués qui se couchaient à la tombée du jour. Chasser devenait dès lors affaire d'occasion. Or, des occasions, il n'y en avait guère. Ou du moins pas de celles que Rose était prête à saisir.

Parvenus aux abords des premières maisons du village, les Arimath arrêtèrent leurs montures. Une nouvelle fois, la comtesse prêta l'oreille. Un bouquet de voix éraillées s'imposa presque tout de suite. Un groupuscule d'hommes discutait non loin de là, dans l'une des bâtisses. Plissant ses longs yeux d'ambre, Rose fouilla la rue du regard. Elle ne vit poindre aucun rai de lumière. Il lui faudrait les localiser autrement.

Dégageant ses jambes des fourches de la selle, elle se laissa glisser à terre, puis entreprit de suivre le son de ces voix. Elle remonta la rue principale sur une trentaine de mètres, jusqu'à atteindre la courette d'une maison encaissée entre deux édifices de plus haute taille. Les voix filtraient, irrégulières, à travers le bois vermoulu de la porte. L'on discutait politique, bien sûr…

Revenant sur ses pas, la comtesse rejoignit son serviteur.

Elle aurait certes pu entrer dans la demeure et faire un festin des trois compères noctambules, mais ces pratiques barbares n'étaient guère usitées que par les Lamies. Rose y préférait des méthodes plus raffinées.

Comme elle arrivait près de Vassili, celui-ci sauta à bas de sa monture et s'empara des rênes des deux bêtes. Le prince et la comtesse rebroussèrent chemin le long de la route terreuse, en quête d'un recoin discret. Ils élurent domicile dans un petit bosquet d'ifs qui s'épanouissaient, sauvages, sur le bas-côté. Laissant la monture de sa maîtresse près des arbres, Vassili conduisit la sienne de l'autre côté de la route, dans un champ d'herbes folles. Lorsqu'il eut assez reculé pour n'être plus repérable par le regard d'un mortel, Rose jeta son tricorne au sol, dérangea ses atours et ébouriffa sa chevelure. Après quoi elle adressa un léger sourire à son serviteur, puis repartit vers la maisonnette. La scène qu'ils s'apprêtaient à jouer, ils l'avaient répétée plusieurs fois depuis leur départ de Saint-Pétersbourg…

De retour dans la courette, la comtesse acheva de mettre en évidence sa bourse et son collier d'émeraudes, puis elle tambourina à la porte. À l'intérieur, la conversation cessa illico. Une série de pas sonores annonça l'approche de l'un des compères.

— Qui c'est ? bougonna-t-il à travers l'huis.

— Ouvrez, je vous en prie ! s'écria Rose, larmoyante.

Après une seconde, le battant s'entrouvrit. Un filet de lumière se faufila dans l'interstice, suivi par un œil circonspect.

— Qu'est-ce qu'vous voulez ?

— Mon cheval, gémit Rose. Il est tombé, il n'arrive pas à se relever. Il a dû trébucher dans une ornière… J'ai peur qu'il ne se soit cassé la patte…

La porte s'ouvrit toute grande, révélant la figure barbue d'un homme entre deux âges, l'air aussi stupéfait qu'indécis. Derrière lui, la comtesse nota la présence de deux autres gaillards, assis sur un banc et accoudés à une table rudimentaire.

— Je vous récompenserai de votre peine, j'en fais serment, reprit-elle, jouant à la perfection son rôle de damoiselle en détresse. Mais s'il vous plaît, aidez-moi…

— Si vot' cheval s'est cassé la patte, y a pas grand-chose que j'puis faire, madame, remarqua le barbu.

— Mais peut-être n'a-t-il rien ? Peut-être n'arrive-t-il seulement pas à se relever ?

L'homme la dévisagea un instant, incertain, puis finalement se tourna vers ses compagnons.

— V'nez par là, leur dit-il. On va aller jeter un œil à son canasson.

Pendant qu'ils se levaient, Rose recula de quelques pas pour les inciter à la suivre. Sortant de la demeure lanterne en main, ils prirent une poignée de secondes pour détailler leur mystérieuse visiteuse.

— Par ici, fit celle-ci en reculant encore.

Le barbu lui emboîta le pas, sitôt imité par les deux autres, qui se lancèrent au passage un regard appréciateur. Hors d'atteinte, mais cependant bien en vue, Rose les précéda dans la pénombre. Après trois minutes de marche, ils arrivèrent en vue du bosquet.

— C'est ici, fit la comtesse en disparaissant dans le massif.

Hâtant le pas, les hommes l'y rejoignirent. Ils découvrirent alors un cheval fermement campé sur ses quatre pattes.

— Ben il est debout, constata le barbu.

— Oui… c'est étrange… Il a dû se lever pendant que j'étais partie, dit Rose, feignant la surprise. Je vais pouvoir reprendre la route… Tenez, voici pour votre amabilité…

Se mettant à fourrager dans sa bourse, elle appliqua un habile tremblement à ses doigts afin d'en répandre le contenu. Plusieurs pièces tombèrent en effet sur le sol avec un bruit de clochettes. Rose les y laissa et, virginale, approcha de son bienfaiteur. Embarrassé, le barbu tendit tout de même la main pour recevoir l'aumône de la comtesse. Cette dernière déposa dans sa paume deux pièces d'argent.

— Merci madame, grommela-t-il en commençant à se retirer.

Rose lui fit la grâce d'un ravissant sourire. Mais en vérité son attention était tout entière à l'affût des deux autres larrons. Car tandis que le premier reculait, ils s'étaient, eux, avancés…

— Vous d'vriez pas sortir toute seule à c't'heure, chapitra le plus vieux, un sourire inquiétant plaqué sur la trogne. Une dame aussi belle que vous, c'est vraiment pas prudent.

— Pas prudent, non, renchérit le second.

— On va pas vous laisser repartir comme ça. C'est qu'on voudrait pas qu'il vous arrive malheur… Pas vrai, Célestin ?

— Pour sûr…

Ils continuèrent d'approcher, la couvant d'une œillade graveleuse. Rose, prétendant s'inquiéter de leur avancée, se replia doucement vers son cheval.

— Qu'est-ce qui trotte dans vos épaisses caboches ? intervint le barbu, sourcils froncés. Laissez cette dame en paix !

— Ça va, Jules, tais-toi un peu, cracha le plus entreprenant des larrons en jetant un regard hargneux à l'intéressé. On fait rien de mal, on va juste passer un p'tit moment avec madame…

— N'approchez pas, geignit Rose d'une toute petite voix. Prenez mon argent, mes bijoux si vous voulez, mais laissez-moi tranquille ! Je vous en prie !

Le gaillard eut un rictus mauvais ; son œil torve glissa du collier d'émeraudes à l'entrebâillement du gilet de la comtesse. Sa langue pointa brièvement hors de sa bouche comme il s'humectait la lèvre inférieure. Conscient que quelque chose tournait mal, le barbu attrapa son compère par l'épaule et le tira en arrière. Pivotant brusquement, ledit vaurien lui expédia un coup de poing au visage. Le barbu, sonné, recula. Son assaillant revint aussitôt à la charge, lui assenant plusieurs coups à la pommette. Pendant ce temps, le troisième personnage se jeta sur Rose. L'agrippant par les épaules, il chercha à la renverser au sol.

— *Maintenant.*

Le barbu leva les bras pour se protéger du poing qui le visait… mais le coup ne s'abattit pas. Risquant un œil par-dessus sa maigre protection, il tomba en arrêt. Aussi figé que lui, son agresseur avait les yeux levés sur le majestueux personnage se tenant à présent à leurs côtés. Ce dernier, qui les dépassait tous deux d'une bonne tête, referma le poing sur le cou du vaurien. Un gargouillis effaré s'échappa de la gorge qu'il comprima. Hagard, le barbu n'envisagea même pas de fuir. Et, lorsque son regard croisa les froides prunelles de cet homme, il en perdit jusqu'à la volonté de rester debout. Se laissant aller sur le postérieur, il resta là, à le fixer, le nez saignant copieusement sur sa barbe.

Le troisième et dernier compère, inconscient de ce qui se déroulait dans son dos, s'échinait toujours à faire ployer sa victime. Tandis qu'avec un grognement coléreux il bousculait une énième fois la damoiselle indocile, cette dernière cessa de simuler la faiblesse. Instantanément, son corps se mua en un bloc inamovible. Déconcerté par ce changement radical, l'assaillant releva les yeux, et tomba droit dans les iris incandescents qui le toisaient. Une lueur rougeâtre baigna son visage grêlé par les stigmates de la petite vérole. Sa bouche s'ouvrit sur un cri, mais une poigne d'acier écrasa sa trachée avant que le son n'en sorte.

— Vous auriez dû écouter les conseils de votre ami, susurra Rose en découvrant les crocs dans un sourire onctueux. Ainsi vous auriez eu la vie sauve…

Faisant voyager sa main de la gorge à la nuque du vaurien, elle la serra brusquement. Les os émirent un craquement lugubre comme ils s'effritaient sous ses doigts, telles de vulgaires coquilles de noix. Aussitôt les muscles du paysan se relâchèrent, le réduisant à l'état de molle dépouille que Rose porta à ses canines.

Le barbu, qui n'avait rien perdu de la scène, chercha enfin à se remettre sur ses pieds. Mais sitôt commença-t-il à se soulever qu'il fut repoussé au sol, où une botte le cloua en lui barrant la poitrine. Paniqué, l'homme leva les yeux sur celui qui le maintenait à terre.

Vassili lui rendit son regard.

La clarté lunaire se reflétait, diffuse, dans ses yeux translucides. Au bout de son bras, le dernier compère s'agitait toujours ; tantôt luttant pour se dégager, tantôt cherchant son air. Toutefois, aucun de ses mouvements erratiques ne faisait varier l'aplomb du Slave, qui le tenait aussi fermement emprisonné qu'un pilori. Rose détacha les crocs de sa proie, qu'elle laissa s'effondrer dans la poussière. Les iris luisant comme deux braises, elle tourna la tête vers son serviteur.

— *Lâchez-le, Vassili.*

Le prince obtempéra.

Libéré de l'emprise du Slave, le goujat se mit à tousser furieusement, la gorge enflammée par la pression qu'elle avait subie. À trois pas de là, Rose patienta en réarrangeant sa queue-de-cheval. Elle entendit bientôt la toux convulsive devenir une quinte provoquée. Le malotru espérait sans doute tromper leur vigilance et prendre ses jambes à son cou.

— *Je m'occupe de lui*, murmura-t-elle à l'esprit de son serviteur, sentant que le paysan allait décamper d'une seconde à l'autre.

Dès qu'elle eut achevé de le songer, le bonhomme prit effectivement ses jambes à son cou. Ses sabots manquèrent de se déchausser à chacune de ses enjambées, mais cela ne le ralentit pas. Il fut bientôt sur la route, détalant en direction du village. Comme il lançait un coup d'œil affolé par-dessus son épaule, Rose ébaucha un sourire qu'il ne vit probablement pas, la nuit étant trop noire pour sa vision de mortel. Elle le laissa courir encore une dizaine de pas, puis se mit en marche.

Le plus rapide des hommes ne pouvait concurrencer le mouvement le plus lent d'un immortel. En moins de temps qu'il aurait fallu au paysan pour le penser, Rose le rattrapa, le dépassa, puis l'attendit, postée en amont sur la chaussée…

Lancé à toute allure dans les ténèbres, le rustre ne vit pas se rapprocher la silhouette de la comtesse. Il ne s'aperçut de sa présence que lorsque cette dernière interrompit sa course d'une taloche, donnée du revers de la main. Il fut si durement fauché qu'on eût dit qu'il avait reçu une balle de mousquet. Il roula au sol, gémissant, une main tenant sa mâchoire brisée.

— Vous ne devriez pas sortir tout seul à cette heure de la nuit, susurra Rose. Ce n'est pas prudent…

L'homme voulut se mettre à quatre pattes, mais l'une de ses jambes refusa de le porter. Retombant à plat ventre sur la route, il entreprit de ramper vers le talus. Les prunelles rivées au malotru, l'inquiétante *lady* s'insinua à l'intérieur de sa tête et y répandit toute l'étendue de sa colère. Accablé de terreur, le vaurien cessa de se traîner et se recroquevilla dans la poussière.

— Que craignez-vous ? s'enquit la comtesse en s'agenouillant près de lui, le sourire sinistre. Je ne fais rien de mal…

Agrippant sa tignasse, elle lui souleva la tête pour le forcer à affronter son regard.

— … nous allons juste passer un moment ensemble.

— Pi… pi'ié !

Une grimace écœurée supplanta le sourire de Rose comme elle étudiait les yeux suppliants de sa proie.

— Tous identiques, souffla-t-elle. Aussi pleutres que cruels… Dites-moi, vermine, quelle pitié auriez-vous eue pour moi ? Me détrousser aurait-il contenté vos appétits ?

Le paysan essaya de hocher la tête, mais la comtesse l'arrêta en tirant davantage sur ses cheveux. Se relevant soudain, elle l'arracha du sol, puis le traîna à sa suite tandis qu'en un clin d'œil elle regagnait le bosquet. Là, elle le propulsa vers le tronc d'un if, qu'il emboutit de plein fouet. L'homme s'affaissa au sol, secoué de sanglots spasmodiques. Rose le rejoignit en deux foulées, l'attrapa par le col de sa chemise, puis le remit debout. Empoignant sa mâchoire fracturée, elle lui releva le menton. Le paysan poussa un cri dont les accents révélèrent autant de peur que de douleur.

— Vous avez de la chance, chuchota la comtesse. Je n'ai pas le temps de jouer…

D'un geste sec, elle envoya la tête du paysan heurter le tronc de l'arbre. Le crâne se fracassa contre l'écorce ; les pleurs cessèrent ; le corps s'amollit. Comme pour sa précédente victime, ce fut le moment que choisit Rose pour y ficher les crocs.

Elle tuait toujours ses proies avant de se sustenter. Car aucune d'elles ne méritait de goûter à l'extase de sa morsure. De surcroît, si elle appréciait de lire l'effroi dans les yeux de ces vauriens, elle ne se réjouissait pas de leur souffrance. La traque achevée, elle ne voyait donc nul intérêt à retarder la mise à mort.

Fermant les paupières sur ses iris embrasés, la comtesse prit cette fois le temps de savourer son repas. En dehors des transports de ravissement que cela lui procurait, boire était toujours une expérience nouvelle. Le goût différait à chaque proie. Parfois amer comme un alcool, parfois sucré comme une confiserie, le sang vous comblait de ses bienfaits tout en vous livrant à une euphorie de saveurs chaque fois renouvelée. Mordre était un plaisir presque comparable à celui d'être mordu.

Presque…

Dans les veines du vaurien, la pression sanguine décrut bientôt, requérant que Rose aspirât ce qui restait de liquide. Mais l'effort l'ennuya. Et puisqu'elle avait bu assez pour deux elle décida de s'autoriser un brin de gaspillage. Se concentrant sur ses canines, elle les obligea à regagner les cavités de ses gencives. Puis, du bout de la langue, elle badigeonna de salive les quatre perforations que ses crocs avaient laissées, jusqu'à ce que la peau se fût tout à fait reconstituée. Après quoi elle abandonna ce cadavre-là auprès du premier.

Détendue et rassasiée, elle fit de nouveau face au prince.

— Vous êtes toujours d'excellente humeur après le repas, observa celui-ci, un léger sourire aux lèvres.

— Boire est aussi apaisant pour l'esprit que vivifiant pour les sens. N'en va-t-il pas de même pour vous, Vassili ?

— Pas exactement.

Un petit couinement apeuré perturba ce badinage. Le prince et sa maîtresse baissèrent le nez sur le barbu, qui servait toujours de marchepied au Slave.

— Mes excuses, monsieur, fit Rose sur le ton de la plus extrême courtoisie. Cette petite précaution était nécessaire, vous le comprendrez. Néanmoins, maintenant que cet interlude est achevé, permettez que l'on vous relève…

Ôtant sa botte de sur le poitrail du paysan, Vassili se pencha sur lui et le saisit sous les aisselles. Il l'enleva du sol aussi aisément qu'il aurait porté un enfant, puis le remit debout. L'homme resta où le prince l'avait posé. Flageolant sur ses jambes, les yeux arrondis d'angoisse et d'incrédulité, il serrait encore dans son poing les piécettes que lui avait données la comtesse.

— Tranquillisez-vous, il ne vous sera fait aucun mal, promit cette dernière. Je ne chasse que la canaille, or vous n'en êtes pas une. Vous allez pouvoir regagner votre masure…

S'immobilisant devant lui, elle captura son regard de ses iris éclatants. Une faible lueur orangée enveloppa leurs deux visages, comme s'il couvait quelque feu à proximité. Alors, Rose entreprit de s'infiltrer dans l'esprit de l'homme… Se glissant dans les interstices de sa conscience, elle commença délicatement de s'y mouvoir…

Elle croisa les figures rondes de deux petits garçons, puis le sourire indulgent d'une femme à l'air fatigué… L'homme s'inquiétait pour sa famille, mais il la retrouverait bientôt. Ne s'arrêtant pas à cela, la comtesse poursuivit son exploration… Des images de labours, de moissons, de fourches et de ballots de paille l'envahirent. Elle les abandonna. Ce n'était pas ce qu'elle cherchait… Vint ensuite le souvenir de deux prunelles à la froide splendeur…

Rose s'y fixa. Elle avait trouvé.

Remontant ce ruisseau de souvenances, elle l'assécha peu à peu, distillant une douce quiétude à mesure de son avancée. Les résultats se firent promptement sentir. Désormais apaisé, le paysan commença à dodeliner de la tête. Lorsque Rose escamota son dernier souvenir, elle n'eut besoin que d'une pensée supplémentaire pour le plonger dans un profond sommeil. Le paysan s'effondra. Vassili le retint. Alerte et silencieux, le prince s'en fut aussitôt en direction du bourg, son fardeau entre les bras. Dès qu'il fut parti, la comtesse pivota vers les dépouilles. Il était hors de question de les laisser ici. Quand bien même la marque de ses crocs n'était plus visible, l'étrangeté de ces cadavres exsangues ne manquerait pas d'alarmer la populace.

Autrefois, elle aurait peut-être pu se permettre de les abandonner là. L'on aurait accusé le diable, célébré pléthore de messes, carbonisé une ou deux sorcières, et ç'aurait été fini. Mais aujourd'hui, il en allait tout autrement. Les progrès de la science bousculaient la religion ; la pensée rationnelle ébranlait les superstitions séculaires ; et l'obscurantisme, malmené par les encyclopédistes, reculait chaque jour davantage. Cette métamorphose, amorcée depuis plusieurs dizaines d'années, était proprement fascinante, et le lot de savoir qu'elle véhiculait était utile à tous. Cependant, si ces transformations étaient appréciables, elles comportaient aussi des inconvénients. Le principal étant le devenir des cadavres que la sustentation de l'engeance immortelle générait…

L'attention que les hommes portaient à leur survivance, et aux conditions de celle-ci, ne cessant d'augmenter, l'on ne regardait plus le mystère de ces morts avec la même respectueuse terreur que naguère. Maintenant, l'on cherchait des explications. Et parfois avec zèle. Laisser pourrir les dépouilles à l'endroit même du dernier repas revenait donc à s'exposer à une enquête potentielle.

La société obscure comptait certes beaucoup de membres, néanmoins leur nombre était considérablement inférieur à celui des hommes pullulant à la face du soleil. Si l'existence des immortels venait à être révélée, il ne faisait aucun doute qu'ils seraient traqués, et exterminés. Car, bien qu'efficace, le rempart que constituaient les servants, une fois le jour levé, n'était pas infaillible. La clandestinité était une question de survie. Même ces brutes de Lamies savaient cela. C'était pourquoi les mœurs des immortels en matière de dissimulation avaient été contraintes d'évoluer. Pour l'heure, cela signifiait que Rose devait soit trouver une mise en scène crédible, soit un endroit où cacher les cadavres…

Réfléchissant aux différentes possibilités qui s'offraient à elle, la comtesse récupéra les piécettes qu'elle avait intentionnellement répandues à terre, un peu plus tôt, puis les remit dans sa bourse. Elle ramassa également la lanterne que l'un des malotrus avait lâchée, et qu'elle s'était chargée d'éteindre. L'idée lui vint de porter la lampe et les dépouilles dans un champ de blé, puis de brûler le tout, mais elle ne la retint pas. Ç'aurait été un coup trop rude pour les villageois, à si peu de jours de la moisson. Déjà que celle-ci ne serait pas fameuse…

Retournant vers sa monture, elle crocha la lanterne à la fourche de sa selle. Quoi qu'elle décidât, il fallait transporter les corps ailleurs. Elle partit donc quérir le cheval du prince, resté de l'autre côté de la route, et, une fois de retour dans le bosquet, entreposa les cadavres sur le dos des coursiers. Un très léger crissement, accompagné du parfum distinctif des Arimath, l'informa alors du retour de son serviteur.

— Nous allons les mener à la rivière, annonça-t-elle en se retournant. C'est à une demi-lieue d'ici. Le courant y est fort, cela devrait emporter les dépouilles assez loin pour qu'elles ne soient pas retrouvées avant plusieurs jours.

Vassili hocha la tête, puis alla récupérer le tricorne de sa maîtresse, lequel gisait toujours au sol parmi les brindilles et les feuilles séchées. Il l'épousseta consciencieusement, avant de le lui tendre.

— Personne ne croira à leur noyade, ma *lady*.

— En effet, convint Rose en réarrangeant sa coiffure. Mais n'avoir que ces deux corps pour tout vestige devrait perdre police et juge en conjectures.

S'emparant du couvre-chef, elle le positionna sur sa tête. Comme elle en ajustait l'inclinaison, le prince entreprit de refermer le gilet qu'elle avait volontairement déboutonné avant de frapper à la porte du paysan. Elle le laissa faire, amusée.

— Le désordre a aussi son utilité, Vassili…

— Pas si je peux l'empêcher, rétorqua-t-il, un infime sourire aux lèvres.

Ils échangèrent un regard, taquin pour l'un, chaleureux pour l'autre ; puis, lorsque le Slave eut fini de pomponner sa maîtresse, ils se dirigèrent vers leur monture respective.

— M. le comte a demandé à vous voir, madame.

Ennuyée, Rose tourna vers le laquais une moue peu enthousiaste.

— Cela ne peut-il attendre ?

— Monsieur souhaitait vous parler dès votre retour au domaine, madame.

— Soit, concéda-t-elle en soupirant. En ce cas, nous ne saurions le faire attendre davantage. Je vous suis.

Le domestique ne bougea point. L'air pincé, il détailla le prince Golitsyne avec une certaine effronterie.

— M. le comte souhaite vous rencontrer seule, notifia-t-il.

De contrariée, la mine de Rose devint franchement coléreuse.

— Je ne consentirai à entendre telle suggestion que de la bouche du comte en personne, fit-elle, épinglant le valet d'un regard dur. À présent, soit vous nous menez le prince et moi auprès de votre maître, soit vous allez seul lui narrer comment votre irrévérence lui coûta l'entretien sollicité.

Comme le laquais plongeait en une hâtive courbette, Rose vit frémir les ailes de son nez. Que ce fût de la peur ou de la colère lui importait peu. Il n'avait pas à se comporter de la sorte ! L'on avait montré au prince assez d'irrespect sans que les domestiques ne s'y mettent aussi…

— À l'avenir, tâchez de ne plus oublier votre place. Allez maintenant. Conduisez-nous à votre maître.

Un peu pâlot, le valet se déplia, puis ouvrit la marche. Il les mena au cœur du manoir, jusque devant une porte fort simple, sans moulure ni dorure. Il y frappa trois petits coups nets, avant d'ouvrir le battant.

Alors qu'ils s'apprêtaient à entrer, Rose et son serviteur furent cernés par un froid sec et piquant comme le frimas. Ils pénétrèrent néanmoins dans ce vaste bureau lambrissé, que la comtesse savait être bâti en lieu et place du cabinet bleu de jadis. À leur entrée, quatre têtes pivotèrent vers le seuil. L'une d'elles, surmontée d'une auréole de cheveux roux, radoucit les traits froissés de la comtesse.

— *Lady* Rose ! s'exclama la jeune fille en se hâtant à sa rencontre. Où étiez-vous donc passée ? J'ai cru ne jamais vous revoir !

— Hilda, très chère, voilà une question à ne point poser, fit Rose, tout sourires, en recevant l'accolade de son amie.

À l'instar de tous les autres, la petite servante Oström n'avait rigoureusement pas changé. Au regard des mortels, elle accusait toujours dix-sept printemps et un teint de porcelaine. Si ses grands yeux bruns paraissaient cependant un peu moins farouches qu'autrefois, sa vivacité nerveuse ne s'était, elle, point tempérée.

— Je croyais votre maître en Norvège, reprit Rose. Est-il de retour ?

— Pas encore, mais il est en chemin. Il m'a dépêchée en avant-garde.

— Je ne vais pas m'en plaindre.

Les amies se sourirent une nouvelle fois, puis la jeune fille leva le nez vers le Slave qui se tenait, silencieux, aux côtés de sa maîtresse.

— Le prince Vassili Andreïevitch Golitsyne, énonça Rose.

Hilda jeta à la comtesse un bref coup d'œil. La question contenue dans son regard fut aisément déchiffrable.

— Le prince est un ami fidèle, confirma Rose. Vassili, voici Hilda Ulmer. Elle est au service du *Könungr*.

— Votre Altesse, salua la demoiselle en faisant la révérence.

— Mes hommages, madame, répondit Vassili en s'inclinant à son tour.

Étonnée, et indubitablement flattée par cette courtoisie, Hilda glissa à la comtesse une œillade admirative. Rose y répondit par un demi-sourire satisfait, puis consentit enfin à se tourner vers les trois Arimath qui attendaient, bon gré mal gré, près du luxueux bureau d'acajou.

— Vous souhaitiez ma présence, mon seigneur ? fit-elle à l'adresse d'Artus.

— Si cela ne vous ennuie point trop, *lady*.

— Nullement, mon seigneur. Je suis à votre service…

Ils échangèrent un regard aussi âpre que leur ton avait été affable, puis le comte invita son infante à approcher. La comtesse s'exécuta, suivie par les deux servants.

— Le bonsoir, chevalier, fit-elle en s'arrêtant auprès de Montorgueil.

— Madame…

— Je ne pensais pas avoir le plaisir de vous revoir si tôt.

Le chevalier la gratifia d'un mince sourire puis reporta son attention sur le bureau, point central de l'attroupement. Sur le sous-main dormait un feuillet de papier couvert d'une écriture serrée.

— Un message de Magnus, indiqua Adelphe. D'après ce qu'il nous rapporte, trois habitants du village aux abords duquel il demeure ont été retrouvés violentés et vidés de leur sang. Il voit là l'œuvre de Lamies, et requiert notre assistance.

— *L'une des phalanges guerrières?* s'alarma Rose, qui savait la modeste résidence du sieur Meyer à seulement deux nuits de voyage de là.

— *C'est probable*, admit son mentor.

— Les corps ont été grossièrement ensevelis dans les bois, précisa Hilda. Ils étaient en piteux état. Le sieur Meyer m'a envoyée vers vous sitôt que nos guetteurs nous ont rapporté cette découverte.

— Des guetteurs? s'étonna Rose. Magnus craint-il pour sa sécurité?

— Hélas oui. Avant mon arrivée, on lui avait déjà signalé plusieurs disparitions dans les bourgs voisins. Puis, la nuit avant mon départ pour Boissy, des mouvements suspects ont été repérés autour de la propriété.

Cette dernière phrase interpella la comtesse. Instinctivement, elle tourna les yeux vers son mentor; lequel lui rendit son regard, avant de se consacrer à la lecture de la missive qu'il tenait à présent entre les doigts.

— Combien d'entre vous Magnus a-t-il réunis dans sa propriété? demanda-t-il à la servante Ström.

— Six.

— Serviteurs compris?

— Oui.

— Quelle fut l'excuse des autres ? s'enquit simplement Artus en reposant le feuillet sur le bureau.

Hilda baissa les yeux, embarrassée.

— Le sieur Meyer manque parfois de crédit, avoua-t-elle. Ceux qui refusèrent de répondre à son appel alléguèrent que les Lamies visaient la maison Arimath et non la nôtre, et que, de ce fait, ils n'avaient pas à se précipiter auprès du…

La demoiselle s'interrompit en pinçant les lèvres, comme pour retenir un mot malheureux.

— … du laquais d'Olaf ? proposa Rose, sachant fort bien ce qu'il en était de la réputation de Magnus.

Hilda ne confirma pas, cependant le regard qu'elle lui lança fut assez éloquent pour qu'elle n'ait pas à le faire.

Les guerres intestines étaient le lot commun de tous les clans. L'immortalité aidant, l'on avait l'ambition tenace, et la rancune plus tenace encore. Cela s'expliquait en grande partie par la complexité des jeux de pouvoir. Car, outre la question du rang, des accointances que l'on se devait de lier – si peu fiables fussent-elles –, des facilités financières qu'il valait mieux avoir, et des possessions terriennes qu'il était de bon ton d'accumuler, il y avait aussi la question des affidés. Sous ce terme l'on regroupait l'ensemble des hommes servants les intérêts d'un immortel, que ces gens aient ou non conscience de leur rôle. Or le fait était que Magnus n'avait d'avantage sur aucun de ces points. Il n'était ni très âgé, ni riche, ni influent, et l'on ne lui connaissait que peu d'affidés. Depuis bientôt deux siècles qu'elle le côtoyait, Rose en était arrivée à la conclusion que Magnus était un être foncièrement bon et franc, qui s'y entendait peu en matière d'intrigues. Sans être effacé, il passait cependant pour l'exécutant dévoué des volontés du *Könungr*. Nul ne l'envisageait comme successeur potentiel à la régence d'Olaf, mais, malgré cela, parce qu'on le supposait dans les secrets de ce dernier, l'on n'avait de cesse de le dénigrer. Rose connaissait cela pour avoir été elle-même en butte à ce type de médisances. La jalousie était pour leurs pairs une source d'inspiration inépuisable...

— C'est entendu, annonça Artus. Magnus aura les renforts qu'il mande.

Voyant le soulagement se peindre sur la figure pointue d'Hilda, Rose réalisa que la demoiselle avait douté du succès de l'entreprise. Pourtant, l'ancien pacte d'alliance était toujours valable. En de telles circonstances, refuser à Magnus l'aide qu'il réclamait serait revenu à trahir les Oström. Hilda le savait très bien, pourquoi s'était-elle inquiétée ?

— Nous allons débattre des dispositions à prendre, fit le comte en ramassant la lettre de Magnus et en la chiffonnant dans son poing. Vous comprendrez toutefois que vous ne pouvez assister à cet entretien, Hilda.

La jeune fille opina, puis commença de reculer vers la porte.

— Adelphe va vous mener dans le grand salon, ajouta Artus tandis que son frère contournait le bureau pour rejoindre la demoiselle. Vous y attendrez le chevalier.

Hilda acquiesça derechef, mais cette fois son regard se fit trouble. Comme pour se donner du courage, elle chercha les yeux de la comtesse. Dissimulant avec brio la mélancolie que cette œillade lui inspira, Rose se fendit d'un sourire confiant. Un temps, elle avait vraiment cru que la jeune fille avait réussi à oublier. Puis, elle avait compris que ce n'était qu'illusion. L'indifférence polie qu'Hilda parvenait à afficher était seulement le fruit d'un long exercice. À l'instar de Rose, qui s'évertuait à paraître insensible aux séductions de son mentor, la demoiselle feignait de n'être plus éprise d'Adelphe. Mais, parfois, un détail la trahissait, ainsi qu'à l'instant, où Rose pouvait presque entendre battre le cœur de la donzelle…

— Merci mon seigneur, fit celle-ci à l'adresse du maître des lieux. Le sieur Meyer vous sera infiniment reconnaissant d'avoir bien voulu répondre à sa sollicitation.

Artus récompensa cette déférence d'un aimable salut de la tête. La demoiselle y répondit gracieusement, puis fit volte-face et gagna la porte qu'Adelphe tenait déjà ouverte. S'engouffrant dans l'antichambre, ils s'en furent d'un même pas. Rien ne bougea dans le bureau, chacun semblant attendre que la servante se fût suffisamment éloignée. Lorsque son aura glacée eut tout à fait disparu, et que le claquement de ses souliers ne fut plus qu'un écho sur le parquet, le chevalier s'autorisa à prendre la parole :

— Mon seigneur, vous ne songez pas à dégarnir vos avant-postes pour prêter main-forte au sieur Meyer ?

— En partie, si.

— Mais mon seigneur, votre protection importe plus que la sienne !

— Pour le moment je ne pense pas que nous soyons menacés.

— La propriété de Magnus n'est qu'à deux nuits d'ici, objecta Rose. S'il s'agit bien de l'une des cliques guerrières, ils pourraient rallier le manoir et le prendre d'assaut.

— Ils pourraient. Cependant je ne crois pas qu'ils le feront.

— L'activité autour de la propriété de Magnus n'est qu'un leurre, insista-t-elle.

Le chevalier de Montorgueil acquiesça, l'air préoccupé :

— Ils ne cherchent qu'à détourner l'attention, leur cible est ailleurs.

— C'est exact, ces remuements ne sont destinés qu'à nous attirer sur le domaine de Magnus, admit le comte en fourrant la missive froissée dans la poche de sa veste. Néanmoins, vous vous trompez en estimant qu'il ne s'agit que d'une diversion. Ils vont attaquer. Et si nous ne prêtons pas main-forte à Magnus, sa petite propriété ne sera bientôt plus qu'un souvenir.

— S'ils veulent l'anéantir, il serait préférable pour eux de rencontrer le moins de résistance possible, souligna Montorgueil. Pourquoi vouloir nous y attirer ?

— Parce qu'il y a une deuxième meute de Lamies qui attend pour frapper que la première remplisse son office...

Toutes les têtes pivotèrent vers le prince Golitsyne, lequel attendait, impassible, la réaction du maître des lieux. Les deux hommes s'entre-regardèrent une pesante seconde, puis le comte esquissa un sourire dénué de toute chaleur :

— Quelle sagacité, Votre Altesse... C'est ce que je présumais, en effet...

— Une clique ou deux, cela ne change rien, affirma Montorgueil avec agitation. Qui d'autre ces misérables pourraient-ils vouloir atteindre, si ce n'est vous ?

Artus lui décocha un regard énigmatique. Se saisissant de la chaise qui dormait à son côté, il s'installa à son bureau, puis ouvrit le tiroir sis juste sous l'épais plateau. Il en tira plusieurs feuillets de papier et un bâtonnet de cire à cacheter.

— Vous allez raccompagner Hilda jusque chez le sieur Meyer, dit-il.

Montorgueil se rembrunit mais ne discuta pas. Il se contenta d'observer le régent tandis que celui-ci écrivait quelques lignes d'une plume empressée.

— Vous donnerez ceci à Magnus, précisa le comte en tirant à lui le flacon de talc, dont il saupoudra la feuille. Dites-lui bien de se conformer à ces instructions. Si toutefois il ne le faisait pas, vous n'auriez dès lors nulle obligation de rester le défendre.

Tapotant le feuillet sur le sous-main afin d'en faire tomber la poudre superflue, Artus le tendit ensuite au chevalier. Ce dernier s'en empara, le parcourut rapidement, puis le fit disparaître dans la poche de son frac.

— Faites halte chez Desanoi cette nuit, et, demain, emmenez-le à votre suite. Je vais dépêcher un estafier[8] chez Lonceville dans l'instant. Il vous rejoindra au relais.

— Pensez-vous que cela sera suffisant s'ils attaquent ?

— Si tout va comme je le souhaite, vous serez partis avant que les Lamies ne se décident à donner l'assaut. Mais je vais vous envoyer Frohel pour couvrir votre retraite.

La mention de ce nom déposa un discret plissement au front de Rose. Le marquis de Frohel était ce que ses pairs appelaient un « Doyen ». Dans leur société où l'ancienneté réglait la préséance, un Doyen était considéré supérieur à un Ancien – tel qu'Artus –, car il avait vécu plus longtemps. À l'époque où Rose avait quitté le pays, le marquis n'était entré dans la caste enviée des Doyens que depuis une petite poignée d'années, mais il s'en rengorgeait déjà continuellement. Il y avait donc fort à parier qu'en dix ans les choses ne se seraient pas améliorées.

Cela dit, Frohel ne faisait pas figure d'exception. Dans ce monde où rien n'était ce qu'il semblait être, où l'art de la dissimulation tenait lieu de culte, et où les allégations d'autrui n'étaient que dédales de contre-vérités, le rang était la seule indication à laquelle l'on pouvait se raccrocher. Rose elle-même ne manquait jamais de s'en informer, ne serait-ce que pour évaluer la dangerosité d'éventuels opposants.

En matière d'opposition, le marquis de Frohel, fort de sa prédominante vétusté, ne se privait que peu. Sous couvert d'obédience, il essayait souvent de se poser en alternative à la régence d'Artus, discutant ceci ou cela, et laissant entendre que lui aurait agi différemment. Ces débordements d'ego seraient passés presque inaperçus si le marquis n'avait résidé si près. Son repaire, situé aux abords de la ville de Dreux, n'était qu'à une quarantaine de lieues de Boissy. Autant dire qu'il habitait aux portes du fief d'Artus. Or, pour deux seigneurs de cette importance, se côtoyer d'aussi près pouvait engendrer quelques frictions. Ce fut lors de ces fâcheries que Rose avait rencontré l'obséquieux Luc de Palarme, seigneur de Moronval et marquis de Frohel. Ils s'étaient croisés une dizaine de fois, en tout et pour tout. Toujours ici, à Boissy. Et toujours dans les mêmes circonstances…

— *Se préparerait-il un cénacle, mon seigneur ?* murmura Rose, suspicieuse, à l'esprit de son mentor.

— *Une chose à la fois,* lady.

— Soyez prompt, François, reprit le comte à l'attention de Montorgueil. Vous n'aurez que peu de temps.

— Il sera fait selon vos désirs, mon seigneur…

— Allez.

Le chevalier s'inclina, puis tourna les talons. Bien que son désaccord fût manifeste, il ne se serait jamais permis de contester un ordre d'Artus.

À la différence de Rose.

— Vous ne m'aviez pas mentionné la tenue de ce cénacle, lança-t-elle dès que la porte se fut refermée sur le chevalier.

— C'est que je n'avais pas lieu de le faire, *lady*.

De sous le tricorne qu'elle n'avait pas pris le temps d'ôter, la comtesse coula à son mentor un regard sombre. En dépit de sa position, ou, plutôt, de la position qui fut sienne, Rose n'avait jamais participé à ces conciliabules. Pour y assister, il fallait soit appartenir aux castes supérieures, soit avoir été convié par l'un des participants. Or Artus ne l'avait jamais invitée.

— Que veut-il, cette fois ?

— Débattre des Lamies et de leurs incursions, je suppose, répondit distraitement le comte en entamant la rédaction d'une nouvelle missive.

— Il va encore se répandre en vains palabres.

— C'est fort probable, oui. Toutefois, son rang autorise le marquis à convoquer un cénacle. Lui refuser ce privilège ne servirait qu'à exciter l'appréhension des seigneurs de son acabit. Du reste, ces discussions ont leur intérêt. Même pour moi.

— Frohel n'y fait pourtant que critiquer votre autorité.

— Suggérez-vous qu'il me faille être plus ferme avec les insolents, *lady* ? s'enquit Artus en relevant les yeux de sa feuille, le sourcil arqué sur une interrogation matoise.

Piquée au vif, Rose se redressa imperceptiblement :

— En cela vous avez amplement prouvé votre aptitude, mon seigneur. Il est cependant fort dommage que vous ne sachiez mieux choisir l'objet de vos représailles…

Le sourcil du comte chuta des hauteurs de son front pour venir se rapprocher de son jumeau. L'étincelle d'espièglerie qui allumait son regard s'éteignit, détrônée par quelque chose que Rose ne sut pas nommer. Elle vit alors ses lèvres s'entrouvrir, comme s'il se préparait à parler… Mais il n'en fit rien. Refermant la bouche, Artus baissa les yeux sur le courrier qu'il avait entamé, trempa la plume dans l'encrier posé tout à côté, et se remit lentement à écrire. Agacée, offensée aussi, la comtesse s'éloigna vers le fond de la pièce.

Elle aurait mieux fait de se taire. Cette remarque était une erreur. Une de plus. Cherchant à maîtriser l'échauffement de ses pensées, elle s'en revint vers son serviteur avec l'intention d'entamer la conversation. Mais quelque chose sur le visage du prince l'en dissuada. Elle n'eut pourtant pas le loisir d'élucider le mystère de cette expression. L'approche d'Adelphe, devancé par son aura capiteuse, l'avait fait s'envoler ; Vassili tournait déjà les yeux vers la porte. Machinalement, sa maîtresse fit de même. Le jeune M. d'Holival passa le seuil presque aussitôt.

— Ils sont sur le départ, annonça-t-il en refermant derrière lui. Avant de sortir, Montorgueil a vaguement évoqué des renforts. Nous sommes ces renforts, je présume ?

— D'une certaine façon…

— Le comte a dans l'intention de solliciter l'aide du marquis de Frohel, prévint Rose.

Jetant un bref coup d'œil à la comtesse, Adelphe tourna vers son frère une moue dubitative.

— Une lettre ne suffira pas à convaincre cet infatué marquis, dit-il tandis que son aîné faisait fondre un peu de cire à cacheter sur le rabat de la missive.

— C'est pourquoi nous allons l'en sommer en personne, répliqua le comte.

— Mais le relais de Saclas est à plus d'une heure d'ici. Si nous nous y rendons, nous ne pouvons espérer suivre Montorgueil.

— Il n'a jamais été question que nous le suivions.

— Ah. Vous voulez vous rendre à la pommeraie… Croyez-vous qu'ils savent ?

— Ainsi que l'a noté Notre Illustrissime Altesse, l'escarmouche qui se prépare chez Magnus n'est qu'un leurre, déclara Artus en apposant sa chevalière contre la cire fondue. Or, puisque nous savons que notre propriété n'est pas la cible première des Lamies, il faut bien que leur point de mire soit quelque part.

— Ce quelque part serait donc cette pommeraie, conclut Rose. Qu'y a-t-il là-bas qui puisse les intéresser ?

— Judicieuse question, *lady*.

La comtesse s'assombrit. Son mentor la tenait derechef dans l'ignorance. Jadis, il lui aurait pourtant confié ce genre de choses… Avait-elle vraiment perdu tout crédit à ses yeux ?

Elle baissa la tête, mâchoires serrées, visage dissimulé dans l'ombre de son tricorne. Artus l'avait exilée. C'était tout ce dont il fallait se souvenir. Le reste appartenait au passé. Fermant les yeux une seconde, elle releva la tête, un impeccable masque de quiétude posé sur les traits.

— Donnez cela à un estafier, fit le comte en quittant son fauteuil pour aller remettre la lettre à son frère. Qu'il parte sur-le-champ. Quant à moi, je descends me changer. Je vous rejoins aux écuries.

Adelphe jeta un œil à la missive, puis l'empocha en hochant la tête. Artus s'orienta alors vers le seuil, qu'il rejoignit en trois enjambées.

— Je pourrais m'en charger, mon seigneur.

Le comte s'immobilisa, la main sur la poignée de la porte. Se tournant à demi, il posa sur le prince un œil las :

— Plaît-il ?

— La missive. Je pourrais la délivrer.

— Et pourquoi feriez-vous cela ?

— Ce message est urgent. Je le porterai plus vite que ne le ferait n'importe lequel de vos domestiques.

Comme ses yeux s'étrécissaient, Artus se fendit d'un fin sourire.

— Je ne voudrais pas priver *lady* Rose de son escorte. Qui sait ce qu'il pourrait survenir ?

— Votre manoir ne sera pas ciblé.

— Le manoir, non. Mais vous, un tout jeune serviteur… Je n'aurais pas l'audace de vous envoyer au-devant de ces périls.

— Une bataille est une bataille, mon seigneur. Peu importe la célérité à laquelle elle se déroule.

— Nul doute que vous vous pensez à la hauteur de la menace, Votre Altesse. Toutefois, je crains que ces batailles-ci ne dépassent vos quelques aptitudes…

Vassili, olympien, essuya l'insulte sans sourciller.

— Si tel est votre opinion, mon seigneur, je m'abstiendrai donc, à l'avenir, de vous prêter mon concours.

Un scintillement verdâtre passa dans les yeux d'Artus. Croisant les mains dans son dos, le prince soutint froidement son regard. L'animosité indiscernable sur les visages sembla soudain crépiter dans l'air alentour. Des volutes de colère y tournoyèrent, menaçantes, s'accrochant à l'esprit de Rose sans qu'elle pût en identifier l'exacte provenance.

— À votre aise, convint le comte tandis que son sourire virait à l'aigre. Maintenant, si vous permettez…

Faisant jouer la poignée de la porte, il en ouvrit tout grand le vantail et disparut dans la pièce voisine. Illico, Rose pivota vers le jeune M. d'Holival, s'attendant à croiser son regard. Mais ce n'était pas sur elle qu'Adelphe avait posé les yeux. Les prunelles nuageuses, le jeune homme contempla le prince pendant encore une seconde, puis il tourna brusquement les talons et suivit le chemin emprunté par son frère.

Alors Vassili rompit sa singulière fixité. Tournant la tête vers sa maîtresse, il lui adressa un regard d'une austérité glaçante.

— *Il est temps de vous rendre à l'évidence, ma lady. Je ne suis pas le bienvenu ici.*

Chapitre 4

— Où est-il ?

Délaissant la petite chambrière qui se tenait près de lui, Adelphe pivota vers le seuil de la pièce.

— Le bonsoir, madame.

— Où… est-il, répéta lentement Rose, le ton orageux.

Le jeune homme reporta son attention sur la jouvencelle qui, patientant à ses côtés, essayait de ne pas le dévorer du regard :

— Merci, Anne. Laissez-nous, maintenant.

La servante exécuta une courte révérence, puis se hâta vers la sortie. Arrivée près de Rose, elle lui jeta un œil curieux avant d'accélérer encore le pas, pressée de laisser les nobles à leur querelle.

— Mon frère est aux écuries, répondit enfin Adelphe en rangeant un mouchoir dans la poche de son frac. Mais vous ne devriez pas aller le trouver dans ces dispositions.

Rose lui décocha une œillade furibonde.

À son réveil, il y avait de cela une petite demi-heure, son serviteur lui avait annoncé que le comte et son frère l'attendaient aux écuries dès que possible, afin qu'elle les suivît dans leur excursion du soir. Vassili avait ensuite précisé que cette invitation l'excluait, et qu'il avait été prié par le jeune M. d'Holival de rester au manoir. Dire qu'à ces mots la comtesse avait vu rouge aurait été un doux euphémisme…

— Approuvez-vous ces consignes ? lança-t-elle de but en blanc.

— Madame, vous savez que, lorsque le comte a pris une décision, il est malcommode de l'en faire varier.

— Les approuvez-vous, oui ou non ?

— … Non.

— Votre attitude envers le prince semble pourtant démontrer le contraire.

Le visage du jeune homme se ferma. Un voile opaque tomba sur ses iris outremer.

— Vous m'en voyez désolé, dit-il, atone.

— Quel enthousiasme dans le déni ! Tant de chaleur m'émeut…

Un pli chagrin apparut entre les sourcils d'Adelphe, faisant immédiatement regretter à la comtesse des mots que seule l'amertume avait dictés.

— Je n'ai que ma parole à offrir, madame, fit-il doucement. Quand bien même elle ne vous suffirait plus.

Le cœur lourd, Rose le scruta longuement. Naguère, elle n'aurait jamais douté de sa parole, car jamais il ne lui avait donné de raison de s'en défier. Mais comment pouvait-elle le croire à présent que ses actes démentaient si ouvertement ses propos ?

Poussant un long soupir, la comtesse baissa la tête et passa une main sur son front. Lorsqu'elle avait présenté Vassili, elle ne s'était pas attendue à des félicitations. Pourtant, elle était loin de s'imaginer que sa présence provoquerait un tel chambardement. La situation n'avait fait que s'envenimer depuis leur arrivée. Et après seulement quatre nuits la cohabitation prenait déjà des airs de bataille rangée.

— Mais enfin qu'avez-vous à lui reprocher ? s'exclama-t-elle en relevant la tête.

— À qui donc, madame ?

— Pas de cela je vous prie !

Adelphe arbora un rictus à mi-chemin entre le sourire et le tic d'agacement. Obliquant soudain vers les fenêtres, il se posta devant l'une d'elles et y porta le regard.

— Je n'ai rien à lui reprocher, reconnut-il.

— Rien ?

— Non. Rien. Le prince est… rigoureusement parfait.

Partagée entre ahurissement et incrédulité, Rose resta un instant à l'examiner. C'était la deuxième fois qu'elle le voyait ainsi, dans cette posture rigide, le regard filant vers l'horizon comme s'il voulait s'y évader. Or, jamais Adelphe ne fuyait. Surtout pas face à une conversation…

— Que se passe-t-il ? demanda-t-elle, désormais plus soucieuse qu'irritée.

— Pourquoi voudriez-vous qu'il se passât quelque chose ?

— Vous êtes trop généreux pour mentir, Adelphe. Puis je vous connais, cette maussaderie ne vous ressemble guère.

— Ne puis-je point me soucier des derniers événements ?

Rose secoua la tête :

— Ce n'est pas ce qui vous trouble.

— Prétendriez-vous connaître mes pensées mieux que moi ?

— Non pas. Cependant, je sais encore discerner la fable de la véridicité…

Sur la vitre translucide, le reflet du jeune homme parut se ternir. Il tourna la tête de côté, comme s'apprêtant à lui faire face.

— Que puis-je contre telle conviction ? Pensez ce qui vous chante, madame.

Rose manqua de s'offusquer, mais ce ton condescendant et ces façons méprisantes étaient trop éloignés de l'Adelphe qu'elle connaissait pour qu'elle pût réellement en prendre ombrage. Derrière ce bastion de suffisance, elle sentait sourdre le désarroi.

— Pourquoi ne pas soulager votre cœur, mon ami ? Vous savez que je ne soufflerai mot de ce que vous me confierez.

— Je n'ai nulle confidence à partager.

— Est-ce si terrible que je ne puisse l'entendre ?

— Diantre, quelle obstination ! pesta Adelphe en recommençant d'observer le parc. Est-ce ce trait de caractère qui valut au comte d'être rabroué ?

La bouche de Rose s'arrondit de stupéfaction. Un frémissement hérissa le fin duvet de sa nuque, avant de serpenter le long de son dos.

— … Que dites-vous ?

— Pourquoi refuser de l'écouter ?

— Comment osez-vous me demander cela ! explosa-t-elle. Ne devinez-vous pas quel… quel enfer ce…

Suffoquée, elle ne parvint pas à poursuivre. Les mots s'empilèrent dans sa gorge étranglée de peine. Comment Adelphe pouvait-il dire cela, lui qui fut dépositaire de ses tourments ? Une telle question dans sa bouche, c'était proprement inconcevable…

La mine décousue, le teint pâli, Rose essaya de dominer la consternation qui obscurcissait ses pensées.

— Nous ne devions plus aborder ce sujet, rappela-t-elle d'une voix éteinte. Reprendre votre parole n'est pourtant guère dans vos habitudes. Faut-il que vous soyez aux abois pour recourir à d'aussi vils stratagèmes…

Jetant un regard sur le reflet de la vitre, elle vit le repentir gagner les traits du jeune homme. Mais cela ne suffit pas à apaiser sa peine :

— Si cette saillie, en sus de m'égratigner, était supposée me convaincre de votre sérénité, Adelphe, je suis au regret de vous dire que cela n'aura pas eu l'effet escompté. Néanmoins, vous serez parvenu à me passer l'envie de vous soutenir. Félicitations.

Sur cette réplique, Rose fit volte-face. Elle traversa rapidement l'enfilade de pièces qui menait jusqu'au vestibule, passa les portes d'entrée que les laquais eurent tout juste le temps d'ouvrir, puis s'arrêta aussi subitement qu'elle s'était mise en route. Levant ses yeux d'ambre vers le ciel, elle s'ingénia à respirer posément. Se morfondre était exclu. Il lui restait une joute à mener, et elle ne pouvait s'y présenter dans cet état de vulnérabilité. Quels que fussent son chagrin ou son incompréhension, il fallait pour le moment les mettre de côté. Repoussant sa longue chevelure d'un geste mécanique, elle chercha dans la rectification de sa vêture la contenance qui lui manquait. Elle épousseta ses culottes, tira sur son gilet, ajusta son jabot, et vérifia dans la poche de son frac que le ruban de velours qu'elle y avait mis s'y trouvait toujours. Puis, après une dernière inspiration, elle sortit de l'allée sablonneuse et entreprit de traverser le jardin…

Elle trouva les palefreniers à musarder auprès des portes closes de l'écurie. La voir ainsi sortir de la pénombre, sans torche ni lanterne, pétrifia les garçons d'écurie un instant, avant que l'un d'eux n'accoure dans l'intention manifeste de lui interdire l'entrée. Rose le découragea d'un seul regard. Ce soir, elle n'aurait pas la patience de composer avec l'ignorance des mortels.

Atteignant les portes sans plus rencontrer de résistance, elle les ouvrit à la volée et pénétra dans l'écurie. La bâtisse était plongée dans une semi-obscurité. Une unique lanterne brûlait, timide, accrochée à son clou. Loin de cette malingre lumière, à l'autre extrémité du bâtiment, Artus se tenait devant le box de son destrier. Il avait enlevé son ample redingote, qu'il avait suspendue à la barrière ouverte. Les manches de sa chemise retroussées au niveau des coudes, le gilet dégrafé, il abreuvait son cheval à l'aide d'un grand seau qu'il maintenait en l'air. Rose connaissait ce rituel pour l'avoir vu pratiquer des dizaines de fois. Si le comte avait chassé les palefreniers, c'était pour qu'ils ne le voient point souiller l'eau de son sang.

— Que puis-je pour vous, *lady* ?

— Je crois que vous le savez, rétorqua-t-elle, la voix et le visage exempts de toute trace de confusion.

Son mentor lui jeta un bref coup d'œil, qui ne fut suivi d'aucune réponse. Déterminée à obtenir l'explication qu'elle était venue chercher, Rose décida de corser le ton :

— Si vous avez des critiques à formuler quant à ma décision de prendre un serviteur, faites-le clairement, mon seigneur. Ces mesquineries conviennent mal à quelqu'un de votre rang.

Cette fois, Artus se tourna vers elle, sourcils haussés sur un incontestable étonnement.

— Vous vous enhardissez, s'amusa-t-il. Serait-ce le hussard qui vous contamine ?

— Le prince n'a pas à payer pour ma faute, si faute vous estimez qu'il y a.

— Ainsi que vous le rappelez si justement, je suis seul juge, *lady*. Tâchez de vous en souvenir avant de vous aventurer à d'autres commentaires…

Des braises rougeoyèrent, fugaces, dans les iris de la comtesse.

— Jouer le roitelet avec moi est une perte de temps, mon seigneur. Cela ne m'empêchera pas de vous signifier ce que votre comportement m'inspire.

— Que de bravades ! Êtes-vous certaine de pouvoir en assumer les conséquences ?

— Vous avez trop besoin de votre boutefeu pour sévir maintenant. La sanction ne tombera que plus tard, lorsque j'aurai dûment rempli le rôle que vos calculs m'ont assigné…

La morgue du comte se crevassa, laissant poindre une notable contrariété.

— Croyez-vous ?

— La question n'est pas de savoir ce que je crois, mais ce que je veux. Or je veux que le prince demeure à mon côté.

— J'avais cru le comprendre…

Ayant terminé de boire, Harald sortit le nez du seau. Saturé de forces neuves, il s'ébroua gaillardement et fit mine de quitter sa stalle. Son maître le retint d'une main puis, murmurant un mot bienveillant, il s'écarta pour aller poser le seau près du râtelier.

— Eh bien ? s'impatienta Rose.

Artus pivota derechef dans sa direction, l'expression nébuleuse. Lorsqu'il reprit la parole, sa voix avait chuté d'une octave :

— N'ai-je point satisfait aux volontés du prince en lui épargnant de nous suivre ?

— Il s'agit ici de ma volonté, non de la sienne.

— Ma foi, ne préférez-vous pas le savoir au manoir plutôt que battant une campagne infestée d'ennemies ?

— Vassili n'est pas l'incapable que vous voulez voir en lui.

— Je me suis contenté d'énoncer un fait, *lady*. Votre serviteur est un enfant dans notre monde. Si vaillant soit-il, il pourrait ne pas résister aux périls qui nous guettent.

— Cela vous inquiète ? Il serait pourtant commode que sa tête tombe au détour d'une rixe. Voilà qui solderait mon indiscipline…

Les traits du comte se durcirent :

— Qu'insinuez-vous ?

— Rien, mon seigneur. Je me contente d'énoncer un fait.

Face à face dans cette pénombre que leur vision surhumaine habillait d'un linceul bleuté, l'infante et son mentor s'affrontèrent du regard. Ainsi campé dans son autorité, l'allure ténébreuse et la mise plaisamment négligée, Artus tenait davantage du guerrier que de l'aristocrate. Un guerrier charismatique. Et outrageusement… Rose se fustigea, exaspérée. Ne pouvait-elle donc éviter de se disperser ?

— Si vous ne voulez point du prince pour votre équipée, mon seigneur, commença-t-elle, autant pour détourner ses propres pensées que pour asseoir son avantage, je crains qu'il ne vous faille également souffrir mon absence.

Fut-ce de la colère ou du mépris ? Elle n'aurait pu en jurer. La grimace qui passa sur le visage du comte fut par trop fugitive.

— Je goûte fort peu les sommations, *lady*, susurra-t-il alors, les yeux légèrement plissés. Vous m'obligeriez en ne réitérant point telle inconvenance…

Rose repoussa l'agitation qui voulut l'envahir. Pour infléchir la décision du comte, elle devait en passer par là. Faute de quoi il n'y avait aucune chance qu'il cède. Cependant, la frontière entre la juste pression et l'excès d'audace était mince. Le comte avait beau ne pas être d'une nature emportée, il ne dominait pas la maison Arimath par la seule finesse de son esprit. Dans le clan, chacun savait ce qu'il en coûtait de pousser Artus à bout de patience. Même au temps de sa faveur, Rose ne s'y serait pas risquée sans y avoir minutieusement réfléchi… Elle était allée assez loin dans la crânerie pour qu'il sût à quoi s'en tenir. Pour obtenir gain de cause, il s'agissait maintenant de tempérer son indignation.

— Vous m'avez rappelée pour que je vous serve, dit-elle, se radoucissant. Je réclame seulement le droit de le faire au mieux.

— J'ignorais que le prince pût influer sur vos aptitudes…

— Seul au manoir, Vassili encourrait autant qu'à nous suivre. Ne pas savoir ce qu'il adviendrait de lui me causerait trop de tracas.

— Que d'attentions pour un serviteur.

— En cela, je suis votre exemple, mon seigneur.

— Mais Adelphe est mon frère…

Rose tiqua.

Le comte cherchait-il à lui faire dire quelque chose ?

Sitôt l'eut-elle formulée que cette pensée la désola. Comment pouvait-elle être assez bête pour seulement envisager de croire cela ? Artus essayait tout bonnement de l'apprivoiser en lui faisant miroiter des chimères. Comme autrefois. Comme toujours…

— Je ne suis pas de ceux qui considèrent les serviteurs comme une denrée périssable, assena-t-elle. Je refuse de l'exposer à des dangers inutiles.

— Ce pourquoi j'ai souhaité qu'il restât au manoir…

La comtesse croisa les bras, un air de lassitude flottant sur ses traits délicats. L'argument aurait pu être crédible s'il était venu d'un autre qu'Artus. Restait à savoir combien de temps ce dernier se bornerait dans ce mensonge.

— N'avons-nous pas suffisamment lanterné, mon seigneur ? Vous souhaitiez partir sans tarder, je crois.

S'en retournant vers sa monture, le comte commença de reboutonner son gilet.

— Je pourrais aussi vous ordonner de me suivre, *lady*.

Rose sentit monter en elle une bouffée de colère. Dire qu'elle avait failli croire à ses sous-entendus ! Il n'avait pas fallu longtemps pour qu'elle retrouve son statut de pion !

— Vous le pourriez, oui, admit-elle, aussi posément que possible. Pourtant vous ne le ferez point.

Son mentor lui lança un bref regard tandis qu'il déroulait sur ses bras les manches de sa chemise :

— Pourquoi cela ?

— Parce que mieux que quiconque vous savez que la force est impuissante à me gouverner. Si vous me l'ordonniez, je chevaucherais certes à votre côté… cependant ce serait la dernière fois.

À présent, Rose nageait en eaux troubles.

Cet échange l'avait menée au-delà de ce qu'elle avait envisagé, mais elle refusait de céder à l'intimidation. Et si cela devait impliquer son départ immédiat, eh bien soit ! Une fois les difficultés actuelles résolues, elle ne se faisait guère d'illusions sur son sort, de toute façon…

Lentement, Artus acheva d'enfiler la redingote qu'il venait de récupérer sur la barrière ouverte de la stalle. Après quoi il se tourna vers son infante, sourcils à demi froncés, visage fermé.

— Vous partiriez, *lady*?

Rose ne dit mot. Elle s'était très bien fait comprendre. Nul besoin de se répéter.

— Soit, déclara le comte abruptement en se dirigeant vers la selle entreposée sur l'une des palissades du compartiment. Appelez votre prince, puisque vous y tenez tant. Mais ne venez pas vous plaindre s'il s'embroche quelque part.

La comtesse réprima le sourire nerveux qui lui vint aux lèvres.

Elle l'avait fait ployer… Mais à quel prix?

Autrefois, elle ne se serait pas souciée de cela, convaincue que le comte ne lui aurait jamais fait le moindre mal. Depuis, l'exil avait descellé ses yeux. Elle savait aujourd'hui n'être qu'un sujet parmi d'autres. Or, ce qu'elle venait de faire, le comte le tolérait fort mal. Les représailles viendraient. Tôt ou tard.

— Merci, mon seigneur…

Éreintée comme si elle était parvenue au terme de sa réserve de sang, Rose sortit de l'écurie. À l'extérieur, les palefreniers attendaient, presque aussi anxieux qu'elle, attroupés autour d'une lanterne.

— Le cheval de M. d'Holival, somma-t-elle. Ainsi que deux autres, pour le prince et pour moi-même.

Les valets d'écurie se précipitèrent pêle-mêle dans le bâtiment, non sans lui jeter quelques coups d'œil à la dérobée. La comtesse ne s'en soucia pas. Ces domestiques-ci ne la connaissaient pas. Ils n'étaient pas accoutumés à la voir suivre le comte dans ses excursions. Pour eux, une dame revêtue d'un habit masculin était seulement scandaleuse. Il y avait longtemps déjà que Rose avait adopté ces vêtements pour ses chevauchées. Bien qu'elle ne fût pas véritablement gênée par ses robes, l'habit masculin présentait un confort de mouvement incomparable, et permettait bien plus de cabrioles, le cas échéant. Aussi montait-elle exclusivement dans cette tenue, hormis certains soirs de chasse. Les domestiques qui officiaient à Boissy à l'époque où elle y vivait encore avaient fini par ne plus prêter attention à cette fantaisie vestimentaire. Mais ces domestiques-ci n'auraient vraisemblablement pas le temps de s'habituer…

Posant les yeux sur le manoir dont les sobres lignes se dressaient, bleuâtres, contre le ciel nocturne, Rose concentra ses pensées sur son serviteur.

— *Retrouvez-moi aux écuries, Vassili. L'affaire est résolue. Nous partons.*

— *Fort bien, ma lady.*

Depuis l'intérieur de l'étable, l'on entendait claquer les sabots, cliqueter les mors et craquer les selles. Les chevaux seraient prêts très bientôt. Fouillant dans la poche de son frac, la comtesse en extirpa le ruban de velours, puis entreprit de rassembler ses cheveux entre ses mains, afin de les nouer en catogan. Ce faisant, son regard se perdit sur le parc désert… Comme elle était lointaine, cette nuit qui avait vu brûler le manoir… Comme étaient pâles les mots qui avaient été prononcés… Le mystère qu'Artus avait cru voir en elle ce soir-là s'était perdu, englouti par les ténèbres… et il avait fini par se lasser.

Une aiguille s'enfonça dans son cœur, mort et émietté. Ravalant tant bien que mal les prémices de ses lamentations, Rose termina de fixer le ruban autour de sa flamboyante chevelure. Il ne servait à rien de remuer le passé, si proche et si vivace fût-il. Ces souvenirs ne servaient qu'à l'accabler. Sa coiffure achevée, elle prit une profonde inspiration et s'efforça à faire le vide dans ses pensées. Elle vit alors deux silhouettes familières émerger de l'angle du manoir. À trois pas l'un de l'autre, le maintien impeccable et le regard résolument fixé droit devant eux, Adelphe et Vassili cheminaient vers les écuries. À en juger par leur promptitude, ils usaient tous deux des extraordinaires facultés que leur conférait leur nature.

Effectivement, une poignée de secondes à peine après qu'ils eurent quitté l'ombre de la demeure, ils atteignirent l'écurie. Le prince bifurqua aussitôt vers sa maîtresse, tandis qu'Adelphe mettait le cap sur la bâtisse. Rose sentit le regard de ce dernier la frôler, mais elle s'interdit de le lui rendre. Elle l'aimait assez pour pardonner au jeune homme la vilaine blessure qu'il lui avait infligée tout à l'heure, néanmoins ce séjour était trop éprouvant pour qu'elle permît qu'on la malmenât de la sorte. Tant qu'Adelphe ne serait pas revenu à de meilleures dispositions, elle garderait ses distances. Si douloureux que ce pût être…

Levant les yeux vers son serviteur, la comtesse lui adressa un sourire terne.

— *Il ne fallait pas*, l'entendit-elle penser.

— *Quoi donc, Vassili ?*

— *Il ne fallait pas affronter l'Héritier pour cela*, précisa-t-il. *Vous pourriez vous placer dans une situation difficile.*

— *C'était le cas avant que n'ait lieu cette altercation…*

Vassili la considéra, l'œil presque sévère. Un sentiment étrange émana de lui l'espace d'un instant, avant de se dissoudre dans son usuel stoïcisme. Sans adjoindre de commentaires, il proposa son bras à sa maîtresse, puis la mena dans l'écurie.

Adelphe avait pris le relais des palefreniers et, ainsi que son frère, achevait seul de sangler sa monture. Par conséquent, tous les valets disponibles s'affairaient autour des bêtes destinées au prince et à la comtesse. Rose sentit que son serviteur aurait volontiers imité les maîtres de maison en finissant lui-même de harnacher sa monture, mais il se contint et patienta à ses côtés jusqu'à ce que les chevaux fussent prêts. Le premier en selle, le prince quitta l'écurie sans attendre, suivi par Adelphe. Passant devant le box d'où Rose s'apprêtait à sortir, le jeune M. d'Holival lança à la comtesse un regard qu'elle évita. Après quoi, cette dernière lui emboîta le pas.

Juchés sur leurs coursiers, ils sortirent tous trois à l'air libre. Le comte surgit alors de la bâtisse sur un Harald turbulent, qui vint trépigner au milieu de ses congénères.

— La route est longue jusqu'au relais, fit Artus tout en incitant l'étalon à rester en place. Il faut aller sans faiblir, ou nous pourrions ne pas l'atteindre avant l'aube. Tâchez de rester dans ma foulée.

À peine ces mots furent-ils prononcés qu'Harald s'élança au triple galop, prêt à en découdre avec la nuit elle-même. Le fracas de sa course sonna aux oreilles de Rose comme une triste mélopée. Talonnant son coursier, elle se précipita néanmoins à sa suite, ainsi que le firent les serviteurs. Tels quatre boulets de canon, ils avalèrent l'étendue herbeuse qui les séparait du portail et jaillirent sur la route, qu'ils remontèrent à toute allure. Leur cavalcade résonna dans les sous-bois, effrayant la faune et faisant trembler la flore.

Ils rallièrent la croisée en un rien de temps, puis tournèrent à gauche. Après seulement une trentaine de pas, ils bifurquèrent encore sur leur gauche et s'engagèrent sur un chemin de terre qui s'enfonçait dans la végétation.

La visibilité était quasi nulle. La clarté lunaire, voilée par le double rideau des nuages et du feuillage, n'arrivait pas jusqu'à eux. Pour avancer, les chevaux s'en remettaient entièrement aux ordres de leurs cavaliers ; à l'exception d'Harald, qui, comme les autres Arimath, y voyait très clairement.

Bientôt, les sous-bois cédèrent place à la forêt, et le chemin à une sente tortueuse. Ils continuèrent pourtant de galoper, malgré le piteux état de la route et les branchages qui leur fouettaient les cuisses. Usant de son emprise d'immortelle, Rose poussa sa monture et celle de son serviteur à courir, et courir encore. Accaparée par cette folle chevauchée, elle ne vit pas défiler les heures…

Ce fut avec une confortable avance sur l'aurore que les quatre Arimath débouchèrent des bois. S'engageant dans le vallon qui s'étendait devant eux, ils rallièrent la rivière qui y sinuait. Ils en suivirent la berge sur encore une lieue, jusqu'à parvenir au pied d'un moulin dont l'antique roue trempait dans les flots clapotants. Là, chacun fit halte et sauta à terre. Les chevaux, exténués, flageolaient sur leurs pattes, l'écume aux lèvres. Navrée d'avoir dû soumettre sa monture à pareil traitement, Rose passa une main apaisante sur son chanfrein.

— Ils ne supporteront pas une deuxième nuit à ce rythme, observa Vassili, le ton chargé de mécontentement.

— Ils n'auront pas à le faire, assura Adelphe. Le meunier tient d'autres coursiers à disposition… Mais, habituellement, nous ne poussons pas tant nos bêtes…

Sans faire cas de cette réponse, le prince commença d'examiner les environs. Il n'eut pas besoin de chercher longtemps. Derrière le moulin, l'on pouvait voir s'élever les murs fatigués d'une vieille étable.

— Храброе животное, chuchota-t-il en tapotant la joue de sa monture éreintée. Можешь теперь отдохнуть.

Saisissant les rênes, il se tourna ensuite vers sa maîtresse.

— Permettez, ma *lady*, s'excusa-t-il en lui confisquant les courroies de cuir qu'elle avait en main.

Les faisant rapidement passer par-dessus la tête de l'animal, il les attrapa de nouveau, puis s'éloigna avec les bêtes. Adelphe le suivit des yeux un petit instant, et s'engagea à sa suite. Pendant ce temps, le comte avait gravi les escaliers menant à la porte arrière du moulin. Tandis que les serviteurs ralliaient la petite étable, il frappa deux fois contre le battant, puis s'invita dans le bâtiment.

Rose hésita.

Elle n'avait pas plus envie d'assister au pansage des chevaux que de rejoindre son mentor à l'intérieur. Indécise, elle prêta l'oreille…

— *Vous m'avez fait une de ces peurs, monsieur !* s'écria une voix bourrue. *Je savais pas que vous deviez venir ! Est-ce que j'aurais manqué vot' message ?*

— *Non, je n'en ai pas envoyé*, l'informa Artus. *Les chambres sont prêtes ?*

— *Oui monsieur, oui. Comme toujours.*

La comtesse pinça les lèvres. Il ne servait à rien de retarder le moment d'entrer. Ce moulin était un relais, ils allaient y passer la journée.

Un relais, ou un refuge, désignait dans leur vocabulaire un lieu propre à héberger la retraite journalière d'un ou de plusieurs immortels. Posséder un bon réseau de relais était primordial dans leur société. Chaque maison avait le sien, dont elle ne partageait l'usage qu'en cas d'absolue nécessité. D'ailleurs, nombre d'immortels se constituaient leur propre chaîne de refuges, selon les trajets qu'ils effectuaient le plus fréquemment. Il existait des milliers et des milliers de refuges, de toutes tailles et de toutes qualités, disséminés de-ci de-là à travers le monde. Nul ne pouvait prétendre les connaître tous. En l'occurrence, Rose ne connaissait pas ce relais-ci. Il n'était pourtant pas très éloigné de Boissy. Peut-être Artus l'avait-il créé dernièrement ?

La lippe songeuse, la comtesse se dirigea vers l'édifice. Avalant les marches en quelques enjambées, elle poussa à son tour la porte du moulin. La pièce qui s'ouvrit devant elle était pourvue d'un mobilier sommaire, de confection robuste, mais grossière. Assis sur la paillasse sise près d'une échelle menant à l'étage supérieur, le meunier ensommeillé se frottait les yeux. Une chandelle maigrelette grésillait non loin de là, posée sur un tabouret faisant office de table de chevet. Rose promena le regard alentour. Bien qu'elle pût sentir l'empreinte de son mentor, elle ne le voyait nulle part.

— Monsieur est descendu, l'avertit le meunier dans un bâillement.

Elle lui jeta un œil.

Sa présence ne paraissait pas l'inquiéter outre mesure. En vérité, l'on pouvait même affirmer qu'il s'en fichait… Rose n'aurait su dire pourquoi, toutefois cette constatation lui déplut souverainement. Faisant demi-tour pour inspecter l'autre moitié de la pièce, elle repéra une épaisse trappe d'où dépassait l'extrémité d'une deuxième échelle, plongeant à pic dans les entrailles de la bâtisse. Elle s'en approcha et, agile, dévala les barreaux face vers l'avant, comme s'il s'était agi du plus sûr et du plus vaste des escaliers.

Le sous-sol baignait dans une luminosité céruléenne ; pour un mortel, il y régnait donc une complète obscurité. Des pignons et des axes imbriqués les uns dans les autres occupaient la majorité de l'espace disponible. Ils grinçaient et couinaient en cadence, emportés par la rotation d'une large et ronde poutre qui perçait le mur donnant sur la rivière. À moitié caché par ces mécanismes, dans l'angle de mur le plus éloigné de l'échelle, l'étroit rectangle d'une porte béait sur une nouvelle pièce.

Rose s'y rendit.

La chambre, car c'était bien une chambre, était terriblement exiguë. Une fois disposés le couchage filiforme, le minuscule chevet et les deux tabourets, il restait tout juste de quoi se faufiler jusqu'au massif battant d'une dernière porte. Ce fut derrière ce vantail-ci que la comtesse trouva son mentor. Il s'était défait de sa redingote, qu'il avait posée au pied du grand lit, seul meuble ornant la pièce. Lorsque entra son infante, il en était à défaire tranquillement les boutons de son gilet. Rose sentit son aplomb se fendiller. Il ne lui était pas venu à l'esprit qu'ils pourraient avoir à faire halte. Et moins encore dans un antre aussi étriqué que celui-ci.

— Tranquillisez-vous, *lady*, fit Artus comme il ôtait son gilet. Après cela, je n'enlèverai que mes bottes…

La comtesse ébaucha un rictus nerveux. Elle songea une seconde à se retirer dans la chambrette contiguë, mais ç'aurait été admettre son trouble. Non. Il fallait composer avec la situation. Puisque la promiscuité était inévitable, le mieux à faire était d'essayer d'en tirer parti.

— Me direz-vous ce pourquoi nous nous rendons si urgemment à cette pommeraie, mon seigneur ? questionna-t-elle, prenant soin de paraître détachée.

— N'avez-vous point élaboré de réponse à cette interrogation ?

— Hélas, mon attention fut malencontreusement retenue par de menus tracas…

Pliant son gilet, Artus le disposa par-dessus sa redingote, après quoi il s'assit sur le bord du matelas.

— Il y a là-bas une cible potentielle, déclara-t-il, faisant abstraction de la remarque de son infante.

— Une cible pour les Lamies ?

— Pour ceux qui les manipulent.

— Vous savez donc qui ils sont ?

— Disons que je le devine…

La comtesse croisa les bras, la moue soupçonneuse. Elle avait posé ces questions en se figurant devoir batailler pour obtenir un semblant de réponse, or voici soudain qu'Artus se montrait communicatif.

— Que me vaut ces révélations, mon seigneur ?

— Quoi ? Cela vous surprend ?

— Ma foi, hier encore vous étiez fort rétif…

— Je n'ai pas pour habitude de parler à tort et à travers, *lady*. Surtout lorsque cela implique d'évoquer ce qui ne devrait pas l'être.

Rose perdit un peu de sa méfiance au profit d'une certaine curiosité :

— Comment cela ?

— Hier les choses pouvaient encore changer.

— Mais plus maintenant ?

— Je ne pense pas.

Elle le contempla un instant, hésitante. Il avait éludé une partie de la question ; toutefois, il était considérablement plus direct que les nuits passées.

— Cela suffirait donc à expliquer vos subites confidences ?

Le comte leva vers elle un visage grave, émaillé d'un regard indéchiffrable :

— Jadis vous n'auriez pas trouvé là matière à étonnement…

Saisie, Rose se redressa de toute sa hauteur dans un flagrant mouvement d'humeur. Il avait le culot de proférer une telle chose, après ce qu'il avait fait ?

— Eh bien peut-être aurais-je dû, lança-t-elle, fielleuse.

Un vague plissement stria le front d'Artus :

— Ma position exige une réserve de tous les instants, *lady*. Je croyais pourtant que vous le saviez.

— Il est dangereux d'avoir des certitudes, mon seigneur. Il n'y a pas pire désarroi que de les voir tout à coup s'effondrer.

Un lourd silence tomba sur la pièce. Il y plana quelques secondes, avant que le comte ne se lève :

— Vous trouverez dans le chevet quelques ustensiles de toilette. À présent, veuillez m'excuser, je dois aller rétribuer le meunier.

Contournant son infante pour gagner la porte, Artus sortit de la chambre sans plus lui accorder un regard. Rose écouta le faible chuintement de son pas s'éloigner vers l'échelle, puis la gravir. Elle entendit ensuite le meunier marmonner quelque chose auquel elle ne prêta aucune attention. Tête basse, elle approcha du lit. Elle ne comptait plus le nombre de fois où elle avait vu ses effets ainsi pliés, sur un fauteuil ou sur un meuble, attendant sagement qu'il les enfile de nouveau. Jadis, une fois cette pile constituée, il la rejoignait entre les draps ; parfois vêtu d'une chemise de lin, parfois de sa seule splendeur. Alors elle venait se lover dans le berceau de ses bras, qu'il resserrait doucement autour d'elle. Puis, la joue appuyée sur son front, une main glissée dans sa chevelure, il lui contait des légendes venues d'âges oubliés… jusqu'à ce qu'elle s'endorme, à l'abri dans sa chaleur…

Un sourire affligé vint flotter aux lèvres de la comtesse comme elle caressait du bout des doigts le gilet de son mentor. Qui aurait pu croire qu'Artus serait capable d'une telle tendresse une fois verrouillées les portes de son antre ? Rose, elle, en avait fait l'incroyable expérience. Et, en dépit de ses multiples déconvenues, elle ne pouvait l'oublier…

Quand elle ouvrit les yeux, le lendemain, Artus avait déjà quitté la chambre.

La veille au matin, après qu'Adelphe et Vassili eurent fini de soigner les chevaux, ils s'étaient tous retrouvés dans le sous-sol du moulin pour tenir un rapide conciliabule sur le trajet à venir, à la suite de quoi Rose s'était retirée dans la chambre, en compagnie de son mentor. Pendant qu'ils s'étendaient sur le couvre-lit, elle avait entendu Adelphe proposer au prince de bénéficier le premier du petit couchage mis à leur disposition. Offre que Vassili avait poliment déclinée. Elle n'avait pas perçu d'autres conversations après cela. Il lui avait fallu trouver seule une distraction à ses mornes pensées, tandis que, couchée sur le flanc, dos tourné à son mentor, elle avait vu le sommeil la fuir. Fort heureusement, l'on ne pouvait échapper à l'appel de l'aurore. Le néant avait fini par l'emporter. Mais ses rêves continuèrent de la harceler. Et, lorsqu'elle s'éveilla, ce fut avec la troublante sensation d'avoir dormi toute la journée dans ses bras…

Même maintenant, alors qu'ils galopaient à travers champs depuis trois bonnes heures, elle ne parvenait pas à se défaire de cette impression. Cela couvrait ses pensées ainsi que les nuages couvraient la voûte céleste. Son esprit y revenait avec tant d'acharnement que c'en devenait ridicule. Poussant un bref soupir, elle chassa une fois de plus le souvenir de cet enlacement illusoire.

— *Nous y sommes.*

Rose faillit tressaillir. Ses réflexions l'avaient tellement absorbée qu'elle en avait oublié jusqu'au but de ce voyage.

— *La pommeraie est derrière ce coteau*, ajouta Artus. *Tenez-vous prête.*

La note de tension qu'elle perçut dans la voix de son mentor dissipa les dernières bribes de ses élucubrations. Bien qu'ils n'en aient que très peu discuté, il n'y avait guère de doute quant à la nature de leur intervention.

— *Nous sommes arrivés*, songea-t-elle à l'adresse de Vassili. *N'oubliez pas, ne les laissez vous agripper sous aucun prétexte.*

— *Je n'avais pas oublié, ma lady.*

Tandis qu'ils s'engageaient sur la colline à la suite des frères d'Holival, Rose jeta un regard à son serviteur. Son visage ne reflétait aucune nervosité. Il galopait pourtant au-devant de son premier affrontement contre des immortels. Et pas n'importe lesquels, de surcroît. Mais non. Vassili restait imperturbable. Artus pouvait bien n'y voir que vanité, ou inconscience, Rose savait le prince trop sage pour ignorer les dangers d'une telle bataille. Ce flegme, il ne le devait qu'à son courage. Malheureusement, l'intrépidité ne suffisait pas à vaincre un Lamie. Malgré la foi qu'elle avait dans les capacités du prince, Rose était inquiète. Elle n'avait aucune idée de combien d'ennemis se trouvaient dans cette pommeraie. S'ils étaient trop nombreux, elle pourrait avoir des difficultés à protéger Vassili.

Comme elle se faisait cette réflexion, ils atteignirent le faîte de la petite colline. L'autre versant descendait en pente douce vers les ramures de quantité de pommiers. Au-delà des allées approximatives que les arbres dessinaient, l'on distinguait la silhouette en équerre d'une ferme, devant laquelle la comtesse crut entrevoir du mouvement. Elle n'eut pas le loisir de s'en assurer ; leur galopade les emportait déjà vers la clôture cernant les arbres fruitiers. Exhortés par leurs maîtres, les chevaux la franchirent sans ralentir. Le comte et son cadet s'engouffrèrent ensuite dans l'une des allées de pommiers, tandis que Rose et son serviteur prenaient une allée parallèle.

Ils avaient parcouru les trois quarts de la distance les séparant de la bâtisse lorsqu'un vif et déplaisant picotement vint exaspérer les sens de la comtesse, proclamant la présence attendue de Lamies. Sous-jacente à cette empreinte, écrasée par elle, était celle des Oström. Si Rose l'avait supputé, elle en était à présent sûre : ils étaient ici pour les secourir.

Débouchant dans la cour dans une tornade de feuilles et de poussière, ils freinèrent abruptement leurs montures et en sautèrent avant même qu'elles fussent tout à fait arrêtées. À quelques mètres au-devant d'eux, cinq gaillards puissamment charpentés en malmenaient deux autres de complexion moindre. C'était de ces derniers qu'émanait l'aura glacée propre aux Oström. Or, la faible intensité de celle-ci révélait qu'il ne s'agissait que de serviteurs. Dérangés par la survenue du quatuor, les Lamies abandonnèrent leurs jeux sanguinaires et firent enfin volte-face. Le temps parut se suspendre tandis que, alignés à chacune des extrémités de la courette, les ennemis ancestraux se toisaient…

Devant ce déploiement d'Arimath, les gaillards, convaincus de leur supériorité, grimacèrent un rictus réjoui. Adelphe fit alors tournoyer ses stylets, apparus dans ses mains comme par enchantement. Pendant que l'air sifflait, furieux, sous ces moulinets, Vassili tira son sabre au clair avec une lenteur provocante. Les iris rutilants, Rose découvrit les crocs. Une onde d'énergie impie afflua dans ses veines, gonflant chacune des fibres de ses muscles. Maintenant que le combat menaçait, elle se sentait frissonner d'impatience. Il y avait des années qu'elle n'avait eu à se battre, or la créature avait besoin de s'ébrouer. Elle allait se faire une joie de la relâcher…

Jusqu'ici resté en retrait de ses compagnons, Artus les dépassa tranquillement. Ses prunelles luminescentes inondèrent les ténèbres de leur improbable clarté, faisant naître une subite incertitude sur les trognes crasseuses des Lamies. Comme pour désavouer leur hésitation, ces derniers chargèrent sur-le-champ. Le comte évita le coup du premier des Lamies qui l'atteignit. Agrippant le poignet de son assaillant en même temps qu'il se déportait sur le côté, il lui retourna l'avant-bras selon l'inverse de la pliure naturelle. Le Lamie poussa un cri tonitruant. Il chercha à attraper le comte de sa main valide, mais Artus l'interrompit en lui perforant le thorax du poing. Ses yeux s'écarquillèrent d'horreur comme le comte lui extirpait du corps quelques viscères ensanglantés. Il tomba à genoux, rendu aphone par la douleur. Des flots écarlates s'écoulèrent de son flanc ajouré, et s'en furent tapisser la terre caillouteuse de la cour.

Durant les deux petites secondes que prit cet enchaînement de gestes, le second compère était arrivé à portée d'Artus. Il tenta une feinte, mais ne fut pas assez leste pour abuser le comte. Ce dernier anticipa l'artifice, ainsi que l'estoc qui voulut suivre. Se retranchant de la trajectoire du coup d'un mouvement latéral, Artus envoya son talon s'écraser sur le côté du genou de son adversaire. Un vilain craquement se fit entendre comme la jambe du gaillard adoptait une ligne concave. Aussitôt, le comte assena un second coup, qui percuta le même point que le premier. Privé de l'un de ses appuis, le gaillard versa de côté et alla s'empaler sur l'une des dagues d'Adelphe, qui lui ouvrit la gorge à l'aide de son second poignard. Le Lamie s'effondra au sol, les mains plaquées sur son cou labouré.

Le temps qu'Adelphe relevât la tête, un troisième ennemi l'avait atteint. En un éclair le jeune homme aligna ses lames le long de ses avant-bras, puis repoussa d'un mouvement sec le coup qui cherchait son visage. Profitant de la brèche ainsi créée dans la défense de son adversaire, il ramena ses mains l'une vers l'autre et, ce faisant, déplia brusquement ses dagues. Pris dans ce terrible ciseau, le cou du Lamie se déchira juste sous le maxillaire inférieur. Avant que le gaillard ne réagisse, Adelphe le contourna pour le frapper à la nuque. Comme le jeune homme appliquait une troisième entaille sur ce cou qui ne tenait plus que par les vertèbres cervicales, Artus abandonna la dépouille fraîchement égorgée de son premier assaillant pour s'élancer vers la ferme.

Rose avait perçu des bruits de lutte provenant de l'intérieur. Or les serviteurs qu'ils venaient de secourir avaient forcément un maître. Ce devait être lui la cible à laquelle le comte avait fait allusion. Aussi Rose ne fut-elle pas surprise de voir son mentor s'éloigner. Elle ne lui accorda cependant qu'un bref coup d'œil, son propre assaillant revenant à la charge. Elle le reçut d'un vigoureux coup de botte à l'estomac, qui renvoya le malotru à plusieurs pas en arrière. Ce fut alors qu'un sifflement suraigu attira son attention. Tournant la tête vers le prince, Rose eut tout juste le temps de voir tomber le chef du malheureux Lamie qui avait décidé d'affronter le Slave.

Comme un sourire naissait à ses lèvres, la comtesse se précipita à la rencontre de son propre adversaire. Elle le rejoignit en un clin d'œil. Surgissant dans son dos, elle lui bloqua l'épaule d'une main tandis que de l'autre elle lui empoignait le menton et le tirait sèchement vers elle. Le crâne du Lamie alla s'aligner sur son échine dans un horriblement crépitement osseux. Le vaurien s'écroula d'un seul coup, ventre contre terre et face vers la lune. Rose pivota en direction de la ferme. De toute évidence, les gaillards qu'ils venaient d'estourbir n'étaient que de la piétaille. Cela expliquait pourquoi ils avaient été cantonnés dans la cour, à s'amuser avec les serviteurs. Le véritable péril était à l'intérieur.

— Achevez-les ! lança la comtesse à ses compagnons pendant qu'elle-même courait vers le bâtiment.

En moins d'une seconde, elle passa la porte restée ouverte. La première chose qu'elle vit fut les trois colosses qui encerclaient son mentor. En comparaison de ceux-là, les imposants spécimens qui les avaient attendus au-dehors n'étaient que des freluquets… Elle avisa ensuite un autre trio de Lamies de semblable constitution entourant un homme d'une quarantaine d'années au visage buriné et à la barbe abondante. De ce dernier provenait une aura givrée qui confirma ce que Rose savait déjà. Elle put encore noter que, dans la cheminée adossée au mur du fond, aucun feu ne brûlait, avant que le Lamie le plus proche ne bifurquât vers elle.

Celui-ci se révéla bien plus rapide que ceux rencontrés dans la cour. La comtesse eut tout juste le temps d'éviter le crochet qu'il lui expédia. En revanche, elle ne vit pas arriver le poing visant son estomac. Il s'écrasa violemment contre son abdomen et l'envoya heurter la table, à deux mètres en retrait. Sous l'impact, le plateau de la table se brisa et deux des pieds cédèrent. Rose se remit d'aplomb, les iris embrasés. Son ventre lui faisait mal, mais la colère était plus forte que la douleur. Tous crocs dehors, elle se rua sur le

Lamie. Celui-ci étendit les bras, prêt à l'y emprisonner, mais Rose fléchit les jambes au tout dernier moment. Alors que le Lamie étreignait le vide, elle lui planta dans l'abdomen un robuste éclat de bois, prélevé sur le meuble cassé.

Le colosse émit un couinement insolite. Rose se dégagea d'une pirouette, puis battit en retraite. S'emparant de l'un des pieds de table démanchés, elle le rompit en deux longs fragments qu'elle garda dans ses paumes. Le temps qu'elle s'armât, le Lamie avait extrait l'écharde de son abdomen et s'essayait à une approche latérale. Il fut fauché au milieu de sa course par l'un de ses compères, qui le tamponna avec la soudaineté d'un coup de tonnerre. Imbriqués l'un dans l'autre, ils allèrent s'écraser contre une fenêtre, qu'ils emportèrent avec eux jusque sur le sol de la cour.

À trois pas de là, Artus, les canines proéminentes, fit volte-face et fonça sur son dernier adversaire. Celui-ci, abasourdi, ne parvint pas à éviter le comte, qui le percuta de plein fouet. Emporté par la violence de la charge, le Lamie emboutit le mur derrière lui, y laissant l'empreinte de son corps. La rafale de coups qui s'abattit ensuite sur son torse l'empêcha d'esquisser le moindre mouvement. Il vit son buste se changer en un amas de chairs rougeâtres et suintantes.

Un sourd grognement roula dans l'air, précédant un ultime coup. Le bras du comte traversa le thorax en charpie de son adversaire. Son poing ensanglanté alla enfoncer le mur, faisant vibrer toute la maison. Ses canines, immaculées et luisantes, parurent encore s'allonger. Empoignant le Lamie à la gorge, il le maintint en place le temps d'ôter son bras du ventre broyé, puis le relâcha. Le gaillard glissa mollement le long du mur. Avant qu'il n'ait touché terre, le comte saisit les épaules de l'un des Lamies encerclant l'immortel qu'ils étaient venus secourir. Rose l'observa encore un instant tandis qu'il disloquait le bras du colosse qu'il avait attrapé, puis, consciente que les Lamies ne résisteraient plus longtemps à la puissance herculéenne de son mentor, elle tourna la tête vers la trouée qui fut jadis une fenêtre.

Dans la cour, les deux vauriens s'étaient relevés et avaient engagé contre le prince et le jeune M. d'Holival un combat singulier. Bien que ceux-ci parussent mener la danse, la comtesse aurait préféré mettre un terme immédiat à cette rixe. Car, si elle était à peu près sûre qu'Adelphe emporterait la victoire, elle n'était pas si confiante pour Vassili. Face à de tels molosses, ce n'était pas le déprécier que de penser l'issue incertaine. Mais il était tout à fait inenvisageable que Rose usât de ses facultés pour stopper ce combat. Même si les Lamies devaient tous tomber, l'Oström, lui, était appelé à survivre. Aussi, faire étalage de son spectaculaire talent était une idée à bannir.

Nul immortel ne se serait risqué à se dévoiler de la sorte, à moins que son existence ne fût très gravement en péril. L'ignorance était la clef de voûte de ce monde. Moins l'on en savait sur vous, plus vous aviez de chances d'y perdurer. Or, si un don tel que celui de Rose venait à être connu, le danger qu'elle représentait liguerait contre elle des bataillons d'ennemis. Elle ne pouvait tout simplement pas se permettre d'utiliser son pouvoir. Pas dans ces circonstances.

Il fallait procéder autrement.

Rose se concentra sur les deux molosses que les serviteurs tenaient en respect du bout de leurs lames. Les pieux confectionnés l'instant précédent quittèrent ses paumes l'un après l'autre, propulsés à une vitesse faramineuse. Le premier se ficha dans la cuisse du Lamie qu'affrontait

Vassili ; le second alla se loger entre les omoplates de celui que combattait Adelphe. Saisis par ces piquantes intrusions, les deux gaillards cessèrent une seconde de remuer. Leurs adversaires mirent immédiatement cette occasion à profit. Enfonçant ses stylets dans la cage thoracique de son vis-à-vis, Adelphe y creusa deux vilaines entailles, qui déversèrent illico un paresseux flux de sang. Se dégageant rapidement, il se lança ensuite dans un étourdissant ballet de lames qui vit le corps du molosse se fendre d'une nuée de lézardes.

Trancher la tête d'un immortel n'était pas chose aisée. Leur corps, en outre être régénératif, était anormalement résistant. Cela n'était pas un obstacle lorsqu'on était d'une force supérieure à celle de son opposant, mais cela le devenait si celui-ci égalait ou surpassait vos propres capacités. Dans le cas de Lamies, la tâche était encore compliquée par leur musculature surdéveloppée. C'était pourquoi Adelphe se livrait à cette macabre danse. Il n'entaillait pas son adversaire par plaisir, ou cruauté. Il le faisait pour l'affaiblir. Plus les saignements étaient abondants, plus vite son adversaire perdait son énergie, et donc moins il pouvait s'opposer à l'application des autres coups nécessaires à sa décapitation. Laquelle décapitation, à en juger par le nombre ahurissant de plaies visibles sur le molosse, ne saurait plus tarder…

Non loin de là, Vassili s'était lui aussi attelé à l'épuisement de son adversaire. Les blessures qu'il avait infligées, bien qu'elles fussent moins nombreuses que celles dispensées par Adelphe, étaient plus profondes. Pourtant, le gaillard ne voulait pas plier. S'écartant dans un sursaut, ledit Lamie voulut se ruer sur son assaillant. Mais le prince ne se laissa pas surprendre. Sa lame traça dans l'air une courbe ascendante, tranchant net le bras tendu vers lui. Sans interrompre la course de son sabre, Vassili exécuta un subit demi-tour. À présent dos à sa cible, il orienta son arme pointe vers l'arrière, puis, les deux mains apposées sur la poignée, embrocha son adversaire d'un coup sec.

Comme elle regardait le Lamie chanceler, Rose perçut parmi le fracas ambiant un craquement beaucoup trop proche.

Elle fit volte-face.

Trop tard. Elle ne put éviter l'individu qui fondait sur elle.

La collision la projeta à genoux dans les débris de verre, qui s'enfoncèrent dans ses chairs. Elle n'eut pas le temps de se redresser que déjà le Lamie attrapait son poignet. Il se brisa en plusieurs morceaux, écrasé dans la paume du molosse, pendant que ce dernier lui tirait violemment le bras vers l'arrière. Rose sentit les muscles de son épaule se déchirer et ses os se désunir. La douleur fit tanguer le monde alentour… Mais elle tint bon. Serrant les dents, elle opposa toutes ses forces à cette terrible traction. Le Lamie ne perdit guère qu'un pouce de terrain, mais ce fut assez pour la comtesse. S'écorchant les genoux sur les échardes de verre, elle tournoya promptement et fit face à son adversaire. Son bras luxé revenu à une position naturelle, elle parvint à l'arracher à la pogne de son ennemi. Alors, tandis que ses iris semblaient se mettre à flamber, elle appuya son autre main sur les yeux du Lamie.

Un grésillement caractéristique se mêla bientôt au vacarme environnant. Le molosse hurla. Il repoussa la comtesse d'une bourrade aussi sauvage que paniquée, puis bascula sur son postérieur. Criant toujours, il palpa frénétiquement ses orbites calcinées. Rose avisa les tessons qui constellaient le plancher et s'empara de l'un d'eux. Il fallait neutraliser le Lamie avant qu'il n'alerte les autres sur ce qui venait de se produire. Bondissant sur ses pieds, elle le rejoignit en un éclair et planta l'écharde translucide dans son cou.

Les cris cessèrent.

Cependant, le gaillard n'était pas encore terrassé. Songeant confusément que ses réflexes avaient un peu souffert de l'inaction de ces dernières années, Rose enroula sa main indemne dans un pan de son frac, se saisit derechef du tesson enchâssé dans la gorge du Lamie, puis donna un à-coup brutal.

Le molosse s'affaissa sur le côté, inconscient. Comme elle le faisait rouler face contre terre pour dissimuler les brûlures de ses yeux, la comtesse s'enquit de ce qui se passait dans la maison.

Seuls deux Lamies étaient encore debout. Engagés dans une lutte féroce, ils se battaient avec d'autant plus de hargne que leur fin paraissait proche. L'un d'eux, esquivant de justesse l'assaut de l'Oström à la barbe foisonnante, fonça subitement sur Artus, qui était aux prises avec son compère. Sans doute le gaillard pensait-il prendre l'avantage en attaquant à revers. Mais, plutôt que de surprendre le comte, il se retrouva nez à nez avec lui.

Agrippant sur-le-champ les oripeaux du molosse, Artus le catapulta à travers la pièce. Ce fut la cheminée qui stoppa son vol. Le Lamie retomba au pied de l'âtre, la nuque brisée, emportant avec lui un pan du linteau contre lequel il s'était écrasé. Son sort réglé, les regards confluèrent sur le dernier opposant… et trouvèrent une pièce vide. La soudaine envolée de son comparse ayant détourné l'attention de ses ennemis, le Lamie rescapé en avait profité pour prendre la poudre d'escampette. Cinq paires d'yeux se mirent alors à sonder les environs. L'empreinte de ce dernier adversaire était toujours perceptible. Il ne devait pas être loin…

Désireuse de le localiser rapidement, Rose adjoignit à sa prospection visuelle la sensibilité de son ouïe. Elle capta aussitôt le son feutré de pas courant sur un tapis herbeux. Il s'enfuyait. Mais par où ?

Elle porta le regard par la déchirure du mur. De là, elle ne voyait qu'une partie des allées de la pommeraie, or cette parcelle était vide de toute activité. Suivant le bruit de la course, Rose se redressa et gagna l'extérieur. Son mentor, ainsi que l'Oström qu'ils étaient venus secourir, sortit sur ses talons.

L'aura du Lamie commençait à s'affadir.

La comtesse ferma les yeux. Respirant calmement, elle évacua de son esprit toute pensée parasite et se canalisa sur le son de ces pas. Ils résonnèrent dans sa tête, amplifiés par sa concentration. Paupières toujours closes, elle s'orienta graduellement vers leur origine… Lorsqu'ils parvinrent à ses deux oreilles avec une force égale, elle rouvrit les yeux.

Sous la ligne du feuillage, presque à la limite de la pommeraie, une silhouette mastoc apparaissait par intermittence entre les troncs des arbres.

— Là ! s'exclama Rose en la pointant du doigt.

Immortels et serviteurs virèrent dans la direction indiquée. Cependant, il n'y en eut qu'un pour foncer. Traversant la cour en un rien de temps, le prince sauta sur le dos d'Harald. L'étalon, furieux, se cabra farouchement pour désarçonner l'importun. Vassili tint bon. Empoignant d'une main la somptueuse crinière de la bête, il la talonna en scandant quelque chose dans sa langue natale. Harald se dressa si fort sur ses pattes arrière qu'il en fut presque perpendiculaire avec le sol. Puis, d'un bond faramineux, il s'élança au milieu des arbres.

Stupéfiée, Rose mit quelques secondes avant de courir à sa suite. Elle fut imitée par les frères d'Holival, mais point par l'Oström, ce qui était assez curieux puisque l'extraordinaire acuité visuelle inhérente à cette maison combinée à leur incomparable adresse faisait des Oström d'excellents poursuivants. Il resta toutefois là où il se trouvait, laissant la charge de cette traque à ses sauveteurs. Rose ne se retourna pas pour tenter d'élucider le pourquoi de cet immobilisme. Devant eux, lancé à pleine vitesse, Harald avait déjà rattrapé les deux tiers de son retard sur le Lamie en fuite. Tandis que celui-ci sautait par-dessus la clôture délimitant la pommeraie, l'étalon bifurqua afin de s'aligner sur lui, puis, sous l'impulsion de Vassili, accéléra encore.

Leurs trois acolytes Arimath en firent autant. Leur allure était désormais telle qu'aucun œil humain n'aurait pu suivre leur progression. Ils parvinrent pourtant à la barrière avec plusieurs mètres de retard sur le prince. Ce dernier, lame au clair, était sur les talons du fugitif.

Jetant un regard par-dessus son épaule, le Lamie obliqua brusquement. Cette manœuvre lui permit de gagner trois pas sur son poursuivant. Pas assez pour espérer sauver sa tête. Ce fut également ce que dut se dire Vassili car, se déportant sur le côté droit de la selle, il se pencha dans le vide, prêt à frapper. D'un nouveau coup d'œil, le Lamie s'informa de ce qui se tramait dans son dos. Obliquant derechef, il mit le cap sur un large pommier sauvage. Rose comprit instantanément ce qui allait suivre, mais elle n'eut pas le temps d'en avertir son serviteur. Le Lamie s'était déjà propulsé contre le tronc. Inversant sa trajectoire d'un rebond vigoureux, il fondit sur le prince. Le cavalier et sa monture réagirent de concert. Tandis qu'Harald freinait des quatre fers, Vassili se remit d'aplomb sur la selle, le sabre pointé vers le ciel. Comme le Lamie, changé en projectile vivant, manquait sa cible d'un cheveu, le prince abattit sa lame…

Le corps étêté retomba dans l'herbe avec un bruit mou.

Le crâne chut trois mètres plus loin, entre le cavalier et le trio d'Arimath, lesquels cessèrent de courir. Ils regardèrent la tête cahoter jusqu'à une branche morte, puis levèrent les yeux sur le prince. Vaguement essoufflé, le sabre à l'écart du flanc de sa monture, Vassili fixait le cadavre de son adversaire.

— Quelle charge, Votre Altesse ! s'esbaudit Artus en allant à sa rencontre. Cherchiez-vous à prouver quelque chose ?

Faisant exécuter un demi-tour au cheval, Vassili survola le comte d'un regard indifférent, avant de se tourner vers sa maîtresse. Enchantée de son triomphe, celle-ci lui adressa un sourire radieux. Comme une certaine satisfaction soulevait la commissure des lèvres du prince, il ôta ses bottes des étriers, enjamba le dos de l'étalon, et se laissa glisser au sol. S'inclinant sur le cadavre du Lamie, il essuya sa lame sur les frusques poussiéreuses qui le vêtaient, puis la remit au fourreau.

— Vous êtes parvenu à chevaucher Harald, fit encore le comte en s'arrêtant à sa hauteur. Cela, je l'admets, fait figure de prouesse. Auriez-vous quelque chose de commun avec les bêtes, pour vous en faire si bien comprendre ?

— Je suis un hussard, mon seigneur, rappela le Slave en allant se poster auprès de sa maîtresse. Quoi que je décide de monter, je rencontre toujours le succès…

L'impertinence de cette réplique laissa Rose pantoise. Le prince n'était jamais grivois, d'habitude. Ou, du moins, jamais en public… Pareille entorse à ses règles de conduite démontrait que les provocations du comte l'affectaient plus qu'il ne le laissait croire. Si Rose comprenait son irritation, elle aurait néanmoins préféré qu'il ne le montrât pas de cette façon. Elle envisageait de le lui signifier, quand son regard tomba sur Adelphe. Celui-ci, se tenant légèrement en retrait de son frère, essayait tant bien que mal de refouler le sourire qui conquérait ses traits. Or, plus il cherchait à le repousser, plus l'hilarité gagnait du terrain. D'abord ébahie, Rose sentit bientôt cette allégresse l'envahir. Elle détourna précipitamment les yeux, mais le mal était fait. Une brusque envie de rire s'était emparée d'elle, chatouillant les muscles de son ventre et s'agitant dans sa gorge. Sa bouche s'arqua d'un irrépressible sourire, qu'elle s'efforça pourtant de retenir en se mordant la lèvre inférieure. Artus, que la repartie du prince n'avait point amusé, darda sur elle un œil noir.

— Ne vous réjouissez point trop, Altesse, murmura-t-il en reportant son attention sur le Slave. Il est des montures assez faciles à dompter…

Un torrent de glace se déversa dans les veines de la comtesse, gelant toute manifestation de jovialité. Elle avait sûrement mal compris. Jamais Artus ne lui aurait manqué de respect… N'est-ce pas ?

— Lorsque l'on sait avec quelle tyrannie vous traitez les vôtres, l'on est en droit de douter de la qualité de votre jugement, mon seigneur, riposta Vassili qui, lui, possédait encore sa langue. Pour ma part, je dirais que vous êtes bien loin de les connaître, et plus loin encore de les comprendre.

Une sinistre aura revint planer au-dessus des deux Arimath tandis que, belliqueux, ils se mesuraient du regard.

— Messieurs, l'on nous attend, intervint Adelphe, notablement tendu. Pressons, je vous prie…

Contournant son frère, le jeune homme s'en fut alors soulever le corps écimé du Lamie. Entre le prince et le comte, l'orage couva encore une longue seconde, avant qu'Artus ne consente à aider son cadet. Le rejoignant, il lui confisqua son fardeau d'autorité et prit le chemin de la ferme. Les mains de nouveau libres, Adelphe ramassa la tête du gaillard en l'empoignant par les cheveux, puis, coulant un bref coup d'œil en arrière, s'éloigna à son tour.

Figée d'indignation, Rose résista à l'envie de se disculper auprès de son serviteur. Il était bien assez affreux que le comte l'ait insultée, elle n'allait pas en prime lui faire la joie de s'en émouvoir. Puis, Vassili ne pouvait avoir cru à ces basses insinuations. S'étendre sur ces propos reviendrait seulement à leur donner du crédit.

Raide comme la justice, elle pivota vers la pommeraie. Comme elle avançait parmi les herbes hautes ; égarée ; l'esprit brumeux ; le dernier lambeau de son cœur se décrocha de sa poitrine et sombra, silencieux, dans un gouffre d'affliction…

Hélas, la scène qui l'attendait dans la cour de la ferme ne fit rien pour l'égayer. Agenouillé auprès d'un homme au teint crayeux, l'Oström retirait son poignet d'entre les lèvres exsangues. À ses côtés, son autre serviteur secouait la tête de droite à gauche, les yeux rivés à son comparse inerte.

— Non… non, il va s'en tirer… Il faut lui en donner davantage…

Son maître lui lança un regard consterné. Sur la moitié de visage qui n'était pas couverte de barbe, l'on pouvait lire un profond abattement.

— C'est fini, dit-il.

— Non, voyons !

— Victor… il est mort… Je ne peux plus rien pour lui.

De nouveau, le serviteur secoua la tête, mais cette fois il ne proféra aucune dénégation. Hagard, il scrutait la figure grisâtre de son compagnon. Une traînée de sang d'un rouge obscène barrait cette bouche que la mort avait close. Une coulure s'en échappa, insouciante, et roula jusque dans le cou du défunt.

La comtesse réprima un frisson. Assaillie par les souvenirs d'un autre trépas, elle leva le nez vers le ciel cotonneux. Là-haut, le disque opalin de la lune jouait à cache-cache derrière des nuages gris. Comme elle le regardait tour à tour poindre et disparaître, une grosse goutte de pluie vint s'écraser sur sa joue. Puis une autre… Et encore une… Bientôt, les cieux entiers pleurèrent la perte de cet homme, dont le corps meurtri gisait là, sur le sol du domaine qu'il avait défendu. Reposant les yeux sur la dépouille, Rose songea que ç'aurait pu être celle de Vassili, ou celle d'Adelphe. Quel que fût son désappointement, ce n'était rien en regard d'une telle tragédie. Les blessures d'orgueil, grandes ou petites, devraient attendre. Le conflit qui s'annonçait promettait d'être impitoyable. Ils y joueraient sans doute leur existence. Et puisqu'elle avait choisi d'obéir, de répondre à l'appel de son régent, elle devait livrer bataille. Se laisser divertir par ses propres souffrances ne pourrait qu'être préjudiciable ; voire potentiellement criminel. Pour être efficace, elle devait encore s'endurcir.

Elle devait s'oublier.

Mais, lorsque tout ceci serait enfin terminé, elle retournerait sur la terre de ses ancêtres et s'y calfeutrerait, loin du comte de Janlys, de son frère, et de leur cortège de supplices…

— Navré, *herre* Raugmundr.

L'Oström leva les yeux vers le régent Arimath qui se tenait à présent à quelques pas de lui.

— Ne le soyez pas. Votre intervention nous a sauvés de la ruine… Je suis le seul à blâmer ici, ajouta-t-il en baissant le nez sur son défunt serviteur.

Artus resta un instant à le contempler avant de se tourner vers Adelphe. Les deux frères s'entre-regardèrent brièvement, puis le jeune homme se dirigea vers les restes du Lamie le plus proche. Le traînant jusqu'à l'endroit où ils avaient abandonné le cadavre du fuyard, il l'y déposa, et prit la direction de la dépouille suivante.

De sa propre initiative, Vassili se joignit à lui.

Aussi taciturne l'un que l'autre, ils se mirent à entasser les corps au milieu de la cour que cette averse estivale changeait progressivement en mare de boue. Comme ils déposaient sur ce funèbre monticule les reliefs du troisième Lamie, le sieur Raugmundr se remit enfin sur ses pieds. Son serviteur, amorphe, fit de même. Rose nota alors que ce dernier soutenait son avant-bras droit à l'aide de sa main gauche. Ce qui signifiait probablement que les os étaient fracturés. Considérant le nombre d'adversaires qu'il avait eu à affronter, et le piteux état dans lequel ils avaient laissé son compagnon, le dénommé Victor s'en était tiré à bon compte. Néanmoins, Rose doutait que cette constatation suffît à le consoler…

Passant devant le comte, puis devant son infante, les Oström endeuillés se replièrent dans la maison. La façade perforée ne constituait plus qu'un maigre rempart contre l'extérieur, toutefois l'eau ne pénétrait pas au-delà du premier mètre ; le reste de la demeure était au sec.

— Entrez, fit Raugmundr en disparaissant derrière le mur. Nous serons mieux à l'intérieur.

L'invitation s'adressait aussi à Rose. Cependant, ç'aurait été beaucoup trop lui demander. Ses résolutions, si pragmatiques qu'elles fussent, n'avaient pas effacé les meurtrissures qu'Artus venait de lui infliger. Pour espérer panser cette plaie, et recouvrer quelques forces, elle avait besoin de s'isoler. Pivotant du côté opposé à la demeure, la comtesse se dirigea vers les pommiers, et les chevaux qui s'étaient abrités au-dessous. À peine eut-elle tourné les talons que son mentor mit le cap sur la bâtisse. Son pas chuinta bientôt sur le parquet fatigué de la salle commune, se mêlant à ceux de leurs hôtes. Une pointe d'amertume ternit encore l'humeur de Rose. Qu'était-elle allée s'imaginer ? Qu'il la retiendrait ?

Se hâtant de proscrire ces questionnements stériles et le navrant constat qui les sous-tendait, la comtesse acheva de traverser la cour. Elle s'empara des rênes d'Harald, ainsi que de celles de sa propre monture, puis, obéissant à sa vieille habitude, commença à prêter l'oreille. Le tambourinement obsédant de la pluie rendit son incursion auditive plus difficile que d'ordinaire. Néanmoins, tandis qu'elle cheminait vers la petite grange repérée un peu plus tôt, elle parvint à discerner le froissement d'un tissu que l'on déroulait. Elle en déduisit que le sieur Raugmundr dispensait à son serviteur les soins nécessaires.

Le temps qu'il ait terminé, Rose avait mené les deux autres coursiers à l'étable. Ce fut alors qu'elle s'attelait à les dessangler qu'elle entendit les pas des deux seigneurs s'enfoncer dans les entrailles de la propriété. Aux aguets, elle attendit que la conversation s'engage.

— *Je suis venu dès que j'ai compris, min herre*, fit Artus en guise d'introduction. *Hélas ils furent plus prompts que je ne le pensais.*

— *Comment avez-vous su ?*

— *Ils ont agité une autre cible sous notre nez, mais la manœuvre manquait par trop de subtilité pour que je m'y laisse prendre.*

— *Vous avez donc accouru céans sur la foi de suppositions ?* insista Raugmundr, suspicieux.

— *Nous savions qu'au moins deux phalanges de Lamies sévissaient dans nos contrées. Or l'une d'elles se proposait ostensiblement de fondre sur la propriété du sieur Meyer… Qu'auriez-vous fait à ma place ?*

— *Votre décision ne se justifie que si vous aviez la certitude qu'ils connaissaient ma présence. Pourtant, moi-même, en dépit des précautions que vous connaissez, et de celles que vous ne connaissez pas, je n'ai pas su que ma retraite avait été découverte.*

— *Après m'avoir accueilli en sauveur, voilà que vous me soupçonnez de félonie ? Décidez-vous, min herre…*

— *Je cherche seulement à comprendre, jarl Artus.*

Rose retint son souffle.

Cette situation s'était déjà produite maintes fois par le passé, mais, toujours, elle s'inquiétait que le principal talent de son mentor fût dévoilé. Car, même s'il ne l'avait pas admis formellement, Rose se doutait que cette soudaine rescousse lui avait été inspirée par ses facultés divinatoires. Or la sauvegarde de ce secret ne tenant qu'à l'habileté d'Artus à le déguiser en simple déduction, chaque conversation de ce type se changeait en épreuve. Laquelle épreuve était aussi décisive que ses interlocuteurs pouvaient être astucieux…

— J'ai pris une décision audacieuse, voilà tout ce qu'il y a à comprendre. Le fait qu'elle fût heureuse devrait plutôt vous réjouir que vous enjoindre à la méfiance… Du reste, si j'avais souhaité votre disparition, je ne me serais certainement point donné la peine de venir l'empêcher.

Il y eut un court silence, durant lequel Rose entendit son mentor se déplacer.

— Vous avez choisi mes terres pour y ériger votre ermitage, reprit-il, *c'est donc que vous me jugiez digne de foi. J'avais promis de préserver votre retraite. J'ai tenu parole… J'aurais aimé que vous en fassiez autant.*

— Ce fut le cas.

— Pas tout à fait. Il semble que vous ayez omis de me transmettre certaines informations.

— Ce ne devait être que des vétilles.

— C'était à moi de déterminer cela !

Dans la grange, Rose, qui s'apprêtait à ôter la selle du dos d'Harald, interrompit son geste. Sourcils froncés, elle contempla sans le voir le flanc de la bête. Le comte pouvait certes être ombrageux, mais il n'élevait que très rarement la voix. Il était d'un naturel trop racé, et trop tortueux, pour avoir recours à d'aussi primaires démonstrations d'autorité. À moins d'être particulièrement courroucé…

— L'on vous prétend si occupé, jarl Artus. Je n'allais pas vous déranger pour quelque chose d'aussi trivial.

— Soyez sûr que rien ne m'aurait empêché de consulter l'un de vos rapports.

— L'on murmure pourtant que vous n'êtes plus que très peu disponible tant vos affaires vous accaparent. D'aucuns vont même jusqu'à prétendre que vous négligez votre charge…

— Les médisances sont hélas monnaie courante. Il convient de n'y prêter qu'une attention circonspecte si l'on ne veut point se fourvoyer.

— Vous n'avez donc pas consacré l'essentiel de vos forces à traquer les responsables d'un certain massacre ?

— Ce à quoi j'emploie mon temps ne vous concerne en rien, min herre. Ni vous, ni les ambitieux fabulateurs qui infestent ma maison.

La lippe contrariée, Rose acheva de desseller le serviteur équidé de son mentor. Comme tous les puissants, le comte de Janlys excitait les convoitises. Tous les moyens étant bons pour saper l'autorité du régent – *a fortiori* d'un régent que l'on n'osait plus attaquer de front –, il circulait à son propos quantité de commérages, d'un degré de nocivité varié. Les ragots allaient déjà bon train lorsque Rose avait quitté le pays, il aurait été idiot de croire qu'ils aient pu s'éteindre en une seule décennie.

— Cela m'importe dès lors que ces préoccupations sont susceptibles de me porter préjudice, jarl Artus.

— Je ne vois pas comment cela aurait pu.

— Alors pourquoi êtes-vous si froissé ?

— Dois-je me répéter ?

— Je n'ai pas failli à ma promesse. Vous avez su tout ce qui valait de l'être... car ce détail n'a aucune espèce d'importance, n'est-ce pas ? Que vous l'ayez su plus tôt n'aurait strictement rien changé ?

— Là n'est pas la question.

— À voir la colère qui luit dans vos yeux, l'on dirait bien que si...

— Nous avions un accord ! En ce qui me concerne, vous ne l'avez pas totalement respecté !

— Peut-être devriez-vous m'en être reconnaissant.

Le comte émit une interjection dédaigneuse :

— *Ha ! En vertu de quoi ?*

— *Je crois que vous le savez.*

— *Je n'en ai pas la moindre idée, min herre, mais ne vous fatiguez pas à l'expliciter. Vos lubies ne m'intéressent en aucune façon.*

— *Caton vous tenait pour extrêmement sagace. M'est avis qu'il serait déçu de vous trouver dans ces dispositions.*

— *Comme c'est original,* se gaussa Artus. *Vous autres Oström, évoquez-vous toujours mon prédécesseur lorsque vous arrivez à court d'arguments ?*

— *C'était un régent respecté, et avisé... Qu'aurait-il pensé de tout ceci ?*

— *Que vous commencez à vous décatir ?*

— *Petit insolent... J'essaie de vous donner un conseil...*

— *Oh. Mille excuses. Je croyais que vous radotiez sur des choses qui ne vous concernent en rien...*

— *Cette attitude ne vous mènera nulle part, jarl* Artus. *Vous feriez bien d'en changer avant qu'elle ne vous cause davantage de tracas.*

— *Un autre conseil ? Quel chanceux je fais !*

— *Je ne...*

— *Si vous vouliez tellement vous immiscer dans mes affaires, il fallait accepter la charge de Könungr lorsque Hródmarsson vous l'offrit,* coupa abruptement le comte. *Il est un peu tard, à présent, pour vous piquer de régenter. Croyez bien que je le déplore, min herre,* poursuivit-il avant que le sieur Raugmundr ne puisse protester, *je vous aurais de beaucoup préféré à Olaf. Mais pour l'heure je crains que vous ne vous égariez. Vos suppositions, quelles qu'elles soient, vous ont conduit à outrepasser les termes de notre marché.*

— *Cette information n'était qu'un point de détail. Votre incapacité à l'admettre démontre que j'ai vu juste.*

— *Que ce fût ou non anodin ne relevait pas de votre appréciation. Vous vous étiez engagé à me transmettre tout ce que vous pourriez apprendre, or vous ne l'avez pas fait. Pour autant que je sache, vous pourriez m'avoir menti sur beaucoup d'autres points.*

— *… Est-ce bien là tout ce qui vous incommode ?*

— *N'est-ce pas suffisant ?*

— *Je l'espère, jarl Artus. Car s'il y avait à votre courroux une raison différente, vous pourriez avoir à en pâtir…*

— *Depuis quand vous souciez-vous de mes intérêts ?*

— *C'est ce qu'un allié est supposé faire. Puis vous oubliez que nos deux maisons sont associées.*

— *Je n'oublie rien, min herre. Jamais.*

La mise en garde contenue dans cette remarque amena une grimace sur le somptueux minois de la comtesse. Son mentor était décidément de bien méchante humeur pour que ni l'évocation du vieux pacte d'alliance ni le rang de son interlocuteur ne le freinent. Leur hôte était tout de même un contemporain de Snorri Hródmarsson, le précédent régent Oström. Ce qui supposait qu'il était au moins aussi âgé qu'Olaf, auquel il ne manquait guère plus qu'une poignée de décennies pour entrer dans la rarissime caste des Vénérables…

— *Cessez donc de remâcher ces broutilles,* fit Raugmundr avec sévérité. *Nous avons plus urgent à traiter. C'est d'ailleurs pour cela que vous êtes venu jusqu'ici. Alors je vous écoute, jarl* Artus, *que proposez-vous ?*

De nouveau, Rose entendit son mentor faire quelques pas. Lorsque après un court instant il reprit la parole, elle distingua dans sa voix des relents de colère imparfaitement maîtrisée :

— *J'ignore comment ils ont su que vous étiez ici, mais vous ne pouvez plus rester.*

— *Je ne peux me permettre de gagner un autre repaire. Plus maintenant. La région n'est plus sûre.*

— *Je le sais. Ce n'était pas ce à quoi je songeais.*

— *Où suggérez-vous que j'aille ?*

— *Rejoignez les vôtres, min herre.*

— … *Après les efforts qu'il m'aura fallu déployer pour disparaître de ce monde, vous voudriez soudain que je m'y replonge ?*

— *Il n'y a pas d'autre choix.*

— *N'est-ce pas une décision un peu précipitée ?*

— *Nous n'assistons pas à de simples escarmouches. Celui qui est derrière tout cela est considérablement mieux préparé qu'il ne l'a laissé croire, l'assaut de ce soir nous le prouve… La guerre est à vos portes, min herre. Si vous ne réagissez pas promptement, les vôtres seront décimés.*

Durant quelques secondes, Rose n'entendit plus que le battement de la pluie.

— *C'est l'alchimiste, n'est-ce pas ?* s'enquit Raugmundr à mi-voix. *Pour ourdir complot aussi fou, ce ne peut être que lui.*

— *Il semble que ce soit lui, en effet.*

— *Comment a-t-il pu réussir à…*

— *Il est trop tard pour s'interroger, min herre. Le fait est qu'il nous a abusés assez longtemps pour que ses cabales arrivent à maturité. La curée a déjà commencé…*

— *Que voulez-vous dire ?*

— *Skakke est tombé.*

Rose, sidérée, ouvrit des yeux ronds. Karl Skakke était l'une des figures emblématiques de la maison Oström. L'un des deux personnages qu'elle avait envisagés comme traître éventuel, à dire vrai.

— *La nouvelle vient juste de me parvenir,* poursuivit Artus. *Vous savez mieux que moi combien Karl était influent. Non seulement sa disparition va raviver les tensions au sein de votre maison, mais elle va aussi retenir Olaf dans son fief... Seul ici, Magnus ne parviendra jamais à coaliser les vôtres. Malgré mon appui, ils n'ont été qu'une petite poignée à répondre à son appel. Les autres sont restés sur leurs terres, persuadés que les Lamies n'en veulent qu'aux Arimath.*

Artus marqua une pause, le temps d'effectuer quelques pas :

— *Le moment est venu d'exercer les fonctions qui vous étaient échues, herre* Raugmundr. *Si vous ne ralliez pas vos congénères à vous, les hordes de l'alchimiste n'auront plus qu'à les cueillir comme des fruits mûrs...*

— *Je ne pourrai pas tous les atteindre à temps.*

— *Dès que vous sortirez de l'ombre, la nouvelle de votre retour se répandra comme une traînée de poudre. Puis, nous mettrons nos affidés à votre disposition.*

— *Même ainsi nous ne pourrons couvrir l'ensemble de vos territoires.*

— *Non. Toutefois, nous pourrons peut-être limiter les pertes... Ne vous y trompez point, min herre, s'il a choisi de porter l'offensive en terres Arimath, c'est précisément parce que vos fiefs y sont épars. Il a besoin d'un lot de victoires faciles pour encourager ses acolytes.*

— *Et il ne répugnerait pas à s'offrir votre tête, si l'occasion lui était donnée...*

— *Je sais cela.*

— *Il a toujours été dévoré d'ambition.*

—S'il est parvenu jusque-là, c'est qu'il en a trouvé pour le soutenir dans sa quête.

—À commencer par les Lamies, pour qui votre chute serait également une plaisante compensation.

—Puisque vous avez compris d'où vient le danger, je présume que vous avez aussi saisi ce qu'il cherche? supposa Artus, éludant la remarque de son hôte.

—Il veut la scission, j'imagine.

—Et tout indique qu'il va l'obtenir...

Les bras ballants, la comtesse ne faisait même plus mine de s'occuper des bêtes. Elle écoutait, atterrée, ce chapelet de révélations. Désormais, l'excessive discrétion dont son mentor avait fait montre ne lui paraissait plus si... excessive. La multiplicité des enjeux qu'elle entrevoyait pour l'un et l'autre clan lui donnait déjà le vertige. Si le schisme de la maison Oström avait bel et bien lieu – bien qu'elle ignorât pourquoi une telle chose pourrait se produire –, discerner ses amis de ses ennemis allait devenir une gageure.

—Fort bien, jarl Artus. *Je vais retourner parmi les miens. Du moins, s'il en reste.*

—Magnus sera bientôt hors de danger, assura le comte. *S'il a suivi les consignes que je lui ai fait porter, ce dont je ne doute pas, lui et les vôtres seront sous peu au domaine du comte de La Rove.*

—Les Lamies les retrouveront où qu'ils aillent.

—Certes, mais nous sommes préparés. Là-bas, la résistance sera plus sérieuse que celle qu'aurait pu opposer Magnus. Or, avec les bouleversements que nous venons de provoquer, je ne pense pas que les Lamies attaqueront sans en avoir reçu la consigne expresse.

—Espérons que vous dites vrai.

—Demain nous ferons halte dans l'une de mes retraites. Vous pourrez envoyer plusieurs messagers vers les Oström les plus proches. Plus vite vos consignes leur parviendront, plus vite notre conspirateur se verra contraint de réviser ses plans.

—M'accompagnerez-vous jusqu'à destination ?

—Non, min herre, mes obligations me l'interdisent. Notre route se séparera au relais. Cependant, l'un de mes coches attend là-bas que votre serviteur en prenne les rênes. À compter de ce moment, vous pourrez vous déplacer en journée. Les risques que vous soyez interceptés en seront amoindris.

—Que ferez-vous pendant ce temps ?

—Moi ? Je vais tâcher de reprendre l'avantage…

Chapitre 5

Trois petits coups discrets résonnèrent contre l'huis. Levant le nez de sa broderie, Rose jeta un œil à la porte. Elle tergiversa une seconde, puis :

— Entrez…

Le battant s'ouvrit dans un soupir. Le jeune maître des lieux s'avança, la démarche un peu raide.

— Bonsoir, madame.

— Que voulez-vous ? fit Rose, délibérément cassante.

— … Mon frère vous informe que le cénacle va bientôt commencer.

— Et après ? Il n'a pas l'intention de m'y convier, que je sache.

Esquissant une moue ennuyée, Adelphe repoussa derrière son oreille la mèche de cheveux qui courait le long de sa joue.

— Non… En fait, il préférerait que vous ne vous montriez point dans le manoir le temps que durera la réunion.

Rose n'eut pas l'ombre d'une réaction. Les discourtoisies d'Artus ayant atteint leur apogée trois nuits auparavant, lors du sauvetage du sieur Raugmundr, cette indélicatesse ne l'étonnait pas outre mesure. Néanmoins, cela ne signifiait pas qu'elle n'en concevait aucun chagrin.

— Je vois… Le comte ne tient sûrement pas à ce qu'on le surprenne de nouveau en si mauvaise compagnie…

Cette fois, l'expression d'Adelphe se brouilla tout à fait. Sourcils plissés sur une évidente consternation, il fit quelques pas en direction de la comtesse :

— Artus a mal agi. Il le sait… et il le regrette.

— Bien sûr, susurra Rose, le sourire caustique. Venant de vous, qui n'avez nulle facilité à excuser les frasques de votre frère, cette affirmation ne peut qu'être l'exact reflet de la vérité…

— Je ne vous ai jamais rien dit à son sujet qui ne fût avéré, se défendit le jeune homme.

— Vous ne m'avez jamais rien dit à son sujet tout court ! Toutes vos déclarations n'ont jamais été que dénégations ! « *Artus n'est pas comme ceci, Artus ne pense pas cela* », mais pas un mot sur ce qu'il est ou ce qu'il pense réellement !

— Vous êtes inique ! s'indigna Adelphe.

Abandonnant sa broderie sur les coussins de la causeuse, Rose se leva brusquement et aligna quelques pas rageurs, dos tourné à son interlocuteur. D'accord, elle n'était peut-être pas équitable avec lui. Adelphe en disait sans doute autant qu'il le pouvait, considérant le perpétuel veto que son frère devait lui opposer. Mais ne l'avaient-ils pas cruellement bafouée tous les deux ? Ne pouvait-elle, elle aussi, répliquer avec excès ? N'avait-elle pas le droit d'extérioriser sa colère et son affliction ?

— C'est cela, convint-elle, amère. Je suis inique. Ce doit être pour cela que toute cette satanée demeure m'exècre.

— … Personne ici ne vous exècre, madame.

Croisant les mains sur le devant de sa robe, Rose s'ingénia à ne pas laisser son abattement transparaître davantage :

— Si c'est tout ce que vous aviez à dire, monsieur, vous pouvez vous retirer.

Aucun mouvement ne suivit cette injonction. Manifestement, Adelphe n'avait aucune intention de sortir.

— Laissez-moi, réitéra la comtesse, dos tourné et regard résolument braqué sur les fleurs de la tapisserie. Dites au comte que j'obéirai.

— Il faudrait aussi que vous informiez le prince de ne point se laisser voir…

Rose fit volte-face, outrée. La consigne était pourtant prévisible, mais à ses yeux ce n'était qu'une provocation supplémentaire.

— Et vous allez sûrement prétendre que vous n'approuvez pas cela non plus ? lança-t-elle, venimeuse.

L'éternel jeune homme ne dit mot. Cependant, ses prunelles restèrent ancrées à celles de la comtesse, qu'il observa avec un navrement infini. Ce regard serra si fort le cœur de Rose qu'elle fut contrainte de détourner la tête. Quand bien même elle déplorait cette situation, il n'était pas question qu'elle cédât à ces yeux-là. Car Adelphe pouvait bien la contempler avec toute la compassion du monde, il ne s'était pas davantage excusé que son frère…

— Très bien, concéda-t-elle d'une voix ténue. Vous aurez ce que vous voulez. À présent, veuillez me laisser.

Le jeune homme resta un instant où il se tenait, puis, baissant le nez, il regagna la porte. Un incommensurable sentiment de perte se saisit alors de Rose, nouant sa gorge avec violence. L'espace d'une seconde, elle avait cru que son ami allait enfin s'expliquer. Mais, une fois encore, il s'était retiré sans un mot… Ils n'avaient eu que peu de répit depuis leur départ de la pommeraie. Toutefois, Rose avait espéré que les choses prendraient une autre tournure, et que, peut-être, le jeune homme mettrait à profit un moment de tranquillité pour venir lui parler. Ce mutisme était tellement étranger à son tempérament ; elle ne comprenait pas ce qui pouvait l'avoir si dramatiquement modifié…

S'orientant vers un ravissant bonheur-du-jour en bois de violette, la comtesse alla y prendre une lourde chevalière d'or. Elle la fit jouer entre ses doigts comme on manipulerait un talisman.

Durant toutes ces années, Adelphe avait été un compagnon exquis. Son humeur toujours délicieuse et sa conversation intarissable le lui avaient rendu aussi indispensable que son frère aîné. Entre l'espièglerie d'Artus et l'enthousiasme d'Adelphe, elle avait vite cessé de compter les nuits dépensées en éclats de rire. La perspective de retrouver le jeune homme avait d'ailleurs été un élément majeur dans sa réflexion, quant à son éventuel retour en France. Car, si elle n'avait conçu nul espoir de ses retrouvailles avec le comte, elle en avait échafaudé des centaines sur ses retrouvailles avec son cadet. Or, voici qu'il lui fallait composer avec cette attitude déroutante, sur laquelle elle n'avait pas plus de pouvoir que d'explication. Et, puisque Adelphe refusait de s'ouvrir à la discussion, elle ne pouvait qu'attendre une hypothétique accalmie. Cependant, l'angoisse de voir s'éteindre leur vieille complicité la taraudait… Elle n'avait que peu d'amis ici-bas, mais elle les chérissait. Adelphe tout particulièrement. Le perdre serait une déception dont elle n'était pas sûre de pouvoir se relever, ses maigres forces ayant déjà été largement entamées.

— *Vassili ?* appela-t-elle en se dirigeant vers les fenêtres.

— *Oui, ma lady* ?

— *Rentrez à nos appartements, je vous prie. Nous avons reçu des consignes.*

Il n'ajouta rien. C'était inutile. Rose savait qu'il se présenterait sans tarder. Passant l'antique sceau des Greer à son annulaire, la comtesse attendit la venue de son serviteur en observant les arbres du parc.

Deux minutes à peine s'écoulèrent avant que Vassili ne franchisse le seuil du petit salon. Il avait réintégré son uniforme de colonel, et tenait à la main un livre vraisemblablement emprunté à la bibliothèque du comte.

— Что такое ? demanda-t-il en refermant la porte.

— Le cénacle est sur le point de commencer, répondit sa maîtresse. L'Héritier ne veut pas de nous dans les couloirs durant le temps de cette réunion.

Imperturbable, le Slave s'en fut déposer le livre sur la table qui se dressait entre lui et la comtesse.

— C'est de nous qu'il ne veut point, ou simplement de moi ?

— De nous, assura Rose en se tournant dans sa direction.

Le prince lui jeta une œillade sceptique, puis il gagna le guéridon, disposé à proximité des causeuses. Ainsi que dans le grand salon, une carafe de cristal et son service de verres à pied attendaient là qu'on s'en servît. Mais, à la différence de son équivalent du rez-de-chaussée, cette carafe-ci ne contenait pas de vin. Le prince avait remplacé le sanguin breuvage par de la vodka. *Sa* vodka. Au sens littéral, puisqu'elle était distillée sur ses terres. Soulevant la fastueuse poire de cristal qui tenait lieu de bouchon à la non moins pompeuse carafe, Vassili entreprit de remplir deux verres. Il les emporta ensuite jusqu'à sa maîtresse, lui en confia un, puis attendit sagement qu'elle y trempât les lèvres avant de vider le sien d'un seul trait. Après quoi il fit demi-tour, et s'en retourna se servir.

— Pourquoi le comte voudrait-il vous tenir à l'écart ? s'enquit-il ce faisant.

Rose ne répondit pas tout de suite. Maussade, elle songea qu'elle avait peut-être vu juste en supposant qu'Artus ne tenait plus à être vu en compagnie de sa « courtisane »...

— Je l'ignore, fit-elle, le nez à demi plongé dans son verre. Si jusqu'ici il ne m'a conviée à aucun cénacle, il ne m'interdisait pas pour autant l'accès au manoir.

Vassili expédia son deuxième verre de pareille manière que le premier, puis il le reposa sur le guéridon et reboucha la carafe.

— En quoi consiste un cénacle exactement ?

— Il s'agit d'une sorte de conseil de seigneurs qui se tient sous la présidence du régent, et que seules les castes supérieures ont le droit de convoquer.

— À compter de quel rang entre-t-on dans ces castes-ci ?

— Ancien. Tout ce qui est au-dessous n'est pas jugé suffisamment expérimenté pour avoir voix au chapitre.

— De quoi parle-t-on lors de ces conseils ?

Rose haussa une épaule.

— Tout dépend de celui qui le convoque. L'on peut par exemple y demander l'arbitrage du régent en cas de conflits territoriaux, ou solliciter son avis sur tel ou tel autre point.

— Ou bien encore critiquer sa politique, renchérit Vassili en pivotant vers la comtesse.

Celle-ci esquissa un sourire :

— En effet.

— C'était ce que vous reprochiez à ce marquis, ce me semble...

— Frohel ? Oui. Doyen ou non, il n'est qu'un vulgaire chicaneur.

— Mais il est âgé.

— Pas beaucoup plus qu'Artus ! Il n'y a guère que ce prétentieux petit marquis pour croire que trois décennies le rendent plus adroit que son régent !

Vassili examina sa maîtresse avec une attention accrue. Son regard polaire se para d'une ombre, discrète, mais indéniable. Quittant alors le voisinage du guéridon, il se dirigea vers la pièce contiguë au salon. Ce ne fut qu'en le voyant s'y engouffrer que Rose prit conscience de la véhémence de sa réplique.

Elle avait défendu son mentor.

Malgré la perfidie et les bassesses d'Artus, elle l'avait défendu…

Déconcertée, elle abandonna son verre sur la table dans l'intention de rejoindre son servant, mais celui-ci ressortit de la chambre presque aussitôt, tenant d'une main le fourreau de son sabre et de l'autre une petite sacoche. Il déposa l'ensemble sur le plateau de la table, tout à côté du verre de sa maîtresse et du livre qu'il avait rapporté de la bibliothèque, puis il tira une chaise et s'y installa.

Tandis qu'elle cherchait ses mots, Rose le regarda ouvrir la sacoche de cuir que les années et les intempéries avaient tavelée. Le prince en sortit deux pierres oblongues et aplaties, de couleur brun foncé, ainsi qu'un chiffon et une petite fiole de métal bosselée. Débouchant la fiole, il répandit une petite quantité de son contenu sur la plus grosse des deux pierres, qu'il disposa devant lui. Après quoi il se saisit de son sabre, puis le tira du fourreau. Posément, méthodiquement, il commença à affûter son arme. La lame coulissa sur la pierre humide dans un long raclement, qui se renouvela, et se renouvela encore… Tout entier dévoué à sa besogne, le prince paraissait on ne peut plus calme. Mais Rose n'était pas dupe. Elle savait pertinemment que l'affûtage de son sabre était pour Vassili ce que la broderie était pour elle : un exercice dont la répétitivité lénifiante avait vertu d'exutoire.

— Certaines habitudes sont difficiles à perdre, commença-t-elle, ne sachant au juste comment excuser son impair.

— D'autant plus difficile que vous fûtes amants.

Rose accusa le coup.

Le prince n'était pas homme à se perdre en circonlocutions. Pas même sur un sujet aussi épineux. S'il levait un lièvre, il le faisait savoir. Or, en l'occurrence, il venait d'en lever tout un enclos…

Embarrassée, la comtesse différa sa réponse en reprenant son verre de vodka, dont elle s'octroya une longue gorgée. Elle ne lui avait jamais parlé d'Artus autrement que comme son mentor. Elle n'avait jamais précisé non plus avoir passé l'essentiel de sa vie d'immortelle dans ce manoir. Toutefois, il fallait croire que leur récente algarade avait été trop explicite pour être innocente.

— En effet, reconnut-elle. Mais ce n'est pas un sujet sur lequel j'aime à m'étendre.

— Je ne vous demande rien de tel, assura le prince, un brin rugueux.

Joignant les mains autour du pied de son verre, Rose noya son regard dans le liquide jaunâtre. Elle avait appris de longue date à taire cette liaison, ainsi qu'à n'en jamais donner aucun signe tangible. Cela n'avait pourtant pas empêché la rumeur d'enfler, pour finir par l'affubler de ce détestable sobriquet d'« hétaïre ». Aujourd'hui encore elle répugnait à l'admettre, mais c'était bien ce qu'elle avait été pour Artus. Sinon, comment expliquer la redoutable facilité avec laquelle il s'était débarrassé d'elle ? Pour lui, elle n'avait été qu'une compagne complaisante, élégante et raffinée, qui n'avait dû sa longévité qu'à sa divine beauté, seul pendant de la sienne.

Mais pour elle... Pour elle, il avait été...

Ses doigts se crispèrent sur le verre. Lèvres légèrement pincées, elle releva la tête avec sur les traits un air de défi. Elle avait mieux à faire que rabâcher ses désillusions !

— Je ne voulais pas vous offenser, Vassili, certifia-t-elle alors. Croyez bien que mon silence à ce propos ne devait rien à un quelconque manque de confiance. J'ai en vous la plus grande foi. Votre droiture n'a d'égal que votre galanterie, vous l'avez mille fois prouvé... C'est aussi pourquoi rien de ce qui se pourra dire ici n'aura d'incidence sur l'admiration et le respect que je vous porte.

Le glissement de la lame sur la pierre s'interrompit comme le regard du Slave s'égarait quelque part au milieu de la table. Il y eut un instant de flottement... puis il reporta les yeux sur son sabre, et reprit sa tâche. Préférant ne pas interpréter ce silence, Rose s'en retourna vers le guéridon.

— Je pense me rendre au parc. Voudriez-vous m'accompagner ?

La réponse tarda à venir... Abattue, la comtesse acheva sa vodka.

— Ne sommes-nous pas censés rester ici ? dit enfin le prince.

— L'on nous a demandé de ne point nous montrer dans le manoir. En sortant promener dans le parc, nous ne contrevenons pas à ces ordres.

Abandonnant son verre auprès des autres, Rose se retourna pour contempler son serviteur. Ou plutôt le dos de son serviteur, lequel se consacrait toujours à l'affûtage de son arme.

— Je souhaiterais terminer cela, si vous n'y voyez pas d'inconvénient.

Un voile supplémentaire couvrit le front de la comtesse.

— Nullement, assura-t-elle, le ton aussi léger que son visage était grave. Faites, je vous en prie. Il est vrai que le parc n'a rien de passionnant à cette heure de la nuit.

— Merci, ma *lady*.

Baissant le nez un bref instant, elle mit ensuite le cap sur la chambre, et alla prendre dans l'armoire une mante de satin bordeaux. La passant autour de ses épaules, elle referma la broche dorée qui en parait le cou, puis rabattit l'ample capuche sur sa tête. Sous cette cape digne d'un soir d'opéra, elle portait ce que son temps appelait une « robe à l'anglaise » en taffetas rose, légère et simple, mais dont les lignes épurées n'oubliaient cependant pas de souligner la grâce de sa somptueuse silhouette.

Gagnant la table de toilette, Rose se saisit d'une épingle d'argent qu'elle piqua dans le tissu de la capuche, avant de la fixer au flamboyant coussin de sa chevelure. Elle s'emmitoufla alors dans les pans satinés de sa cape, et ressortit de la chambre. Elle envisagea un instant de passer par l'une des fenêtres qui donnaient sur le parc, puis se ravisa. Il pouvait fort bien se trouver un valet, ou quelque autre domestique, à l'étage du dessous. Voir chuter leur invitée depuis le palier supérieur pourrait lui causer assez de frayeur pour qu'il crie. Or, Rose ne tenait ni à attirer l'attention, ni à perdre son temps en manipulation mémorielle. Elle aurait certes pu prêter l'oreille afin de s'assurer qu'il n'y avait personne au-dessous, mais elle ne voulait pas s'attarder davantage. Jetant un regard sur les épaules de son serviteur, elle poursuivit sa route jusqu'à la porte de leurs appartements et sortit dans l'antichambre.

Dès qu'elle eut refermé le battant, le raclement métallique se tut… Rose se figea, main posée sur la poignée de la porte. Ses sourcils se haussèrent dans un plissement attristé, puis, au prix d'un gros effort de volonté, elle s'arracha à son immobilisme. Souple comme le vent, son pas ne fit qu'effleurer le parquet. Aussi fut-ce dans un silence presque complet qu'elle descendit l'escalier. Bifurquant promptement une fois parvenue au rez-de-chaussée, elle emprunta un dédale de pièces qui la mena jusqu'à une petite porte, à l'arrière du manoir. Se coulant au-dehors, elle s'éloigna dans un froufroutement soyeux.

À mesure que reculaient les murs de la bâtisse, Rose avait la sensation que son cœur s'allégeait. Comme elle progressait dans l'herbe fraîchement coupée, la cape gonflée par une légère brise, elle se surprit à savourer le silence de ce jardin désert. La solitude était une compagne moins amère que ce qu'elle s'était figuré…

Inconsciente de la haute silhouette qui l'observait depuis les fenêtres du premier étage, elle atteignit la partie boisée du parc et se fondit dans son obscurité. Elle ne s'y enfonça cependant pas bien loin. Ses pas s'arrêtèrent au pied d'un chêne majestueux, dont l'abondante frondaison s'étirait en une verte coupole.

Cet arbre était ici l'aîné de ses semblables. Il étendait déjà ses glorieuses ramures vers le ciel lorsque, au milieu du XVe siècle, le comte avait acheté le manoir. C'était d'ailleurs à lui que le domaine devait son titre. Car, si Rose était accoutumée à désigner le manoir par le nom du bourg auprès duquel il était implanté, ce n'était pas son appellation véritable. Les villageois, eux, l'appelaient par son nom : le manoir du Vieux Rouvre. Ou, plus simplement, le Vieux Rouvre. Avançant jusqu'au tronc, Rose posa la paume contre l'écorce. Comme elle en éprouvait les stries de la pulpe des doigts, ses épaules s'alourdirent de nouveau du poids de sa mélancolie. Plus qu'un arbre, ce chêne était pour elle un ami. Un très vieil ami.

— Bonsoir, Jacques, murmura-t-elle.

Une douce brise s'engouffra dans le feuillage luxuriant, effleurant le visage de la comtesse telle une caresse fantomatique. Esquissant un sourire, elle tourna les yeux vers l'endroit où Jacques aimait à se tenir quand il était encore de chair et d'os. C'était ici qu'il avait voulu que l'on plantât sa canne. Plutôt qu'on lui érigeât une stèle dans le cimetière du village, il avait sollicité cette faveur. Alors c'était ce que l'on avait fait.

Lorsque Jacques s'était éteint des suites d'un mauvais rhume, à près de soixante-quatre ans, Artus avait planté sa canne ici. Personnellement. Et il l'avait fait mettre en terre au-dessous. Le comte s'était pris d'affection pour ce vieux laquais béquillard et grincheux. Et, bien que Jacques s'en fût toujours défendu, Rose savait qu'il avait également appris à aimer son mystérieux maître. Certes, il refusa toujours *mordicus* d'endosser une autre livrée que celle de sa jeune maîtresse, mais ce fut pourtant bien au comte de Janlys qu'il dédia ses vingt dernières années. Il n'en oublia pas Rose pour autant ; mais le regard qu'il porta sur elle tint davantage de l'attention bienveillante d'un aïeul que de la déférence d'un domestique. Ce dont Rose lui fut infiniment reconnaissante…

Il fallait dire qu'en matière de famille la comtesse ne fut guère pourvue. Enfant unique de nobles expatriés, elle n'avait connu nulle fratrie pour partager ses jeux, ni quelque autre parent que ce fût – en dehors des siens propres – pour encadrer son éducation. Pourtant, après la mort de lord Edmund et l'emménagement au manoir de Boissy, Rose n'avait revu sa mère qu'une seule fois. Ce fut lorsque, nouvellement rentrée d'Angleterre et rétablie par la reine dans le titre, les biens, et les privilèges de son nom, Rose avait voulu annoncer la nouvelle à sa marâtre. Aujourd'hui, elle comprenait ce que cette entreprise avait de candide, mais, à l'époque, elle avait vraiment espéré emporter la sympathie de *lady* Mary en lui apprenant le retour en grâce de leur famille. C'était pourquoi elle avait sollicité d'Artus qu'il la menât à Rouen. Ce dernier avait bien tenté de l'en dissuader, lucide qu'il était sur le devenir de cette sotte initiative, cependant Rose ne l'avait point écouté.

Selon son souhait, elle s'était donc retrouvée en présence de *lady* Mary, à qui elle avait annoncé à la fois le décès de l'oncle James – qui s'était retrouvé piégé dans un curieux incendie –, et les dispositions prises par la vieillissante reine Élisabeth afin de leur restituer les pleins droits sur leur comté…

Rose se souvenait avec exactitude du visage cendré de sa mère, à côté duquel un masque mortuaire eut semblé réjoui.

Elle n'avait pas eu un mot aimable.

Pas un.

Sa fille venait de lui apprendre la réalisation de son vœu le plus cher, et tout ce qui passa ses lèvres fut un commentaire fielleux sur la scandaleuse spoliation dont elle était victime, puisque c'était à Rose que l'on avait rendu le comté de Greer, et non à sa mère.

Rose en était restée muette d'ahurissement.

Elle avait écouté l'ingrate larmoyer sur sa terrible infortune pendant plusieurs minutes, jusqu'à ce que la créature qui vivait en elle, aiguillonnée par la malveillance de *lady* Mary, commençât à lui signifier le soulagement que serait d'arracher la langue de cette vipère. Artus l'avait certainement entendu, lui aussi, car ce fut le moment qu'il choisit pour prendre congé de leur insupportable hôtesse. Prenant le bras de son infante, il l'avait entraînée hors de chez la marâtre ; laquelle les avait salués en vitupérant sur l'immoralité de leur conduite que même un mariage resterait impuissant à effacer.

Pour Rose, cela avait été la réplique de trop. Là encore, Artus l'avait parfaitement compris. Tandis que le carrosse s'en retournait vers leur demeure de Darnétal, il avait pris sa main dans la sienne et lui avait expliqué que certaines choses ne pouvaient tout simplement pas être changées. À commencer par l'aigreur de *lady* Mary. Rose avait retenu ses larmes. Cette regrettable tentative de réconciliation était la preuve de ce que son mentor avait avancé. Quoi qu'elle aurait pu faire, ce n'aurait jamais été assez aux yeux de lady Mary…

La semaine qui suivit ce triste épisode, elle avait fait savoir à sa mère que la rente versée par le comte prenait fin, et que *lady* Mary était, de ce fait, invitée à regagner le château familial, en Angleterre. Pour une fois, la comtesse douairière avait eu l'intelligence de se taire. Elle avait pris la mer dans le mois qui suivit, emportant avec elle tous ses effets, mais aucun de ses domestiques. Rose avait fait savoir à ces derniers qu'ils n'avaient nulle obligation de suivre *lady* Greer s'ils ne le désiraient pas, et que, le cas échéant, elle se chargerait de leur trouver une place dans une maison respectable. Elle avait tenu parole pour chacun d'eux.

Roger, le beau-frère de Jacques, était entré au service du prévôt des marchands de Rouen. Les trois autres laquais, Georges, Julien et Armand, avaient quant à eux été admis chez un joaillier. Gisèle, la bonne, s'était vu offrir une place chez Evrard, le drapier. La cuisinière, qui était aussi la mère de Lucie, la petite chambrière, avait trouvé une place chez un magistrat.

N'était donc plus restée que la petite donzelle. L'affection, autant que la nostalgie, guida Rose dans le choix qu'elle fit alors. Sachant la jeune fille avide de découvrir le monde – surtout le grand –, elle avait sollicité de son amant qu'il offrît à Lucie une place au manoir. Comme toujours, Artus avait accepté sa requête. Faisant venir la jouvencelle à Boissy, il l'affecta au service personnel de Rose. L'émerveillement de Lucie devant les richesses du manoir amusa énormément sa maîtresse. Cependant, ce fut surtout le comte qui subjugua la jeune fille. Et sitôt après, ce fut son frère… Si bien que la petite n'eut bientôt plus que leurs noms à la bouche.

Au début, Rose avait conçu quelque jalousie de ce phénomène – toutes les servantes de la maison se pâmant ostensiblement d'admiration pour leurs maîtres. Puis elle avait appris à s'en détacher, aidée en cela par le désintérêt manifeste de ces messieurs et par la banalité de la chose. Car, évidemment, la fantastique attraction qu'exerçaient les frères d'Holival ne se limitait pas à la seule enceinte du manoir. Partout les femmes défaillaient sur leur passage. Lucie ne fit donc que s'adjoindre à une très, très longue procession. Néanmoins, la donzelle avait ceci de touchant que son admiration était encore très innocente, et s'exprimait avec une spontanéité presque enfantine. Elle finit toutefois par revenir de sa stupeur extasiée, et, bien qu'elle ne cessât jamais de soupirer sur l'incommensurable beauté de la fratrie, elle découvrit du charme à l'un des jeunes gardes du manoir, qui se démenait pour lui plaire.

Ce fut avec lui qu'elle se maria, après avoir été généreusement dotée par ses maîtres. Le couple put s'offrir une maisonnette au village, et y éleva par la suite cinq jolis bambins. Pour Lucie, tout fut alors pour le mieux dans le meilleur des mondes. Malheureusement, ce quotidien bucolique dut un jour prendre fin… Cela à cause de l'un des préceptes en usage au manoir, à savoir qu'aucun domestique n'était autorisé à y officier au-delà de dix années.

Cette règle, que l'on aurait pu juger farfelue, était en vigueur chez la plupart des Arimath. Renouveler régulièrement la domesticité était l'un des nombreux leviers dont usaient ces seigneurs pour préserver le secret de leur immortalité. Les autres maisons avaient bien moins de soucis à ce propos, puisqu'ils n'avaient que peu de gens, et pas – ou peu – de propriétés. Mais chez les Arimath, noblesse oblige, l'on avait souvent plusieurs domaines, et profusion de domestiques. Or, tout cela exigeait un certain sens de l'organisation. À Boissy, c'était Artus lui-même qui veillait au remplacement de ses serviteurs. Il tenait un registre dans lequel il consignait leurs noms et l'année de leur arrivée ; puis, chaque printemps, quand les premiers bourgeons paraissaient sur les branches des arbres, il consultait ce livre et procédait au remplacement des domestiques, s'il y en avait à faire.

En deux siècles, Rose ne le vit déroger qu'une seule fois à cette règle. Pour Jacques. Ainsi, lorsque les dix années fatidiques se furent écoulées, le comte envoya Lucie, son mari et leurs enfants auprès d'un châtelain du Berry. Les au revoir furent difficiles. Lucie pleura beaucoup, se répandant en bénédictions pour ses maîtres bien-aimés, qu'elle regrettait si amèrement de laisser. Elle expira l'année suivante, tandis qu'elle accouchait de son sixième enfant…

Quelques semaines après, *lady* Mary rendait l'âme à son tour, non sans maudire une dernière fois sa progéniture, qu'elle n'avait jamais revue, ni cherché à revoir. L'on déposa la comtesse douairière dans la crypte du château familial, aux côtés des autres Greer ayant régné sur ces terres, et personne n'en parla plus. Pas même Rose.

Il ne resta donc à la jeune *lady* que deux témoins de sa vie de mortelle : Jacques, et Charlotte. Après avoir pris congé de cette dernière lors de la mascarade donnée au Louvre, en septembre 1598, Rose s'était figuré ne jamais la revoir. Elles s'étaient pourtant retrouvées trois ans plus tard, lors d'un banquet commémorant la naissance du dauphin. Charlotte s'y trouvait avec son époux, le vicomte de Chaumontel. Rose, elle, était comme de coutume escortée par les frères d'Holival. Ces retrouvailles fortuites furent prodigues en émotions. Les deux amies avaient certes entretenu jusque-là une correspondance fournie, mais nulle lettre ne pouvait valoir la présence réelle de son auteur. Aussi Charlotte et Rose avaient-elles bavardé la moitié de la nuit, délaissant leurs cavaliers respectifs pour s'épancher tout leur content.

Le temps où Rose avait craint pour la vie de Charlotte était passé. Elle avait appris à connaître la société obscure, et ce qu'elle savait à l'époque lui avait suffi pour comprendre que nul mal ne serait fait à la vicomtesse. Au terme de la soirée, Rose s'était donc retirée en promettant à son amie de la visiter prochainement.

Cette promesse fut tenue de multiples fois au cours de la décennie qui suivit. Mais, lorsque se profila le départ de Lucie, Artus jugea bon de remémorer à son infante les inconvénients qu'engendrait une relation telle que celle qu'elle entretenait avec la vicomtesse de Chaumontel. Car, à l'inverse de sa chère Charlotte, Rose ne vieillissait pas. Le temps n'apposait nulle marque sur sa peau, ou sur sa silhouette, insolemment fraîche. Or son amie le remarquerait forcément si elles continuaient de se fréquenter avec cette assiduité. La mort dans l'âme, Rose s'était attendue que son mentor lui interdise de revoir la vicomtesse. Toutefois, après un moment passé appuyé au linteau de la cheminée, Artus lui avait seulement demandé d'espacer ses visites. De les espacer nettement. En contrepartie de quoi il se chargerait du restant.

Ce restant, Rose n'avait encore aucune idée de ce dont il s'agissait. Elle n'avait d'ailleurs pas cherché à le savoir. Elle s'était contentée d'obéir, et n'avait plus vu la vicomtesse qu'une fois l'an.

Lors de chacune de ces rencontres, Rose put constater que Charlotte la redécouvrait avec émerveillement, comme si elle avait oublié son apparence. Hélas, ce prodige ne contint le problème qu'un temps limité… Après une décennie supplémentaire, tandis que le roi Louis XIII rouvrait de vieilles plaies en assaillant le Béarn, et que le duc de Luynes, son favori, se mourait d'une fièvre pourprée, Charlotte avait assez mal réagi à la visite de sa vieille amie. Car, bien que la vicomtesse ne gardât nul souvenir de ce à quoi ressemblait Rose lors de son dernier passage, elle avait néanmoins constaté que celle-ci paraissait à peine trente ans, quand elle aurait dû en paraître cinquante…

Cette fois-ci, le choc avait été trop rude. Pour contenir l'effarement de la vicomtesse, Rose avait dû avoir recours à des aptitudes qu'elle ne maîtrisait qu'insuffisamment. L'exercice lui sembla difficile par bien des aspects, ce qui l'amena à écourter sa visite. De retour à Boissy, elle s'était aussitôt rendue auprès de son amant pour lui narrer cette mésaventure. Évidemment, Artus avait toujours su que ce moment viendrait. Il lui avait alors expliqué que dorénavant, si elle voulait voir Charlotte, elle n'aurait d'autre choix que de dominer son esprit, afin d'inhiber toute réaction à l'anormalité qu'elle constituait…

Rose avait longuement médité la question. Devoir ainsi maintenir Charlotte sous son emprise avait été extrêmement déplaisant. Toute l'entrevue lui avait paru n'être qu'une piètre comédie, dans laquelle Charlotte s'était vu attribuer le premier rôle à son corps défendant. Il lui sembla qu'en usant de nouveau de ce procédé elle souillerait irrémédiablement leur amitié. Ce fut pourquoi, cette nuit-là, elle avait décidé de ne plus revoir la vicomtesse.

Par la suite, elle s'en était tenue à cette résolution. Et si les deux amies continuèrent de correspondre, elles ne se rencontrèrent plus. Étrangement, Charlotte, qui avait coutume de réclamer sa venue, sembla éviter le sujet. Il n'apparut pas que son affection avait décru, cependant elle n'avait plus parlé de visites dans aucune de ses lettres. Rose s'était longtemps demandé pourquoi, puis elle avait fini par mettre cela sur le compte de son mentor. Après tout, cela n'aurait pas été sa première intervention dans cette histoire, loin s'en fallait.

Ce fut d'ailleurs lui qui la mena au chevet de Charlotte, lorsque celle-ci fut à l'article de la mort… C'était un peu avant l'arrestation du marquis de Châteauneuf.

Exceptionnellement, Rose se trouvait à une réception orchestrée par la duchesse de Chevreuse, maîtresse du marquis susmentionné. Exceptionnellement, car Mme de Chevreuse exécrait la comtesse de Greer. Lorsque l'on était aussi coquette que l'était cette duchesse et que, comme elle, l'on se targuait de charme et de beauté, il convenait de tenir les rivales à distance. À plus forte raison si la rivale s'appelait *lady* Greer. Mais, si l'on escomptait la présence du comte de Janlys, de son frère, et peut-être de quelques-uns de leurs séduisants amis, il fallait supporter que le comte amenât également sa favorite. On le tolérait donc, avec plus ou moins d'exaspération…

Rose ne se souciait plus guère de tout cela, étant accoutumée à être vouée aux gémonies par tout ce qui portait jupons. Les femmes exprimaient leur jalousie avec tellement d'emphase ! La gent masculine, elle, avait le bon goût d'exprimer son agacement avec davantage de retenue. Du moins, en règle générale.

Ce soir-là, donc, Artus avait répondu à l'invitation de la duchesse de Chevreuse et s'était présenté au banquet en compagnie de son frère et de sa maîtresse. Ils y avaient retrouvé le chevalier de Hautefort, lui aussi convié à la soirée.

Soirée qui fut d'un ennui prodigieux. Bien sûr, il s'y trama quelques trahisons et coups bas, la duchesse de Chevreuse n'étant pas la moindre des intrigantes. Cependant, il y avait belle lurette que Rose s'était désintéressée des cabales de cour. Les premières années de son existence nocturne, elle s'était figuré y trouver de l'amusement. Puis elle s'était aperçue combien il était facile de pénétrer l'esprit des mortels. Ce faisant, elle n'avait pas eu conscience d'user du talent propre aux Arimath.

Comment l'aurait-elle pu ? En ce temps-là, elle ignorait encore qu'ils pouvaient lire dans la mémoire d'autrui. C'était pourtant ce qu'elle avait fait. Ses intrusions avaient dû être sommaires et très maladroites, mais, en face de mortels croyant leurs souvenirs bien à l'abri dans leur tête, cela avait été suffisant. Leurs petits secrets avaient dès lors perdu tout intérêt. Aussi Rose avait-elle préféré accepter l'invitation à danser du chevalier de Hautefort plutôt que d'écouter les clabauderies des seigneurs attroupés autour de son mentor. Elle n'avait pas eu loisir d'achever cette danse. Artus était venu la trouver après seulement quelques mesures.

— Charlotte est au plus mal, avait-il déclaré. Si vous voulez la revoir, il nous faut partir immédiatement.

Ils avaient quitté les lieux séance tenante pour prendre le chemin du manoir du Preslay, où vivait la vicomtesse. Dans le carrosse, Artus avait expliqué qu'il avait appris la nouvelle par hasard, en écoutant les cancans que colportait Mme de Chevreuse. Celle-ci avait prétendu que la vicomtesse de Chaumontel avait contracté un refroidissement qui s'était mué en une vilaine pneumonie, et que son état passait dorénavant pour très sérieux. Elle avait ensuite ajouté que, de l'avis des médecins dépêchés auprès d'elle, la vicomtesse ne passerait pas la semaine. Rose n'avait fait aucun commentaire. Les poings serrés sur sa robe, elle avait supplié le ciel de lui laisser voir son amie une dernière fois…

Parvenus au Preslay, les frères d'Holival avaient plus ou moins forcé l'entrée, puis s'étaient assurés que personne n'empêchât Rose de gagner la chambre de la mourante.

Charlotte lui avait paru si chétive au milieu de ce grand lit… Sa silhouette amaigrie soulevait à peine les couvertures. Ses cheveux, gris comme un jour de pluie, pendaient tristement de chaque côté de son visage. Son visage… Le temps y avait certes apposé quelques stigmates, mais elle était restée la Charlotte que Rose avait toujours connue…

— Rose ? avait alors chuinté un filet de voix. Est-ce toi ?

La comtesse avait hésité un instant, puis elle avait rejoint son amie, et s'était assise auprès d'elle.

— Tu… n'as pas changé ? Tu… Es-tu vraiment là ?

— Je suis là, avait susurré Rose en prenant la main de son amie.

— Comment est-ce possible ?

— N'aie pas peur…

Mais Charlotte n'était pas effrayée. L'abominable fièvre qui la dévorait s'étant déjà chargée d'embrumer son esprit, Rose n'avait pas même eu besoin de l'apaiser.

— Je vais mourir, n'est-ce pas ? avait murmuré la vicomtesse. C'est pour cela que tu es là…

Pressant entre les siennes la petite main usée qu'elle tenait, Rose n'avait pas trouvé la force de mentir. La vicomtesse lui avait alors souri. D'un sourire tranquille. Confiant.

— Ce n'est rien. Il fallait que cela arrive. Je suis une vieille femme à présent…

Rose avait souri à son tour, mais une brusque averse avait inondé ses yeux. Se penchant sur son amie, elle avait embrassé son front brûlant, y déposant au passage une goutte de pluie.

— Allons, ne pleure pas…, fit Charlotte. La mort est notre lot à tous, et je ne crains pas de rejoindre notre créateur…

La respiration difficile, la vicomtesse s'était interrompue. Rose avait attendu en lui tenant la main, ainsi qu'elle l'avait fait, des années auparavant, pour un autre mourant… Elle n'eut pas conscience de l'écoulement du temps. Elle n'aurait su dire combien il s'en passa tandis qu'elle patientait au bord de ce lit, écoutant le souffle de Charlotte se raccourcir.

— Allons-y… avant que la nuit ne tombe…

Le front de la vicomtesse, emperlé de sueur, scintillait à la lumière des chandelles.

— Jusqu'au sommet de la colline…

Appuyant la paume contre sa propre bouche, Rose avait atténué le son de ses pleurs. Rongée de fièvre, Charlotte revivait ses jeunes années. Celles où, lorsque le soir tombait sur le manoir Saint-Jacques, les jeunes filles qu'elles avaient été chevauchaient leurs haquenées pour une balade dans le parc… et, parfois, pour une course jusqu'au sommet de la colline…

Le visage de la vicomtesse s'était éclairé d'un sourire. Le même que celui qu'elle arborait autrefois, tandis qu'elle galopait parmi les fleurs sauvages. À cet instant, la porte de la chambre s'était ouverte. Rejoignant son infante, Artus l'avait gentiment incitée à se lever :

— Il faut partir, Rose. Le jour approche.

Elle n'avait eu nulle envie d'obtempérer ; pourtant, il avait bien fallu. Entraînée par son mentor, elle avait quitté l'espace confiné de cette chambre en emportant l'image d'une Charlotte agonisante, au teint cireux et aux lèvres ourlées d'un sourire incongru…

Rose baissa la tête.

Sa main glissa le long de l'écorce du chêne, puis s'en retourna se cacher derrière les pans de sa mante.

Le temps avait arraché à ses bras tous les êtres qu'elle avait aimés. Un à un, elle les avait vus disparaître. Cependant, la malédiction de son immortalité ne la frappa jamais si fort que cette nuit-là. Lorsque Charlotte expira, son dernier lien avec l'humanité avait expiré avec elle. Marquée par l'inexorable cruauté de ces trépas, Rose s'était dès lors interdit de nouer une quelconque entente avec les mortels, et se borna à fréquenter ceux de son obscure société. Mais elle avait omis qu'immortalité ne rimait pas toujours avec immuabilité. L'exil s'était chargé de le lui remémorer.

C'était aussi pourquoi elle avait fini par céder à Vassili.

À mesure qu'avait crû sa connivence avec le prince, elle avait senti la peur s'enraciner dans son cœur. La peur de devoir lui aussi le voir partir, ou, pire, de le voir mourir. La peur d'être privée de sa présence bienveillante, et de se retrouver de nouveau seule… Or, peu à peu, cette angoisse s'était fait l'écho de la requête du prince. Rose avait résisté tant qu'elle avait pu, mais, après trois années passées à son côté, elle lui avait donné ce qu'il réclamait. Ce fut ainsi que, pour son trentième anniversaire, Vassili avait reçu la servitude en cadeau.

Une bise froide s'insinua sous la cape de la comtesse, la bombant comme la grand-voile d'un navire…

Elle n'aurait pas dû faire cela. Oui, le prince avait cru le désirer, mais il n'avait aucune idée de ce que serait réellement de vivre dans ces conditions. Il ne pouvait en prendre la mesure. Pas en ayant si peu vécu. Rose, à l'inverse, savait ce que cela impliquait. Elle connaissait les conséquences d'un tel choix. Des nuits entières, elle avait tenté de le lui expliquer ; de le dissuader. Rien n'y avait fait. Vassili disait préférer lui donner sa vie plutôt que de la gaspiller à parcourir les steppes, ou de la perdre sur un champ de bataille, au service d'une cause à laquelle il ne croyait pas. Il avait affirmé que ses capacités seraient mieux employées à ses côtés. Il était allé jusqu'à prétendre que c'était là sa destinée. Ce fut cette assertion qui vainquit la résistance de la comtesse. Elle qui pleurait encore la trahison de son mentor s'était laissé griser par l'idée que l'on puisse à ce point vouloir sa présence. Elle s'était prise à songer combien il serait bon d'avoir ce quelqu'un auprès d'elle pour l'éternité… Quelqu'un qui jamais… jamais, ne pourrait l'abandonner…

Fermant les yeux, Rose écouta le feuillage bruire faiblement au-dessus de sa tête.

Avoir la vie du prince entre ses mains ne garantissait pas la pérennité de leur entente. Elle se doutait bien qu'un jour il finirait par regretter son choix. Peut-être même était-ce déjà le cas… Le front plissé d'inquiétude, Rose pivota en direction du manoir. Plutôt que de songer à Vassili, il était peut-être préférable de retourner auprès de lui. Se secouant, elle fit mine de se mettre en marche, mais un brusque tonnerre de sabots le lui interdit.

La délégation d'Arimath.

Rejoindre la demeure maintenant risquerait de la mettre sur leur chemin. Mieux valait patienter un peu. Restant là où elle se trouvait, la comtesse écouta leur furieux galop se muer en un trot mesuré. Elle estima qu'il devait y avoir trois ou quatre bêtes ; lesquelles firent halte, vraisemblablement parvenues au pied du manoir. Bientôt, les bottes des cavaliers foulèrent le sable de l'allée, tandis qu'ils se dirigeaient vers l'entrée.

— *Le bonsoir, messieurs*, salua la voix d'Adelphe.

— *Monsieur le vicomte ! Vous nous attendiez ? Quelle délicatesse…*

Rose, agacée, leva les yeux au ciel. Le marquis de Frohel était la seule personne de sa connaissance qui appelât Adelphe par son titre. Probablement parce qu'il savait que le jeune homme détestait cela.

— *Le voyage s'est-il bien déroulé ?* reprit ce dernier.

— *Oui*, répondit une troisième voix que Rose identifia aisément pour l'avoir souvent entendue. *Nous n'avons pas été suivis.*

— *Bien. L'Héritier vous attend. Par ici, messieurs…*

Une série de pas se mit à battre le dallage. De par l'orientation du son, la comtesse supposa que les invités étaient conduits au grand salon. Son hypothèse se vérifia lorsqu'elle perçut le grincement caractéristique des portes de celui-ci. Pénétrant dans la pièce, les pas s'arrêtèrent après avoir atteint le premier tapis.

— *Mes hommages, mon seigneur*, déclama Frohel, emphatique au possible.

Un discret chuintement de tissu suivit ses salutations, puis la voix profonde et suave du comte de Janlys s'éleva :

— *Messieurs. Prenez place, je vous prie.*

Les invités se déplacèrent. Rose entendit soupirer les coussins des fauteuils comme ils s'y installaient.

— *Je n'ai que peu de temps à vous consacrer*, annonça Artus sitôt qu'ils furent assis. *Je vous saurais gré d'être concis.*

— *Mais certainement, mon seigneur*, acquiesça le marquis de Frohel. *Nous savons combien vous pouvez être affairé. Nous ne voudrions point vous détourner trop longtemps de vos préoccupations.*

— *Vous avez souhaité la tenue de ce cénacle, marquis. Ayez donc l'obligeance d'en venir aux faits…*

— *Les faits, mon seigneur, je crois que vous les connaissez.*

— *Vous voulez débattre du soulèvement Lamie ?* fit Montorgueil, avec un rien d'impatience.

— *Non. J'ai sollicité cette réunion pour discuter de la question du remuement des mortels.*

— *Des mortels, dites-vous ?*

— *Oui, chevalier. Vous aurez sûrement remarqué combien les troubles furent nombreux et violents au cours de cette dernière année.*

— *Voudriez-vous nous faire croire que vous nous avez appelés ici pour débattre du bien-fondé de la cour plénière, de la grogne des parlements, ou des états généraux ?*

— *De tout cela réuni, oui.*

— *Est-ce sérieux ?* s'irrita Montorgueil. *Ne voyez-vous point que nous avons plus urgent à traiter ?*

— *Voilà bien ce que je craignais d'entendre…*

— *Nous sommes aux prises avec un soulèvement de Lamies sans précédent, qu'espériez-vous donc que l'on vous répondît ?*

— *J'ignorais ce qui me serait rétorqué, chevalier. Toutefois, je ne pensais pas que l'on omettrait de me témoigner le respect qui m'est dû.*

— *Chacun ici est libre de formuler son opinion.*

— *Vous êtes mon inférieur, Montorgueil. Que le régent vous ait convié à cette réunion ne vous autorise point à l'oublier.*

— *Ma caste m'aurait ouvert les portes de ce cénacle, quoi qu'il en soit.*

— *Mais auriez-vous eu cette outrecuidance si vous ne vous étiez pas su protégé par le régent ?*

— *Nulle supposée protection n'intervient dans notre différend, monsieur. Vous estimez que l'agitation des mortels vaut un cénacle, or je ne partage pas cette opinion, et je suis libre de vous le faire savoir. Car, bien que vous aimiez à le penser, votre rang ne vous prémunit aucunement de la contradiction.*

— *Ni le vôtre de la riposte, chevalier ! Je ne tolérerai pas d…*

— *JE suis celui qui établit ce qui doit ou non être toléré,* intervint sèchement Artus.

— *Mon seigneur ! Vous ne pouvez cautionner pareille irrévérence !*

— *Prétendriez-vous me dicter ma conduite, marquis ?*

— *Non, bien sûr que non,* s'empressa de nier Frohel. *Cependant Montorgueil a outrepassé les…*

— *Le chevalier a fait connaître son avis, ainsi que son rang l'y autorise. Si ce précepte vous disconvient, marquis, libre à vous de vous en retourner…*

Comme le silence tombait sur le grand salon, un fin sourire affleura aux lèvres de Rose.

— *Non ?* reprit son mentor. *Bien… En ce cas, je serais curieux d'entendre les détails de vos réflexions, marquis.*

— *La situation du royaume de France ne peut vous avoir échappé, mon seigneur. Le mécontentement est partout. Il enfle et gronde sans relâche depuis des mois, décuplé par les terribles rigueurs du dernier hiver. Or les états généraux sont loin de donner satisfaction…*

— *Oui, marquis, nous savons cela. Où ces précisions nous mènent-elles ?*

— *Tous les esprits lucides s'accordent à dire que le devenir de la monarchie est incertain. Par voie de conséquence, celui de l'aristocratie l'est aussi…*

Il y eut un instant de calme, puis la voix d'Artus se fit entendre, mi-surprise mi-courroucée :

— *Auriez-vous convoqué ce cénacle parce que vous craignez pour vos privilèges ?*

— *Mon seigneur, il ne s'agit pas seulem...*

— *Que nous importe que la monarchie soit absolue ou constitutionnelle!* s'exclama Artus. *Que nous importe que le Parlement prenne l'ascendant sur le roi, ou qu'à l'inverse la noblesse soit soumise à l'impôt? Quelles conséquences ces bagatelles pourraient-elles bien avoir sur notre monde?*

— *Ne sommes-nous pas tous de sang bleu?*

— *À vous entendre, l'on pourrait croire que nous ne devons notre suprématie qu'à nos seuls quartiers*[9], railla Montorgueil. *Manqueriez-vous à ce point de ressources, monsieur le marquis?*

— *Vous ne comprenez pas*, insista Frohel, le ton docte. *Que ferions-nous si ces troubles enfantaient des débordements plus sérieux?*

— *Plus sérieux que quoi?* s'enquit l'Héritier avec une certaine brusquerie.

— *Ce que le marquis veut dire*, fit alors un quatrième personnage, *c'est que nous n'avons peut-être pas accordé aux événements l'attention qu'ils méritaient.*

Rose retroussa le nez dans une grimace de dégoût. Cette voix appartenait au sieur Rémi de Luçon-Lanfort, comte de Malavoie, et acolyte notoire du marquis de Frohel. Malavoie avait son fief aux abords de la ville de Poligny – sise dans le comté de Bourgogne –, mais ne s'y rendait que peu. Il préférait séjourner dans son hôtel particulier, logé en plein cœur de Paris, ville dans laquelle il soignait son influence, et tâchait par là même d'empiéter sur celle d'Artus.

Rose avait entendu son mentor pester contre Malavoie à diverses reprises au cours des siècles passés. Presque aussi vaniteux que le marquis de Frohel, il n'admettait pas davantage de devoir allégeance à un régent de quelques années son cadet. C'était ce qui l'avait rapproché du marquis. Ce dernier étant toujours en quête de nouveaux alliés, ils avaient combiné leurs forces afin de contrebalancer la mainmise de l'Héritier sur la région. Ces manigances n'étaient hélas pas exceptionnelles. Si Artus dirigeait le clan avec assez de maestria pour que l'on ne lui disputât plus sa légitimité, les seigneurs les plus âgés persistaient dans leur ressentiment, et n'avaient de cesse de trouver la faille dans sa gouvernance. Certains d'entre eux étaient même allés jusqu'à le braver. Mais l'Héritier s'étant révélé être une trop forte partie, ni Frohel ni Malavoie ne s'étaient risqués à le défier. Cependant, ils n'en œuvraient pas moins contre lui...

— *Les motifs d'inquiétude se sont accumulés au cours des deux années passées*, poursuivit le comte de Malavoie. *Le cours du blé monte, les industries textiles s'effondrent, les parlements s'indignent des décisions du roi... Or, avec la débâcle des états généraux, je crains que nous n'assistions à une sédition.*

— *Et après ?* s'impatienta Artus. *Les royaumes ont moult fois changé de visage depuis que nous les arpentons, et nous sommes toujours là.*

— *Mon seigneur, je réside à Paris. Je puis vous certifier que le tumulte qui s'en est emparé est hors du commun. L'ignorer serait une erreur.*

— *Vous savez que nous ne nous mêlons pas des affaires des mortels. Dans la mesure où leurs déboires ne nous affectent pas, il convient de leur laisser le soin de les régler par eux-mêmes. Au demeurant, nous avons d'autres chats à fouetter, et de bien plus gros.*

— *J'en conviens, mon seigneur...*

— *Vous m'en voyez fort aise*, trancha Artus.

— *Néanmoins, tout cela pourrait avoir des conséquences pour les nôtres*, s'entêta Malavoie.

— *Il serait fâcheux que l'on vous reproche par la suite de ne pas y avoir prêté assez d'attention*, renchérit Frohel.

— *Vous voulez dire, fâcheux comme si l'on colportait partout que je me préoccupe davantage des vicissitudes des mortels plutôt que d'honorer le Septentrion ?*

Le Septentrion était le nom communément attribué au pacte conclu entre les maisons Oström et Arimath, des siècles avant que Rose ne vînt au monde. Ce traité avait été élaboré, puis ratifié, par Hródmarsson et Caton, qui étaient alors à la tête des deux clans. Cette coalition était la seule qui existât dans leur société. En son temps, elle avait semble-t-il contribué à préserver les terres européennes et scandinaves de la poussée Pa-Nek, la puissante maison égyptienne.

Faute de s'y être réellement intéressée, Rose connaissait mal l'histoire du monde obscur. Toutefois, pour comprendre que les menées des deux compères visaient à détourner Artus de la véritable urgence afin de pouvoir porter cela à son discrédit, ce n'était pas nécessaire. Leur tactique n'était pas très finaude…

— *Si je ne vous connaissais si bien, messieurs, je pourrais croire que vous cherchez à m'induire en erreur. Mais c'est une idée saugrenue, n'est-ce pas ?*

— *Certes, mon seigneur…*

— *Bien sûr… Si vous souhaitiez me tromper, je gage que vous vous montreriez beaucoup plus astucieux.*

— *Loin de nous cette pensée*, assura Frohel. *Nous ne cherchions qu'à vous faire profiter de notre expérience.*

— *Oui ? Eh bien, je vous écoute, marquis. Que votre expérience vous a-t-elle dit au sujet de la retraite que vous avez aidé à opérer ?*

Il y eut un silence que Rose devina tendu. Frohel n'avait pas dû apprécier que son régent vînt le débusquer dans son relais pour lui assigner une mission subalterne. Car secourir une poignée d'Oström en déroute avait dû lui paraître une tâche infamante.

— *Vos instructions étaient très claires*, articula le marquis avec réticence. *La retraite vers la forteresse fut un succès. Le billet que vous fit porter le comte de La Rove vous aura certainement renseigné à ce propos.*

— *Le sieur Meyer vous est fort reconnaissant, mon seigneur*, ajouta Montorgueil.

— *Son allégresse s'affadit pourtant quelque peu lorsque, en nous éveillant hier soir, nous découvrîmes le nouveau venu…*

— *Oh*, fit Artus, désinvolte. *Raugmundr est arrivé ?*

Un court silence suivit cette interrogation.

— *Nous avions supputé que vous vous étiez rencontrés*, nota le marquis de Frohel, le ton aigre. *Je vois que nous avions raison.*

— *Le sieur Raugmundr ne vous en a-t-il rien dit ?*

— *Nous n'avions guère de temps à perdre en conversations. Il fallait nous mettre en route pour le cénacle.*

— *Le Könungr prendra sûrement ombrage de ce retour inopiné, mon seigneur*, fit remarquer Malavoie. *Surtout s'il pense que vous y avez contribué.*

— *Qui donc irait lui souffler une telle idée ?*

Rose ne put s'empêcher de sourire. Elle avait si souvent contemplé l'expression narquoise qui allait de pair avec cette intonation qu'en cet instant elle pouvait presque voir le visage de son mentor.

— *Les Oström vont-ils rester au fort ?* questionna Malavoie.

— *En effet.*

— *Les Lamies nous ont forcément suivis. À l'heure qu'il est, ils ont déjà dû rejoindre la forteresse.*

— *En effet*, répéta Artus.

— *Eh bien, que comptez-vous faire ?*

— *Ce qui doit être fait. En attendant, vous allez retourner là-bas avec les autres et tâcher de vous tenir prêts. De plus amples instructions vous parviendront en temps utile.*

— *Ce cantonnement n'a pas grand-chose de discret*, maugréa Frohel.

— *Cela n'a jamais été sa vocation. Face à un tel rassemblement de Lamies, mieux vaut une place forte qu'un terrier…*

Rose opina intérieurement.

Distancer un Lamie était une opération hasardeuse. Leur odorat, nettement supérieur à celui des autres maisons, leur permettait de traquer leur proie sur des lieues à la ronde. Or cette faculté se révélait aussi efficiente à détecter les auras de leurs pairs que les effluves humains. Grâce à ce formidable outil, les Lamies pouvaient sentir la présence d'autres immortels bien avant que ceux-ci ne se sachent suivis. Pour espérer leur échapper, il fallait miser sur la rapidité, non sur la discrétion.

En ordonnant un repli éclair vers la forteresse du comte de La Rove, Artus avait opté pour la seule possibilité d'échapper à un combat inégal. Certes, la manœuvre n'avait sûrement pas dupé les Lamies, mais elle avait l'avantage d'avoir mené Magnus et les siens en lieu sûr. À présent qu'ils étaient retranchés dans le fort en compagnie des Arimath qu'Artus y avait déjà envoyés, ils étaient en mesure de répondre à une éventuelle offensive. Scinder le groupe de fugitifs en duos, ou trios, pour s'essayer à une dispersion tous azimuts, aurait été considérablement plus périlleux.

— *Bien. Puisque nous en avons terminé, vous pouvez vous retirer, messieurs.*

— *Un instant, mon seigneur, je souhaiterais disc...*

— *J'ai dit que c'était terminé*, décréta Artus. *Vous m'avez fait perdre assez de temps pour que votre ego soit satisfait, marquis. Le moment est donc venu de retourner à ce qui importe. Pour vous, il s'agit de regagner la forteresse.*

— *Et pour vous, qu'est-ce qui importe ?* interpella le comte de Malavoie. *Poursuivre le spectre des massacreurs de Hautefort ?*

Rose serra les dents. Le mépris qui suintait de cette réplique l'horripilait. Si elle avait pu, elle aurait volontiers fait ravaler sa morgue à ce misérable ergoteur ! Puis qu'était-ce que cette histoire de traque ? Le sieur Raugmundr avait eu une remarque similaire, quatre nuits auparavant. Elle avait pourtant évoqué l'hécatombe du domaine de Hautefort en apprenant les multiples attaques perpétrées par les Lamies, mais son mentor avait écarté l'idée qu'il pût y avoir un lien... Avait-il menti ?

— *Une insolence supplémentaire, monsieur le comte, et vos efforts pour m'indisposer pourraient bien se voir couronnés de succès*, rétorqua Artus, placide. *Mieux vaudrait que vous sortiez avant que cela ne se produise... Vous aussi, messieurs. Sortez.*

Un bouquet de frottements et de chuintements indiqua à Rose que le petit groupe d'Arimath se levait. Tandis que leurs pas s'enfonçaient dans les tapis, l'une des portes du salon couina légèrement sur ses gonds. Elle supposa qu'Adelphe l'avait ouverte : à l'inverse de Rose, le jeune homme était convié à tous les cénacles.

— *Pas vous, François*, précisa tout à coup Artus. *J'aimerais vous dire quelques mots.*

Les pas ralentirent à l'unisson, comme si la totalité du groupe s'apprêtait à rebrousser chemin.

— *Après vous, messieurs*, pressa Adelphe.

Le crépitement des souliers reprit, puis la porte grinça de nouveau, se refermant sur le comte de Janlys et le chevalier de Montorgueil.

— *Mon seigneur ?* fit ce dernier.

— *Avez-vous rempli la tâche que je vous avais assignée ?*

— *Oui mon seigneur, tout s'est déroulé comme convenu. Ce fut fait après notre départ.*

— *Bien… Encore une chose, chevalier. Hormis Magnus, qui sont les Oström que vous avez conduits à la forteresse ?*

— *Les sieurs Wöllner, Seiler, Waldack, et leurs servants.*

— *Gardez-les à l'œil, voulez-vous ? Aucun dissident Oström ne s'est signalé pour l'instant, mais cela ne saurait tarder. Dans l'attente de ce moment, il convient de se défier de chacun d'entre eux. Ces trois-là y compris. Ils ont beau avoir répondu à l'appel de Magnus, cela pourrait n'être qu'un leurre…*

À la fois déçue et résignée, Rose poussa un faible soupir. Évidemment, Montorgueil savait tout ce qu'il y avait à savoir sur les événements, tandis qu'à elle Artus n'en avait pas dit un mot.

— *Telle était bien mon intention.*

— *Bien. Merci, François, vous pouvez vous retirer.*

— *… Mon seigneur ?*

— *Oui ?*

— *Lorsque vous nous avez envoyés auprès du sieur Meyer, saviez-vous que le sieur Raugmundr était dans les parages ?*

Rose révisa son jugement. Le chevalier ne savait peut-être pas tout, en fin de compte…

— *Oui, je le savais. Allez maintenant, ces messieurs vont s'impatienter. Je crois que vous les avez suffisamment contrariés pour cette nuit*, nota Artus, un sourire dans la voix.

— *Oh, vraiment ?* s'amusa Montorgueil. *Quel butor suis-je…*

Il y eut un bref silence durant lequel Rose se douta que le chevalier faisait sa révérence, après quoi ses pas s'éloignèrent sur le plancher. L'une des portes gémit sur ses gonds, puis le pêne s'enchâssa de nouveau dans la gâche.

Le comte était désormais seul dans le grand salon.

S'empressant d'en détourner ses pensées, Rose entreprit d'épier les déplacements du groupuscule d'Arimath. Le crissement du sable sous leurs semelles lui indiqua qu'ils étaient de retour dans l'allée. Le temps que le chevalier de Montorgueil les rejoigne, il ne s'échangea nulle parole. Ce fut dans un calme équivalent qu'ils montèrent sur leurs coursiers.

— *Soyez vigilants, messieurs*, enjoignit Adelphe.

— *Nous le sommes toujours*, rétorqua le marquis de Frohel, débordant de condescendance. *Puissiez-vous faire de même.*

Un premier cheval partit au petit trot, sitôt suivi d'un deuxième, d'un troisième, et, enfin, d'un quatrième. Rose se fit la réflexion que ce dernier individu n'avait pas ouvert la bouche de toute la durée du cénacle. Elle aurait pourtant apprécié qu'il le fît, cela aurait rompu son anonymat. À présent, elle n'avait plus moyen de le reconnaître. En temps normal elle se serait enquise de son identité auprès d'Adelphe, ou même d'Artus. Mais…

Chassant de suite ces considérations, la comtesse leva les yeux vers les fenêtres de ses appartements, qu'une faible lumière fauve accentuait. La réunion étant terminée, rien ne l'empêchait de regagner le manoir. Elle resta pourtant immobile, sourcils vaguement froncés, bouche recourbée par une petite lippe. Elle n'était plus si sûre de vouloir rentrer. Après tout, Vassili avait décliné son invitation. Il avait probablement envie de rester seul…

Quelque peu indécise, la comtesse s'apprêtait à tourner les talons quand soudain une silhouette parut devant l'une des fenêtres.

Rose se statufia. Un léger picotement dévala son échine. À cette distance, elle ne pouvait en être certaine, toutefois ce personnage ressemblait fort à l'un des frères d'Holival. Il ressemblait à… son mentor… Aux aguets, la comtesse tendit l'oreille. Aucun bruit n'accompagna la progression du personnage à travers le petit salon. Après quelques pas, il s'arrêta au niveau de la table. Il sembla à Rose qu'il manipulait quelque chose, mais elle ne parvint pas à distinguer quoi. Peut-être le livre que Vassili avait posé là ?

Vassili… Où était-il passé ?

Le regard de la comtesse sauta nerveusement à la rangée de fenêtres suivantes. La chambre était éclairée, cependant elle n'y vit nulle présence. Se pouvait-il que, malgré les consignes, le prince ait quitté leurs appartements ? Comme elle se posait cette question, la haute silhouette de son serviteur entra dans son champ de vision. Il était bel et bien dans la chambre ; il s'était juste tenu trop loin des fenêtres pour qu'elle l'aperçût. Or, à présent qu'il se dirigeait vers le petit salon, elle le distinguait sans difficulté. Une brusque bouffée d'appréhension l'étreignit. Elle reposa les yeux sur les fenêtres de la pièce adjacente. Le personnage s'y tenait toujours, tête baissée. Rose serra inconsciemment les poings sur les pans de sa cape. Vassili était presque parvenu à la porte. Il allait entrer dans la pièce d'une seconde à l'autre. Devait-elle l'en empêcher ? L'appeler pour détourner son attention ?

Trop tard. Le battant s'ouvrait déjà. Au bord de l'affolement, Rose tourna derechef le regard vers le petit salon.

Personne ?

Elle scruta rapidement la pièce. Il lui sembla que Vassili, qui se tenait à présent près de la table, faisait de même. Le salon était vide. Le personnage l'avait quitté… L'anxiété de la comtesse retomba, cédant la place à une curiosité troublée. Que l'homme ait été Artus ou Adelphe, cela n'expliquait pas cette irruption. Car de toute évidence il ne s'était pas annoncé. C'était son empreinte qui l'avait signalé au prince…

Quittant l'ombre des arbres, Rose prit subitement la direction du manoir. Il fallait qu'elle comprenne la raison de ce geste. Retourner dans ses appartements ne l'y aiderait peut-être pas, mais elle devait en avoir le cœur net.

Tandis qu'elle avançait, sa cape, emportée par la célérité de son allure, se déploya dans son dos telles deux grandes ailes écarlates. Elle traversa le parc sans presque toucher terre, puis s'engouffra dans la bâtisse. Une fois à l'intérieur, elle fut néanmoins forcée de ralentir afin de maîtriser le son de ses pas. Elle ne voulait pas attirer l'attention de son visiteur si celui-ci se trouvait encore dans les parages. Dans ce même souci, elle prit soin d'emprunter un chemin détourné pour rallier ses appartements.

Lorsqu'elle y entra, le prince était encore dans le petit salon. Levant les yeux de la table, il posa sur sa maîtresse un regard distant.

— Vous pouvez sortir, l'informa cette dernière. Le cénacle est terminé.

— Ce fut prompt.

— Certes…

Tout en se dirigeant vers les causeuses, la comtesse retira l'épingle qui maintenait sa capuche et rabattit celle-ci sur ses épaules.

— Vous avez eu de la visite, annonça Vassili.

— Ah ? fit Rose, feignant l'ignorance. Qui était-ce ?

— Je pense qu'il s'agissait du comte.

Dégrafant calmement la broche qui fermait sa mante, elle fit glisser l'ample vêtement jusque sur son bras.

— Vous n'en êtes pas sûr ?

— Il est parti avant que je n'aie le temps de le rejoindre.

— Qu'est-ce qui vous fait croire que c'était lui, en ce cas ?

— L'empreinte était trop vigoureuse pour que ce fût celle de son frère. Puis il a laissé quelque chose.

Rose éprouva le plus grand mal à museler son agitation. Malgré cela, lorsqu'elle pivota vers son serviteur, ce fut avec l'air d'une complète indifférence.

— Ah oui ? Quoi donc ?

Plutôt que de répondre, le prince tourna les yeux vers la table. Sa maîtresse l'imita. Au centre du plateau d'amarante trônait une somptueuse rose, rouge comme une perle de sang frais. Sentant se fendiller son masque de désaffection, la comtesse en détacha immédiatement le regard et alla poser sa cape sur l'une des causeuses.

— Avez-vous entamé la lecture de l'ouvrage que vous avez emprunté ? s'enquit-elle en relevant le nez sur son serviteur.

— Oui.

— Vous convient-il ?

— Oui.

Elle s'efforça de sourire, mais le cœur n'y était pas. Il lui semblait que l'air environnant avait quadruplé de densité.

— J'y retourne de ce pas, ajouta Vassili. Si vous avez besoin de quoi que ce soit, faites-le-moi savoir.

Rose n'eut pas l'occasion de répondre, le prince se replia aussitôt dans la chambre. Confuse, elle n'osa pas le retenir. Ce présent la perturbait. Et Vassili l'avait ressenti. Or elle ne savait que dire pour l'expliquer. Ou, plus exactement, ce qu'elle avait à en dire n'aurait fait qu'alourdir encore l'atmosphère.

Tournant la tête vers la table, la comtesse posa sur la fleur un regard enténébré. Artus ne lui offrait des roses qu'en une unique circonstance… Lorsqu'il avait quelque chose à se faire pardonner.

Chapitre 6

— Il y a de nombreux tableaux, nota le prince, laconique.

— Le comte les apprécie. Mais ils ne constituent qu'une partie de sa collection, comme vous allez le voir…

Vassili examina encore quelques secondes la pastorale qui avait attiré son regard, puis il s'en revint auprès de sa maîtresse. Cette dernière prit le bras qu'il lui offrait, après quoi ils recommencèrent à arpenter la galerie…

Sur les murs étaient suspendues des dizaines de toiles de proportions diverses. Rose essaima à leur sujet deux ou trois observations, toutefois elle incita le prince à ne point s'arrêter. L'intérêt était ailleurs. Plus très loin. Juste après cette arche qu'habillaient de longues tentures. Lâchant le bras de son serviteur, la comtesse écarta les pans de tissu pelucheux. Dissimulée derrière ces rideaux, une robuste porte de fer obstruait l'accès à la seconde moitié de la galerie. Rose s'en approcha, avec en main la grosse clef grise que lui avait confiée Adelphe. L'introduisant dans la serrure, elle la fit tourner vers la gauche. Le mécanisme, parfaitement huilé, céda dans un discret cliquetis. Bientôt, le vantail de métal vira sur ses gonds…

Quiconque aurait pénétré dans le vaste corridor qui se révéla à eux aurait tout de suite fait marche arrière. Et pour cause : l'on n'y voyait goutte. Aucune fenêtre ne perçait les murs. Il n'y avait pas davantage de torchères, puisque le comte interdisait formellement que l'on apportât la moindre flamme. En somme, pour visiter cette section, il fallait nécessairement appartenir à l'engeance immortelle.

— Le comte ne va-t-il point se froisser que vous m'ameniez ici, ma lady ? questionna le prince depuis le seuil.

— Je lui ai fait mander la clef, souligna Rose. S'il n'est pas idiot, il aura compris ce que je comptais en faire.

Vassili plissa imperceptiblement les yeux. La réplique qui lui vint ne franchit pas ses lèvres, toutefois cela n'empêcha pas sa maîtresse de l'entendre. Amusée, celle-ci récupéra la clef restée dans la serrure, puis s'engagea plus avant dans la galerie.

— Venez, mon ami, l'enjoignit-elle. Cela devrait vous plaire.

Le prince survola d'un regard pensif les nombreuses vitrines et bibliothèques qui parsemaient la pièce avant de consentir à rejoindre la comtesse.

— C'est ici que le comte entrepose les vieilleries qu'il glane, expliqua-t-elle en enroulant son bras autour du sien. Pour l'essentiel, il s'agit d'antiques tablettes de pierre gravées, et de parchemins... Il y a aussi quelques sculptures et quelques toiles, mais elles sont rares.

— Cela relate-t-il uniquement des récits mythologiques ?

— Mythologique et religieux, oui. L'érudit affectionne ces thèmes.

— Que croyez-vous qu'il cherche ?

Haussant une épaule, Rose prit un air perplexe :

— Il semble s'intéresser particulièrement aux histoires narrant la création du monde, ainsi qu'à celles en prédisant la fin. Cependant, je ne saurais dire ce qu'il y voit.

— Le comte a-t-il émis une hypothèse ?

— … Si tel fut le cas, il ne m'en a pas informée.

Entraînant le prince à sa suite, Rose se dirigea vers les premières vitrines.

— Certaines pièces sont extrêmement rares, reprit-elle. Pourtant cela ne fut pas si difficile de les acquérir, leurs propriétaires n'ayant que rarement conscience de leur valeur.

— Je gage néanmoins qu'il aura fallu arpenter le monde pour parvenir à les glaner.

— Oui et non. Artus ne s'est déplacé en personne que pour quelques-unes. Les autres nous ont été vendues, ou ont été dérobées pour nous.

— Ne craignait-il point la trahison de ses intermédiaires ?

La comtesse ébaucha un sourire.

— Lorsque le comte entreprend quelque chose, il ne laisse rien au hasard… Croyez-m'en, toutes les garanties furent prises…

Vassili lui jeta un regard nébuleux. Elle le lui rendit, attendant qu'il parle, mais il s'en retourna à l'examen des vitrines qu'ils côtoyaient.

Rose retint un soupir.

Il avait beau prétendre que tout allait pour le mieux, quelque chose entre eux était devenu bancal. Certes, le prince était un être d'une extrême réserve, mais la distance qu'elle percevait en lui était inusuelle. C'était presque comme s'il avait abandonné sa posture d'ami pour adopter celle, lointaine, de simple servant. Navrée, la comtesse baissa le nez sur les replis de sa robe. Sous ses dehors austères, Vassili était d'une grande noblesse d'âme, et d'une délicatesse insoupçonnée… Elle nourrissait à son égard des trésors d'affection.

Cessant tout à coup d'avancer, le prince interrompit les réflexions de la comtesse, qui déambulait rêveusement à ses côtés. Curieuse de voir ce qui avait causé cet arrêt intempestif, cette dernière releva la tête. À deux pas devant eux se dressait une imposante vitrine rectangulaire. Entre ses parois de verre impeccablement briquées reposait une robe, disposée avec soin sur un mannequin de couturière en osier. Le lourd tissu surchargé de broderies, la rotonde de dentelle ornant le haut col, les manches garnies de crevées et la cotte paraissant entre les pans ouverts de la jupe étaient autant de signes soulignant la vétusté de cette toilette.

— C'était l'une des miennes, expliqua Rose, une pointe de nostalgie dans la voix.

Le prince considéra sa maîtresse une seconde, puis s'en revint à la robe.

— Il manque près de deux pouces à cette toilette pour être à votre taille.

— C'est seulement que j'ai grandi, très cher…

Tournant derechef les yeux vers la comtesse, le Slave haussa un sourcil incrédule.

— Vous dites ?

— Vous avez bien entendu.

Comme Vassili tentait d'assimiler l'information, son front se plissa légèrement.

— Chacun des immortels de ma connaissance a vu son corps se transformer de semblable façon, poursuivit Rose, soucieuse de l'éclairer sur ce prodige. Il apparaît que nous suivons l'évolution des mortels. Ils grandissent, voyez-vous… et nous aussi.

Le prince étudia la robe avec une attention nouvelle. La question qui germa dans son esprit résonna, cristalline, dans celui de sa maîtresse.

— Tout porte à le croire, confirma-t-elle, riant à demi.

— De beaucoup ?

— Je ne saurais dire, ce phénomène reste un mystère pour nous tous. Mais soyez sans crainte, bel officier, votre tête continuera de surplomber celle du comte…

Se tournant l'un vers l'autre, ils échangèrent un regard facétieux. Le franc sourire qui éclaira alors les traits de Vassili réchauffa le cœur de Rose. Visage levé vers le sien, elle serra son bras avec chaleur et lui retourna un ravissant sourire.

— Excusez-moi…

Arrachés à leur tête-à-tête, le prince et la comtesse pivotèrent vers la voix.

Debout au centre de l'arche d'entrée, sa silhouette se découpant dans la lumière de la galerie adjacente, Adelphe les observait. À sa vue, la comtesse se rembrunit. Un peu plus de trois semaines s'étaient écoulées depuis la nuit du cénacle. Mais, bien que l'on se fût évertué à dissimuler la tension ambiante derrière des manières policées, la situation ne s'était pas améliorée. Chacun était resté sur son quant-à-soi.

— Monsieur d'Holival, fit Rose, un peu trop lentement pour que ce fût naturel. Que nous vaut l'honneur ?

— Mon frère sollicite une entrevue, madame.

La comtesse pinça brièvement les lèvres. Voilà plusieurs nuits qu'elle n'avait rencontré son mentor. Il fallait dire que celui-ci était devenu difficile à approcher. Lorsqu'il ne recevait pas ses vassaux pour orchestrer la défense de leur maison, il passait son temps dans la bibliothèque à étudier l'on ne savait trop quoi, ou restait cloîtré dans son antre. De sorte que, depuis la réunion, ils avaient à peine échangé quelques phrases…

— Pourquoi cela ? Va-t-il y avoir de nouveaux visiteurs ? Faut-il encore que nous restions confinés dans nos appartements ?

— Je suggère que vous le lui demandiez vous-même, madame.

Rose étira les lèvres en un sourire tranchant comme une lame de rasoir :

— Certainement. Vous voudrez bien poursuivre la visite de la galerie, pendant ce temps ? C'est que je ne voudrais point priver le prince de cette distraction…

Les traits du jeune homme s'altérèrent subtilement, au grand déplaisir de la comtesse. Ces dernières semaines, le fossé s'était encore creusé entre le prince Golitsyne et les frères d'Holival. Là où l'aîné de la fratrie ne pouvait lui parler sans adjoindre de sarcasmes, le cadet rechignait carrément à lui décrocher un mot. Cependant, aux dires de Vassili, le vicomte paraissait moins rétif à sa compagnie. Il s'enquérait même de son bien-être plusieurs fois par jour, par domestique interposé. Mais Rose ne s'y laissait pas prendre. Selon elle, Adelphe cherchait à racheter sa conduite à peu de frais. Or elle n'était pas disposée à se satisfaire de ses timides efforts. Des regards compatissants, des fleurs porteuses de messages, rien de tout cela ne saurait plus suffire à l'amadouer ! Elle avait donné assez pour mériter qu'on lui offrît l'expression d'une véritable contrition, au lieu de ces simili-excuses…

— Vous n'y voyez pas d'inconvénients, n'est-ce pas ? insista-t-elle.

Droit comme un I, Adelphe lança au Slave un bref regard.

— Pas le moindre, madame…

— Parfait ! Me voilà soulagée. J'avais promis au prince de lui faire découvrir cette collection, j'aurais été très fâchée de devoir me dédire.

Planté entre les tentures de velours, le jeune homme était aussi immobile que les statues d'albâtre gardant l'arche d'entrée. Et tout aussi inexpressif.

— Où se trouve votre frère ? s'enquit Rose.

— Dans son cabinet de travail.

— Soit. Messieurs, je vous laisse…

Lâchant le bras de son serviteur, Rose lui glissa dans la main la clef de la galerie, puis se dirigea vers la sortie. Lorsqu'elle arriva auprès d'Adelphe, celui-ci se décala d'un pas pour lui céder le passage. Leurs regards se croisèrent, fugaces… La comtesse poursuivit son chemin, soudain hésitante. Ce qu'elle venait de lire dans les yeux du jeune homme ne relevait ni de l'hostilité, ni du ressentiment. Dans le bleu soutenu de ses prunelles, elle avait vu comme… une sorte d'angoisse. Déstabilisée, elle ralentit l'allure et regarda par-dessus son épaule. Adelphe se tenait toujours sur le seuil, mais à présent son regard plongeait dans les ténèbres de la galerie.

— Vous n'êtes point tenu de terminer cette visite, monsieur, entendit-elle Vassili indiquer. Je ne souhaite aucunement vous imposer cette corvée.

— Soyez tranquille, Votre Altesse, vous ne m'imposez rien.

Tandis que le jeune homme s'engageait enfin dans le corridor, Rose posa de nouveau les yeux devant elle. L'attitude d'Adelphe était si composée qu'elle avait peine à le reconnaître. Lui qui d'ordinaire se montrait aussi avenant et chaleureux que possible semblait avoir perdu toute spontanéité.

Secouant légèrement la tête, elle accéléra le pas. Adelphe lui avait clairement fait comprendre qu'il ne voulait pas que l'on s'ingère dans ses affaires. Tant qu'il persisterait dans cet état d'esprit, elle ne pourrait rien pour lui. Atteignant la sortie, la comtesse bifurqua sur sa droite et prit le chemin de ce qui fut un jour le « cabinet bleu ». Comme elle progressait dans cette direction, elle essaya d'oublier la curieuse œillade que son ami lui avait lancée. Mais elle n'y parvint qu'imparfaitement. Ce fut donc l'esprit encombré d'interrogations qu'elle se retrouva devant la porte du bureau d'Artus.

— Entrez, *lady*.

Se fendant d'un rictus irrité, Rose actionna la poignée.

Le comte se trouvait à sa table de travail. Nonchalamment assis dans son fauteuil, jambes croisées et bras appuyés sur l'accoudoir, il observait, pensif, le rectangle de papier qui attendait sur le sous-main. Refermant derrière elle, son infante vint se poster devant le bureau :

— Que désirez-vous, mon seigneur ?

Le comte détacha les yeux de la missive et leva vers elle un regard sibyllin. Une seconde d'un étrange silence plana sur la pièce, avant que sa voix ne l'emplisse :

— Nous avons reçu des nouvelles du châtelain de Beaule.

Rose haussa les sourcils. Thibault de Laudale ? Elle l'avait complètement oublié, celui-là…

— Quelles sont-elles ?

— Vous savez sans doute que Thibault a passé avec M. Bernard l'accord que feu son oncle avait refusé. Depuis, et selon mes directives, il a fourni à ce banquier quelques informations…

La comtesse s'évertua à ne pas réagir. Bien entendu, elle n'avait rien su de tout cela.

— Or, il semble qu'après chacun de ses conciliabules avec le châtelain, le sieur Bernard a soit donné une réception dans sa demeure, soit s'est rendu lui-même à une soirée bourgeoise. Il s'avère qu'une telle soirée a lieu en ce moment même, dans sa résidence de campagne…

— Vous souhaitez que nous nous y rendions ? supputa Rose, discernant ce que cette remarque induisait. Le banquier aurait-il en main de nouveaux éléments ?

— C'est ce qu'il se figure, oui.

— N'est-ce point trop tôt pour intervenir ? Je pensais que vous vouliez attendre qu'il fasse un faux pas ?

— C'est ce que je souhaitais. Hélas, le temps presse. Je crains que les finasseries ne soient plus tout à fait de mise…

— Mais, et les Lamies ? N'y a-t-il point de péril à sortir ainsi ?

— Je ne crois pas. Pas encore…

— Soit. Il me faut donc revêtir une robe de circonstance ?

— S'il vous plaît.

— Fort bien. J'y vais de ce pas, si mon seigneur veut bien m'excuser, acheva la comtesse en s'inclinant.

— À vous entendre me donner perpétuellement du « mon seigneur », l'on pourrait croire que vous avez oublié mon prénom, *lady*…

Se relevant de sa révérence, elle adressa au comte un sourire innocent, que démentit son regard affûté.

— Non point. Mais cela n'aura pas été faute d'essayer.

La brume qui envahit le regard d'Artus manqua d'ébrécher les défenses de son infante. Redoutant de se laisser adoucir, celle-ci gagna le seuil et fila aussitôt dans l'antichambre voisine. Mais, alors qu'elle s'éloignait vers le vestibule, il lui sembla qu'une langue de brouillard s'enroulait autour de sa taille… Comme… pour la retenir…

Un cruel carcan se referma sur son cœur. Son estomac se tordit, ses jambes manquèrent soudain de vigueur… Pourtant, elle continua d'avancer… Peu à peu, le nébuleux effleurement lâcha prise. Glissant sur ses hanches, il chuta le long des volants soyeux de sa robe, et s'échoua tristement sur les lattes du plancher. Lorsque sa grise caresse eut tout à fait disparu, Rose batailla contre l'envie de se retourner. Contre l'envie… de tout lui pardonner…

Pressant le pas presque jusqu'à la course, elle s'enfuit à l'étage et alla s'enfermer dans sa chambre. De longues minutes durant, elle resta prostrée à sa table de toilette, le visage enfoui dans ses mains, à essayer de ne pas pleurer. L'obsédante litanie de ses regrets avait refait surface, la mutilant aussi affreusement qu'aux nuits les plus noires de son exil.

Il lui manquait tellement… tellement fort…

Le halètement d'un sanglot se répercuta entre les murs de la pièce. Rose l'asphyxia avec rage, plaquant une main tremblante contre sa bouche. Rouvrant des yeux rougis de larmes, elle décocha à son miroir un regard hargneux.

Oui, la tentation était grande de se laisser sombrer dans ce fleuve de douleur. Mais, s'il lui restait ne serait-ce qu'une once d'amour-propre, elle n'abdiquerait pas devant ce bouquet de souvenirs fanés ! Si elle conservait encore une parcelle d'orgueil, quelque part dans la creuse coquille de son être, elle allait regagner le vestibule parée de ses plus beaux atours, et prouver à son mentor qu'il n'existait plus pour elle !

Se redressant sur son siège, la comtesse épongea le ruissellement qui baignait ses joues, puis tourna la tête vers l'armoire…

Quand son serviteur regagna leurs appartements, une quinzaine de minutes plus tard, Rose parachevait sa mise.

— Ma *lady* ? Pourquoi ne m'avez-vous point averti que nous sortions ?

— Vous êtes déjà prêt, non ?

Vassili parut dans l'encadrement de la porte, où il fit halte. Quittant son propre reflet des yeux, la comtesse pivota dans sa direction. Personne, qu'il fût de ce monde ou de l'autre, n'aurait pu déceler sur ce minois les ravages de larmes qui le dévastaient encore quelques instants auparavant. La nacre de son visage, dont nulle ombre ne gâtait plus la somptuosité, était rehaussée par le brun rougeoyant de sa chevelure, qui tombait sur ses épaules en une savante cascade de boucles. Sa robe, taillée dans une soie d'un jaune pâle et moiré, était comme un écrin de soleil bouillonnant de dentelles vaporeuses, de gazes surpiquées d'or, et de fins rubans de satin.

Ainsi apprêtée, adroitement fardée, et tout étincelante de joyaux, elle était plus radieuse que la plus radieuse des aubes. Fiché sur le seuil, le prince la contempla de longues secondes.

— Votre verdict ? demanda sa maîtresse, taquine.

Détournant les yeux, Vassili mit le cap sur sa malle, puis en fit basculer le couvercle.

— Vous êtes resplendissante.

Rose esquissa un sourire. Le prince faisait toujours preuve d'une admirable retenue. Enfin… jusqu'à un certain point…

— Que diantre faites-vous, mon ami ? s'enquit-elle alors.

— Je vais me changer.

— Vous changer ? Pourquoi donc ? Vous êtes parfait dans votre uniforme.

Lui jetant un coup d'œil sceptique, Vassili continua de fouiller dans sa malle. Le sourire se parant d'indulgence, la comtesse fit de nouveau face à la grande glace qui ornait le mur.

Réservé… et buté, songea-t-elle en piquant dans sa chevelure la plume qu'elle avait entre les doigts.

— Est-ce Adelphe qui vous a averti que nous sortions ?

— Oui.

— Quand vous l'a-t-il dit ?

— Immédiatement, il me semble.

— Et il ne s'est pas empressé de vous renvoyer dans vos quartiers ?

— Non.

Rose arqua un sourcil interloqué. Ils étaient donc restés dans la galerie durant tout ce temps ? Voilà qui avait dû représenter un effort de taille…

— Auriez-vous enfin conversé ?

— Pas exactement.

La comtesse fronça les sourcils. Cessant d'examiner sa coiffure, elle se tourna vers son serviteur :

— Ce qui signifie… ?

— Ce qui signifie que, si M. d'Holival se montra un guide obligeant, il fut aussi peu bavard que moi, précisa Vassili en lui lançant un regard pointu. Est-ce plus clair ainsi, ma *lady* ?

Un brin renfrognée, celle-ci s'éloigna vers la table de toilette. Déployée au pied du miroir, une impressionnante collection de bijoux était disséminée au milieu des flacons de parfums et des pots de fard. À proximité de ce fastueux étalage, le vieux coffret de la comtesse attendait, gueule béante, d'engloutir ce trésor. Comme elle ramassait plusieurs bagues dans l'intention de les y déposer, Rose arrêta son regard sur un sachet de velours à demi enseveli sous les pierreries. Laissant choir les anneaux dans le coffret, elle souleva le sachet et le nicha dans sa paume. Le collier qu'il contenait aurait été du plus bel effet avec sa robe… Les perles étaient toujours à la mode…

Rangeant le sachet d'un geste sec, elle acheva de réunir la joaillerie éparpillée sur la table, jeta le tout pêle-mêle dans l'antique cassette, puis en fit claquer le couvercle. Après quoi elle s'en retourna se placer devant la haute glace et entreprit de rectifier la position de l'aigrette de citrines ornant ses cheveux.

— *… stion… en aille !*

Instinctivement, Rose tourna la tête vers la porte.

Qu'était-ce que cela ?

— *Vous entendez ? Hors de question !*

— *Je crains que vous n'ayez pas le choix*, objecta Adelphe.

— *C'est proprement scandaleux !*

— *Madame, je n'ai point de temps à consacrer à votre esclandre. Du reste, cela ne m'intéresse pas. Rentrez chez vous, cela vaudra mieux…*

— *Goujat ! Comment osez-vous m'éconduire ?*

Tiens, tiens… Elle n'était donc pas la seule femme qu'Adelphe avait mécontentée, ces temps-ci…

Ramassant à la volée la paire de gants qui reposait sur un coin de la table de toilette, la comtesse se dirigea vers la sortie.

— Je descends, annonça-t-elle à son serviteur.

Elle quitta la pièce sans attendre sa réponse. Quelque chose lui disait que l'altercation ne durerait pas longtemps. Si elle voulait entrevoir la responsable de ce raffut, il fallait qu'elle se presse. Soulevant la jupe de sa magnifique toilette juste assez pour qu'elle n'entravât pas ses mouvements, Rose usa de sa célérité d'immortelle pour rejoindre l'escalier d'honneur. Elle en descendit la moitié, puis, parvenue au repos qui surplombait le vestibule, lâcha sa robe et reprit une allure normale.

Adelphe se tenait devant la grande porte, dont l'un des lourds battants était entrouvert. La comtesse ne voyait pas encore son interlocutrice, mais il était manifeste que le jeune homme faisait écran de son corps pour lui interdire l'entrée.

— Voilà des semaines que je patiente ! glapit l'inconnue. N'imaginez pas que je me satisfasse de vos expédients !

— Madame, pour la dernière fois, il est préférable que…

Laissant soudain sa phrase en suspens, Adelphe jeta un regard par-dessus son épaule. L'aura de la comtesse l'avait bien sûr averti de son approche. Mais ce n'était pas un problème ; Rose n'avait pas eu l'intention de se cacher.

— Un ennui, Adelphe ? interrogea-t-elle comme elle posait le pied sur le dallage du vestibule.

Une pointe d'embarras, suivie par une certaine inquiétude, passa sur le visage du jeune homme.

— Qu'est-ce que cela ? s'écria la femme au-dehors. Qui est là ?

— Personne qui vous concerne, répondit Adelphe en pivotant derechef vers elle. À présent, partez.

Intriguée, et peu encline à faciliter les manœuvres de la fratrie d'Holival, Rose se décala de quelques pas sur sa droite. Malgré l'obstacle constitué par le jeune homme, elle décela dans l'embrasure de la porte la figure poudrée d'une assez jolie demoiselle aux cheveux auburn. Cette dernière, naturellement, l'avisa aussi.

— Je le savais ! gémit-elle en cherchant illico à forcer le passage. Je le savais, ce ne pouvait être que cela ! Laissez-moi entrer !

Très calmement, Adelphe la repoussa :

— Allez-vous-en, madame…

— Vous ne pouvez me congédier ainsi ! se lamenta la jeune femme. C'est indigne de ma condition ! J'exige de lui parler !

Rose se sentit blêmir.

Lui parler ? Comment cela, *lui* parler ?

La donzelle tenta une nouvelle fois de faire irruption dans la demeure, et, derechef, fut maîtrisée par le vicomte. Furieuse, elle se dégagea de la prise qu'il exerçait sur son bras.

— Soit ! lança-t-elle d'une voix mouillée. Je m'en retourne ! Mais dites bien à ce lovelace[10] de ne jamais plus paraître devant mes yeux !

Sur le point de partir, elle accrocha une dernière fois le regard de la comtesse :

— Il aime les chevelures rutilantes, à ce que je vois ! Après la mienne, il lui fallait une autre teinte !

Après la sienne ? Cette petite grue se figurait être la première ? Percluse de saisissement, Rose n'essaya même pas de répliquer.

— Profitez de votre faveur tant qu'elle dure, madame ! l'apostropha encore la jeune femme. Le comte est en amour d'une rare inconstance. Bientôt, ce sera vous que l'on jettera dehors !

Satisfaite de sa tirade, la donzelle fit volte-face et repartit vers le carrosse qui l'attendait en amont de l'allée. Aussitôt Adelphe referma le massif vantail d'ébène, puis, anxieux, se tourna vers la comtesse. Occupée à garrotter son accablement, celle-ci ne proféra pas un son, ni ne remua un cil.

— Ce ne fut qu'une très courte passade, plaida le jeune homme. C'est terminé depuis des mois. Il n'a f…

— Je ne veux rien entendre, l'arrêta Rose. Ce…

Déglutissant avec peine, elle composa néanmoins un sourire remarquable de bonhomie et de placidité :

— Ce ne sont point mes affaires.

L'expression du vicomte devint aussi sombre que si elle s'était effondrée en larmes. Soucieuse de l'éloigner d'une vérité qu'il touchait de trop près, Rose adjoignit à sa panoplie un petit rire enjoué.

— Allons, allons ! fit-elle. Pourquoi cette triste figure ? Vous imaginez-vous que tout cela m'importe ?

Elle se proposait de poursuivre cette mystification, mais une bouffée de l'entêtante empreinte Arimath lui parvint tout à coup. Se taisant, elle pivota vers le corridor qui prenait naissance au pied de l'escalier. Par la porte ouverte, elle vit se profiler la silhouette de son mentor. Tandis qu'il approchait, scintillant tel un astre dans son habit d'argent, Rose, cramponnée à son affliction, s'interdit de noter combien il était splendide. Reposant les yeux sur Adelphe, elle força encore sur son sourire.

— Cela m'indiffère, affirma-t-elle.

— Qu'est-ce qui vous indiffère, *lady* ? s'informa Artus en traversant le vestibule pour les rejoindre.

— D'avoir assisté à l'éviction de votre dernière conquête, mon seigneur.

Comme celui-ci s'arrêtait aux côtés de son infante, un infime froissement perturba l'étendue veloutée de son front. Il posa aussitôt sur son frère un œil inquisiteur. Adelphe, préoccupé, lui retourna son regard. Ne se sentant pas la force d'assister à l'un de leurs muets conciliabules, Rose saisit le premier prétexte qui lui vint à l'esprit.

— Oh ! j'ai oublié mon éventail ! feignit-elle de découvrir. Mes excuses, messieurs. Je ne serai pas longue…

Elle se détourna dans l'intention de gagner l'escalier, mais, plutôt que de se mettre en route, elle resta statique, le nez levé vers le palier de repos. Revêtu d'un uniforme d'apparat digne de la cour impériale, Vassili, somptueux, amorça la descente de la dernière section de marches.

Gagnée par un calme prodigieux, l'entièreté du vestibule se figea. Si bien que, le temps que le prince rejoignît le trio, l'on n'entendit plus que le léger claquement de ses bottes soigneusement cirées…

— Vous aviez oublié ceci, ma *lady*, fit-il une fois parvenu auprès de sa maîtresse.

Baissant les yeux sur la main gantée de blanc que son serviteur tendait vers elle, Rose y découvrit son échappatoire. Le regard flou, elle façonna un sourire et attrapa le luxueux ustensile.

— Merci… Je m'en allais justement le chercher…

Le Slave l'observa avec intensité, puis ses prunelles obliquèrent brièvement vers le comte.

— Je vous en prie, dit-il. Je suis à votre service.

Rose reporta son attention sur l'éventail, ayant à l'idée de passer la main dans la dragonne en cordelette de soie. Elle n'en eut cependant pas le loisir. Lui saisissant le menton du bout des doigts, Vassili lui fit aussitôt relever la tête. Serein, il se pencha alors sur elle et s'appropria ses lèvres.

D'abord saisie par la soudaineté de ce baiser, Rose fut bientôt conquise par sa tiède lasciveté. Aussi, lorsque le prince l'attira à lui d'un bras passé autour de sa taille, elle n'opposa aucune résistance. Le cou tendu, les paupières closes, elle se laissa tendrement embrasser...

Quand Vassili s'écarta, quelques secondes plus tard, elle s'en trouva un peu désorientée. S'appuyant à lui, elle rouvrit lentement les yeux. Le regard trouble que lui renvoya le prince contredit son apparent stoïcisme. Il se fendit pourtant d'un demi-sourire tranquille, comme s'il maîtrisait parfaitement la situation.

Rose en conçut quelque gêne. Elle n'avait pas eu l'intention de s'égarer dans ce baiser, mais, non content d'être tombé à point nommé, il l'avait aussi surprise dans un moment de faiblesse.

Puis, il fallait admettre que Vassili savait y faire...

— Hâtez-vous de vous changer, mon frère, somma tout à coup Artus en tournant les talons. Nous partirons lorsque vous serez prêt.

Spontanément, la comtesse suivit la progression de son mentor vers les portes... avant de se souvenir qu'elle n'était pas supposée lui témoigner d'intérêt. Elle s'en désintéressa donc, au profit d'Adelphe, qui, lui, se dirigeait vers l'escalier. Les yeux rivés loin devant lui, le jeune homme dépassa rapidement le couple qui se tenait encore enlacé. En dépit de cette hâte, Rose eut le temps de noter combien il paraissait décomposé. Alarmée, presque choquée par ce visage défait, elle se dégagea de l'étreinte de son serviteur et faillit lui emboîter le pas. Mais elle se ravisa, consciente qu'elle serait très probablement repoussée. Elle le regarda avaler les marches quatre à quatre puis s'éclipser vers le premier étage, où il avait sa chambre. Sourcils froncés, elle continua d'observer l'escalier plusieurs secondes après qu'Adelphe en eut disparu.

Se pouvait-il que… ? Non… Non, c'était inepte.

Passablement agitée, Rose glissa le poignet dans la dragonne de son éventail. Ils avaient certes eu un léger différend, cependant Adelphe restait son plus cher ami. Savoir que quelque chose le tracassait lui pesait autant que s'il s'était agi d'elle-même.

— Vous vous faites bien du souci pour M. d'Holival.

Levant le nez vers le prince, Rose plongea le regard dans les limpides turquoises qui la contemplaient.

— Quelque peu, en effet, admit-elle.

— J'ai cru noter que vous étiez en froid.

— L'on ne peut rien vous cacher, je vois…

Le prince ne releva pas. Il continua de l'observer, une étrange expression au fond des yeux.

— Ce n'est qu'un malentendu, certifia Rose, se radoucissant. Rien qui ne se réglera avec un peu de patience.

Toujours silencieux, Vassili lui offrit son bras. Sa maîtresse le prit, mais, au lieu de se mettre en marche, elle le détailla un instant. Lui non plus n'était pas exactement dans son état normal…

— *Pourquoi avoir fait cela, Vassili ?* songea-t-elle tout de go.

Le Slave, impassible, lui retourna son regard.

— *Vous sembliez avoir grand besoin de soutien, ma lady. Je me suis donc permis de vous l'apporter.*

Comprenant enfin la raison de ce baiser, Rose intériorisa son embarras. Le son portait haut dans ce vaste vestibule. Le prince avait dû entendre ce qui se disait avant son arrivée.

À court de mots, elle détourna la tête.

Vassili se mit en route, les menant tous deux vers la grande porte.

Le carrosse du comte de Janlys attendait au-dehors, portières ouvertes, que l'on veuille bien y monter. Le cocher et le postillon étaient perchés sur leur siège, fouet et rênes en mains ; et, à l'arrière de la cabine, deux estafiers patientaient, debout sur le marchepied. Comme la comtesse et son serviteur approchaient, un hennissement fusa depuis l'attelage. Posant les yeux sur les bêtes, Rose découvrit qu'Harald se tenait dans le duo de tête. Cela signifiait que les autres chevaux avaient dû, eux aussi, être vivifiés ; faute de quoi il leur aurait été impossible de tenir le rythme imposé par le pur-sang.

Le hameau de Valpuits, où le sieur Bernard possédait son château, n'était qu'à trois heures de route. Cependant, avec un tel équipage, le trajet serait grandement écourté. Soulagée par cette découverte, Rose se hissa dans le carrosse. Le comte y était déjà assis. Bras croisés, il avait la tête tournée de côté et regardait par son carreau, l'expression impénétrable. S'échinant à irradier la quiétude, son infante s'installa sur la banquette en vis-à-vis, à grand renfort de bruissements de sa mirifique toilette. Grimpant à son tour, Vassili vint s'asseoir auprès d'elle.

Commença alors une pesante attente.

Une quinzaine de minutes plus tard, Adelphe se présenta enfin à la portière du véhicule. Il avait délaissé sa redingote au bénéfice d'un riche habit de cour en soie bleue coordonnée au saphir de ses yeux. À son col, une épingle de diamant retenait un jabot fait d'une dentelle aussi fine qu'une toile d'araignée. Sa chevelure, libérée de son catogan, encadrait à présent son visage. Apprêté de la sorte, le jeune homme ressemblait énormément à son aîné. Il était d'ailleurs à peine moins superbe que lui…

Tandis qu'il montait dans le carrosse, Rose chercha son regard.

En vain.

Adelphe l'évita adroitement. Se chargeant lui-même de refermer la portière, il s'assit au côté de son frère, puis donna le départ en tapotant du poing contre le toit. L'attelage se mit en branle sans que le comte eût esquissé un geste. Les yeux braqués sur l'horizon, son cadet se mura dans la même inertie. Malgré l'immobilité des corps et la neutralité des visages, l'hostilité latente qui régnait dans la voiture était éminemment perceptible. Rose avait la sensation de patauger dans une mare d'antipathie compacte et oppressante, ce qui ne faisait qu'accentuer son dépit.

Soit, elle avait pris un serviteur sans en référer à quiconque. Et après ? Artus n'avait-il pas asservi son frère alors que lui-même n'était encore qu'un nouveau-né dans le monde obscur ? N'était-il pas fort mal placé pour lui tenir rigueur de son geste ? Puis elle en avait assez de ses constants revirements d'humeur ! Tantôt il se répandait en basses insinuations, tantôt il se faisait des plus aimable ; tantôt il la consignait dans ses appartements, tantôt il hantait ses pas… Que signifiaient ces simagrées ? Que cherchait-il, à la fin ?

Déroutée et tendue, Rose éprouva le besoin de bouger pour modérer son agitation. À défaut de mieux, elle enfila les gants de dentelle qu'elle avait jusqu'ici gardés en main. Certes, les amours ancillaires n'étaient pas mieux perçues dans leur monde que dans celui des mortels. Cependant elles n'étaient pas rares, et l'on s'en accommodait sans difficulté, pour peu qu'elles restassent discrètes. Non, quel que fût l'angle sous lequel elle examinait la situation, elle ne parvenait pas à comprendre l'attitude du comte. À moins de considérer qu'il pût être…

Non.

Non, non et non. Cette idée était plus ridicule encore le concernant que concernant son frère. Artus n'était pas… Il ne pouvait pas être… jaloux.

Troublée, Rose leva les yeux sur son mentor.

Elle se perdit un instant dans sa chevelure d'un noir de jais ; remonta les lignes de son profil en tout point parfait ; puis s'arrêta sur ses longs yeux, magnifiquement dessinés. La nostalgie qui s'empara d'elle menaça tout à coup de faire exploser son cœur… Nonobstant les non-dits et les faux-semblants qui avaient peuplé leur relation, elle avait été heureuse auprès de lui. Absurdement heureuse. Au point de s'imaginer qu'elle serait toujours la seule. Au point d'oublier qu'elle n'était qu'une simple pièce sur son échiquier…

La mine brouillée, Rose baissa le nez sur sa robe.

Nulle torture n'égalerait jamais celle qu'elle avait endurée ces dernières années. Son absence avait été une souffrance de tous les instants. C'était pourquoi elle devait l'ignorer. Ne plus l'écouter.

Malgré elle, son regard s'en retourna pourtant se noyer dans la sombre étendue de ses cheveux, où elle avait si souvent plongé les doigts. Il lui sembla presque pouvoir en respirer le subtil parfum, comme lorsqu'elle se coulait entre ses bras pour attendre l'aurore, le visage niché dans le creux de son cou… Une boule de larmes comprima brusquement sa gorge. Elle tenta aussitôt de l'avaler, mais, avant qu'elle ait pu y parvenir, Artus se tourna vers elle. Ses fascinantes prunelles se rivèrent aux siennes, et leur pâle nitescence paralysa la moindre de ses pensées. Transie, elle contempla les ondes inhabituellement denses qui balayaient ces lacs d'émeraude. L'espace d'une seconde, il lui sembla même percevoir le mugissement du vent qui les troublait… Puis la sensation reflua, et Artus détourna la tête. Gagnée par un indéfinissable vide, Rose se contraignit à observer le paysage.

Dieu merci, le carrosse filait à vive allure. Elle n'aurait pas à supporter cette promiscuité trop longtemps.

Après une heure et demie de route, l'équipage ralentit pour s'engager sous une haute charmille. Il déboucha dans une vaste cour circulaire emplie de carrosses et de berlines, que surplombait le coquet petit château de Lanceaux, résidence d'été du banquier qu'ils étaient venus rencontrer.

La cour étant bien trop peuplée pour recevoir cet encombrement supplémentaire, le carrosse du comte de Janlys s'arrêta en bordure du chemin. Les occupants en descendirent, silencieux, et rallièrent le perron. Voyant s'avancer ce fabuleux quatuor, les gardes en faction aux portes du châtelet en oublièrent leur devoir. Les yeux ronds, ils les regardèrent entrer sans même songer à s'enquérir de leur identité.

Aiguillés par la musique, les immortels mirent alors le cap sur la salle de réception. Ils atteignirent bientôt un salon cossu, garni de causeuses, de bergères, de tables où l'on jouait au trictrac ou au pharaon[11], et même d'une table de billard. Les pyramides de plateaux vides gisant sur le buffet et la multitude de verres oubliés un peu partout dans la pièce révélaient que la soirée était plus proche de sa fin que de son commencement. Les invités – dont la mise recherchée et les manières un peu trop affectées trahissaient l'appartenance à la haute bourgeoisie – avaient pour la plupart les yeux pétillants, les joues colorées, et le verbe haut. Mais, lorsque entrèrent les Arimath, ce joyeux affairement sembla soudain s'assagir. Le babil des conversations se tarit tandis que l'assemblée, subjuguée par leur impossible magnificence, tombait dans une hébétude pâmée.

Insensible à l'inénarrable ébahissement qu'il provoquait, le quatuor poursuivit son chemin jusqu'à atteindre la salle de bal proprement dite. Occupée par la valse qu'elle dansait, la foule fut ici moins prompte à s'extasier. Toutefois, un bouquet de damoiselles attendant près des portes laissa échapper un concert de gloussements. Un fin sourire aux lèvres, Artus pivota dans leur direction. S'approchant de l'une d'elles, il s'inclina quelque peu, et murmura :

— Auriez-vous croisé le sieur Bernard, gente dame ?

La donzelle, ravie et rougissante, bredouilla une série de mots inintelligibles. Le sourire du comte s'accentua pourtant, révélant les délicieuses fossettes de ses joues.

— Mille mercis, damoiselle…

Se tenant à un pas de là, Rose s'efforça de ne pas se formaliser. Tous les Arimath jouaient de leurs charmes. C'était pour eux une façon simple et efficace d'obtenir ce qu'ils désiraient. Mais… elle ne pouvait s'empêcher de songer que, jadis, il ne se serait jamais permis cela en sa présence…

Revenant se placer près de son frère, Artus se mit à scruter l'assemblée. La comtesse fit de même. Elle ne connaissait point le maître de céans, cependant, ainsi que son mentor venait sûrement de le faire, elle avait pallié son ignorance en s'immisçant dans les souvenirs de la demoiselle. Celle-ci ayant été invitée à se remémorer son hôte, elle en avait livré un portrait des plus authentiques.

Restait maintenant à retrouver le bonhomme parmi l'assistance.

Comme le comte et son infante se livraient à cet exercice, une fragrance particulière vint inopinément titiller leur perception. Alertés, ils échangèrent un bref coup d'œil. L'instant suivant, leurs serviteurs et eux-mêmes se mêlèrent à la foule, partant chacun dans une direction différente. Loin d'errer à la recherche de l'empreinte qu'ils avaient perçue, ils se dispersèrent pour mieux l'encercler. Il ne leur fallut d'ailleurs qu'une poignée de secondes pour converger vers la source, acculée dans un angle de la salle.

— Le bonsoir monsieur, salua Artus en arrivant à hauteur du damoiseau de qui provenait l'effluve. Nous n'avons pas eu le plaisir d'être présentés, je crois ?

Effaré, le jeune homme jeta d'abord les yeux sur la comtesse et les deux servants, avant de se tourner vers le comte.

— M… Mon seigneur, balbutia-t-il. C… C'est un honneur de…

— Nous n'espérions pas rencontrer l'un des nôtres, l'interrompit le comte, doucereux, en posant une main sur son épaule. Que nous vaut cette aimable surprise ?

La frayeur qui se peignit sur le gracieux minois du damoiseau constitua une réponse à elle seule. La réaction d'Artus ne se fit pas attendre. Resserrant l'étau de ses doigts sur la clavicule du jeune servant Arimath, il l'incita à s'extraire de sa retraite, et le poussa devant lui.

— Seriez-vous, par hasard, venu visiter M. Bernard ? questionna-t-il, une once de menace dans sa voix de miel.

— J… je…

— Conduisez-nous à lui.

Livide, le jeune homme referma la bouche. Il se dirigea vers une porte latérale, distante de quelques pas. Comprenant quelle était leur destination, Adelphe précéda le petit groupe pour aller l'ouvrir. Artus s'avança le premier, poussant son prisonnier devant lui. Sur le point de franchir le seuil, il s'immobilisa tout à coup dans l'encadrement et se tourna vers le prince Golitsyne :

— Vous, vous restez ici, intima-t-il. Assurez-vous que personne ne nous dérange.

Piquée d'une juste indignation, Rose crispa le poing sur son éventail. N'en avait-on pas fini avec ces enfantillages ? Imperturbable, le Slave soutint le regard du comte jusqu'à ce que celui-ci se détournât. Après quoi, il pivota vers sa maîtresse.

— *Faites ce qu'il dit*, confirma cette dernière.

Vassili inclina légèrement la tête en signe d'obéissance, puis il se déplaça pour la laisser passer. S'engageant dans la pièce à la suite de son mentor, Rose fit illico demi-tour pour en barrer l'accès.

— Vous lui tiendrez compagnie, n'est-ce pas ? s'enquit-elle, le sourire onctueux.

Désarçonné, Adelphe tourna mécaniquement les yeux vers son frère, en quête d'une réponse que chacun pressentait.

— Vous n'y êtes point tenu, bien sûr, ajouta Rose. Si cela ne vous convient pas, je me ferai une joie de rester au côté du prince…

Une bouffée d'aigre colère vint virevolter autour d'elle, la houspillant de frôlements courroucés. Frondeuse, la comtesse resta campée en travers du passage. Si son mentor persistait à exclure le prince de l'entretien qui allait suivre, alors il lui faudrait choisir entre l'absence de son frère ou celle de son infante, car en aucun cas elle ne tolérerait d'autres avanies !

La mine fermée, Adelphe reporta son attention sur elle. La tension qui obscurcissait ses prunelles en disait long sur l'échange que la fratrie devait avoir eu. Mais Rose demeura intraitable. Elle lui rendit son regard, une étincelle féroce au fond des yeux. Si l'Héritier était mécontent, il pouvait toujours la renvoyer à Saint-Pétersbourg ! Une ride anxieuse affleura au front du jeune homme. Son regard sauta de la comtesse à son frère… puis il recula subitement, et referma la porte. Un tantinet surprise par cette prompte victoire, Rose fit volte-face. Tenant toujours le damoiseau par l'épaule, Artus la gratifia d'une œillade orageuse, qu'elle soutint sans s'émouvoir :

— Après vous, mon seigneur…

L'ombre d'un rictus furibond plana sur la bouche du comte, puis il tourna la tête *ex abrupto* et donna une bourrade à son captif pour lui signifier d'avancer. Ce dernier s'exécuta sur-le-champ. Les menant par la seule autre entrée de cette antichambre, il leur fit traverser le salon qui suivait, et s'arrêta enfin devant un dernier huis. Comme il s'apprêtait à y frapper, Artus le fit sèchement reculer. Gagnant lui-même la porte, il en actionna la poignée.

Le battant s'ouvrit sur un opulent cabinet de travail, aux murs tapissés de bibliothèques. Depuis le fond de la pièce, confortablement calé dans un fauteuil au dossier si haut qu'il évoquait un trône, le sieur Louis-Jacques Bernard leva vers eux une figure révoltée :

— Holà ! Pour qui vous prenez-vous ? Sortez d'ici !

— Il me semble pourtant que nous avons commerce, répliqua Artus en conduisant son captif au centre de la pièce.

— Je ne vous connais point, monsieur !

— Comment ? Vous ignorez le visage de celui que vous faites épier ?

Sonné, le présomptueux banquier perdit de sa superbe. Tâtonnant d'une main dans la poche de son gilet, il en sortit une paire de lorgnons aux lentilles concaves qu'il amena devant ses yeux plissés. Son expression se délita de plus belle. Ahuri, il examina tour à tour le prisonnier du comte et le comte lui-même. Restée en arrière, la comtesse profita de cette accalmie pour refermer la porte et se rapprocher de son mentor.

— Est-ce bien à ce charmant dameret que vous rendez compte de vos trouvailles, monsieur ? reprit Artus en secouant quelque peu l'intéressé.

Bien que toujours sous le coup de son récent emportement, Rose était curieuse – voire inquiète – des agissements du sieur Bernard. Aussi n'attendit-elle pas de l'entendre proférer la réponse. Elle alla directement la trouver en s'insinuant dans sa mémoire. Elle y découvrit les bribes d'un entretien avec un individu au visage brouillé par la myopie du banquier, mais ressemblant cependant fort au damoiseau que leur quatuor avait intercepté…

— Avez-vous rencontré le maître de ce monsieur ? interrogea encore le comte, qui, semblait-il, n'avait pas été plus patient que son infante.

Le sieur Bernard secoua vivement la tête, faisant trembloter ses bajoues.

— Non, assura-t-il.

— C'est donc ce monsieur qui vous demanda de me faire observer ?

Il hocha la tête.

— Il vous aura grassement payé, j'imagine ?

L'image d'un coffret débordant d'écus d'or se forma dans sa mémoire.

— Merci, monsieur. Converser avec vous fut un plaisir...

Le banquier ouvrit des yeux hébétés, puis ses doigts lâchèrent le manche de ses binocles, qui s'écrasèrent au sol. Tandis que son bras tombait lourdement le long de son flanc, il s'affala dans le fond de son fauteuil, l'air absent.

Pivotant vers le damoiseau qu'il tenait au bout de son bras, Artus troqua la prise qu'il avait sur son épaule contre une sur sa gorge. Terrifié, le jeune homme perdit subitement ses couleurs.

— À nous deux, jouvenceau, gronda le comte alors qu'un bref chatoiement illuminait ses iris. Vous savez qui je suis, n'est-ce pas ?

— Ou... Oui mon sei... seigneur...

— Bien. Je n'ai donc point besoin de narrer ce qui vous attend si vous ne me dites pas ce que je veux savoir ?

Le regard du servant se teinta d'implorations affolées. Nullement affecté par ce témoignage de faiblesse, le comte l'attira plus près de lui. Comme ses lèvres s'ourlaient sur un sourire carnassier, l'on put voir perler ses crocs au-dessus de la ligne de sa denture.

— Il n'y a qu'une chose que j'abhorre plus que l'insubordination, confia-t-il dans un effrayant murmure. Savez-vous ce que c'est ?

Rose tiqua. Le damoiseau, lui, secoua faiblement la tête.

— La félonie, mon jeune ami... la traîtrise... telle que celle où semble se vautrer votre maître... Si vous ne voulez point partager le sort que je lui réserve, vous parlerez... avant que je ne vous y oblige.

— Je sers le s… sieur de Bréal ! avoua le jeune homme dans un sursaut de panique. Pitié, mon seigneur ! Je n'avais d'autre choix qu'obéir !

Se tenant toujours en retrait de son mentor, Rose arqua un sourcil perplexe. Elle connaissait le seigneur Guillaume de Bréal depuis sa renaissance au monde obscur. Bien que son fief fût en Bretagne, il passait le plus clair de son temps sur une petite propriété située à quelques lieues au sud du manoir de Boissy. Bréal était un personnage insipide et servile, aux antipodes de ce que pouvait être un Frohel, ou un Malavoie. Lorsque Rose l'avait vu pour la dernière fois, il allait entrer dans la caste des Anciens. Pourtant, sa conduite ne s'en ressentait pas ; il continuait d'adopter à l'égard du régent le comportement soumis et craintif d'un novice esseulé. Aussi, se représenter ce personnage ourdissant un quelconque complot à l'encontre de l'Héritier parut à Rose difficile.

— Pourquoi avoir fait surveiller mon domaine ? Que Bréal me veut-il ?

— Je ne sais pas…

Un voile de lumière verdâtre recouvrit un bref instant le visage du serviteur, avant que ses traits ne fussent déformés par une vilaine grimace de douleur.

— Pitié ! geignit-il. Je ne sais rien ! Rien du tout !

Le repoussant à moitié, le comte le relâcha.

— Depuis quand cela dure-t-il ?

— … des mois.

La comtesse et son mentor froncèrent les sourcils de concert. La même expression de surprise irritée se refléta dans leurs prunelles.

— Faut-il comprendre qu'avant que le sieur Bernard ne fût sollicité, vous vous chargiez vous-même de cette tâche ? demanda Artus.

— Oui…

Le mécontentement de Rose se teinta soudainement d'inquiétude. Comment tout cela avait-il pu échapper à la vigilance de son mentor ? N'avait-il relevé nul signe, ni eut nulle prémonition ?

— Pourquoi Bréal s'est-il adressé au banquier, alors ?

— Ce fut à cause de l'approche des Lamies, ainsi que des ordres que vous donnâtes, mon seigneur… Mon maître a dit qu'il ne pouvait plus se permettre de me laisser aller, que cela devenait trop dangereux pour nous deux, qu'il était préférable de confier cette tâche à quelqu'un d'autre tandis que nous nous consacrerions à la défense du clan.

Le regard rivé au gracieux visage du damoiseau, Artus observa plusieurs secondes d'un silence méditatif.

— Votre maître a-t-il rencontré M. Bernard ? reprit-il.

Un tic nerveux étira le coin des lèvres du jeune homme.

— Oui, admit-il.

— Mais il a subtilisé ses souvenirs. Pourquoi ?

— Je l'ignore, mon seigneur…

Voyant son régent plisser les yeux, le servant eut un mouvement de recul.

— Je vous assure que je ne sais pas ! Mon maître ne me dit jamais rien de ses projets !

— Quel âge avez-vous ? s'enquit le comte à brûle-pourpoint.

Interdit, le jouvenceau mit quelques instants à répondre.

— J'ai dix-huit ans, mon seigneur.

— À ma connaissance, Bréal n'avait point de servant. Vous êtes auprès de lui depuis peu, n'est-ce pas ?

— Le sieur de Bréal m'a recueilli l'hiver dernier.

— Recueilli ?

Le damoiseau hocha la tête.

— J'avais froid, et faim… Un soir, j'ai frappé à la porte de la propriété pour m'enquérir d'un poste à pourvoir, ou juste d'une place dans les étables pour passer la nuit. Ce fut ainsi que le maître me reçut. Il me dit alors qu'il allait me prendre à son service personnel.

Rose esquissa une mimique indignée. Asservir un mortel sans qu'il ait une chance de saisir dans quel guêpier on le fourrait était, selon elle, une pratique révoltante. Hélas, c'était chez eux monnaie courante. En revanche, ce qui était rare, c'était qu'un Arimath s'accommodât d'un roturier pour serviteur…

— Quand était-ce, exactement ? se renseigna Artus.

— En décembre, mon seigneur.

— À quel moment avez-vous commencé à épier mon domaine ?

— … En décembre, mon seigneur, répéta le jouvenceau d'une voix fluette.

Le comte marqua une nouvelle pause.

— Qu'avez-vous rapporté à votre maître durant ces mois de guet ?

— Les déplacements de monsieur votre frère, et vos propres sorties…

— Nous avez-vous suivis ?

— J'ai essayé, mais je n'ai réussi que deux fois. Lorsque vous étiez en carrosse.

— Votre maître n'a-t-il point pris ombrage de ces échecs ?

— Si… beaucoup…

La lueur qui hanta le regard du jeune homme amena un nuage dans celui de la comtesse. Non contents de choisir arbitrairement leurs serviteurs, nombre d'immortels les traitaient avec mépris. Plutôt que d'avoir recours à l'influence accrue que leur conférait le lien maître-servant, ils préféraient, le cas échéant, user d'intimidation, voire de violence. Certains immortels allaient jusqu'à les priver de sang durant quelque temps, afin qu'ils commencent à ressentir les terribles effets de ce sevrage. Pourquoi gaspiller des forces à suggestionner un serviteur quand il suffisait de lui remémorer que, sans son maître, il n'était qu'un mort en sursis ? Puis l'on obtenait tellement plus d'eux par ce biais que par l'autre…

Fort heureusement, cette façon de penser ne faisait pas l'unanimité. Il existait une population non négligeable d'immortels pour prôner qu'un servant dûment nourri et protégé se révélait pour son maître un atout majeur, qu'il convenait de cultiver. Mais, bien que cette posture pût sembler magnanime, ses partisans n'étaient pas nécessairement parmi les plus charitables qui fussent. En vérité, cette pratique faisait surtout des émules parmi les puissants des différentes maisons, qui n'avaient de cesse d'entretenir leur hégémonie.

Le meilleur exemple était Hilda, la servante d'Olaf. Avec bientôt deux siècles d'existence, la jeune fille comptait au nombre des serviteurs les plus âgés de cette partie du monde ; et, pourtant, son maître ne lui accordait qu'une attention sommaire. Se limitant à la pourvoir abondamment en énergie et en instruction, il ne la voyait que comme un investissement destiné à servir au mieux ses intérêts. Pour un serviteur, être réellement apprécié de son maître était une chose exceptionnelle…

— Bréal espérait donc que vous nous pistiez où que nous allions ? poursuivit Artus.

— Oui… mais… vous êtes trop rapides pour moi, mon seigneur.

— Cependant vous y êtes parvenu. Deux fois. C'est un résultat honorable, considérant qu'il vous fallait rester à bonne distance…

Déconcerté par ces congratulations, le jouvenceau arbora une expression à mi-chemin entre l'angoisse et la stupéfaction.

— Comment vous appelez-vous ? demanda le comte.

— … Jérôme, mon seigneur.

— Jérôme… Il est bien dommage que le sort vous ait donné un aussi mauvais maître… Je ne sais quelle utopie gravite dans sa cervelle de moineau, mais il est certain que cette forfaiture ne restera pas impunie. Quant à vous, mon jeune ami, je crains fort que vous n'ayez à pâtir de ses errements.

Le damoiseau, catastrophé, secoua la tête.

— Mais pour l'heure, reprit Artus en réduisant la distance qui les séparait, vous allez retourner auprès de lui…

Se penchant un tantinet, il nimba son fin minois d'une vive luminescence.

— Vous lui relaterez votre entretien avec le sieur Bernard, ajouta-t-il en posant les mains sur ses épaules. Et strictement rien de plus…

Comme la mine du jeune homme devenait singulièrement vacante, Artus le fit gentiment pivoter sur lui-même afin qu'il fît face au sieur Bernard. Il vint ensuite se placer entre les deux et, baissant la voix jusqu'au murmure, renchérit :

— … puisque aucun de vous deux ne se souviendra de nous avoir vus ici, cette nuit…

L'éclat de ses prunelles se refléta encore un instant sur les figures abêties des deux personnages, puis il fit volte-face et s'en fut prestement vers la porte, son infante sur les talons. Lestes et discrets comme un souffle d'air, ils regagnèrent la pièce précédente ; puis celle d'avant.

— *Que ferons-nous des invités, mon seigneur ?* s'enquit Rose tandis qu'ils atteignaient l'huis donnant sur la salle de bal.

— *Si Bréal fut assez sot pour confier une telle mission à ce jouvenceau, il n'aura sûrement pris aucune précaution supplémentaire*, répondit Artus. *Il est inutile de s'inquiéter des invités.*

La comtesse envisagea un instant de lui demander son avis sur ce qu'ils venaient d'apprendre, mais elle décida de s'abstenir. S'il avait voulu le lui dire, ce serait déjà chose faite. Un peu amère, elle le suivit par la porte ouverte. À deux pas de là, leurs serviteurs respectifs patientaient, entourés l'un et l'autre d'un parterre de bourgeoises flirtant éhontément. L'une d'elles, particulièrement entreprenante, posa une main sur le bras du prince et lui susurra quelques suaves paroles en papillotant des cils. Drapé dans une indifférence glacée, Vassili dégagea son bras de ce contact inopportun sans même faire la grâce d'un regard à l'aguicheuse. La mine sombre, Adelphe repoussa une damoiselle que l'audace de sa voisine avait inspirée, puis pivota vers son frère. Guère mieux luné que son cadet, Artus poursuivit son chemin vers la sortie, fendant le groupe de donzelles avec un rien de brusquerie. Le vicomte lui emboîta le pas illico, sourd aux murmures dépités des coquettes. Les dédaignant tout également, le prince rejoignit sa maîtresse et lui offrit son bras. Ils s'éloignèrent à leur tour, sous l'œil envieux de ces dames.

Le retour au carrosse s'effectua avec promptitude. De plus en plus ténébreux, les frères d'Holival montèrent s'y installer les premiers, puis portèrent chacun le regard par leur carreau. Comme elle s'asseyait sur la moelleuse banquette de velours, Rose fut immédiatement écrasée par le poids de ce silence sépulcral. Le cœur lourd, elle se prépara à affronter le voyage de retour.

Chapitre 7

— *Cette nuit?*

— Oui.

— Les événements vont-ils se précipiter?

— J'en ai l'impression. Je peux me tromper, mais...

— *Cette probabilité est mince*, acheva Adelphe, catégorique. *Chaque fois que vous avez eu ce type de sensation, les choses ont tourné court d'une manière ou d'une autre.*

Rose envisagea de s'arrêter afin de pouvoir épier cette conversation, mais elle décida de poursuivre sa route. Si Artus était sur le qui-vive, il était plus sage d'aller s'enquérir de ses directives. Comme elle arrivait en vue des doubles portes, elle se rendit compte que l'entêtante empreinte Arimath l'environnait. Les battants s'ouvrirent alors, laissant le comte paraître dans l'encadrement.

— Allez vous changer, ordonna-t-il tandis que son infante entrait de l'antichambre connexe au grand salon. Ce soir, nous irons à cheval.

La comtesse s'arrêta, froissée par la rugosité de ce ton. Elle n'était pas accoutumée à ce que son mentor lui parlât comme à une subalterne.

— Très bien, mon seigneur, acquiesça-t-elle toutefois, en ployant dans une gracieuse révérence.

Un léger couinement se fit entendre avant que son salut ne fût achevé. Rose comprit aussitôt ce qu'il signifiait, mais ne voulut point y croire. Pourtant, lorsqu'elle se redressa, son regard rencontra bel et bien une impénétrable barrière de bois vernis. Le grand salon s'était refermé. Artus venait de la congédier. De la plus blessante des façons…

Mortifiée, la comtesse resta les yeux rivés aux portes closes. Un ruban de glace vint se lover autour de son échine, raidissant ses muscles et gelant la moelle de ses os. En son for intérieur, une perfide petite voix lui susurra qu'elle l'avait bien cherché.

— *Plus tôt nous aurons réglé cette affaire, mieux cela vaudra*, reprit le comte. *Nous ne pourrons bientôt plus nous permettre de nous éparpiller…*

S'efforçant de récupérer ses esprits, Rose fit mollement demi-tour et commença à rebrousser chemin.

— *Peut-être est-ce déjà un peu tard, mais je ne puis laisser cette histoire en suspens. Nous aurons maille à partir avec bien assez de traîtres dans les nuits à venir pour ne pas permettre à celui-ci de s'en tirer.*

— … *Certes*, convint Adelphe.

— *Des nouvelles de la forteresse ?*

— *Oui… La Rove a fait porter un billet aujourd'hui. Il nous dit que les Lamies se tiennent tranquilles. Je ne sais s'il faut s'en réjouir, ou s'en inquiéter.*

— *Cela tend surtout à prouver qu'ils n'agissent pas de leur propre chef. S'ils n'étaient maintenus par quelque force, il y a longtemps qu'ils seraient venus gratter aux murs du fort.*

— *Pensez-vous que Raugmundr sera à la hauteur si les choses se gâtent ?*

— *N'ayez crainte, mon frère. Sa retraite n'a en rien émoussé ses capacités de commandement. Puis, il est aussi attaché au Septentrion que nous le sommes. Ce qui fait probablement de lui notre allié le plus fiable… De toute façon, il n'est plus temps de reculer. Il nous faut composer avec ce que nous avons.*

Tandis que la comtesse atteignait le palier du premier étage, la voix d'Artus s'éteignit. Accompagnée par le seul chuintement de ses pas, Rose remonta le corridor en direction de ses appartements.

—*Rien ne vous oblige à persister dans cette voie*, Artus, fit Adelphe quelques instants plus tard.

—*Excepté peut-être les circonstances ?*

—*Elles pourraient changer…*

—*J'en doute.*

—*Pourquoi cela ?*

—*N'est-ce pas évident ?* s'exaspéra le comte.

—*Non, mon frère, ça ne l'est pas.*

—*Me prendriez-vous pour un imbécile, Adelphe ?*

—*Pas un imbécile, non.*

—*Ah. Et de quelle autre tare suis-je affligé, selon vous ?*

—*N'avez-vous pas songé que votre perception de la situation pouvait être… quelque peu faussée ?*

—*Faussée ?* répéta Artus avec fraîcheur. *Par quoi, je vous prie ? Oh ! et puis non, oubliez cela. Je n'ai pas de temps à perdre en arguties. Cette discussion est close.*

—*Artus, ne vous cabrez pas…*

Une violente détonation retentit aux oreilles de Rose, lui faisant spontanément rentrer la tête dans les épaules.

—*ASSEZ !* tonna le comte. *Je n'ai pas à justifier mes choix ! Ni devant vous, ni devant qui que ce soit ! Maintenant, laissez-moi ! DEHORS !*

Rose s'arrêta au beau milieu du couloir, les yeux écarquillés d'effarement. L'homme qu'elle connaissait ne se serait jamais abandonné à une telle effusion de rage. Surtout pas à l'encontre de son propre frère. Infiniment inquiète, elle renonça à toute idée de mouvement et prêta l'oreille. L'épais silence qui s'était abattu sur le salon l'alarma presque davantage que l'explosion de colère qui l'avait précédé. Pour autant qu'elle sût, l'altercation pouvait tout à fait se poursuivre – voire s'envenimer – sans que personne pût s'en aviser. Faisant volte-face, Rose se mit à scruter l'orée du corridor. Si nul son ne lui parvenait dans les prochaines secondes, elle redescendrait au salon…

Un colossal claquement de porte la fit sursauter. Dans le martèlement de talons qui sitôt suivit cette sortie, elle reconnut le pas d'Adelphe. Relativement soulagée, elle resta toutefois aux écoutes. Il n'y eut rien de plus à entendre que la rapide foulée du jeune homme s'éloignant vers l'entrée.

La tempête était passée.

Pour le moment…

Anxieuse, la comtesse reprit son chemin.

Les frères d'Holival s'étaient déjà accrochés auparavant. Tous deux ayant une personnalité bien trempée, cela avait parfois donné lieu à quelques éclats de voix. Cependant, jamais encore cela n'avait atteint de telles proportions. Que pouvait avoir causé une si sérieuse dissension ?

La tête ailleurs, Rose poussa la porte de ses appartements, puis traversa le petit salon. Le prince, installé dans l'une des causeuses, leva le nez de son livre pour la regarder passer.

— Il faut nous changer, Vassili, l'informa-t-elle. Le comte a décrété que nous irions à cheval.

Parvenue dans la chambre, elle commença machinalement à ôter les épingles et les plumes qui ornaient ses cheveux.

À première vue, l'on aurait pu croire que la controverse des deux frères concernait le sieur Raugmundr, et le rôle que tiendrait ce dernier dans la guerre fratricide qui menaçait la maison Oström. Néanmoins, Rose n'était pas convaincue. Un je-ne-sais-quoi dans le langage qu'Adelphe avait tenu laissait penser qu'il parlait de tout autre chose...

— Pour quelle destination partons-nous ? s'enquit Vassili en pénétrant à son tour dans la chambre.

Rose lui jeta un œil distrait par-dessus son épaule :

— Pour le domaine de Bréal, j'imagine...

Comme à son habitude, le prince économisa des paroles qui eussent été inutiles, et entreprit de se défaire de son uniforme. La comtesse, de nouveau absorbée dans ses réflexions, s'employa pour sa part à dégrafer le corsage de sa robe.

Sur quel sujet Adelphe estimait-il que son frère se méprenait ? À quelle situation avait-il fait allusion ? Celle des groupuscules de Lamies ? De l'escouade d'Arimath retranchée dans la forteresse ? Ou bien encore avaient-ils débattu de la probable félonie du sieur de Bréal ?

Une lippe sceptique incurva la bouche de Rose. Bizarrement, aucune de ces hypothèses n'emportait son adhésion. Laissant tomber au sol jupe et corsage, elle dénoua rapidement les attaches du panier[12] qui évasait sa taille. Avant de pouvoir enfiler les bas, culotte, chemise à jabot, gilet et frac qu'elle affectionnait pour monter à cheval, il ne lui restait qu'à se défaire de son corset et de sa chemise. L'esprit bourdonnant d'inquiétudes et de questionnements, la comtesse se débarrassa donc des derniers éléments de sa vêture, se glissa ensuite dans ses habits masculins, puis s'assit au bord du lit afin de mettre ses bottes. Elle ne remarqua que le prince était également prêt que lorsqu'il s'agenouilla devant elle pour l'aider à se chausser.

— Vassili…, soupira-t-elle, un léger sourire aux lèvres. Combien de fois faudra-t-il que je vous dise que vous n'avez point à faire cela ?

— Encore quelques-unes, semble-t-il.

Rose capitula dans un nouveau soupir. Comme son serviteur lui passait une botte au pied, elle laissa son regard se perdre dans le miroitement de sa pâle chevelure. Cette blondeur enchanteresse avait suscité bien des convoitises à la cour impériale. Y compris celle de la tsarine, dont chacun connaissait le goût pour les hommes jeunes et vigoureux. Mais ce n'était pas devant l'impératrice que le prince avait déposé son sabre…

Les bottes mises, Vassili se redressa, rompant tout soudain le flot des pensées de sa maîtresse.

— Merci, fit cette dernière.

Inclinant brièvement la tête, le Slave s'en retourna de l'autre côté du lit pour y prendre son sabre, qui attendait sur le duvet. Pendant ce temps, Rose gagna la table de toilette, où elle ramassa un long ruban de velours noir, avec lequel elle enserra sa chevelure. Tandis qu'elle confectionnait une jolie rosette avec les tronçons de ruban inemployés, quelque chose surgit près de son bras gauche. Elle sut ce dont il s'agissait avant même d'avoir regardé.

— Craindriez-vous pour ma tête, Vassili ? demanda-t-elle en tournant les yeux vers lui.

— L'on ne prend jamais trop de précautions, ma *lady.* La dernière fois, j'ai regretté que vous ne l'ayez point emmenée.

Ils s'entre-regardèrent un instant, puis, esquissant un sourire entendu, Rose récupéra le fourreau qui dormait dans la paume de son serviteur. Il avait raison de se méfier. L'entrevue de cette nuit avait toutes les chances de dégénérer.

Appuyant le pied contre le rebord du tabouret, elle dissimula la dague dans la tige de sa botte. S'équiper d'une arme, quelle qu'elle fût, était aussi nécessaire pour ses pairs que ce l'était pour les mortels. Seuls les Lamies se permettaient de s'en tenir à leurs poings.

Eux, et le régent Arimath.

— Allons-y, dit-elle. Le comte est de méchante humeur, ce soir. Ne le faisons pas attendre.

— Parce qu'il est capable d'une autre disposition que celle-ci ? s'étonna Vassili. Que voilà une intéressante nouvelle…

Oscillant entre malaise et amusement, Rose préféra ne pas s'étendre sur cette réplique.

— Nous sortirons chasser au retour, si nous en avons le temps, annonça-t-elle en passant dans le petit salon.

— Je me demandais quand vous y viendriez.

— Ce n'est pas si pressé, toutefois mon petit doigt m'a dit que nous serions bien inspirés de nous tenir prêts.

Faisant halte à hauteur du canapé où le prince avait laissé son livre, elle pivota vers lui :

— Avez-vous bu, aujourd'hui ?

Il secoua la tête en signe de dénégation.

— Faites-le, je vous prie.

Un brin réticent, Vassili obtempéra tout de même. Sortant la précieuse flasque de vermeil de sous son gilet, il en retira le bouchon et y préleva deux bonnes gorgées.

— Encore, l'encouragea sa maîtresse.

Le Slave marqua un temps d'arrêt, puis avala une lampée supplémentaire. Après quoi il reboucha la fiole et la fit disparaître sous ses vêtements. Rassérénée, Rose lui adressa un sourire.

Depuis leur arrivée au manoir, elle lui avait déjà fait avaler trois flasques complètes. C'était bien au-delà du nécessaire, évidemment, mais elle avait pris l'habitude de le nourrir à profusion. Le savoir toujours en pleine possession de ses moyens la tranquillisait. Particulièrement dans le contexte actuel.

S'engageant dans le corridor, le prince et la comtesse le remontèrent d'un même pas. Tandis qu'ils empruntaient l'escalier d'honneur, Rose nota que le manoir était inhabituellement tranquille. D'ordinaire, elle percevait toujours quelques petits tintements, raclements, ou chuchotements montant depuis les quatre coins du domaine. Or, en cet instant, aucun bruit ne lui parvenait. Comme si la maisonnée, ayant senti la colère de son maître, s'était mise en sommeil en attendant qu'il se calme…

Cette impression se renforça encore lorsqu'ils atteignirent le vestibule, désert et obscur. Ce dernier détail, surtout, était singulier. Artus adorait la lumière ; il dépensait des fortunes en bougies pour que sa demeure fût profusément illuminée. Permettre qu'une pièce aussi passagère restât dans la pénombre ne lui correspondait pas. Enfin… pour peu qu'elle ait jamais su qui il était…

Un léger pincement de lèvres ponctua cette pensée, que Rose se hâta de refouler. Elle choisissait toujours le mauvais moment pour se livrer à ce genre d'élucubrations. Puis elle s'était assez trituré l'esprit avec cette question. Y revenir serait tout à fait superflu. Allongeant la foulée, elle devança le prince et tira le battant de la porte d'entrée. Elle découvrit que l'air du dehors était aussi lourd que celui du dedans. La journée avait dû être d'une chaleur poisseuse.

— Parvenez-vous à vous faire au climat, Vassili ? questionna-t-elle comme ils s'engageaient sur la pelouse.

— Oui.

— Malaisément ?

— … J'ai parfois un peu chaud.

Rose esquissa un sourire. Elle n'obtiendrait probablement pas mieux que cet euphémisme.

— Je m'étais accoutumée aux étés éphémères et aux hivers interminables, dit-elle en levant le nez vers le ciel. Ce manteau de neige gelée à perte de vue… cela avait quelque chose de magique, et d'apaisant.

— Si la Russie vous manque, ma *lady*, je serais heureux de vous y reconduire.

Délaissant l'examen des nuages, la comtesse posa les yeux sur son serviteur. Impassible, le Slave continua d'avancer, son regard polaire perdu loin devant lui. Mais sa maîtresse le connaissait trop bien pour ne pas voir l'assombrissement de ses traits. Elle réprima cependant l'élan de tendresse qui voulut la pousser vers lui. Ce n'était ni le lieu, ni le moment. S'évertuant à maîtriser ses émotions, elle arbora un sourire de façade.

— Nous y songerons lorsque tout ceci sera terminé… La propriété de Bréal se trouve au sud du manoir, expliqua-t-elle ensuite. Il me semble que le comte est pressé, aussi irons-nous sans doute sur des chevaux vivifiés.

— Combien de temps la route nous prendra-t-elle ?

— Deux heures, au grand galop.

Le prince hocha la tête. Il sembla à Rose qu'il s'apprêtait à ajouter quelque chose, mais, au lieu de cela, il fixa son attention sur l'écurie, dont les murs étaient maintenant proches. Devant les portes grandes ouvertes, Adelphe terminait de vérifier le harnachement de sa monture. Rose délibéra. Devait-elle le saluer ? Ils ne s'étaient pas adressé un mot depuis leur visite chez le banquier, la veille. Mais, après la virulente discorde qu'il venait d'avoir avec Artus…

— Bonsoir, dit-elle finalement.

Feignant d'être affairé, Adelphe ne consentit qu'un coup d'œil succinct dans leur direction :

— Bonsoir. Vos chevaux sont prêts. Ils vous attendent.

— Merci…

Tournant ostensiblement le dos, le jeune homme alla fourrager dans les sacoches suspendues à sa selle. Rose poursuivit son chemin sans paraître le moins du monde affectée. Mais, au fond d'elle-même, une formidable lassitude commençait à se faire sentir. Ces batailles continuelles érodaient le peu de forces qu'elle avait réussi à préserver. Certes, elle avait contribué à cette recrudescence d'aridité. Placer Adelphe entre le marteau et l'enclume n'était pas la meilleure idée qu'elle ait eue. Excédée par les incessantes agaceries de son mentor, elle avait fini par agir en conséquence et avait mêlé le jeune homme à leur querelle. Or elle aurait pu lui épargner cela…

S'apprêtant à entrer dans l'écurie, Rose jeta un œil en arrière. Une main appuyée sur la selle de sa monture, la tête basse et le front barré d'une ride de contrariété, Adelphe paraissait tourmenté. Refrénant derechef le mouvement que lui dicta son cœur, la comtesse se dirigea vers le cheval préparé pour elle. Toute cette situation était tellement grotesque ! Pourquoi Adelphe se refusait-il à lui parler ? Était-ce vraiment parce qu'elle ne voulait pas entendre les boniments de son frère ? Ne pouvait-il comprendre sa rancune ? Elle n'avait jamais demandé à partir, que diable ! On l'avait chassée ! Qu'était-ce donc que cette intransigeance qu'on lui infligeait ? Ne s'était-elle pas assez prosternée à leur goût ?

— *Ma lady ? Cela ne va pas ?*

Subitement extirpée de la ronde furieuse de ses pensées, Rose tourna vers le prince des prunelles où crépitaient d'inquiétantes étincelles.

— Si, grommela-t-elle entre ses dents. Tout va bien.

Un net plissement parut entre les sourcils de Vassili. Peu désireuse de s'étendre sur la raison de son irritation, la comtesse prétendit avoir à régler la hauteur des étriers. Il fallut une poignée de secondes pour que le prince s'en retournât à ses propres vérifications. Saisissant les rênes de son coursier, Rose en profita pour sortir des écuries. À l'extérieur, Adelphe faisait les cent pas, une main enfouie dans la poche de son frac.

Ce fut alors que son aura envahit l'atmosphère.

Pivotant simultanément vers le manoir, le vicomte et la comtesse regardèrent s'avancer l'Héritier. Sous une redingote aussi noire que sa chevelure, son gilet s'ouvrait à demi sur une chemise blanche. Accordées au reste de sa ténébreuse vêture, ses cuissardes foulaient le sol avec souplesse, le menant toujours plus vite vers les portes de l'écurie. Altier, il passa entre son frère et son infante, puis atteignit la bâtisse au moment exact où le prince Golitsyne en sortait. L'œillade qu'ils se jetèrent faillit bien geler toute l'étable. Cependant aucun d'eux ne ralentit ni ne dévia de sa trajectoire. Ils s'esquivèrent à la dernière seconde, d'un léger mouvement d'épaule. Après quoi Artus s'engouffra dans le bâtiment, tandis que Vassili achevait de le quitter, menant sa monture par la bride.

Augurant que le départ ne tarderait plus, Rose grimpa sur son coursier. Elle fut aussitôt imitée par les deux serviteurs. À peine furent-ils en selle qu'effectivement le comte émergea de l'écurie, juché sur le dos de son pur-sang. Il s'élança vers le parc, sans un mot d'explication.

Rose ne s'étonna pas de le voir prendre cette direction. Elle savait le chemin qu'il avait en tête pour l'avoir suivi elle-même à plusieurs reprises. Ses pronostics se virent confirmés lorsque, après avoir louvoyé entre les arbres, ils atteignirent les limites du domaine ; ou, plutôt, lorsqu'ils arrivèrent devant la fraction éboulée du mur d'enceinte. En partie dissimulée par une touffe de buissons, cette brèche s'étirait sur deux pas de long et rognait la moitié supérieure du mur. Quand Rose avait découvert son existence, des décennies auparavant, elle s'était empressée de le rapporter au comte, pensant que celui-ci ferait rebâtir le rempart.

Que nenni ! Artus s'assura au contraire qu'il restât en l'état. Devant l'incompréhension de son infante, il avait argué que les murs du domaine n'étaient pas assez hauts pour décourager celui des leurs qui voudrait y pénétrer, mais que le malheureux mortel qui s'aventurerait par cette faille aurait dès lors bien plus de problèmes qu'il ne pourrait en causer. D'autre part, Artus lui avait expliqué que cette ouverture constituait un raccourci avantageux, et fort discret, pour gagner la forêt bordant les frontières méridionales du manoir.

Or, présentement, c'était exactement ce qu'il souhaitait faire.

L'un après l'autre, les Arimath sautèrent donc par-dessus la muraille effondrée, et s'en furent au creux des bois…

Ils s'abattirent sur le domaine du sieur de Bréal tels les quatre cavaliers de l'Apocalypse. Bondissant par-dessus la palissade qui tenait lieu de portail, ils remontèrent le chemin caillouteux dans un fracas assourdissant.

Parvenu le premier à l'entrée de la demeure, Artus sauta à terre et emboutit littéralement les portes, sous les yeux médusés de son frère et de son infante. Abandonnant leurs coursiers, ces derniers s'engagèrent eux aussi dans la bâtisse, où ils s'efforcèrent de le suivre à travers les corridors obscurs. De toute évidence, Artus savait avec exactitude où il se rendait.

Et il n'y allait pas pour parlementer.

Avalant au pas de charge une enfilade de pièces, il investit la grand-salle en en faisant sauter les portes d'une bourrade. Les battants, projetés avec force, firent s'effriter le plâtre des murs contre lesquels ils rebondirent. Debout près d'une table rectangulaire dont l'épaisseur et le bâti révélaient l'appartenance à un autre siècle, Bréal posa sur son régent un regard empli d'une sainte terreur. Rose fut presque surprise qu'il ne cherchât pas à s'enfuir. À l'inverse, il resta figé, comme écrasé par le poids de son effarement.

— Que signifie, Guillaume ? l'interpella Artus tandis qu'il se plantait devant la table.

Apparemment incapable de réfléchir à une quelconque réponse, Bréal se contenta de suivre l'évolution des autres Arimath qui envahissaient son salon. Lorsqu'il croisa le regard de la comtesse, ses yeux, déjà ronds, s'ouvrirent plus grands encore.

— J'attends ! rappela Artus.

— Mon seigneur, balbutia Bréal en pivotant vers lui. Je… ne… comprends pas ce que vous attendez de moi… Que puis-je pour vous satisfaire ?

Un sourire corrosif affleura aux lèvres du comte. Il inclina la tête sur le côté, comme se préparant à une explication. Au lieu de cela, il sauta sur la table, la traversa en un éclair, et redescendit juste sous le nez de Bréal.

Empoignant le seigneur à la gorge avec la même effroyable prestesse qu'il avait mise à le rejoindre, il lui fit exécuter un brusque demi-tour et le coucha à la renverse sur le massif plateau de bois, où il le maintint fermement cloué.

— J'attends, répéta-t-il dans un murmure grondant.

— Je ne co…

Une vive lueur émana des prunelles d'Artus. Au bout de son bras, le sieur de Bréal se mit soudain à se contorsionner. Saisissant le poignet de son agresseur, il chercha furieusement à se dégager, mais les ruades qu'il donna n'eurent pour effet qu'exciter davantage l'ire du comte, dont les iris se firent intensément luminescents. Cessant de se débattre, Bréal porta les mains à son crâne avec un cri aigu. Immédiatement, Artus lui couvrit la bouche de sa main libre.

— J'exige des réponses, fit-il, lèvres ourlées sur ses crocs. Or vous n'êtes pas de taille à m'en interdire l'accès. À vous donc de choisir… Soit vous me donnez ces réponses de votre plein gré, soit je labourerai votre crâne jusqu'à ce que je les aie trouvées…

Se tortillant derechef, Bréal poussa un misérable piaillement que la paume d'Artus étouffa. Des larmes jaillirent au coin de ses paupières, si farouchement closes que l'on n'en distinguait plus les cils.

— Parlerez-vous, Guillaume ?

Vaincu, le sieur de Bréal hocha la tête. La clarté verdâtre dans laquelle il baignait commença à décliner, puis se dissipa tout à fait. Reculant la paume qui servait de bâillon, le comte libéra la bouche ensanglantée de son vassal, dont les crocs avaient vainement cherché à mordre.

— J'écoute.

— On… on m'a demandé de le faire…

— Qui ? s'enquit Artus, lapidaire.

Bréal eut une grimace d'appréhension. Son regard sauta rapidement de côté, en quête d'une issue potentielle.

— Je ne sais pas qui il est, confessa-t-il. Il n'a donné aucun nom.

Les traits de Rose s'allongèrent. Cet interrogatoire prenait une déplaisante tournure…

— Comment s'est-il présenté ? demanda le comte après un court silence.

— Il a prétendu qu'on le connaissait comme étant… l'érudit.

Consternée, la comtesse ferma les yeux. Il lui sembla entrer à la fois dans une agitation frénétique et dans un abrutissement total. L'érudit… sur la piste d'Artus… Les choses pouvaient difficilement être pires.

— L'avez-vous rencontré en personne ? questionna le comte, le ton égal.

Rose rouvrit les yeux.

Bien sûr ! Où avait-elle la tête ? Pour une fois qu'ils avaient l'un des leurs pour témoin, il ne fallait pas manquer l'occasion ! Artus devait être déjà occupé à fouiller les souvenirs du félon. Toutefois, compte tenu des circonstances, il y avait fort peu d'espoirs qu'il lui confie ce qu'il y décèlerait. Si elle voulait l'apprendre, elle devrait le découvrir par elle-même… L'ennui était qu'elle n'avait encore jamais pénétré l'esprit d'un immortel. Son mentor le lui avait formellement interdit, alléguant que son inexpérience pourrait lui porter préjudice.

Mais elle était affranchie, à présent, n'est-ce pas ?

Résolue, Rose focalisa son attention sur le sieur de Bréal. Elle ne savait au juste ce qu'Artus avait sous-entendu lorsqu'il avait parlé de possibles désagréments, cependant elle se doutait que l'entreprise était aventureuse. Bréal avait presque le double de son âge ; prétendre s'immiscer dans sa mémoire était extraordinairement présomptueux. Si elle avait pu procéder autrement, elle se serait gardée de commettre une telle imprudence.

Si elle avait pu.

Plissant les yeux, elle se faufila subrepticement dans l'esprit du traître…

— Oui, répondit ce dernier. Il vint me visiter ici, sur mes terres.

— Quand était-ce ?

— En novembre de l'année dernière.

Il y eut un blanc, que Rose mit à profit pour poursuivre ses prospections. Elle ne parvenait pas à atteindre les souvenirs de Bréal. Son crâne semblait être le royaume du néant ; elle ne voyait ni n'entendait quoi que ce fût. Cela signifiait qu'il fallait aller plus loin… au risque d'être découverte…

— Que vous a-t-il dit ? questionna Artus.

Laissant retomber sa tête sur le plateau de la table où le comte le maintenait toujours allongé, Bréal prit une courte inspiration :

— Il prétendait chercher un adjoint. Quelqu'un qui serait à même de remplir pour lui certaines tâches. Lorsque je lui demandai quelles étaient ces tâches, il m'annonça sans ambages qu'il désirait que l'on épiât vos mouvements, mon seigneur…

— Et, bien entendu, vous formulâtes les protestations les plus vives ! railla le comte.

— Le personnage m'intriguait, éluda Bréal, le regard fuyant. Je me suis enquis de ses motivations, mais il ne me renseigna point. Il prétexta que, pour remplir l'office qu'il se proposait de me confier, je n'avais pas nécessité de savoir cela.

— D'aussi minces arguments suffirent donc à emporter votre adhésion ? Même pour un pleutre de votre espèce, cela semble gros…

Bréal jeta à son régent un regard oblique, ce qui, pour lui, revenait sûrement à le couvrir d'anathèmes.

— J'avais mille objections, mon seigneur, se défendit-il. Cependant… je n'arrivai point à les prononcer…

Artus haussa un sourcil narquois.

— Vous êtes coutumier du fait, Guillaume. En quoi cela devrait-il me surprendre ?

Bréal s'humecta les lèvres :

— Je voulais protester, mon seigneur, mais…

— Nous déterminerons plus tard quoi de votre perfidie ou de votre veulerie scella vos lèvres. Pour le moment, poursuivez.

Le sieur de Bréal sembla vouloir plaider sa cause, mais l'Héritier darda sur lui un regard sans équivoque. L'accès de nervosité que généra cette tacite mise en garde fut à Rose des plus utiles. Elle qui, jusque-là, n'avait décelé aucune pensée distingua enfin quelque chose. L'image qu'elle entrevit fut éphémère, toutefois cela lui suffit à s'orienter dans ce désert de ténèbres…

— Il ne me donna pas de détails sur ce qu'il attendait de cette veille, expliqua Bréal d'une voix mal assurée. Il insista uniquement sur l'obligation de connaître vos déplacements, et ceux de…

Lançant un coup d'œil en diagonale, il examina Adelphe une demi-seconde.

— … de votre frère.

— A-t-il énoncé d'autres volontés que celles-ci ?

— Il voulait avoir connaissance de toutes les visites que vous pourriez recevoir.

Rose s'efforça de dompter sa respiration. Ce tâtonnement l'épuisait. Elle avait l'impression de s'embourber dans une mer de noirceur. Pourtant, elle était convaincue qu'elle touchait au but. Encore un petit effort…

— Lui avez-vous donné satisfaction ? questionna le comte de Janlys, la main agrafée au cou de son vassal.

— Non.

— Ne mentez pas…

— Non ! Non, je vous assure ! s'écria Bréal. Il n'a pas reparu depuis cette nuit-là !

— Il ne vous envoya personne ? fit Artus, la moue empreinte de méfiance et de perplexité.

— Non. Il m'avait dit qu'il me contacterait lui-même, mais il n'est pas revenu. J'ignore pourquoi.

— Vous n'avez reçu ni lettre, ni contact d'aucune sorte ?

— Strictement rien, mon seigneur.

Une silhouette… Elle discernait une silhouette… Un homme, habillé d'un long manteau… Son visage… Bréal ne le regardait pas… Il ne levait pas les yeux plus haut que le menton, qui seul dépassait de l'ample capuche…

— … *tez.*

Elle n'arrivait pas à percevoir ses paroles… Que disait-il ?

— Quand devait-il revenir ?

Forçant sur ses capacités, Rose poussa l'intrusion au-delà de ce que la fatigue lui permettait. Sa résistance s'amenuisait de seconde en seconde, mais elle ne voulait pas lâcher…

— … *rtez…*

Elle voulait savoir…

— … *ortez !*

Savoir ce qu'on lui cachait…

— *SORTEZ DE MA TÊTE !*

Une douleur aiguë vrilla ses tempes et enferra son cerveau. Poussant un bref glapissement, la comtesse porta les mains à son front. Elle eut conscience que tous les regards se tournaient vers elle, cependant la souffrance était trop forte pour qu'elle pût se préoccuper d'autre chose.

Un second cri fusa alors, succédé par un bruit sourd.

Rose détacha les paumes de son crâne endolori. La douleur s'était brusquement évanouie. Hébétée, elle releva le nez vers son mentor. Penché sur le sieur de Bréal, Artus lui avait de nouveau couvert la bouche de sa main libre. Tous deux baignaient dans un halo de lumière verdâtre si puissant qu'il semblait avoir absorbé les couleurs du monde. Le félon, secoué d'épouvantables soubresauts, n'était plus qu'un masque de douleur. Les yeux révulsés dans ses orbites, il griffait frénétiquement le bras qui le fixait à la table, se dépensant en hurlements que le comte asphyxiait… Pétrifiée, Rose ne songea pas même à détourner la tête. Son regard resta cloué à son mentor. Comme ce dernier maintenait impitoyablement sa prise, l'on commença à discerner au milieu des clameurs quelques syllabes bredouillantes.

Bréal demandait grâce.

Le suaire lumineux s'affadit. Les cris assourdis s'estompèrent, et le traître cessa de se contorsionner. Ses mains, aux ongles rougis de sang, retombèrent de part et d'autre de son corps ; lequel gisait, sans force, sur le plateau de la table.

— Donnez-moi une bonne raison pour le faire, Guillaume, et votre cervelle s'écoulera bientôt par tous les orifices de votre crâne, promit le comte d'une voix sourde. Suis-je clair ?

Éreinté, Bréal acquiesça d'un clignement de paupières.

Indifférent aux multiples écorchures qui avaient déchiré les vêtements et les chairs de son avant-bras, Artus se redressa quelque peu, puis braqua ses prunelles d'émeraude sur son infante.

— *Je suis votre seigneur, c'est bien cela,* lady ?

Encore ébranlée par ce qui venait de se passer, cette dernière se borna à répondre :

— *Oui…*

— *Alors apprenez à rester à votre place !*

La repartie, cinglante, eut exactement l'effet escompté. Touchée en plein cœur, Rose se trouva incapable de répliquer. Le regard acéré, Artus reporta son attention sur son vassal et retira enfin la main qui le muselait :

— Quand l'érudit devait-il revenir ?

— … sais pas…

— Vain jusque dans la traîtrise, n'est-ce pas ? susurra le comte, le rictus dédaigneux. Je reconnais bien là le sceau de votre médiocre lignée…

Bréal se raidit. Il leva vers son régent une mine partagée entre la peur et l'ahurissement.

— Cela vous étonne ? Allons, Guillaume, chacun sait de qui vous êtes l'infant. Vous êtes d'ailleurs aussi apprécié qu'il le fut…

Le seigneur félon se décomposa. Artus, lui, esquissa un sourire sardonique.

— Avez-vous vous-même reconduit l'érudit jusqu'à la porte ? interrogea-t-il néanmoins.

— Non, ce fut…

— J'ai vu. Faites appeler ce valet, je vous prie. Ainsi que votre serviteur. J'ai à lui parler.

Ne pouvant guère être plus retourné qu'il ne l'était déjà, Bréal ne s'émut pas de ce dernier estoc. Il se borna à satisfaire aux volontés du régent, qui le tenait toujours fermement par le col. Une demi-minute plus tard, son jouvenceau serviteur passa la porte, accompagné d'un homme au teint jaunâtre et à la livrée défraîchie. Lorsque ceux-ci prirent conscience de la dangereuse posture dans laquelle se trouvait leur maître, ils ne pouvaient déjà plus se dérober : Adelphe barrait l'accès au couloir, et Vassili gardait celui des fenêtres.

— Bonsoir, Jérôme, salua le comte.

Aussi pâle et frémissant que la veille, le damoiseau posa sur le régent Arimath un regard épouvanté.

— Nous avons fait connaissance hier, chez le sieur Bernard, l'éclaira le comte. Vous ne vous rappelez goutte, bien sûr, mais nous verrons cela dans un petit instant… Vous, ajouta-t-il en pointant du doigt le deuxième valet. Approchez…

Sous l'emprise d'Artus, le laquais s'exécuta illico.

— Vous souvenez-vous de ce surprenant visiteur que vous reçûtes au milieu de la nuit, l'hiver dernier ?

Le serviteur opina, mais Artus n'y prêta pas attention. Ses iris, rivés à ceux de son interlocuteur, scintillaient de nouveau.

— Dit-il ou fit-il quoi que ce fût de notable lorsque vous le raccompagnâtes à la porte ?

Après quelques secondes de fixité, une ombre de sourire satisfait vint planer sur les lèvres du comte.

— Fort bien… Vous pouvez nous laisser.

Dépossédé de sa volonté, les yeux vides et l'expression absente, le valet repartit vers les portes. Adelphe en ouvrit pour lui l'un des battants, puis le referma lorsque le laquais se fut engagé dans le corridor. S'écartant de la table, Artus tira alors sur le col de son vassal et le remit d'aplomb.

— L'on dirait que j'en ai fini avec vous, Guillaume, murmura-t-il, une esquisse de sourire toujours calée aux coins des lèvres. À moins, bien entendu, que vous ne me cachiez quelque chose d'autre.

Une soudaine horreur se peignit sur la figure tuméfiée de Bréal. Face à lui, le comte se statufia. Son sourire s'éclipsa. Son teint s'affadit. Et, comme il dévisageait le félon, ses yeux s'ouvrirent sensiblement plus grands.

— Vous avez fait quoi ? souffla-t-il.

Bréal eut un mouvement de recul.

— M… mon seigneur, j…

Artus arrima le poing au cou du traître si brutalement que des ruisselets de sang naquirent sous la pulpe de ses doigts.

— Vous avez… fait quoi ?

Dans l'impossibilité de répondre, Bréal se cramponna à la main qui le meurtrissait. Ses yeux, exorbités, roulèrent en tous sens.

— POUR QUI ? vocoféra soudain Artus, crocs proéminents et lèvres retroussées sur une mimique hargneuse.

Il ne reçut aucune réponse. Poussant un sourd grognement, il resserra le poing sur la gorge du félon, y enfouissant les premières phalanges de ses doigts. Bréal ouvrit une bouche immense, d'où sortit un cri inarticulé. Tandis que ses pieds quittaient le sol, des bulles de sang explosèrent à la commissure de ses lèvres.

— Comment s'y sont-ils pris ? aboya le comte, les prunelles irradiant une clarté aveuglante.

Bréal ferma les yeux.

— Son nom ! tempêta encore le comte.

— … os… lya…

L'expression pénétrée d'une fureur abyssale, Artus sembla ceint d'un nimbe de haine. Comme, lentement, il reposait le traître à terre, ses lèvres découvrirent davantage les dards immaculés qui ponctuaient ses mâchoires. Son grondement, cauchemardesque, déferla sur la pièce en flots écumants :

— Vous allez me le payer… très cher…

Bréal émit une unique plainte, malingre et désespérée. Puis il se remit subitement à hurler. Ses vagissements, amoindris par les perforations qui mouchetaient sa gorge, furent accompagnés d'un souffle continu. Se tordant atrocement, il se prit la tête entre les mains et l'écrasa de ses paumes, comme s'il cherchait à en enfoncer les os. Puis une gouttelette rosâtre perla à l'angle de ses paupières. Un liquide semblablement coloré se mit à suinter de son nez… de ses oreilles… Et plus le fluide exsuda, plus sa teinte devint sombre… Bientôt, ce furent de fines rigoles d'un mucus noirâtre qui s'écoulèrent des cavités nasales, dégouttant sur la redingote du comte de Janlys.

Horrifiée, Rose fut prise d'une brusque nausée.

Non, songea-t-elle. *Cela ne se peut…*

Les cris stoppèrent tout à coup. Artus avait achevé de creuser la gorge qu'il agrippait. Ses doigts se refermèrent sur les vertèbres cervicales, mises à nues. Faisant agenouiller le traître d'une violente poussée, il lui empoigna les cheveux de sa main libre et tira sauvagement.

L'échine céda dans un bref craquètement.

Suivant la course du bras qui l'avait arrachée, la tête projeta à la ronde d'épaisses éclaboussures de sang, avant de venir s'abattre contre la cuisse du comte. Ce dernier ne tarda pas à lâcher le chef de son défunt vassal, bien qu'il maintînt sa prise sur la dépouille tronquée. Se retournant à demi, il verrouilla son regard au jouvenceau serviteur, désormais esseulé.

— Votre fiole, somma-t-il. Donnez-la-moi.

Visiblement convaincu que sa tête allait incessamment rejoindre celle de son maître, Jérôme éclata en sanglots terrifiés. Le comte le considéra une seconde, sourcils froncés, puis il tendit la main, paume ouverte vers le ciel :

— Vite.

Comme le damoiseau, prostré, n'amorçait aucun mouvement, Adelphe vint à son secours. Se penchant sur lui, il fouilla rapidement ses poches et en extirpa une modeste flasque en argent terni, qu'il lança au comte. Les deux frères échangèrent un regard réfrigérant, puis Artus pivota vers le cadavre qu'il maintenait dressé. Depuis le cou déchiqueté s'épanchait un large ruisseau écarlate, sous lequel le comte plaça la flasque préalablement débouchée.

Paisiblement, la dépouille la combla de son précieux nectar.

Lorsqu'elle en fut si pleine qu'elle commença à déborder, Artus jeta un œil par-dessus son épaule. Son cadet le rejoignit, s'empara de la fiole, et la ramena au jouvenceau.

— Buvez cela, fit-il.

Le damoiseau leva vers lui des yeux implorants. Une sincère miséricorde s'inscrivit sur le visage d'Adelphe, néanmoins il insista :

— Il faut boire. Vous allez en avoir besoin.

— Nous n'avons pas toute la nuit, intervint Artus. Il se vide…

Grelottant, Jérôme se décida à porter la flasque à ses lèvres. Chaque gorgée qu'il ingéra lui tira une grimace d'écœurement, mais, encouragé par l'approbation silencieuse d'Adelphe, il se força à poursuivre. Quand il eut avalé tout le contenu de la fiole, le vicomte la lui confisqua derechef et la rapporta à son aîné, qui en renouvela aussitôt le remplissage.

À ce moment, une série de pas se fit entendre dans le corridor.

— Ils sont à vous, *lady*…

Ayant recouvré quelque aplomb, Rose se détourna et gagna les portes. Artus n'avait pas précisé ce qu'il désirait qu'elle fît de ces mortels qui approchaient. Mais elle ne pouvait croire qu'il voulait qu'elle les tuât. Il ne s'agissait que de domestiques ; ils n'étaient en rien responsables de la duplicité de leur maître, quand bien même celui-ci avait réussi le regrettable exploit de déchaîner la fureur de l'Héritier… Cette pensée hérissa sa nuque d'un frémissement, cependant elle n'eut pas loisir de s'y arrêter. Une grappe de valets équipés d'ustensiles hétéroclites se tenait à trois coudées devant elle, l'air revêche et querelleur.

— Messieurs, susurra-t-elle, les gratifiant d'un sourire ensorcelant.

Les bonshommes s'arrêtèrent. Celui d'entre eux qui portait la lanterne l'éleva au-dessus de sa tête afin de mieux éclairer l'admirable créature qui leur coupait la route. Sans se départir de son sourire, cette dernière rassembla sa volonté :

— Allons… baissez ces armes… Je suis inoffensive…

Les laquais parurent douter. Certains regardèrent leurs mains, presque étonnés d'y trouver le couteau ou la hachette qu'ils transportaient. Affermissant ses pensées, Rose consolida son emprise.

— Vous ne voudriez pas blesser une femme désarmée…

Les figures se parèrent d'abasourdissement. Les doigts s'ouvrirent. Les ustensiles tombèrent au sol dans un bruit de ferraille.

— Pourquoi vous être déplacés, messieurs ?

— … On a entendu des cris, marmonna le porteur de la lampe. Des cris atroces…

— Vraiment ?

Il opina, l'expression pourtant incertaine. Le sourire de la comtesse s'accentua. Dans ses prunelles d'ambre, de captivantes braises s'allumèrent…

— Votre ouïe vous aura trompés.

Derrière le verre de la lanterne, la flammèche vacilla, puis s'évanouit. Et tandis que les hommes, ensorcelés par les feux impies de son regard, tombaient dans l'inertie, Rose, tranquillement, consuma leur mémoire… Lorsqu'elle eut englouti les souvenirs du dernier valet, le flamboiement de ses iris régressa, et la flamme, au faîte de la chandelle, renaquit.

— Retournez à vos quartiers, messieurs. Votre maître se porte bien.

Tout entier sous la domination de la comtesse, les domestiques récupérèrent leur attirail, puis s'en retournèrent par où ils étaient venus, l'œil vitreux et le pas traînant. Quand ils eurent tourné à l'angle du corridor, Rose relâcha sa concentration. Elle ne pouvait les contrôler maintenant qu'ils étaient sortis de son champ de vision. Ils reprendraient leurs esprits dans une minute ou deux, mais l'oubli et la fascination qu'elle avait exercée feraient le reste.

— *Voilà trois fois que le comte toise les portes, ma lady*, l'informa soudain Vassili. *Il semblerait qu'il s'impatiente.*

— *Je vous rejoins sur-le-champ.*

Prenant une longue inspiration, elle tâcha d'ignorer la sécheresse râpeuse qui conquérait son gosier, et pivota vers la salle commune. L'exercice auquel elle venait de se livrer avait absorbé ses dernières forces. Car si dominer un mortel était chose aisée, en diriger plusieurs nécessitait une maîtrise qu'elle n'avait pas eu le temps d'acquérir, l'exil ayant interrompu son apprentissage. Elle avait certes continué de s'entraîner une fois à la cour impériale, mais, sans les conseils de son mentor, ses progrès avaient été lents... et sa volonté de s'améliorer quasi inexistante.

Artus devait se douter de tout cela. En lui confiant cette tâche, il avait sûrement voulu la tester... Peut-être s'était-il attendu qu'elle admît son incompétence ? Ou peut-être avait-il estimé que son orgueil le lui interdirait, et qu'il lui faudrait dès lors régler le dilemme que constituerait le sort de ces domestiques ? Comme elle refermait la main sur la poignée de la porte, Rose chassa ces réflexions. Quoi qu'Artus ait pu avoir en tête, elle avait dûment rempli son office. Or, sachant les ressources qu'avait auparavant consommées l'intrusion dans l'esprit de Bréal, l'on pouvait dire qu'elle avait remporté un beau succès.

Légèrement rassérénée, elle poussa l'huis et réintégra la grand-salle. Adelphe se tenait de nouveau au chevet de Jérôme, à qui il prodiguait quelques paroles réconfortantes. À deux pas de là, Vassili, stoïque, observait la scène. De l'autre côté de la pièce, Artus jetait dans l'âtre le cadavre exsangue du sieur de Bréal. Pivotant vers son infante, il l'épingla d'un regard dur :

— Brûlez ça.

La hargne encore perceptible dans sa voix excluait toute possibilité de refus. Refermant les doubles portes, Rose s'orienta donc vers la cheminée, et se focalisa sur le corps qui y gisait.

L'effort consenti lui donna un vertige.

L'espace d'un instant, elle crut même qu'elle ne pourrait produire la moindre étincelle. Mais heureusement le cadavre fut bel et bien avalé par une vive flambée.

— Qu'il n'en reste rien.

Rose contint un tressaillement. Incinérer la dépouille allait requérir bien plus d'énergie qu'il ne lui en restait. Pourtant il était hors de question qu'elle abdiquât. Tout, plutôt que lui donner cette satisfaction… Dents serrées, la comtesse se polarisa sur le brasier avec la détermination que seul confère un orgueil blessé. Une brûlante brise se leva aussitôt sur la pièce. Redoublant de vigueur, les flammes s'engouffrèrent dans le conduit de cheminée avec un ronflement sonore, tandis que, portée par les torsades d'une grasse fumée, une pénible odeur de chair calcinée commença à empoisonner l'atmosphère.

— Faites-nous la grâce d'ouvrir les fenêtres, Votre Altesse, lança Artus en se dirigeant vers le seuil. Quant à vous, mon jeune ami, nous avons à parler…

Les portes s'ouvrirent, cependant Rose ne prit pas le risque de se retourner. Le moindre fléchissement d'attention affecterait la fournaise qu'elle s'épuisait à nourrir. Or il fallait qu'elle la maintienne. Au moins le temps que la fratrie quitte la pièce.

— Votre maître avait un cabinet de travail, je présume ?

Les flammes s'amenuisèrent. Rose les raviva immédiatement, mais elle sentit ses paumes devenir moites.

— … Oui.

Une goutte de sueur roula entre ses omoplates. Sa gorge était si sèche que la seule idée de déglutir lui faisait mal…

— Après vous, Jérôme.

Au bord du renoncement, la comtesse entendit enfin les battants se refermer. Exténuée, elle courba l'échine et prit appui sur ses cuisses. Le vent qui balayait la salle retomba instantanément. Dans l'âtre, le brasier se résorba, laissant place à un modeste feu qui grignota les résidus de vêtements encore visibles, ici et là. S'enroulant tout à coup autour de la taille de Rose, un bras protecteur se chargea de consolider son équilibre.

— *Ce n'est rien, Vassili*, le rassura-t-elle. *Juste un peu de fatigue.*

Taciturne, le prince l'aida à se redresser. Les étourdissements gagnèrent du terrain, obligeant Rose à s'appuyer contre lui. N'ayant plus que la force de penser, elle se représenta la flasque de vermeil qu'il avait toujours sur lui, et lui adressa cette image.

Aussitôt Vassili déboutonna frac et gilet, porta la main au-dessous, puis en extirpa la ruineuse fiole. S'en emparant, Rose fit sauter le bouchon et l'amena à sa bouche. L'apaisement qu'elle en retira fut inférieur à ce qu'un autre sang que le sien aurait pu lui apporter ; néanmoins, le regain de vitalité fut bienvenu. La brûlure de sa gorge s'estompa. Les vertiges cessèrent, et sa respiration ralentit. Comme elle cherchait à tirer du récipient une nouvelle goulée, elle se rendit compte qu'il n'y avait plus rien à boire. Ôtant le goulot de ses lèvres, elle s'écarta de son serviteur, puis lui rendit la flasque vide.

— *Je la remplirai dès que nous serons rentrés*, s'excusa-t-elle.

Sans se fendre du moindre commentaire, le Slave récupéra la fiole, ainsi que le bouchon, et remit le tout dans l'étui qu'il portait sous son gilet.

— *Vous êtes bien sombre, mon ami*, s'avisa enfin sa maîtresse. *Quelque chose vous tracasse ?*

— *Non.*

Tournant les talons, le prince fit mine de s'éloigner, mais Rose surgit sur sa trajectoire et l'arrêta d'une main posée sur son bras.

— *Je suis désolée*, songea-t-elle, sourcils haussés sur un plissement chagrin. *Je n'avais pas envisagé que ce séjour pût aussi mal se passer. Si j'avais su, jamais je ne vous aurais exposé à ce déluge d'outrages…*

L'air indifférent, le prince tourna les yeux ailleurs. Rose déplaça la main de son bras à sa joue, qu'elle effleura d'une caresse.

— *Je ne le laisserai plus vous manquer de respect, Vassili… Je vous le promets…*

Les traits du Slave se voilèrent légèrement. Baissant sur sa maîtresse un regard indéchiffrable, il prit sa main dans la sienne, y déposa un baiser, puis l'écarta doucement de lui. Après quoi, se décalant d'un pas, il poursuivit son chemin vers l'autre extrémité de la salle.

Affligée, Rose ne se retourna pas.

Elle avait fait une sottise en revenant ici. Possiblement la plus grosse de toute son existence.

Le temps qu'elle se fût ressaisie, le prince avait jeté un large coffre en chêne dans la cheminée, afin d'entretenir le feu. Ce surplus de combustible facilita la crémation du cadavre, qui ne prit dès lors qu'une petite demi-heure. Il en resta bien quelques os, mais pas assez pour permettre aux domestiques d'identifier un corps humain. Ayant couvert ces vestiges d'une bûche ou deux, le prince et la comtesse avaient ensuite rejoint les frères d'Holival.

Ils s'aperçurent que Jérôme, le serviteur de feu le sieur de Bréal, n'avait plus aucun souvenir de la mort de son maître, ni de son incinération. Visiblement, Artus lui avait fait croire que Bréal effectuait une périlleuse mission qui lui vaudrait le pardon, si toutefois elle était menée à bien. Il sembla à Rose que le damoiseau s'était également vu confier une besogne particulière, cependant elle ne put en apprendre davantage. La combustion du cadavre ayant mobilisé toute son attention, elle n'avait pas pu épier leur conversation. Or, bien entendu, le comte ne souffla mot de ses desseins. Ce fut donc sur ces entrefaites qu'ils quittèrent la propriété de Bréal.

Ils rallièrent le manoir avec une heure d'avance sur l'aurore.

Tandis qu'Artus descendait à son antre, le prince et la comtesse prirent la direction de leurs quartiers. Rose remarqua que le cadet de la fratrie, resté en retrait, les suivait à l'étage. Prétendant n'en tenir aucun compte, elle s'introduisit dans le petit salon à la suite du prince ; lequel se mit sur-le-champ à obturer les fenêtres à l'aide des panneaux de bois prévu à cet effet. La comtesse, elle, préféra tendre l'oreille.

Les pas d'Adelphe poursuivirent vers le bout du couloir. Il regagnait sa chambre…

Irrésolue, Rose observa son serviteur. Elle était tellement usée par ces incessants affrontements ! Était-ce trop demander que vouloir un peu de paix ? Puis, quand bien même ils ne pouvaient se souffrir, ne pouvaient-ils cohabiter en bonne intelligence ? Un pli contrarié affleura entre ses sourcils. Poussant un court soufflement, elle recula vers la porte.

— J'ai une petite chose à faire avant de me coucher, annonça-t-elle. Je ne serai pas longue.

Occupé à tirer les rideaux, le prince suspendit son geste pour se tourner vers elle.

— L'aurore approche, ma *lady*…

La pointe d'anxiété qu'elle discerna dans sa voix lui tira un sourire attendri :

— Je ne vais qu'au bout du couloir. Nul danger que le jour m'y surprenne.

Perplexe, Vassili parut jauger l'argument. Il dut lui sembler convaincant, car il s'en revint à sa tâche sans objecter. Lui jetant un dernier regard, Rose ressortit dans l'antichambre. De peur de revenir sur sa décision, elle se hâta de la traverser pour rejoindre le corridor, qu'elle remonta prestement. Elle s'arrêta alors au pied d'une auguste porte d'acajou. Hésitant une ultime fois, elle leva le poing, et frappa trois petits coups nets. Un léger raclement boiseux se fit entendre, évoquant le son d'un tiroir que l'on referme, puis la voix d'Adelphe lui parvint, un peu étouffée :

— Que voulez-vous ?

— Juste vous parler.

Les secondes s'égrenèrent dans un silence de plomb…

— Entrez.

Un poids quitta les épaules de la comtesse. Un instant, elle avait cru que cette porte demeurerait close…

Actionnant la poignée, elle conjura cette désagréable sensation et pénétra dans la pièce. Ces appartements-ci étaient deux fois plus spacieux que ceux que le comte lui avait attribués. Le petit salon, orné d'une tapisserie bleu sombre, se parait de nombreuses moulures laiteuses, aux lignes sophistiquées. Le mobilier, simple mais élégant, s'accordait à ravir avec les petites sculptures d'albâtre qui l'agrémentaient. Néanmoins, il émanait de l'endroit une atmosphère de profonde mélancolie qui contrastait singulièrement avec le caractère de son occupant. Ce dernier, bras croisés et regard perdu dans le lointain, se tenait devant les vantaux ouverts d'une porte-fenêtre.

—Je puis revenir une autre nuit, si je vous importune, proposa Rose, la main toujours posée sur la poignée de la porte.

—... Qu'aviez-vous à dire?

Fauchée par la dureté de cette intonation, la comtesse faillit battre en retraite. À l'inverse, elle referma calmement la porte et s'approcha du jeune homme.

—Je crois savoir que vous avez eu des mots avec votre frère.

Piqué au vif, Adelphe braqua sur elle un regard noir. L'amorce avait fonctionné. Restait à s'insérer dans la brèche...

—Il a hurlé si fort que même un mort l'aurait entendu. Que lui a-t-il pris?

—Je vous le dirais volontiers, madame, si seulement vous y accordiez un quelconque intérêt.

Un florilège de répliques mordantes jaillit illico à l'esprit de Rose. Mais elle n'en retint aucune.

—Je ne suis pas venue croiser le fer. Je suis venue proposer mon soutien à un ami très cher, que je devine dans la tourmente.

Le jeune homme lui décocha une œillade incisive:

—Ne recommencez pas avec cela, comtesse.

—... Je vois. Si je ne puis m'enquérir de vous après une telle algarade, c'est que le divorce est avéré. En ce cas je n'ai plus rien à faire ici. Bonsoir.

Faisant brusquement volte-face, Rose regagna la porte.

— Madame, non… attendez…

Elle s'immobilisa, dos tourné, l'estomac noué.

— … Je vous ai taxée d'iniquité, alors qu'en vérité ce fut moi qui me montrai injuste… Pour cela, et pour le reste… je vous dois des excuses.

Ballottée entre joie, appréhension et lassitude, Rose ferma les yeux.

— Pourquoi avoir tant attendu pour me les présenter ?

— Je craignais que vous ne sachiez vous en contenter…

Virant de nouveau, elle adressa au jeune homme un regard chargé d'incompréhension :

— Suis-je donc condamnée à subir les pires camouflets sans jamais en entrevoir la raison ?

— Ma volonté n'était point de vous faire affront.

— Alors quelle était-elle ?

— Madame…

— Cherchiez-vous à me faire taire ?

— S'il vous plaît…

— Est-ce aussi là ce que vous me demandez ?

— … Oui.

— Pourquoi ?

— Parce que je n'ai point d'autre choix !

Saisie par ce subit emportement, Rose oublia l'argumentation qu'elle s'apprêtait à développer. Sa stupeur s'accentua encore lorsqu'elle s'aperçut combien était douloureuse l'expression du jeune homme. Baissant la tête, celui-ci se couvrit le visage d'une main.

— Bon sang, mais que se passe-t-il ? murmura Rose, alarmée. Ne me parlerez-vous donc pas ?

Derrière la barrière ajourée de ses doigts, elle put voir ses paupières se fermer et ses sourcils se froncer intensément.

— C’est impossible, souffla-t-il. Le silence est mon unique recours.

— Je me refuse à croire cela. Il y a forcément quelque chose que je puisse faire pour vous venir en aide.

Relevant la tête, Adelphe plongea dans les yeux de la comtesse un regard empli d’une noire désespérance. Aspirée par ces abîmes de désolation, Rose perdit jusqu’au désir de les combattre.

— Si vous avez jamais été mon amie, madame, je vous en conjure… laissez-moi chercher l’oubli. Ne m…

Sa voix se brisa, le forçant à marquer une pause.

— Ne me questionnez plus. Jamais plus.

Rose, désemparée, l’examina longuement. La requête était tellement poignante, comment ne pas agréer ? Elle ne voulait en aucune façon être l’instrument de sa peine. Et, puisque parler le contristait à ce point, elle retiendrait sa langue. Quand bien même cette passivité lui faisait horreur…

— Très bien, chuchota-t-elle, à regret. Vous avez ma parole.

Adelphe ferma les yeux. L’incontestable soulagement qui gagna ses traits atténua un peu les remords de la comtesse.

— Mais s’il s’avérait que je puisse faire quoi que ce soit d’autre, ajouta-t-elle, promettez que vous me le ferez savoir…

Signifiant son accord d’un léger signe de tête, l’éternel jeune homme passa une main sur son front, puis sortit sur le balcon. Rose le regarda s’appuyer à la balustrade de pierre, le nez pointant vers ses bottes et les épaules voûtées, et, déjà, elle sentit que son serment lui pesait.

Mais elle avait juré.

Se résignant à taire les interrogations anxieuses qui se pressaient à ses lèvres, elle rejoignit le vicomte sur le balcon.

— Qu'avez-vous fait pour mécontenter votre frère ? demanda-t-elle, après quelques instants.

Adelphe se redressa dans un soupir. D'un geste distrait, il replaça derrière son oreille la mèche de cheveux qui fuyait continuellement son catogan.

— J'ai abordé un sujet épineux…

— Et après ? Ce n'est pas la première fois que vous apportez la contradiction. D'ordinaire, il ne réagit pas avec cette violence.

Le jeune homme se tourna vers elle, vaguement soupçonneux.

— Comment savez-vous cela ?

— J'ai vécu à vos côtés, je vous le rappelle. Je sais que vos démêlés ne furent jamais si durs.

Il secoua la tête :

— Non, je vous demande comment vous savez que je l'ai contredit ?

Rose prit un air dégagé, mais, intérieurement, elle se délita. La fatigue et le désarroi l'avaient conduite à commettre une imprudence. Si elle ne se rattrapait pas rapidement, Adelphe ne manquerait pas de creuser la question.

— J'ai cru le deviner lorsque le comte vociféra qu'il n'avait à se justifier devant personne, allégua-t-elle, un rien malicieuse. Aurais-je mal compris ?

Le jeune homme faillit sourire.

— Non, reconnut-il. Vous avez bien entendu.

— Me direz-vous sur quoi portait le litige ?

— J'ai remis en cause la pertinence de certaines de ses réflexions.

— À quel sujet ?

— … Le seul qui pût le faire sortir de ses gonds.

Ils échangèrent un regard pénétrant, puis chacun reporta les yeux sur le parc. Ce jeu de devinettes, Rose le connaissait par cœur ; ils le pratiquaient depuis des lustres. Entre ce qu'Adelphe n'avait pas le droit de révéler et ce qu'elle n'était pas à même de concevoir, leurs conversations avaient maintes fois tourné en abscons logogriphes[13]. Continuer dans ce sens ne lui apporterait rien. Du reste, elle était trop fourbue pour mener cette investigation.

— Vous l'avez battu froid toute la nuit, dit-elle alors. Se pourrait-il qu'Artus soit allé trop loin, même pour vous ?

— Je ne fus certes pas enchanté d'essuyer ce trop-plein de rage, rétorqua sobrement Adelphe.

— Rage, oui, c'est le mot… Je ne l'avais jamais vu d'aussi épouvantable humeur…

Le jeune homme lui jeta un bref coup d'œil :

— Moi non plus.

Perdue dans ses pensées, Rose contempla les traînées de nuages jaune, orange et mauve qui habillaient l'horizon.

— Comment l'érudit peut-il être sur sa trace ? demanda-t-elle tout à trac. J'aurais pourtant juré qu'Artus avait pris toutes les garanties. Se serait-il produit quelque chose durant mon absence ?

Derechef, le jeune homme lui jeta un regard, qu'elle ne nota pas davantage que le premier. Néanmoins, n'entendant pas de réponse, elle pivota dans sa direction.

— Y aurait-il un rapport avec les Lamies ? fit-elle.

— Cela me surprendrait beaucoup.

— Artus pourrait avoir été distrait par leurs offensives, et, de ce fait, laisser un indice sur ses agissements ?

Adelphe rejeta cette supputation d'un ferme signe de tête :

— Non. Il aurait fallu pour cela que nous ayons été sur une piste quelconque, or ce ne fut pas le cas. Puis voilà des mois que l'érudit ne s'est pas manifesté.

— Il était peut-être trop occupé à vous épier ?

— Hmm… peut-être…

— Vous en doutez, constata Rose. L'idée est pourtant plausible.

— Elle pourrait l'être si nous n'avions appris au printemps dernier que M. Faivre, l'un de nos affidés, collectionneur notoire et membre de l'Académie royale de peinture, avait été approché par un mystérieux bourgeois se disant féru d'art.

— L'érudit ?

Le jeune homme opina.

— Nous sûmes qu'il se montra très intéressé par un triptyque illustrant le mythe de Deucalion. Or, ce triptyque se volatilisa dans le mois qui suivit sa visite.

— Avez-vous creusé cette piste ?

— Très succinctement. Entre l'agitation Lamie et… Artus ne souhaitait pas que nous nous éparpillions.

Rose cilla. Adelphe ne venait-il pas de frôler la maladresse, juste à l'instant ? Qu'avait-il failli révéler ? Quelle autre affaire pouvait, aux yeux d'Artus, équivaloir à la subite effervescence Lamie et excuser qu'il ne traquât pas les mouvements de l'érudit ? Les rumeurs qui le prétendaient indisponible avaient-elles, en définitive, un fond de vérité ?

— Que votre enquête vous a-t-elle appris ? s'enquit Rose, soucieuse de ne pas rompre le fil de la conversation.

— Les habituelles inconnues, si j'ose m'exprimer ainsi…

— Soit. Je vous l'accorde. Ce larcin semble porter le sceau de l'érudit. Toutefois, je ne vois pas en quoi cela contrarie mes suppositions.

— S'il avait nourri quelconques soupçons à l'égard de mon frère, pensez-vous qu'il serait allé jusqu'à voler l'un de ses affidés ?

— Bien sûr, s'il avait volonté d'observer son comportement.

— Un appât ? fit Adelphe, pensif. Possible. Mais peu vraisemblable.

— Pourquoi cela ?

— Deux siècles que sa prudence et sa minutie nous tiennent en échec, et il ferait soudain fi de tout cela dans le seul dessein de nous donner un lièvre à courir ?

— Inciter le loup à sortir du bois est une méthode qui a fait ses preuves.

— Je sais…

— Pourtant vous persistez à réfuter cette éventualité.

— Je ne la réfute pas, je suis juste songeur.

— Parmi tous les candidats à la traîtrise, il a jeté son dévolu sur Bréal. Cela prouve bien que, tout érudit qu'il soit, il n'est pas à l'abri d'une erreur… ou d'une potentielle révision de stratégie…

— Bréal n'était pas un si mauvais choix, madame.

Rose haussa un sourcil incrédule.

— C'était un être veule, poursuivit Adelphe, dont l'ambition se limitait à rester dans les bonnes grâces des seigneurs influents. Il n'avait pas d'entours, des affidés insignifiants, des moyens réduits, et nul esprit d'initiative. Il ne disposait guère que du charme Arimath pour espérer se faire un nom, mais, là encore, la province compte nombre des nôtres, et de plus séduisants qu'il ne l'était. Si l'on ajoute à cela sa proximité d'avec l'Héritier, géographiquement, s'entend, et son aversion pour ce dernier, l'on s'aperçoit qu'il avait, en vérité, toutes les qualités pour faire un épieur discret.

La comtesse se fendit d'une lippe ennuyée. Le tableau qu'Adelphe venait de brosser était plutôt concluant.

— Que pense Artus de tout ceci ? demanda-t-elle.

— Cela, je le saurai peut-être lorsque nous serons réconciliés…

— Vous ignorez aussi ce qu'il apprit du domestique, je suppose ?

L'air chiffonné, le jeune homme se borna à hocher la tête.

— Je ne m'explique pas ce qui s'est passé ensuite, s'interrogea Rose. Qu'a-t-il découvert qui ait pu engendrer…

Frémissant au souvenir de l'exécution de Bréal, elle chercha ses mots.

— … cette… sordide mise à mort…

À ses côtés, le vicomte se fit aussi absorbé qu'elle l'était.

— Je n'en suis pas certain, murmura-t-il. Pourtant je ne puis envisager qu'une seule raison à sa fureur…

— Qui serait ?

Le visage toujours orienté vers le parc, Adelphe garda le silence. Rose essaya de recenser les contournements possibles, mais son esprit s'enlisa, engourdi par l'aurore naissante. Elle opta donc pour une question directe :

— Y aurait-il un lien entre ceci et votre escarmouche avec lui ?

— … D'une certaine façon.

Rose lui jeta un regard désabusé. Elle ne pourrait rien en tirer. Et, puisque le temps commençait à manquer, il était plus sage de s'intéresser à d'autres sujets.

— J'ai tenté de lire la mémoire de Bréal, confessa-t-elle alors. Sachant qu'Artus ne me dirait pas un mot de ce qu'il y trouverait, j'ai voulu l'apprendre par moi-même. Ainsi que vous le vîtes, cette tentative se solda par un échec retentissant, et ô combien douloureux…

Dédaignant enfin l'examen du parc, Adelphe pivota vers elle, la mine froissée.

— Artus vous a toujours défendu de le faire, rappela-t-il, le ton chargé de reproches. Il avait pour cela d'excellents motifs.

— Bien sûr, oui. Ce fut certainement pourquoi il ne m'en dit jamais un traître mot.

— Il a sa propre manière de procéder.

— C'est aimable à vous de le rappeler, mon ami, toutefois je n'avais pas oublié combien votre frère affectionne les non-dits et la dissimulation…

En vis-à-vis sur ce balcon que les prémices de l'aube paraient d'une clarté diffuse, ils se jaugèrent un petit instant.

— S'il n'était pas intervenu, vous vous seriez trouvée dans une périlleuse posture, avança Adelphe.

— Que se serait-il passé ?

L'éternel jeune homme parut délibérer.

— Il serait trop long d'en discuter maintenant. Disons seulement que la douleur que vous avez éprouvée se serait amplifiée, vous affaiblissant, et facilitant la lecture de votre mémoire par celui que vous cherchiez à atteindre…

— Artus utilise cela comme une arme, n'est-ce pas ? persévéra Rose. Comment s'y prend-il ?

— Je l'ignore.

— Mais il le fait ?

— Oui.

— Cette aptitude est-elle commune à toute notre engeance ?

— Madame, s'il vous plaît…

— Oui ou non ? s'obstina-t-elle.

— Non, soupira le jeune homme.

— À notre maison, alors ?

— Il suffit, je vous en ai assez dit. Puis il n'est plus temps de palabrer. Le jour va se lever, vous devez regagner votre antre.

Rose se renfrogna. Bien des questions tournoyaient encore dans sa tête. Par exemple : Artus connaissait-il réellement la lignée du sieur de Bréal, ainsi qu'il le lui avait laissé entendre ? Ou : pourquoi ce dernier n'avait-il rien tenté pour se défendre ? Elle aurait volontiers essayé d'obtenir des réponses, mais elle pouvait lire dans les yeux d'Adelphe que la conversation était arrivée à son terme. De surcroît, un familier engourdissement, annonciateur de sommeil, avait déjà entrepris de coloniser ses membres. Elle se résigna donc à en rester là.

— Soit, concéda-t-elle en réintégrant le petit salon. Il est vrai qu'il se fait tard. Vassili doit m'attendre…

S'arrêtant après deux pas, elle se retourna, un timide sourire aux lèvres.

— Je suis heureuse que nous ayons eu cette conversation. Cette fâcherie entre nous m'était insupportable.

À demi tourné vers le parc, l'air singulièrement morose, Adelphe n'eut pas la bonté de répondre. Un désagréable frisson serpenta sur la nuque de la comtesse. Que se passait-il encore ?

— Bien… Je vous souhaite le bonjour…

Elle attendit un peu, puis, devant l'immobilisme du jeune homme, se décida à prendre le chemin de la sortie.

— Le prince est-il votre amant ?

Rose se figea.

Doutant de ce que ses oreilles venaient d'entendre, elle pivota vers le vicomte.

— Pardon ?

— Le prince… Est-il votre amant ? réitéra Adelphe en posant sur elle d'ombreuses prunelles.

La stupéfaction cédant le pas à l'agacement, Rose lui retourna un regard pointu.

— Occasionnellement. Pourquoi ? Est-ce un crime ?

— … Non.

— Alors d'où vient cet air désapprobateur ?

La mine longue, le jeune monsieur d'Holival ne pipa mot.

— Ne vous en déplaise, je ne me suis point encore changée en pierre. Or Vassili est superbe.

— J'avais saisi que vous ne l'aviez pas élu que pour ses qualités martiales, rétorqua Adelphe du tac au tac.

— Tout le monde ne peut être aussi chaste que vous, très cher !

La réplique fusa, fielleuse, avant que Rose n'ait eu conscience de ce qui allait franchir ses lèvres. Marrie, elle vit Adelphe perdre ses couleurs.

— Pardon, s'excusa-t-elle dans un souffle. Je ne le pensais p…

— Vous ne devriez pas faire cela.

— … Vous dites ?

Posté à l'orée du balcon, le jeune homme était engoncé dans une déconcertante fixité.

— Vous ne devriez pas l'entretenir dans de vains espoirs…

— Je ne vous permets pas d'insinuer pareille chose ! explosa la comtesse, scandalisée. Vassili sait très exactement à quoi s'en tenir !

— Croyez-vous que cela importe ?

— Que suis-je censée comprendre ?

— Avoir les convictions que vous avez au sujet de mon frère vous a-t-il jamais prémunie de quoi que ce soit, madame ?

Rose, furibonde, serra les poings.

— Cette mercuriale semble bien déplacée dans votre bouche, Adelphe ! Vous qui supportez à peine d'adresser au prince la moindre parole !

Un tressaillement sur les joues du vicomte souligna la brusque contraction de ses mâchoires. Sinistre, il la dévisagea de longues secondes durant.

— Ce que je peux bien éprouver ne changera rien à ce qui est, finit-il par dire, l'élocution presque difficile. Le prince vous porte des sentiments que vous ne lui retournez pas. Que vous ne lui retournerez jamais. Car, quoi que vous fassiez pour le nier, nous savons tous deux à qui votre cœur appartient.

Rose se pétrifia. Ses lèvres se fermèrent avec force, ne laissant de sa bouche que deux lignes blafardes. Dans ses iris ambrés, un funeste flamboiement scintilla.

Et pourtant…

Elle ne trouva rien à répondre.

Chapitre 8

— Y sont là-dedans !

Un indescriptible chahut composé de braillements et de heurts peupla les ténèbres… Des songes procédèrent bientôt de ce tapage ; des mirages décousus, qui dérangèrent son repos…

— C'est là qu'y gardent la farine !

Était-ce de la lumière qui filtrait entre ses paupières closes ? Et ces chuintements qui l'environnaient, étaient-ils réels ?

— Z'ont du pain en quantité, pour sûr !

Les clameurs augmentèrent. Une kyrielle de coups crépita contre… la porte ?

— Ils vont entrer…

Rose essaya d'ouvrir les yeux, mais ils restèrent collés. Ses paupières étaient aussi sûrement statiques que le reste de sa personne. Son corps entier refusait de bouger. Réduit à l'état de masse inerte, il était comme une geôle de chair où sa conscience, à présent revenue du néant, se débattait vainement.

— On sait qu'vous z'êtes là !

— Ouvrez !

Quelqu'un poussa un soupir chevrotant. Rose pouvait entendre le rythme affolé de sa respiration. Il devait se tenir à proximité… D'ailleurs, où se trouvait-elle, au juste ?

— Poussez-vous d'là ! M'en va vous faire entrer, moi !

Un cliquètement accrocha son oreille, mais il fut aussitôt couvert par de rudes tambourinements. Derechef, Rose tenta de desceller ses yeux.

— Poussez-vous, qu'j'vous dis !

Lentement, l'enchevêtrement de ses cils s'écarta. Elle distingua... du... bois ? Oui. Du bois sculpté. Un ciel de lit, pour être exacte. Le ciel d'un lit qu'elle connaissait bien. Très bien.

Déroutée, elle essaya de tourner la tête sur le côté. Au même instant, un bruit sec retentit dans la pièce. Il fut suivi d'un autre, identique, quelques secondes plus tard. Puis d'encore un. Et encore un autre...

— Une hache, annonça Vassili, laconique.

Rose parvint à orienter le visage sur sa gauche. Sa vue fut en partie obstruée par un pan d'étoffe noire, cependant elle put distinguer la haute silhouette de son serviteur. Le prince, arc-bouté sur ses jambes, avait les paumes posées contre l'huis ; lequel tremblait en cadence avec les coups qui le martelaient. Puis quelque chose de lourd racla le sol. Appuyant son épaule contre la porte, Vassili se retourna. Il fixa un point que Rose ne put discerner. Toutefois, le raclement se prolongea jusqu'à ce que la comtesse vît poindre l'extrémité d'un buffet, aussi volumineux que richement ouvragé. Le prince attendit qu'il arrivât à portée de ses bras, puis s'en saisit et le tira vers lui. Contre le battant malmené, le renfort du buffet se substitua à celui de son dos. Contournant le meuble, il rejoignit Adelphe et, ensemble, ils achevèrent de pousser le buffet en travers de la porte. Ce qui, avec leurs forces conjuguées, fut un jeu d'enfant. Sans se concerter, ils se dirigèrent ensuite vers un impressionnant coffre d'ébène qui reposait non loin de là. Se positionnant chacun d'un côté, ils attrapèrent les anses de fer et le décollèrent du sol. Leur intention était évidemment de fortifier la barricade qu'ils avaient concoctée.

Rose ne les observa pas davantage. Un mouvement venait de faire tanguer le matelas. Péniblement, elle porta le regard sur sa droite.

Cette fois, le tissu lui boucha complètement la vue. Elle commanda aussitôt à ses doigts de l'agripper, mais ces derniers étaient si gourds qu'ils manquèrent leur prise. Elle dut s'y reprendre à trois fois avant d'arriver à faire glisser l'étoffe de son visage. Elle découvrit Artus, assis auprès d'elle, tête basse. Ses traits étaient partiellement masqués par ses cheveux, mais, sur la foi de sa posture, Rose put dire qu'il venait juste de s'éveiller. Elle le vit hausser une main, qu'il passa sur son visage ; après quoi, il releva le nez. Ses yeux se tournèrent vers la porte un petit instant, puis se posèrent sur son infante, étendue à son côté.

— Rose ? marmonna-t-il, la voix pâteuse.

En guise de réponse, celle-ci chercha à se redresser. Voyant qu'elle bataillait, Artus lui tendit une main pour qu'elle s'en servît de levier. Ce qu'elle fit. Ils se retrouvèrent assis côte à côte sur le matelas. Comme elle s'intéressait enfin au reste de la pièce, Rose avisa les trois inconnus qui s'y tenaient. Tous revêtus de l'uniforme des gardes du manoir, ils paraissaient sous le coup d'une vive émotion. Celui qui se tenait à la droite de la comtesse, tout près du grand lit, était particulièrement pâle. Son poing était crispé sur le manche d'une baïonnette qui, à en juger par la couleur de la lame, avait récemment servi. Survolant la chambre d'un regard un peu flou, la comtesse vit Adelphe s'approcher du couchage.

— Que se passe-t-il ? lui demanda son frère. Qui cherche à entrer ?

— Les villageois.

Le mentor et son infante haussèrent les sourcils dans un parfait ensemble.

— Ils sont dev'nus fous, monsieur ! fit l'un des gardes. Ils ont fait feu et…

— Taisez-vous, caporal, coupa dans un murmure inquiet celui que ses insignes désignaient comme le capitaine. Voulez-vous donc qu'ils vous entendent ?

Le garde incriminé se tut, contrit.

— Il faut vous lever, Artus, pressa son cadet. Cette barrière ne tiendra pas indéfiniment.

La comtesse baissa le nez sur ses genoux, recouverts d'une épaisse couverture. Elle était encore habillée de sa chemise de nuit…

— Quelle heure est-il ? murmura-t-elle.

— Beaucoup trop tôt, répondit Vassili en s'immobilisant auprès d'elle. Je vais vous aider à vous habiller, ma *lady*. Asseyez-vous au bord du lit.

Repoussant l'étoffe qui cachait les jambes de sa maîtresse, le prince révéla le petit amas de vêtements qui attendait sur ses cuisses. Rose reconnut la tenue qu'elle avait portée la veille et avec laquelle elle avait coutume de monter à cheval. Elle fit mine de prendre la chemise, mais Vassili l'arrêta. S'emparant du ballot d'habits, il le posa à proximité.

— Tournez-vous vers moi, dit-il en lui soulevant les jambes afin de faciliter ses mouvements.

Léthargique, Rose s'exécuta.

— Sont-ils malades ? chuchota le caporal.

— Non.

— … Mais… y sont pâles comme les draps…

— Silence, ordonna le prince, péremptoire, tout en piochant deux bas de soie dans le tas de vêtements.

Le caporal obéit, néanmoins Rose sentit son regard peser sur ses épaules. Elle ignorait de quoi elle pouvait avoir l'air. La dernière fois que son sommeil avait été interrompu remontait à bien des années en arrière. Or, ce jour-là, elle n'avait pas eu l'occasion de se regarder dans un miroir…

Vassili acheva de lui mettre ses bas, puis se saisit des culottes. Il les lui fit enfiler, puis les remonta jusqu'à mi-cuisse. Mais il ne put aller plus haut. Se redressant, il glissa les mains sous les aisselles de sa maîtresse et la dressa sur ses pieds.

Rose tangua. Son corps était à peu près aussi souple qu'un pilier de granit. Doutant de pouvoir se maintenir debout, elle prit appui sur les épaules du prince. Celui-ci termina de lui passer ses culottes, dont il boutonna le pont[14]. Avec la même habileté, il entreprit ensuite de lui mettre sa chemise. La comtesse s'étonna qu'il la lui fît revêtir sans avoir d'abord enlevé celle qu'elle portait déjà, mais, puisqu'elle n'était pas en état de s'habiller seule, elle décida de ne pas le lui faire remarquer. Elle comprit toutefois ce qu'il avait en tête lorsque, après avoir déroulé la chemise sur son buste, il l'incita à retirer les manches du vêtement de nuit caché au-dessous. Il s'arrangeait simplement pour qu'elle n'ait pas à se dénuder…

Un infime sourire monta aux lèvres de Rose.

Le prince, qui s'était redressé, coula les mains par le col béant de sa chemise et attrapa le vêtement de nuit. L'extirpant de sous la chemise, il le fit passer par-dessus la tête de la comtesse, puis le jeta sur le lit. Après cela, il lui fit rapidement enfiler gilet et frac, puis, comme elle essayait d'en fermer les boutons, s'occupa de la chausser. Rose nota qu'il avait même songé à prendre la dague. Il l'avait cachée dans la tige de sa botte, ainsi qu'elle le faisait toujours.

— Vous êtes prêts ? interrogea Adelphe.

Vassili jeta un œil vers le bord opposé du lit, puis hocha la tête. À l'extérieur de l'antre, les vociférations allaient s'amplifiant. La porte, travaillée à la hache, sautait de plus en plus fort sur ses gonds. Bien que l'on ne puisse plus l'apercevoir derrière la cloison de meubles, l'on devinait que l'huis serait bientôt percé d'une brèche.

— Un instant, fit Artus.

Avec l'aide de son serviteur, Rose pivota de manière à voir l'intégralité de la chambre. Le comte, presque aussi blanc que la craie, se dirigeait laborieusement vers le seuil.

— Que faites-vous, Artus ? s'irrita son frère. Nous ne sortirons point par là.

Poursuivant sa route, le comte atteignit le buffet qui entravait l'entrée. Il en ouvrit l'une des portes et se pencha, instable, pour y chercher quelque chose. Sa main ressortit garnie d'un objet carré, recouvert de tissu. L'enfouissant sous ses habits, il le coinça contre son ventre, dans la ceinture de ses culottes, puis revint vers son frère. Ce dernier se rendit près du mur où le buffet était précédemment adossé, déplaça quelque peu l'un des cadres qui y étaient suspendus, et éprouva la paroi du plat de la main. Tout à coup, ses doigts traversèrent la tapisserie. Insérant son pouce, son index et son majeur dans les cavités que la toile venait de révéler, Adelphe tira énergiquement. Une large tranche de mur coulissa sur le parquet dans un crissement désagréable, suivant avec exactitude les moulures du panneau qui le parait. De l'autre côté apparut alors un sombre boyau.

Égal à lui-même, Vassili ne sembla pas s'émouvoir de cette découverte, à l'inverse des trois gardes, qui oscillèrent entre soulagement et appréhension. Rose, quant à elle, ne réagit pas davantage que son serviteur. Elle ne connaissait pas plus que lui l'existence de ce souterrain, cependant s'apercevoir qu'Artus avait encore un tour caché dans sa manche ne la surprenait pas outre mesure.

— Prenez le candélabre, fit Adelphe à l'adresse du capitaine, tandis que lui-même s'en retournait vers son frère.

Le capitaine obéit, puis fit signe à ses hommes d'avancer. Comme ceux-ci ne se bousculaient pas, il montra l'exemple et pénétra le premier dans le boyau. Les deux autres l'y suivirent, motivés par le tremblement de la porte barricadée. Le prince et la comtesse leur emboîtèrent le pas, s'engageant à leur tour dans cette galerie creusée à même la roche. Tandis que les maîtres des lieux s'y engouffraient aussi, le capitaine confia le candélabre au caporal, puis revint vers le pan de mur. S'emparant de l'épaisse poignée de corde qui en dépassait, il tenta de le refermer. Rose l'entendit grogner sous l'effort. Pourtant, la paroi ne bougea pas d'un cheveu. Voyant cela, le garde à la baïonnette vint illico lui prêter main-forte. Ils tirèrent à s'en faire saillir les veines du cou. Sans résultat.

Une série de chocs creux retentit dans la chambre. Quelque chose percutait le coffre trônant sur le buffet… Laissant son frère prendre appui contre le mur, Adelphe fit demi-tour et rejoignit les gardes :

— Écartez-vous.

Ils obtempérèrent, non sans lancer au jeune homme un regard déconfit. Agrippant la poignée, ce dernier se campa fermement sur ses jambes et rabattit la cloison de pierre. Au même instant, le coffre tomba de son perchoir. Le vacarme de sa chute et les clameurs victorieuses qui la saluèrent leur parvinrent étouffés. Adelphe se tourna pourtant vers les gardes pour leur signifier de garder le silence. Puis, le poing toujours serré sur la corde de la poignée, il s'immobilisa et tendit l'oreille.

Harassée, Rose voulut se laisser glisser au sol, mais son corps engourdi et rigide réagit mal à ses injonctions. Elle manqua de s'affaler. Fort heureusement, Vassili se chargea de lui faire achever son mouvement. Lui adressant un regard reconnaissant, la comtesse renversa la tête en arrière contre la paroi rocheuse. Le prince n'avait pas répondu à sa question, tout à l'heure. Mais, pour qu'elle fût dans un aussi piètre état, le soleil devait encore être haut. Pour endurer les affres d'un réveil diurne, il fallait être bien plus expérimenté qu'elle ne l'était. Et bien moins assoiffé…

Coulant un regard sur sa gauche, Rose vit que le comte s'était également assis. Une jambe étendue devant lui, l'autre repliée et en appui sur le sol caillouteux, il se servait de son genou comme d'un accoudoir. Ses traits étaient incroyablement tirés. Cependant, il paraissait en meilleure condition que son infante. Exténuée, celle-ci ferma les yeux. L'envahissante pesanteur de la somnolence anesthésiait ses capacités. Et, si elle avait conscience de son environnement, elle n'y répondait qu'à peine… Elle avait seulement envie… de dormir…

— *Où qu'y sont allés ?*

— *Y a pas de farine ici ! Ni d'pain !*

— *Ils nous ont eus !*

Un violent raffut éclata, soutenu par un marasme de borborygmes enragés.

Rose avait beau être à demi assoupie, elle ne comprit que trop ce qui se déroulait derrière le mur. La colère qu'elle en conçut fut d'autant plus ardente qu'elle était impuissante à stopper cette profanation. Ses prunelles, éteintes, glissèrent dans l'interstice de ses cils jusqu'à trouver son mentor. Le front calé dans le creux de sa paume, ce dernier avait les yeux braqués sur la cloison de pierre. Il la scrutait avec une telle intensité que l'on aurait dit qu'il cherchait à y forer un trou.

Mais il ne pouvait empêcher le saccage de son antre.

Quel que fût son désir d'intervenir, il n'y avait rien à faire ; à moins d'exposer son frère, ainsi que toutes les âmes présentes, à des risques inutiles. Le garde l'avait dit, les séditieux avaient fait feu. Cela induisait donc qu'ils étaient armés de fusils, ou de pistolets. Or Adelphe n'était pas plus à l'épreuve des balles qu'il ne l'était des fourches ou des pertuisanes. Sa rapidité et sa force le préservaient certes de la plupart des assauts. Toutefois, lorsque l'on était cerné par la foule – fût-elle humaine –, l'on s'exposait forcément à de potentiels mauvais coups. Aussi, sauf à se livrer à un carnage en bonne et due forme – chose inenvisageable, n'était-ce que pour les complications labyrinthiques que cela engendrait –, attendre était la seule chose à faire. Artus savait cela. C'était pourquoi il se contentait de fixer le mur, tandis que les saccageurs dévastaient sa chambre...

Abattue, Rose referma les yeux. Elle n'aurait su dire pourquoi, mais il lui coûtait de le voir ainsi. Peut-être parce que cela lui remémorait sa propre fragilité ? Ou peut-être parce que l'image d'un Artus passif et vulnérable s'accordait mal avec le souvenir du puissant protecteur qu'elle avait chéri. Prenant une brève inspiration, elle l'expira lentement, comme pour rendre de nouveau son dernier souffle. Ce faible soupir fut absorbé par le tumulte qui secouait l'antre du comte. Néanmoins, en dépit de ce tapage et de la colère qu'il générait en elle, Rose sentit qu'elle retournait à l'abîme du sommeil…

Une odeur âcre titilla ses narines. Puis des chuintements insistants vinrent siffler à ses oreilles. Rose se tourna sur le flanc, arrachant à sa couche un grincement plaintif.

Un grincement ?

Une minute… N'était-elle pas allongée sur le sol de la galerie ?

Résistant à l'envie d'ouvrir tout grands les yeux, elle libéra un mince espace entre ses paupières. Juste assez pour pouvoir discerner les alentours. Elle se trouvait dans une pièce circulaire et plutôt spacieuse. Au centre de cette pièce, deux longs bancs flanquaient une table, où attendait un candélabre. Sur ces bancs, trois personnages étaient assis. Les avant-bras reposant sur le plateau de bois, la tête rentrée dans les épaules, ils conversaient à voix basse, l'air tout à fait désemparé. Du coin de l'œil, Rose vit alors un quatrième individu s'approcher de la table. Deux éléments la frappèrent consécutivement. Le premier fut que cet homme portait des cuissardes ; et le second fut qu'il embaumait un grisant parfum.

Cessant de simuler l'assoupissement, la comtesse se redressa sur un coude. Un regard à la ronde lui apprit que le mobilier était aussi spartiate qu'il lui avait semblé. Il se résumait à la table centrale, aux bancs qui la jouxtaient, ainsi qu'à deux grandes étagères et une large armoire, dont Adelphe inventoriait le contenu. Elle avisa également deux couches identiques à celle sur laquelle elle était allongée. Il ne s'agissait en réalité que d'une planche de bois, supportée par d'épaisses chaînes qui sortaient du mur. Vassili était assis sur l'une de ces couches. Bras croisés, il patientait, arborant son usuelle imperturbabilité.

— *Où sommes-nous ?*

— *Dans la cache du souterrain*, répondit le prince en tournant vers sa maîtresse ses prunelles arctiques. *Nous nous y sommes rendus lorsque les séditieux eurent quitté la chambre du comte.*

S'asseyant au bord de son lit de fortune, la comtesse disciplina sa chevelure éparse.

— *Vous vous portez bien ?* s'inquiéta-t-elle ce faisant.

— *Oui.*

— *Avez-vous pu prendre un peu de repos ?*

— M. *d'Holival et moi-même avons veillé à tour de rôle*, spécifia Vassili.

— Si vous vouliez bien vous lever, *lady*, nous pourrions écouter ces messieurs nous dresser un résumé de la situation…

Rose pivota vers le comte. Le dos tourné et les bras apparemment croisés, il attendait, immobile, sous le regard inquiet des gardes. D'humeur conciliante, la comtesse quitta son grabat, puis contourna la table pour venir se planter à l'extrémité opposée à celle qu'occupait son mentor. Elle fut rejointe par le prince, qui se posta à son côté. Le visage fermé, Artus les survola du regard, avant de tourner la tête vers son frère :

— Venez, Adelphe. Cela peut attendre.

Le jeune homme jeta un œil par-dessus son épaule. La sévérité de son expression instruisit la comtesse de la non-réconciliation de la fratrie. En revanche, l'œillade concernée qu'il lui lança lorsqu'il vira pour gagner la table la rassura quant à l'état de leur propre relation. Ils ne s'étaient pourtant pas quittés en très bons termes, le matin même…

Sous le coup d'une certaine colère, elle était sortie un peu précipitamment de ses quartiers. Elle s'était couchée en songeant que ce dernier échange marquerait peut-être le retour de leur dissension ; mais, *a priori*, ce ne semblait pas être le cas. Rassurée, et désireuse d'entériner la paix qui se profilait, Rose répondit à ce regard par un sourire discret. Après quoi, elle reporta son attention sur le comte.

— Messieurs, nous sommes tout ouïe, fit celui-ci.

Les gardes s'entre-regardèrent, hésitants.

— Je ne sais trop par où commencer, monsieur, expliqua le capitaine en levant le nez vers son maître. Tout se déroula si vite…

— Relatez-nous ce qui se passa avant que le prince et moi-même ne vous rejoignions, convia Adelphe en s'arrêtant derrière le banc où deux des gardes étaient installés.

L'air pensif, l'homme prit plusieurs secondes avant d'entamer son récit :

— Eh bien… Je n'étais pas aux portes quand ç'a commencé. J'étais au réfectoire, à manger ma soupe avec les autres, quand tout à coup on a vu arriver Léandre. Il nous a dit de venir, qu'il y allait avoir du grabuge. Nous l'avons suivi, évidemment, et c'est au pas de course que nous avons rallié les portes… Là, nous avons découvert une imposante foule de gens tous mouillés de pluie et tous crottés de gadoue, pestant et invectivant les hommes qui s'efforçaient de leur barrer l'entrée. J'ai remarqué tout de suite que la plupart d'entre eux n'étaient pas venus les mains vides. Ils avaient des fourches, des pioches, des faux, et même des hachoirs pour certains… Quand je me suis approché, la première ligne de cette cohue a avisé mes galons et s'est dès lors adressée à moi. Mais comme ils parlaient tous en même temps, j'ai bien dû leur faire répéter leur requête une bonne dizaine de fois.

— Quelle était cette requête ?

— Ils voulaient vous parler, monsieur le comte. Ils disaient qu'ils ne partiraient pas tant qu'ils ne seraient pas assurés que vous les protégeriez.

Artus plissa les yeux :

— Que je les protège contre quoi ?

— C'est cela le plus bizarre, monsieur. Ils prétendaient qu'une horde de brigands échappés de Paris écumait la campagne, pillant les braves gens et détruisant les récoltes. Une histoire incroyable, bien sûr. Mais lorsque l'on sait ce qui se passe là-bas...

— À Paris, vous voulez dire ?

Le capitaine opina distraitement, prêt à reprendre le cours de son récit, mais son maître l'en empêcha :

— Que s'y produit-il donc ?

Les trois gardes tournèrent la tête vers le comte comme un seul homme.

— Vous ne le savez pas ? interrogea le capitaine, déconfit.

— Ai-je l'habitude de gaspiller ma salive en questions dont je possède déjà les réponses, capitaine ? fit Artus, quelque peu impatienté.

— ... Comment se peut-il que vous n'en sachiez rien ?

— Allez-vous répondre ?

— Monsieur, Paris est en révolte ! déclara le capitaine, confondu d'avoir à le lui apprendre. Les insurgés ont mis la ville à feu et à sang ! Ils ont même pris la Bastille...

— On dit qu'ils ont massacré le gouverneur et piqué sa tête au bout d'une lance ! renchérit le garde à la baïonnette. Il paraît qu'ils l'ont promené dans les rues tout le reste du jour !

— Ce n'est pas une rumeur, certifia le caporal. Je le sais de source sûre, mon neveu y était. D'ailleurs il a déguerpi dès qu'est tombée la nouvelle de la mort du prévôt. D'après lui, ils sont tous devenus fous là-bas !

Rose leva les yeux vers son mentor, s'attendant qu'il démente ces affirmations ou qu'il leur adjoigne quelques précisions pertinentes. Mais Artus resta coi. La lueur d'incrédulité qui flottait dans son regard la décontenança davantage encore que ce qu'elle venait d'entendre.

Il ne savait pas.

Il ne savait réellement pas.

— Les troupes de Besenval n'étaient-elles pas en ville ? s'enquit-il. Ne sont-elles pas intervenues ?

— Ça, je ne sais pas, monsieur. Cependant, à entendre mon neveu, je ne crois pas que les révoltés aient rencontré beaucoup de résistance.

La mine quelque peu brouillée, le comte s'absorba dans un silence grave. Son infante, elle, n'en croyait pas ses oreilles. Artus était toujours si bien informé ; que diantre s'était-il passé pour qu'il ne sût rien de ces bouleversements ? D'accord, Adelphe n'avait pas quitté le domaine ces dernières semaines, le comte ayant estimé que la situation était trop périlleuse pour prendre le risque qu'il s'éloignât. Mais tout de même, ses affidés auraient dû lui apporter les informations que son frère ne pouvait quérir ! En avaient-ils été empêchés par les prémices de cette révolte ?

Comme Rose évaluait l'à-propos de cette réflexion, la petite voix mesquine qui, ces temps-ci, murmurait à son esprit insinua qu'il y avait peut-être une autre raison à l'ignorance du comte. Elle repoussa l'idée… avec toutefois moins de vigueur que d'ordinaire. À son grand dam, l'éventualité d'une négligence lui paraissait de plus en plus plausible. Qu'Artus n'ait pas eu d'augure sur tout ceci, soit. Cela n'avait rien d'étrange. En revanche, qu'il méconnût à ce point la situation tendait à prouver qu'il ne s'en était que très peu préoccupé. Cela, malheureusement, venait étayer les soupçons pesant sur lui et dont elle avait plusieurs fois entendu la rumeur depuis son retour…

— Quand était-ce ? demanda le comte.

— Je ne sais pas à quel moment la révolte commença, monsieur. Mais, de ce qu'on en dit, ils ont attaqué et pris la Bastille il y a six jours de cela.

Sidérée, Rose retint une exclamation. Six jours ? C'était considérable !

— Quand cette nouvelle vous est-elle parvenue, caporal ?

— Mon neveu est rentré avant-hier, mais le mitron en parlait déjà la veille de son retour. Je ne sais pas comment il l'a su…

— Peut-être par ces deux coquins qui braillaient si fort, tout à l'heure, intervint le capitaine dans un bougonnement.

Les aristocrates se tournèrent dans sa direction, une même question dans le regard.

— Dans la foule des villageois qui se pressaient aux portes du domaine, reprit-il, il y avait deux visages que je ne connaissais point. Deux drôles d'individus, à qui je trouvais une déplaisante verve.

— Ils n'étaient pas d'ici, monsieur, affirma le garde à la baïonnette. Je connais tout le monde au village.

Artus lui jeta un œil, puis s'en désintéressa :

— Poursuivez, capitaine.

— Eh bien… Ces deux gaillards-là essayaient de convaincre les autres qu'avoir recours à vos grâces n'était pas une solution. Ils ne trouvèrent point d'oreilles. Du moins, pas à ce moment-là. De mon côté, voyant que rien ne saurait déterminer ces gens à regagner le village, je vous ai fait mander, monsieur.

Levant le nez vers Adelphe, le capitaine marqua un temps d'arrêt.

— Ce fut M. le vicomte qui se présenta. Accompagné de Son Altesse, le prince Golitsyne.

Rose lança un regard à son serviteur. Il ne le lui retourna pas. Les mains jointes dans le dos, les yeux fixés sur le narrateur de leur mésaventure, Vassili attendait, stoïque, que se poursuivît le colloque.

— Je leur récapitulai tant bien que mal ce qui venait de se passer, puis…

Le capitaine s'arrêta derechef, espérant qu'Adelphe prît la suite de ce récit. Ce que le jeune homme fit effectivement :

— La première constatation que nous fîmes fut l'importance de leur nombre. Je crois pouvoir dire qu'il y avait là la quasi-totalité des hommes du village.

— Ils étaient près de deux cents, indiqua Vassili, à brûle-pourpoint.

— Vous êtes bien sûr de vous, Altesse, rétorqua le comte, un rien provocant. Les auriez-vous comptés ?

— Je suis un homme de guerre, mon seigneur, pas un militaire de salon. Savoir évaluer les forces de l'ennemi est une aptitude indispensable sur un champ de bataille.

— Il dit vrai, intercéda Adelphe. Leur nombre était trois fois supérieur à celui de notre milice, et, si je ne leur voyais point de fusils, ils n'en étaient pas moins solidement armés.

Une légère crispation passa sur le visage d'Artus ; cependant, il n'ajouta rien.

— Ainsi que le capitaine vous l'a dit, poursuivit son frère, les villageois réclamaient protection. Ils étaient persuadés qu'une bande de marauds se dirigeait sur Boissy pour les détrousser et brûler les cultures. Nous avons tenté de savoir d'où leur venait cette idée farfelue, mais je crois qu'ils ne le savaient pas eux-mêmes. Aussi, pour les apaiser, je me suis engagé à rappeler notre régiment d'infanterie, cantonné à Saclas, afin de le leur envoyer. Ils accueillirent la nouvelle avec satisfaction, toutefois une voix s'éleva presque aussitôt pour demander que nous leur donnions le pain et la farine que, selon eux, nous gardions cachés ici.

Rose haussa les sourcils, éberluée :

— Qu'est-ce que cette stupidité ?

Adelphe émit un fin soupir.

— Ils craignent la disette, dit-il. Ces deux dernières années, les récoltes ont été grandement compromises par les caprices du temps. Or, le récent hiver a encore empiré les choses. Aujourd'hui, les réserves de grain sont basses et le prix trop élevé.

— Cela les amena à croire que vous cachiez de la farine ? insista la comtesse.

— Il semblerait.

— C'est ridicule…

— Nos moyens nous permettent de nourrir nos gens sans difficulté, et ce quel que soit le cours du blé. De là à penser que nous avons effectué des réserves, il n'y a qu'un pas.

— Quand bien même c'eût été le cas, le comte n'aurait jamais laissé le village mourir de faim ! fit Rose, passablement irritée.

— C'est ce que je leur répondis, madame. Je leur rappelai aussi le bois et les vivres dont vous les couvrîtes pour leur permettre de passer l'hiver, Artus, ajouta le jeune homme en regardant son aîné. Mais ils n'écoutèrent pas. Ils étaient obsédés par cette idée de réserve de farine. J'ai vite compris qu'aucune logique ne viendrait à bout de leur lubie. Ils se mirent d'ailleurs à réclamer que je leur ouvrisse les portes du manoir afin qu'ils vérifiassent par eux-mêmes que nous ne leur cachions rien. Ce à quoi j'opposai un refus catégorique. Je n'avais rien contre l'idée de promener une petite délégation d'entre eux dans la demeure, mais ils auraient inévitablement voulu voir derrière les portes des appartements de *lady* Rose, ou derrière celle de votre chambre, mon frère. Or, bien entendu, cela était hors de question… Le ton commença donc à monter… Plusieurs se mirent à déblatérer à notre encontre, nous reprochant nos droits seigneuriaux et nous accusant d'en mésuser. Hélas, leur discours contamina prestement d'autres bouches. Pendant ce temps, et sur mon ordre, le caporal partit quérir le reste de nos hommes. Lorsque ceux-ci arrivèrent, la foule hurla mille imprécations… À compter de ce moment, les choses se détériorèrent très vite. La populace était enragée. Nos hommes, nerveux, la mirent en joue pour la dissuader d'entrer. Ce fut alors qu'un coup de feu retentit, sitôt suivi de plusieurs autres. Une voix cria au meurtre, et soudain ce fut le chaos…

— Ce coup de feu fut le fait de l'un des deux inconnus, intervint le capitaine. Je le sais car ils étaient à quelques pas devant moi. J'eus juste le temps de voir l'un d'eux tirer un pistolet de sous son manteau, puis le jeune Albert reçut une balle en pleine poitrine… Ses camarades de chambrée qui le virent tomber, mort, à leurs pieds, ripostèrent d'emblée, tuant les villageois derrière lesquels les gredins s'étaient cachés…

— On n'allait pas se laisser écharper ! s'écria le garde à la baïonnette. V… vous avez vu c… ce qu'ils ont fait à Léandre ? bégaya-t-il, le regard hanté par quelque vision cauchemardesque. C'était pas du pain qu'ils voulaient ! C'était des tripes !

Adelphe, le visage grave, le contempla un instant.

— L'assaut fut d'une extrême violence, convint-il. Nos hommes, en infériorité numérique, furent dominés en quelques secondes. Ce fut pourquoi j'ordonnai la retraite… Nous nous repliâmes vers le manoir, mais…

Il n'acheva pas sa phrase. Ce n'était guère utile. Ce qui s'était déroulé ensuite était gravé sur les figures hâves des trois rescapés, assis autour de la table…

— Nous arrivâmes aux appartements de *lady* Rose avec la dizaine d'hommes que nous étions parvenus à sauver. Le prince arracha l'un des rideaux de votre chambre, grâce auquel nous pûmes vous recouvrir et vous transporter, madame… La descente vers vous, mon frère, fut plus meurtrière. Il me fallut tailler un chemin à travers les factieux. Mais, comme le prince ne pouvait à la fois se battre et protéger *lady* Rose, plusieurs hommes furent happés par la foule qui nous suivait. Nous parvînmes cependant à entrer dans votre chambre, Artus. Et vous connaissez la suite…

Les regards quittèrent le vicomte pour aller se poser sur son aîné :

— Combien de nos hommes sont morts ? interrogea ce dernier.

— Plus de la moitié, si l'on compte les blessés qu'ils auront sûrement achevés, répondit le prince. Les autres ont réussi à s'échapper.

Artus s'assombrit. Une étincelle passa, évanescente, dans ses prunelles d'émeraude.

— Soyez assurés que ces morts ne resteront pas impunies, susurra-t-il, le regard fixe. Je réglerai mes comptes avec ce troupeau d'ingrats sitôt que cela me sera permis…

Les promesses de représailles contenues dans ce murmure tirèrent à la comtesse un rictus anxieux. Néanmoins… elle comprenait sa colère. De tout temps, Artus avait été pour Boissy un seigneur prodigue et magnanime. Par la seule grandeur de sa réputation, il avait attiré sur ses terres une population toujours croissante. Mais ces villageois qui hier encore l'encensaient s'étaient retournés contre lui, molestant ses hommes et dévastant sa demeure. Et tout cela pour quoi ? Pour de prétendues provisions de pain ? Vraiment, elle comprenait sa colère… Elle la partageait, même…

— Sortons d'ici, décréta Artus en obliquant brusquement vers les étagères.

Les gardes s'entre-regardèrent, effarés par cette perspective.

— Mais monsieur, ils sont probablement des dizaines dans le manoir ! fit remarquer le caporal. Que voulez-vous que nous fassions ?

— Ai-je dit que nous y retournions ?

Sous l'œil interrogateur de ses hommes, le comte de Janlys piocha sur les rayonnages plusieurs havresacs, ainsi que des couvertures noires qu'il entassa sur son bras. Moyennant deux pas de côté, il atteignit ensuite la massive armoire et en ouvrit les portes. Comme il commençait à y fourrager, Adelphe le rejoignit et se chargea du paquet d'effets qu'il avait déjà réunis. Les deux frères échangèrent un rapide coup d'œil, puis le plus jeune s'en fut poser son butin sur la table.

— Nous n'avons ni eau, ni vivres, messieurs, expliqua Artus tandis qu'il tirait des entrailles de l'armoire un tas d'ustensiles disparates. Pour cela, il faudra vous débrouiller seuls.

Faisant volte-face, il revint se placer au bout de la table, puis déversa le contenu de ses bras sur le plateau.

— Nous vous escorterons jusqu'aux murs du domaine, après quoi nos chemins se sépareront.

Intrigués par le matériel qui s'étalait devant eux, les gardes ne l'écoutèrent plus qu'à moitié.

— Vous porterez au régiment de Saclas l'ordre de mission que je vais vous confier. Puis vous partirez avec eux.

Cette dernière phrase tira le capitaine de sa contemplation.

— Pour où ? fit-il, levant le nez vers son maître.

— Cyme-Grise.

Rose adressa à son mentor un regard curieux. Il y avait bien longtemps qu'elle n'avait entendu prononcer ce nom...

— Mais monsieur, j'ai une femme et des enfants ! protesta le caporal. Je ne peux pas les laisser ici !

— Faites comme il vous plaira, répondit Artus en s'éloignant derechef vers l'armoire. Le régiment partira quoi qu'il en soit... Toutefois, poursuivit-il en plongeant une main à l'intérieur du meuble, rien ne vous interdit de vous rendre au château par vos propres moyens. Dans cette éventualité, votre place vous y attendra.

Soulagé, le caporal poussa un faible soupir :

— Merci, monsieur...

Artus ne releva pas. Chargé d'un paquet de feuilles, d'un bâtonnet de cire, d'un encrier et d'une plume, il prit place sur le banc, au côté du capitaine. Il rédigea ensuite un court message, qu'il plia et cacheta à l'aide de sa chevalière. Se fendant aussitôt d'une autre note, il la scella également, puis la fit glisser vers le caporal.

— Vous avez un mois, l'informa-t-il. Passé ce délai, vous présenter au château serait vain.

Le garde hocha la tête, puis fit disparaître le précieux billet sous la veste de son uniforme. Le capitaine, quant à lui, ramassa l'ordre de mission destiné au régiment de Saclas. Se relevant, le comte distribua un havresac, une couverture, une outre vide et une dague à chacun des trois gardes.

L'air grave, les hommes composèrent leur maigre paquetage.

Resta au milieu de la table deux sacs, quatre couvertures, deux outres, un rouleau de corde, et quatre petites pelles dont le manche avait été scié. Les frères d'Holival répartirent promptement cet attirail entre les deux havresacs, puis, emportant leur ballot, se rendirent ensemble au pied de l'armoire. Ils en tirèrent plusieurs chemises propres, qu'ils roulèrent et ajoutèrent au restant. Nouant les cordons de son sac, Artus le passa en bandoulière. Adelphe s'apprêtait à l'imiter, mais il marqua une pause. Son regard erra une seconde sur les rayonnages, puis il y prit trois chemises supplémentaires, qu'il ajouta à son bagage. Comme à son tour il fermait son sac, son frère rabattit les portes du meuble et se dirigea vers le fond de la pièce – pour peu que l'on pût dire qu'il y avait un fond, puisque la salle était circulaire. Passant près de la table, il gagna la section de mur qui se trouvait à quelques pas au-delà.

Son infante pivota pour suivre sa progression, et s'aperçut, ce faisant, qu'une petite porte de métal terni perçait la paroi. Tout à côté du chambranle de pierre, une antique clef était suspendue à un clou rouillé. S'en emparant, Artus l'inséra dans la serrure et déverrouilla la porte. Cela fait, il replaça la clef sur son clou, ouvrit tout grand le vantail et, se penchant pour franchir le linteau, s'engouffra par l'ouverture. Recouvrant ses anciens réflexes, la comtesse se tourna vers Adelphe afin de sonder son état d'esprit. Le jeune homme lui parut un rien perplexe. Ce qui n'était pas bon signe...

— Par ici, messieurs, dit-il toutefois, invitant les gardes à se lever d'un geste de la main.

Ceux-ci obtempérèrent. Le prince et la comtesse en firent autant.

— Le candélabre, rappela Adelphe en s'arrêtant près de la porte.

Vassili, qui était le plus proche de la table, fit aussitôt demi-tour et s'en retourna le chercher. Revenant vers les gardes, il le confia au capitaine, lequel s'était arrêté près du chambranle. Ce dernier le remercia, puis se hâta de s'engager dans le passage. Il y fut suivi par les deux autres gardes, puis par le prince, et par la comtesse. Enfin, Adelphe ferma la marche, rabattant derrière lui le vantail de fer.

Ses ressources étant ce qu'elles étaient, Rose éprouva quelque mal à distinguer le tunnel dans lequel ils venaient d'entrer. Il lui fallut une bonne seconde pour faire abstraction de la frileuse luminosité des bougies et permettre à sa vision d'immortelle de prendre le pas. Soit juste le temps nécessaire à son mentor pour disparaître à l'angle du coude que formait le boyau. Intimidés par l'étroitesse et la noirceur du souterrain, les gardes se lancèrent cependant à la suite de leur maître. Vassili les imita, contraint pour sa part d'incliner la tête pour ne pas raboter le plafond. Rose, plutôt que de les accompagner, regarda en arrière... Adelphe s'occupait de verrouiller la porte à l'aide d'une deuxième clef. Remettant cette dernière dans la cache d'où il l'avait extraite, il se tourna vers les ténèbres et tomba droit dans le regard soucieux de la comtesse.

— Qu'a-t-il en tête ? murmura-t-elle.

Adelphe esquissa une mimique lasse.

— J'aimerais le savoir.

Ils se mirent en route, avançant à quelques pas en retrait du petit cortège.

— Les événements ont donné raison à Frohel, constata Rose, maussade. Il va exulter lorsqu'il saura ce qui s'est produit ici.

— Hélas, soupira le jeune homme. Il va nous en rebattre les oreilles…

Un mince sourire affleura aux lèvres de la comtesse. Il y avait longtemps qu'elle n'avait entendu Adelphe s'exprimer avec ce naturel. Pour n'importe qui ç'aurait pu sembler insignifiant, mais, pour Rose, c'était la preuve du renouveau de leur complicité. La joie qu'elle en retira compensa un peu la débâcle de cette triste journée.

— L'aubaine est trop belle pour qu'il s'en prive, renchérit-elle. Malheureusement, il va aussi se servir de cela pour taxer Artus d'incompétence…

— Cela ne changera guère de son caquetage habituel.

— Si ce n'est que, cette fois-ci, il aura du grain à moudre.

— J'ose espérer que nos pairs se souviendront lequel des deux mondes il convenait de préserver le premier.

— La rumeur ne se souvient jamais que de ce qui l'arrange…

Se tournant vers elle, Adelphe l'épingla soudain d'un regard perçant :

— Auriez-vous eu vent de quelque chose, madame ?

Rose se fendit d'une petite lippe.

Le jeune homme était perspicace, or elle n'avait pas réellement cherché à masquer ses craintes. Rien d'étonnant, donc, à ce qu'il lui posât cette question.

— Même sans cela je me serais inquiétée, fit-elle, se dérobant à demi. Qu'Artus ait pu se laisser surprendre, vous admettrez qu'il y a de quoi s'étonner.

— Mon frère avait d'autres préoccupations que l'agitation parisienne, riposta Adelphe dans un murmure sec.

— Cela explique-t-il pour autant son ignorance ?

— Il y a des semaines que je n'ai quitté le manoir, protesta le jeune homme en cessant tout à coup d'avancer, or vous savez qu'Artus s'en remet d'abord à moi pour ces questions.

S'arrêtant elle aussi, Rose posa sur lui un œil dubitatif.

— D'abord, oui, mais point uniquement. Qu'en est-il de ses affidés ? Auraient-ils tous fui la province ?

— Faut-il que je vous remémore la situation, madame ?

— Qu'espérez-vous me faire croire, exactement ? Que l'ombre des Lamies aurait tant effarouché votre frère qu'il n'aurait pu songer à un moyen de la contourner ? Ou bien qu'il n'avait point préparé d'autres canaux de renseignements que ses agents habituels ?

Son vis-à-vis s'assombrit ; néanmoins, elle persista :

— Artus est trop adroit pour se laisser décontenancer par ces désagréments, si dommageables soient-ils. S'il n'a pas eu connaissance des événements, c'est qu'il n'a pas cherché à savoir.

La mine aussi sûrement fermée qu'une porte de cachot, Adelphe se remit en route.

Rose lui emboîta le pas.

— Quelque chose d'autre l'accapare, n'est-ce pas ? fit-elle dans un nouveau chuchotement. Vous l'avez laissé entendre ce matin.

L'éternel jeune homme lui jeta un regard oblique, mais garda la bouche close.

— Ce quelque chose doit être primordial pour le monopoliser de la sorte…

Un deuxième coup d'œil l'informa qu'elle s'engageait sur une pente dangereuse.

— Soit ! trancha-t-elle avec humeur. Ne dites rien ! Mais sachez que je ne suis pas la seule à m'alerter de son indisponibilité. Or, tous ne sont pas aussi indulgents que je peux l'être. Vous le savez, d'ailleurs. C'est bien pour cela que vous êtes si sourcilleux.

— Qu'entendez-vous par là ?

— Que vous ne supportez pas que l'on critique votre frère. Surtout pas si ces critiques sont fondées.

Adelphe lui darda un œil noir. Ne souhaitant pas rouvrir les plaies de la discorde, Rose se résolut à aller au bout de sa pensée.

— Vous êtes le seul qui puisse infléchir ses décisions, murmura-t-elle, laissant tout à coup transparaître son appréhension. Convainquez-le de ne plus prêter le flanc aux médisances… Ses détracteurs y puisent beaucoup trop de force…

L'agacement qui obscurcissait les traits du jeune homme s'estompa. Pourtant, il n'en parut pas moins sévère.

— Artus connaissait les risques, prétendit-il. Il a fait ce qu'il devait faire, de la façon qu'il pensait être la meilleure.

Ce commentaire sibyllin ne fit rien pour dissiper les interrogations de la comtesse. Car, bien qu'elle ne sût pas ce à quoi Adelphe faisait allusion, il semblait clair qu'il partageait au moins une partie de ses inquiétudes. L'altercation qu'il avait eue avec son aîné en était d'ailleurs une preuve formelle : il avait déjà tenté de le faire changer d'avis. Mais à quel propos ? Telle était la question…

Durant un petit moment, l'on n'entendit plus que le crissement des semelles sur le gravier. Suivant le tracé sinueux de la galerie, les silhouettes de leurs compagnons d'infortune apparaissaient et disparaissaient au détour de chaque nouveau méandre. Seul Artus restait indiscernable. Cependant, Rose savait qu'il était toujours là. Son empreinte les environnait.

— Il a l'intention de quitter Boissy, murmura-t-elle, l'intonation oscillant entre question et affirmation.

Le regard perdu devant lui, Adelphe mit un instant à réagir.

— Je pense, oui…

Rose acquiesça imperceptiblement. À sa place, elle aurait fait de même. Puisque les villageois avaient manqué de probité au point d'assaillir celui qui les avait toujours préservés, il était juste qu'ils en paient les conséquences. La première d'entre elles serait, semblait-il, d'être livrés à leur sort.

— Êtes-vous retournés au château ces dernières années ? s'enquit-elle alors.

Un léger pli se forma entre les sourcils d'Adelphe.

— Non.

La comtesse n'insista pas. Elle savait que le jeune homme n'aimait guère évoquer le domaine familial. Son frère ne l'appréciait pas davantage, d'ailleurs. Ce qui expliquait sans doute pourquoi, en près de deux siècles, ils ne s'y étaient rendus que trois fois. Rose, quant à elle, n'avait encore jamais eu le plaisir de contempler le comté de Janlys.

S'étendant depuis les berges sud de la Creuse, les terres d'Artus empiétaient jadis sur le Poitou, le Berry et la

Marche. Il n'en restait aujourd'hui qu'une petite portion, enclavée entre le duché royal et les terres du prince de Conti. Cet amenuisement s'était fait par cessions successives, soit au roi en personne, soit aux princes de sang. De nombreux seigneurs Arimath avaient suivi cet exemple. Non qu'aucun d'eux ait connu de difficultés ; il était simplement plus confortable de réduire la superficie de leur patrimoine. D'une part pour ne point trop éveiller l'attention des mortels, et d'autre part pour n'être pas perpétuellement sollicités dans leurs luttes de pouvoir. Cela avait aussi eu le mérite d'alléger un peu l'intendance. Très peu, toutefois. Car, lorsqu'un immortel vendait ses terres, il n'en cédait que l'administration et le titre de propriété. En aucun cas l'influence qu'il y exerçait ne changeait de main, pas plus que n'était bouleversé l'accès aux ressources agraires ou pécuniaires. Ainsi, bien que le comté de Janlys ne fût plus qu'une éclaboussure topographique, le comte, lui, n'avait rien perdu de son ascendant. Et, quoi qu'en dise le cadastre, ce territoire était toujours le sien.

C'était au cœur de ces terres que se dressait le château de Cyme-Grise, berceau de la fratrie d'Holival. Or, pour qu'Artus y envoyât son régiment d'infanterie, c'était vraisemblablement qu'il projetait de s'y retirer…

Un léger courant d'air vint chatouiller la joue de la comtesse, la tirant de ses méditations. Leur petit groupe ralentissait ; ils devaient avoir atteint l'extrémité du souterrain. Franchissant un dernier tournant, elle déboucha dans une petite caverne au centre de laquelle se tenait son mentor, les yeux levés vers la voûte rocheuse. Au-dessus de lui l'on pouvait voir un carré de métal se découper dans la pierre. Y apposant les paumes, Artus étendit les bras et souleva le panneau aussi facilement que s'il s'était agi d'un rideau de toile. Une sorte d'éboulement s'ensuivit, puis la trappe s'abattit sur le sol qui les surplombait. S'appuyant sur les rebords herbeux, Artus se projeta hors de la grotte.

Stupéfiés par cette fulgurante sortie, les gardes restèrent figés, le nez en l'air. Eux aussi pouvaient atteindre les bordures de la trappe. Cependant, pour parvenir à se hisser ainsi que le comte l'avait fait, il leur aurait fallu des membres mille fois plus puissants que les leurs. Comme ils contemplaient, penauds, l'inaccessible issue, le prince avança jusqu'à eux. Sans crier gare il saisit le caporal à la taille et le décolla de terre, l'extrayant pour moitié de la caverne. Surpris et effrayé, l'homme s'agrippa convulsivement aux bras qui le retenaient.

— Dépêchez-vous Thomas ! houspilla le capitaine. Son Altesse ne va pas vous porter jusqu'au matin !

Bousculé par l'injonction de son supérieur, le caporal s'allongea sur le sol à présent à sa portée, puis rampa à l'extérieur. Lorsqu'il eut disparu, Vassili pivota vers le garde à la baïonnette. En un rien de temps, il suivit le chemin emprunté par son frère d'armes. Confiant le candélabre à Adelphe, le capitaine s'approcha ensuite du Slave. Il le remercia d'un bref signe de tête, puis, à son tour, fut porté vers la surface. Alors que le prince se tournait vers sa maîtresse, Adelphe souffla les bougies du candélabre et l'abandonna au sol. Se positionnant sous l'ouverture, il la franchit avec la même aisance que son aîné.

— *Permettez, ma lady.*

Rose eut un vague sourire :

— *Je peux sortir seule de cette caverne, Vassili…*

— *Vous êtes assoiffée*, rappela-t-il. *Préservez ce qui vous reste d'énergie.*

Ne lui laissant pas l'occasion de le contredire, le prince l'attira à lui, enserra sa taille de ses mains, puis la haussa vers le ciel. N'étant plus en position de discuter, Rose s'extirpa de la trappe. Vassili la suivit, gagnant la surface avec souplesse et rapidité. Sitôt d'aplomb, il ajusta ses vêtements en quelques gestes mécaniques, se retourna pour fermer le battant, puis rejoignit sa maîtresse.

Non loin d'eux, les gardes se tenaient en attroupement serré, comme craignant de s'éloigner les uns des autres. Pour leurs yeux de mortels, les ténèbres devaient sembler épaisses. Ils peinaient sûrement à distinguer les environs. Ce n'était pas le cas de Rose, bien entendu. Elle avait reconnu l'endroit au premier coup d'œil.

Ces ruines, elle les avait arpentées des milliers de fois. C'était ici que, sous la houlette d'Artus, elle s'était entraînée au maniement de son aptitude. Elle y avait passé des nuits entières à faire éclore des flammes, apprenant à en diriger l'intensité et la hauteur, à les résorber, à les orienter… Les échecs avaient été nombreux, et le danger omniprésent. C'était pourquoi son mentor avait choisi cette vieille chapelle comme arène. Ici, il n'y avait à brûler que les murs éboulés et les piliers fendus. Elle avait pourtant enflammé les ruines à plusieurs reprises. Une fois, elle avait même incendié le pourpoint de son mentor…

Cette nuit-là, elle n'avait eu aucune envie de travailler. Elle avait suivi le comte parce qu'il avait insisté, mais son esprit s'était rapidement mis à battre la campagne. Après deux heures de laborieux exercices, elle avait commencé à anticiper le moment de regagner la chambre et… au gré de ces agréables divagations, le pourpoint d'Artus s'était brusquement embrasé. Elle l'avait éteint illico, mais la frayeur l'avait laissée tremblante. Artus ne s'était pas offusqué de cet impair. En fait, lorsqu'elle lui eut expliqué – non sans un certain embarras – le pourquoi de cette brusque flambée, il avait tant ri qu'elle avait fini par s'en amuser aussi. Après quoi il avait décidé qu'il était grand temps de remédier à cet ardent bouillonnement…

Un sourire troublé naquit aux lèvres de la comtesse. Tournant les yeux vers son mentor, elle rencontra ses envoûtantes prunelles. Le contact fut bref, mais suffisant à lui faire perdre contenance. S'orientant vers ce qui avait été jadis le porche de la chapelle, Rose battit subitement en retraite. Était-ce encore une coïncidence, ou bien l'avait-il entendue ? Se laissait-elle trop absorber par ses souvenirs ? Y pensait-elle trop fort pour que chaque fois il se tournât vers elle ? Ou bien n'était-ce dû qu'à ses talents divinatoires ?

Parvenue à l'extérieur de la chapelle, Rose tâcha de maîtriser son emballement. Elle l'avait regardé. Et en souriant, de surcroît. Quoi d'extraordinaire à ce qu'il lui rendît ce regard ? Tant qu'elle n'aurait pas appris à garder les yeux loin de lui, ce genre de contrariété se reproduirait. Passant les mains dans son abondante et libre chevelure, la comtesse leva le visage vers le ciel. S'intéresser à ce qu'il pouvait ou non avoir perçu n'avait aucune espèce d'utilité, de toute façon. Cela ne le ferait pas changer d'attitude. Il se moquait éperdument de ses états d'âme. D'ailleurs, elle aussi était supposée se ficher de son opinion…

— On aurait dû conserver le candélabre.

La comtesse se retourna. Encadrés par la fratrie d'Holival, les gardes émergèrent des ruines, le pas incertain.

— Vous n'avez pas besoin de lumière, fit le comte, tandis qu'il passait près de son infante. Contentez-vous de me suivre.

S'éloignant vers la forêt, il ne perdit pas de temps à vérifier que ses hommes obéissaient. Assujettis à sa volonté, ceux-ci n'avaient pas d'autre choix que de le suivre. Ce fut ainsi que la petite troupe quitta la clairière pour s'enfoncer dans les bois.

La direction que prit alors le comte renseigna Rose sur leur destination : ils regagnaient le manoir. Ce dernier n'étant qu'à une demi-lieue au nord-ouest de la chapelle abandonnée, ils auraient tôt fait de s'y rendre, et ce en dépit du retard occasionné par les mortels qu'ils escortaient. Cheminant au côté du prince, à l'arrière de la colonne, Rose dépensa les quinze minutes que dura le trajet à triturer la même interrogation : Artus avait-il usé du souterrain pour quitter le domaine, au nez et à la barbe de tous, ces dernières semaines ? Cette possibilité constituait un intéressant début d'explication aux nombreuses nuits qu'il avait passées enfermé dans son antre. Cependant, elle ne parvenait pas à déterminer pourquoi il aurait pu vouloir faire cela. Hormis, peut-être, pour rencontrer quelqu'un…

— C'est ici que nous nous quittons, messieurs.

Le groupe fit halte, à l'image du comte. Celui-ci resta une seconde les yeux rivés au mur d'enceinte, comme plongé dans ses pensées, puis il rejoignit ses hommes.

— Accordez-moi votre attention, je vous prie…

Les gardes tournèrent les yeux vers lui dans un bel ensemble, et restèrent subjugués par les fabuleuses lucioles qui les contemplaient. Leurs regards se vidèrent de toute expression. Passifs, ils demeurèrent les bras ballants, tandis qu'Artus prélevait une partie de leurs souvenirs.

— Suivez la muraille jusqu'à atteindre l'arche, reprit ce dernier après un court instant. Ensuite, vous n'aurez plus qu'à prendre la route de Saclas. Si vous vous montrez prudents et que vous restez à couvert des sous-bois, vous ne rencontrerez pas d'ennuis.

— Oui, monsieur…

— Ne traînez pas. Je compte sur vous.

Encore un peu sonné, le capitaine salua son maître une dernière fois, puis gagna le mur d'enceinte, les deux autres gardes sur ses talons. Lorsqu'ils se furent assez éloignés pour n'être plus capables de l'apercevoir, le comte fit volte-face et entreprit de suivre la muraille dans la direction opposée.

— Ne serait-il pas plus simple que vous nous expliquiez vos intentions, Artus ? l'interpella son frère.

S'immobilisant soudainement, le comte exécuta un vif demi-tour :

— Plus simple pour qui ?

Un bouquet de ridules naquit entre les sourcils du jeune M. d'Holival.

— Je conçois combien vous devez être… contrarié, Artus, commença celui-ci, déployant des efforts manifestes pour garder son calme. Toutefois, me rudoyer de la sorte n'arrangera pas vos affaires… Il se pourrait même que cela les complique…

La mine farouche et le regard pétillant de colère, les frères se dévisagèrent un long moment. À l'évidence, l'algarade se prolongeait hors de portée d'une intervention extérieure. Le prince et la comtesse assistèrent donc à cette inaudible joute, observant tour à tour les visages des protagonistes pour tenter d'en suivre l'évolution.

— L'érudit a laissé une piste, annonça Artus de but en blanc. Je dois la suivre avant de ne le plus pouvoir.

Un infime soupir s'échappa de la gorge d'Adelphe.

— Bien, fit-il.

— Votre curiosité est satisfaite, mon frère ?

— Cette piste, vous l'avez dénichée en interrogeant le domestique de Bréal ?

— Oui.

— Où nous mène-t-elle ?

— Chez le baron d'Herpin-Feuillie.

— Qui cela ? questionna Rose.

Le comte jeta à son infante un regard impénétrable, puis il se détourna pour reprendre la route.

— Vous ne le connaissez pas, *lady*, précisa-t-il cependant. Il ne s'est établi dans la région que récemment.

— Il réside à quelques lieues au-delà d'Orveau-le-Grand, ajouta Adelphe, comme lui-même, le prince et la comtesse s'engageaient sur les pas de son frère. Êtes-vous certain qu'il faille y aller maintenant, Artus ? Le moment semble mal choisi.

Le jeune homme devait avoir épuisé le quota de questions autorisées, car, cette fois-ci, son frère resta silencieux. Estimant sans doute en avoir obtenu assez, Adelphe n'insista pas. Et, tandis qu'ils serpentaient entre les arbres longeant le pourtour du domaine, le calme revint au sein du quatuor.

Ils atteignirent la muraille est en un clin d'œil. À cet endroit, la distance les séparant des écuries, et par extension de la demeure elle-même, était moindre. Ce fut pourquoi Rose perçut si nettement les éclats de voix qui en provenaient. Il y avait des rires, des exclamations diverses, et… du chahut. Notamment le bruit du tissu que l'on déchire et celui du verre que l'on casse… Détournant la tête, la comtesse se contraignit à regarder devant elle. Il était heureux qu'Artus ne puisse entendre ce qui se passait à l'intérieur. Sinon, il n'aurait peut-être pas pu s'empêcher de s'y rendre. Elle-même peinait à se contenir, or elle n'avait pas vécu là aussi longtemps que lui…

Comme ils franchissaient le dernier angle du mur, Rose vit son mentor bifurquer vers les sous-bois qui bordaient la route. Elle s'avisa alors qu'ils avaient dépassé les écuries sans qu'aucun d'eux ne songeât à aller s'enquérir des chevaux. Elle s'apprêta à le leur signaler, mais une seconde pensée l'arrêta.

Les bêtes avaient sûrement été volées. Artus devait le savoir, c'était pour cela qu'il n'avait pas ralenti. Pourtant… Harald n'avait pas dû se laisser prendre. Il était trop vieux et trop expérimenté pour accepter qu'on l'emmenât. Mais puisque Artus ne s'était pas arrêté… Cela signifiait-il… que le pur-sang était mort ? Rose eut l'impression d'avoir avalé une brique. Lugubre, elle se promit d'être là lorsque sonnerait l'hallali de ces gueux.

Ils arrivèrent aux abords du village de Boissy moins de quinze minutes après leur départ du manoir. Rose avait fait son possible pour ne pas ralentir leur progression, mais, ses forces allant diminuant, elle n'avait pu donner son plein potentiel, et le rythme de sa course s'en était trouvé affecté. Elle n'eut cependant pas l'occasion de s'en inquiéter davantage, car, sortant tout à coup de la forêt, Artus accéléra derechef. Ses compagnons le suivirent, perplexes. La direction qu'il empruntait les menait droit vers le bourg. Or, pour rejoindre leur destination, ils auraient dû contourner le village, et non le traverser. Qu'est-ce que le comte pouvait avoir en tête ? Avait-il changé d'avis ? S'était-il déterminé à exercer sa vengeance dès à présent ?

Ces questions flottaient encore à l'esprit de Rose lorsque, parvenu au pied d'une maisonnette, Artus poursuivit sa course sur le mur de celle-ci pour en gagner le toit. S'élançant illico vers la maison suivante, il sauta de toits en murets, de murets en piliers, et de piliers en appentis avec une grâce irréelle. Aussi félins qu'il pouvait l'être, ses compagnons s'engagèrent à sa suite. Ombres furtives et bondissantes, ils se dirigèrent vers la place du village…

Comme ils atteignaient le rebord esquinté d'une vieille toiture, Artus s'arrêta et porta le regard en contrebas. Une courette rectangulaire s'ouvrait à ses pieds. Le sol, inégal, boueux et parsemé de paille, absorbait en partie le claquement des semelles qui le parcourait. Lanterne à la main, un homme s'engouffra dans une bâtisse oblongue et mal entretenue, dont le portillon fatigué crissa. Sitôt fut-il entré que le comte se laissa tomber dans la cour, suivi de près par ses compagnons. Ils se reçurent dans un complet silence, guère plus déséquilibrés que s'ils avaient enjambé une flaque d'eau. S'orientant aussitôt vers le bâtiment où le personnage avait disparu, ils en franchirent le portail.

Le grincement qui monta des charnières rouillées fit se retourner le bonhomme. Sa lampe encore en main, il se figea, hébété :

— … Grand Dieu…

— « Monsieur le comte » suffira, murmura Artus, le sourire corrosif.

Reculant de plusieurs pas, l'homme commença à secouer la tête avant même d'avoir ouvert la bouche :

— Je n'ai rien fait, monsieur, je vous le jure ! Il est venu tout seul !

Aiguillée par ces mots, Rose passa en revue les stalles de cette vétuste écurie. Dès la seconde, elle trouva Harald, ainsi que le coursier d'Adelphe. La quatrième stalle était également occupée par deux des chevaux du comte, mais point ceux qui avaient été vivifiés.

— Les autres aussi sont venus d'eux-mêmes ? s'enquit Artus, la voix onctueuse.

Le bonhomme ne sut que dire. Pâlissant, il jeta un regard craintif à la solide escorte que constituaient Adelphe et Vassili.

— Auriez-vous l'obligeance de m'expliquer ce que cet emplâtre fait sur l'épaule de mon cheval ? demanda encore le comte.

Déconfit, le ferrant baissa le nez.

— Il a refusé de se laisser emmener, à ce qu'ils m'ont dit. Il a dû prendre un mauvais coup quand il s'est enfui…

Un éclair luminescent passa dans les prunelles d'Artus.

— Je vois.

— Il avait aussi perdu un fer… mais je l'ai remplacé !

Le sourire du comte s'élargit :

— Comme c'est aimable… Vous ne verrez pas d'objection à n'être point rétribué pour cette tâche, j'imagine ?

— Non, monsieur…

Se détournant, Artus s'en fut rejoindre son pur-sang dans le compartiment qui lui avait été attribué.

— À quoi pensiez-vous en conduisant mes bêtes ici ? fit-il tout en flattant l'encolure d'Harald. Il était certain que je commencerais mes recherches par là.

— … Y a pas eu moyen de les emmener plus loin, marmonna le maréchal.

— Oui ? Ma foi, l'on dirait que ces chevaux se sont montrés plus loyaux que vous… N'est-ce pas, maréchal ?

Le poing serré sur l'anse de la lanterne, ce dernier continua de fixer la pointe de ses galoches. Passant près de lui, Adelphe mit le cap sur la sellerie que l'on avait entassée à l'autre bout de l'écurie. Vassili l'accompagna, ayant sans doute avisé ce vers quoi il se dirigeait. La comtesse, quant à elle, garda la porte. Non que le maréchal eût pu s'enfuir, il n'aurait jamais couru assez vite pour cela, mais elle préférait leur épargner tout contretemps, si mince fût-il. Transi par son regard ambré, l'homme resta donc piqué au milieu de l'étable, tandis que le prince et le vicomte entraient dans le dernier compartiment, les bras chargés d'équipements.

— Occupez-vous de vivifier ces montures, *lady*, signifia subitement Artus.

Rose esquissa un frêle rictus. Elle avait à peine assez de ressources pour son propre usage, il était inenvisageable qu'elle s'entaillât pour nourrir les bêtes… Comme elle cherchait le moyen de s'en expliquer, le comte quitta la stalle où il se tenait. S'arrêtant à proximité du maréchal-ferrant, il posa sur son infante un œil las :

— Dans cet état, vous ne m'êtes d'aucun secours…

Sa main s'envola vers la nuque de son voisin. Un bref craquement se fit entendre, puis le bonhomme s'affala tête la première.

— Nourrissez-vous, *lady*.

Partagée entre gêne et exaspération, Rose regarda son mentor s'éloigner vers le monceau de harnais. Elle avait la détestable impression qu'il la traitait encore comme une nouvelle-née ; comme un oisillon à qui il fallait donner la becquée ! Mais elle était parfaitement capable de se nourrir seule ! Elle n'en avait pas eu le temps, voilà tout. Il n'y avait pas là de quoi se montrer si condescendant.

Fulminante, mais assoiffée, Rose posa un genou à terre. Tandis qu'elle portait à ses crocs la dépouille du maréchal-ferrant, elle jeta un œil vers le fond de l'étable. Depuis la dernière stalle, Adelphe, qui cherchait à attraper la bride du cheval debout à ses côtés, lui renvoya un demi-sourire. Ce fut alors que, par inadvertance, il referma la main sur celle du prince, qui avait eu la même idée que lui. Saisi, il recula dans un spasme. Le Slave lui adressa un regard surpris, que le jeune homme ne soutint pas. Au lieu de cela, il se replia vers le flanc de la bête et entreprit de disposer le tapis de selle.

Interloquée, Rose aspira pensivement la première goulée de sang. La présence du prince lui était donc si odieuse qu'il réagît à son contact avec cette violence ? Le détestait-il à ce point ?

Avalant sa pitance en même temps que sa déception, Rose estima vain de s'appesantir. Paupières closes, elle tâcha de trouver dans les délices de son repas quelques instants d'un précieux répit.

Chapitre 9

Ils galopèrent presque toute la nuit.

Une heure avant l'aurore, ils établirent leurs quartiers dans une remise abandonnée, que les frères d'Holival se chargèrent d'assombrir à l'aide des couvertures qu'ils avaient emportées. Le prince et le vicomte se postèrent ensuite à l'extérieur, se préparant à une journée de veille tandis que leurs maîtres s'endormaient entre les murs de ce relais improvisé.

Le soir venu, le comte éveilla son infante sitôt que le soleil se fut caché derrière l'horizon. Ils remontèrent en selle dans les minutes qui suivirent.

Leur chevauchée n'avait, depuis, connu nulle interruption. Même lorsque les ventrus nuages avaient décidé de déverser sur leurs têtes le contenu de leurs bedaines, ils avaient continué d'avancer, fendant les trombes d'eau avec une égale célérité. Ce fut à travers cet écran de pluie que Rose vit poindre de sombres et hautes grilles, surmontées d'une armada de pointes. Légèrement en contrebas de ce portail, au bout d'une allée percée d'une ribambelle de flaques, une demeure trapue s'élevait. Les pierres grisâtres et l'architecture rébarbative faisaient davantage songer au domaine de quelque obscur magistrat plutôt qu'à celui d'un baron. Ce devait pourtant bien être la maison qu'ils cherchaient, car Harald raccourcit sa foulée.

À présent au petit trot, les voyageurs s'engagèrent entre les barrières ouvertes. Rose s'aperçut alors qu'une perruque était piquée au sommet de l'une d'elles. L'averse en avait détrempé les frisures, qui pendouillaient piteusement le long des barreaux de fer forgé, mais il n'y avait pas de doute : c'était bien une perruque. Cette vision insolite alerta la comtesse. Quelque chose s'était produit ici. Peut-être un événement similaire à ce qui avait secoué Boissy…

Tandis que les coursiers remontaient l'allée, projetant alentour une corolle d'éclaboussures fangeuses, elle balaya les environs du regard. Elle repéra un morceau d'étoffe, à demi noyé dans une large flaque. Un peu plus loin, là où le chemin s'évasait pour devenir une cour, une poignée de planchettes brisées jonchait le sol. L'on pouvait aussi distinguer des fragments d'une matière blanche ; de la céramique, possiblement. Essuyant d'un revers de manche l'eau qui dégouttait de ses sourcils, Rose leva vers la demeure un œil inquiet. À l'évidence, ils n'étaient pas les seuls à s'être présentés ici. Et les précédents visiteurs avaient clairement manqué de savoir-vivre.

Arrivé près du perron, Artus stoppa sa monture et mit pied à terre. Comme ses compagnons en faisaient autant, le comte rejoignit la porte principale, contre laquelle il frappa. Le quatuor patienta, le visage ruisselant, les cheveux dégoulinants et les vêtements traversés de pluie. Mais seule la crépitation de l'averse répondit… Repoussant d'une main les mèches d'encre qui s'étaient collées à ses joues, Artus frappa derechef. Cette fois, la vigueur de ce martèlement fit trépider l'huis. Quel que fût le brouhaha engendré par l'averse, il était inconcevable que personne ne l'eût entendu.

— Nous n'avons plus rien pour vous ! s'exclama tout à coup une voix au timbre fêlé. Vous avez déjà tout pris ! Allez-vous-en !

— Le baron est ici ? s'enquit Artus. Le comte de Janlys demande à lui parler.

— Balivernes ! Un comte ne se présenterait pas au beau milieu de la nuit ! Déguerpissez !

Artus resta une demi-seconde à contempler la porte… puis il apposa une paume contre le battant et donna une subite impulsion. L'huis s'ouvrit avec fracas, fendant le bois du chambranle et en arrachant la gâche. Le comte s'engouffra dans la demeure, au moment précis où retentit une assourdissante déflagration.

Répondant à un réflexe souverain, Rose se rua à l'intérieur. Une forte odeur de soufre la prit immédiatement à la gorge. Portant le regard vers l'autre extrémité de ce petit vestibule, elle vit que son mentor tenait un bras levé vers le ciel, la main enserrant le poignet d'un valet épouvanté. Autour du pistolet que brandissait ce dernier flottait un épais brouillard de fumée, que traversait mollement un filet de poussière blanche. Levant le nez, la comtesse repéra l'impact laissé par la balle dans le plâtre du plafond.

— Vous ne devriez pas jouer avec cela, susurra Artus entre ses dents, le regard habité d'une inquiétante lueur.

Abaissant d'autorité le bras qu'il avait maintenu en l'air, il confisqua au domestique l'arme que celui-ci tenait, puis la laissa tomber au sol. Rose reconnut un pistolet « 1777 », destiné à l'usage de la cavalerie. Ce modèle-ci était celui confié aux officiers. On le différenciait du modèle de troupe à sa crosse plus fine. Elle le savait car Vassili en possédait de semblables – quoique les siens fussent bien mieux entretenus.

— Vous avez des écuries ? interrogea le comte en relâchant sa prise.

Le valet hocha la tête, l'air halluciné.

— Faites-y mener nos chevaux.

Comme le domestique reculait, une cascade de pas leur parvint depuis un couloir proche. Le mentor, son infante et leurs deux serviteurs qui étaient entrés à la suite de celle-ci tournèrent la tête en direction du son. Une poignée d'hommes déboulaient dans le passage, arme au poing.

— Restez où vous êtes ! somma l'un d'eux en épaulant son fusil.

Excédée, Rose leva les yeux au ciel. Après les désagréments de ces deux dernières nuits, elle n'avait certes pas l'intention de filer avant d'avoir obtenu les informations qu'ils étaient venus chercher !

— Que voulez-vous ? s'écria encore le bonhomme tandis que la petite escouade qui l'accompagnait se déployait autour des Arimath. Il n'y a plus rien à prendre ici !

— Monsieur d'Herpin-Feuillie, je présume ? fit alors Artus. Mes excuses pour cette impétueuse entrée, mais j'ai à vous entretenir d'une affaire urgente…

— Qui diable êtes-vous donc, monsieur ?

— Artus d'Holival, comte de Janlys, répondit celui-ci en commençant tranquillement à se défaire de sa redingote détrempée. Vous connaissez ce nom, je gage ?

Un unique candélabre éclairait le vestibule, cependant la lumière y était suffisante pour que le baron pût inspecter les visages de ses visiteurs ; ce qu'il fit, s'arrêtant tout particulièrement sur celui d'Adelphe.

— Monsieur mon frère, précisa Artus en repliant son manteau sur son bras.

Le baron les examina tour à tour, puis abaissa soudain le canon de son arme.

— Une chance que votre réputation vous précède, messieurs, fit-il, mi-rassuré mi-irrité.

— Est-ce pour cela que vous nous gardez en joue ?

— Vous comprendrez que votre intrusion suscite méfiance, monsieur le comte.

— D'autant que ce n'est pas la seule que vous ayez eu à subir.

— … Les nouvelles vont vite, maugréa le baron.

— Vous trouver debout, fusil à l'épaule, à cette heure de la nuit, parle de soi-même, monsieur. Additionnez à cela le fouillis qui orne votre cour, et vous aurez réuni les éléments d'une simple déduction. Du reste, ma propriété fut, il y a peu, le théâtre de semblable scène…

L'expression d'un vif étonnement envahit les traits du baron :

— Comment ? Vous aussi ? Quand est-ce…

— Je serais ravi de vous relater les circonstances de cet incident, monsieur, l'interrompit Artus, toutefois mes chevaux ont grand besoin d'un abri. Quant à nous, vous pouvez voir ce qu'il en est.

— Bien sûr ! Pardonnez mon étourderie ! s'excusa le baron en signifiant enfin à ses hommes de baisser leurs pistolets. L'on va conduire vos bêtes aux écuries et vous apporter de quoi vous sécher. Si vous voulez bien me suivre…

Précédés par le maître de céans, et encadrés par deux de ses laquais, les Arimath remontèrent le couloir qu'ils les avaient vus emprunter un peu plus tôt, jusqu'à atteindre une porte, restée ouverte. Ils découvrirent un cabinet à l'ameublement fort dépouillé, qu'illuminaient quelques candélabres. À en juger par la présence d'une harpe, d'un piano-forte et de deux chevalets de peinture, la pièce devait être destinée à la pratique des beaux-arts.

— D'ordinaire, je reçois dans le grand salon, stipula le baron en les devançant à l'intérieur, mais l'un des mécréants en a brisé une fenêtre. À présent, le vent s'y engouffre comme dans les voiles d'un moulin…

Comme elle poursuivait l'examen de la pièce, Rose aperçut à proximité du piano un petit cheval de bois, monté sur roulettes. Posé tout à côté, un régiment de soldats miniatures semblait prêt à le prendre d'assaut.

— Dans l'attente de sa réfection, ma famille et moi-même avons pris nos quartiers ici.

S'arrêtant auprès de deux canapés disposés face à face, le baron adressa à ses visiteurs un sourire contrit, mêlé d'un brin de répugnance :

— Je vous inviterais volontiers à prendre place, mais…

Rose jeta sur sa mise un œil résigné. L'eau qui suintait de son frac avait enfanté de petites mares sur le parquet, délimitant avec exactitude l'espace qu'elle y occupait.

— Ôtez vos manteaux, encouragea leur hôte tout en faisant signe à l'un de ses valets d'avancer. Robert va les mettre à sécher.

Artus, qui avait déjà enlevé sa redingote, la tendit au domestique pendant que ses compagnons se débarrassaient de la leur. Le dénommé Robert les collecta consciencieusement, puis quitta le salon, les bras chargés d'un tas de tissu spongieux et froid. Oubliant la bienséance, le baron d'Herpin-Feuillie se laissa tomber sur l'un des confortables canapés, sur l'assise duquel il déposa son fusil.

— C'est arrivé il y a deux jours, déclara-t-il tout de go. Ils surgirent peu de temps avant la collation, comme mon épouse et moi-même regardions les enfants jouer au colin-maillard. Ils nous effrayèrent assez pour que nous fassions aussitôt rentrer les petits. Bien nous en prit ! Quelques instants plus tard, ces canailles nous encerclaient, exigeant avec force cris que j'avouasse la nature exacte du complot…

Le baron lança à ses visiteurs un regard en dessous, cherchant sans doute à estimer l'effet qu'avaient eu ses paroles.

— Je me tuai à leur assurer que je n'entendais rien à ces histoires, poursuivit-il, mais ils ne voulurent point m'écouter. Ils persistèrent dans leurs accusations, parlant de pillards, de champs brûlés et d'autres absurdités de la sorte… Je ne compris point la véhémence de ces gens, néanmoins il était bien certain qu'ils n'étaient pas disposés à discourir. Ce fut alors que mon épouse eut l'idée qui, je crois, nous sauva de plus sévères péripéties. Figurez-vous qu'elle les invita à partager notre collation ! Je restai tout d'abord interdit par cette étrange invitation, puis je constatai que la perspective du boire et du manger avait amolli leur diatribe. Je laissai donc faire. La tendance à l'accalmie se vérifia dès que l'on eut disposé le pain et les futailles dans la cour. Ils y restèrent jusqu'au point du jour, buvant et mangeant presque tout le contenu de notre cellier ! Ils repartirent copieusement avinés, et nous n'eûmes finalement à déplorer qu'un petit nombre de larcins et de détériorations.

Rose posa sur la mine désolée de leur hôte un regard peu amène. Certes, l'aventure n'avait rien d'agréable ; toutefois elle n'était pas moitié aussi grave que l'insurrection qui avait secoué Boissy. Pour calmer ces envahisseurs-là, il eût fallu les noyer dans des rivières de vin.

Au sens littéral.

— Ces gens étaient-ils nombreux ? demanda Adelphe.

Les épaules du baron s'élevèrent brièvement, comme sa bouche s'incurvait en une moue pensive :

— Une trentaine, environ. Soit le double de ce que cette demeure compte en hommes valides.

— Ils étaient armés ?

— De couteaux, de faux et de fourches, mais point de pistolets ou de fusils. Fort heureusement, leur ripaille les tint éloignés des nôtres…

— Pensez-vous qu'ils venaient du hameau ? s'enquit encore le jeune homme.

— Matthieu en est persuadé, répondit le baron en se tournant vers le laquais resté sur le pas de la porte. Pour ma part, je n'ai reconnu aucun visage.

Suivant le regard du maître de maison, Rose pivota pour examiner ledit domestique. Sous une ligne de sourcils drus, des yeux défiants sautaient de l'un à l'autre des visiteurs, paraissant guetter leur moindre mouvement.

— Que vous dirent ces fauteurs de troubles ? fit Artus, prenant enfin part à la conversation.

— C'était assez confus. Ils jargonnaient des inepties au sujet d'une cabale à laquelle ils m'accusaient d'avoir pris part.

— Rien de plus précis ?

— Ils prétendaient que les nobles de la région s'étaient coalisés et avaient payé des bandits pour dévaster les récoltes.

— Dans quel but ?

— Pour…

— Voici les linges, monsieur.

Toutes les têtes pivotèrent vers le valet, lequel s'était tourné en direction de la porte entrouverte. Un second laquais se tenait dans l'entrebâillement, une pile de linges blancs posée sur les avant-bras. Le dénommé Matthieu alla s'en saisir, puis il rejoignit Rose en quelques enjambées. S'inclinant succinctement, il lui présenta son fardeau.

— Juste ciel, mais je manque à tous mes devoirs ! se désola le baron en se relevant soudain. Veuillez pardonner ma discourtoisie, madame.

Tandis que Rose prélevait un linge de la pile qu'on lui tendait, le sieur d'Herpin-Feuillie ploya dans une révérence étonnamment gracieuse :

— Je n'ai pas eu l'honneur de vous être présenté.

— Lady Rose, baronne de Carville et comtesse de Greer, énonça l'intéressée d'une voix monocorde.

— Mes hommages, madame.

Elle adressa au baron un petit sourire poli – pâle reflet de celui qu'elle avait eu coutume de dispenser dans les salons impériaux –, puis elle s'enroula dans le linge et commença à éponger sa chevelure. Comme les frères d'Holival se délestaient de leurs havresacs pour s'emparer à leur tour d'une pièce d'étoffe propre, leur hôte pivota vers le prince, déjà occupé à se sécher.

— Un sabre d'officier, si je ne m'abuse ? fit-il, le ton empreint d'une excessive componction. Dragon ?

— Hussard, rectifia Vassili.

Le baron opina, une pointe d'excitation dans le regard :

— J'ai toujours admiré la cavalerie ! Si je n'avais eu le dos si fragile, j'en aurais moi-même rejoint les rangs. À quel régiment appartenez-vous, monsieur ?

— Cinquième de hussards. Armée de Sa Majesté impériale Catherine.

Les yeux un rien globuleux du baron parurent saillir davantage.

— Monsieur, s'immisça Rose, permettez que je vous présente Son Altesse le prince Golitsyne.

— … Eh bien ça…, murmura leur hôte, estomaqué. Si je m'attendais…

Amusée par l'ébahissement du sieur d'Herpin, la comtesse se prit à sourire. Certes, leur hôte manquait autant de tenue que de la traditionnelle emphase aristocratique, mais elle appréciait son naturel. Dans ce monde ou dans l'autre, les menteurs, les flagorneurs et les obséquieux étaient bien assez nombreux ; un brin de franchise – fût-elle maladroite – ne pouvait pas faire de mal…

— Laissez-nous.

L'injonction, péremptoire, tira Rose de ses considérations. Tournant la tête vers son mentor, elle vit le valet s'éloigner de lui, la démarche incertaine.

— Vous n'avez pas répondu, monsieur, rappela Artus lorsque le domestique eut passé la porte. Dans quel dessein la noblesse aurait-elle payé ces brigands ?

L'interpellé pivota dans sa direction, avec sur la mine les signes distinctifs d'un assujettissement mental.

— Ils parlaient d'une vengeance, dit-il, atone. D'une rancune que nous autres nobles nourririons à l'encontre du tiers état, et que nous aurions voulu leur faire payer en les affamant.

— Je vois…

Les frères d'Holival s'entre-regardèrent une seconde.

— Bien, reprit l'aîné en croisant les bras sur sa poitrine. Puisque nous avons fait le tour de la question, il est temps d'en venir à ce qui m'a amené ici, baron. Asseyez-vous, je vous prie.

Docile, le sieur d'Herpin réintégra sa place sur le canapé, auprès du fusil dorénavant inutile.

— Au mois de novembre dernier, vous eûtes également un visiteur nocturne, n'est-ce pas ?

Le baron acquiesça.

— Narrez-moi cette entrevue.

L'homme eut un moment d'inertie, puis sembla s'animer de nouveau.

— C'était un amateur d'art. Il disait avoir entendu maints compliments sur ma modeste collection, et me pria de bien vouloir la lui montrer.

— Vous êtes collectionneur ?

— J'ai passé ma prime jeunesse en Suède, voyez-vous. Ce fut là que je contractai passion pour leur extraordinaire paganisme. Nous autres Latins vivons avec les figures de la mythologie gréco-romaine, pourtant les dieux scandinaves ne sont pas moins fascinants, croyez-moi ! Ils méritent tout autant d'être décrits, peints, ou sculptés.

— Est-ce là ce que vous rassemblez, monsieur ?

— Très exactement, oui, confirma le baron, ponctuant sa phrase d'un vigoureux hochement de tête. Il y a fort longtemps que j'ai commencé d'amasser ces trésors. Je ne suis pas peu fier de cette collection. Elle compte plus d'une centaine de pièces, vous savez ! se rengorgea-t-il.

— Sont-elles antiques ?

Le baron gonfla les joues.

— Quelques-unes, fit-il après avoir expulsé l'air accumulé dans sa bouche. Mais les vestiges sont rares, l'évangélisation des peuples nordiques a contribué à leur disparition. Pour être honnête, nous ne pouvons toujours différencier ce qui relève des croyances originelles, les *forn siðr*, de la vision que s'en firent les chrétiens de jadis. Les quelques témoignages qu'il me fut permis d'examiner étaient flous, et ne permettaient point de réflexions concluantes sur le sujet. Aussi me suis-je satisfait des œuvres que je trouvais, sans attacher trop d'importance à l'époque de leur création.

— Ces œuvres, quelles sont-elles ?

— Des gravures, des tableaux, ainsi que quelques poteries, sculptures et tablettes gravées.

Rose jeta un œil à son mentor. Des tablettes. Ces dernières étaient certainement ce que le sieur d'Herpin possédait de plus ancien…

— Lesquelles de ces pièces intéressaient votre visiteur ?

Semblant enfin s'aviser de l'étrangeté de cet interrogatoire, le baron prit une figure de circonstance :

— En quoi cela peut-il vous intéresser vous-même, monsieur le comte ?

— Ne vous souciez pas de cela, murmura Artus, ses prunelles d'émeraude rivées à celles de son interlocuteur. Contentez-vous de répondre.

— … Il examina nombre de pièces… mais… l'une d'elles retint tout spécialement son attention. Il faut dire que c'était une pièce remarquable.

— « C'était » ? Faut-il en déduire que vous ne la possédez plus ?

— En effet, monsieur. Je… la lui ai vendue, révéla le baron, dubitatif. Mais le reste de ma collection est toujours ici ! Je serais d'ailleurs enchanté de vous en faire la…

Artus repoussa l'idée d'un revers de main :

— Parlez-nous plutôt de cette vente.

Un brin offusqué par ce prompt rejet, le baron prit un instant de réflexion avant de répondre.

— Connaissez-vous le *Snorra Edda*, monsieur le comte ?

Rose plissa les yeux. Elle connaissait l'*Edda* pour la simple raison que le texte ainsi dénommé était fort célèbre chez les Oström ; ou, du moins, chez ceux de cette maison qui restaient attachés à leurs racines scandinaves. Toutefois, elle était certaine qu'ils y référaient comme étant l'*Edda Sæmundar*, et non le *Snorra Edda*, ainsi que le baron venait de le dire…

— Il s'agit d'une œuvre hautement instructive, poursuivit ce dernier en plongeant une main nerveuse dans ses cheveux. Tout à la fois manuel de poésie et recueil de récits extraordinaires, le *Snorra Edda* est en quelque sorte une interprétation de l'*Edda Sæmundar*. L'un comme l'autre narrent la création du monde, ainsi que son devenir, et nous entraînent dans les contes et légendes de la fascinante mythologie scandinave. Le plus anciennement connu de ces manuscrits, le *Sæmundar*, est rédigé en vers. L'autre, le *Snorra*, est écrit en prose. Nous ne savons au juste de quand date le *Snorra Edda*, cependant, à l'intérieur de ses pages, il y est fait plusieurs fois mention de l'*Edda Sæmundar*. Or, ce poème-ci appartient au *Codex Regius*, qui est lui-même un manuscrit supposé vieux de quatre ou cinq siècles…

Reprenant son souffle, le baron cessa de fouir dans sa chevelure à présent ébouriffée, puis en extirpa la main, causant le brusque jaillissement d'une mèche sur le haut de son crâne.

— Le *Snorra* a ceci d'intéressant qu'il s'étend avec davantage de précisions sur la cosmogonie, voyez-vous. En vérité, il est plus fourni sur de nombreux aspects, bien qu'il fasse de multiples fois référence à la *Völuspá*, l'un des autres poèmes figurant dans le *Codex Regius*…

Le baron secoua la tête, l'air dépité.

— Vous n'imaginez pas le mal que j'eus à en obtenir copie. Car c'était cela ! Une réelle copie du manuscrit original, et non l'une de ces vulgaires traductions que l'on en fit! Elle était si fidèle qu'elle contenait même les enluminures…

Les regrets que cette transaction inspirait au sieur d'Herpin-Feuillie étaient encore vivaces. Nul doute que cette vente avait été conclue sous l'emprise d'une volonté extérieure.

— Avant de vous l'acheter, je présume qu'il voulut la voir? avança Artus.

Le baron opina:

— Oui, bien sûr.

— Vous souvenez-vous s'il étudia certaines pages plutôt que d'autres?

Le front de leur hôte se gondola, comme il se penchait sur la question.

— Maintenant que vous le dites… Il me semble… Oui… Il s'arrêta sur l'une des enluminures.

Les iris du comte chatoyèrent brièvement.

— Quelle était-elle?

Devinant ce que son mentor était en train de faire, Rose s'invita à son tour dans l'esprit du maître de maison. L'enluminure évoquée lui apparut immédiatement. De composition assez rustre – quoique point avare en détails – et de couleur bistre, elle mettait en scène un grand homme à la barbe foisonnante, représenté dans le plus simple appareil. Plusieurs personnages de taille inférieure l'entouraient. L'assaillaient, même.

— C'était celle illustrant la mort d'Ymir, précisa le baron.

Passant en revue ses maigres connaissances en matière de mythologie nordique, Rose se trouva bien en peine d'identifier ledit personnage.

— Fut-ce la seule qu'il observa? s'enquit Artus.

— Il s'attarda un moment sur le récit de ce meurtre, puis feuilleta l'ouvrage jusqu'à atteindre le Ragnarök, qu'il parcourut quelques instants…

Cette fois, la comtesse sut ce dont il était question. Le Ragnarök était pour les Scandinaves l'équivalent de ce que l'Apocalypse était pour les Latins : une prophétie relatant la fin des temps. À cela près que, dans le Ragnarök, les dieux remplaçaient les anges, et étaient aussi sévèrement touchés que les hommes.

Ce qu'elle savait de ce mythe, c'était principalement Hilda qui le lui avait appris, il y avait des décennies de cela. Rose avait eu, depuis, une ou deux occasions de s'y pencher, puisque le manuscrit n'était pas le premier élément relatif à cette prophétie ayant été dérobé par l'érudit. Cependant, elle n'avait pas montré beaucoup d'assiduité dans cet exercice, son attention ayant été, à l'époque, retenue par d'autres pistes. Un peu honteuse d'être de nouveau prise en défaut, la comtesse révisa rapidement ses connaissances.

Le Ragnarök… Elle savait… qu'il était supposé commencer par trois guerres, surgissant ci et là à travers le monde. Puis viendrait l'extinction successive du soleil, de la lune et des étoiles ; un hiver interminable qui portait un nom qu'elle avait oublié, et un tremblement de terre si terrible qu'il libérerait le loup Fenrir de ses chaînes. Après quoi ce dernier dévorerait le monde de sa gueule béante, secondé dans cette besogne par un non moins gigantesque serpent, ainsi que par quelques autres fléaux qui ravageraient la terre et les cieux. S'ensuivrait alors une lutte entre dieux et monstres, au cours de laquelle tous – ou presque – périraient…

— … puis il referma le manuscrit et enfin s'en porta acquéreur, conclut le baron dans un soupir pesant.

Les bras toujours croisés, Artus baissa légèrement la tête. Son regard, obscurci par les ombres que ses cheveux humides projetaient, erra un instant sur les lattes du plancher.

— Merci, baron, murmura-t-il. Vous m'avez été d'une aide précieuse…

Se penchant tout à coup, il récupéra son havresac et le remit sur son épaule.

— Nous allons devoir solliciter votre hospitalité pour la journée, annonça-t-il. Trouvez-nous un endroit où loger. Un endroit sans trop de fenêtres, si possible.

Pris de court, le maître de céans leva vers son invité une figure ébaubie.

— Ma foi… tous les appartements sont déjà pris, commença-t-il en se remettant à fourgonner dans sa chevelure. Je ne sais où vous pourriez vous installer… À part peut-être dans…

— Voilà, l'interrompit Artus. Ce sera parfait.

Gagnant la porte en trois souples enjambées, le comte l'ouvrit, puis, d'un geste, invita leur hôte à s'y rendre :

— Après vous, monsieur.

Déstabilisé, mais peu enclin à contredire ses illustres visiteurs, le sieur d'Herpin-Feuillie quitta son siège et les précéda dans le couloir. Achevant de le remonter, le petit groupe atteignit un escalier en colimaçon. Ils en gravirent quelques marches, puis pénétrèrent dans un douillet, mais étriqué, cabinet d'entresol. Le plafond y était aussi bas que les fenêtres étaient minces. Pourtant, l'on n'y dénombrait pas moins de deux bergères et deux causeuses qui occupaient à elles seules presque tout l'espace disponible.

— Il y a un second cabinet derrière cette porte, indiqua le baron en pointant l'index vers la cloison opposée. Dans celui-ci, il y a un petit secrétaire, si vous en aviez quelque usage…

Rose, consternée, resta plantée sur le seuil. Artus ne pouvait sérieusement envisager qu'ils attendent l'aurore claustrés tous les quatre dans ce réduit ?

… Si ?

— Faites-nous monter deux brocs d'eau chaude, une bassine, ainsi que des linges propres, signifia le comte en s'en allant déposer son havresac au pied de l'une des bergères. Il nous faut aussi du pain, s'il vous en reste.

Le baron, sidéré, entrouvrit la bouche sur une réponse qu'il n'articula pas.

— Vous vous assurerez également que nos chevaux soient dûment nourris et étrillés. Nous repartirons à la tombée du jour. D'ici là, je ne veux voir personne entrer dans ces pièces.

— … Entendu…

— Ce sera tout.

Déboussolé, le sieur d'Herpin-Feuillie fit demi-tour et s'en fut, chandelier en main, congédié dans sa propre demeure par plus grand seigneur que lui… Le croisant dans l'embrasure de la porte, Rose referma le battant derrière lui.

— Qu'en dites-vous, mon frère ? questionna Adelphe en s'extirpant du linge qu'il avait drapé autour de ses épaules, ainsi que les trois autres l'avaient fait. Cela tend-il à confirmer vos supputations ?

En guise de réponse, le comte de Janlys décocha à son cadet un coup d'œil agacé. Bravant l'avertissement, le jeune homme persista :

— Vous noterez qu'il a pris la peine d'acheter ce manuscrit, et non de le voler.

Cette remarque, pleine de bon sens, détourna un instant la comtesse de ses inquiétudes. Il arrivait que l'érudit payât les œuvres qu'il convoitait. Mais cela restait marginal. En règle générale, il préférait les subtiliser.

— Il aura voulu rester discret, avança-t-elle. Un vol de cette nature, commis si près de Boissy, n'aurait pas manqué d'attirer votre attention. Nous savons désormais qu'il se méfiait, ce avant même de se livrer à cette transaction. Il aura donc fait le choix de la prudence.

— Croyez-vous ? Il ne m'a pas semblé qu'il se montrât particulièrement précautionneux.

— Cependant vous n'avez point eu vent de cette affaire, contra Rose. D'ordinaire, aucune information de ce type ne vous échappe…

— Le baron n'est pas fier de cette vente, madame. Elle lui aura peut-être coûté sa place de sommité parmi les collectionneurs de la province. Aussi, je doute qu'il ait désiré l'ébruiter.

Le jeune homme et la comtesse échangèrent un regard acéré.

L'argument était admissible. Néanmoins Rose n'y adhérait pas. Ces dernières nuits, le doute s'était enraciné dans son esprit. Elle commençait à croire qu'Artus s'était montré inattentif – voire imprudent – sur divers sujets d'importance. L'intervention d'Adelphe ne faisait que la conforter dans cette impression. Car, quoique la probité du jeune homme ne pût être questionnée et qu'il n'hésitât jamais à contredire son aîné, Rose savait aussi qu'il vouait à ce dernier un amour intarissable. Parce que, avant d'être son maître, et avant d'être son seigneur, Artus était d'abord son frère. C'était pourquoi il le défendait. Il le protégeait, ainsi qu'il l'avait toujours fait. Ainsi qu'il le ferait toujours, envers et contre tous.

— L'érudit a formulé le lieu de sa prochaine destination en présence de l'un des domestiques de Bréal. Voilà une négligence qui doit bien équivaloir à celle que vous semblez vouloir m'imputer, *lady*...

Les prunelles ambrées de la comtesse sautèrent rapidement du jeune homme à son mentor, et inversement. La tension qu'elle vit poindre dans les yeux d'Adelphe dissipa illico ses embryons de soupçons. Jamais le jeune homme n'aurait trahi sa confiance en rapportant à Artus la conversation qu'ils avaient eue au sujet de ses présumées négligences. Cette idée n'aurait pas même dû lui passer par la tête.

— Je ne cherchais pas à vous imputer quoi que ce soit, mon seigneur, assura-t-elle en reposant les yeux sur lui. J'essayais d'éclaircir certaines zones d'ombre.

Artus lui lança un regard qu'elle ne sut décrypter, puis, se débarrassant à son tour du linge qui couvrait ses épaules, il le roula en boule et l'abandonna sur le fauteuil près duquel il avait posé son sac.

— En ce cas, je gage que vous aurez aussi employé vos facultés d'analyse à comprendre ce que l'érudit peut vouloir tirer de ce manuscrit ? Racontez-nous, *lady*. Il me tarde d'entendre vos déductions...

Exaspérée, Rose s'évertua néanmoins à maintenir son apparente placidité :

— Je ne saurais me targuer d'autant de clairvoyance que vous, mon seigneur.

— Non ? susurra-t-il, sourcil arqué sur un étonnement feint. Vous sembliez pourtant en verve...

— En matière de conjectures, nul ne vous égale... Puis, je ne voudrais point vous priver du plaisir des révélations. Chacun sait combien vous aimez tenir les vôtres informés de vos desseins...

Comme un pesant silence tombait sur la pièce, Artus verrouilla son regard à celui de son infante. Confinée dans un brusque carcan de colère, cette dernière eut l'impression que le cabinet avait encore rapetissé. Le plafond lui sembla n'être plus qu'à un soupir de sa tête, et l'air, chargé de l'humidité qu'ils y avaient apportée, lui parut irrespirable... Mais elle ne désarma pas. Peu importait qu'il ne tolérât pas d'être mis en doute ; ces brimades continuelles étaient imméritées, quoi qu'il pût dire !

— Les miens sont toujours instruits des événements en temps utile, affirma Artus. À condition qu'ils m'écoutent, bien entendu...

Un tic rageur tordit la bouche de Rose. Voici qu'il la blâmait derechef ! Ne lui reconnaîtrait-il donc jamais le droit d'avoir souffert de son ignominieuse attitude ?

— Je n'ai p...

— Pour ce qui est de mes simples sujets, l'interrompit le comte, l'inflexion plus caustique qu'un bain d'acide, ils n'ont, quant à eux, pas voix au chapitre.

La belle infante se redressa de toute sa hauteur. Ses ongles assaillirent ses paumes avec tant de violence qu'ils y creusèrent des ornières sanglantes. Pour ne pas que son chagrin se peigne sur ses traits, elle dut faire appel à tous ses talents de comédienne...

— Soit, s'entremit Adelphe. Vous ne verrez donc nul empêchement à nous faire part de votre opinion, mon frère ?

Un infime plissement étrécit les longs yeux du comte, tandis qu'il les tournait vers son cadet.

— Une fois partis d'ici, nous n'aurons probablement plus le temps d'en discuter, poursuivit le jeune homme. Or, j'aimerais connaître votre sentiment.

Les frères s'observèrent, l'expression plus sévère qu'elle n'aurait dû. Dans le réduit, l'on ne perçut plus que l'incessant battement de la pluie sur les carreaux.

— Vous connaissez l'histoire d'Ymir aussi bien que moi, fit Artus après qu'un bouquet de secondes se fut écoulé. Vous n'avez nul besoin de vous l'entendre narrer.

— Mes souvenirs sont moins précis que les vôtres, réfuta Adelphe, défiant derechef l'autorité de son aîné. Vous m'obligeriez en comblant mes lacunes.

L'Héritier le vrilla d'un regard tempétueux qui aurait fait frémir la plupart de ses sujets. Mais le jeune homme ne parut pas s'en formaliser :

— Le temps presse, Artus. Sans vouloir vous bousculer, pourriez-vous commencer ?

Une chape de plomb parut s'abattre sur le cabinet alors que les frères d'Holival, à moins d'un pas l'un de l'autre, se jaugeaient.

Rose, tendue, se tint prête à s'interposer…

— Selon la mythologie nordique, Ymir était l'être originel, commença le comte, s'attaquant subitement aux boutons de son gilet. De lui procéda la première lignée de géants, qui eux-mêmes donnèrent naissance aux premiers dieux. Dont Odin. Au cours de la guerre que se livrèrent par la suite ces dieux et ces géants, Odin, aidé par ses frères, tua Ymir. Il est dit que le déluge engendré par le sang s'écoulant de son cadavre noya tous les autres géants… à l'exception de son petit-fils, Bergelmir, et de son épouse, qui se réfugièrent dans le tronc d'un arbre creux, dont ils se firent une barque.

Ôtant son gilet, Artus l'abandonna sur la causeuse à laquelle il faisait maintenant face. Après quoi il tira de sa ceinture l'énigmatique paquet qu'il y avait glissé en quittant Boissy, puis le déposa tout à côté. Ne lui resta donc plus sur le dos que sa chemise, laquelle, humide, adhérait par endroits à sa peau, créant dans le drapé de petits récifs de chair que Rose s'évertua à ignorer.

— Ce récit est intéressant par bien des aspects, mais pour répondre à votre question, mon frère, poursuivit Artus en relevant vers l'intéressé des yeux sombres, ce qui m'interpelle ici sont les similitudes existant entre cette légende et celle de Deucalion.

Attentif, Adelphe appuya les mains au dossier de la causeuse puis arrondit légèrement le dos, adoptant une posture relâchée que la comtesse lui avait souvent vu prendre.

— Vous songez à sa dernière acquisition ? avança-t-il, insoucieux du déplaisir de son aîné.

— Deucalion était fils de titan, Bergelmir était fils de géant. Tous deux réchappèrent à l'extermination dans une barque, et, en compagnie de leur femme, contribuèrent à la renaissance d'une race.

— Si le déluge l'intrigue tant, pourquoi ne s'est-il pas penché sur l'histoire de Noé ?

— Noé n'était ni géant, ni titan. Ce n'était qu'un homme. Puis il ne contribua pas directement au repeuplement de la terre. Ce fut ses fils qui le firent.

— Vous pensez que cela aura suffi à l'érudit pour l'écarter de ses recherches ?

— À notre connaissance, il n'a acquis aucune pièce ayant trait à ce personnage. Il ne semble pas davantage s'être intéressé à Outnapishtim, dont la légende présente de remarquables similarités avec celle de Noé.

Rose, un peu perdue, eut l'expression de son ignorance.

— Les croyances sumériennes sont fort méconnues dans nos contrées, argua Adelphe avec à-propos. Il est raisonnable de penser que l'érudit ne bénéficie simplement pas du même savoir que vous à ce sujet, mon frère. Du reste, nous sommes loin d'être au fait de tous ses agissements. Peut-être possède-t-il bel et bien de telles pièces.

— Peut-être, oui. Pourtant, je persiste à croire que ces légendes-ci ne capteraient pas longtemps son attention.

— Parce qu'il n'y est ni question de demi-dieu, ni de repeuplement du monde ?

Tandis que la fratrie échangeait un regard préoccupé – et notablement adouci –, le silence retomba dans l'exigu cabinet. Accoutumée à leurs apartés, Rose savait que, généralement, des explications audibles suivaient de près ces silences. Mais elle n'était pas disposée à patienter. Artus avait été très clair : il ne la considérait plus comme comptant parmi ses proches. Il n'y avait donc aucune raison qu'elle se comportât encore comme telle. Et si l'envie lui prenait de manifester son impatience, elle ne voyait pas l'utilité de se refréner. Pivotant vers le prince qui attendait stoïquement à ses côtés, les mains croisées dans le dos, elle se prépara à prendre congé.

— Il serait bon de le lui expliquer, Artus, suggéra Adelphe à cet instant.

La comtesse revint à sa position initiale, un sourire vénéneux aux lèvres.

— Le prince et moi allons nous retirer, fit-elle. Nous ne voudrions point entraver votre conciliabule.

Lâchant le dossier de la causeuse, Adelphe se redressa.

— Madame, nous ne…

— Faites donc cela, *lady*, trancha Artus.

— Bon sang, n'est-ce pas bientôt fini, tous les deux !

Soufflés par cette exclamation, les belligérants dardèrent sur le jeune M. d'Holival un regard où la stupéfaction le disputait à l'âcreté. Ce dernier, raide comme la justice et yeux étincelants, irradiait une ire majestueuse :

— Personne ici ne souhaite que vous quittiez la pièce, madame ! Ni vous non plus, Altesse. Quant à vous, Artus, si vous ne vous décidez pas promptement à parler, je le ferai à votre place !

Les traits du comte s'obscurcirent furieusement. De sinistres éclairs traversèrent ses iris, à présent balayés d'un violent ressac.

— Il faut bien que quelqu'un vous préserve de vous-même, mon frère, décréta Adelphe. Que vous l'approuviez ou non.

Dans les yeux du comte, les dangereuses lueurs vacillèrent. Sa noire colère se craquela, laissant entrevoir une émotion différente… À peine discernable, et cependant bien réelle… Mais, avant que Rose ne pût la définir, un battement de cils l'anéantit, dispersant ces parcelles d'incertitude comme la brise éparpille les aigrettes du pissenlit. Une chose, pourtant, restait sûre : Artus était affecté. Assez pour qu'il se gardât de répondre. Ce qui, aussitôt, raviva en Rose les inquiétudes qu'elle avait vainement tenté d'étouffer. Il n'était pas davantage dans la nature du comte de rendre les armes que de céder à l'emportement… Quelque chose ne tournait pas rond…

— Artus pense savoir ce que poursuit l'érudit, lança Adelphe tout de go, le regard verrouillé à celui de son frère.

Ténébreux en diable, le comte garda la bouche close.

Un chapelet de secondes s'égrena sans que rien ne vînt troubler ce silence obstiné, puis, poussant un fin soupir, Adelphe se désengagea du duel feutré qu'ils se livraient sans doute et tourna les yeux vers la comtesse :

— Il semblerait qu'il recherche nos origines...

Rose plissa les yeux comme sous l'effet d'une vive lumière. Ce que le jeune homme sous-entendait lui parut trop aberrant pour être plausible :

— Voyons, cela ne se peut !

— Il faut pourtant bien que nous venions de quelque part, *lady*...

Oublieuse de leur différend, elle posa sur son mentor un œil déconcerté.

— Ne m'avez-vous pas toujours dit que la mémoire de l'aîné s'était de longtemps dissoute au sein des diverses croyances que porte le monde ?

— Ce pourquoi l'érudit les examine toutes. S'il veut pouvoir remonter à leur source, il convient de soigneusement les comparer.

Abasourdie, Rose ne parvint pas à construire une réfutation cohérente. L'idée avancée par la fratrie était certes fantasque, mais elle était aussi efficace pour ce qui était d'expliquer les choix de l'érudit dans ses acquisitions. Ce l'était d'autant plus lorsque l'on savait combien les immortels pouvaient être fascinés par leur propre mythe ; et, surtout, combien ils divergeaient sur la question de sa genèse. Car il était impossible de rester de marbre face à cette énigme. Se retrouver inopinément plongé dans les terrifiants récits que colportaient les croyances populaires était déjà un choc en soi, s'en découvrir l'acteur principal se révélait pour certains un bouleversement trop dur à admettre. Nul ne pouvait rester inchangé après une telle épreuve. Que l'on eût été un mortel pieux ou incroyant, coriace ou impressionnable, l'on était uniment amené à reconsidérer ses convictions sous un nouveau jour. Ou plutôt, sous une nouvelle nuit…

La comtesse n'avait pas fait exception. À la suite de sa « renaissance » – ainsi que ses pairs nommaient la transition de l'état de mortel à celui d'immortel –, sa mésestime pour les choses mystiques avait considérablement tiédi. Qu'elle ait cru ou non à tout cela, elle ne pouvait plus en nier l'existence. Pas plus qu'elle ne pouvait rationaliser la présence de l'engeance immortelle. Elle était là. Un point c'est tout. La pesanteur de cette condition lui suffisait amplement sans qu'elle cherchât à y trouver l'héritage de quelque monstre blasphémateur, maudit des dieux et haï des hommes. Pour tout dire, elle redoutait ce qui pourrait se trouver. C'était pourquoi elle n'avait prêté qu'une oreille distraite aux logorrhées de ceux de ses pairs aimant à théoriser sur leur origine commune. Mais, bien qu'elle se fût ingéniée à esquiver ces conversations, elle n'avait pu s'empêcher d'entendre certaines des hypothèses qui y étaient discutées.

Ainsi, Rose avait appris que chez les Arimath la thèse la plus répandue affiliait leur race à la descendance de Caïn, le fratricide biblique – descendance d'ailleurs supposée s'être éteinte au cours du déluge auquel Noé survécut.

Les Pa-Nek, eux, se pensaient les enfants d'Apophis, le dieu serpent égyptien. Ils voyaient notamment dans la rétractabilité des crocs de leur engeance un signe indiscutable de parenté avec la vipère à cornes, leur animal sacré. D'après ce que lui avait narré Artus, les Pa-Nek étaient les plus mystiques de tous les immortels, mais aussi les plus orgueilleux. Se considérant comme ceux de qui tous les autres clans découlaient, on les disait avec autrui d'une suffisance difficilement supportable. Pour en avoir elle-même rencontré une délégation, Rose pouvait attester de la véracité de cette rumeur…

La maison Kojiin était, à l'inverse, extrêmement discrète. Si bien que l'on ne voyait pour ainsi dire jamais les Koji hors de leurs terres, au demeurant très vastes. Même sur leur territoire, ils étaient réputés difficiles à dénicher. L'on prétendait que, si vous aviez besoin de rencontrer les Koji, c'était toujours eux qui vous trouvaient, et non l'inverse. Alors, pour ce qui était de connaître leur opinion sur la genèse de l'engeance immortelle, même Artus s'avouait vaincu !

Les Lamies n'avaient pas de conviction particulière, hormis, bien sûr, celle de leur absolue supériorité physique. Leur indifférence était telle qu'ils ne se donnèrent pas le mal de se choisir un nom. Cette appellation, ce furent les Arimath qui la leur conférèrent, bien des âges auparavant. Ils les avaient baptisés ainsi par allusion à la Grecque Lamia ; laquelle, rendue folle par les manigances de la déesse Héra, enlevait de jeunes enfants pour les dévorer. Le moins que l'on pût dire était que les Lamies n'avaient point trahi la réputation de leur cruelle marraine…

Les hommes-fauves, quant à eux, restaient un mystère. Aucune des cinq maisons n'ayant tenté de les contacter, l'on ne savait que ce qui avait été découvert lors de leur assaut contre les Oström. Néanmoins, grâce aux écrits du défunt émissaire, la fratrie d'Holival avait une longueur d'avance. Le croquis qu'ils avaient récupéré prouvait à lui seul que cette nouvelle maison concurrençait les Pa-Nek en termes de mysticisme. Cependant, la teneur exacte de leur foi demeurait abstruse.

Les Oström, pour leur part, croyaient qu'il fallait chercher les racines de l'engeance immortelle quelque part dans les nombreuses légendes que contenait le folklore scandinave. Lors de son séjour forcé à Saint-Pétersbourg, Rose avait entendu une poignée d'entre eux deviser sur le destin de Sigurd – héros ayant goûté le sang d'un dragon qu'il avait occis – et de sa possible progéniture. Contredisant son habitude, Rose avait écouté un instant cette discussion, car la théorie qui y était avancée entrait en contradiction avec celle qu'elle avait entendue de la bouche d'Hilda. À savoir qu'ils seraient les rejetons d'un certain Aurgelmir, sorte de créature de givre très ancienne et très puissante.

Enfin, et comme de bien entendu, tout ce petit monde voyait se profiler dans le mythe qu'il affectionnait l'ombre de leur ancêtre à tous. Par conséquent, chaque clan pensait en son for intérieur – exception faite des Pa-Nek, qui le revendiquaient haut et fort – qu'il était le premier des six. Or, jusqu'à maintenant, personne n'avait entrepris de le prouver…

— Êtes-vous certain que ce soit ce qu'il cherche ? fit Rose, un rien agitée. L'érudit ne pourrait-il simplement vouloir retracer l'histoire de ce monde ?

— Quel intérêt aurait-il à faire cela ?

— Je ne sais pas… Peut-être qu'il veut… eh bien…

Elle secoua la tête, front plissé par une intense réflexion.

— … je ne sais pas, conclut-elle après un instant. Mais peut-être y a-t-il une autre explication. Pourquoi s'intéresserait-il autant aux prophéties d'apocalypse, par exemple ?

Une pointe de contrariété assombrit encore les traits du comte.

— Je l'ignore, admit-il. Mais cela ne dément rien. Nous ne savons pas depuis quand l'érudit mène ses investigations ; il voit peut-être un lien qui nous échappe.

— J'ai moi aussi questionné cette théorie, intervint Adelphe. Pourtant, madame, vous savez comme moi combien les intuitions d'Artus peuvent être justes…

Rose ébaucha une mimique à mi-chemin entre l'approbation et l'agacement. Évidemment, elle savait. Mille fois elle avait eu la preuve de sa prescience. Cependant, son amertume lui interdisait de l'admettre.

— Chez les peuplades scandinaves, il était fréquent que l'on usât de plusieurs appellations pour désigner un même dieu. Vous qui fûtes toujours si assidue, *lady*, vous vous rappelez sûrement sous quels autres noms Ymir fut connu ?

L'estoc n'eut pas le temps de porter que, déjà, Artus poursuivait :

— On le nomma Bláinn, ou Brímir… mais surtout Aurgelmir… Cela vous évoque-t-il quelque chose, *lady* ?

Rose cilla.

C'était le nom de la créature dont Hilda lui avait parlé.

— Ymir et Aurgelmir sont une seule et même créature, confirma le comte. Celle-là même que la plupart des Oström tiennent pour être notre ancêtre. De ce fait, vous conviendrez que l'intérêt de l'érudit pour l'enluminure illustrant la mort d'Ymir peut malaisément passer pour fortuit…

Une succession de petits coups retentit soudain contre la porte, attirant les regards conjoints des quatre immortels.

— Votre eau, mes seigneurs, annonça-t-on de l'autre côté de l'huis.

— Entrez.

Le prince et la comtesse se décalèrent légèrement afin de laisser au battant la place nécessaire pour s'ouvrir. Les frères d'Holival, eux, ne bougèrent point.

— Mettez cela dans le cabinet voisin, ordonna Artus lorsque entra le premier domestique, les bras encombrés d'un grand broc en faïence.

Un défilé de trois serviteurs se fraya un chemin jusqu'à la pièce désignée par le comte, y déposa son fardeau, puis s'en retourna vers la sortie.

— Un instant, messieurs, appela Artus tandis que les serviteurs passaient derechef à sa hauteur.

Empoignant le tissu de sa chemise, il la fit prestement passer par-dessus sa tête. Saisie, Rose n'eut pas la présence d'esprit de se détourner. Aussitôt son regard dévala le long de ce buste admirable, qu'elle avait si souvent étreint…

— Emmenez ces vêtements à sécher, ajouta le comte en joignant son gilet à sa chemise.

Comme son infante, chahutée, tentait de s'arracher à son enivrante contemplation, un mouvement capta son attention. Vassili venait de dénouer son catogan. Le ruban qui avait maintenu sa chevelure toujours entre les doigts, le prince entreprit ensuite de dégrafer son gilet. Une curieuse apathie embua l'esprit de la comtesse. Bien qu'elle observât son serviteur se séparer de son vêtement, puis du fin baudrier qu'il portait au-dessous – lequel soutenait la fiole en vermeil dont elle lui avait fait cadeau –, elle se trouva incapable de réagir. Ce ne fut que lorsque le prince se retrouva à son tour torse nu que le scabreux de la situation lui apparut.

— Ceux-là aussi, signifia le Slave en tendant ses effets aux domestiques abasourdis.

Aussi désarçonnée qu'ils pouvaient l'être, la comtesse tourna les yeux vers Adelphe, dans l'espoir de puiser en lui un peu de la maîtrise qui, tout à coup, lui manquait. Ce dernier l'effleura à peine du regard. Singulièrement inexpressif, il attrapa la sangle de son havresac et le laissa tomber à ses pieds. Après quoi il baissa le nez sur son propre habit, qu'il se mit lui aussi à déboutonner. Son gilet rejoignit bientôt ceux des deux autres. Puis, quand l'étui de sa fiole et les fourreaux de ses stylets eurent été déposés sur la causeuse, il en alla de même pour sa chemise.

Rose, percluse, essaya de dompter son trouble. Paradigmes de beauté, ses compagnons étaient à ce monde ce qu'Éros, Apollon et Adonis étaient à l'Olympe. Athlétiques ; sculpturaux ; ils reléguaient les plus beaux antiques des maîtres italiens au rang de poteries anodines et mal proportionnées. Il n'y avait pas une once de leur plastique qui ne fût parfaite, remarquable chacune à sa manière… Vassili, par exemple, plus grand que la fratrie d'Holival, possédait aussi la plus large carrure. Adelphe, lui, présentait une exquise cambrure de reins, qui avait l'avantage d'en mettre la chute en valeur. Quant à Artus, c'était par son entière constitution qu'il se distinguait. Sans être exagérément charpentée, sa musculature à la fois déliée et robuste surpassait notablement celle des deux autres, lui conférant une indéfinissable aura de puissance… Une aura dans laquelle Rose s'était abîmée des heures durant, la peau accolée à la sienne, et le cœur amarré à sa folle assurance…

Un voluptueux frisson piqueta l'épiderme de la comtesse comme son regard, traîtreusement, remontait vers celui de son mentor. Or l'éclat qu'elle y vit luire faillit bien ruiner les vestiges de sa volonté. Suffoquée, elle échappa *in extremis* à cette douloureuse tentation. S'enfuyant le plus loin possible du comte, ses yeux tombèrent alors sur le valet qui avait collecté les vêtements mouillés. Celui-ci lui retourna un regard anxieux, s'attendant peut-être qu'elle s'effeuille à son tour. Mais, la voyant battre en retraite vers le fond de la pièce, il rallia la sortie sans perdre un instant, ses compères sur les talons.

La porte refermée, plusieurs secondes s'écoulèrent, léthargiques, pendant lesquelles la comtesse s'efforça de ne voir aucun de ses sublimes compagnons. L'exercice prit malencontreusement fin lorsque Adelphe se pencha pour récupérer son havresac.

Au comble de l'embarras, Rose envisagea sérieusement l'éventualité d'établir son camp ailleurs que dans ce clapier. Elle resta néanmoins immobile. S'appliquant à maintenir son regard en d'innocentes régions, elle prétendit s'intéresser à ce qu'Adelphe préparait. Ce dernier avait posé son bagage en équilibre sur le dossier de la causeuse, et fouillait à présent à l'intérieur. Il en extirpa tout d'abord les deux couvertures qu'il transportait, puis, immédiatement après, en tira un paquet de chemises propres. Laissant choir son sac sur le coussin, il en tendit une à son frère, puis en mit une autre à part pour lui-même. Après quoi, séparant de nouveau des vêtements de la pile, il contourna la causeuse. La mine austère, il s'arrêta devant le prince, à qui il tendit l'une des chemises. Vassili s'en saisit, adressant au jeune homme un léger signe de tête en guise de remerciement. Se fermant davantage, Adelphe pivota vers la comtesse. Cette fois, leurs regards se côtoyèrent, mais l'opacité qui couvrait les prunelles outremer rendit à Rose impossible la moindre lecture. Aussi se contenta-t-elle de prendre le vêtement que son ami lui tendait.

— Merci, fit-elle.

Sans mot dire, le jeune homme tourna le dos, puis regagna le canapé où gisait son havresac.

— La galanterie exige que nous vous laissions profiter la première des ablutions, *lady*.

Un quart de seconde, la comtesse ne sut pas ce dont il était question. Puis elle se souvint de l'eau et de la bassine disposées dans la pièce d'à côté. Rassemblant son courage, elle se façonna un masque d'indifférence et leva les yeux vers son mentor.

— La galanterie vous le commande peut-être, mais la déférence me l'interdit, répliqua-t-elle, le ton sucré. Il serait inconvenant qu'un simple sujet passe avant son seigneur…

Les yeux du comte s'étrécirent. Démentant son impassibilité, un voile d'impatience apposa sa marque sur son visage d'une intolérable somptuosité.

— Allez vous rafraîchir, *lady*. Je patienterai.

Rose envisagea de chipoter davantage, cependant la perspective d'échapper à ce traquenard était trop attrayante pour qu'elle acceptât de s'en priver. S'inclinant avec une humilité calculée, elle s'apprêta à se retirer.

— Погоди.

Elle fit volte-face, surprise. Le prince, occupé à récupérer le baudrier qu'il avait déposé sur la bergère, tout près de lui, ne la regarda pas tout de suite.

— Tenez, fit-il en tirant de derrière la fiole de vermeil un joli petit peigne d'ivoire. Je sais combien il vous manquerait de ne point pouvoir soigner votre chevelure, ajouta-t-il en relevant sur elle son regard polaire.

Étonnée, mais aussi heureuse que le prince sorte enfin de la réserve dans laquelle il s'était replié, Rose oublia pour un instant sa délicate posture et se fendit d'un chaleureux sourire.

— Il n'y a que vous pour songer à emporter un tel ustensile, s'amusa-t-elle.

Un léger ourlet retroussa le coin des lèvres du Slave, saupoudrant sur ses traits un peu de cette douceur qu'il taisait si scrupuleusement.

— Merci Vassili. J'en ferai bon usage.

L'égaiement du prince reflua, pour ne laisser dans son regard qu'une pointe d'aimable malice. Lui enlevant le peigne des doigts, sa maîtresse reprit alors la direction du cabinet adjacent. Elle n'avait pas fait trois pas que son élan se brisa. Campé au milieu de l'espace séparant la causeuse devant laquelle Adelphe s'affairait et la deuxième bergère, Artus semblait interdire qu'il fût emprunté. Pour passer, Rose n'avait d'autres options que faire demi-tour pour contourner l'obstacle, ou se faufiler entre son mentor et l'encombrant fauteuil.

Sa raison, affolée, lui somma de faire demi-tour. Sa dignité, tenace, s'y refusa catégoriquement. Elle ne ploierait ni devant la barrière de ses exigences, ni devant celle de son corps. L'effrontée comtesse s'engagea donc dans l'étroit passage laissé entre le fauteuil et son mentor. Comme attendu, ce dernier ne fit pas le moindre effort pour faciliter son avancée. S'imposant au contraire de toute sa stature, il la contraignit littéralement à se couler contre lui. Fière, elle ne lui fit pas l'aumône d'un regard. Et ce fut en le bousculant presque qu'elle acheva de s'extraire de cette minuscule brèche. Après quoi elle entra dans la pièce contiguë, puis s'y enferma.

Enfin, s'adossant contre la porte close, elle s'autorisa à trembler…

Chapitre 10

Veillés par leurs servants respectifs, le comte et la comtesse dormirent dans le réduit mis à leur disposition, étendu chacun sur une causeuse, et recouvert par l'une des lourdes couvertures que la fratrie avait emportées. Les deux fenêtres de la pièce ayant été calfeutrées à l'aide des couvertures surnuméraires, rien ne vint troubler le repos de cette journée.

Quand le soir fut venu, et ainsi qu'il l'avait fait le soir précédent, Artus tira son infante du sommeil. Celle-ci découvrit ses compagnons rhabillés et prêts à partir. Le temps pour le prince et le vicomte de se partager le reste de pain, et ils quittèrent leurs modestes quartiers. Ils furent ensuite raccompagnés par le baron d'Herpin-Feuillie jusque sur le pas de la porte, comme s'il prenait congé d'amis très chers. Rose ne se donna pas le mal de vérifier les souvenirs de leur hôte : au vu de son comportement, il était évident qu'Artus était intervenu.

Ainsi, une vingtaine de minutes après que la comtesse fut levée, le quatuor se retrouva de nouveau en selle. Le chemin que leur fit suivre le comte se révéla sensiblement différent de celui qu'ils avaient pris pour atteindre la résidence du sieur d'Herpin. Si bien que Rose fut incapable de dire s'ils s'en retournaient vers le manoir, ou s'ils partaient pour une destination inconnue. Dans les deux cas, la rapidité semblait cette fois primer sur la discrétion, car, délaissant les bois et les champs, le comte les mena à bride abattue par les routes et les chemins. Soutenant l'allure, ils traversèrent le bourg d'Orveau-le-Grand avant que 3 heures n'eussent sonné, soit avec une heure d'avance sur le trajet aller – à condition, bien sûr, qu'ils se dirigeassent bien vers la demeure d'Artus.

Toutefois, il y eut un inconvénient à cette vélocité. Une chose dont Rose se serait volontiers passée. Mais, les décisions du comte faisant loi, et nulle autre possibilité ne se présentant – faute d'être restés dans le voisinage d'un quelconque hameau –, elle dut s'en accommoder. Ce fut ainsi qu'en fin de nuit, après avoir élu domicile dans un bosquet de hêtres, les immortels empoignèrent le manche écourté des pelles que la fratrie avait apportées et entamèrent l'excavation d'une fosse.

Puisqu'il n'y avait aucune bâtisse à l'horizon, si petite ou délabrée fût-elle, ils allaient devoir dormir à la façon Lamie : en s'ensevelissant. En réalité, cette méthode n'était pas l'unique apanage desdits Lamies. L'on pouvait même dire qu'elle était aussi vieille que l'était l'engeance immortelle elle-même. Cependant, l'on avait coutume de la désigner ainsi car, désormais, il n'y avait guère plus que les Lamies pour avoir recours à un abri aussi sommaire. Sans compter que ces rustres n'utilisaient pas d'outillage ; ils creusaient avec leurs mains, s'enfouissant dans le sol telles de monstrueuses taupes. Bien entendu, il était inconcevable qu'un Arimath digne de ce nom procédât de cette façon. Les pelles étaient là pour le prouver…

Une dizaine de minutes avant l'aube, le mentor et l'infante s'allongèrent dans la fosse qu'ils avaient créée, se recouvrirent de deux de leurs couvertures, et s'endormirent tandis que leurs servants les enterraient.

Inconfortable, certes. Mais sûr. Cette nouvelle journée se déroula d'ailleurs sans encombre. Lorsque le crépuscule tomba sur ce coin de campagne, le prince et le vicomte dégagèrent leurs maîtres de leurs tombes, puis le quatuor reprit sa route, Artus en tête.

Renfermé, ce dernier était presque aussi muet qu'une carpe. Les seules paroles qu'il avait consenti à prononcer depuis leur départ de chez le baron d'Herpin-Feuillie s'étaient résumées à « creusez » et « en route ». Leur galopade ne se prêtait peut-être pas à la conversation, néanmoins Rose estimait que le comte aurait pu les informer de leur destination. Même s'il ne persistait guère de doute quant à leur but, elle aurait aimé qu'il le leur confirme. Elle était lasse de cavaler aveuglément dans sa foulée…

Laissant échapper un fin soupir, l'infante brida machinalement son coursier afin de se mettre à l'allure d'Harald, lequel venait lui aussi de ralentir. Désormais au petit trot, le petit groupe aborda l'intersection qui s'annonçait. Les yeux braqués vers le nord, le comte arrêta son pur-sang au beau milieu du carrefour, levant une main pour signifier à ses suivants de l'imiter. Fixes comme une statue équestre, l'étalon et son cavalier commencèrent à patienter…

Près de vingt minutes s'écoulèrent dans ce déroutant immobilisme. Puis, progressivement, Rose discerna le lointain grondement d'une chevauchée échevelée. À en juger par le fracas, il y avait là de nombreuses bêtes. Alertée, elle s'interrogea sur la conduite à tenir. Ses compagnons n'avaient rien entendu. Elle était seule à savoir ce qui se dirigeait sur eux… À moins qu'Artus ne le sache aussi ?

Car cet arrêt intempestif n'était sûrement pas le fruit du hasard… n'est-ce pas ? Indécise, Rose écouta le grondement s'amplifier. Encore quelques minutes et il serait audible par tous. Amis ou ennemis, il serait alors trop tard pour reculer.

Elle s'agita sur sa selle.

Y avait-il danger ? Devait-elle trahir son secret pour leur permettre de s'échapper ? Ou bien pouvait-elle attendre ? Percevant son anxiété, son coursier se mit à piaffer… Ils étaient presque là. Il fallait qu'elle se décide.

Vite !

— Mon seign…

— Chut.

La tête inclinée sur le côté, Artus paraissait tendre l'oreille. Portant les yeux sur l'horizon, Vassili dégagea tout à coup le fourreau de son sabre de sous sa redingote. À ses côtés, Adelphe, sourcils froncés, sembla pareillement alarmé. Les poings crispés sur les rênes, Rose ravala sa mise en garde. Elle avait trop atermoyé. L'écho de la cavalcade se faisait déjà entendre. Pourtant, le comte ne donna aucun signe de mouvement. Les mains posées sur les cuisses, il semblait attendre que les cavaliers surgissent. Ce qui, d'après le bruit, ne saurait plus tarder.

Lorsque l'escouade jaillit des ténèbres qui couronnaient le ruban de la route, moins d'une minute plus tard, Rose eut un accès d'appréhension. Son ouïe ne l'avait pas trompée. Les cavaliers étaient effectivement en surnombre. Si par malheur il s'agissait d'ennemis, la partie serait rude…

Probablement animés par cette même pensée, le prince et le vicomte conduisirent leurs montures respectivement à gauche et à droite de celle du comte, créant en travers de la route une ligne pour le moins ajourée. Alors, comme Vassili posait la main sur la garde de son sabre, Adelphe défit les derniers boutons de son gilet afin de faciliter l'accès aux stylets dissimulés au-dessous. Le comte, impavide, se borna à observer ce déferlement hippique. Quelles que fussent ses intentions, la retraite n'en faisait visiblement pas partie…

Tandis que Rose, se préparant à la bataille, prenait une profonde inspiration, les premiers effluves d'empreintes coutumières vinrent taquiner sa perception. Intriguée, elle se garda toutefois de relâcher son attention. Rien ne permettait de juger de la situation. Pour autant qu'elle sût, il pouvait fort bien s'agir d'Arimath en fuite devant une clique de renégats Öström…

Couvrant les quelques mètres qui les séparaient encore, les cavaliers parvinrent devant le quatuor dans un concert de raclements. L'épais nuage de poussière que souleva cet arrêt inopiné brouilla en partie leurs visages. Néanmoins Rose les identifia.

— *Jarl* Artus ? s'écria le sieur Raugmundr, estomaqué, tout en tirant sur les rênes de sa monture. Que faites-vous là ?

— J'allais vous le demander, *min herre.* Vous devriez être à la forteresse.

— Nous avons dû partir, mon seigneur…

Émergeant de la turbulente troupe, deux chevaux trottinèrent jusqu'à eux. Juché sur le dos d'un alezan, l'élégant Charles de Maïeux, comte de La Rove, salua son régent. Le chevalier de Montorgueil, monté pour sa part sur un coursier à la robe brune, fit de même.

— Les Lamies ont donné l'assaut, annonça gravement ce dernier.

Un bref plissement barra le front de l'Héritier Arimath :

— Sont-ils toujours à vos trousses ?

— Non, mon seigneur. Ils ne se montrèrent guère pugnaces dans la poursuite. Nous les distançâmes dès hier, peu après minuit.

Sautant à bas de son cheval sans autre forme de procès, Artus mit le cap sur le champ d'herbes folles qui ceignait la route :

— Il semble que nous ayons à parler, *herre* Raugmundr…

Un tressautement agita la barbe du vieil Oström, mais, descendant à son tour de son coursier, il lui emboîta le pas. Comme les deux seigneurs s'éloignaient dans l'intention manifeste de tenir conseil, leurs suivants en profitèrent pour mettre pied à terre.

— Ils ont assailli la muraille ? s'enquit Adelphe ce faisant. N'était-elle pas gardée ?

— Si, confirma Montorgueil. Mais point par nous.

— Plaît-il ?

— Les événements suivirent un cours tortueux, dont l'offensive Lamie fut le dernier méandre.

Passant lestement entre les montures de ses compagnons, Rose alla se poster auprès de son serviteur, qui avait lui-même rejoint le jeune M. d'Holival.

— Les ennuis commencèrent dans la matinée qui précéda, expliqua Montorgueil tout en adressant à la comtesse un bref salut, auquel elle répondit. Ils prirent la forme inattendue d'une rébellion humaine.

— Ne l'avais-je point annoncé ? claironna subitement une voix dégoulinant d'arrogance. Mais non ! Insolents que vous êtes, vous avez méprisé mes avertissements !

Rose contint une grimace.

Si Montorgueil et Raugmundr étaient ici, cela signifiait évidemment que les autres immortels retranchés dans la forteresse y étaient aussi. Dont ce fieffé sournois de Frohel…

— Hélas ! Nonobstant mon rang, l'Héritier préféra votre parole à la mienne, chevalier, poursuivit Frohel en s'invitant dans le petit cercle qui s'était constitué. En vérité, doit-on s'en étonner ? Ce ne serait pas la première fois que notre régent favorise l'un de ses protégés…

Ses yeux d'ambre pétillant d'indignation, la flamboyante comtesse accrocha le regard du marquis. Tout auréolé de sa propre importance, celui-ci se fendit pourtant d'un rictus incommodé.

— Tiens donc…, murmura-t-il. Qui vois-je céans ? Ne serait-ce point la comtesse de Greer ? Quelle heureuse surprise… Vous aviez disparu si abruptement, très chère, nous ne pensions plus vous revoir…

— Le plaisir est partagé, marquis, rétorqua Rose, le sourire féroce. Vous êtes tel que je vous ai laissé, je vois. Toujours à médire de votre seigneur.

— Non pas, madame. Je conçois très bien que notre régent ait pu se laisser guider par son inclination. C'est une erreur que souvent jeunesse commet.

— Une erreur, dites-vous ?

Lorgnant par-delà l'épaule de Frohel, Rose vit paraître un personnage presque aussi décrié qu'elle-même.

— Suggérez-vous que l'Héritier eut tort d'honorer le pacte qui lie nos deux maisons, *herre* Frohel ? ajouta Magnus en s'arrêtant au côté du marquis.

— Allons, allons, ai-je prétendu une telle chose ? sermonna ce dernier, pontifiant.

— Cela y ressemblait fort.

— Monsieur Meyer, souligner que l'Héritier manqua de jugeote quant à l'effervescence des mortels ne signifie pas qu'il se fourvoya sur celle de notre intervention. Ce fut bien évidemment la chose à faire.

— M. le marquis approuva donc les ordres qu'il reçut de son seigneur ? s'extasia Adelphe, sardonique. Quelle magnanimité ! Soyez sûr que mon frère saura l'apprécier à sa juste valeur…

— En exprimant ces réserves, je n'avais à cœur que de le mieux servir. J'ignorais que l'opinion des castes supérieures était désormais indésirable.

— Les conseils seront toujours les bienvenus. Les matoiseries, beaucoup moins, rétorqua Montorgueil.

Jetant un regard au chevalier, Rose fut ballottée entre satisfaction et appréhension. Le marquis méritait cette admonition, mais, à la lui prodiguer lui-même, Montorgueil prenait des risques.

— Mesurez vos paroles, l'avertit Frohel, une moue retorse faussant le joli tracé de sa bouche. Je suis las de votre inconvenance.

— Vous ne vous embarrassez point de préséance lorsqu'il s'agit d'égratigner notre régent. Souffrez donc que l'on vous retourne le compliment.

La moue du marquis se changea en mimique haineuse :

— Vous avez par trop tendance à omettre votre rang, chevalier. Tôt ou tard il faudra que quelqu'un vous le rappelle.

— Je sais parfaitement où est ma place, monsieur. C'est toute la différence entre nous.

Le silence qui s'ensuivit accrut le malaise de la comtesse. Montorgueil paraissait décider à s'ériger en redresseur de torts, et ce à son propre détriment s'il le fallait. Quant à Frohel, il s'étranglait de rage…

— Messieurs, s'entremit Adelphe, pourrions-nous en revenir à ce qui se passa au fort, je vous prie ?

— Ainsi que je vous le disais, reprit le chevalier sans lâcher le marquis des yeux, une brusque rébellion humaine perturba notre défense… Aux abords de midi, plus d'une centaine d'entre eux se massèrent devant la grande porte et essayèrent aussitôt d'en forcer l'entrée. Les gardes en faction sur la muraille tentèrent bien de les disperser, mais les manants se révélèrent trop nombreux.

— N'ayant pas reçu d'ordre exprès, mes hommes renâclèrent à user de toutes les forces disponibles pour les repousser, intervint le comte de La Rove. Le temps qu'ils dépêchassent un garde au fort, la grande porte était déjà malmenée.

Rose haussa un sourcil surpris. Elle connaissait l'architecture de la forteresse pour y avoir résidé quelques fois. Le portail auquel La Rove faisait allusion était un ancien pont-levis, dont on avait comblé les douves au début de ce siècle. Le pont – qui désormais ne s'abaissait que rarement – avait été percé d'une large porte pour plus de commodité. Or, connaissant l'épaisseur du bois qui le composait, il semblait improbable que de simples hommes aient pu le faire céder.

— Prétendez-vous que les révoltés parvinrent à entamer votre portail ? fit Adelphe, incrédule.

— En effet, monsieur.

— Pire que cela, ajouta Montorgueil. Ils réussirent à entrer.

Bouche bée, Adelphe dévisagea tour à tour ses interlocuteurs.

— Mais… par quelle malédiction…

— Celle des Lamies ! cracha Frohel entre ses dents.

— … Vous dites ?

— L'Héritier n'avait pas songé à cela, semble-t-il.

— Explicitez, marquis ! s'irrita Adelphe.

— Parmi les hommes qui assaillirent la propriété, il y avait une dizaine de serviteurs Lamies.

Rose en resta médusée. Comme elle tournait vers le cadet de la fratrie d'Holival un regard empli de questions, la voix de Vassili résonna dans sa tête :

— *Ne m'aviez-vous pas dit que les Lamies répugnaient à prendre des servants, ma lady ?*

— *Si*, songea-t-elle. *D'ordinaire, ils ne le font pas…*

— Nous pensons que ce furent eux qui brisèrent la porte, expliqua La Rove. Ils servirent en quelque sorte de bélier, et permirent aux insurgés d'entrer.

— La herse n'était-elle point baissée ? interrogea Adelphe.

— Elle l'était.

Sur les traits du jeune homme, le courroux le disputa à l'étonnement :

— Ils la franchirent aussi ?

— Malheureusement…

— De ce que nous savons, ils la soulevèrent assez pour permettre à plusieurs d'entre eux de s'introduire dans l'enceinte de la forteresse, précisa Montorgueil. Puis ce fut l'hécatombe…

La comtesse baissa la tête, bouche pincée sur une lippe sévère. Avec des serviteurs Lamies comme soutènement à cette mutinerie, l'invasion avait dû être rapide. Et brutale.

— Nous ignorons ce qui se passa ensuite au-dehors, poursuivit Montorgueil, car ceux de nos servants qui virent les rebelles entrer se replièrent pour protéger notre sommeil.

— La plupart de mes invités étaient logés sous le donjon, dans ce qui fut jadis les cachots du fort, commenta le comte de La Rove. Mais, avec l'arrivée du sieur Meyer et des siens, la place était venue à manquer. Ce pourquoi certains dormaient au rez-de-chaussée, à proximité de mes propres appartements. Ce furent leurs serviteurs, et le mien, qui assistèrent à l'envahissement. Leur réaction fut rapide. Cependant, guidés par leur flair, les servants Lamies furent prompts à débusquer nos quartiers… Nos serviteurs se défendirent vaillamment. Or, malgré les pertes qu'ils infligèrent aux Lamies, ceux-ci restèrent en surnombre. Plusieurs d'entre eux pénétrèrent dans la chambre des sieurs Seiler et Waldack, ainsi que dans celle du chevalier de Desanoi…

La longue pause que marqua La Rove conduisit la comtesse à présumer de la suite de son récit. Le cœur serré, elle l'écouta annoncer :

— En dépit du combat acharné que mena son serviteur, le chevalier fut tiré hors de son lit et livré à la lumière du jour…

Rose frémit.

Ce n'était pas la première fois qu'elle apprenait la disparition de l'un des leurs, mais la chose était suffisamment rare pour que cela lui causât un choc. Et si le chevalier de Desanoi ne comptait pas au nombre de ses amis, elle le connaissait néanmoins depuis longtemps. Ses visites au manoir de Boissy étaient assez fréquentes, car, à l'instar de Montorgueil ou de La Rove, il passait pour être loyal au régent. Elle était loin d'imaginer qu'il connaîtrait une fin si tragique. Être saisi pendant son sommeil… Quel sort atroce…

Dans ses jeunes années, Rose avait été obnubilée par cette possibilité. Ç'avait d'ailleurs été sa plus grande peur. Mais Artus l'avait peu à peu convaincue de l'invraisemblance d'un tel événement. La plupart des immortels – et tout spécialement les Arimath – s'arrangeaient pour que leur repos fût solidement gardé. Pour espérer franchir ces obstacles, il aurait fallu engager de nombreuses forces, que personne n'avait envie de gâcher inconsidérément. Non pas que le sacrifice d'un ou deux serviteurs, ainsi que d'une ribambelle de mortels, dérangeât grand monde ; toutefois, que l'on accordât ou non de l'importance à ces vies-là, elles n'en constituaient pas moins la principale défense de leur maître. Consentir à les sacrifier, c'était aussi consentir à se dépouiller. Or un immortel vulnérable était immanquablement un être en sursis. C'était pourquoi personne ne se risquait à fomenter de tels stratagèmes. De l'avis général, l'hypothétique bénéfice ne valait pas les dangers encourus. Mais, avec l'avènement de serviteurs Lamies, la donne pourrait être amenée à changer.

— Le sieur Waldack connut un sort identique, reprit le comte de La Rove. Le serviteur du sieur Seiler succomba également. Et… mon serviteur et moi-même fûmes…

S'interrompant dans un froncement de sourcils, La Rove remua le poignet, comme pour chasser un engourdissement.

— … quelque peu maltraités, conclut-il. Nous tînmes cependant assez longtemps pour voir arriver les secours.

— Mon servant, ainsi que celui de Malavoie, avait reçu consigne de rester en alerte, pavoisa Frohel, s'attirant les regards de l'assistance. Notre prévoyance a porté ses fruits !

— Je me suis pourtant laissé dire que ce fut la demoiselle Hilda qui conduisit l'offensive, contesta Montorgueil.

Désertant illico la discussion, l'attention de la comtesse se porta sur la troupe d'immortels qui attendaient en amont de la route.

— L'on vous aura mal renseigné, chevalier. Elle y participa certes, mais ce ne fut point son initiative.

Au milieu des chevaux qui se reposaient, Rose distingua les visages du comte de Malavoie et du seigneur de Lonceville ; celui de Victor, le servant du sieur Raugmundr ; ceux d'un groupe d'inconnus dont le physique avantageux renseigna aussitôt la question de leur appartenance ; et enfin…

— Accuseriez-vous la demoiselle de mensonge ?

— Non point. De vantardise, peut-être, mais pas de mensonge.

Prenant congé de ses pairs, Rose se traça un chemin parmi les montures et les cavaliers ; lesquels suivirent sa progression d'un œil tantôt admiratif, tantôt méfiant.

— Hilda !

La jeune fille interpellée sursauta.

— Lady Rose ? constata-t-elle, au comble de l'ahurissement. Vous, ici ?

— Vous n'êtes pas blessée ?

Secouant la tête, Hilda vint à la rencontre de la comtesse.

— Où étiez-vous passée ? murmura-t-elle en lui attrapant brièvement la main. Je me suis fait un sang d'encre ! J'en étais presque venue à croire la rumeur de votre disparition…

Sur le visage de Rose, le soulagement de retrouver son amie indemne céda le pas à un désagréable sentiment de déjà-vu. Se contraignant à n'en rien laisser paraître, elle esquissa un sourire énigmatique :

— L'attente fut-elle si longue ?

Hilda, déconfite, fixa le regard sur son interlocutrice comme si elle venait de proférer une énormité.

— Vous le demandez ? dit-elle tout en balayant les environs d'un regard nerveux. Ces dix années vous furent-elles si douces que vous ne les vîtes point défiler ?

Le sourire et la stupéfaction de Rose s'élargirent concurremment. Elle l'avait redouté dès le premier mot de cette discussion ; à présent, elle en avait la certitude. La jeune fille n'avait aucun souvenir des retrouvailles qui avaient eu lieu au manoir, un peu plus d'un mois auparavant.

— Je vous taquinais, très chère, prétexta la comtesse en entraînant son amie vers le bas-côté de la route. Soyez assurée qu'au contraire j'en comptai chaque minute. Mais je suis rentrée, à présent. N'en parlons plus.

Hilda lui adressa un long regard, chargé d'une vive commisération. Se dérobant aux questions qu'il contenait, Rose décida de s'assurer de la justesse de ses déductions.

— L'on m'a dit que c'était vous qui aviez apporté à Boissy l'appel à l'aide de Magnus ?

— Oui, confirma Hilda. Pour échapper aux Lamies, il fallait quelqu'un qui pût voyager sous le soleil. Or les autres serviteurs ne connaissaient pas le chemin du manoir. Le choix se porta donc sur moi.

Profitant de ce que ses souvenirs étaient sollicités, Rose se permit une incursion dans la tête de sa jeune amie. Elle y aperçut la rencontre avec Montorgueil ; la discussion avec l'Héritier Arimath, ainsi qu'avec le frère de ce dernier... mais nulle trace de sa propre présence, ou de celle du prince. Ces moments-là s'étaient purement évaporés... Pour Rose, l'auteur de ces oublis ne faisait pas mystère. Le chevalier de Montorgueil ayant été chargé, cette nuit-là, d'escorter la servante Oström sur le chemin du retour, ce devait être lui, le dispensateur d'amnésie. En revanche, il y avait lieu de se questionner sur le pourquoi d'un tel geste. Quel intérêt Artus pouvait-il bien avoir à effacer cette rencontre de la mémoire d'Hilda ? Car incontestablement cela venait d'Artus. Montorgueil ne se serait jamais risqué à pareille manœuvre sans avoir eu, au préalable, l'aval de son estimé régent…

— Vous fûtes aussi l'héroïne de la forteresse, à ce que l'on dit, relança Rose tandis qu'une partie de son esprit se dédiait déjà à l'élaboration d'une théorie.

— C'est exagéré, se défendit Hilda.

— Mais vous êtes intervenue pour secourir votre hôte.

La jeune fille corrobora l'affirmation d'un prompt hochement de tête :

— Lui et les nôtres, oui. Mais je n'étais pas seule. Les gens du marquis de Frohel et du comte de Malavoie étaient avec moi.

— J'ai appris pour le sieur Waldack. Je suis désolée.

— Soyez-le davantage pour son serviteur, chuchota Hilda en jetant un rapide coup d'œil sur le côté. Il est plus à plaindre que son maître.

À quelques pas de là, un homme d'une quarantaine d'années, au faciès plutôt ingrat, se tenait lui aussi à l'écart du groupe. Le regard perdu dans le vide, les bras pendants le long du corps comme s'il ne savait qu'en faire, il semblait complètement désorienté.

— Il aurait mieux valu qu'il succombe lui aussi. Il n'y a pas plus odieux que d'être condamné à contempler sa propre décrépitude…

Remuée par ces paroles ô combien justes, Rose reposa les yeux sur la servante. La profondeur de son regard détonnait tant d'avec ses traits de jouvencelle qu'elle en paraissait presque vieillie.

— J'aimerais pouvoir abréger son agonie, chuchota-t-elle encore. Personne ne devrait avoir à endurer cela…

La comtesse ne sut que répondre. Le funeste sort qui attendait les serviteurs orphelins était aussi cruel que l'existence soumise qui leur était usuellement réservée. Rien de ce qu'elle aurait pu dire n'aurait changé cette triste réalité. Pas plus que cela n'aurait apaisé l'affliction de la jeune fille.

— Vous connaissiez le chevalier de Desanoi, je crois ? interrogea cette dernière après un instant.

— Oui…

— Un ami ?

— Pas vraiment.

— C'est heureux. Car il était trop tard pour lui lorsque nous sommes arrivés. En revanche, nous survînmes à temps pour le comte de La Rove… mais je ne crois pas que ses blessures guériront.

Désagréablement surprise, Rose se raidit un tantinet :

— Quelles blessures ?

— Il n'en a rien dit ?

— Non.

— Ils l'ont exposé à la lumière du jour, expliqua Hilda dans un soupir désolé. Lorsque nous lui portâmes secours, il se protégeait le visage de ses bras… Ils furent grièvement brûlés… Trop pour qu'il n'en garde point de cicatrices.

Plus touchée qu'elle l'aurait cru, Rose éprouva une brusque gêne au creux de l'estomac. Son regard fila spontanément vers le comte de La Rove, toujours en grande conversation avec Adelphe et le chevalier de Montorgueil. Elle remarqua alors que les mains du comte étaient pudiquement dissimulées par une paire de gants… Un plissement chagrin perturba l'étendue satinée de son front. Pourquoi fallait-il toujours que le sort s'acharnât sur les meilleurs d'entre eux ?

— Neutraliser les serviteurs Lamies fut-il difficile ? s'enquit-elle toutefois, s'extrayant de ses mornes réflexions.

— Je n'irais pas jusque-là, réfuta la jeune fille, modeste. Il est vrai qu'ils étaient nombreux, et combatifs, mais ils étaient aussi très inexpérimentés…

Comme Hilda laissait mourir sa phrase sur un silence évocateur, les deux femmes échangèrent un regard entendu. Au sein de la mésestimée caste des serviteurs, Hilda, de par sa longévité, constituait une exception de taille. Ses capacités surpassant de loin celle d'un servant ordinaire – qui généralement n'excédait pas le siècle d'existence, et n'était pas aussi bien nourri –, défaire ces suppôts de Lamies tout juste sortis de l'œuf ne dut pas représenter une trop lourde tâche.

— Si j'avais été au rez-de-chaussée lorsqu'ils attaquèrent…

— N'y songez plus, l'interrompit Rose en levant une main apaisante. Vous fûtes assez preste pour endiguer ce vil attentat, voilà tout ce qu'il vous faut retenir. Les pertes ne furent pas de votre fait.

Hilda amorça un sourire de gratitude. Or, celui-ci se tarit dès que son regard s'en retourna contempler son congénère Oström, esseulé et hagard.

— Qu'en fut-il de la sédition humaine ? s'empressa de questionner Rose. Les Lamies évincés, il restait tout de même à vous préserver de cela.

— Nous y parvînmes, mais non sans mal. Le retour aux cachots demanda d'ouvrir une voie au travers des insurgés, déplora la jeune fille.

Se remémorant le récit qu'Adelphe avait donné de leur propre repli vers le sous-sol, la comtesse se figura aisément ce qu'avait dû représenter la traversée du fort avec des serviteurs blessés et leurs maîtres groggy de sommeil.

— Quand nous atteignîmes la herse de la tour, Victor nous y attendait. Ensemble, nous retînmes les mutins pendant que les autres s'engageaient dans l'escalier. Une fois la herse refermée, nous n'eûmes plus qu'à retourner nous barricader dans les cachots.

Joignant les mains, Hilda se mit à se malaxer nerveusement les doigts.

— Le fort investi, nous ne pouvions envisager que difficilement de remonter en veiller les portes, ainsi que nous le faisions chaque soir, poursuivit-elle, son débit de paroles suivant la gesticulation de ses doigts. Puis, les défenses ayant déjà été forcées, la chose paraissait désormais hasardeuse. L'assaut des serviteurs présageant de celui de leurs maîtres, nous décidâmes sitôt de planifier notre fuite. Le chevalier de Montorgueil, le comte de La Rove et le sieur Raugmundr s'entendirent sur le comment… Alors que le crépuscule était encore jeune, nous empruntâmes un passage dérobé qui menait jusqu'aux communs. De là, nous autres servants sortîmes dans la cour…

Comme la jeune fille marquait une nouvelle pause, Rose l'encouragea à continuer d'un signe de tête.

— Nous nous débarrassâmes des séditieux qui s'étaient attardés là, puis assurâmes un chemin vers les écuries. Une bonne moitié des chevaux manquaient, cependant cela n'alarma aucun des sieurs. Nous partîmes donc, à deux par coursier, et quittâmes l'enceinte de la forteresse par la grande porte, nos maîtres abrités sous les couvertures que nous avions rassemblées.

La comtesse adhéra *a posteriori*. Cette stratégie, aventureuse au premier abord, était en vérité une solide garantie de tranquillité. Si l'on ne pouvait pronostiquer le nombre de Lamies prêts à fondre sur le fort, l'on était à l'inverse en mesure de supposer à quel moment ils le feraient. Or il y avait bien peu de chances que ledit moment précédât la tombée du jour. D'une part, parce que les Lamies vivaient rarement assez vieux pour s'éveiller avant le crépuscule ; et, d'autre part, parce qu'ils étaient contraints d'attendre que le soleil fût suffisamment bas avant de quitter leurs terriers. En brusquant le départ, les retranchés Oström et Arimath s'étaient assuré une avance appréciable.

— Nous galopâmes au village le plus proche, ajouta Hilda, où nous nous emparâmes de tous les chevaux disponibles. Puis nous poursuivîmes au grand galop, sachant que les Lamies devaient s'être lancés à nos trousses.

— Montorgueil a dit que vous les aviez distancés un peu après minuit.

— C'est probable, oui. Nous pûmes gagner un relais connu du chevalier sans avoir vu l'ombre de nos poursuivants…

Perplexe, Rose se demanda si les Lamies avaient réellement été semés, ou s'ils avaient plutôt reçu l'ordre de ne pas pourchasser les fugitifs. Cette idée l'amena de nouveau à s'inquiéter de l'étonnante cohésion qui régnait au sein de ce clan de barbares. D'eux-mêmes, les Lamies n'auraient jamais eu la patience de constituer une brigade capable d'assaillir la forteresse. Ils n'auraient pas davantage pris la peine de générer des servants, et de les maintenir en vie, pour mettre sur pied une attaque diurne. Leur foncière frénésie empêchait qu'ils formassent des groupes de plus de deux ou trois individus. Pourtant, quelqu'un était parvenu à les ameuter.

— Nous sommes repartis ce soir, continua Hilda, pour une destination que je supposais être le manoir de votre… régent.

Cette flagrante dérobade inspira à la comtesse un soudain abattement, qu'elle se hâta d'intérioriser. Après cette nuit où avait flambé le manoir, et où la vie de la jeune servante avait failli être emportée, Rose avait gardé avec cette dernière un contact aussi étroit que le leur permettaient les relations conflictuelles de l'Héritier et du *Könungr*. Rapprochées par leur affection pour les frères d'Holival, les deux femmes se découvrirent des affinités qui les menèrent au-delà de la simple cordialité. Émue par la gracile fragilité de la jeune fille, Rose la prit sous son aile comme une sœur l'aurait fait. Hilda, sensible à cette attention désintéressée, lui prodigua en retour une amitié frôlant parfois la dévotion. Mais, malgré les certitudes que la jeune fille avait acquises sur les sentiments que Rose portait au divin comte de Janlys, jamais la comtesse ne lui en souffla mot. Ne confirmant ni n'infirmant les rumeurs qui circulaient à ce sujet, Rose la maintint, au même titre que tous les autres, dans l'incertitude. Il fallait pourtant croire qu'une décade d'éloignement n'avait pas suffi à émousser les convictions de la servante… Était-ce pour cela qu'Artus avait ordonné que l'on effaçât la mémoire d'Hilda ? Voulait-il empêcher que se diffusât la nouvelle du retour de sa favorite ? Les commérages avaient été légion, jadis ; peut-être souhaitait-il limiter la résurgence de racontars qui eussent compliqué sa tâche ? Peut-être préférait-il que l'on continuât de la croire volatilisée ? Car c'était bien là ce qui s'était murmuré, n'est-ce pas ? Le marquis l'avait laissé entendre tout à l'heure, ainsi qu'Hilda, peu après lui…

— Que colporta-t-on lorsque l'on ne me vit plus paraître au côté de l'Héritier ? interrogea Rose, pesant ses mots.

Une once d'hésitation traversa le visage pointu de la jeune servante. Ses mains, finalement endormies l'une sur l'autre, reprirent instantanément leur turbulente danse.

— Est-ce bien utile de s'y attarder ?

— Ce fut à ce point sordide ? avança la comtesse, caustique.

— Non ! démentit Hilda précipitamment. Il me répugne juste de le répéter…

— Vous prîtes toujours soin de ne point évoquer ces cancans devant moi. Cette délicatesse vous honore, Hilda. Mais si vous pensez m'épargner en vous taisant, vous faites erreur… L'absence m'a privée de mes canaux habituels. Ce que d'autres, hier, me disaient, aujourd'hui vous seule pouvez me le révéler. Si vous voulez vraiment tenir mes ennemis à distance, alors je dois savoir ce qui se raconta… et qui le raconta…

Retroussant le nez dans une fugitive grimace de désapprobation, la jeune fille lança à son amie un regard oblique.

— Vous savez que j'exècre les ragots, grommela-t-elle.

Rose ne répondit pas. S'il était de notoriété publique que les Oström privilégiaient les querelles ouvertes aux rumeurs d'alcôves, ils n'y étaient pas pour autant imperméables. Et Hilda le savait fort bien.

— Je n'entendis pas grand-chose, capitula cette dernière. Ce que j'appris, je le sus en écoutant mon maître converser avec l'un des nôtres.

Rose retint l'exclamation sarcastique qui voulut passer ses lèvres. Qu'Olaf se fût réjoui de son départ n'avait pas de quoi surprendre. Il avait dû s'en donner à cœur joie !

— C'était environ trois semaines après votre disparition. Je croyais, pour ma part, que vous étiez simplement rentrée en Angleterre. Mais la rumeur, elle, était tout autre. Il se disait partout que… que l'on s'était décidé à vous régler votre compte. Que l'on ne vous reverrait plus de sitôt « hanter les pas de l'Héritier », ainsi qu'en plaisantait mon maître… Je suis sûre que je ne vous apprendrai rien en vous disant qu'il se congratulait de cette éventualité.

— En effet…

— La rumeur circula des mois durant, sous diverses versions. L'on prétendit tantôt que vous étiez tombé sous les coups des ennemis de votre maison, tantôt sous ceux des Arimath eux-mêmes. Les plus enthousiastes diffamateurs alléguèrent même que l'Héritier en personne s'était chargé de vous, avançant que vous étiez devenue… encombrante…

Rose ne montra aucune espèce d'émotion. Les traits relâchés et le regard attentif, elle semblait attendre que la jeune fille continuât son récit. Pourtant, en dépit de ce que suggéraient les apparences, le coup porta.

Loin.

Et fort.

— Je ne crus rien de ce ramassis de billevesées, garantit Hilda en se tordant farouchement les mains. Mais, le temps passant, et aucune explication ne venant, je commençai à redouter qu'il n'y ait malgré tout du vrai dans ces médisances…

— Quelle portion vous parut-elle croyable ?

— Vous aviez disparu si subitement, Rose… J'ai fini par envisager qu'il vous était peut-être arrivé malheur, et que le comte s'évertuait à le cacher.

Sollicitant les muscles raidis de ses joues, la comtesse força un sourire qui se voulut énigmatique.

— Ce n'était pas cela, chuchota-t-elle.

— Et j'en suis enchantée ! Croyez bien qu'il me tarde de voir la déconvenue se peindre sur le visage du *Könungr* quand il apprendra votre retour…

Pour une raison qui ne lui apparut pas immédiatement, cette dernière phrase rappela à Rose l'incertitude latente qu'elle avait perçue chez son amie, la nuit où celle-ci avait apporté le billet de Magnus au manoir. Il lui avait semblé qu'Hilda s'attendait que le comte leur refusât son aide. Sur le moment, elle ne s'était pas expliqué le pourquoi de cette impression. Mais après ce qu'elle venait d'entendre… Se pouvait-il que les deux choses fussent liées ? Olaf aurait-il trop cancané, ou trop jubilé, en apprenant son congédiement ? Artus en aurait-il été indisposé, au point qu'Hilda craignît qu'il les laissât seuls face aux Lamies ?

Dans ce cas, à quoi cela rimait-il d'avoir fait effacer la mémoire de la servante ? La laisser colporter la nouvelle de son retour n'aurait-il pu être justement moyen de prendre une petite revanche sur Olaf, ou ses partisans ?

— Sans parler de l'effet qu'aura l'annonce de *sa* réapparition, marmotta Hilda, une indubitable pointe d'amusement dans la voix.

Tirée de ses nébuleuses réflexions, Rose tourna la tête vers le côté opposé de la route, suivant l'inclinaison du regard de son amie. À la faveur d'une trouée parmi l'attroupement de chevaux et de cavaliers, elle distingua le champ où s'étaient retirés le comte de Janlys et le sieur Raugmundr. Ils se tenaient assez loin pour que leurs visages lui apparussent flous, néanmoins elle vit distinctement son mentor secouer la tête. Raugmundr réagit à cette négation par un mouvement que Rose interpréta comme une marque d'irritation. Elle jugea alors opportun d'user de son ouïe exceptionnelle…

— *Vous ne pouvez envisager sérieusement de faire cela!* s'emportait le vieil Oström.

— *Il le faudra pourtant.*

— *Qui vous dit que vous ne les trouverez pas à vous attendre?*

— *Nous n'aurons pas de deuxième chance*, assena Artus, péremptoire. *À présent qu'il vous sait dans la nature, ses sbires vont s'égailler à votre recherche. C'est maintenant ou jamais.*

— De quoi croyez-vous qu'ils parlent?

Délaissant les deux seigneurs, la comtesse reporta son attention sur la servante.

— Ils ourdissent leur plan, je présume.

— Espérons qu'il sera meilleur que le précédent.

La remarque était un rien acerbe, cependant la comtesse tint sa langue. Rester claustrée tout un mois dans une austère forteresse cernée de Lamies n'avait pas dû être un moment agréable. Il était compréhensible qu'Hilda se montrât circonspecte sur les futurs projets du comte... D'ailleurs, Rose elle-même n'était plus si sûre de la pertinence du jugement de son mentor.

— Vous sembliez vous féliciter de la présence du sieur Raugmundr, remarqua-t-elle, désireuse d'éloigner la conversation de ce sujet malcommode. Qui est-ce?

— Le comte ne vous en a pas entretenue? s'étonna Hilda, pivotant vers son amie.

Pour toute réponse, cette dernière se para d'une moue songeuse, reflet d'un demi-mensonge. Raugmundr n'était plus à proprement parler un inconnu. Toutefois, la somme de ce qu'elle avait appris était loin d'équivaloir à celle de ce qu'elle ignorait encore. Quelques éclaircissements seraient bienvenus.

— Thorfinn Raugmundr aurait dû être notre régent, enchaîna la servante. Ce fut lui que le précédent *Könungr* désigna pour successeur.

— Ah oui ? fit Rose, affectant la surprise. Pourquoi ne le fut-il pas ?

— Il refusa.

— Pour quel motif ?

— L'on dit qu'il n'avait aucun goût pour la renommée liée à cette charge, et qu'il préférait rester un sujet.

Rose haussa un sourcil :

— Est-ce à dire qu'il n'avait point d'ambition ?

— Je ne crois pas que l'on puisse formuler cela en ces termes. *Herre* Raugmundr était tenu pour extrêmement influent, et habile politicien. Mais il préférait rester dans l'ombre. À la différence de mon maître…

— La régence échut donc à Olaf par défaut ?

— C'est cela, confirma Hilda à voix basse. J'ai ouï dire que mon maître souffrit de la comparaison durant les premières années de son règne, et qu'il en conçut pour Raugmundr une haine viscérale. L'on raconte qu'il mit à profit sa condition de régent pour le harceler.

— Voilà qui lui ressemble bien…

— Ses tentatives se soldèrent toutes par un échec, révéla la jeune fille. L'on prétend même que *herre* Raugmundr en sortit grandi, mais que, lassé des provocations continuelles du *Könungr*, il choisit de se retirer du monde. Il quitta son fief du jour au lendemain, pour ne jamais plus y reparaître.

Intriguée par le portrait que ce récit faisait du personnage, Rose se remit à examiner le sieur Raugmundr.

— Quand dit-on qu'il se retira ? demanda-t-elle.

— Vers l'an 1590, je crois. Mon maître en parlait encore lorsqu'il me prit à son service…

— Nul ne sut où il se retrancha ?

— Non. Cependant personne ne douta de sa pérennité, car son spectre continuait de planer sur le clan. Surtout dans la région qu'il dominait avant de disparaître. Son fief, par exemple, fut repris par l'un de ses protégés qui, depuis, l'a adroitement préservé. Par ailleurs, l'on tient pour acquis que Raugmundr fut mêlé de très près à la construction de…

— François ! héla le comte de Janlys, depuis l'autre côté de la route. Approchez !

Une guirlande de têtes pivota vers le champ où se tenait le régent Arimath. Et, tandis que le chevalier de Montorgueil répondait à son appel, le sieur Thorfinn Raugmundr revint, lui, vers ses pairs.

— En selle ! somma-t-il.

Rose vit le dédain tordre les figures du marquis de Frohel et de son comparse, le comte de Malavoie, mais ils n'en obtempérèrent pas moins. Quittant le voisinage d'Adelphe, ils se replièrent vers leurs montures, ainsi que le fit le reste du groupe.

— Prenez garde à vous, chuchota Hilda en se penchant vers la comtesse pour lui donner l'accolade. Et essayez de ne pas vous évaporer de nouveau.

Comme la servante faisait mine de s'en aller, Rose la retint par le bras :

— Dites-moi une chose, avant de partir… N'avez-vous vraiment eu aucune nouvelle de moi durant cette décennie ?

Visiblement désarçonnée, la jeune fille fit « non » de la tête.

— Pas une seule, Rose.

Se soustrayant à la prise de la comtesse, elle s'en fut ensuite rejoindre Magnus, déjà juché sur l'un des chevaux. Rose la regarda s'éloigner sans la voir, l'esprit accaparé par un nouvel essaim de questions. Comment se pouvait-il qu'il n'y ait eu aucun écho de son exil ? Certes, elle s'était conformée à la discrétion que son mentor lui avait intimée avant qu'elle ne parte, mais elle n'en était pas devenue transparente pour autant. À la cour impériale, l'on avait même tôt fait de parler d'elle. Aussi, songer qu'aucun Oström n'avait estimé utile d'informer leur régent de sa présence sur leurs terres lui paraissait gros. Voire impensable. Mais alors, quelle explication cela laissait-il ? Hormis celle, plus invraisemblable encore, qui consistait à admettre que le *Könungr* avait été de tout temps dans la confidence…

Déconcertée par l'évolution de ses réflexions, Rose s'en retourna mécaniquement vers le prince Golitsyne et le vicomte de Janlys, tous deux parvenus auprès de leur coursier, pendant que, dans son dos, l'escouade d'immortels remontait en selle.

Ayant fini de colloquer avec l'Héritier, Montorgueil fit bientôt de même. Revenu sur la route, le comte de Janlys saisit alors Harald par le licol, puis le mena sur le bas-côté. Son frère, son infante et le prince l'imitèrent, achevant de dégager la voie.

— Vous êtes sûr de vous, *jarl* Artus ? interpella le sieur Raugmundr comme il prenait la tête de la troupe.

Inébranlable, le comte lui retourna un regard dur.

— Vous lanternez, *min herre*…

Le vieil Oström fronça si fort les sourcils qu'ils en vinrent presque à se toucher. Son abondante barbe remua, donnant l'impression qu'il s'apprêtait à répliquer. Au lieu de cela, il engloba le quatuor d'une œillade sceptique, puis talonna son cheval. L'escouade de coalisés se régla sitôt sur son pas, laissant à peine à la comtesse le temps de saluer son amie d'un dernier sourire.

Chapitre 11

Habituée à déambuler dans la végétation qui enceignait le manoir, Rose avait appris à connaître le langage de la forêt. Ses grattements, ses bruissements et ses soupirs lui étaient si coutumiers qu'elle se serait presque crue capable de les reproduire. Par conséquent, elle savait aussi que cette quiétude était anormale. Les bois jamais ne se taisaient. Même au creux de la nuit, l'activité qu'ils abritaient continuait d'y trépider, frémissante et vivace. À moins que le danger n'y fût tapi… Car, tel l'enfant se terrant sous les draps par peur du croque-mitaine, la forêt humant le loup se clapissait dans un trou…

— *Quelque chose cloche*, murmura Rose simultanément à l'esprit de son mentor et à celui de son serviteur. *Arrêtez-vous.*

Tirant sur les rênes à l'unisson, ses trois compagnons ralentirent leur monture, puis obliquèrent vers elle. Déjà à l'arrêt, le regard furetant dans les bois alentour et l'oreille à l'écoute du moindre bruit, la comtesse leur fit signe de se taire.

— *Entendez-vous ?* fit-elle derechef à la double adresse du prince et du comte.

— *Quoi ?* questionna ce dernier.

— *Le silence… Les bois sont figés…*

À ces mots, les traits du comte se parèrent d'une vigilance grave. Se mettant à son tour à inspecter les parages, il sembla aussi tendre l'oreille. Sûre de son fait, Rose patienta. Le calme qui régnait sur les bois était si dense que n'importe qui aurait pu s'en apercevoir. Il ne faudrait pas plus d'une demi-seconde à son mentor pour le remarquer.

— *Ils sont venus*, conclut-il, une note de tension dans la voix. *Soyez sur vos gardes. Ils ne nous laisseront pas rallier le domaine.*

Incitant Harald à faire demi-tour, Artus reprit son chemin sans plus de commentaires. Le message n'en fut cependant pas moins clair.

— *Nous ne sommes pas seuls, Vassili*, avertit Rose tandis qu'ils reprenaient la route à la suite du comte.

— *J'avais saisi, ma lady.*

Se redressant sur sa selle, cette dernière boutonna prestement son frac, puis ajusta la tige de ses bottes. Le manoir n'était plus qu'à une lieue devant eux. Si son mentor voyait juste, l'assaut allait survenir incessamment.

Sous l'impulsion du comte, le quatuor accrut alors l'allure. Poussant sa monture au galop, l'infante s'interrogea. Artus essayait-il d'atteindre le manoir ? Ou bien aiguillonnait-il simplement les Lamies pour qu'ils passent à l'offensive ? Comme elle se prononçait pour la seconde hypothèse, sachant qu'une bataille aux abords du manoir ne serait pas plus avantageuse pour les siens, un long agacement vint tarabuster sa perception. Une dizaine de secondes plus tard, les silhouettes de leurs assaillants se dessinèrent parmi les arbres environnants. Rose en compta six. Souhaitant qu'il n'y en ait pas davantage, embusqués quelque part, elle porta une main à la tige de sa botte. Pour cet affrontement-ci, elle serait armée.

À ce moment, le coursier du prince fit une soudaine embardée, forçant sa maîtresse à s'écarter. Contrainte à une manœuvre périlleuse pour ne pas emboutir l'arbre qui, de ce fait, s'était dressé sur son chemin, elle mit une poignée de secondes à réaliser que Vassili n'était plus en selle.

Catastrophée, Rose tira sur les rênes avec une telle violence que sa monture hennit de douleur. Sourde à ces plaintes, la comtesse sauta à terre avant que la bête ne se fût tout à fait arrêtée, puis revint en courant sur ses pas. Elle localisa le prince en un clin d'œil. Un genou posé au sol, adossé de guingois contre un arbre, il était aux prises avec un Lamie qui, bien que de deux têtes plus court que lui, présentait une semblable largeur d'épaules. Comme sa maîtresse accourait, le prince apposa les paumes sur le buste de son assaillant et le repoussa d'une bourrade. Un coup de poing tomba au même instant, manquant de peu sa mâchoire. Le Lamie voulut renouveler son attaque, or Vassili s'était relevé. Se dégageant du tronc qui lui coupait la retraite, il s'écarta d'un pas et tira son sabre au clair.

Parvenue à sa hauteur, Rose voulut lui prêter main-forte, mais elle fut fauchée par la charge d'un autre ennemi. Le souffle coupé, elle alla s'encastrer dans un chêne avec une brutalité telle qu'une gerbe d'écorce jaillit du tronc. Comprimée entre l'arbre et son propre corps, la main qui tenait sa dague s'ouvrit par automatisme, laissant choir l'arme sur un tapis de brindilles. Ne lui laissant pas l'occasion de se reprendre, le Lamie qui l'avait acculée lui assena une série de coups à l'abdomen. La douleur fut si intense que Rose en eut la nausée. Mais la vexation de s'être ainsi laissé cueillir prit le dessus.

Agrippant à hauteur du coude le bras qui la maintenait contre le tronc, elle appliqua toute sa force dans une vive poussée latérale. Le membre se creusa illico d'une importante dépression, que salua un hurlement tonitruant. Dégagée de la prise de son assaillant, Rose s'apprêtait à le refouler, quand soudain la pointe effilée d'un stylet surgit de l'épaisse gorge. Posant les yeux par-delà la trogne grimaçante du Lamie, elle vit Adelphe l'enferrer de son second poignard. Le mastoc émit un gargouillis répugnant. Il donna un coup de menton vers l'avant, comme pour tenter de déglutir le métal fiché dans ses chairs. Puis l'une des lames disparut, pour reparaître une seconde plus tard, parfaitement au centre de sa trachée. Le gaillard s'écroula tout d'un bloc, telle une marionnette dont on aurait coupé les fils. Le temps d'adresser un regard à la comtesse, Adelphe fit volte-face et s'en fut assister son frère.

S'accroupissant près de la dépouille, Rose tâtonna sur le sol à la recherche de son arme, tandis que, d'un coup d'œil, elle s'assurait de la sécurité de Vassili. Ce dernier, le sabre oint d'un sang visqueux, venait de retrancher un tronçon de bras supplémentaire à son agresseur, dorénavant privé de toute capacité de préhension. Un moulinet plus tard, la tête du gaillard s'en fut rejoindre ses avant-bras. Au même instant, Rose referma les doigts sur le manche de son poignard. L'infante et son serviteur convergèrent alors vers la fratrie d'Holival, encerclée par les quatre Lamies encore debout.

Artus était la cible des deux plus imposants, ceux-ci ayant sans doute estimé qu'il constituait un en-cas à leur mesure. Quant aux deux autres, ils s'ingéniaient à empêcher Adelphe de rejoindre son frère. Sans grand succès. Tailladés en de multiples points par la valse de stylets dont le jeune homme les gratifiait, ils perdaient du terrain chaque seconde. La réussite n'était pas davantage au rendez-vous pour les rustauds ayant maille à partir avec le comte. Le plus grand, déjà fort amoché, parvint toutefois à esquiver le coup que son adversaire lui décocha. Comme il armait une riposte, son compère sauta sur le dos du comte pour le ceinturer. Les coudes d'Artus s'enfoncèrent dans ses côtes séance tenante, les pilonnant d'une kyrielle de chocs.

Le gaillard lâcha prise, déchirant au passage le gilet du comte ; lequel reçut en pleine pommette le crochet que lui porta le premier larron. Un sourd grognement s'éleva dans l'air nocturne. Tous crocs dehors, Artus se jeta sur son agresseur au moment précis où le prince et la comtesse les atteignaient. Cette dernière coupa la retraite du gaillard que son mentor assaillait en lui embrochant un rein d'un coup d'estoc. Pétrifié, le molosse ne put éviter la charge d'Artus…

À deux pas de là, Vassili, profitant que l'un des Lamies lui tournait le dos, fit siffler son sabre. Le crâne du gaillard chuta aux pieds d'Adelphe, qui venait tout juste de lui ouvrir le ventre. Les deux hommes échangèrent un regard par-dessus le cou écimé du Lamie, puis le cadavre s'affaissa lourdement au milieu d'eux. Adelphe effectua ensuite un rapide demi-tour, prêt à se charger de son dernier ennemi. Or celui-ci, manifestement échaudé par l'exécution de son congénère, avait pris la fuite. Changeant de cible, les serviteurs Arimath se rabattirent sur le Lamie qui, se tenant un peu en retrait d'Artus, semblait vouloir revenir à l'assaut malgré ses flancs abîmés…

Le comte, nullement inquiet de ce qui pouvait bien se dérouler dans son dos, avait empoigné à la gorge le molosse que son infante venait d'embrocher. L'arrachant de la dague sur laquelle il était planté, il le souleva du sol puis le projeta contre un arbre proche. L'omoplate qui heurta le tronc se rompit dans un craquement que le choc de l'impact fut impuissant à masquer. Le Lamie, hébété, atterrit pourtant sur ses pieds. Cela ne lui fut toutefois d'aucune utilité, puisque le comte était déjà parvenu auprès de lui. Le plaquant d'une main contre le tronc, Artus tira de l'autre sur le bras intact. L'os se déboîta avec un son creux, suivi de celui d'un interminable arrachement. Criant sa souffrance autant que sa fureur, le Lamie, canines saillantes, projeta le front en avant. Artus évita le coup d'un leste haut-le-corps, puis, saisissant une touffe de cheveux, il repoussa en arrière la tête du gaillard. Le crâne percuta durement le tronc, causant une subite lézarde dans les beuglements du Lamie.

— Où est-il ! tonna le comte.

En guise de réponse, le molosse propulsa un genou dans sa direction. Le comte para le coup d'un mouvement de hanches, absorbant avec la cuisse l'impact destiné à son entrejambe. Son grognement reprit de plus belle. Les prunelles puissamment illuminées et les traits distordus de haine, il cloua le gaillard contre l'arbre et lui flanqua une ahurissante volée de crochets à la mâchoire. Disloquée, celle-ci se mit à pendre curieusement.

— OÙ EST-IL ! vociféra Artus, ponctuant chaque mot d'un nouveau coup. OÙ EST CELUI QUI VOUS ENVOIE ?

L'eût-il souhaité que le molosse n'aurait pu formuler une seule parole intelligible. Heureusement, il n'était pas nécessaire qu'il parlât pour donner au comte satisfaction. Ce dernier avait simplement à pénétrer sa mémoire…

Une seconde passa dans un étrange silence, puis Artus poussa une interjection rageuse. Saisissant la tête du gaillard à pleines mains, il la rabattit sèchement sur le côté, jusqu'à ce que l'oreille s'aplatisse contre l'épaule. Les vertèbres cervicales se rompirent. Le Lamie chuta au pied de l'arbre.

Se désintéressant du corps, Rose jeta un regard par-dessus son épaule. Entre-temps, le prince et le vicomte étaient venus à bout du dernier ennemi, qu'ils avaient mis définitivement hors d'état de nuire. Adelphe s'avançait déjà, prêt à faire de même avec le Lamie que son frère venait d'abattre. Ce qui rappela à Rose que le premier des molosses qu'elle avait affronté possédait encore sa tête…

Se tournant en direction de ce corps-ci, elle vit la massive poitrine se soulever imperceptiblement.

Il reprenait conscience.

En un éclair, elle fut auprès de lui. Posant un genou au sol, elle attrapa le gaillard par sa chevelure sale et emmêlée, lui souleva la tête, et abattit sa lame sur l'épaisse nuque. Les os se séparèrent au quatrième coup. Après quoi, la seconde moitié de la gorge céda sans difficulté. Rose lâcha le crâne orphelin avec un vague rictus de dégoût. Contrairement à ce qu'ils faisaient d'ordinaire, elle savait que, ce soir, ils n'empileraient pas les cadavres pour les faire brûler. Il y avait peu de risques que des badauds les trouvent avant que le jour ne les ait entièrement consumés. Par conséquent, cette précaution était accessoire. Négligeant donc la dépouille, la comtesse pivota vers ses compagnons, et fut instantanément frappée par l'expression qu'arborait son mentor.

Les yeux baissés sur la déchirure de son gilet, ce dernier observait le tissu de sa chemise d'un air abasourdi. Pour son infante, ce fut tout d'abord l'incompréhension… puis elle se rendit compte que quelque chose manquait à ce tableau. Quelque chose de carré, et d'enveloppé dans une couche de tissu. Adelphe et Vassili durent s'en aviser aussi, car ils se mirent également à scruter le sol à la recherche du petit paquet que le comte avait porté à sa ceinture ces dernières nuits. Hélas, ils eurent beau remuer les feuilles et les fougères, le colis resta introuvable…

— Il ne peut pas s'être vaporisé ! maugréa Rose. Il est forcément quelque part !

— Sauf si quelqu'un l'a pris…

Haussant un sourcil interloqué, elle se tourna vers Adelphe :

— Comment cela ?

— L'un d'eux s'est enfui, précisa le jeune homme en lançant à son aîné un regard où l'inquiétude tutoyait la repentance. Je n'ai pas songé à le poursuivre. Je ne pensais pas qu'il pût avoir emporté quoi que ce fût…

Artus demeura rigoureusement statique. Si ses traits s'étaient départis de la rage qui les avait habités durant la bataille, ils n'avaient cependant pas recouvré le flegme qui était d'ordinaire le leur. Loin de son immuable impénétrabilité, le visage du comte laissait à présent transparaître toute l'étendue de son désappointement… Et ce constat jeta une ombre supplémentaire sur le cœur de son infante.

— Je suis désolé, Artus…

— Vous n'êtes pas responsable, trancha ce dernier en allant à la rencontre d'Harald. Ne vous martyrisez pas, Adelphe.

— Qu'y avait-il dans ce paquet ?

Parvenu auprès de l'étalon, le comte se figea un petit instant.

— La tablette, annonça-t-il, juste avant de se hisser sur le dos de son cheval.

Rose ouvrit des yeux incrédules.

La tablette ? Celle que le défunt émissaire avait rapportée du Nouveau Monde, près de deux siècles auparavant ? Celle qu'il avait absolument voulu soustraire à l'érudit ? Celle où était représenté le médaillon d'or qui lui était apparu dans ses visions ?

— *Oui,* lady. *Cette tablette-ci.*

Stupéfiée, la comtesse omit de se reprocher la porosité de ses pensées. Si Artus avait emporté la tablette avec lui en quittant Boissy, c'était qu'il avait redouté qu'on la subtilise – ou qu'on la brise – lors du saccage de son antre. Et si cette tablette se trouvait dans son antre au lieu d'être dans la galerie, c'était donc qu'il l'étudiait de nouveau…

Maintes fois, la comtesse avait vu son mentor observer cette relique, ainsi que le croquis de la seconde tablette. Il avait d'ailleurs fait faire de ces pièces une dizaine d'interprétations différentes. Or, un dessin bâclé et une tablette inachevée ne constituaient pas un matériel facile à exploiter. Surtout lorsque l'on considérait le patent mépris du Vieux Monde envers la culture du Nouveau.

Persuadés que des symboles et des glyphes ne sauraient être une écriture, et ne voyant là que le véhicule d'un paganisme qu'ils entendaient anéantir, les prêtres colons avaient détruit les livres indigènes dans une débauche d'autodafés, balayant du même coup les perspectives de transcription. Ce pourquoi l'émissaire immortel, arrivé après la conquête espagnole, n'avait pu fournir – pour l'essentiel – que la relation de témoignages oraux. Artus avait fait son possible pour retrouver les rares manuscrits que l'acharnement espagnol avait épargnés, mais cette entreprise demandait plus de moyens qu'il ne pouvait se permettre d'allouer ; et aussi de meilleures sources que ses affidés locaux, trop loin de son influence, et trop aisément corruptibles.

Le comte avait aussi considéré la possibilité d'envoyer sur place quelques-uns de ses fidèles sujets. Cependant, outre les risques encourus face aux redoutables hommes-fauves, les enjeux géopolitiques le lui avaient interdit. Depuis que les régents Oström et Arimath avaient averti leurs homologues de l'existence d'une maison primitive, un surcroît de méfiance s'était instauré ; chacun des clans craignant que l'autre essaie de s'implanter sur ces territoires. De ce fait, les embarcations en partance pour le Nouveau Monde s'étaient vues étroitement surveillées... Dépêcher une grappe d'Arimath n'aurait pu s'envisager qu'avec l'assurance que nulle autre maison n'en apprendrait rien. Or, garantir l'incognito aurait nécessité des ressources incompatibles avec le secret entourant les événements.

Artus ne s'était pourtant pas arrêté à ces difficultés. Ayant fait compléter par ses affidés le savoir déjà amassé par le défunt émissaire sur les us et coutumes du peuple aztèque – nom des autochtones asservis par le conquistador Hernán Cortès, et sur les terres desquels les reliques furent trouvées –, il y avait ensuite cherché une possible correspondance. Les fruits de cette enquête s'étaient révélés décevants, et assez déroutants. Pour bien les appréhender, il fallait en premier lieu se souvenir de ce que les reliques représentaient.

Sur la tablette qui était... qui avait été en leur possession, étaient gravés deux personnages, se tenant de part et d'autre d'une sorte de médaillon. D'après Artus, ce pendentif était peut-être celui qu'une légende ancestrale désignait comme une relique sacrée, façonnée par les adorateurs du dieu soleil, et qui aurait prétendument le pouvoir d'en dispenser la lumière – le comte et son infante ayant tous deux eu une vision relative à ce médaillon solaire, ils s'étaient accordés sur la possibilité qu'il y ait un lien. Les deux personnages sur la tablette – un homme et une femme – étaient surplombés par des inscriptions que l'on était parvenu à déchiffrer. Tous les interprètes se montrèrent unanimes sur cette transcription, qui était vraisemblablement celle de deux noms : Ichleba et Adonahi. Les traducteurs s'entendirent également sur le fait que ces personnages étaient très certainement des déités majeures. Ce qui laissa perplexes les frères d'Holival. Car, malgré leurs abondantes recherches, ils ne décelèrent nulle trace de ces dieux dans la mythologie aztèque. Ils ne trouvèrent pas plus de corrélations avec les symboles esquissés sous les pieds des personnages ; ou bien si ténue qu'ils préférèrent ne pas en tirer d'enseignement…

Le croquis ne leur en apprit pas davantage. Sur celui-ci était représentée une seconde tablette, sœur de la première, et trouvée auprès d'elle dans les ruines que l'émissaire avait dénichées. D'après les notes prises par ce dernier, l'objet original était un disque de pierre d'environ une coudée de diamètre pour un pouce d'épaisseur. Au centre de ce disque, et à l'intérieur de ce qui se trouvait être le premier d'une série de cinq cercles concentriques, l'on pouvait voir la représentation sommaire d'un visage tirant la langue. Au bout cette langue se dressait un objet indéterminé, qui paraissait y être planté. Adelphe voyait là une flèche, car la chose présentait une espèce d'empennage à son extrémité supérieure. Puisque l'on ne pouvait distinguer la partie inférieure, et faute de meilleure hypothèse, l'on avait retenu l'idée que ce pût être un projectile…

Dans le cercle suivant étaient disposés six cartouches rectangulaires, contenant chacun un dessin différent.

Malheureusement, la hâte avec laquelle ils avaient été copiés, combinée à la rudesse initiale du trait, en rendait l'interprétation incertaine. Quelques-uns de ces cartouches étaient toutefois assez clairs pour que l'on n'ait pas à douter. Tel celui situé directement à l'aplomb du visage ; ce rectangle-ci contenait la représentation distincte d'un aigle aux ailes déployées et aux serres ouvertes. Dans le rectangle inférieur droit, l'on reconnaissait un serpent enroulé sur lui-même, gueule ouverte et crochets bien visibles. Enfin, dans le cartouche inférieur gauche, l'on pouvait voir une silhouette évoquant un lézard. Les dessins contenus dans les derniers rectangles étaient, eux, trop brouillons pour être compréhensibles.

Chacun de ces six cartouches était séparé par un petit tourbillon, et était traversé par un triangle partant du cercle central ; lesdits triangles courant jusqu'au milieu du troisième des cercles concentriques. Une deuxième séquence de triangles prenait naissance entre les premiers, et franchissait cette fois tous les cercles, jusqu'à toucher de leur pointe le bord de la tablette. Le troisième cercle étant vide, et les quatrième et cinquième incomplets, l'on s'apercevait vite que la figure occupant le centre du disque constituait en réalité le visage d'un soleil, lequel irradiait de ses rayons l'ensemble de la relique…

Le quatrième cercle ne comportait qu'une ligne de glyphes, que hélas personne n'avait pu traduire. La succession d'interprètes qui y avait travaillé n'en avait extrait que des mots épars, tels que « grand châtiment », « destruction », ou « soleil ». De quoi subodorer une prophétie d'apocalypse, mais pas assez pour en permettre la compréhension. Le cinquième et dernier cercle de ce croquis se révélait être le plus intéressant. Il présentait pour sa part l'esquisse de six personnages, isolés les uns des autres par la pointe des longs rayons du soleil central. Ces personnages étaient tous disposés au centre du tronçon de cercle qu'ils occupaient... à l'exception de trois d'entre eux. L'une des silhouettes avait été tracée à l'intérieur de la pointe du triangle inférieur droit, laissant vide le tronçon de cercle à sa droite; le tronçon à sa gauche étant, lui, occupé par un étrange dessin en forme d'escalier inversé. Les deux derniers personnages avaient été représentés ensemble, dans la portion de cercle délimitée par les deux rayons supérieurs du visage-soleil. Comme sur la tablette du médaillon, ils se tendaient les bras... Car il s'agissait bien des mêmes déités : Adonahi et Ichleba. En dehors de la similarité des postures et des ornements, l'on avait acquis cette certitude grâce aux glyphes jouxtant leurs silhouettes, lesquels étaient reliés aux personnages par un mince fil.

L'ensemble des divinités étaient ainsi dénommées par ce que l'on savait être des syllabogrammes. Malheureusement, le chétif syllabaire, laborieusement constitué par la fratrie et leurs affidés, n'avait pas suffi à l'interprétation de leurs noms à tous. Il n'en fut fait qu'une traduction parcellaire, la plus nette avancée concernant la déesse cloîtrée dans son fragment de rayon. Selon les interprètes, celle-ci devait s'appeler Naichle, ou quelque chose d'approchant. Mais, comme précédemment, aucune correspondance ne fut établie entre cette déesse et le panthéon aztèque...

Finalement, l'étude de ces différents éléments n'avait rien apporté au régent Arimath; hormis l'assurance qu'il s'agissait d'un art cousin de celui des Aztèques. Cousin, oui. Car, si les deux styles avaient de nombreux points communs, ils n'étaient cependant pas identiques. À ce propos, l'un des traducteurs avait affirmé être en présence d'un art antérieur à la civilisation susdite. Une théorie sûrement exacte, puisque, selon toute vraisemblance, les hommes-fauves avaient précédé de longtemps la civilisation aztèque.

D'ailleurs, la parenté entre ces deux cultures ne se limitait pas à l'art pictural. Certains éléments des croyances aztèques semblaient trouver racine dans les mythes des hommes-fauves. Cela, Artus le découvrit lorsque lui parvinrent les rapports de ses affidés locaux, plusieurs mois après le dernier assaut des hommes-fauves. Réclamés en compléments des notes – officielles et officieuses – qu'avait fournies l'émissaire, ces rapports donnèrent au régent Arimath des précisions éminemment instructives. Il s'agissait d'une relation des cultes que les Aztèques vouaient à leurs dieux. Notamment à un certain Tezcatlipoca.

Associé à de nombreux concepts, et baptisé d'autant de noms, Tezcatlipoca était surtout connu pour être le dieu de la nuit. On le représentait alors sous les traits d'un humanoïde au visage traversé de rayures jaunes et au corps d'un noir de suie, portant autour du cou – ou à la cheville, en guise de pied – un miroir d'obsidienne. Les rayures étaient supposées l'associer à sa forme animale, le jaguar, dont il pouvait prendre l'aspect à volonté. Le miroir était, quant à lui, un objet divinatoire lui permettant de lire le cœur des hommes. Déité la plus crainte du panthéon aztèque, Tezcatlipoca se voyait offrir des sacrifices particulièrement sanglants, suivant une mise en scène très codifiée.

Dans un autre registre, le compte-rendu faisait aussi état d'une caste de combattants d'élite dénommée les « guerriers jaguars ». Particulièrement féroces et redoutés, ceux-ci auraient revêtu pour la bataille une peau de jaguar, et se seraient équipés d'une épée d'obsidienne… L'analogie entre ces récits et les facultés des hommes-fauves était criante ; que ce fût par le biais de la métamorphose, de la présence d'objets d'obsidienne, ou par ce goût pour le sang. Ces similitudes sautèrent aux yeux du trio d'Arimath dès qu'ils eurent pris connaissance de ce que contenaient ces rapports. Grâce à ces mêmes rapports, ils se virent aussi capables de nommer les félins qu'ils avaient si âprement combattus. Et bien que, par habitude, ils continuèrent d'appeler ces immortels « hommes-fauves », les faits imposaient l'appellation « hommes-jaguars ». Rose s'était d'ailleurs étonnée que la fratrie n'ait pas apporté cette précision plus tôt.

Avant son entrée dans la maison Arimath, elle ne savait du Nouveau Monde que les histoires que la populace colportait. Abracadabrantes pour la plupart, elles étaient riches en exotisme et pauvres en informations fiables. Qu'elle eût méconnu ces terres, sa faune, sa flore, et son peuple n'était donc pas exceptionnel. En revanche, venant des frères d'Holival, cela paraissait anormal…

Près de quatre-vingts ans avaient séparé la conquête espagnole de la survenue des hommes-fauves. Rose se serait attendue que les immortels du Vieux Monde se fussent, entre-temps, mieux renseignés sur le Nouveau. Or cela n'avait pas semblé être le cas. Fut-ce les impératifs politiques qui contrecarrèrent cette démarche ? La comtesse savait que la désignation d'un émissaire commun aux Oström et aux Arimath avait été problématique ; mais avait-il vraiment fallu tout ce temps pour parvenir à un accord ? Et quand bien même, que firent les affidés ? N'avaient-ils pas glané pour leurs maîtres toutes les informations utiles ? Sur ce thème, Rose en était réduite aux présomptions… ainsi qu'elle l'était actuellement, tandis qu'elle se demandait dans quelle mesure la perte de la tablette serait dommageable. Que pourrait bien en faire ce Lamie qui venait de la leur dérober ? Leur nature était trop sauvage pour qu'ils s'intéressassent à une telle relique…

— Ne traînons pas, intima le comte.

Tirée de sa méditation, l'infante cilla, puis tourna les yeux vers les ombres bleutées des sous-bois.

— Six, ce n'était pas assez pour espérer emporter la victoire, fit-elle. Il y en a sûrement d'autres.

— Non, contredit Artus, formel. Nous ne les intéressons pas. Du moins, pas pour le moment.

— Pourquoi sont-ils venus, alors ?

— Pour s'assurer que leur cible ne s'y trouvait pas. Ce dont ils se doutaient déjà. En route, maintenant.

La glabelle creusée d'une mince ridule, Rose adressa à son mentor un regard mi-préoccupé, mi-réticent. Fallait-il se fier à cette sévère détermination ? Était-il réellement si peu affecté par la calamiteuse tournure des événements ? Ce désappointement qu'elle avait vu sourdre tout à l'heure… n'avait-il été vraiment que passager ?

— *Les choses sont ce qu'elles sont,* lady. *Se lamenter sur leur réalité n'est que perte de temps.*

La comtesse se raidit imperceptiblement. La repartie avait à ses yeux des allures d'épigramme moquant sa propre sensibilité.

— *Veuillez me pardonner, mon seigneur*, répondit-elle. *J'oubliais que vous étiez inaccessible aux vétilles que sont le doute ou l'inquiétude.*

— *À présent que la mémoire vous revient, cela m'épargnera peut-être vos glapissements ?*

Rose eut l'impression qu'un dard venait de se loger à la base de son épine dorsale. Succédant à cette piqûre d'orgueil, un long fourmillement gravit l'échelle de ses vertèbres, pour venir s'éteindre parmi les racines de son abondante chevelure. Ensevelissant aussitôt sa peine sous un monceau de récriminations acariâtres, la comtesse dédaigna son mentor, puis se mit en quête de sa propre monture.

Elle la trouva auprès de Vassili ; lequel, nez baissé sur sa vêture défraîchie, s'époussetait énergiquement. Le récent affrontement, en sus d'avoir sali sa tenue, avait agrémenté son front d'un voile de poussière et accroché une brindille à sa chevelure claire. Sachant combien le prince exécrait l'incurie, Rose approcha de lui et interrompit son nettoiement d'une main posée sur son bras. Lui adressant un regard interrogateur, Vassili la vit tendre le bras, puis soustraire à ses cheveux le coupable rameau. La comtesse le laissa choir avec un pâle sourire, passa une paume légère sur le front de son royal servant, puis, enfin, descendit sur sa joue, où elle épongea le sang perlant d'une fine estafilade.

— Vous fûtes derechef d'une grande efficience, susurra-t-elle comme elle s'essuyait la main sur le revers de son frac. Je dois dire que votre maîtrise face à ces brutes ne laisse jamais de m'impressionner.

Les prémices d'un sourire soulevèrent le coin des lèvres du Slave. Ses désarmantes prunelles ancrées à celles de sa maîtresse, il inclina élégamment la tête.

Harald émit alors un soufflement sonore, trahissant l'impatience de son maître. Se séparant sur un regard vaporeux, le prince et la comtesse remontèrent à dos de cheval. À peine eurent-ils passé les bottes dans les étriers que le comte talonna son pur-sang. Laissant dans son sillage un brouillard de poussière et de feuilles mortes, Harald s'élança à travers les arbres…

Il ne fallut au quatuor qu'une poignée de minutes pour atteindre la portion effondrée du mur d'enceinte. Franchissant l'éboulis l'un après l'autre, ils ramenèrent leurs montures au pas, puis se dirigèrent vers les écuries. Jetant un œil vers le manoir, Rose en évalua l'activité de son ouïe particulière... Un calme singulier semblait s'être emparé de la demeure. Nul chahut ne s'élevait plus de ses murs. Nulle invective. Juste... le silence.

Les écuries paraissaient tout également tranquilles. Nonobstant les immondices qui jonchaient l'herbe alentour, l'on aurait pu croire à une fin de nuit comme il y en avait eu tant d'autres, ensommeillée et paisible. Mais il y avait les portes béantes ; les fenêtres brisées ; le foin répandu à la ronde ; les seaux et les étrilles dispersés... L'intérieur était en aussi piteux état. Les palissades, fendues, versaient dans les stalles qu'elles avaient naguère délimitées ; les râteliers à outils étaient renversés ; les auges retournées, et leur contenu répandu au sol... La seule consolation à ce désordre fut le corps du faquin qu'ils retrouvèrent dans le box d'Harald et qui avait encore enchâssé dans l'occiput le fer que le pur-sang avait perdu durant sa fuite.

Mettant pied à terre, les Arimath entreprirent de déblayer quelques box. Lorsque ce fut chose faite, le prince et la comtesse déharnachèrent les chevaux, tandis que les frères d'Holival redressaient l'abreuvoir. Ces derniers s'en furent ensuite quérir de l'eau au puits, que Rose rehaussa d'un peu de son sang, afin de requinquer les bêtes. Harald eut également droit à son remontant, servi dans une auge à part de celles de ses congénères ; puis les immortels quittèrent l'écurie, aussi muets que lorsqu'ils y étaient entrés.

Accompagnés par la bise, ils traversèrent le jardin, dont les parterres autrefois fleuris n'étaient plus que bouillie de pétales piétinés, et approchèrent de l'allée centrale, au sable maculé de sang séché. Le terrain alentour portait les stigmates de la bataille qui avait secoué le manoir, quatre jours plus tôt. Cependant, l'on ne distinguait aucun cadavre. Rose songea que, peut-être, les rescapés de la garde étaient revenus enterrer leurs morts, puis ses réflexions s'étiolèrent : ils étaient parvenus devant la grande porte.

Elle s'attendit qu'Artus atermoyât avant d'en pousser le battant, resté entrebâillé, mais il l'ouvrit sans hésitation. La noirceur du vestibule l'engloutit bientôt ; et ses trois compagnons à sa suite. Le spectacle qui s'offrit alors à eux dépassa de beaucoup la triste scène que leur avaient offerte les écuries. Ici, l'on eût dit qu'une tempête avait sévi…

Les piédestaux de marbre blanc agrémentant la lisière de l'escalier d'honneur étaient renversés. Les beaux vases qu'ils avaient soutenus étaient rompus, et leur contenu étalé sur le sol. Les torchères d'argent, dépouillées de leurs cierges, gisaient sur le flanc tels des animaux blessés. Quantité de plâtre, soutiré aux frises ornant les murs, couvrait le dallage d'un nuage de débris informes. L'un des lustres, normalement suspendus dans l'une des antichambres voisines, était abandonné au centre d'une mare de cristal fracassé, auprès d'un tableau retranché au grand salon, dont l'encadrement avait été fendu et la toile crevée par les dents d'une fourche…

Le paysage qui se dessinait par les portes ouvertes des cabinets adjacents était tout aussi accablant ; sinon davantage encore. Tentures arrachées, miroirs brisés, fauteuils éventrés, meubles désossés, bustes et vases émiettés… Rien n'était plus ce qu'il avait été. Des siècles de précieux souvenirs, dévastés par une horde d'ingrats…

Dressé au seuil de cet épouvantable capharnaüm, Artus contemplait les ruines de sa demeure comme la statue d'Athéna contempla jadis les décombres de l'Acropole. Bien que son expression fût aussi inaltérable que celle de la déesse, son thorax, lui, se soulevait au rythme d'une respiration erratique. Un nœud dans la gorge, Rose voulut s'approcher, mais le comte se déroba avant qu'elle n'ait achevé le premier pas. Obliquant sur la gauche, il s'engouffra dans le cabinet connexe. Son infante, navrée, le regarda s'éclipser par l'embrasure d'une deuxième porte, jusqu'à ce que sa silhouette se fût complètement fondue dans la pénombre azurée. Elle revint ensuite à la contemplation du vestibule, alertée par le déplacement de son serviteur. Accroupi près du tableau transpercé, le Slave venait d'extraire des gravats se trouvant au-dessous ce qui restait de son shako. Non loin, sa sabretache[15] déchirée et enduite d'une indéterminable matière dépassait de sous une pierre. Vassili resta un instant à les observer, l'œil fixe et les traits tirés, puis il se releva et bifurqua vers l'escalier, qu'il gravit diligemment.

Le vicomte et la comtesse, désormais seuls, restèrent un instant le nez levé vers l'étage, où le pas du prince se faisait déjà entendre. Après quoi, lentement, ils se tournèrent l'un vers l'autre, le cœur étreint d'un semblable abattement. Rejoignant le jeune homme sans mot dire, Rose prit à son côté le chemin du grand salon.

Là, le saccage avait atteint son paroxysme. La plupart des cadres, des tapisseries et des tentures avaient été mis à bas. Le piano-forte, sens dessus dessous, avait recraché ses touches d'ivoire sur les lattes du parquet, elles-mêmes fendues ou délogées. L'un des riches tapis avait été volé ; l'autre, en partie brûlé. Sur les murs, les panneaux de bois avaient été rayés par les pointes rageuses de couteaux ensanglantés ; les moulures grossièrement grattées, afin d'en récupérer les feuilles d'or. Tout le mobilier, ainsi que les vases de porcelaine et les sculptures d'albâtre, avait été broyé. Le blason des comtes de Janlys, qui trônait anciennement au-dessus de la cheminée, avait été décroché et jeté dans l'âtre, depuis lequel montait une odeur putride de déjections…

Atterrés par cet odieux panorama, le vicomte et la comtesse mirent plusieurs minutes avant de pouvoir franchir le seuil.

— Je ne comprends pas, fit Rose, errant dans ce qui fut un jour le plus beau salon de la province. Artus fut toujours un seigneur généreux… Pourquoi cet acharnement ?

— La peur, répondit Adelphe dans un murmure. La colère. Et que sais-je d'autre encore…

— C'est injuste.

— Il en va souvent ainsi de la rancœur…

Interrompant subitement sa déambulation, Rose tourna vers le jeune homme un visage durci :

— Nous y revoilà ? Je pensais pourtant que nous avions dépassé cette chamaille.

— Laquelle, madame ?

— Celle concernant monsieur votre frère…

S'arrêtant parmi les lambeaux épars d'une antique tapisserie, Adelphe consentit enfin à lui retourner son regard.

— Que peut bien vous faire croire que je songeais à cela ? dit-il.

— N'avez-vous point parlé de rancœur ?

— Rancœur il y a donc bien.

— Évidemment ! s'emporta Rose. Comment se pourrait-il être autrement ? Comment pouvez-vous même vous poser la question ?

— C'est que je ne pensais pas que vous puissiez si mal le connaître…

La repartie lui ravit une exclamation révoltée.

— À qui la faute si je ne le connais pas ! se hérissa-t-elle. Un caveau serait plus loquace qu'il ne l'est !

— Ses actes ne parlent-ils pas d'eux-mêmes ?

— Certes ! Ses agissements à mon encontre furent limpides !

Les sourcils du jeune homme se froncèrent et s'arquèrent tout à la fois, adjoignant un profond navrement à la mélancolie qui parait déjà ses traits.

— Par quelle diablerie pouvez-vous encore le défendre, Adelphe, après ce qu'il m'a fait…

— Artus est mon frère ! s'insurgea soudain le jeune homme, visiblement heurté. Je sais ce qu'il est, ou ce qu'il n'est pas !

— Eh bien dites-le ! Pour une fois dans votre existence, dépassez les interdits qu'il vous fixe et parlez ! Qui est-il ? Que veut-il !

Le sombre courroux qu'irradia Adelphe fit frémir les ailes de son nez. Cependant, il ne desserra pas les lèvres.

— Vous êtes trop bon, murmura Rose, dépitée. Votre gentillesse vous empêche de percevoir la rud…

— Vous pouviez partir, la coupa abruptement le jeune homme. Vous l'en aviez menacé. Pourquoi ne pas l'avoir fait, s'il vous insupporte tant ?

Les paroles que la comtesse s'était apprêtée à formuler séchèrent sur ses lèvres. Effarée par son propre mutisme, elle cherchait un démenti à cette insinuation quand un choc étrangement amorti résonna entre les murs du manoir… ainsi qu'entre les parois de son crâne.

Rose se retrouva courant à travers la demeure avant même d'avoir eu conscience d'y songer. Avalant quatre à quatre les marches menant au premier étage, elle se jeta dans le couloir et accéléra encore. Portée par une véritable trombe, elle fit irruption dans ce qui fut ses appartements à l'instant où Vassili, appuyé au mur, se remettait d'aplomb.

Blême de colère, un bras replié contre son flanc, le prince tira sa lame du fourreau et s'élança vers les fenêtres. Campé devant elles, Artus, iris luminescents et crocs découverts, émit un grondement guttural. Témoin de cette scène ô combien redoutée, Rose sentit un flot de panique déferler dans ses veines.

— ARRÊTEZ ! rugit-elle.

Des morceaux de chaises cassées s'embrasèrent dans un sinistre ronflement, créant un rempart de flammes qui stoppa *in extremis* les belligérants. Déterminés à se sauter à la gorge, ces derniers firent aussitôt mine de contourner l'obstacle. Une gerbe de feu bondit de nouveau sur leur trajectoire, empêchant qu'ils se rejoignent.

Mais une poignée d'étincelles, si impressionnante fût-elle, ne saurait toujours interdire la confrontation. Ces deux-là ne désiraient rien plus que s'écharper. Or il était impossible que le prince survécût à son adversaire. Pour le sauver, Rose devait trouver un moyen de les séparer. Faute de quoi il faudrait envisager le recours à de dramatiques extrémités, auxquelles elle doutait de pouvoir se résoudre…

— Reculez, Artus ! somma-t-elle, le ton aussi ferme que son cœur était hésitant.

Insensible à l'injonction, son mentor continua à dévisager Vassili, un rictus carnassier plaqué sur les traits.

— RECULEZ, vous dis-je ! Ou je vous grille !

La semonce porta enfin.

Se détournant du Slave, le comte braqua sur son infante des yeux où fusaient mille éclairs. Le grognement furieux qu'il lui adressa distilla en elle un mélange confus de frayeur, de chagrin et de rage. Une main encore tendue vers le brasier qu'elle avait allumé, Rose répliqua en faisant souffler sur la pièce une brûlante bourrasque.

— Ne me tentez pas, grinça-t-elle entre ses dents. Vous le regretteriez…

Le grondement du comte enfla jusqu'à faire vibrer les carreaux des fenêtres. Toutefois, s'il ne parut pas près de reculer, il ne sembla pas davantage sur le point d'avancer. Exploitant ce répit providentiel, Rose lança un coup d'œil à son serviteur. La main crispée sur la poignée de son sabre, le visage parcouru d'ondoiements orangés, reflet du mur de flammes qui se dressait devant lui, le prince, habité par une insondable colère, fixait toujours son vis-à-vis.

— Vous aussi Vassili, reculez.

Opiniâtre, le Slave resta très exactement où il se trouvait. L'éclat de son regard, majestueux, implacable, disait l'ampleur de sa détermination. Ç'avait été l'affront de trop.

— *Contre lui, il ne peut y avoir de victoire !* prophétisa sa maîtresse dans l'intimité de leurs esprits. *Laissez-moi régler cela.*

Mais le prince ne bougea pas d'un cil. Horrifiée, Rose prit conscience qu'il savait forcément cela. Et qu'il s'en moquait.

— Vassili ! pressa-t-elle, le timbre faussé par l'angoisse.

— *Je vous en prie…*

— Reculez!

Artus se tourna de nouveau vers ce rival qui refusait obstinément d'obéir. La férocité du regard qu'ils échangèrent fit frissonner la comtesse. L'espace d'un terrible instant, elle les crut sur le point de traverser les flammes pour se livrer bataille.

— Non, Altesse!

Ébaubie, Rose pivota vers la voix qui venait de s'élever, ainsi que le firent les deux querelleurs.

— Ne faites pas d'idiotie, exhorta Adelphe, un ton en dessous. Vous lui donneriez raison…

La bouche de la comtesse s'arrondit de stupeur. Le prince, lui, ne trahit aucune émotion. Excepté l'once d'incertitude qui perla dans ses prunelles arctiques.

— Sortez d'ici, l'enjoignit le vicomte, le regard fermement cloué au sien. C'est la seule réponse qui convienne.

Les sourcils du Slave froncèrent légèrement. L'interrogation soupçonneuse qui s'inscrivit sur ses traits alla de pair avec la progression de ses doutes. Contre toute attente, l'argument semblait faire son chemin… Soucieuse de mettre son servant hors de danger, et ne sachant combien de temps encore ses menaces resteraient dissuasives, Rose décida d'appuyer la tentative du jeune M. d'Holival :

— Écoutez-le, Vassili, encouragea-t-elle. S'il vous plaît… sortez…

L'expression du prince se brouilla. Se redressant de toute sa haute taille, il décocha au comte une dernière œillade assassine, puis rengaina son arme avec brusquerie et s'en fut vers la porte, passant entre ceux qui l'avaient poussé dehors sans proférer le moindre mot. Adelphe le suivit des yeux une seconde, se retourna vers son frère qu'il accabla d'un regard accusateur, puis rallia à son tour la sortie. Le battant se referma derrière lui avec un claquement sec. Les flammes que Rose entretenait se résorbèrent alors, de concert avec le grondement du comte, ramenant sur la pièce un calme tout relatif. Livrés à eux-mêmes, le mentor et son infante s'affrontèrent du regard.

— Auriez-vous perdu la tête ? vitupéra cette dernière, libre de laisser exploser sa colère. Assaillir ainsi le prince, c'est indigne de vous !

— « Indigne » ? répéta Artus, la voix émaillée de grognements rocailleux. Assurément moins que votre comportement !

Sidérée, Rose ne put qu'émettre un hoquet de surprise.

— Comment osez-vous vous compromettre avec un serviteur ! renchérit son mentor. C'est inacceptable !

Prise dans un faisceau d'émotions contradictoires, la radieuse *lady* mit plusieurs secondes à trouver ses mots.

— Mes affaires personnelles ne vous concernent en rien ! objecta-t-elle enfin, le souffle court.

— Vous êtes *mon* infante ! Cela me regarde !

— NON ! Cela a cessé de vous regarder la nuit où vous m'avez exilée !

Découvrant des crocs toujours saillants, Artus repoussa l'accusation d'un ample geste du bras :

— Je vous ai envoyée en mission, pas en exil !

— Fadaises ! Vous m'avez rejetée comme l'on répudie une favorite déchue !

— C'est faux !

Outragée au-delà du dicible, Rose sentit craquer les sutures de son âme. Les plaies de sa dignité se remirent à suinter, épanchant un flot de noire désolation.

— N'aurez-vous pas la décence de le reconnaître ? s'insurgea-t-elle, chevrotante, comme ses poings se refermaient convulsivement sur le vide. Ne ferez-vous pas montre d'un peu d'honnêteté, pour une fois ?

— Morbleu, je vous dis que je ne vous ai PAS répudiée !

— Vous m'avez chassée à l'autre bout du monde et m'y avez abandonnée sans nouvelles de vous ! s'époumona Rose, au bord des larmes. Comment appelez-vous cela ?

Un rictus indéfinissable distordit les traits du comte. Dans les lacs phosphorescents de ses iris, un ouragan se déchaîna.

— Tout ce que vous avez voulu obtenir de moi, vous l'avez eu, Artus, poursuivit son infante d'une voix blanche. Je vous ai tout sacrifié, sans jamais réclamer plus que ce que vous daigniez me donner… Je… vous étais plus fidèle que votre ombre…

Heurtée par ce que ces mots avaient de pitoyable, humiliée d'avoir à les prononcer devant celui qui les avait placés dans sa bouche, Rose ne parvint pourtant pas à taire la question qui l'avait déchirée durant toutes ces années.

— QUEL CRIME AI-JE DONC COMMIS POUR SUBIR PAREIL CHÂTIMENT ?

Suivant le fracas de ce cri, un épais silence s'abattit sur la pièce, que la comtesse, inconsciemment, balayait de rafales anarchiques. Face à elle, ses cheveux d'encre battus par les vents, Artus l'enveloppa d'un regard ombreux.

— … C'est ce que vous pensez, Rose ? Que je vous ai punie ?

— N'est-ce pas le cas ?

— Non…

Le cœur lourd de désillusions qu'elle croyait pourtant avoir acceptées, Rose secoua la tête, un lambeau de sourire résigné accroché aux lèvres :

— J'ai versé des océans de larmes pour vous… Vous m'avez fait plus de mal que n'importe qui, ou n'importe quoi, dans ma triste existence…

La tourmente soufflant sur le salon s'accentua, secouant leurs chevelures et gonflant les pans de leurs redingotes.

— Vous m'avez brisée…

Comme elle le regardait, agonisante de douleur et de regrets, deux grosses larmes s'échappèrent de ses yeux.

— … Je… Je vous HAIS !

Un grondement caverneux satura l'air. Obéissant à un réflexe défensif, Rose érigea aussitôt une cage de feu autour de son mentor, mais l'endroit où il aurait dû se tenir était vide. À peine eut-elle fait ce constat que ses appuis furent fauchés. Déséquilibrée, elle bascula à la renverse et chut entre les bras du comte, dorénavant penché sur elle. Un battement de cils plus tard, il l'entraîna vers le mur le plus proche, puis l'y plaqua, le corps pressé contre le sien, une main agrafée à son poignet et l'autre à sa gorge.

Dans l'impossibilité de se débattre, Rose, tétanisée, leva sur lui des prunelles incandescentes. Le front chargé d'une infinité de nuages, les iris agités d'une houle plus tumultueuse qu'elle ne le fut jamais, Artus la contemplait intensément, les traits empreints d'une extrême gravité. Relâchant soudain sa prise, il fit courir les doigts le long du cou de son infante, puis, lentement, approcha son visage du sien.

— Vous mentez…, murmura-t-il.

Un puissant vertige brouilla la perception de la comtesse. Décontenancée par cette insoutenable contiguïté, elle ne trouva pas la force de nier. Et, comme son regard filait jusqu'à cette bouche toute proche, les implorations de sa raison furent étouffées par les cris de son cœur éperdu…

Libérant son poignet, Artus vint enchevêtrer ses doigts aux siens, tandis que, de son autre main, il s'en allait se poser sur sa taille.

Aux plaintes de son cœur se joignit alors l'impérieux appel de ses sens, exacerbés par l'insupportable magnificence de cet homme qu'elle n'avait jamais cessé d'espérer. Submergée de désir, elle ne se vit pas l'enlacer. Pas plus qu'elle ne sentit sa main s'enfouir dans la ténébreuse forêt de sa chevelure. Elle ne savait plus rien que ce corps appuyé contre le sien ; que cette bouche insolemment offerte… Plus rien que cette bouillonnante fièvre qui la taraudait de ses exigences…

S'accrochant à sa nuque dans un soupir douloureux, elle prit possession de ses lèvres. Immédiatement les bras du comte se refermèrent sur elle. La serrant à l'étouffer, il lui rendit un baiser dont l'ardeur fit sonner à ses oreilles une volée de carillons. Grisée, Rose ne put empêcher ses mains de s'enfuir sur les épaules du comte, desquelles elle voulut ôter l'encombrante redingote. Interrompant son étreinte le temps de se défaire de son pardessus, Artus l'enserra derechef comme elle s'attaquait à son gilet, dont elle arracha davantage de boutons qu'elle n'en dégrafa. Fébrile, elle tira sur la chemise ainsi révélée, puis se faufila en dessous. Le ventre de son mentor palpita sous ses paumes au gré d'une respiration haletante qui acheva de la perdre. Rongés par la convoitise, les souvenirs de son exil se désagrégèrent, pour ne plus laisser que ceux de ce bonheur disparu, qu'elle aspirait si fort à retrouver…

Nichée entre ses bras, elle l'ensevelit sous d'avides caresses, et chercha de nouveau ses lèvres.

Mais Artus les lui refusa. L'enlevant du mur contre lequel il l'avait adossée, il lui retira son frac, puis l'entraîna près d'une petite table qui avait survécu au saccage. Après quoi, envoyant s'écraser au sol le vase qui y trônait encore, il assit son infante en lieu et place du bibelot miraculé, puis se coula entre ses cuisses. Rose renversa la tête en arrière, abandonnant sa gorge à son mentor, qui n'en finissait plus de l'embrasser. L'envie qui transpirait de ses baisers lui brûlait la peau, et cependant qu'il l'attirait tout contre lui, elle put juger combien son appétit était dense… Cette découverte la plongea dans un agréable trouble, dont elle fut aussitôt tirée par un furieux bruit de clapotis.

Entrouvrant les yeux, elle aperçut par-delà l'épaule du comte la verdure d'un pâturage qu'elle n'avait pas contemplé depuis longtemps… Au-dessus de leurs têtes, un ciel de sombre feuillage chuchotait dans la brise nocturne. En contrebas, à quelque distance de la lisière des bois, les loups, museau tourné vers le lac, s'affolaient. Leurs grognements se fondirent dans le mugissement des flots, agités d'étranges vagues…

Soudainement, Artus recula, lui bouchant la vue. Il entreprit de la priver de ses bottes, lesquelles s'abattirent avec force tintements dans les fragments du vase émietté. En quelques gestes adroits, il la défit ensuite de la moitié inférieure de sa vêture, ne lui laissant que ses bas de soie. De retour dans l'intervalle de ses jambes, il l'amena juste au bord de la table.

Quelque peu désorientée, Rose s'accrocha à son dos. Comprenant qu'il se dessanglait, elle manifesta sa hâte en lui mordillant l'épaule. Le torse du comte se mit à vrombir faiblement, diffusant un son ténu, proche du ronronnement. Arrimant une main à la cuisse de son amante, il s'y assura une prise solide, puis, sans plus attendre, la posséda.

Le râle qui s'échappa de la gorge de son infante fut camouflé par le gémissement des branchages, maltraités par de violentes bourrasques. Depuis la rive, où se précipitaient des vagues de plus en plus hautes, montait un chœur de jappements plaintifs et de grondements menaçants.

La meute… Les loups se battaient entre eux…

L'esprit embrumé de ravissement, Rose ne parvint pas à prêter attention à ce phénomène. Au lieu de cela, elle s'accrocha aux hanches de son mentor, dont le balancement impatient faisait trembler la table.

Paupières mi-closes, pupilles envahissant des iris puissamment illuminés, Artus effleura sa bouche d'un baiser fugace. Puis, arrondissant le dos pour atteindre sa gorge, il l'érafla de la pointe de ses crocs. Lascif, il recommença. Et recommença. Jusqu'à ce que perlât une goutte carminée, qu'il préleva du bout de la langue. Rose, étourdie, frissonna. Ses propres canines s'épanouirent, titillées par cet appel sulfureux. Ce qu'il voulait, elle le voulait autant que lui… Enroulant les jambes autour de la taille du comte, elle se redressa, et ficha subitement les crocs à la base de son cou.

Sur sa langue se répandit le plus subtil de tous les nectars auxquels il lui avait été donné de goûter. Comme chaque fois, la succulence de son sang inonda ses papilles d'un enchantement inénarrable, qui la mena vers d'autres niveaux de conscience… Vers un endroit en dehors du temps… Un monde où il n'existait plus qu'eux… Un havre merveilleux, où, pour quelques instants bénis, il était entièrement sien…

—*Artus…*

Enfouissant une main dans la chevelure de sa maîtresse, Artus l'empoigna précautionneusement et tira en arrière. Avalant une dernière goulée de sève, son amante dégagea les canines de ses chairs. Le temps qu'elle s'émerveillât du contrôle qu'en dépit de tout le comte parvenait à garder, et elle reçut à son tour sa fiévreuse morsure. Cloué à sa gorge, Artus aspira languissamment. L'oscillation de ses hanches, presque tarie, reprit avec fougue. Entre ses bras, son infante se noya bientôt dans des abîmes d'extase. Puis, tandis que la tempête menaçait de faire écrouler les arbres alentour ; tandis que le lac en furie déversait sa hargne sur la rive ; les hurlements de la meute blessée emplirent sa tête…

—*… moi…*

Son être…

—*… à moi.*

Son âme…

Progressivement, Rose rouvrit les yeux.

Ses mains étaient toujours passées autour du dos de son mentor, et son front, douloureux, était appuyé sur son épaule. Portant une main à sa tempe, elle la massa en de petits mouvements circulaires. Il lui semblait que son crâne résonnait encore de la clameur des loups… Après pareille collation, elle aurait pourtant dû déborder d'énergie. Or elle se sentait engourdie, nauséeuse, et… tout à fait misérable. Partagée entre bonheur et chagrin, entre l'envie de le maudire et celle de chercher son réconfort, elle ne savait plus que faire…

Ce fut alors qu'Artus se retira. Se dégageant délicatement de ses bras, il s'écarta de la table, puis, à demi tourné, commença à se rhabiller.

Rose n'osa pas le regarder.

Serrant les cuisses, elle posa les pieds au sol et, prenant soin d'éviter les bris de porcelaine qui tapissaient le plancher, elle s'en fut récupérer son vêtement. Comme elle fléchissait les genoux pour le ramasser, elle vit du coin de l'œil que son mentor passait les mains dans ses cheveux. Tâchant de l'ignorer, elle se releva.

— Je n'avais pas l'intention de me comporter ainsi, murmura-t-il.

Rose, la mine revêche, enfila son habit :

— Je vous y ai grandement encouragé. Mais je présume que vous vous y attendiez, sachant l'opinion que vous avez de moi.

Artus baissa légèrement la tête, provoquant la chute de la chevelure qu'il venait tout juste de discipliner.

— … Cette nuit-là aussi, j'ai manqué de discernement… Votre honneur a toujours été irréprochable, *lady*.

Déconcertée, la comtesse s'obligea à garder les yeux fixés sur ses doigts, lesquels s'affairaient à reboutonner le pont de ses culottes.

— Que voilà un moment opportun pour vous en souvenir, Artus…

Le comte se changea en statue de chair. Après quelques secondes d'une inquiétante immobilité, il se rendit auprès de sa redingote, la replia sur son bras, puis, d'un pas mesuré, sortit de la pièce.

Dès qu'il fut dehors, Rose dissimula son visage dans le creux de ses mains. Mâchoires serrées, sourcils violemment froncés, elle essaya à toute force de ne pas s'effondrer. Il n'avait même pas eu à la circonvenir d'artifices. Subjuguée par sa splendeur, rattrapée par l'indéfectible adoration qu'au mépris de tout elle continuait à lui vouer, elle lui était tombée dans les bras… Une décade durant, elle avait dépéri ! Une décennie de déréliction, à essayer de désapprendre une loyauté dont la ferveur la meurtrissait ! Une décennie à le vouer aux gémonies pour l'inique traitement qu'il lui infligeait !...

… et il lui avait suffi de l'enlacer pour qu'elle succombe…

Mais le plus navrant dans tout cela, c'était peut-être la facilité avec laquelle elle était retournée à ses vieux démons… Ces colères répétées ; ces reproches déconcertants ; cet empressement à la faire sienne… Bien que de prime abord elle n'avait pas voulu y croire, tout cela fleurait pourtant bien la jalousie. Or, quelque chose en elle s'était remis à espérer que l'amour pût en être le motif.

Ainsi que l'avait argué Adelphe, le comte avait toujours été bon envers elle. Il l'avait entouré de sa protection et de sa tutelle ; avait fait de son foyer le sien ; lui avait prodigué toutes sortes de divertissements ; lui avait offert profusion d'atours, de bijoux, ainsi qu'une multitude d'autres onéreux présents. En somme, il lui avait procuré tout ce qu'elle aurait bien pu désirer.

Tout.

Sauf l'assurance de son affection.

Pas une fois il ne lui avait fait la grâce de l'éclairer sur la nature de ses sentiments, si sentiment il y eut jamais. Détournant habilement la conversation chaque fois qu'elle avait semblé se présenter, il avait circonscrit le sujet du même tabou que celui qui avait entouré leur relation. Dix-huit décennies durant, Rose s'était accommodée de ce flou affectif ; hantée par ses rêves de réciprocité ; minée par cet infatigable amour qui s'était vu si traîtreusement récompensé… Comment Adelphe pouvait-il attendre qu'elle fît abstraction de cela ?

D'accord, Artus avait pris soin d'elle ! Mais n'était-il pas son mentor ? Fallait-il s'étonner qu'il l'ait instruite ? Fallait-il s'étonner qu'il ait voulu s'attacher la fidélité de sa dangereuse progéniture par tous les moyens imaginables ? Peut-être éprouvait-il pour elle une véritable sympathie, oui. Mais ces actes qu'Adelphe érigeait en plaidoyer n'étaient-ils pas plutôt le fruit d'une froide et mûre réflexion ? D'ailleurs, le jeune homme ne s'était-il pas toujours élevé contre le comportement de son aîné ? Pourquoi, aujourd'hui, avait-il choisi de le soutenir ? Et au nom de quoi faudrait-il qu'elle l'écoute ?

Non… ces dix années d'éloignement avaient eu raison de sa confiance… Ses tendres souvenirs s'étaient abîmés à la cruauté de ce silence…

Laissant retomber une main le long de son corps, Rose porta l'autre aux marques qui cicatrisaient sur son cou, et les effleura de la pulpe de ses doigts. Cette nuit n'était pas différente de toutes celles qui avaient précédé son exil. Il avait seulement eu envie d'elle. Comme des dizaines d'autres fois. Parce qu'il était voluptueux. Parce qu'elle était fabuleusement belle. Parce que, tel un enfant capricieux, il ne tolérait pas qu'un autre s'amuse avec le jouet qu'il avait délaissé. Et, enfin, parce qu'avec elle il s'enivrait de plaisirs défendus…

La tête lourde, Rose rebroussa chemin jusqu'à la table près de laquelle l'attendaient ses bottes.

Elle n'avait jamais vraiment su ce qu'ils risqueraient si leur inconduite venait à être éventée. Artus ne l'en avait pas entretenue, et elle n'avait pas osé questionner Adelphe, de peur de le mettre sur la voie. Tout ce qu'elle savait se résumait aux fuligineux avertissements que le jeune homme avait proférés, en cette nuit de septembre 1598, ainsi qu'aux allusions fuyantes qu'il lui avait parfois été donné d'entendre dans les salons de certains de ses congénères. Elle ignorait tout autant quels pouvaient être les dangers inhérents à cette pratique. Le comte ne lui en avait pas touché un mot depuis cette fameuse nuit, et, là encore, elle n'avait abordé la question avec personne d'autre. Elle aurait presque pu douter que ces périls fussent réels, si Artus n'avait, dès la seconde morsure, pris soin de l'interrompre avant qu'ils n'atteignissent la troublante osmose à laquelle ils avaient goûté la première fois.

Ce qui eut pour effet de rendre son infante suspicieuse.

Le danger résidait-il dans cette intense union spirituelle qu'ils avaient expérimentée ? Ou bien venait-il des inexplicables visions qui l'avaient accompagnée ? Longtemps, elle s'était interrogée. Mais ses pâles inquiétudes ne suffirent pas à la détourner de ces embrassements. Interdit ou non, l'exaltation que lui procuraient ces morsures exerçait sur elle un attrait trop puissant pour qu'elle pût s'y soustraire. Même aujourd'hui.

Un rideau d'amertume tomba sur l'admirable visage de la comtesse, le baignant d'une grisaille qui affadit jusqu'à l'éclat de ses yeux. À quoi bon avoir hurlé sa douleur ? De quel crédit bénéficierait-elle encore, après cela ?

Ramassant ses bottes d'un geste absent, elle se décida à les enfiler, puis replaça dans la tige de l'une d'elles la dague qui s'en était échappée. Après quoi elle jeta un regard irrésolu vers la porte de la chambre. Les séditieux avaient sûrement tout pris...

La démarche gauche, elle s'y rendit néanmoins.

Le bazar était aussi touffu qu'elle s'était attendue à le trouver. À ceci près que le grand lit s'était également vu déposséder de ses draps, de ses rideaux et de son matelas. La somptueuse armoire marquetée était ouverte, et vide. La commode, dépossédée de ses tiroirs, ainsi que les malles, dont les serrures avaient été forcées, avaient connu un sort identique. Sur la table de toilette, les fragments du miroir brisé côtoyaient les flacons de parfum dont les villageois n'avaient pas voulu. Au milieu de ce fatras gisait un antique coffret à bijoux, dont les charnières avaient été extraites du bois éclaté.

La gorge nouée, Rose ne put en détacher les yeux. Ce coffret, elle l'avait depuis toujours. Elle y tenait presque autant qu'à la chevalière d'or passée à son doigt, gravée aux armes des comtes de Greer et sceau de leur lignée.

S'approchant de la table, la comtesse redressa précautionneusement son coffret, puis reposa le couvercle sur les gonds tordus, comme pour tenter de défaire les outrages qu'il avait subis. Ce faisant, elle remarqua le petit sachet de feutre vert abandonné tout à côté. Les fines cordelettes qui l'avaient tenu clos étaient à présent déliées, et son contenu volé.

Son sautoir.

Son précieux sautoir… Celui qu'Artus lui avait offert quand elle espérait encore qu'il lui faisait la cour… Ce trésor inestimable… cet irremplaçable souvenir… spolié par des manants incapables de voir au-delà de la valeur des perles qui le composaient.

Comme elle prenait entre ses doigts l'étui dorénavant inutile, une étouffante prison comprima tout à coup sa poitrine. Titubante, elle s'appuya à la table, s'entaillant une paume aux tessons de miroir éparpillés. Indifférente à cette blessure, Rose porta son autre main à son front, éprouvant le besoin d'en soutenir l'affreuse pesanteur. Elle se força néanmoins à refouler l'amère torpeur qui voulut l'absorber. Il n'était pas temps de remâcher ses peines. Plus de quatre heures s'étaient déjà égrenées depuis qu'ils avaient pris congé du sieur Raugmundr et de l'escouade de coalisés. Ce qui signifiait que l'aube serait bientôt là. Or elle avait encore à s'enquérir de l'état du prince.

Délaissant son appui, Rose pivota vers le seuil, puis se contraignit à mettre un pied devant l'autre. Pas après pas, elle finit par rallier le rez-de-chaussée, où elle fit halte, l'oreille aux aguets. Son ouïe extraordinaire perça les épais murs du manoir, en quête d'un quelconque son.

—*Je dois le resserrer un peu, Altesse. Dites-moi si cela vous fait souffrir.*

Pivotant sur sa droite, Rose porta le regard vers l'antichambre par laquelle son mentor était parti lors de leur entrée, avant qu'il ne se retrouvât – l'on ne savait trop pourquoi – à l'étage, à défier Vassili.

—*… Ainsi, vous êtes colonel. C'est bien cela?*

—*Oui.*

Aucun doute, les voix venaient bien de cette direction. Enjambant une bergère jetée au sol, puis esquivant un pilier de marbre renversé, la comtesse atteignit le seuil et s'engagea dans le cabinet suivant.

—*Quand avez-vous rejoint l'armée?*

—*Après mes études.*

—*… Et… quand était-ce?*

Elle traversa cette pièce-ci, puis s'arrêta à mi-chemin des deux portes à sa disposition.

—*Pour mes quinze ans.*

Guidée par la voix de son servant, elle prit l'huis de gauche.

— *N'était-ce pas un peu tôt pour les steppes gelées de la Sibérie ?*

— *Non.*

— … *Vous rejoignîtes donc un régiment de hussards ?*

— *Non.*

— *Non ?*

— *Non.*

— *Quel autre corps fut-ce, si ce n'était celui-ci ?*

— *Les dragons.*

— *Un autre régiment de cavalerie*, observa Adelphe, aimablement. *Vous devez beaucoup aimer les chevaux, Altesse.*

— *Oui.*

Rose arbora un rictus découragé. Les efforts de courtoisie du jeune homme n'étaient guère payés de retour. Mais comment blâmer le prince ? Il avait toutes les raisons qui fussent d'être distant.

— … *Je présume que vous tenez votre titre de prince de feu votre père ?*

— *Oui.*

— *Vous êtes donc l'aîné de la famille.*

— *Non.*

Il y eut un blanc, durant lequel Rose emprunta une petite galerie, intégralement dépouillée de ses tableaux.

— *Comment cela, non ?*

— *Je n'ai pas de fratrie.*

— *Oh… vous êtes fils unique. Lourde responsabilité…*

Leurs voix se turent.

La comtesse stoppa.

Trois chemins s'offraient maintenant à elle. Or, sans le repère de leur conversation, elle ne pouvait déterminer le bon. Se passant une main sur le front, elle retint un soupir. Elle pouvait toujours choisir au hasard et tâcher de détecter leur aura.

— *Où étiez-vous cantonné, avant votre départ pour la France ?*

Soulagée, Rose se dépêcha de suivre la voie ainsi indiquée.

— *Je bénéficiai d'un congé.*

— *Pour rentrer à Saint-Pétersbourg ?*

— *Oui.*

L'écho de leurs voix lui parvenait désormais très distinctement. Elle n'était plus très loin.

— *Vous visitiez votre mère, peut-être ?*

— *Oui.*

Un énième silence émailla ce quasi-monologue, puis Rose perçut avec netteté le son d'un tissu que l'on manipule. Devant elle ne restait qu'une suite de trois pièces : un salon, une petite antichambre, et le bureau d'Artus. C'était apparemment dans ce dernier que les deux servants s'étaient retranchés.

— *Où sont situées vos terres, Altesse ?*

— *Que de civilités, monsieur. Votre aversion vous serait-elle passée, à présent qu'est faite la preuve de mon insignifiance ? Vous seriez-vous soudain découvert quelque pitié à mon égard ?*

Rose s'arrêta, frappée de consternation.

Il savait. Évidemment. Cela n'aurait même pas dû la surprendre, puisqu'elle n'avait nullement cherché à masquer le flux de ses pensées. L'eût-elle voulu que cela se serait soldé par un échec. Elle n'était pas assez expérimentée pour réussir à maîtriser le galop de son esprit dans ce type de... circonstances.

— *... Vous ne me semblâtes jamais ni pitoyable, ni insignifiant, Altesse...*

S'évertuant à reprendre contenance, elle se remit en chemin. Quelle que fût la honte que lui inspirait son propre comportement, Vassili méritait qu'elle en fît abstraction.

Son état, seul, importait.

— *Vous ne me fûtes no…*

Adelphe laissa sa phrase en suspens, très certainement interrompu par l'entêtante empreinte de la comtesse, désormais perceptible. Rose franchit la dernière pièce la séparant de l'huis, puis y frappa deux petits coups secs. Le battant s'ouvrit sur Adelphe. Le visage dur, le jeune homme lança à la comtesse un regard réprobateur qui ajouta au profond malaise que cette dernière éprouvait déjà. Ce pourquoi elle l'esquiva, préférant tourner les yeux vers le prince. Assis au bord du long bureau d'acajou, celui-ci avait le nez baissé sur l'écharpe de fortune suspendue à son cou, et s'évertuait à y glisser le bras.

— Vous êtes blessé ? comprit Rose, blêmissante, en entrant dans la pièce.

Vassili ne consentit ni à répondre, ni à lever la tête.

Contrite, sa maîtresse s'arrêta avant de l'avoir rejoint.

— Son Altesse a le bras cassé, indiqua Adelphe. Ainsi, je le crains, que deux ou trois côtes fêlées… J'ai fait mon possible pour confectionner les bandages que ces blessures requéraient, précisa-t-il après une courte pause, mais je disposais de peu de choses. Aussi ces pansements sont-ils très sommaires.

Se retournant à demi, Rose lui adressa un regard attristé, mais reconnaissant.

— Cela vaut mieux que point de pansement du tout, fit-elle dans un filet de voix ne lui ressemblant guère. Merci.

L'éternel jeune homme se fendit d'une succincte et rêche courbette, puis il tourna les talons et franchit la porte, qu'il referma derrière lui. Relevant imperceptiblement le menton, comme pour camper une assurance qu'elle n'éprouvait pas, la comtesse fit de nouveau face à son serviteur. Son bras en écharpe reposant contre son ventre, le prince avait tourné vers elle ses stupéfiantes prunelles turquoise.

— Que voulez-vous ? demanda-t-il, glacial.

Des décennies d'une nécessaire feintise vinrent au secours de Rose. L'air aussi calme que possible, elle répondit :

— M'enquérir de votre état.

— Je vais bien.

— ... Avez-vous bu depuis l'incident ?

Un brin d'agacement passa sur les traits ciselés du Slave.

— Non, fit-il en détournant la tête.

— Vous devriez. Cela vous aidera à vous remettre. Buvez autant que votre corps le réclamera. Ne vous souciez pas des ressources que cela pourrait me demander.

Muet comme une tombe, le prince se borna à examiner la pile de livres qu'il étudiait déjà depuis plusieurs secondes. Pétrie de remords, Rose s'absorba dans la contemplation de son profil. Il était beaucoup plus affecté qu'il le laissait croire. Ce qui, avec lui, était monnaie courante...

— Je vous ai déçu, n'est-ce pas ?

— Vous ne m'aviez rien promis.

Rose baissa les yeux.

En effet. Elle ne l'avait abreuvé d'aucun mensonge ou d'aucune promesse, ni ne l'avait amadoué de paroles équivoques. Hélas, ainsi qu'Adelphe avait vainement essayé de le lui faire comprendre quelques nuits auparavant, cela ne changeait rigoureusement rien au chagrin que le prince éprouvait en cet instant... Parce que, dans sa détresse et son isolement, Rose avait eu la faiblesse de céder à ses avances, le prince avait conçu des espérances qu'elle ne serait pas en mesure de combler. Pourtant, elle avait essayé. De toutes ses forces, elle avait essayé. Mais, quelle que fût l'envie qu'elle en eut, il existait des choses qu'elle ne pouvait pas lui donner…

Couvrant la distance qui la séparait encore de son servant, Rose se hissa sur la pointe des pieds, puis déposa un doux baiser sur sa tempe.

— Maudissez-moi pour mes erreurs, Vassili, chuchota-t-elle, le cœur gros, mais cela n'altérera jamais l'infinie tendresse que je vous porte. Vous avoir à mes côtés fut une bénédiction dont je me suis montrée indigne… Sachez qu'il n'y a rien que je ne ferais pour mériter votre pardon.

Un souffle entrecoupé s'enfuit de la gorge du prince.

— Le spectacle de ma stupidité ne vous sera d'aucun bénéfice, déclara-t-il, le regard toujours résolument fixé sur l'amas de livres. Laissez-moi.

Accablée, Rose accéda cependant à sa volonté. Elle sortit sans ajouter un mot. Et, tandis qu'elle s'éloignait à travers le manoir dévasté, elle implora le ciel pour qu'enfin se produisît, envers lui, le transport de son affection.

Chapitre 12

S'agenouillant dans l'herbe de la berge, Rose plongea le seau dans la rivière. Le récipient s'emplit d'une eau claire que la comtesse préleva, puis, son butin entre les mains, elle repartit vers l'avant-cour de la scierie, escortée par le battement de la grande roue à aubes.

La place, grouillante de monde, avait été convertie en écurie à ciel ouvert. Deux dizaines de chevaux en piétinaient la terre humide, créant des bourbiers tous les trois pas. Les cavaliers étaient pour la plupart occupés à disposer devant les bêtes des auges de fortune qu'ils remplissaient d'eau, ainsi que Rose s'apprêtait à le faire. Le nombre des immortels en présence rendait malaisée la distinction des empreintes propres à chaque maison. Toutefois, en la circonstance, cela ne constituait pas un réel problème, puisqu'il n'y avait ici que les membres de deux clans : Oström et Arimath. Or, pour reconnaître ces derniers, l'on pouvait aisément se passer d'empreinte. L'apparence, seule, suffisait.

Se faufilant au milieu d'un groupe d'Oström qui la regardait passer avec grand intérêt, Rose rejoignit l'emplacement où les chevaux de son mentor attendaient. Elle posa le seau à côté de celui qu'elle avait monté ces dernières nuits, sortit sa dague de sa botte, s'entailla le poignet pour la troisième fois de la soirée, puis plongea l'avant-bras dans l'eau. Les montures allaient avoir besoin de ressources pour affronter les heures à venir ; leurs cavaliers aussi. Ce pourquoi, la nuit précédente, la troupe de coalisés s'était dispersée dans les villages alentour pour aller chasser.

à l'accoutumée, l'on évitait que se produisît une telle chose. Le fait que trop d'immortels fussent concentrés au même endroit entraînait de nombreuses et fréquentes pertes, très susceptibles d'alarmer la population. Mais, cette fois, ils n'avaient guère eu le choix. L'on s'était donc réparti équitablement les hameaux, bourgs et villages avoisinants, puis l'on s'était mis en quête de repas. Rose avait consommé le double de sa ration usuelle, sachant qu'en sus du reste il lui faudrait nourrir les bêtes. Hélas, la canaille n'étant pas légion dans la campagne, elle avait dû composer avec ce que le hasard avait placé sur son chemin…

Perdue dans ses réflexions, la comtesse jeta un œil distrait sur le seau. L'eau avait pris une teinte rougeâtre, signe qu'il était temps pour elle de retirer son bras. Préférant accélérer la régénération, elle porta son poignet à sa bouche et le suçota un instant. Lorsque la plaie fut suffisamment refermée, elle amena le seau à hauteur du museau de son cheval et, d'une pensée, lui intima l'ordre de se désaltérer. La bête s'exécuta. Rose profita de cette pause forcée pour laisser son regard flâner sur l'assistance. Il y avait là tous les coalisés qu'ils avaient rencontrés sur la route, cinq nuits auparavant. Passé cet impromptu colloque de bord de chemin, les coalisés avaient voyagé vers cette scierie et y avaient établi leurs quartiers, sur l'instigation du régent Arimath. Celui-ci, son infante ainsi que leurs servants respectifs ne les avaient rejoints que l'avant-veille, en fin de nuit, après avoir parcouru une bonne cinquantaine de lieues selon l'allure effrénée qu'étaient seules capables d'atteindre – et de soutenir – des montures vivifiées. Mais, avant d'entamer ce périple, le quatuor avait passé trois nuits à patienter au manoir de Boissy.

Rose changea légèrement de position, éprouvant tout à coup l'envie de se mouvoir. Les trois nuits en question avaient été particulièrement difficiles, sa regrettable incartade ayant provoqué au sein du groupe une recrudescence de tension. Le prince, muré dans une austérité glacée, n'adressait plus la parole à quiconque. Adelphe, visiblement indécis sur qui de son frère ou de son amie était le plus à blâmer, était désobligeant avec les deux. Quant à Artus, fidèle à lui-même, il gardait une distance souveraine entre sa personne et le reste du monde. Si bien que l'arrivée de Jérôme fut perçue par la comtesse comme une réelle délivrance, ses propres remords menaçant de la dévorer sur pied.

Car le jeune servant s'était bel et bien présenté au manoir. Lorsque Rose s'était éveillée, au soir du quatrième jour d'attente, elle avait eu la surprise de trouver son mentor en compagnie du jouvenceau serviteur. Bien que celui-ci eût commencé son rapport, elle était à peu près parvenue à en combler les blancs. D'après ce qu'elle avait compris, une fois que Bréal eut été exécuté et qu'Artus eut effacé les souvenirs de Jérôme, son jeune servant, ce dernier avait été envoyé auprès du châtelain Thibault de Laudale. Ce même Thibault dont Artus avait racheté les dettes de jeu, près d'un mois et demi auparavant ; celui qui, aussi, avait servi d'appât pour leur permettre de remonter jusqu'au sieur Bernard, banquier de son état et affidé du félon seigneur de Bréal.

Ainsi, le jeune Jérôme s'était rendu auprès du sieur de Laudale afin de lui transmettre un message. Mais, quand il arriva au château, ce fut pour constater la triste fin que les villageois insurgés avaient réservée au maître des lieux. Néanmoins, malgré ce fâcheux épisode, Jérôme semblait avoir trouvé un moyen de s'acquitter de la mission qu'aurait dû remplir le châtelain. Mission qui, selon ce que Rose avait déduit, constituait en la précautionneuse surveillance de quelque place dont elle n'avait pas entendu le nom – bien qu'à présent elle le sût. Ce fut donc pour faire état du succès de cette entreprise que le damoiseau s'était présenté au manoir ce soir-là, ainsi qu'apparemment Artus lui avait demandé de le faire. Cette dernière information avait eu le mérite d'expliquer l'énigmatique stagnation des nuits précédentes : Artus attendait ces renseignements pour agir. Ce qui démontrait qu'il n'était pas si dépassé que cela par les événements… D'ailleurs, sitôt le rapport achevé, le comte avait ordonné le départ. Lui, son frère, son infante ainsi que le prince Golitsyne et le jeune Jérôme galopèrent une grande partie de la nuit, et finirent par atteindre la scierie du village de Parnay, où patientaient le sieur Raugmundr et les autres rescapés de la forteresse…

Surgissant tout à coup au côté de la comtesse, le harnachement d'Harald sur les bras, Adelphe mit un terme abrupt à ses élucubrations. Comme il entreposait la selle sur la barrière vermoulue jouxtant les bêtes, Rose coula un regard appuyé dans sa direction.

— Des félicitations sont de mise, amorça-t-elle, précautionneuse.

Le dos sciemment tourné, le jeune homme sélectionna le filet et le mors dans l'amas de sangles.

— Merci, madame, consentit-il à répondre.

— … Ce fut-il ardu ?

— Raisonnablement.

Rose pinça les lèvres en une lippe attristée. Manifestement, Adelphe n'avait pas envie de deviser. Ou, du moins, pas avec elle.

— Ne dormaient-ils point ? insista-t-elle pourtant.

— Si. Mais ils se réveillent lorsqu'on les déterre.

Ayant fini de s'abreuver, la monture de la comtesse sortit le nez du seau. Rose s'écarta le temps de déposer le récipient vide auprès de la barrière, puis elle revint vers la bête, un premier jeu de courroies entre les mains.

— Comment vous y êtes-vous pris ? fit-elle en commençant à sangler son cheval.

— J'ai cherché.

Rose retint un soupir. Elle se doutait bien qu'il lui avait fallu chercher ! C'était précisément dans ce dessein qu'Artus l'avait envoyé en forêt, à la tête d'une escouade composée de presque tous les serviteurs présents. Ce n'était pas ce qu'elle avait voulu savoir en posant cette question.

— Je veux dire, comment vous y êtes-vous pris pour les neutraliser ?

Interrompant sa besogne, l'éternel jeune homme lui fit enfin face :

— Nous avons creusé, madame. Puis nous les avons tirés hors de leur trou et leur avons fait sauter la tête. Cela vous renseigne-t-il, ou désirez-vous davantage de détails ?

Ils s'entre-regardèrent un bref instant, puis la comtesse détourna sèchement la tête. Au prix d'un certain effort de volonté, elle parvint à retenir les commentaires acerbes qui lui vinrent aux lèvres. Les deux derniers jours avaient dû être exigeants pour Adelphe. Battre les bois sans relâche, à la recherche de l'aura de Lamies vraisemblablement ensevelis dans les environs, était un labeur qui en aurait mis beaucoup de méchante humeur. Surtout lorsque l'on savait combien cette étape était cruciale dans la réalisation du plan concocté par l'Héritier. Puis, abandonner la surveillance de son aîné à un autre que lui avait dû être particulièrement difficile pour le jeune homme ; lequel n'ignorait pas combien la position d'Artus était enviée, et comme serait grande la tentation de l'éliminer s'il n'était pas là pour protéger son sommeil. Cependant, Artus s'était montré fort avisé quant à la désignation du serviteur qui resterait au camp pour veiller les immortels endormis. Ce serviteur fut une servante : Hilda. Un choix très habile, en vérité. Car, outre son âge et sa force qui en faisaient une excellente candidate, jamais la jeune fille n'aurait risqué de faire – ou de laisser faire – le moindre mal au comte de Janlys, puisque de lui dépendait l'existence d'Adelphe, qu'elle adorait… Rose, elle, fut mieux lotie encore. Son propre serviteur n'ayant pas été sollicité pour la battue, en raison de ses blessures, il resta également à la scierie.

— Nous partirons dans quelques minutes, annonça Adelphe en terminant de fixer la selle sur le dos d'Harald. Hâtez-vous.

Une pointe de courroux vint asticoter les nerfs de la comtesse. De nouveau, elle se contint.

— Votre frère vous a-t-il entretenu des détails de son plan ? demanda-t-elle.

— Oui.

— Qu'en est-il ?

— Pourquoi ne pas le lui demander vous-même, comtesse ? Vous êtes en meilleurs termes, à présent, non ?

Rose pivota vers son compagnon, une étincelle orangée au fond des yeux.

— Je décèle dans votre voix comme une admonestation… Me méprends-je ?

— Point du tout.

Vexée par cette confirmation, l'infante ne put, cette fois, enrayer son dépit.

— Je ne comprends pas, cracha-t-elle entre ses dents. N'est-ce pourtant pas vous qui m'avez seriné votre vœu de nous voir réconciliés ?

— Réconciliés, oui, admit le jeune homme sur le même ton. Mais en quoi l'êtes-vous, dites-moi ?

S'approchant de lui, Rose baissa encore la voix :

— Vous souhaitiez que je lui parle, eh bien j'ai essayé ! Aussi n'est-ce pas à moi que vous devriez faire la leçon !

— Il a eu sa part de remontrances, croyez-m'en ! assura le vicomte, exaspéré. Si c'était pour en arriver là, vous auriez pu nous épargner ces simagrées…

Consternée tant par la colère du jeune homme que par son surprenant manque d'empathie, Rose se décomposa :

— Je n'ose croire que vous me taxiez d'affectation… mais j'imagine que voici encore quelque caprice sur lequel je n'aurai point le droit de vous interroger ? Moyennant une ou deux platitudes, il me faudra derechef passer l'éponge sur vos foucades et croire en l'assurance de votre amitié renouvelée. C'est bien cela ?

Adelphe garda les yeux rivés à la selle durant plusieurs secondes, les mains posées contre les flancs du pur-sang.

— Mesurez-vous seulement combien vos incessantes querelles peuvent être fatigantes ? murmura-t-il enfin.

— Et vous, comprenez-vous que je puisse être lasse de votre inconstance ?

Tournant brusquement la tête, le jeune homme darda sur elle un œil noir.

— Une heure vous êtes compatissant, la suivante vous êtes sardonique, enchaîna Rose, tantôt vous me reprochez de le rejeter, tantôt de lui avoir cédé… Décidez-vous, Adelphe ! Je ne supporte plus vos fluctuations ! Puis j'en ai assez de m'excuser pour les peines que l'on m'inflige ! Combien de fois faudra-t-il que je batte ma coulpe avant de trouver grâce à vos yeux ? Oui, j'ai commis une grossière erreur ! Oui, je conçois que ces algarades continuelles puissent vous peser, mais vous… ne devinez-vous pas combien elles peuvent m'être douloureuses, à moi aussi ? Ne comprenez-vous vraiment rien de ce qui guida mes choix ?

Presque époumonée par cette pénible tirade, l'infante resta amarrée au bleu soutenu des prunelles qui la contemplaient, se demandant si oui ou non ce désastreux retour en terres françaises finirait par avoir raison de leur vieille connivence.

— Prenez votre décision, l'incita-t-elle dans un souffle. Reniez-moi ou acceptez-moi, mais par pitié tenez-vous-y… Je n'en puis plus de ces chicanes…

Comme elle ravalait avec difficulté l'expression de sa tristesse, Rose vit les traits de son compagnon se parer d'affliction. Elle vit son front se couvrir de repentir, et ses sourcils s'arquer de chagrin. Alors, quittant les parages du pur-sang, l'éternel jeune homme la rejoignit et la prit soudain dans ses bras.

— Je ne suis qu'un vieil acariâtre, chuchota-t-il. Un insupportable vieil acariâtre… Je n'avais aucun droit de me comporter de la sorte… Pardonnez-moi…

Bien qu'elle sût la terrible imprudence que constituait un tel enlacement au beau milieu d'un troupeau de cancaniers, Rose se laissa aller contre son épaule.

— C'est à moi, à présent, de vous faire une promesse, dit-il encore. Celle de ne plus laisser ma… maussaderie…

se mettre entre nous. À cause d'elle, j'ai failli à notre amitié. Cela ne se reproduira plus.

Un demi-soupir franchit les lèvres de la comtesse.

— C'est oublié, affirma-t-elle. Assurez-vous juste de tenir votre parole.

— J'y veillerai.

— Allons… Séparons-nous avant que ces racontars ne colportent quelque fantaisie à notre sujet.

— Qu'ils aillent au diable, maugréa le jeune homme.

— Je crains que cela ne soit déjà fait…

Se redressant de concert, l'infante et le vicomte se sourirent doucement.

— Pensez-vous pouvoir vous préparer à la bataille, ou bien préférez-vous vous cajoler encore un peu ?

Rose tiqua. Adelphe, lui, resta de marbre.

— Ne soyez pas grognon, Artus, rétorqua-t-il sans le regarder. Je puis vous dorloter aussi, si vous le souhaitez…

Le sourire de la comtesse voulut s'accroître mais, redoutant l'incident diplomatique, elle l'en empêcha.

— Cela ne sera pas nécessaire, mon frère. Grâce à vous, nos congénères ont amplement de quoi médire.

Épinglant son infante d'un regard acéré, Artus poursuivit :

— Les chevaux sont-ils prêts ?

— Pas tout à fait…, répondit-elle.

L'éclair luminescent qui parcourut les iris du comte poussa Rose à s'en retourner auprès de sa monture. Comme elle reprenait sa tâche là où elle l'avait laissée, elle le vit s'avancer pour lui prêter son concours. Ensemble, ils achevèrent le sellage en un tournemain. Après quoi, Rose s'approcha du cheval du prince.

— Que faites-vous, *lady* ?

Tournant vers son mentor un minois chiffonné, celle-ci rétorqua :

— N'est-ce pas évident ?

— Inutile de préparer son cheval. Il reste ici.

— … Vous n'allez pas recommencer, Artus ?

— *Lady*, votre serviteur est blessé. Nous ne pouvons nous encombrer de ce fardeau.

— Rappelez-moi à qui le prince doit son infortune, je vous prie…

Le comte eut un vague froncement de sourcils.

— Peu importe, trancha-t-il. Il est diminué. Sa sécurité en sera grandement compromise, or nous ne pourrons pas nous en préoccuper.

S'écartant des chevaux dans un mouvement d'exaspération, la comtesse posa machinalement les yeux sur son serviteur. Dos tourné à l'effervescence des préparatifs, Vassili se tenait au bord de la rivière, son bras en écharpe replié contre sa poitrine, et le regard perdu sur l'horizon. Son sabre était planté dans le sol à quelques pas de lui, comme pour orner la tombe de quelque valeureux guerrier tombé au champ d'honneur…

Rose sentit sa contenance se fendiller. Elle ne savait que trop ce qui occupait l'esprit du prince. Bien qu'il le dissimulât admirablement, elle pouvait percevoir les relents de sa peine. Et cela lui était insoutenable… Vassili était si noble, si vertueux… Elle aurait tellement voulu pouvoir lui donner ce qu'il espérait… Tellement qu'en cet instant elle envisagea très sérieusement de le faire. Parce qu'il le méritait plus que quiconque. Parce qu'elle le chérissait assez pour désirer faire son bonheur… et… parce qu'elle se sentait coupable.

Rose se mordit la lèvre inférieure dans un tic d'angoisse incontrôlé. Si elle rejoignait le prince, elle ne pourrait lui offrir qu'un mirage, qu'un pieux mensonge qu'il percerait immédiatement à jour. Et qu'éprouverait-il alors, sinon semblable amertume que celle qu'elle avait ressentie lorsque ses propres illusions s'étaient brisées ? Serait-il moins choqué qu'elle l'avait été ? Ou moins anéanti ? L'affection qu'elle portait à Vassili n'était peut-être pas celle qu'il aurait souhaitée, mais elle était extrêmement sincère. Travestir cette réalité ne ferait que ruiner la confiance que le prince avait placée en elle. Or elle se refusait à ajouter cela à la longue liste de ses bévues…

Sa décision arrêtée, la comtesse reporta son attention sur son mentor. Et, tandis que son regard accrochait le sien, attentif et grave, un désagréable parallèle se fit jour en son esprit. L'idée qu'elle venait de rejeter était-elle celle qu'Artus avait retenue ? Était-ce pour cela qu'il avait entretenu l'ambiguïté ? Pour tenter d'atténuer sa souffrance ?

— Vous êtes-vous rendue à l'évidence, *lady* ?

— … Comment ?

— Admettez-vous que le prince doive rester à la scierie ? reformula le comte.

— Non.

L'expression d'Artus se durcit. Celle de son infante aussi.

— *Lady*, nous n'avons pas le temps pour ces arguties…

— J'ai dit non. Je ne l'abandonnerai pas tout seul ici. Surtout pas s'il veut prendre part à l'assaut. Or je sais qu'il le veut.

— S'il nous suit, il va se faire tuer.

— Je le protégerai.

— Vous ne le pourrez pas. Les servants n'attaqueront qu'en deuxième ligne.

— Alors il viendra avec moi.

— Hors de question. J'ai besoin que vous soyez concentrée sur la bataille, et non distraite par sa sauvegarde.

— Je ferai ce que bon me semble, Artus !

— Je veillerai sur le prince.

L'infante et son mentor braquèrent sur le vicomte un regard pareillement interloqué.

— Adelphe, vous aurez assez à faire avec…

— Coordonner notre entrée en scène ne sera pas si complexe que vous le sous-entendez, Artus. Je peux m'occuper de cela et du prince.

— Mais je ne suis pas sûre qu'il accepte votre protection, souligna Rose, circonspecte.

Semblant découvrir cette difficulté supplémentaire, le jeune homme la considéra avec ce qui parut être une pointe d'anxiété, puis il tourna la tête vers la berge où Vassili se tenait encore.

— Je vais aller lui parler, dit-il.

Rose esquissa une moue dubitative, cependant elle n'essaya pas de l'en dissuader. Ce qu'il proposait était sûrement la meilleure option ; et, puisqu'il était question de confier le prince à ses bons soins, il était naturel que ce fût à ce dernier de se déterminer. Du reste, elle doutait que sa propre intervention facilitât quoi que ce fût…

— Pourriez-vous seller son cheval, je vous prie ? requit Adelphe, les yeux toujours rivés à la haute silhouette du Slave.

— Bien entendu.

— Adelphe, vous n…

— Point de palabres, mon frère, nous avons assez lambiné. Préparez-vous à partir. Je serai de retour avant peu.

Sur ces mots, le jeune homme prit congé. Franchissant la cour d'un pas alerte, il se dirigea vers le prince esseulé. Le comte et la comtesse suivirent sa progression une seconde, puis Artus s'en fut quérir le harnachement de la dernière monture. Interdite, Rose le rejoignit toutefois, non sans omettre de guetter la conversation qui allait se tenir.

— L'abbaye où ils se cachent est cernée de murs et de grilles, commença son mentor, perturbant son écoute sans le savoir. L'enceinte est percée de deux portes charretières. Une au nord, et une autre à l'est. La limite sud, quant à elle, est gardée par la Marmande, une petite rivière… Nous arriverons par le nord, depuis le bois des Pérons où se terraient les Lamies qu'Adelphe a débusqués aujourd'hui. Il nous faudra traverser la moitié du village pour atteindre l'abbaye.

— Combien seront-ils ?

— D'après les informations apportées par Jérôme, pas plus d'une quinzaine.

— Vous lui faites confiance ?

— Pourquoi ne le ferais-je pas ?

Tandis qu'elle passait le mors dans la bouche du cheval, Rose lança à son mentor une œillade méfiante.

— *Parce qu'il était le servant d'un traître ?* songea-t-elle.

— *Le servant,* lady. *Pas le traître lui-même… Du reste, j'ai vérifié. Il n'y a nulle trace de félonie, ou d'inexplicable blanc, dans sa mémoire.*

— *Ah. Je préfère cela…*

Ils s'adressèrent un regard fugace par-dessus le dos du cheval, puis le comte reprit :

— Si le compte est exact, et puisque furent élimés les renforts Lamies, nous serons en léger surnombre.

— Ce pourquoi vous ne désirez pas tarder avant de lancer l'assaut.

— D'autres pourraient venir, oui. Puis ils vont vite s'apercevoir de la disparition de leurs cerbères. Il faut agir avant que cela n'arrive.

Levant les yeux vers le ciel où persistaient quelques minces traînées de clarté vespérale, Rose espéra que leurs ennemis ne s'étaient encore avisés de rien. Puis, comme Artus allait quérir une selle, elle en profita pour jeter un coup d'œil vers la berge. Le prince, toujours dos à la cour, n'avait pas bougé d'un cheveu. Tourné vers lui, son profil se découpant sur la sombre surface de la rivière, Adelphe semblait monologuer. Affûtant son ouïe, la comtesse chercha à distinguer sa voix…

— Nous nous répartirons en trois groupes, annonça Artus en disposant la selle sur le dos de l'animal. Le premier sera composé du sieur Raugmundr et de ses pairs Ström, mais, puisque ceux-ci ne sont que quatre, Montorgueil et Lonceville les accompagneront. Le deuxième groupe sera sous mon égide et sera formé des Arimath restants. Adelphe mènera le dernier groupe, constitué des servants.

Contrariée de n'avoir pu entendre un mot des propos du jeune M. d'Holival, Rose s'inquiéta pourtant davantage de ce que son mentor venait de dire.

— Le marquis de Frohel et le comte de Malavoie seront donc avec vous, souligna-t-elle, réticente.

— Oui. Ainsi que vous-même et le comte de La Rove.

Une fine moue affleura aux lèvres de la comtesse :

— *Ne pourriez-vous plutôt dépêcher le marquis et son pion auprès de Raugmundr ?* proposa-t-elle.

— *Il est parfois bon de garder ses ennemis près de soi,* lady…

Pas réellement convaincue par cet adage, Rose estima cependant vain de parlementer. Achevant en silence de boucler les dernières sangles, le comte et son infante portèrent le regard vers la rivière. Sur la berge, Adelphe se détourna du Slave immobile, puis repartit lentement vers la cour. Le temps pour Rose de sentir sourdre une amère déception, et Vassili s'en fut récupérer son sabre, qu'il remit au fourreau. Après quoi il emboîta le pas du jeune homme.

L'amertume de la comtesse se changea en ébahissement. Adelphe avait réussi ? Par quel miracle… ?

— Le groupe de Raugmundr s'occupera de prendre la porte est, reprit Artus, impassible, en se détournant pour gagner la barrière. Quant à nous, nous nous chargerons de la porte nord.

— Et les serviteurs ? s'enquit Rose, avec un léger retard.

— Ils interviendront au sud, pour couper la retraite des renégats.

— Vous pensez qu'ils fuiront ?

— S'ils sont bien en infériorité numérique, et si nous remplissons dûment notre rôle, alors oui, ils fuiront.

— Cela fait beaucoup d'incertitudes…

— Vous avez peut-être une meilleure idée, *lady* ? questionna le comte, le sourcil narquois.

Pour toute réponse, Rose pinça brièvement les lèvres.

— C'est ce qu'il me semblait, conclut Artus tout en incitant son pur-sang à s'orienter vers la cour.

Parvenue auprès de sa propre monture, la comtesse lui fit exécuter une semblable manœuvre.

— Comment saviez-vous que les Lamies ne seraient pas dans l'abbaye, avec leurs acolytes ? demanda-t-elle ensuite.

— *Lady*, pensiez-vous vraiment qu'une meute de barbares puisse loger au sein d'un couvent de bénédictines sans qu'ils soient tentés d'en égorger une ou deux ?

— Ce ne serait pas leur premier massacre…, fit observer Rose, une idée derrière la tête.

— Ils se devaient de rester discrets. Cette fois il ne s'agissait pas d'une phalange martiale, mais d'une milice de protection.

— Et les fois précédentes ?

— Des assauts soigneusement orchestrés par les renégats Oström… D'autre part, aucune tuerie de l'envergure que vous suggérez ne fut jamais perpétrée sur la seule initiative des Lamies, *lady*. Vous savez qu'il n'est pas dans leur nature de s'agglutiner de la sorte.

— Vraiment ? Aucune de ces tueries ne fut de leur fait ?

— Non, affirma Artus, catégorique.

— … Pas même celle du domaine de Hautefort ?

Les prunelles du comte s'obscurcirent comme tout à coup il les braquait sur son infante. Celle-ci soutint son regard, persuadée d'avoir touché un point sensible.

Elle avait évoqué le massacre du domaine de Hautefort la nuit même de son retour au manoir, tandis que son mentor l'informait des épisodes guerriers qui avaient ponctué les derniers mois. Outre le fait qu'elle avait manqué d'y être mêlée, Rose s'était souvenue de ce drame lorsque Artus lui avait rapporté l'existence des escouades Lamies, responsables des pertes que les maisons Oström et Arimath avaient essuyées durant l'année. Ordinairement impossibles à constituer, ces attroupements de barbares lui avaient rappelé le seul autre exemple de sa connaissance faisant état d'un tel rassemblement : le massacre de Hautefort. Artus avait nié qu'il pût y avoir une quelconque relation entre cette triste nuit et les récents soulèvements Lamies, arguant que l'attaque du domaine de Hautefort avait été un événement isolé.

Pourtant, le souvenir de ce drame avait, depuis, resurgi dans d'autres bouches. D'abord dans celle du sieur Raugmundr, lorsqu'ils étaient venus à sa rescousse à la pommeraie ; puis dans celle du comte de Malavoie, lors du cénacle qui s'était tenu au manoir. Ces deux personnages avaient également fait allusion à la prétendue indisponibilité du régent Arimath. Or ces éléments s'ajoutaient aujourd'hui à ce que Rose avait constaté par elle-même. À savoir le relâchement d'attention dont Artus s'était rendu coupable – ne s'était-il pas laissé surprendre par la rébellion humaine et par l'espion de l'érudit ? Ainsi que, paradoxalement, l'acuité sans faille avec laquelle il semblait avoir suivi les agissements des escouades Lamies… Comme si son attention avait été tout entière dévouée à leur poursuite…

— Dix années séparent cette tragédie du soulèvement auquel il nous faut à présent faire face, rappela le comte avec fermeté. L'on ne peut y voir nul lien.

— Mais vous en avez pourtant trouvé un… n'est-ce pas ?

Le mentor et son infante échangèrent une œillade plus aiguë que la pointe d'une baïonnette.

— Qui est-ce, Artus ? Ceux que vous traquez… qu'ont-ils fait ?

— Je ne traque personne, *lady*. Hormis ceux qui nous chassent. C'est ce que nous allons faire cette nuit, à moins que vous n'ayez décidé de nous retarder davantage ?

Un rictus aigre tordit la bouche de la comtesse, cependant elle n'eut pas l'occasion de rétorquer. Adelphe venait de les rejoindre, accompagné du prince. Leur accordant à peine un regard, Artus sauta illico sur le dos de son cheval et tonna :

— EN SELLE !

Les coalisés furent saisis d'une grande agitation. Finissant de se préparer en moins de temps qu'il n'aurait fallu pour le dire, ils obéirent à l'injonction.

Rose fit de même. Bien qu'elle n'eût pas envie de capituler, cette intuition lui était venue beaucoup trop tard. Les circonstances ne se prêtaient plus à un interrogatoire. Se résignant à laisser ce sujet de côté, l'exquise infante se tourna donc vers l'autre objet de ses préoccupations. Les rênes réunies dans sa main valide, ses iris turquoise rivés à la route, le prince se tenait aussi droit qu'il l'aurait été s'il n'avait point été blessé. Toutefois sa carnation présentait un net pâlissement, qui consterna sa maîtresse. Chevaucher avec des côtes fêlées était aussi imprudent qu'affreusement douloureux ; sans parler des risques encourus lors de l'affrontement à venir…

— *Êtes-vous certain de vouloir faire cela, Vassili ?* s'enquit-elle, confite d'inquiétude.

— *Oui*, affirma le prince.

Talonnant sa monture, Artus traversa la cour et rejoignit le sieur Raugmundr sur le chemin bourbeux qui s'étirait à travers la prairie. Un dernier coup d'œil en arrière pour s'assurer que les coalisés étaient prêts, puis les deux seigneurs s'en furent au galop sur le sentier, entraînant à leur suite la vingtaine de suivants qu'ils avaient menés jusque-là. Le tonnerre de leur cavalcade secoua la nuit tandis qu'ils s'enfonçaient dans la forêt adjacente. Coupant par les bois d'Arpheuilles, puis par les bois des Pérons, ils avalèrent en moins de vingt minutes les cinq lieues qui les séparaient du village. Lorsqu'ils émergèrent des sous-bois, les premières habitations étaient déjà en vue. Sans un mot, ils retournèrent se mettre à l'abri des arbres et descendirent de leurs coursiers. Les frères d'Holival tinrent ensuite un bref conciliabule avec le sieur Raugmundr, puis les trois hommes se séparèrent. Appelant les serviteurs à lui d'un geste de la main, Adelphe prit immédiatement la direction du village.

Anxieuse, Rose regarda son propre servant bifurquer au coin d'une maisonnette et s'engager dans les ombres d'une petite rue, à la suite de ses semblables. Le prince était beaucoup trop pâle à son goût. Ses blessures le faisaient forcément souffrir…

Sitôt que la colonne de serviteurs fut cachée à leur vue, les immortels restants se scindèrent selon les groupes que le vieil Oström et le régent Arimath avaient prévus. Le sieur Raugmundr partit ensuite sur sa gauche, tandis qu'Artus mettait le cap droit devant. Comme elle suivait son mentor dans ce qui paraissait être la grand-rue, Rose s'inquiéta d'y voir encore musarder plusieurs villageois.

— *Nous allons attirer l'attention…*

— *Peu importe*, répliqua le comte. *D'ici peu, tout le village sera au fait des événements.*

De plus en plus tendue, Rose balaya les visages de ses comparses d'un rapide coup d'œil. Ils paraissaient tous extrêmement concentrés. Bien plus qu'elle ne l'était, en vérité. Même le marquis de Frohel et son séide, le comte de Malavoie, semblaient avoir mis leurs récriminations de côté. Marchant dans la foulée de l'Héritier, ils le suivaient, aussi dispos et résolus que lui. La comtesse en vint presque à les envier. Elle n'avait pas l'habitude des affrontements de cette étendue. Son expérience du combat se résumait à l'entraînement auquel l'avait soumise son mentor, ainsi qu'à quelques escarmouches contre de petites bandes de Lamies. Soit rien de comparable à ce qui allait se jouer cette nuit. L'on aurait certes pu lui rétorquer que les forces en présence seraient loin d'atteindre celles d'un véritable champ de bataille. Or, pour elle, se trouver partie prenante d'une rixe impliquant une quarantaine d'immortels était tout à fait inédit, et particulièrement effrayant.

À la différence de la plupart des hommes réunis ici, elle ignorait comment se comporter lorsque le combat ferait rage, ou même si elle serait capable de survivre assez longtemps pour trouver la réponse à cette question. Artus, Adelphe, Vassili, Montorgueil, Frohel, Raugmundr, Magnus… tous avaient vécu la brutalité de la guerre. Tous étaient des combattants aguerris. Mais elle… elle n'était qu'une intrigante n'ayant jamais connu que des conflits de salon. Face à la bataille qui les attendait, elle se sentait démunie…

Les murailles de l'abbaye se dessinèrent au bout de la rue, tirant Rose de ses considérations craintives. S'ils avançaient encore, leur aura serait susceptible de révéler leur présence aux renégats Oström réfugiés dans l'enceinte du couvent. Ce pourquoi Artus fit immédiatement signe à ses compagnons de se replier dans les encoignures des façades alentour. Restait à souhaiter qu'aucun Lamie n'ait réchappé des battues conduites par Adelphe au cours des deux jours précédents, ou que, le cas échéant, il fût accaparé par une quelconque tâche. Sinon, l'incroyable flair propre à cette maison de sauvages rendrait caduques ces précautions.

Plusieurs minutes passèrent, dans un attentisme suffocant.

Depuis le renfoncement de mur où elle s'était cachée, Rose jeta à son mentor un regard nerveux. Ce dernier, retranché dans les ombres d'un porche, avait le nez levé vers le ciel. Se doutant de ce qu'il guettait, la comtesse l'imita.

— *Vassili?* appela-t-elle ce faisant. *Tout va bien?*

Seul répondit le clignotement des étoiles.

— *... Vassili?*

Le silence perdura, au grand dam de Rose. Aussi, plutôt que de réitérer un appel qui à coup sûr resterait orphelin, elle décida subitement d'abolir ses barrières intérieures. Levant le voile sur l'anxiété qui la tenaillait, elle se rendit totalement perméable aux pensées de son serviteur.

Une grappe de secondes s'égrena... puis...

— *Oui, ma lady, je vais bien.*

Soulagée, mais aussi vivement remuée, Rose laissa voler vers lui une marée d'émotions décousues, témoignage de ses regrets et de son attachement. Puis, comme en résonance à son trouble, une mince langue de feu griffa tout à coup le firmament.

Quittant son abri à l'instant où ses compagnons quittaient le leur, la comtesse s'élança vers l'abbaye, l'angoisse chevillée au corps.

Le mur d'enceinte sembla se précipiter vers elle. Anticipant l'impact, Rose courut sur la surface pierreuse durant quelques foulées, après quoi, faisant appel aux capacités de ses pairs, elle se propulsa vers le faîte de la muraille. Une main en appui sur la crête de pierre moussue, elle passa par-dessus l'obstacle d'un vif mouvement de hanche. La chute lui parut presque plus longue que l'ascension. Elle se réceptionna cependant dans un complet silence. Non loin de là, ses compagnons atterrirent eux aussi sur le sol de l'abbaye, de part et d'autre de la grande porte charretière.

Un rapide tour d'horizon apprit à la comtesse que l'avant-cour dans laquelle ils venaient de surgir était cernée par une nouvelle muraille, moitié moins haute que la première. Sur leur gauche se dressait ce qui semblait être une écurie, et, à quelques dizaines de pas devant eux, s'élevait le bâtiment conventuel, en forme de L inversé et couché. Postés à peu de distance de la porte d'entrée de cet édifice, deux personnages les contemplaient, l'air tout à fait médusé.

Puis, soudain, ces deux individus battirent en retraite vers le bâtiment. Les Arimath s'élancèrent aussitôt à leurs trousses. Alors que les deux hommes s'engouffraient dans la bâtisse, la comtesse, ayant déjà traversé la moitié de l'avant-cour, sentit s'enfuir leur empreinte glacée. Une empreinte qui alla crescendo à mesure qu'elle approchait de l'édifice.

L'abbaye était donc bien ce qu'Artus l'avait accusée d'être : le point de ralliement des renégats Oström qui, appuyés des fameuses phalanges de Lamies, avaient mené la vie dure à leurs congénères Oström et Arimath au cours des derniers mois... Comme Rose se faisait cette réflexion, un long grincement se fit entendre. Levant les yeux, elle découvrit que deux nouveaux personnages les tenaient en joue depuis l'une des fenêtres du premier étage.

Une double détonation retentit. De petits tourbillons de sable s'élevèrent à l'endroit exact où s'étaient tenus le marquis de Frohel et le comte de Malavoie. Interdite, Rose s'aperçut que les Arimath ciblés escaladaient déjà la façade. Ils arrivèrent à hauteur de leurs agresseurs avant que ces derniers n'aient pu s'écarter. Agrippés chacun d'un côté du chambranle, un pied en appui sur le mince rebord de la fenêtre, Frohel et Malavoie saisirent leurs adversaires par le col et tirèrent brutalement. Les renégats basculèrent dans le vide. Moyennant une prompte pirouette, le premier parvint à se réceptionner sur ses jambes. Le second, moins rapide, ne sut pas se rétablir. Il s'écrasa sur le dos avec un cri étouffé.

Rose accéléra pour les rejoindre, mais son mentor fut sur eux séance tenante. Avant qu'elle n'ait fait deux pas supplémentaires, Artus avait brisé les vertèbres de l'un et enfoncé la cage thoracique de l'autre. Jetant un regard vers Frohel et Malavoie, il leur fit signe d'entrer dans la demeure. Les deux compères s'engouffrèrent illico par la fenêtre ouverte. Après quoi Artus passa la porte d'entrée, suivi de près par le comte de La Rove.

Rose s'engagea à leur suite, non sans s'autoriser un petit coup d'œil vers l'est. Elle entraperçut sur le toit d'un bâtiment situé au-delà de la seconde muraille les silhouettes de Magnus Meyer et du sieur Wöllner, aux prises avec des inconnus dont l'aura était indiscernable à cette distance, puis les murs du vestibule les cachèrent à sa vue.

Reportant son attention devant elle, Rose se sentit baigner dans une mer de givre. Nerveuse, elle jeta un regard alentour et ne dénombra pas moins de quatre portes. L'empreinte qui les cernait était trop dense pour être encore celle de serviteurs. Des renégats se cachaient probablement derrière l'un de ses huis.

Répondant à une même impulsion, les trois Arimath gagnèrent chacun un battant, et l'ouvrirent.

Rien.

Artus progressa donc jusqu'à la dernière porte… mais la pièce était également vide. Adressant un bref regard à ses suivants, l'Héritier tourna dans le corridor qui s'ouvrait à l'extrémité droite du vestibule. Son infante et le comte de La Rove lui emboîtèrent le pas. Ils progressèrent en silence, poussant chacune des portes qui perçaient ce couloir. Un grand fracas éclata alors au-dessus de leurs têtes, puis le frimas qui les environnait sembla brusquement perdre du terrain, en partie couvert par la capiteuse aura Arimath. Rose comprit que les renégats Oström qu'ils cherchaient à débusquer s'étaient tenus au premier étage, et qu'ils venaient apparemment de tomber sur un os. Elle faillit s'en réjouir, mais, avant que cette idée n'ait pu totalement se former, un sifflement inquiétant accrocha son oreille. Obéissant à son instinct, elle inclina immédiatement le buste vers l'arrière.

Un poignard acéré fendit l'air, manquant son front de peu.

Lorsqu'elle se redressa, son mentor fonçait à pleine vitesse vers le duo de mutins qui se tenait désormais à l'angle du couloir, allant d'un mur à l'autre pour éviter qu'on le ciblât trop facilement. L'incomparable adresse des Oström assortie à leur vue perçante permit pourtant aux renégats d'expédier un nouveau jeu de poignards.

Le premier réussit à ouvrir une brèche sur la manche d'Artus, puis alla se planter dans le plâtre du mur. Déviés par la rapière de La Rove, qui venait de tirer son arme hors du fourreau, les deux suivants allèrent glisser sur le sol. Le dernier poignard n'eut pas le temps de quitter la main de son lanceur. Car celui-ci, inconscient du danger qui le guettait, ne s'était pas écarté de la trajectoire du comte de Janlys.

Artus s'abattit sur lui avec la violence d'une tornade. Immobilisant le bras au bout duquel était le couteau, il passa immédiatement dans le dos de son adversaire, puis, apposant son autre main contre l'omoplate du personnage, tira à l'arrière le bras qu'il tenait tout en le forçant à remonter. Muscles et tendons attachant le bras à l'épaule se déchirèrent juste avant que l'articulation ne cède. Le cri qui s'échappa de la gorge de l'Oström fut toutefois bref, car, lui saisissant le crâne à pleines mains, Artus lui rompit les cervicales. Le renégat s'affala de tout son long sur le pavé. À cet instant, la rapière du comte de La Rove empala le globe oculaire du second rebelle, puis s'enfonça sur trois phalanges de longueur. Comme cet Oström-là s'affaissait à son tour, Artus pivota vers son infante.

— Votre lame ! ordonna-t-il.

Gênée de n'avoir pas su suivre la cadence de l'affrontement, Rose obtempéra diligemment. Néanmoins, lorsque son mentor entra en possession de la dague, La Rove avait pratiquement tranché la nuque de son adversaire. Artus fit de même avec le sien – compte tenu de l'importance de la bataille, il fallait éviter que se relèvent les ennemis mis à terre –, puis les Arimath abandonnèrent les dépouilles et passèrent l'angle du couloir.

Tandis qu'ils le remontaient, plusieurs coups de feu détonèrent au-dehors. Il y eut des exclamations, ainsi que le son de galopades que seules les oreilles de Rose purent entendre. D'après ce que cette dernière estima, le combat se déroulait à une trentaine de pas derrière le mur qu'elle était en train de longer, et s'éloignait progressivement vers l'ouest. Elle songea brièvement que les supputations d'Artus semblaient se concrétiser, puis les prémices d'un déplaisant titillement se firent sentir. La nervosité de la comtesse connut une brusque poussée. Se focalisant sur cette empreinte honnie, ses compagnons et elle la prirent aussitôt en chasse. Désormais au pas de course, ils atteignirent le bout du corridor en un clin d'œil, gravirent l'escalier qui se trouvait là, puis rallièrent le palier du premier étage. S'engouffrant dans un nouveau couloir, ils poursuivirent l'aura qui s'enfuyait devant eux.

Rien ne permettait de dire si les Lamies se trouvaient réellement à cet étage, mais, puisque Frohel et Malavoie n'avaient pas encore reparu, c'était sûrement qu'ils étaient montés à l'étage supérieur. Que les Lamies fussent au premier palier ou au second, ils ne tarderaient donc pas à rencontrer une opposition.

Bifurquant au coin du corridor, le comte de Janlys, de La Rove et la comtesse de Greer suivirent l'exact inverse du trajet qu'ils avaient emprunté au rez-de-chaussée. Plusieurs huis s'ouvrirent sur leur passage, révélant les visages épouvantés de moniales tirées du lit par le tapage du combat qui se jouait dans l'arrière-cour. Les Arimath n'en firent aucun cas, occupés qu'ils étaient à combler leur retard sur cette déplaisante surprise. Comme ils attaquaient un nouvel escalier, un cri strident retentit au palier supérieur. Un cri de femme. Sitôt après, Rose sentit qu'une fragrance familière se mêlait au titillement Lamie, lequel s'était singulièrement rapproché.

Se déplaçant à présent trop vite pour qu'un œil humain pût les suivre, les trois Arimath débouchèrent au deuxième étage. Ils entrevirent une silhouette qui quittait le couloir pour s'engouffrer dans l'une des chambres, puis il y eut un gémissement épouvanté. N'ayant pas cessé de courir, le trio rallia ladite chambre. À cet instant, Frohel et Malavoie émergèrent dans le corridor, sortant d'une pièce faisant face à celle dans laquelle Artus se proposait d'entrer. Ce dernier y pénétra sans ralentir, suivit par son infante, le comte de La Rove, et les deux traînards.

Spartiate, la chambre ne contenait qu'une petite table, une chaise et un lit, où était assise une religieuse en pleurs. Le vantail d'une unique fenêtre béait, laissant entrer le son relativement lointain des affrontements qui se poursuivaient au-dehors.

Les Lamies étaient sortis par là.

Sans perdre une seconde, Artus se glissa par l'ouverture. La Rove l'imita. Puis vint le tour de Rose. Tandis qu'elle montait sur le rebord pierreux, la comtesse leva les yeux vers le toit. Son mentor et le comte de La Rove y avaient déjà disparu ; la gouttière n'étant qu'à deux coudées au-dessus de la fenêtre, Rose n'aurait pas de mal à les suivre. Rassemblant son énergie, elle fléchit les jambes et donna une vive poussée. Ses doigts se saisirent de la gouttière, lui permettant de se tracter à la force des bras. Appuyant une botte contre le mur pour faciliter la manœuvre, elle accéda au toit aussi prestement que l'avaient fait ses compagnons.

Elle commença à courir avant de savoir dans quelle direction elle devait aller. Fort heureusement, elle avait choisi la bonne : vers l'ouest. Un peu plus loin devant elle, le régent Arimath et le comte de La Rove poursuivaient deux silhouettes dont l'aura dérangeante déclarait l'appartenance au clan Lamie. Rose s'aperçut que l'un des deux personnages était étonnamment menu pour un membre de cette maison, puis l'écho d'un claquement boiseux capta son attention.

Tournant légèrement la tête sur sa gauche, la comtesse découvrit tout d'abord que le bâtiment conventuel n'était pas en forme de L, mais en forme de T – la deuxième moitié de l'aile ouest étant un étage moins haut que la première, elle ne l'avait pas remarquée tout de suite. Après quoi elle avisa quatre arbalétriers se tenant sur le toit de cette extension, leurs armes pointées sur le jardin en direction duquel se dirigeaient les Lamies et leurs poursuivants. Alors que Rose comprenait, effarée, que ces arbalétriers visaient très certainement le groupe de serviteurs sous les ordres d'Adelphe, une salve de carreaux s'envola dans une succession de chuintements.

Rapides comme seule pouvait l'être l'engeance immortelle, les arbalétriers rechargèrent.

Rose reporta les yeux sur son mentor et le vit sauter du toit à la suite des fuyards Lamies. Ayant elle-même quasiment atteint la bordure, elle bifurqua pourtant sur sa droite.

Une nouvelle volée de carreaux quitta les arbalètes Oström.

Les prunelles de la comtesse s'embrasèrent violemment. Comme elle allongeait sa foulée, une puissante et chaude bourrasque balaya le ciel. Déportés, les carreaux allèrent se ficher dans l'herbe. La seconde qui suivit, Rose se propulsa depuis l'extrême bord de la toiture qui dominait l'extension de la bâtisse. D'un gigantesque saut, elle avala l'espace qui la séparait des renégats Oström. Retombant à trois pas du premier, elle esquiva sans mal le projectile qu'il décocha dans un sursaut de panique, puis le rejoignit, lui arracha son arme des mains, et la lui fracassa sur la tête. La boîte crânienne s'enfonça aussi aisément que si Rose avait frappé un sac de sable. L'homme s'effondra aussitôt. Entraîné par le poids de son propre corps, il glissa jusqu'au rebord et tomba du toit, emportant plusieurs tuiles à sa suite.

Avant qu'il ne se fût écrasé au sol, Rose avait déjà désarmé le serviteur suivant. Car ce n'était bien là que des servants, leur aura le clamait. Ce qui induisait qu'ils n'avaient certainement pas choisi de se rebeller contre la maison de leurs maîtres. Ils étaient seulement contraints d'obéir… Mais tant qu'ils officieraient la vie de son propre serviteur serait en danger. Ainsi que celle d'Adelphe, et d'Hilda…

Les canines luisant entre ses lèvres retroussées, Rose empoigna la gorge de l'homme qui lui faisait face. Compressant son cou dans l'étau de ses doigts, elle lui fit exécuter un prompt quart de tour sur la droite. Lorsque les carreaux tirés par ses comparses se fichèrent dans le dos du renégat, celui-ci adressa à son assaillante un regard épouvanté. Puis ses yeux se voilèrent d'une brume grise, et ses iris s'en furent se cacher sous ses paupières supérieures.

Soulevant la dépouille encore chaude, la comtesse la projeta vers celui des deux servants qui était le plus éloigné d'elle, puis fonça sur le plus proche. Parvenu à la conclusion que son arbalète était inutile, ce dernier avait troqué son arme contre une courte dague tirée de sa ceinture. Quand Rose surgit devant lui, il amorça un coup de taille que la comtesse bloqua en lui saisissant le poignet. Exécutant un demi-tour sur elle-même sans pour autant relâcher sa prise, la comtesse plaqua le dos contre le buste de son adversaire et, suivant le mouvement de sa pirouette, lui expédia son coude dans les gencives. Après quoi elle abaissa le bras, et envoya son poing emboutir l'entrejambe du renégat.

L'homme ploya soudainement, le souffle coupé par la douleur. Profitant de cette temporaire inertie, Rose pivota de nouveau puis, s'aidant de ses deux mains, fit se replier le bras qu'elle tenait toujours. La dague que le rebelle avait encore entre les doigts s'en fut se loger dans sa propre trachée et s'y enfonça jusqu'à la garde. Le poussant sur le côté, Rose n'attendit pas de le voir s'écrouler avant de se lancer aux trousses du dernier arbalétrier.

Celui-ci, apparemment convaincu que sa dernière heure était arrivée, s'était débarrassé de l'entrave que la comtesse lui avait jetée, puis avait détalé vers l'extrémité sud du toit. Malheureusement pour lui, sa vitesse était loin d'équivaloir à celle de sa poursuivante. En un clignement de paupières, Rose rattrapa son retard. Une dernière accélération, et le renégat serait à portée de bras. Mais, avant qu'elle ne se donnât cette peine, une ombre passa dans son champ de vision.

L'homme roula dans une culbute désordonnée. Ses bras et ses jambes voletèrent en tous sens, ne cherchant visiblement pas à accompagner sa chute. Nettement ralenti par cette aberrante roulade, le serviteur passa du statut de fuyard à celui d'obstacle. Contrainte de l'esquiver, Rose sauta au-dessus de lui, puis s'écarta de plusieurs pas. Lorsqu'elle se retourna, le corps avait enfin cessé de rebondir. Elle distingua alors la flèche rudimentaire qui pénétrait la tempe du renégat.

Pivotant sur sa droite, la comtesse examina le jardin en contrebas... Elle aperçut tout d'abord les servants de Malavoie et de La Rove aux prises avec deux individus à la trop large carrure. Plus loin, le sieur Seiler et un personnage qu'elle ne connaissait pas se livraient un duel acharné. Assez éloignés de leur position, elle découvrit des corps inertes percés de carreaux d'arbalète. Puis elle avisa une petite silhouette, perchée au sommet de la toiture du puits qui se dressait là, un arc serré entre les mains.

Un mince sourire ourla les lèvres de Rose. Si, à cette distance, elle n'était pas capable de distinguer les traits de la jeune fille, elle savait qu'Hilda, elle, le pouvait. Ce pourquoi elle assortit ce sourire d'un signe de tête. Portant la main à son carquois, Hilda obliqua sur sa droite et décocha une nouvelle flèche. Rose, quant à elle, se remit à scruter le champ de bataille. Son regard s'arrêta pourtant après quelques mètres.

Vassili venait de tomber face contre terre.

La comtesse eut l'impression affreuse qu'un trou béant avait remplacé son estomac… puis elle vit son serviteur se soulever, s'aidant de son bras valide. Mais, tandis qu'il se dressait sur les genoux, une large botte percuta son ventre. Le prince se recroquevilla, l'échine courbée. Son assaillant donna un petit coup dans l'herbe à proximité. Quelque chose jaillit dans l'air. Attrapant le sabre au vol, le Lamie le repositionna dans sa main et frappa illico.

Les yeux de Rose s'écarquillèrent et s'enflammèrent tout à la fois. Comme une brûlante tourmente se déchaînait sur l'abbaye, l'espace environnant la comtesse se trouva baigné d'une intense lueur rougeâtre.

Chahuté par le vent, le gaillard vit sa tignasse et sa chemise s'embraser au moment précis où le sabre s'abattait sur la nuque du prince. Une gerbe d'étincelles blanches s'envola, arrachée à la lame par le frottement du métal contre les stylets qui avaient interrompu sa course. Un genou posé au sol, le buste jeté en arrière et presque dans l'axe contraire à celui de ses jambes, Adelphe avait absorbé l'impact entre ses poignards croisés…

Sous le choc, Rose ne put songer qu'à rappeler le brasier qu'elle avait allumé, lequel menaçait à présent la chevelure du jeune homme. Les flammes se résorbèrent à l'instant où Adelphe repoussait le bras du colosse d'un brusque mouvement des deux siens. Se remettant d'aplomb en une fraction de seconde, il porta un coup si vif que Rose eut du mal à en suivre le tracé. Elle repéra toutefois le chatoiement métallique qui scintilla sous le poignet du colosse. Les doigts de ce dernier s'ouvrirent sur-le-champ, lâchant le sabre qu'il avait récupéré. Bientôt la main entière tomba dans l'herbe, retranchée par une série de coups additionnels. Puis, effectuant un tour complet sur lui-même, Adelphe envoya un magistral coup de botte dans le ventre du Lamie, qui recula de trois bons pas. Le jeune homme usa sitôt de cet espace pour charger. Mais, parvenu à mi-parcours, il quitta soudain la terre ferme et s'envola dans une incroyable vrille. La tête du Lamie quitta ses épaules *ex abrupto*, emportée par une sidérante volée de coups.

Atterrissant souplement au pied du cadavre, Adelphe regarda choir le chef qu'il venait de trancher, comme pour s'assurer que son adversaire était bien hors d'état de nuire. Lorsque la tête du gaillard, ainsi que le reste de sa dépouille, eut touché le sol, le jeune homme fit volte-face et s'en retourna vers le prince.

Toujours à genoux, son bras valide arc-bouté contre sa cuisse, Vassili paraissait mal en point. Il leva néanmoins les yeux à l'approche d'Adelphe. Ce dernier, rassemblant prestement ses stylets dans l'un de ses poings, se pencha vers lui et tendit sa main libre.

Les deux hommes s'observèrent une demi-seconde, puis le Slave se saisit de l'appui proposé. Grâce au soutien du jeune M. d'Holival, il parvint enfin à se remettre sur ses pieds.

Alentour, les rafales de vent s'atténuèrent peu à peu. Rose, bouleversée, mais aussi rassurée, cessa de contempler les deux servants et recommença à fouiller le jardin du regard. À la recherche de son mentor, ses prunelles encore luisantes passèrent en revue les personnages qui se battaient. Elle distingua le sieur Raugmundr, engagé dans un duel avec un renégat ; elle vit aussi Magnus, affairé à décapiter un corps ; puis elle aperçut Frohel et Malavoie qui faisaient de même avec deux autres dépouilles. Et, comme elle songeait que l'affrontement serait bientôt achevé, un inconnu passa en trombe dans son champ de vision.

Lancé à toute allure, le personnage détalait vers la muraille ouest. À une dizaine d'enjambées derrière lui courait le chevalier de Montorgueil. Jetant un rapide coup d'œil en aval du trajet qu'ils suivaient, Rose entrevit par-delà le mur d'enceinte une silhouette qu'elle connaissait mieux que toute autre…

Elle sauta du toit sans perdre un instant. Se réceptionnant avec grâce, elle se joignit à la poursuite qu'avait entamée Montorgueil, sachant qu'il se dirigeait droit sur Artus. Tandis qu'elle approchait des limites de l'abbaye, elle vit le fuyard courir sur la muraille, puis sauter par-dessus, ainsi qu'elle l'avait fait elle-même il n'y avait pas si longtemps. Le chevalier en fit autant, plus rapide et plus leste. Esquissant un rictus de contrariété, Rose développa toute la vélocité dont elle était capable, et, ce faisant, commença à percevoir un magma d'empreintes constitué de celle des Lamies, de celle, très faible, des Oström, et enfin de celle de sa propre maison.

Franchissant le mur, elle retomba dans la ruelle qui bordait la limite ouest de l'abbaye, et découvrit que les comtes de La Rove et de Janlys avaient rattrapé les Lamies qu'ils avaient pourchassés. La Rove était parvenu à mettre à terre le plus petit des deux et menaçait de l'embrocher de sa lame. Artus, quant à lui, avait coincé l'autre contre le mur d'une maisonnette avoisinante et lui avait visiblement brisé les deux bras. Il s'apprêtait à lui assener l'un de ses redoutables crochets quand il s'avisa du regain d'activité qui agitait désormais la rue.

À ce moment, le fuyard Oström, parvenu au milieu de la chaussée, fit brusquement volte-face. Un poignard quitta sa paume pour filer vers Montorgueil. Or le chevalier s'était déjà déporté sur le côté. Le poignard continua donc sa route, et alla directement se ficher dans le foie de Rose.

La douleur, fulgurante, la riva au sol.

Un fin ruisseau de sang commença illico à s'écouler de ses chairs perforées.

Relâchant le Lamie qu'il entravait, Artus fonça aussitôt sur le renégat Oström. Il fut devancé par Montorgueil, qui ne se trouvait qu'à six ou sept pas de leur ennemi commun. Comme ce dernier se repliait du côté dégagé de la ruelle pour tenter d'échapper au chevalier, un second poignard s'envola de sa paume.

Sentant ses jambes la trahir, Rose s'adossa contre la muraille et se laissa glisser, le flanc percé d'un autre dard. Ce fut à travers un épais rideau de souffrance qu'elle vit la charge du chevalier de Montorgueil s'interrompre inopinément, brisée par l'on ne savait trop quoi. Se recevant sur un genou, le chevalier manqua sa cible de peu. Artus, parvenu à sa hauteur, prit le relais de son vassal et saisit le poignet de l'Oström.

Alors, simultanément, l'air se chargea d'une recrudescence d'auras lamies et une flèche troua la cuisse d'Artus. Profitant de la surprise du régent Arimath, l'Oström se dégagea de la prise exercée sur son poignet et recula d'une dizaine de pas. Puis, tandis que les renforts Lamies sautaient du toit des maisons voisines pour atterrir sur le pavé de la ruelle, il pointa un pistolet flambant neuf en direction de Rose.

— Tout doux, messire..., grinça-t-il comme apparaissait dans sa main libre un troisième poignard. Nous ne voudrions pas voir arracher d'autres plumes à ce somptueux phénix, n'est-ce pas ?

En fait de réponse, Artus retira la flèche plantée dans sa cuisse comme s'il s'était agi d'une simple écharde, puis la laissa retomber à ses pieds. Son regard, traversé d'étincelles d'un vert vif, était vissé à celui de son interlocuteur.

— Vous vous pensez peut-être assez véloce pour m'empêcher de presser la détente ou de lancer ce poignard ? questionna l'Oström, insolent.

— Avant ou après, je ferai quand même de votre trogne une méconnaissable bouillie, Francesco…

L'assurance de ce dernier se flétrit un tantinet.

— Serez-vous capable de tous les arrêter ? rétorqua-t-il néanmoins en donnant un vague coup de tête en direction des Lamies nouvellement débarqués.

— Vous espérez me faire croire que ces molosses sont à votre botte ? riposta Artus, mordant.

— Laissez-moi partir, et vous n'aurez pas à le découvrir…

Entendant cela, Rose éprouva une flambée de colère. Elle ne serait pas réduite à la condition d'otage ! Saisissant le manche du poignard logé dans son foie, elle prit une vive inspiration et tira un coup sec.

La plainte qui lui échappa eut un accent de sanglot. Pourtant, pressant une paume contre la trouée qui crevait ses chairs, elle extirpa aussitôt le second poignard. Les tendons de son cou saillirent brusquement comme, cette fois, elle s'évertuait à retenir son cri.

— Oh ! que c'est malheureux ! railla l'Oström devant le spectacle de sa douleur. Et dire qu'elle s'inflige cela pour vous, messire…

Entrouvrant les yeux, Rose jeta à la ronde un regard vitreux. Pour juguler la souffrance, elle ne devait pas s'isoler dans les ténèbres de son esprit. Il fallait au contraire qu'elle reprenne pied dans la réalité. Aussi s'efforça-t-elle à examiner la situation comme si elle était sur le point d'y prendre part.

Elle nota tout d'abord que le comte de La Rove, de l'autre côté de la chaussée, menaçait encore de la pointe de sa rapière le Lamie qu'il avait mis au sol ; après quoi elle tourna les yeux vers le chevalier de Montorgueil, à présent debout auprès de leur régent ; puis, enfin, elle avisa la position des quatre mastocs tombés des toits. Ces derniers étaient plus proches d'elle que de quiconque dans la ruelle… ce qui était mauvais signe.

— Vous n'oserez pas parier sur sa survie, affirma l'Oström en reculant de plusieurs pas supplémentaires, son pistolet toujours braqué sur la comtesse. Pas maintenant que vous l'avez enfin rappelée à vos côtés…

L'expression indéchiffrable, Artus resta fermement campé au milieu de la rue, poings serrés.

— Car rien n'a changé, n'est-ce pas ? Depuis cette nuit-là, vous la regardez toujours danser.

Rose, déconcertée par ce qu'elle venait d'entendre, posa le regard sur leur vis-à-vis. Le sourire matois qui apparut aux lèvres de celui-ci lui remémora une rencontre reléguée aux oubliettes de son esprit depuis fort longtemps.

— Le chat…, murmura-t-elle, les doigts crispés sur ses blessures, comme lui revenait en mémoire le masque de félidé opalin qu'il portait cette nuit-là, au Louvre, lors de la mascarade royale.

Tournant vers elle ses obscures prunelles, l'homme sourit plus largement :

— Vous vous souvenez de moi, madame ? Quel honneur…

Rose détailla ses traits, plutôt jeunes, découvrant pour la première fois le visage qui était caché sous le masque.

— Permettez pourtant que je vous corrige, poursuivit-il. Je ne suis pas « le chat », je suis *il signore* Francesco Prelati. Et vous n'êtes pas « l'oiseau », vous êtes la fa…

— Vos frasques s'arrêtent ici, Francesco, s'interposa Artus.

— Croyez-vous ? répondit l'intéressé sans lâcher des yeux la comtesse. Ce n'est au contraire que le commencement…

— Où comptez-vous aller, si vous nous échappez ? À Tarragone, rejoindre ceux de vos adeptes que vous avez mis en réserve ? Vous n'y trouverez que des dépouilles sommairement raccourcies…

L'œillade que Prelati jeta au régent Arimath trahit le désagréable étonnement dont il était l'objet.

— Voyons, messire, se gaussa-t-il toutefois, vous n'imaginiez tout de même pas que mes adeptes fussent assez peu nombreux pour être décimés en seulement deux offensives ?

— Ce que je peux bien me figurer vous échappera toujours, Francesco.

— Et pourtant, je sus exactement où frapper pour vous ôter de ma route, non ? Mais soit, je vous l'accorde. Pour un Arimath, vous êtes dangereux… La prochaine fois, je ne commettrai pas l'erreur de laisser à d'autres ce dont j'aurais dû me charger en personne.

Crispant les doigts sur ses plaies, Rose fit son possible pour en hâter la cicatrisation. La conversation prenait un tour inquiétant. Quel qu'en serait le dénouement, il ne tarderait plus.

— Levez-vous, Osolya, ajouta Prelati tandis qu'il reculait de nouveau. Le moment est venu de prendre congé de ces messieurs…

À ces mots, l'individu que le comte de La Rove tenait en respect depuis le début de l'altercation se releva tranquillement. Et, comme il se dressait sur ses jambes, l'explication à sa menue stature se fit jour : ce Lamie-ci était une femme.

Nullement effrayée par la rapière orientée sur son cou, la virago pivota vers le régent Arimath et lui adressa un sourire curieusement sardonique. Après quoi elle commença à reculer vers son acolyte.

— Vous avez votre comtesse, messire, s'amusa ce dernier, souffrez donc que j'aie la mienne…

Artus, les traits empreints d'une colère qui n'existait pas la minute précédente, suivit du regard la sinistre Lamie. Puis, comme celle-ci arrivait à hauteur de Prelati, Rose sentit monter dans son dos un regain de froidure. Les autres durent le percevoir aussi car, à cet instant, les mastocs venus en renfort se déployèrent en travers de la ruelle, barrant le passage à quiconque déciderait de couper la retraite du renégat Oström et de sa comparse Lamie. La seconde suivante, Rose entendit que l'on gravissait le mur contre lequel elle était adossée.

— Francesco, marmonna bientôt une voix que la comtesse reconnut être celle de Magnus. J'aurais dû me douter que vous trempiez dans tout ceci !

Narquois, le sieur Prelati ne lui adressa pas un regard.

— J'oubliais, messire, fit-il à l'adresse d'Artus, je ne vous ai pas remercié pour la tablette. Vous qui aimez tant moquer mon alchimie, je n'imaginais pas que vous puissiez, vous aussi, croire au mythe de la chaîne radieuse. Sur ce point, au moins, me serai-je trompé…

Marchant à reculons vers le bas de la ruelle, Prelati ajusta à la fois l'angle de son pistolet et celui de son poignard :

— J'aurais apprécié rester pour deviser mais, voyez-vous, je suis attendu…

Les renforts Lamies se mirent tout à coup en mouvement, selon une inclinaison qui les rapprocha inexorablement de Rose.

Convaincue de sa vulnérabilité, cette dernière essaya de se lever. Ses blessures, à peine refermées, se rouvrirent aussitôt. Elle retomba sur le pavé, une exclamation rageuse bloquée dans la gorge. Des flammes s'allumèrent alors au fond de ses prunelles ambrées, qu'elle riva à son agresseur. Et, cependant que leurs regards se croisaient, le son d'une unique détonation emplit sa tête…

Chapitre 13

— La conclusion est identique. Ils se sont échappés.

— Quel autre choix avions-nous, François ? Laisser les cerbères de Prelati écharper *lady* Rose ?

— Mon seigneur, rien ne nous dit qu'i…

— Qu'ils auraient réussi à l'étêter ? N'avez-vous pas constaté leur acharnement ?

— Si, mais…

— Mais quoi ? Vous auriez préféré la laisser succomber pour vous lancer aux trousses de l'alchimiste ? Croyez-vous que nous pouvions nous permettre de perdre un autre de nos féaux ?

— … Non.

Durant le silence qui suivit, Rose s'aperçut qu'elle était revenue à elle. Un régiment de tambours de guerre se déchaînait sous son crâne, et son corps lui paraissait aussi utile qu'un tas de briques au fond d'une rivière, mais elle était de nouveau consciente.

— Mon choix aurait été rigoureusement identique s'il s'était agi de vous, François. Ou de vous, Charles, certifia Artus. Car aucun de mes fidèles n'est quantité négligeable. Aucun.

— Je sais cela.

— D'où viennent ces doutes, en ce cas ? La clique de Frohel vous aurait-elle converti à ses médisances ?

— Mon seigneur ! s'insurgea Montorgueil, positivement outré. Vous savez bien que non !

— Alors cessez de me le laisser croire, voulez-vous ? J'ai assez soupé de ces niaiseries pour tolérer d'en entendre l'écho dans la bouche de mes proches.

— Je ne doutais pas de vous, affirma le chevalier. J'exprimais seulement mes regrets quant à l'évasion de Prelati. J'aurais aimé que vous m'autorisiez à le chasser.

— J'y aurais volontiers concédé si nous n'avions d'autres soucis que lui. Il me fallait faire un choix. Or, vous conviendrez que celui-ci s'imposait.

— Certes...

— Notre route croisera de nouveau celle de Prelati, François. Le moment venu, nous vengerons nos disparus.

Incommodée par un écoulement visqueux qui s'étirait sur sa joue, Rose y porta la main. Ce faisant, elle remarqua qu'elle était allongée sur le flanc, et que son dos reposait contre un mur.

— Allez, messieurs, les congédia Artus. Vous savez ce que vous avez à faire...

Une suite de pas s'éloigna de la comtesse tandis que celle-ci envisageait la possibilité de se redresser. Essuyant ses doigts poisseux sur son frac, elle cligna des yeux à maintes reprises, cherchant à en recouvrer la maîtrise.

— Ne vous redressez pas tout de suite, *lady*, recommanda Artus. Ce n'est pas tout à fait guéri.

Papillotant de plus belle, Rose tourna imperceptiblement la tête et essaya de localiser son mentor.

— Ne bougez pas, réitéra-t-il en paraissant dans son champ de vision, restreint et flou. Cela ne devrait plus prendre très longtemps. Essayez de vous concentrer.

La sonorité de cette voix, beaucoup plus profonde qu'elle l'était déjà au naturel, renseigna la comtesse sur le sérieux de sa blessure.

— *Est-ce vilain ?* s'enquit-elle cependant.

Un sourire forcé vint frémir à la commissure des lèvres d'Artus.

— Assez, confirma-t-il.

Remontant derechef une main vers son visage, Rose voulut tâter son front, mais le comte la retint.

— Il a tiré dans la tempe, expliqua-t-il en lui rabaissant gentiment le bras. L'os n'est pas encore reconstitué. Ce pourquoi vous ne devez ni bouger, ni toucher.

— ... *Si je le retrouve, je l'éventre*, jura la comtesse intérieurement.

— Saine réaction, nota Artus comme son presque sourire prenait un tour plus détendu.

— *Sommes-nous tout à fait seuls ?* enchaîna son infante.

Les longs yeux du comte s'étrécirent quelque peu.

— *Pour le moment, oui*, répondit-il.

Renseignée, Rose posa le regard sur la dépouille qu'elle entrapercevait derrière son mentor, et l'y laissa rivé :

— *Apportez-la-moi, je vous prie.*

Une once de surprise parut émaner du comte, mais il obtempéra incessamment. Toujours agenouillé, il pivota vers le corps décapité qui gisait dans son dos, puis le rapprocha de son infante. Soulevant l'un des bras de ce cadavre membru, il l'amena à portée des lèvres de Rose. D'une pensée, celle-ci commanda à ses crocs de quitter les cavités dans lesquels ils dormaient, et les planta dans le robuste avant-bras.

Le sang qui toucha sa langue avait un goût de métal. Sachant les bénéfices qu'elle en retirerait, la comtesse se força à le boire, néanmoins c'était bien la première fois que ce nectar ne lui apportait aucune satisfaction. Pire, l'effort d'aspiration qu'elle dut fournir fit naître des élancements supplémentaires dans ses tempes. Elle persévéra une poignée de secondes puis, considérant la démarche infructueuse, détacha les canines du Lamie exsangue.

— *Un autre*, pensa-t-elle.

Cette fois, Artus se leva. Parcourant rapidement le périmètre, il revint avec les restes d'un second Lamie, dont la sève dégouttait encore de la nuque tranchée. Le déposant à côté de son infante, il renouvela le processus suivi quelques instants auparavant.

Les yeux clos, Rose mordit la chair.

Ce Lamie-là lui sembla plutôt fade. Ce qui constituait un progrès, en sus du fait qu'il était encore gorgé de nectar. Aspirant sans difficulté, Rose sentit un bienheureux afflux d'énergie l'envahir. Soucieuse de se rétablir au plus tôt, elle canalisa cette déferlante de forces neuves vers son crâne afin d'en hâter la guérison. Bientôt, un insistant picotement s'y fit sentir, comme la peau se reformait par-dessus l'os temporal, enfin ressoudé.

Rose continua de boire même après que toute trace de plaie eut définitivement disparu. Les blessures qu'elle avait essuyées l'avaient privée d'une grande quantité de sang. Or, pour autant qu'elle sût, quelque ennemi pouvait être encore à trouver dans l'abbaye, où aux abords de celle-ci. Elle n'avait nulle envie de s'y retrouver confrontée dans cet état de fatigue. Aussi, puisque l'occasion lui était donnée de reconstituer de solides réserves, elle n'allait pas s'en priver.

Elle eut le temps de vider intégralement le mastoc de son suc avant que ne lui parvienne le son de bottes foulant le pavé. La comtesse rouvrit des yeux habités par une pâle nitescence d'un rouge orangé ; une capiteuse fragrance venait de se joindre à ce bruit de pas…

— Finissez de boire, *lady*, l'enjoignit doucement Artus. C'est Adelphe qui nous rejoint.

— *J'ai terminé*, pensa Rose.

Relâchant la dépouille, elle rétracta ses canines, puis se redressa. Adossée à la muraille, elle balaya les environs d'un bref coup d'œil. Disséminés en arc de cercle autour d'elle, les cadavres des Lamies décapités jonchaient le sol.

— Que s'est-il passé ? interrogea une voix familière qui lui ôta les mots de la bouche.

Tournant la tête sur sa gauche, la comtesse vit Adelphe approcher à grandes enjambées.

— Prelati nous a faussé compagnie, l'informa son aîné. Mais il a pris le soin de nous laisser quelque distraction avant de se retirer…

L'humeur du jeune M. d'Holival s'assombrit davantage :

— Ses sbires nous ont coûté cher là-bas aussi, annonça-t-il en jetant un regard vers l'abbaye.

— Des pertes ?

— Les servants de Lonceville, de La Rove et de Malavoie. Le jeune Jérôme a aussi été blessé. Quant aux Oström, ils ont perdu le servant de feu le sieur Waldack, ainsi que le sieur Wöllner et son serviteur.

— Et le prince ? questionna Rose, tendue.

— Cela ira, mais il a essuyé quelques mauvais coups.

— Où est-il ? fit-elle en sautant sur ses pieds.

— Je l'ai confié à la surveillance d'Hilda, expliqua le jeune homme en levant une main apaisante. Tranquillisez-vous, madame, il n'a rien de grave… Je crains juste que ses blessures n'aient quelque peu empiré.

Affligée à l'idée de ce que le prince avait enduré ces dernières nuits, Rose émit un long soupir, débordant d'anxiété et de contrition.

— Quelqu'un s'occupe-t-il de tempérer les sœurs ? s'immisça Artus.

— Raugmundr allait s'en charger lorsque je suis venu vous retrouver, expliqua le vicomte en reportant son attention sur son frère qui s'était, lui aussi, relevé. Les autres commençaient à rassembler les corps des renégats dans l'arrière-cour.

— Une estimation de leur nombre ?

Adelphe inclina la tête sur le côté, les sourcils froncés et la moue songeuse :

— Environ vingt-cinq, je dirais.

— Soit une dizaine de plus que ce qu'avait annoncé Jérôme…

— Quatre Lamies étaient dans l'enceinte du couvent.

— Six, corrigea Artus. La Rove et moi en avons pourchassé deux jusque dans cette ruelle.

— Deux, dites-vous ? J'en compte pourtant cinq, remarqua le jeune homme comme il promenait autour de lui un regard inquisiteur. D'où sortaient-ils ?

— Ceux-ci étaient apparemment l'escorte de Prelati, fit le comte en désignant de l'index les quatre mastocs en question. Et celui-là, l'un des deux fuyards que nous poursuivions depuis l'abbaye.

— Où est l'autre ?

— Elle s'est enfuie avec Prelati.

— « Elle » ? répéta Adelphe, un sourcil haussé sur son front.

Rose comprenait l'étonnement du jeune homme. Chacun savait que les Lamies ne s'embarrassaient pas de femmes, trop petites et trop faibles à leur goût. Lorsque ces brutes s'intéressaient à la gent féminine, ce n'était que dans des circonstances très précises qui s'achevaient toujours tragiquement pour la dame concernée…

— Elle, oui, réaffirma Artus. Prelati semble d'ailleurs s'en être fait un lieutenant.

La surprise d'Adelphe se commua en méfiance :

— Il ne s'encombrerait pas d'un acolyte. Sauf s'il lui était essentiel…

— Les Lamies ont été jusqu'ici le fer de lance de Francesco. Or, j'ai l'impression que cette virago s'arrangera pour que cela continue.

— Que croyez-vous qu'elle représente pour les siens ?

Artus secoua la tête, le front couvert d'un voile de nuages :

— Je l'ignore. Mais quelque chose me dit que, si nous voulons enrayer l'influence que Francesco a acquise sur les Lamies, il va nous falloir comprendre ce qui le lie à cette femme, et pourquoi celle-ci prévaut sur son clan.

— Pourquoi Prelati fait-il cela ? intervint Rose, bien qu'elle eût obtenu la réponse en épiant la conversation que son mentor avait eue avec le sieur Raugmundr lorsqu'ils étaient venus le secourir à la pommeraie, des semaines auparavant. Pourquoi fomente-t-il une rébellion contre sa propre maison ?

— Pour obtenir la scission, *lady*.

— Pourriez-vous clarifier, Artus ? insista-t-elle, cette fois réellement dans l'ignorance.

L'Héritier la considéra une seconde, dubitatif.

— Je pensais que le sujet ne vous captivait guère. Que nous vaut ce brusque regain d'intérêt ?

— Avoir reçu une balle dans la tête ? rétorqua Rose sur le même ton.

Dans les yeux de son mentor s'alluma une étincelle d'espièglerie qu'elle n'avait pas contemplée depuis fort longtemps. Avant qu'elle n'ait le temps de s'en prémunir, un demi-sourire apparut sur ses propres traits.

— Peut-être le savez-vous, *lady*, commença Artus, mais la maison Oström est divisée sur la question de nos origines. Si une majorité d'entre eux nous relie à Aurgelmir, l'entité que nous avons évoquée il y a quelques nuits, d'autres pensent que notre engeance est liée au destin de Sigurd, le héros d'un vieux mythe scandinave…

La comtesse plissa les yeux. Voilà qui expliquait les conversations qu'elle avait surprises à Saint-Pétersbourg entre différents membres de la maison Oström.

— … or, les partisans de Sigurd ont une vision très différente de ce que devraient être les préoccupations de leur maison.

— Laissez-moi deviner, fit Rose. Ils sont férus de sciences occultes ?

— Vous fûtes plus attentive que je ne le pensais, *lady*. C'est exact. Les partisans de Sigurd ont un goût prononcé pour l'alchimie, la nécromancie, l'astrologie, ainsi que tout ce qui peut impliquer des rituels et du sang… Autant de domaines dans lesquels Prelati passe pour être maître.

— C'est ce qui lui vaut le titre de mutin en chef, je présume ?

— Francesco possède l'égoïsme et la sournoiserie nécessaires pour tenir ce rôle, oui…

La tournure équivoque de cette phrase avertit la comtesse de la perplexité de son mentor. Cependant, elle jugea le sujet moins pressé que celui qu'elle avait en tête.

— Pourquoi Prelati a-t-il agi précisément maintenant ?
— Sans doute ce moment lui parut-il être le bon.

Songeuse, Rose laissa son regard se perdre dans les lacs ondoyants qui l'observaient. Le comte éludait, elle en avait l'intime conviction. Sinon pourquoi Prelati aurait-il prétendu avoir « su où frapper pour l'ôter de sa route » ? Ce pouvait être de l'esbroufe, bien sûr... Mais, en ce cas, pourquoi Artus n'avait-il rien rétorqué ? D'ailleurs, ce n'était pas l'unique point sur lequel le comte s'était tenu coi... il y avait aussi eu...

— Laissons là le chapitre des interrogations, décréta-t-il. Présentement, une autre tâche nous attend.

Interloquée, Rose regarda la fratrie d'Holival obliquer vers la façade d'une maison adjacente, puis la gravir lestement. Prenant pied sur le toit, Artus pivota en direction de la ruelle qu'il venait de quitter et baissa les yeux sur son infante, restée sur la chaussée.

— *Ne venez-vous pas,* lady *?* susurra-t-il à son esprit. *Je gage que vous trouveriez cela hautement instructif...*

La comtesse resta un instant immobile, le front barré d'une fine ridule. Artus devait être bien pressé pour abandonner ces cadavres de Lamies au beau milieu de la rue... Raison de plus pour accepter son invitation.

— *Je dois m'absenter un moment, Vassili,* songea-t-elle tout soudain en gagnant l'une des maisonnettes qui bordaient la rue. *Pensez-vous que cela ira ?*

— *... Oui, ma lady.*

— *Bien,* soupira-t-elle. *Je vous rejoindrai dès que possible. En attendant, ne commettez pas d'imprudence, et faites soigner vos blessures.*

Nulle confirmation ne lui parvint. Rose escalada cependant la devanture de la maison qui se dressait devant elle, puis rejoignit les frères d'Holival. Progressant au pas de course, ils sautèrent de toit en toit, passant ainsi au-dessus des rues qu'ils dominaient jusqu'à contourner l'abbaye par le nord. Après quoi, postés à bonne distance de celle-ci, ils se tapirent dans l'ombre d'une cheminée qui leur offrait à la fois un excellent point de vue et un abri acceptable. Imitant la fratrie, la comtesse riva les yeux à l'abbaye, comprenant que ce qui devait se produire arriverait par là.

Moins d'une minute plus tard, elle vit se glisser par la porte charretière quelqu'un qui lui parut être le chevalier François de Montorgueil. Tout à sa surprise, Rose le regarda s'engager dans l'une des rues adjacentes, se mouvant comme s'il ne désirait pas être vu. Lorsqu'il eut disparu, elle jeta un œil vers son mentor. Le comte ne bougea pas d'un cil. Rose reprit donc sa surveillance, de plus en plus intriguée…

Il s'en fallut d'une poignée de secondes supplémentaires pour que se faufilent par la porte deux prudentes silhouettes, que la comtesse reconnut aisément. Accédant aux toits, le marquis de Frohel et le comte de Malavoie se lancèrent sur la piste du chevalier. Le trio d'Arimath embusqués se mit à son tour à les suivre, se dissimulant dès que possible et prenant soin de maintenir une distance suffisante entre eux et les deux compères.

La situation se compliqua lorsque arriva le terme des toitures. Parvenus à la limite nord du village et ayant en vue les arbres du bois des Pérons où les coalisés avaient précédemment laissé leurs montures, Frohel et Malavoie s'apprêtaient à regagner le sol. Il allait falloir les suivre en forêt, puisque c'était là que les entraînait le chevalier de Montorgueil. Plaqués contre les tuiles fatiguées d'une bâtisse vieillissante, les frères d'Holival et la comtesse de

Greer observèrent donc les deux comparses regagner la terre ferme, traverser un petit champ d'herbes folles, marquer une pause derrière un bouquet d'arbustes, puis, enfin, s'enfoncer dans les bois.

Redoublant de vigilance, le trio s'engagea à leur suite…

Pister les furtifs déplacements des compères se révéla aussi délicat que Rose l'avait craint en pénétrant dans ces bois. Fréquemment contrainte de s'abriter derrière le tronc des arbres, et devant continuellement prendre garde que son aura ne fût pas discernable, elle aurait perdu leur cible de vue si son mentor n'avait été là pour la guider. Ce fut également lui qui, se rabattant soudain derrière un chêne, lui fit signe de s'arrêter.

Rose obtempéra. Le dos accolé contre l'écorce de l'arbre qui la dissimulait, elle tourna la tête vers Adelphe. Non loin de là, dans une posture identique à la sienne, le jeune homme semblait sur le qui-vive. Désireuse de mieux appréhender la situation, la comtesse aiguisa ses sens…

— *… ar où il est allé ?* chuchotait Malavoie.

— *Non*, répondit Frohel, manifestement contrarié. *Je ne le vois plus…*

Sourcils froncés, Rose écouta le discret piétinement des deux comparses. Ils s'étaient immobilisés. Montorgueil avait réussi à les distancer. Anticipant les directives qui ne sauraient tarder à venir, elle reposa les yeux sur son mentor. Un surcroît d'effluves capiteux assaillit alors sa perception. Au même instant, elle vit le chevalier de Montorgueil émerger de derrière un arbre, à proximité de l'Héritier. Ce dernier, impavide, adressa à son vassal un infime signe de tête, puis se remit aussitôt en route, Adelphe et Montorgueil sur les talons. Rose les imita, bien qu'encore sous le coup de la surprise.

Emmené par leur régent, le groupuscule d'Arimath força l'allure.

Les intentions d'Artus ne faisaient pas de doute : il désirait intercepter le marquis de Frohel et son acolyte. Or Rose ne mesurait que trop la portée d'une telle rencontre, en plein cœur des bois, à l'écart des yeux et des oreilles des coalisés… Cette hypothèse se précisa lorsque, s'arrêtant peu avant de pénétrer dans la sphère de perception des deux immortels qu'ils suivaient, Artus fit signe au chevalier de les contourner par la gauche. Adelphe, pour sa part, s'éloigna immédiatement sur leur droite.

— *Quant à vous,* lady, *tenez votre langue*, exigea le comte en décochant à son infante un regard sévère. *Quoi qu'il se dise, vous ne prononcerez pas un mot. C'est bien compris ?*

Rose donna son assentiment d'une pensée. La requête était assez saugrenue, mais elle n'avait pas la tête à palabrer. La perspective d'un affrontement la préoccupait trop pour cela. Aussi fut-ce dans un parfait silence qu'elle emboîta le pas de son mentor, tandis que celui-ci entrait dans le périmètre qu'ils avaient jusqu'ici soigneusement évité. Instantanément, le marquis de Frohel et le comte de Malavoie se mirent à détailler les environs. Leurs regards trouvèrent bientôt les nouveaux venus qui approchaient en louvoyant parmi les arbres. Un quart de seconde, Rose crut voir la mine du marquis s'étioler, puis cette impression se dissipa, laissant place à un sourire benoît.

— Auriez-vous perdu quelque chose, messieurs ? interrogea Artus, serein.

— Mon seigneur, salua Frohel. Vous aviez noté notre départ ? C'est aimable, mais il ne fallait pas vous déranger. Nous ne faisions que suivre une piste…

S'immobilisant à trois pas de lui, l'Héritier croisa les bras sur sa poitrine, le sourcil arqué sur un intérêt ostensiblement feint :

— Ah oui ?

— Le comte de Malavoie et moi-même avons entrevu une silhouette quittant subrepticement l'abbaye. Nous l'avons suivie, pensant qu'il s'agissait d'un renégat en fuite, prétendit le marquis avec un remarquable accent de vérité. Mais je crains qu'il n'ait réussi à nous semer.

— Vraiment ? Et moi qui croyais que vous traquiez le chevalier de Montorgueil…

Le sourire du marquis, aussi immaculé que celui de tous ses pairs immortels, se piqueta d'un infime brin de malaise :

— Voyons, mon seigneur, pourquoi ferions-nous une telle chose ?

— Peut-être pour finir ce que vous avez commencé ?

Une pesante seconde s'écoula, durant laquelle les deux seigneurs se dévisagèrent.

— Plaît-il ? s'enquit Frohel.

— Le chevalier vous échappa, jadis… Vous vîtes sans doute là l'occasion de rattraper cette bévue.

Déroutée, Rose ne put s'empêcher de jeter à son mentor un regard en biais. De quoi parlait-il ?

— Qu'est-ce encore que ces inepties ? s'exclama Malavoie. Une nouvelle lubie ?

Une scintillation verdâtre passa dans les iris d'Artus comme il épinglait du regard le véhément personnage.

— M'accuseriez-vous de divaguer, monsieur le comte ? murmura-t-il, doucereux.

— Ni le marquis ni moi n'avons jamais levé le petit doigt à l'encontre de Montorgueil !

— Non ?

— Bien sûr que non ! martela Malavoie. Je répugne à croire que vous ayez pu le penser ! Ces sornettes vous furent sûrement inspirées par quelque esprit médisant et dénué de réflexion, vitupéra-t-il encore en lançant à la comtesse de Greer un œil noir.

Lui rendant son regard, cette dernière serra les dents sur les ripostes acides qui ne demandaient qu'à fuser.

— *Lady* Rose ignore absolument tout de cette affaire. C'est précisément ce pour quoi je l'ai conviée à notre petite entrevue…

— Vous parlez d'« entrevue », à présent ? fit Malavoie, moitié indigné, moitié surpris. Faut-il en déduire que nous sommes tombés dans une chausse-trappe ?

— Ne nous emportons pas, s'entremit Frohel, le ton mesuré. Notre régent s'interroge, il est naturel que nous dissipions ses inquiétudes. Car bien entendu il ne s'agit que de cela, mon seigneur ?

— Bien entendu, convint Artus, le sourire onctueux. Et, puisque je vous vois si désireux de répondre à mes interrogations, expliquez-moi pour quelle raison vous avez laissé filer cette Lamie, tout à l'heure ?

Le marquis cilla à peine.

— Je ne saisis pas, dit-il.

— Souvenez-vous… dans le bâtiment conventuel, au deuxième étage… Ces deux Lamies qui s'enfuyaient tranquillement par une fenêtre tandis que vous patientiez dans la chambre d'en face…

Derechef, Rose décocha à son mentor un regard en coin. L'arrivée de Frohel et Malavoie lui avait semblé tardive, à elle aussi, néanmoins elle n'avait pas soupçonné que cela pût être intentionnel. Les Arimath et les Lamies se détestaient cordialement, pourquoi les deux compères auraient-ils voulu faciliter leur fuite ?

— Nous ne patientions pas, contredit Frohel. Nous les cherchions.

— En lanternant dans une chambre où vous pouviez voir qu'ils n'étaient pas ?

— Encore une accusation ? Cette conversation prend un chemin fort contrariant, mon seigneur…

— Répondez, marquis, somma Artus, impératif.

— Je viens de le faire.

— Vous vous en tenez donc à cette version ?

— C'est qu'il n'y en a point d'autre… Je ne suis pas plus heureux que vous l'êtes que ces Lamies aient réussi à s'échapper, cependant vous ne pouvez nous blâmer pour ne les avoir pas trouvés à temps.

— Je pourrais vous reprocher de n'avoir pas essayé de les rattraper. Car vous ne nous avez pas suivis, sur le toit.

— Trois d'entre nous suffisaient amplement pour la traque de ces brutes, contesta Malavoie. Cette abbaye grouillait de renégats, nous avions d'autres chats à fouetter !

— Je vois…, murmura Artus, les bras toujours croisés. Est-ce là tout ce que vous avez à en dire ?

Frohel hocha la tête, confiant.

— Bien, reprit l'Héritier. Vous avez donné votre explication, messieurs… Permettez maintenant que je vous livre la mienne.

L'expression du marquis se brouilla imperceptiblement. À ses côtés, Malavoie se fendit d'un rictus sarcastique qui ne laissa rien ignorer de son agacement.

— Je crois que vous avez laissé partir cette Lamie parce que vous la connaissiez, déclara Artus d'une voix sourde. Vous l'aviez rencontrée il y a quelque temps de cela pour lui confier vos sales besognes, et l'avez épargnée dans l'éventualité qu'elle vous serve encore…

— C'est tot…

— SILENCE ! tempêta le comte en décroisant les bras, poings serrés, ses iris luminescents rivés à l'effronté. Vous avez déversé assez de mensonges, Malavoie !

L'intéressé, saisi par ce prompt revirement, lança un coup d'œil au marquis de Frohel ; lequel se garda bien de le lui rendre.

— Vous vous êtes entendus avec cette harpie, reprit Artus, des grognements plein la voix, afin qu'elle mène une quinzaine des siens accomplir les crimes dont vous ne pouviez vous charger ! Puisque deux siècles de médisances et de complots avaient échoué à me destituer, vous avez décidé d'aller là où personne n'avait osé !

Exsudant une innommable rage, ses crocs épanouis ponctuant dangereusement sa denture, Artus aboya :

— Vous avez pactisé avec ces barbares pour en faire les assassins de vos pairs, et ce dans le seul dessein d'atteindre mes féaux !

Comme Malavoie, un tantinet grisâtre, esquissait un mouvement de recul face à l'ire de son régent, l'empreinte Arimath s'intensifia. Pâlissante, Rose vit que le chevalier de Montorgueil et le vicomte de Janlys sortaient de leur retranchement, armes au clair…

— Vous leur avez dit où, quand, et comment frapper, poursuivit Artus, les prunelles irradiant une clarté sauvage. Mais, surtout, vous leur avez dit *qui* chercher !

— Mon seigneur, vous vous méprenez, plaida Frohel en levant les mains, paumes vers l'avant. Nous perdîmes un ami cette nuit-là. Nous ne fûmes en rien mêl…

— Le chevalier de Hautefort n'était l'ami de personne, coupa le comte dans un terrifiant murmure. C'est ce qui lui valut de disparaître avec les invités qu'il avait si obligeamment conviés…

Concevant ce à quoi son mentor faisait allusion, Rose ouvrit sur les deux compères un regard halluciné. Étaient-ce eux, les instigateurs de la tuerie du domaine de Hautefort ?

— Cette histoire vous monte à la tête ! se plaignit Malavoie, excédé. Il y a si longtemps que vous cherchez les responsables de ce massacre que vous en êtes venu à les fabriquer !

— Désormais je ne cherche plus. Bréal m'a conté tout ce que je désirais savoir…

Cette dernière affirmation bouleversa l'expression flegmatique du marquis de Frohel. Passant d'abord par l'incrédulité, ses traits se teintèrent de méfiance, puis d'appréhension.

— Un souci, marquis ? ironisa Artus. Peut-être vous demandez-vous comment Bréal put révéler quoi que ce fût avec des souvenirs tronqués ? Car, évidemment, vous prîtes vos précautions une fois achevée sa participation…

— Vous déraisonnez ! lança Frohel avec hargne.

— Le sieur de Bréal n'était pas bon à grand-chose, continua l'Héritier, insoucieux de ce fade démenti. En dehors de sa couardise, rien ne le distinguait du commun. C'était sans doute ce qui le rendait si apte à la félonie. Pourtant, comme tout immortel, il possédait un talent… Et ce fut ce talent qui causa votre perte… Car, voyez-vous, Bréal était tout à fait insensible à l'aptitude de notre maison. Aussi, malgré votre intervention, il se souvenait parfaitement de la nuit où vous vîntes le trouver afin de l'envoyer auprès de cette Lamie que l'on vous avait recommandée...

Le marquis eut un léger haut-le-corps, puis ses yeux s'ouvrirent tout grands, comme sous l'effet d'un vif saisissement. L'instant suivant, sa figure entière se plissa, reflétant un intense effort. Face à lui, Artus, la tête légèrement baissée, la mine féroce et les iris luisant comme jamais, semblait animé d'une implacable détermination. L'intrusion à laquelle il se livrait – car Rose ne doutait pas une seconde que ce fût le cas – devait être particulièrement brutale...

— Il s'en souvenait presque aussi nettement que vous, marquis, conclut-il après un court instant.

La mimique haineuse, Frohel porta la main à son épée et la tira du fourreau. Malavoie fit de même, le regard sautant rapidement de l'un à l'autre de ses pairs. Aussitôt, Adelphe et Montorgueil avancèrent, se positionnant de sorte à couper la retraite aux deux scélérats.

— Une décennie pour trouver le fin mot de cette histoire, et ce uniquement grâce à la chance ! se gaussa Malavoie. Vous n'êtes pas si brillant que vos partisans aiment à le répéter, Janlys !

— J'ai toujours su que ce massacre avait été orchestré par certains de mes vassaux...

— Cependant vous fûtes bien en peine de les nommer ! Admettez-le, nous fûmes plus habiles à couvrir nos traces que vous ne fûtes à les débusquer !

— J'y serais parvenu, avec ou sans Bréal. Ce n'était qu'une question de temps.

— Pour sûr, ricana Frohel, à mille lieues des pompeuses manières qu'il arborait toujours. Cette question vous aura tant obsédé que nous n'eûmes plus nécessité de rappeler aux nôtres votre peu d'intérêt pour le clan ! Tous vous auront vu délaisser votre charge pour vous consacrer à ce mystère, grognant et furetant comme un animal aux abois ! Mais sachez que personne n'aura savouré plus que moi votre interminable dépit, *mon seigneur*, cracha-t-il en mettant dans ces deux derniers mots toute l'aversion qu'il éprouvait pour le comte de Janlys.

— À vous entendre pavoiser, marquis, l'on pourrait s'imaginer que vos manœuvres furent couronnées de succès…

— N'y eut-il pas assez de trépas, selon vous ? Combien de vos fidèles aurait-il encore fallu étriper pour que vous nous reconnaissiez cette victoire ?

— Disons… les deux seuls que vous désiriez réellement abattre ?

Rose tiqua. À sa connaissance, seul le chevalier de Montorgueil avait réchappé à l'hécatombe du domaine de Hautefort… À moins que l'on ne considérât l'absence comme motif de survie ? Auquel cas… elle-même serait… Profondément déstabilisée, Rose n'osa pas aller au bout de son raisonnement.

— Vous ne prîtes pourtant pas la peine de nous les cacher tous deux, remarqua Malavoie, son épée en parade devant lui. Cet évident favoritisme ne vous gêne-t-il pas, Montorgueil ? claironna-t-il ensuite à l'adresse du chevalier.

— N'avez-vous point encore démordu de ces sornettes ? gronda Artus.

— Chacun sait combien cette superbe et pusillanime comtesse a pris barre sur vous, Janlys ! Or notre maison mérite mieux qu'un régent gouverné par ses sens !

— Chacun sait surtout que vous n'avez de cesse de diffamer ma régence, ainsi que ceux qui la soutiennent.

Vous n'en êtes pas à votre première campagne de dénigrement, messieurs. Beaucoup des nôtres furent la cible de vos malveillants bavardages. La comtesse n'est ici que la dernière d'une interminable liste…

— Une liste aussi longue que celle de vos opposants, moqua Frohel.

— Mais moitié moins grande que celle de mes partisans… Après deux siècles de gesticulations inféconde, l'on aurait pu s'attendre que vous l'ayez compris, marquis. Hélas, il en va souvent ainsi des vaniteux : ils n'écoutent que ce que leur susurre leur miroir.

— « Calomnies », vous dites ? Néanmoins vous fûtes si acharné à trouver les responsables que vous délaissâtes l'administration de nos territoires !

— Il y a ceux qui sacrifient leurs semblables sur l'autel de leurs ambitions. Puis il y a ceux qui les vengent.

— Quelle grandiloquence…

— Vous ne serez jamais régent, Frohel. D'ici peu, vous ne serez plus du tout.

Artus s'élança à peine la dernière syllabe prononcée. Contournant le marquis par la gauche, il esquiva le coup à revers que celui-ci porta, parvint à lui saisir le poignet, puis opéra un fulgurant repli dans le dos du scélérat. Malavoie voulut sitôt porter secours à son complice, mais sa lame fut arrêtée par celle de Montorgueil, qui les avait rejoints. En quelques adroites passes d'armes, le chevalier fit reculer Malavoie, le rabattant vers Adelphe et le contraignant de ce fait à essuyer leurs assauts conjugués.

De son côté, Frohel était parvenu à se replacer face à son adversaire, à qui il expédia une rafale de crochets dans les côtes. Artus accusa le coup. Suffisamment pour que le marquis parvînt à arracher son bras de la poigne où il était maintenu. Illico son épée piqua vers le ventre de l'Héritier, lequel esquiva, non sans voir son gilet s'ouvrir d'une longue balafre.

Entrant enfin dans la bataille, Rose, dague au poing, fondit sur le marquis. Mais sa lame, au lieu de s'enfoncer dans le dos du scélérat, ricocha contre son arme. Décontenancée par la rapidité de son adversaire, la comtesse mit un quart de seconde à réagir. Laps de temps que Frohel utilisa pour lui porter un coup… qu'Artus dévia en frappant sous l'avant-bras du marquis. Sans attendre, il écrasa de sa botte la rotule de Frohel, qui ploya brusquement. Puis, agrippant la redingote de son vassal afin de le maintenir courbé, il lui pilonna le flanc d'une volée de coups de genou, avant de le projeter contre l'arbre le plus proche. Touchant l'écorce dans un geignement étouffé, Frohel faillit lâcher son arme.

À quatre pas de là, le frénétique cliquetis des armes suivait la cadence imposée par les deux bretteurs qui affrontaient Malavoie. Celui-ci, tournoyant entre ses adversaires, manqua une parade pour la deuxième fois d'affilée. Le stylet qu'il n'avait su repousser ouvrit une tranchée sur son torse, déchirant ses vêtements et mordant sa chair. Opérant un vif repli, Malavoie éloigna le second stylet d'un revers de lame presque hasardeux, puis évita de justesse l'épée de Montorgueil…

Les canines exagérément proéminentes, Artus chargea le marquis. Encore sonné des coups qu'il avait reçus, ce dernier tarda à s'ôter de devant son régent. Il en fut définitivement empêché par l'uppercut qui trouva son estomac, puis par le crochet qui fractura sa mâchoire et lui cassa deux dents. Tandis qu'il recrachait des fragments de prémolaires dans une expectoration sanguinolente, Frohel encaissa un troisième coup. Le déséquilibre qui s'ensuivit le préserva du quatrième. Saisissant sa chance, il se laissa tomber à genoux et se dégagea de cette impasse en effectuant une roulade sur le côté.

Sur le qui-vive, Rose le devança. Lorsque le marquis se releva, elle lui cloua l'épaule de sa dague. D'emblée, Frohel l'empoigna à la gorge de sa main libre, puis la propulsa en arrière. Percutant violemment un arbre voisin, la comtesse intériorisa la douleur et se prépara à la riposte. Mais, bien entendu, son mentor l'avait précédée. Fondant sur son vassal à une vitesse folle, Artus maîtrisa le bras armé en en immobilisant le poignet, puis passa tout à coup au travers…

Éberluée, Rose regarda le marquis sans comprendre. Le rictus victorieux, celui-ci fit subitement volte-face et déguerpit dans les bois, abandonnant Malavoie à son sort. Mis à mal par les infatigables assauts d'Adelphe et de Montorgueil, le comte de Malavoie perdit une précieuse demi-seconde à observer la fuite de son comparse. Déjà en mauvaise posture, il reçut dans l'abdomen l'un des stylets du jeune M. d'Holival, tandis que l'épée de Montorgueil épinglait la base de sa colonne vertébrale.

Ne s'attardant pas pour assister à la probable issue de cet affrontement, Rose se précipita à la suite de son mentor, parti aux trousses de Frohel. Notablement distancée par le fuyard et son poursuivant, elle puisa dans l'énergie accumulée au détriment des Lamies trépassés afin d'augmenter l'allure.

L'écart s'amenuisa, néanmoins elle resta à la traîne. Aussi força-t-elle encore, cherchant à repousser les limites de ses propres facultés… La violence de l'effort lui arracha un gémissement… Puis, alors qu'elle pensait être arrivée au terme de ce qu'elle pourrait supporter, ses iris se muèrent en océans de braises. De dissonantes et familières clameurs investirent sa tête, réduisant le monde au silence. Et, comme les fantômes d'une ancienne frénésie revenaient danser derrière ses yeux, Rose sentit son sang se changer en lave…

Cette sève brûlante irrigua son corps en vagues régénératrices… La tension de ses muscles parut se relâcher, cependant que ses jambes martelaient le sol avec davantage de célérité. Exhalant un souffle chaud comme le vent du désert, elle vit rapetisser l'espace qui la séparait de son mentor…

Ils coururent bientôt côte à côte, ceints par la clarté conjointe de leurs prunelles illuminées. Semblant mus par une seule volonté, le comte et son infante quittèrent la terre ferme pour prendre chacun appui sur le tronc d'un arbre. De là, ils se projetèrent vers un deuxième, puis vers un troisième. Devenus de véritables projectiles, ils anéantirent en un rien de temps l'avance qu'avait prise le marquis.

Dans un dernier saut, plus puissant encore que les précédents, Artus se propulsa au-devant du fuyard. Se rétablissant d'une preste pirouette, il cueillit le marquis d'un prodigieux coup de pied à l'estomac. Aussitôt, Frohel fut projeté dans le sens inverse à sa course. Ce vol plané fut à son tour stoppé net par la comtesse, qui s'était positionnée dans son dos. Lui plantant son talon dans les reins, cette dernière n'attendit pas que le marquis eût touché le sol pour le cribler de coups de dague. Comme il retombait enfin, à genoux, l'épée perdue parmi les feuilles du sous-bois, Rose lui empoigna les cheveux et le força à renverser la tête. La lame ensanglantée de son arme s'appuya contre le cou du marquis, prête à le trancher. Puis Rose perdit subitement sa prise.

La chevelure qu'elle tenait serrée dans son poing n'avait plus aucune consistance, de même que la gorge menacée par sa dague. Libre de ses mouvements, le marquis se releva et fonça droit devant lui, passant à travers le corps d'Artus qui se dressait sur son chemin. Un grondement terrifiant salua cette prouesse. Frohel n'en continua pas moins à courir, traversant les arbres, les arbustes et les branches basses comme l'aurait fait un courant d'air.

La poursuite reprit aussi brusquement qu'elle s'était interrompue. Mais, bien que l'Héritier et son infante talonnassent le marquis, celui-ci demeura insaisissable.

Or Rose voulait l'arrêter. Coûte que coûte...

Une violente bourrasque souffla sur les bois. Portée par cette exhalaison infernale, une muraille de feu s'éleva bientôt devant le marquis, embrasant les arbres alentour de la souche à la cime. Frohel franchit l'obstacle, insensible. Contrainte d'abolir les flammes pour permettre son propre passage et celui de son mentor, Rose se sentit prise d'un accès de fureur. N'existait-il rien qui pût freiner le marquis ?

Sous son crâne, les hurlements s'amplifièrent ; les formes sinueuses et décharnées qui les proféraient tendirent leurs doigts vers ce monde qu'elles ne pouvaient atteindre, semblant lui désigner quelque chose.

La solution à cette traque lui apparut alors.

Elle cessa de courir, dorénavant persuadée que cela ne servait à rien. Pour stopper le marquis, elle n'avait besoin que d'une chose... Le voir.

La brûlante tempête qui s'était levée sur la forêt abandonna tout à coup les branchages pour venir s'enrouler autour de la comtesse. Le ruban de velours qui retenait sa chevelure fut sitôt emporté ; son frac, malmené, manqua de lui être arraché. Et, tandis qu'une colonne de poussière et de feuilles s'érigeait autour d'elle, ses iris se mirent à flamboyer si farouchement qu'on les eût dit porteurs de fournaise… Puis la tempête qui l'enveloppait s'enfonça brusquement dans les bois.

Passant à hauteur du comte, les vents furibonds rattrapèrent Frohel en un battement de cils. Percutant un hêtre qu'il ne sut pas traverser, le marquis roula au sol, défiguré de souffrance. Sa bouche s'ouvrit sur un cri qui ne vint pas. À la place jaillit un effarant geyser de flammes qui incendia le lit de brindilles sur lequel il se contorsionnait.

Le feu se propagea à une vitesse ahurissante. Bondissant sur l'écorce du hêtre, il grimpa ensuite sur le dos du marquis, puis dans ses cheveux…

Vomissant toujours des langues de flammes, Frohel se tortillait lamentablement, le visage levé vers la dispensatrice de son calvaire. Rose approcha, le regard aussi incandescent que le brasier qui engloutissait peu à peu le scélérat. À chacun de ses pas, les flammes gagnèrent en virulence. La tourmente qui les avait apportées s'accentua, leur sifflant aux oreilles sa complainte morbide.

Désormais couvert d'un linceul de feu, Frohel cessa de se tordre. Sa joue cloquée retomba sur le sol. Ses orbites noircies se fendillèrent, laissant poindre de sinistres flammèches…

Lorsque la comtesse parvint au chevet du traître, il ne restait de lui qu'une dépouille à moitié carbonisée. Rose le regarda brûler un court instant, puis tourna les yeux vers son mentor.

Ce dernier l'observait, en alerte, les traits empreints d'une indéniable tension. Comme s'il s'attendait à subir le sort qu'elle avait réservé au marquis. Désarçonnée, Rose ébaucha un geste de dénégation. Elle s'aperçut alors que le feu s'était répandu en cercle autour d'eux, délimitant une arène aussi étroite qu'infranchissable. De quoi laisser penser qu'elle planifiait une autre bataille…

Promenant sur les environs un regard contrit, la comtesse s'empressa de résorber les flammes. La tourmente qui sévissait encore s'apaisa concurremment, rendant les bois à un silence effarouché. Les prunelles retournées à leur teinte habituelle, Rose pivota de nouveau vers son mentor. Il la contemplait toujours, préoccupé, mais absolument pas appréhensif. La rejoignant en quelques souples foulées, il tendit la main, paume ouverte vers le ciel.

— Je peux m'en charger, stipula la comtesse, sachant ce qu'il lui réclamait.

En guise de réponse, Artus agita légèrement les doigts. Puisqu'il semblait y tenir, Rose n'insista pas et déposa sa dague dans la paume qu'il lui présentait. Refermant le poing sur l'arme, le comte alla s'accroupir auprès du cadavre de Frohel. Il le contempla un instant, méditatif, puis abattit la lame sur la nuque calcinée.

Les vertèbres cédèrent rapidement. Libérée de son ancrage naturel, la tête versa de côté. Artus prit soin de l'écarter davantage en s'aidant de la pointe de la dague, puis il appuya les coudes sur ses cuisses, et baissa la tête. Ses cheveux se déployèrent sur ses joues, dissimulant partiellement son visage soudain las. Il s'immobilisa dans cette posture, les épaules un brin voûtées.

— … Comment allez-vous expliquer sa disparition ? s'enquit doucement Rose.

Plusieurs secondes s'écoulèrent avant qu'Artus ne réponde :

— Je n'ai pas à l'expliquer. Ni sa disparition, ni celle d'aucun autre de mes vassaux. Ceux qui ont un brin de jugeote comprendront ce qui s'est produit et en tireront la leçon nécessaire. Les autres élaboreront les théories qu'ils voudront. Je n'en ai cure.

— Cela ne va-t-il pas exciter l'aigreur de vos opposants ?

Le comte se releva dans un soupir.

— Si, convint-il en tournant la tête vers son infante. Mais cela attisera aussi leur frayeur…

Peu convaincue, Rose récupéra la dague que son mentor lui tendait, l'essuya sur un pan de son frac, puis la replaça dans la tige de sa botte. Après quoi elle rattrapa le comte, lequel rebroussait chemin d'un bon pas. Progressant côte à côte, ils gardèrent lèvres closes, perdus chacun dans leurs pensées.

Celles de Rose vrombissaient de questions, plus déstabilisantes les unes que les autres, qu'elle ne pourrait longtemps se retenir de poser. Si pour l'heure elle se taisait, c'était uniquement car elle savait qu'il restait à régler un dernier point. Moins de cinq minutes après qu'elle se fut fait cette réflexion, ils avaient rallié l'emplacement où avait commencé l'incident. Ils y trouvèrent Adelphe et Montorgueil en conciliabule à quelques pas du corps décapité de Malavoie. Le jeune M. d'Holival arborait une fraîche estafilade sur la joue droite, et le chevalier présentait une plaie en pleine cicatrisation juste sous le menton. Toutefois, aucun d'eux ne paraissait avoir reçu de plus sérieuses blessures.

— Je suis ravi d'être parvenu au terme de cette quête ! annonça le jeune homme, réjoui, en voyant son aîné et son amie reparaître. Je gage qu'il en va de même pour vous, mon frère ?

— Certes, confirma Artus en ponctuant son acquiescement d'un mince soupir. Vous avez été d'une redoutable efficacité, dit-il ensuite, adressant au chevalier un sourire satisfait. Merci, François.

— Ne me remerciez pas, mon seigneur, se défendit celui-ci. C'est moi qui vous sais gré de m'avoir associé au châtiment de ces orgueilleux félons.

Le sourire d'Artus s'élargit comme s'allumait au fond de ses iris une étincelle mutine.

— Il serait peut-être temps que vous rapprochiez votre demeure de la mienne, dit-il. J'ai ouï dire qu'un élégant domaine drouais[16] était en déficit de propriétaire… Vous plairait-il de vous y installer ?

Rose et Adelphe haussèrent les sourcils. Offrir au chevalier le fief de feu le marquis de Frohel était plutôt culotté. Montorgueil parut d'ailleurs en tomber des nues :

— Mon seigneur… n'est-ce pas un peu prématuré ?

— Les bouleversements que nous avons dû supporter dernièrement vous empêcheront d'y venir avant plusieurs mois. Plusieurs années, peut-être. Alors, non, ce n'est pas prématuré. À moins bien sûr que vous ne préfériez rester dans votre résidence du Lissac ?

— Point du tout ! réfuta le chevalier. Je serai honoré de…

— Soit, coupa le comte. Je prendrai les dispositions de rigueur dès qu'il me sera permis.

Voir Montorgueil se départir de ses parfaites façons de gentilhomme était chose rare, aussi Rose réprima-t-elle un sourire devant sa mine décontenancée.

— J'aimerais toutefois que vous fassiez autre chose pour moi, ajouta Artus.

— Je vous écoute, mon seigneur…

— J'apprécierais que vous preniez le dénommé Jérôme pour servant.

La comtesse, désormais aussi ébaubie que l'était Montorgueil, reposa les yeux sur son mentor.

— Mais…, commença le chevalier, cherchant ses mots, n'est-il pas lié au sieur de Bréal ?

— Si.

Au comble de l'abasourdissement, Montorgueil tourna les yeux vers Adelphe, manifestement en quête de son soutien.

— Cela est-il possible ? fit ce dernier à l'intention de son frère.

— Jérôme ne servait Bréal que depuis huit mois, et n'était que fort peu nourri. Nous pouvons essayer.

— Le sang du chevalier ne sera-t-il pas un poison pour lui ? s'immisça Rose.

— Il se peut.

— Et dans ce cas ?

— Il mourra.

Le comte et son infante échangèrent un long regard.

— Il mourra de toute façon, rappela Artus, lapidaire. Essayer de passer à un autre maître est la seule chance qu'il lui reste.

— Pourquoi voulez-vous le sauver ?

— Pourquoi pas ?

Rose plissa les yeux, suspicieuse :

— Cela a-t-il à voir avec les excellentes capacités que Jérôme démontra dans ses fonctions d'espion et de messager ?

— Ces atouts devraient-ils lui interdire de survivre, *lady* ? riposta le comte du tac au tac.

La comtesse pinça les lèvres. Le choix de son mentor était intéressé, mais il avait cependant le mérite d'offrir au jouvenceau une chance de vivre ; possibilité qui s'éteindrait sitôt bue la dernière goutte du sang de Bréal…

— C'est entendu, convint Montorgueil. Quand désirez-vous que ce soit fait ?

— Quand nous quitterons l'abbaye, vous emmènerez Jérôme avec vous et tenterez la conversion une fois de retour sur vos terres… Procédez discrètement. Si le processus devait échouer, mieux vaut qu'il n'ait pas le temps d'avoir peur.

Montorgueil opina :

— Bien sûr.

— Que faisons-nous pour le serviteur de Frohel ? intervint Adelphe.

— Charles s'en chargera à notre départ de l'abbaye…

Les frères d'Holival s'entre-regardèrent un instant, Artus étant probablement occupé à fournir à son cadet de plus amples explications, puis ils se tournèrent tous deux vers le chevalier.

— Pourriez-vous nous laisser, François ? demanda le comte de Janlys. Mon frère et moi avons à parler.

Montorgueil n'eut aucune expression particulière. Néanmoins ses yeux filèrent vers la comtesse, qu'il épingla d'un regard aigu, avant de s'incliner devant son régent :

— Certainement.

Tournant sitôt les talons, le chevalier s'éloigna dans les bois, en direction du village. Lorsque son empreinte cessa d'être perceptible, Artus annonça :

— Francesco a mis la main sur la tablette gravée.

Un long soupir s'échappa des lèvres entrouvertes d'Adelphe.

— C'en est donc fini du secret dont nous l'entourions…, remarqua-t-il en essuyant le sang qui perlait à la coupure de sa joue. Comment avez-vous su qu'elle était entrée en sa possession ?

— Il me l'a dit.

— Pour vous narguer ?

— Assurément.

— Il n'y a guère d'espoir de la récupérer, je présume ? s'enquit Rose.

— Maintenant que le conflit a éclaté, les renégats vont se répandre, et leurs exactions avec eux, fit Artus. Il va m'être difficile de suivre les mouvements de Francesco au milieu de ces secousses. Je ne le retrouverai probablement pas avant que la nouvelle ne soit arrivée aux oreilles de l'érudit…

» *À moins d'avoir un présage, bien sûr*, acheva-t-il d'une pensée.

Rose médita un instant cette réponse, ne sachant quelle question il convenait de poser en premier. Devait-elle d'abord se concentrer sur le comment son mentor avait débusqué Prelati, ou sur les étrangetés que ce dernier avait proférées ?

— Il m'a fallu des mois pour le retrouver, expliqua opportunément le comte. Pour cela, je dus mobiliser la plupart de mes affidés, ainsi que plusieurs de mes féaux. Lorsque nous découvrîmes cet abri de renégats, à Tarragone, il y a deux mois de cela, je n'avais pas encore de certitude sur la cache de Prelati. Les possibilités étaient réduites à trois emplacements, mais je savais que le temps pressait… aussi ai-je fait en sorte qu'il se montre, afin d'abréger mes recherches.

La comtesse secoua la tête, sourcils froncés, pour signifier son incompréhension.

— En envoyant Raugmundr rejoindre les siens à la forteresse du comte de La Rove, j'offrais à Prelati un appât qu'il ne pouvait dédaigner, explicita Artus. Il suffisait d'attendre qu'il agisse, sachant que mes affidés surveillaient chacune de ses caches potentielles.

— Raugmundr savait-il cela ? questionna Rose, sourcils arqués sur son étonnement.

— Il ne pouvait l'ignorer.

— Et il a donné son accord ?

— Tacitement.

Interdite, la comtesse dévisagea son mentor durant une poignée de secondes.

— Vous avez pris d'énormes risques ! l'admonesta-t-elle enfin.

— Je n'avais pas grand choix, *lady*. La retraite de Raugmundr découverte, il devenait vulnérable. Puisqu'il nous fallait le protéger, autant que cela serve à orchestrer une riposte.

— Ils sont restés enfermés dans la forteresse pendant quatre semaines, rappela Rose. Vos affidés ne remarquèrent-ils rien durant tout ce temps ? Prelati a pourtant dû échanger avec ses sbires pour préparer l'attaque diurne…

— Je reçus des rapports, si. En grand nombre. Je les étudiai tous avec attention, or peu d'entre eux se montrèrent concluants. Quand j'eus finalement réuni assez d'éléments pour déterminer mes soupçons sur l'abbaye, les événements se précipitèrent.

— L'envahissement du manoir, déduisit la comtesse.

— Pas seulement.

— Ah ? Qu'y eut-il d'autre ?

La fratrie d'Holival échangea un coup d'œil.

— Notre visite au seigneur de Bréal, fit le comte en reposant les yeux sur son infante.

Comme il l'observait, le regard grave, la comtesse se remémora l'échange qu'Artus avait eu avec Frohel et Malavoie, peu avant que le combat n'éclate. Il avait affirmé tenir la preuve de leur félonie grâce aux souvenirs du sieur de Bréal… mais… où était le lien entre ce fait, assez nébuleux, et Prelati ?

— Je ne saisis pas…, confia-t-elle.

Se fendant d'un éphémère froncement de sourcils, Artus développa :

— L'érudit n'était pas le seul de mes ennemis auquel Bréal s'était vendu. La nuit où nous le visitâmes, alors que j'avais terminé de le questionner, je découvris qu'il avait également servi d'intermédiaire au marquis de Frohel et au comte de Malavoie dans l'organisation de la tuerie de Hautefort. Grâce à la maladresse de Bréal, j'appris enfin le nom des traîtres que j'avais pourchassés toute cette dernière décennie… et m'aperçus que je les avais enfermés dans la forteresse, en compagnie de Raugmundr et de trois de mes plus proches féaux…

Comme Artus détournait la tête, une ombre tomba sur les émeraudes de son regard.

— La nuit était trop avancée pour que je puisse agir, poursuivit-il, les yeux perdus dans le vague. Je parai donc au plus pressé et envoyai Jérôme vers le dernier de mes affidés qui fut encore disponible, afin de préparer l'assaut de l'abbaye et permettre la sortie de Raugmundr. J'escomptais envoyer un message au chevalier de Montorgueil dès la nuit suivante, mais…

— … votre manoir fut assailli, acheva Rose, voyant que son mentor laissait sa phrase en suspens. Pourquoi n'avoir pas dirigé nos pas vers la forteresse quand nous abandonnâmes le manoir aux séditieux, cette nuit-là ? Pourquoi avoir suivi la piste de l'érudit ?

— Nous rendre à la forteresse n'aurait servi qu'à alerter les Lamies qui l'encerclaient, *lady*. Ç'aurait été s'exposer à de grands périls pour un bénéfice moindre, car Frohel et Malavoie n'auraient rien tenté sans l'excuse d'une bataille pour dissimuler leurs crimes. Le danger n'existait qu'une fois engagé le combat avec les Lamies. Ç'aurait d'ailleurs été la teneur de mon billet, si j'avais eu la possibilité d'en envoyer un.

— Vous auriez pu confier votre message à l'un des gardes qui s'étaient retranchés avec nous au sous-sol.

— L'insurrection des villageois a modifié mes plans. J'avais pour mes hommes d'autres instructions. Du reste, Montorgueil et Frohel se portant les sentiments que nous leur connaissions, je savais que le chevalier se méfierait. Mon message n'aurait servi qu'à renforcer sa prudence. Or ce que j'avais tiré du valet de Bréal avait déplacé l'urgence sur un autre front. Je devais suivre la trace laissée par l'érudit…

Partagée entre l'intérêt que suscitaient ces révélations et l'exaspération qu'elles fussent encore une fois si tardives, Rose mit en balance les différentes répliques qui lui vinrent à l'esprit.

— Lorsque nous croisâmes Raugmundr et les autres, sur la route, vous ne saviez donc pas que la forteresse avait été attaquée ? dit-elle, choisissant de satisfaire sa curiosité.

— Je savais que nous allions les rencontrer sur ce chemin, mais je n'étais pas tout à fait certain de la raison pour laquelle ils avaient quitté la forteresse. Lorsque je le sus, Raugmundr et moi décidâmes qu'il mènerait les coalisés à la scierie, où ils attendraient notre arrivée, tandis que nous retournerions au manoir chercher les renseignements que Jérôme devait me transmettre…

— Vous auriez pu m'informer de tout cela, s'agaça finalement la comtesse.

— J'aurais pu…, convint Artus. Cependant, vous m'aviez notifié avec une telle énergie votre désintérêt pour ce que je pouvais avoir à dire, *lady*, que j'ai jugé bon de ne pas vous importuner avec ces explications…

— Quoi ? souffla la comtesse, outragée. Vous m'avez tenue dans l'ignorance parce que j'ai blessé votre fierté ?

— Vous ne vouliez pas m'entendre, ce me semble ? Eh bien, vous avez eu ce que vous souhaitiez.

— J'estimais ne pas avoir à endurer de mielleuses justifications après une décennie de silence ! tempêta Rose, hors d'elle. Êtes-vous insensible au point de ne pas comprendre cela ?

— Ah. Voici revenue la vieille ritournelle… Je me demandais à quel moment vous me l'assèneriez…

— Vous m'avez bannie, Artus ! Ne venez pas vous plaindre que je vous batte froid !

— MORDIEU, que vous êtes entêtée ! explosa-t-il tout à coup, les poings crispés sur le vide et les iris balayés d'une houle furieuse. Je ne vous ai pas exilée, je vous ai cachée !

Sa voix grave et puissante se répercuta sur les arbres alentour.

— N'avez-vous rien écouté ? tonna-t-il encore, auréolé de colère. N'avez-vous donc pas compris ? Ils en voulaient à votre tête ! Les Lamies qui envahirent le domaine de Hautefort cette nuit-là étaient d'abord venus pour VOUS !

Tétanisée par la rage que manifestait son mentor, ébranlée par les vérités qu'il lui crachait au visage, Rose ne put rien faire d'autre que le fixer, les yeux écarquillés d'effroi.

— Montorgueil les a entendus ! Ils vous cherchaient ! gronda le comte en avançant, l'index pointé sur son infante.

— Artus, calmez-vous ! somma Adelphe en arrêtant son frère d'une main plaquée sur sa poitrine. Elle ne pouvait pas savoir ! Vous lui aviez tu la gravité de la situation !

Rose, qui avait spontanément battu en retraite, posa sur le jeune homme un regard désormais empli de stupeur.

— … Quelle situation ? demanda-t-elle dans un chuchotement.

La paume toujours apposée contre le torse de son aîné, Adelphe tourna vers la comtesse une mine grave, mais conciliante :

— Ces dernières années, plusieurs des vieux seigneurs de notre maison semblaient derechef animés de l'esprit de fronde qui les agita jadis, quand mon frère accéda à la régence. Ils répandaient à l'encontre d'Artus pléthore d'arguments fallacieux et incitaient leur cour à faire de même, les appelant surtout à s'élever contre le « népotisme de l'Héritier ». Nous avions déjà eu affaire à ces médisances par le passé, ainsi que vous le savez, madame, mais cette fois les machinations de nos opposants prenaient une pente alarmante…

Évaluant d'un coup d'œil le degré d'animosité de son frère, Adelphe rabaissa doucement la main qui le retenait. Le comte, le visage aussi fermé que faire se pouvait, avait détourné la tête.

— Les attaques contre nos féaux, directes ou non, se multipliaient, poursuivit le jeune M. d'Holival. La grogne enflait, excitée par la rumeur des prétendus privilèges qu'Artus accordait à ses fidèles au détriment de seigneurs de castes supérieures. Quelques-uns de ceux-là allèrent jusqu'à convoquer un cénacle pour exprimer à mon frère le déplaisir qu'ils concevaient de tout cela. Pour nous, il sembla clair qu'un quidam s'entendait à entretenir les rumeurs, espérant sans doute que la calomnie réussisse là où la force avait échoué.

Le jeune homme marqua un temps d'arrêt, jetant à son frère un regard indéchiffrable.

— Artus n'eut toutefois aucun mal à prouver leur erreur à ses détracteurs, reprit-il. Un moment, nous crûmes même que ces arguties avaient finalement servi notre cause… Mais… le mystérieux dispensateur de commérages ne s'avoua pas vaincu. Comme ses menées à l'encontre d'Artus avaient échoué, il modifia subtilement son discours, et nous eûmes bientôt vent d'un nouveau grief, d'une rare virulence…

Adelphe s'arrêta de nouveau, sourcils arqués sur une expression chagrine. Se doutant de la confidence qui allait suivre, Rose se délita.

— Ce grief, madame, c'était vous, confirma le jeune homme tristement. Puisque l'on vous jalousait pour votre proximité d'avec le régent, et… puisque votre liaison avec lui était un secret de polichinelle… les médisances trouvèrent multiplicité d'oreilles pour être entendues, et davantage encore de bouches pour être colportées. De sorte que vous devîntes rapidement l'objet de toutes les malveillances. L'on prétendit alors que vous étiez à l'origine des prétendus errements d'Artus. L'on vous accusa d'user de vos charmes pour égarer son jugement et attirer sur vous des privilèges que vous ne méritiez pas. Enfin, l'on affirma que vous le montiez contre les seigneurs des castes supérieures, que, selon les bavardages, vous abhorriez…

Rose, abasourdie par tant de fiel, resta figée.

— Ceux qui avaient persiflé mon frère reportèrent leur malignité sur vous, continua Adelphe tandis que sa voix tombait presque dans le murmure. Ils s'entendirent pour vous rendre responsable de leurs maigres maux, et se mirent à chuchoter de-ci de-là que, pour le bien de notre maison, l'Héritier devait se délester de cette trop belle maîtresse qui lui embrouillait l'esprit...

Subitement écrasée de culpabilité, la comtesse baissa la tête.

L'idée que sa présence au côté d'Artus ait pu être utilisée pour le discréditer ne l'avait pas effleurée une seule fois. À aucun moment elle n'avait eu conscience de la véhémence des racontars. Elle s'était sue mésestimée, certes. Mais elle n'avait pas imaginé susciter pareille antipathie.

— À plusieurs reprises l'on suggéra à mon frère de se débarrasser de vous. Et ce avec tout le raffinement que les nôtres savent mettre à l'épanchement de leur venin, remarqua Adelphe, le ton aigre. Chaque fois, Artus opposa une fin de non-recevoir... Jusqu'à cette nuit de juin.

Le nez toujours pointé sur ses bottes, Rose plissa les yeux si fort qu'ils se fermèrent presque. Elle n'avait nulle envie de s'entendre remémorer cette tragédie, surtout pas à présent qu'elle savait ce qui l'avait amenée.

— Lorsque Montorgueil se présenta au manoir, persista pourtant le jeune homme, seulement trois nuits s'étaient écoulées depuis sa fuite du domaine de Hautefort. Il avait couru en droite ligne jusqu'à nous, afin de s'assurer que nous ayons un récit exact de ce qui s'était déroulé, ainsi que pour nous rapporter les paroles des Lamies qu'il avait surprises.

S'interrompant, Adelphe adressa un long regard à son aîné, comme s'il espérait que ce dernier prît la suite du récit. Mais le comte ne remua pas un cil, ni ne desserra les lèvres.

— Ce fut par sa bouche que nous apprîmes le drame, poursuivit le jeune M. d'Holival, comprenant que son frère ne piperait mot. Nous apprîmes aussi que les Lamies étaient à la recherche d'une « Arimath aux cheveux rougeoyants ». Et, pour finir, il nous fallut entendre que le chevalier ignorait où vous vous trouviez…

Rose releva la tête, interpellée par les relents d'anxiété encore perceptibles dans l'intonation de son ami. Son beau visage tout chiffonné d'inquiétude, Adelphe lui retourna un regard d'une rare intensité.

— François assistait au feu d'artifice, dans les jardins, lorsque les Lamies envahirent la demeure de Hautefort, expliqua-t-il. À sa connaissance vous ne vous étiez pas présentée au domaine, toutefois vous pouviez l'avoir fait tandis qu'il prenait part aux festivités. Or, quand le carnage débuta, il lui devint impossible de fouiller les lieux. Il dut partir sans savoir si vous aviez ou non survécu.

Les yeux rivés aux gemmes outremer fixées sur elle, Rose entendit le jeune homme murmurer :

— Je puis vous promettre, madame, que les nuits qui suivirent furent parmi les plus noires de notre longue existence… Notre calvaire ne prit fin que lorsque nous eûmes connaissance du message que vous fîtes porter au chevalier de Hautefort pour excuser votre absence.

Bouleversée par ce qu'elle venait d'entendre, Rose pivota vers son mentor, lequel se bornait toujours à scruter le vide.

— Ainsi que vous vous en souvenez sans doute, Artus organisa votre départ pour Saint-Pétersbourg dans les semaines qui suivirent le drame, rappela Adelphe. Ce dans le dessein de vous mettre à l'abri, le temps que nous trouvions et éliminions les responsables… chose que nous avons enfin accomplie, cette nuit.

—Mais enfin, Artus… pourquoi ne m'avez-vous rien dit ? chuchota Rose, le cœur serré.

—Pourquoi ? pesta le comte en pivotant si promptement vers son infante que cette dernière en sursauta. Parce que, si je vous avais touché ne serait-ce qu'un mot de tout cela, jamais vous n'auriez consenti à partir !

La comtesse se mordit la lèvre inférieure, la mine piteuse. Nier cette assertion aurait été purement mensonger.

—Ne pouviez-vous m'expliquer tout cela par écrit ? hasarda-t-elle néanmoins.

—Mes courriers étaient surveillés ! Pourquoi croyez-vous que je mis un terme à notre correspondance ? Ne vous servez-vous donc jamais de votre cervelle ?!

Rendue muette par cette cinglante repartie, Rose referma la bouche. Sous son crâne, une nuée de pensées divergentes se querellait avec force bruit, interdisant toute autre forme de réponse que ce silence médusé. Artus la fixa un instant, les traits parés d'autant d'exaspération que de fatigue, puis il fit brusquement demi-tour et reprit à grandes enjambées le chemin du village. Saluant ce départ d'un soupir sonore, Adelphe prit un air souverainement agacé :

—Vous partez déjà, mon frère ? La conversation ne me semblait pourtant pas terminée…

L'intéressé ne tint aucun compte de la remarque ; le dos résolument tourné, il poursuivit sa route à travers les bois.

—Attendez ! appela Rose, de nouveau pourvue d'une voix. Avant de vous en aller… dites-moi pourquoi vous avez continué de vous taire après que nous avons…

Ne trouvant pas le courage de formuler la question dans son intégralité, elle laissa sa phrase mourir sur ce sous-entendu. Son mentor cessa de marcher. Droit comme un pilier de marbre, il tourna imperceptiblement la tête sur le côté.

— Comment auriez-vous envisagé l'assaut de l'abbaye si vous aviez su devoir vous battre aux côtés de ceux qui voulaient votre tête ? demanda-t-il à mi-voix. Auriez-vous pu vous dédier à la bataille, ou auriez-vous passé votre temps à regarder par-dessus votre épaule ?

Le buste soulevé par une respiration irrégulière, la comtesse ne sut que dire. La justesse de cette décision s'imposait à elle avec toute l'âpreté d'une vérité qu'elle ne voulait pas entendre.

— … Cesserez-vous jamais de vous défier de moi, *lady* ?

Ce murmure, d'une morosité inattendue, causa à Rose un tel choc que ses pensées volèrent en éclats. Piégées dans le vide de son esprit, les paroles de son mentor se répercutèrent à l'infini, accroissant à chaque écho le délabrement du frêle bastion de désamour qu'elle avait tenté de construire.

Artus ne l'avait pas rejetée. Il l'avait protégée. Du mieux qu'il avait pu.

— Je vous avais dit de l'écouter, madame, fit Adelphe dans un souffle. Si vous aviez bien voulu suivre mon conseil, aucun de vous n'aurait eu à souffrir de ce quiproquo…

Dans l'impossibilité de bâtir ne serait-ce qu'une amorce de raisonnement, Rose posa sur le jeune homme un regard brumeux. Lui retournant l'ombre d'un sourire indulgent, Adelphe s'engagea dans la foulée de son aîné. La comtesse le suivit, à peine consciente de ses mouvements…

Absorbée dans un mutisme contrit, elle ressassa les derniers événements tout le long du trajet qui les ramena à l'abbaye. Elle ne revint à l'instant présent que lorsqu'ils atteignirent la grande porte charretière, devant laquelle se tenait un petit attroupement de villageois. Debout dans l'interstice des vantaux entrouverts, de manière à leur barrer l'entrée, Magnus s'adressait à eux :

— Rentrez chez vous, disait-il. Les sœurs sont en sécurité.

La première rangée de villageois l'écouta, l'air inexpressif, cependant les deux lignes suivantes parurent sceptiques. Quelques objections fusèrent, indistinctes, tandis que reprenait leur marmottage.

— Il n'y a plus lieu de s'inquiéter, insista Magnus, concentré sur la foule. Regagnez vos demeures.

Les cinq hommes situés juste devant les portes tournèrent les talons et rebroussèrent chemin… mais les autres ne semblèrent pas si conciliants.

— Laissez-nous parler à l'abbesse ! exigea l'un d'eux. On partira pas avant !

— Après nous être donné tout ce mal pour sauver les sœurs, vous vous figurez vraiment que nous allons vous laisser entrer ?

Se retournant comme un seul homme, les villageois offusqués découvrirent celui qui les avait apostrophés.

Les yeux mi-clos, ses longs cils ombrant de leur voile noir des iris vaguement nitescents, le comte de Janlys contemplait la populace. Promenant son regard sur les faciès tantôt abasourdis, tantôt émerveillés, il en désigna un de l'index.

— Vous, vous entrerez parler à l'abbesse, énonça-t-il. Quant aux autres, vous allez me faire le plaisir de déguerpir…

Une douce lueur verte baigna les figures stupéfaites des villageois, puis, par groupes de deux ou trois, ils commencèrent à s'éloigner. Lorsque, à l'exception du personnage qu'Artus avait élu, les villageois eurent fait retraite, Magnus reprit la parole :

— Vous avez mis le temps, fit-il, une once de reproche dans la voix. Où étiez-vous passé, *jarl* Artus ?

— Nous étions à la poursuite de deux félons.

— Oh… Les avez-vous rattrapés ?

En fait de réponse, le comte se fendit d'un mince sourire.

— Où se trouve Raugmundr ? demanda-t-il.

— Au réfectoire, avec les autres.

Approchant de la porte charretière, Artus saisit le vantail entrouvert et libéra un espace assez vaste pour permettre son passage.

— Ayez l'obligeance de barrer cette porte, Magnus, dit-il en le dépassant. Et ne l'ouvrez plus.

Comme le régent Arimath pénétrait dans l'enceinte du couvent, son frère, son infante et le villageois qu'il avait désigné l'y suivirent. Ils franchirent l'avant-cour, puis pénétrèrent dans le bâtiment principal. Une fois dans le vestibule, la surenchère d'empreintes Oström et Arimath les mena au réfectoire sans qu'ils n'eussent à chercher.

La pièce, meublée de bancs et de tables interminables, était peuplée de sœurs catastrophées et d'immortels affairés. Dès qu'elle fut entrée, Rose chercha son serviteur des yeux. Vassili dépassant l'assemblée d'au moins une tête, elle n'eut aucun mal à le repérer. Il se tenait près d'une fenêtre, à proximité de l'une des tables. Impassible, il observait les allées et venues de ses congénères. Un coup d'œil sur ses vêtements apprit à sa maîtresse que le prince n'avait pas pris soin de ses blessures. Elle en avait pour preuve la tache de sang frais maculant le tissu de son gilet, ainsi que l'écharpe déchirée qui ne soutenait plus son bras fracturé.

— Rose ?

Détachant les yeux du prince, la comtesse obliqua vers la voix qui l'avait appelée.

Se frayant un passage parmi un groupe de religieuses enroulées dans des peignoirs qui n'étaient plus de première jeunesse, Hilda arrivait à sa rencontre. Au même instant, Artus quitta le seuil pour se diriger vers le sieur Raugmundr, lequel était en grande conversation avec celle qui devait être l'abbesse. Le villageois, docile, le suivit.

— Magnus m'a dit que vous aviez été gravement touchée, chuchota Hilda en s'immobilisant auprès de son amie. Mais je vois que vous avez promptement récupéré, acheva-t-elle après un rapide examen.

— Oui… je vais bien, confirma la comtesse avec un temps de retard. Et vous-même ? Point de blessures ?

La jeune fille secoua la tête, toute pleine de cette vivacité nerveuse qui la caractérisait :

— Non, non. Juste une égratignure.

Rose arbora un sourire soulagé, puis, machinalement, se tourna de nouveau vers le prince. Elle eut alors la surprise de le trouver en compagnie du vicomte de Janlys.

— Qui est-ce ?

— … Plaît-il ? fit la comtesse, prise au dépourvu tout à la fois par la question de la jeune fille et par l'initiative d'Adelphe.

— Cet Arimath que vous regardez. Celui à qui s'adresse M. d'Holival juste à l'instant… Qui est-il ?

Se rappelant que son amie avait été dépouillée des souvenirs de sa première rencontre avec le prince, Rose l'éclaira derechef :

— Mon serviteur.

Hilda haussa si fort les sourcils qu'ils manquèrent de toucher les racines de sa rousse chevelure :

— Ah oui ? Je suppose que vous l'avez rencontré pendant votre mystérieuse absence ?

— C'est cela.

— Eh bien… Je ne pensais pas voir un jour de la concurrence aux frères d'Holival…

Un demi-sourire ourla les lèvres de la comtesse.

— Le prince serait-il à votre goût, très chère ? susurra-t-elle.

— Demandez-vous plutôt au goût de qui il ne serait pas, répondit la jeune fille, mi-taquine, mi-troublée. Comme s'il nous fallait un tentateur supplémentaire… Nous avions bien assez à faire pour détourner les yeux de cette maudite fratrie… Mais, j'en conviens, il sied parfaitement à votre propre somptuosité, Rose.

Le sourire de cette dernière fana quelque peu :

— Allons, vous me flattez…

— Vous savez très bien que non, rétorqua Hilda avec fraîcheur. Votre éclat à tous les trois est proverbial même parmi les vôtres. Vous en connaissez parfaitement l'étendue, ainsi que les désastreux effets qu'il peut avoir sur autrui.

Peinée, la comtesse ne dit mot.

Elle n'en voulait pas à la jeune fille d'être envieuse. Comment aurait-on pu le lui reprocher ? Rose possédait tout ce que la servante désirait. À commencer par la liberté, et par un lien privilégié avec l'inaccessible Adelphe… Hilda aurait pu la haïr pour cela, comme nombre d'autres l'avaient fait. Mais non. Elle lui avait au contraire fait la grâce d'une sincère amitié. Aussi, Rose ne lui tenait jamais rigueur de ces rares moments d'amertume. Elle se contentait d'attendre qu'ils fussent passés, ainsi qu'elle le faisait maintenant, tandis qu'elle regardait le prince s'asseoir sur un coin de table.

— J'ai eu beau insister, votre serviteur a refusé *mordicus* que j'examine ses blessures, souligna Hilda, sensiblement adoucie, après une minute d'un calme complet. M. d'Holival doit être extrêmement persuasif pour être parvenu à le décider.

— Il semble en effet que l'amabilité d'Adelphe fasse merveille, admit Rose, étonnée, cependant que le jeune homme en question aidait Vassili à se débarrasser de sa chemise.

— … C'est un prince, dites-vous ?

Rose acquiesça mollement. Son humeur, pour le moins incertaine, s'était dégradée à la vue des ecchymoses violacées qui mouchetaient le flanc de son serviteur. Le front plissé d'inquiétude, elle observa Adelphe s'atteler au nettoyage de la vilaine entaille qui les surmontait, tout en songeant que Vassili avait sûrement autorisé le jeune homme à s'occuper de cela pour éviter qu'elle-même le fît.

— Il n'aurait pas dû combattre avec un bras cassé, remarqua Hilda.

— Si je lui avais défendu de prendre part à la bataille, il ne m'aurait pas écouté…

— Vous auriez pu le laisser à la scierie.

— Et l'abandonner à la merci de quelque Lamie en maraude ? Pas question.

Pivotant vers sa flamboyante amie, la servante lui jeta un regard oblique :

— Vous lui êtes attachée, dirait-on…

— Et après ? se rebiffa Rose illico. Allez-vous me le reprocher ?

— Loin de moi cette idée…

Regrettant ce subit emportement, la comtesse reporta son attention sur son serviteur. Stoïque, ce dernier attendait que les soins fussent achevés, son regard polaire errant par l'une des fenêtres du réfectoire. Face à lui, Adelphe, précautionneux, jetait de fréquents coups d'œil sur son patient, cherchant sans doute à s'assurer qu'il ne lui causait pas de peine supplémentaire. Comme il se penchait sur lui, bras passés sous les siens afin de faire voyager dans son dos le bandage dont il l'entourait pour la troisième fois d'affilée, le Slave lui rendit tout à coup son regard. Baissant le nez, Adelphe récupéra le rouleau de tissu qui venait de lui échapper. Ajustant le bandage, il en reprit la confection, concentré sur sa tâche.

— Puis-je vous demander où vous l'avez trouvé ? questionna Hilda, circonspecte.

— À la cour de l'impératrice Catherine.

— … À Saint-Pétersbourg ?

Rose adressa à la jeune fille un regard perplexe, ayant noté dans son intonation une pointe d'incrédulité.

— Qu'y a-t-il de si étrange à cela, Hilda ?

Celle-ci la dévisagea, alarmée.

— Ne laissez entendre cela devant aucun des miens, préconisa-t-elle dans un murmure pressant. Surtout pas devant Magnus. Tôt ou tard, il le répéterait à mon maître. Votre régent aurait alors du souci à se faire…

À ces mots, les yeux de Rose s'étrécirent tant que l'on ne distingua plus de ses iris qu'un reflet ambré.

— Que signifie ? s'enquit-elle, soupçonneuse.

— Vous souvenez-vous de la conversation que nous eûmes lorsque nous nous croisâmes sur la route, après que nous avons fui la forteresse ?

— À quel sujet ?

Plutôt que de répondre, la jeune fille laissa glisser son regard jusqu'aux sieurs Raugmundr et Janlys, qui discutaient à trois pas de là. Rose n'en parut que davantage intriguée, ne sachant pas auquel des deux personnages Hilda faisait allusion.

— Je vous ai dit que, lassé par le harcèlement auquel se livrait mon maître, Raugmundr avait quitté son fief, précisa la servante en reposant les yeux sur son interlocutrice.

Se remémorant ce pan de leur discussion, la comtesse renchérit :

— Vous m'avez aussi confié qu'aucun Oström ne fut dupe de cette brusque disparition, tant ses agissements continuèrent d'être perceptibles.

La jeune fille marqua son approbation d'un hochement de tête.

— Parmi ces agissements, enchaîna-t-elle, le plus notoire fut l'édification de ce que nombre des miens pensent être son nouveau fief, lequel est situé à une cinquantaine de lieues seulement de l'ancien.

Ses brunes prunelles chevillées à la comtesse, la servante marqua une courte pause.

— Thorfinn Raugmundr régnait, et règne peut-être encore, sur Novgorod, reprit-elle dans un souffle. Mais, dorénavant, il passe aussi pour être l'architecte de Saint-Pétersbourg… Rose… l'on vous avait confiée à sa garde, n'est-ce pas ?

Chapitre 14

Sis sur une crête rocailleuse, et couvrant de son ombre le hameau blotti au pied du petit mont Chaillou, le château de Cyme-Grise veillait ; signe que les seigneurs du comté étaient de retour au bercail.

La rencontre avec le foyer de ses protecteurs avait été pour Rose un moment singulier, son enthousiasme ayant nettement contrasté avec la froideur, voire l'aversion, qu'avaient manifestée les frères d'Holival à la vue de la demeure familiale. Pourtant, depuis qu'ils étaient arrivés, au début de la semaine passée, les deux frères passaient le plus clair de leur temps à se promener dans les galeries de pierre fauve ; chacun de son côté, ou bien ensemble.

Le prince Golitsyne, lui, s'était retranché dans les appartements qu'on lui avait attribués. Entouré d'une pile d'ouvrages qui diminuait à vue d'œil, il lisait continuellement, et achevait de se remettre des fractures et fêlures subies le mois précédent, pendant – ou avant – l'assaut de l'abbaye.

Respectant religieusement l'intimité de ses compagnons, Rose avait facilement trouvé à s'occuper.

Le château, ceint d'immenses murailles et constitué d'une succession de bâtisses de tailles variées, de tours rondes, larges ou élancées, crénelées ou non, était un digne représentant des châteaux forts d'autrefois. Son exploration était pour la comtesse une distraction d'autant plus passionnante que ces murs avaient abrité l'enfance de son mentor et du frère de celui-ci. Cette pensée l'avait accompagnée au long de ses flâneries des nuits précédentes, et la suivait encore ce soir-là tandis qu'elle poussait la porte d'une gigantesque salle, sise au deuxième étage du logis seigneurial.

Ébahie par la hauteur du plafond, Rose resta un instant à détailler le damier de poutres et de panneaux ouvragés qui le composait. Les armoiries de la famille étaient partout, soulignées par ce que Rose pensait être le chiffre du premier comte de Janlys. En dessous, une immense fresque dépeignant un fait de guerre du temps jadis soutenait la corniche, et courait tout autour de la salle. Enfin, recouvrant les murs en rangs serrés, des dizaines d'antiques portraits s'offraient à qui voulait les contempler.

Comme elle s'intéressait aux canapés visibles ci et là dans la pièce, la comtesse s'aperçut qu'un piano-forte dormait au beau milieu de la salle. Surprise de trouver un instrument de musique en pareil endroit, elle s'en approcha, et, ce faisant, discerna un effluve coutumier. Examinant l'autre extrémité de cette vaste salle, elle découvrit qu'Adelphe se tenait dos à la pièce, le nez levé vers le portrait d'une ravissante jeune femme.

— Bonsoir madame, salua-t-il sans se retourner.

— Bonsoir Adelphe… Je puis me retirer, si vous le souhaitez. Je ne voulais pas vous importuner.

— Vous ne me dérangez aucunement, assura le vicomte en lui lançant un regard par-dessus son épaule. Approchez, je vous en prie.

Rose esquissa un sourire, cependant quelque chose dans l'intonation du jeune homme la prévint que celui-ci était de nouveau en proie à l'humeur trouble qu'il arborait fréquemment ces temps-ci.

— Curieux endroit pour mettre un piano, souligna-t-elle en s'arrêtant auprès de lui. Pourquoi l'a-t-il fait placer ici ?

— Je suppose qu'il aime la sonorité des lieux.

— Il y a longtemps que je ne l'ai entendu jouer, fit remarquer Rose, un peu rêveuse.

— Tout comme moi, madame.

— Ne pratique-t-il plus ?

— Pas depuis qu'il a brisé le piano du manoir.

— Que voulez-vous dire ?

Replaçant derrière son oreille la mèche de cheveux qui revenait obstinément longer sa joue, le jeune M. d'Holival posa sur sa superbe amie un regard grave.

— Je veux dire qu'un beau soir, en se levant, mon frère a réduit en copeaux le piano-forte qui siégeait dans le grand salon…

— Quelle mouche l'avait piqué ? s'enquit Rose, moitié déroutée, moitié amusée.

— Artus a une façon très personnelle d'exprimer son désarroi, madame. Or, la décennie passée lui a apporté foison de contrariétés…

Mal à l'aise, la comtesse détourna les yeux et les reposa sur le portrait qu'Adelphe observait lorsqu'elle était entrée. Au premier coup d'œil, l'on pouvait voir que la peinture était plus récente que la demoiselle qui y était représentée. Le long surcot vert que portait cette dernière, ainsi que le sage enroulement de tresses qui dépassait de sous le voile dont sa noire chevelure était couverte, évoquait une époque depuis longtemps révolue. Manifestement, il s'agissait de la réinterprétation d'un portrait médiéval.

— Nous avons reçu tantôt un billet du comte de La Rove, annonça le jeune M. d'Holival. Il nous informe qu'à présent que nous avons quitté Boissy le chevalier de Montorgueil et lui-même vont se retirer en province, à bonne distance de l'agitation parisienne.

— Comment La Rove se porte-t-il ?

— Vous songez à ses brûlures ?

— Oui…

— Il n'en a pas fait mention. Mais vous avez vu comme moi que le soleil l'avait sérieusement meurtri. Les cicatrices qu'il lui a laissées ne se résorberont pas.

Croisant les mains sur le devant de sa robe, Rose se rembrunit.

— En revanche, Jérôme commence à se remettre, ajouta Adelphe. Le chevalier nous fait savoir qu'il le pense sorti d'affaire.

Satisfaite d'apprendre cela, la comtesse s'apprêtait à s'en féliciter à haute voix quand son ouïe capta le discret claquement d'un pas familier. Se retournant sans y penser, elle vit entrer le maître de céans. Tout comme son frère, son infante et le serviteur de celle-ci l'avaient fait, Artus avait abandonné redingote et cuissardes pour revenir à la luxueuse vêture qui seyait à son rang. Ce fut donc paré d'un justaucorps azur orné de riches broderies d'un bleu sombre, ainsi que du gilet et des culottes assortis, que le comte entreprit de traverser la pièce. Tandis qu'il avançait, sa voix s'éleva, portée par un léger écho :

— Bonsoir, *lady*.

Celle-ci salua son mentor d'un gracieux signe de tête. À son côté, Adelphe, averti de la présence de son aîné, se retourna à son tour.

— L'intendant vous demande, mon frère, poursuivit Artus comme son empreinte devenait perceptible. La dernière berline est arrivée de Boissy, et il semblerait qu'une caisse emplie de livres vous attende dans le grand hall.

L'air fort concerné, le jeune homme pivota aussitôt vers la comtesse.

— Permettez que je me retire, madame, fit-il en ployant dans une succincte révérence.

— Bien sûr, approuva Rose, quelque peu intriguée. Faites, je vous en prie…

Lui adressant une ébauche de sourire, Adelphe tourna les talons et prit sur-le-champ la direction de la sortie. Il passa à hauteur de son frère sans lui accorder un regard, semblant absorbé dans quelque réflexion d'importance. Comme il achevait de traverser la vaste salle et s'engageait dans le corridor, Artus, qui avait pris sa place auprès de la comtesse, leva les yeux vers le portrait.

— Il l'observait, n'est-ce pas ? s'informa-t-il, le ton mâtiné d'une once de désagrément.

— En effet, confirma son infante en lui décochant un regard pointu. Vous avez dit cela de bien étrange façon, Artus… Seriez-vous préoccupé ?

La bouche infléchie d'une mince lippe, le comte répondit :

— Moi, non.

Rose reprit l'examen du tableau, ayant saisi où son mentor voulait en venir.

— Vient-il souvent le regarder ? s'enquit-elle.

— … Chaque nuit.

— Dois-je inférer que c'est mauvais signe ?

— Il ne se recueille devant son portrait que lorsque quelque chose le tracasse.

— N'avez-vous rien discerné de ce que ce peut être ? s'étonna la comtesse, la glabelle barrée d'un léger froncement.

— Mon frère sait fort bien me dissimuler ses pensées. Et j'estime que je n'ai pas à outrepasser sa réserve… Néanmoins, j'espérais qu'il se serait confié à vous.

Sur le front de Rose, le pli s'accentua. L'assombrissement d'Adelphe n'était pas une nouveauté pour elle. Mais, depuis cette nuit où le jeune homme lui avait fait promettre de n'en plus parler, elle n'avait plus cherché à le questionner.

— Je l'ai enjoint à se confier, admit-elle. Il a refusé.

Un souffle un peu trop appuyé s'échappa de la gorge de son mentor. Cependant, il n'ajouta rien.

— Cette jeune personne ne me semble pas étrangère, déclara la comtesse après une poignée de secondes, alors que son regard errait sur le visage peint de la demoiselle. Il y a comme… un air de famille…

Rose délibéra un instant, puis, coulant vers son mentor un regard circonspect, elle demanda :

— Serait-ce le portrait de madame votre mère ?

Un épais silence accueillit cette audacieuse question. Lequel silence perdura assez pour que Rose commençât à regretter d'avoir ouvert la bouche…

— Adelphe n'a jamais connu notre mère.

Aussi choquée par la nature de la réponse que par le simple fait d'en avoir obtenu une, la somptueuse *lady* tourna vers le comte une figure déconcertée.

— Elle est morte en le mettant au monde, spécifia Artus, les yeux toujours fixés sur la toile. Après qu'on l'eut mise au caveau, père fit décrocher les tableaux sur lesquelles elle apparaissait… Je crois qu'Adelphe n'a jamais su à quoi elle ressemblait…

Rose fronça les sourcils, peinée par cette révélation.

— N'en soyez pas attristée, *lady*. Notre mère ne se chargeait pas davantage du soin de ses enfants que ne le font les nobles dames d'aujourd'hui. Si elle avait survécu, Adelphe aurait tout de même été confié à une nourrice, ainsi que nous le fûmes tous. Sachez cependant que notre frère bénéficia d'une attention que ni moi ni Boniface n'eûmes jamais la chance de connaître… Ce, entièrement grâce à elle.

Pivotant derechef vers la représentation de la demoiselle, la comtesse entendit son mentor expliquer :

— Aliénor avait cinq ans lorsque mourut notre mère. Cette disparition fut pour elle un coup plus rude que pour nous, qui étions déjà adultes. Puis, si Adelphe fut le fruit d'une grossesse improbable, Aliénor, elle, avait été désirée. Mère lui accorda d'ailleurs bien plus d'égards qu'elle n'en eut jamais pour ses deux fils aînés… Ce fut certainement ce pour quoi notre sœur se mit en devoir de veiller sur le bébé. Je pense qu'elle voulait lui épargner la peine qu'elle-même éprouvait.

Un sourire nostalgique vint flotter sur les lèvres d'Artus comme son regard se perdait par-delà le tableau, jusque dans les lointaines contrées du souvenir…

— Je me rappelle que, certaines nuits, entendant pleurer le bébé depuis sa chambre, elle se levait pour vérifier si la nourrice s'en occupait… À l'époque, Boniface et moi guerroyions souvent pour protéger les terres familiales de la convoitise des seigneurs avoisinants, mais, en dépit de nos nombreuses absences, nous pûmes voir combien Aliénor était attachée à notre frère. Ce dévouement se renforça au gré des ans, encouragé par la nature souriante et affectueuse du petit. En cela, Adelphe ressemblait beaucoup à notre sœur. Ils partageaient la même bienveillance, avaient l'un comme l'autre le sourire facile, et manifestaient en toutes choses une sincérité aussi entière qu'impétueuse… un peu comme vous, *lady*.

Déroutée par cette comparaison inattendue, Rose tourna la tête vers son mentor.

— Lorsque Aliénor fut nubile[17], poursuivit-il, un seigneur de la région demanda sa main. Elle implora père de ne pas donner son consentement, et me convainquit de la soutenir dans cette démarche. Évidemment, Adelphe se joignit à nous, bien que sa voix eût aux yeux de père aussi peu de crédit que celle de sa fille. Notre alliance finit toutefois par porter ses fruits. Père autorisa Aliénor à rester au château, auprès de nous trois, faisant d'elle la plus heureuse demoiselle qui fût. Car elle semblait n'avoir nul autre désir que regarder Adelphe grandir et voir ses aînés se couvrir de gloire en défendant le comté, ou la couronne.

Artus fronça brièvement les sourcils, la bouche froissée d'une mimique incertaine.

— Il en allait toujours ainsi lorsque je revins de la Terre sainte, reprit-il après un court laps de temps. Père n'était plus, Boniface avait coiffé à ma place la couronne de comte, et Adelphe était devenu un jeune guerrier très prometteur… mais Aliénor n'avait absolument pas changé…

S'interrompant derechef, le comte porta le regard sur une série de portraits suspendus non loin de celui d'Aliénor. Rose reconnut tout de suite un tableau qu'elle avait rencontré un bon millier de fois en arpentant le manoir de Boissy. Il s'agissait du portrait d'un croisé à la chevelure et à la barbe noires, tenant sous son bras un heaume empanaché aux couleurs des Janlys.

— Je connais cet homme, remarqua-t-elle, prudente. Son portrait était aussi au manoir…

Pas vraiment sûre de vouloir continuer dans cette voie, la comtesse différa la question qu'elle se proposait de formuler. Ce n'était pas la première fois qu'Artus se laissait aller à quelques confidences. Néanmoins, cela restait un événement exceptionnel. L'inciter à en dire davantage pourrait avoir l'effet inverse… mais… elle avait une telle soif de tout ce qui le concernait que manquer cette occasion lui paraissait tenir du sacrilège…

— C'est votre père, je crois ? finit-elle par demander, consciente de s'être engagée sur un chemin aventureux.

Artus garda la bouche close. Un fin hochement de tête apporta cependant à son infante la réponse qu'elle attendait. À la fois enchantée d'être parvenue à lui soutirer confirmation, et inquiète de sa propre curiosité, Rose décida de limiter son intervention. Serrant les lèvres pour être certaine que celles-ci ne formulassent point d'interrogation à son insu, elle se tint occupée en manipulant les rubans qui ornaient son caraco[18].

— Je fus parti cinq années, précisa tout à coup Artus. N'ayant reçu aucune nouvelle de moi, et sachant la vaste débâcle que connut l'expédition à laquelle j'avais pris part, les miens me tenaient pour mort. Ce en quoi ils n'avaient pas tout à fait tort.

Rose jeta à son mentor un regard aigu.

L'information qu'il venait de livrer était-elle intentionnelle, ou bien était-elle due à un relâchement d'attention ?

— Adelphe et Aliénor m'accueillirent en héros, et me célébrèrent avec ferveur. Boniface se montra moins enthousiaste, puisque mon retour le privait du titre de comte. Toutefois, la vie au château reprit un cours normal, moyennant bien sûr quelques… notables changements…

Pivotant sur sa gauche, le comte s'éloigna à pas tranquilles vers les hautes fenêtres qui perçaient le mur. Rose le suivit en silence, attentive à ne point perturber son récit.

— L'on s'avisa rapidement de l'étrangeté de mon comportement, expliqua Artus en jetant à son infante un regard entendu. Mais seul Adelphe fut assez téméraire pour oser me confronter… L'affection et la confiance qu'il me portait surpassèrent sa peur. Face à l'inconcevable, il fit preuve d'un courage surprenant, ainsi que d'une loyauté plus étonnante encore… Cette nuit-là, il se retira en jurant qu'il ne nous trahirait point. Il tint sa promesse. Et, dès le lendemain, se mit à veiller sur notre sommeil.

La comtesse sourcilla. Artus avait laissé filtrer trop de détails pour que ce fût fortuit. Ce qu'il insinuait en narrant ce pan de son passé était volontaire. Mais pourquoi ? Excepté le fait qu'il bravait de nouveau les nécessaires secrets dont s'entouraient les membres de leur obscure société, à quoi cela lui servait-il de dévoiler les conditions de sa rencontre avec Caton, qui fut son mentor et le précédent régent Arimath ? Il mesurait forcément les risques que comportaient de telles révélations… Alors dans quel dessein le faisait-il ?

La seule explication qui vint à l'esprit de Rose la renvoya près de deux siècles en arrière, lors de cette nuit où ils avaient affronté l'homme-fauve dans le manoir de Boissy. Une nuit où, tandis que brûlait sa demeure, Artus lui avait révélé connaître son lignage avec assez d'exactitude pour être capable d'évaluer sa propre génération – ainsi que, par conséquent, celle de la progéniture qu'il avait engendrée –, avant de lui faire comprendre à mots couverts que cette génération était assez haute pour leur confier à tous deux un surplus de facultés. Autant de choses impensables pour leurs pairs. Autant d'ennemis qui se ligueraient contre l'Héritier si cet ahurissant savoir venait à être divulgué.

Car, dans leur monde, l'on ne tolérait ni les faibles, ni les forts.

Les chances de survie des uns et des autres dépendaient de leur habileté à maintenir leurs pairs dans l'ignorance de leur capacité ; l'influence matérielle et les alliances politiques étant les meilleurs moyens de masquer les différences existantes. Or, si ses précautions échouaient, quiconque voyait révéler l'innocuité de son sang était éradiqué promptement, à moins d'avoir su se placer sous la protection d'un immortel d'envergure – sachant tout l'inconfort que cela supposait. Quant à ceux à qui l'on découvrait un sang puissant, ils devaient dès lors faire face à une cohorte d'ennemis déterminés à éliminer la menace qu'ils représentaient.

Aussi, si un immortel tel qu'Artus, déjà furieusement jalousé pour son influence et sa position, devait être de surcroît reconnu comme étant d'une haute génération, Rose n'osait imaginer les légions de cabales et d'attentats que cela enfanterait…

Mais, en dépit du danger, le comte lui avait confié ce que les leurs avaient de plus précieux, lui offrant par là même l'occasion d'engendrer sa chute si l'envie lui en prenait. Persister à croire qu'il s'agissait d'une manœuvre destinée à l'amadouer aurait relevé d'une mauvaise foi forcenée. La vérité était que son mentor avait en elle une confiance bien plus grande que celle qu'elle n'avait en lui, et qu'une fois encore il le lui démontrait…

Harcelée par l'aiguillon de la culpabilité, Rose s'efforça toutefois à ne point se laisser divertir.

— Cela vous semblera peut-être curieux, murmura l'Héritier comme il s'arrêtait devant la fenêtre et posait son regard émeraude sur le donjon crénelé que l'on distinguait depuis cet endroit, mais il se trouve que ma nouvelle condition me rapprocha de mon petit frère. Nous nous étions toujours bien accordés, cependant Adelphe n'était pour moi qu'un bambin… Il ne pouvait guère en aller autrement, avec les deux décennies qui nous séparaient…

— Vous dites ? fit Rose avant même de s'apercevoir qu'elle avait ouvert la bouche.

Un large sourire parut aux lèvres du comte, agrémentant ses joues des délicieuses fossettes qui complétaient si joliment la petite dépression qu'il avait au menton.

— Cela vous surprend, *lady* ? demanda-t-il en posant sur elle des prunelles pétillant d'espièglerie.

— Quelque peu, admit la comtesse en se fendant à son tour d'un sourire. J'étais persuadée que vous n'aviez qu'une poignée d'années d'écart…

— Cela semble être le cas car je ne le pris à mon service que presque une décennie après mon retour.

— Quel âge avait-il à ce moment-là ?

— Lorsque je revins au château ?

— Oui.

Artus prit une profonde inspiration, qu'il expira lentement :

— Seize ans… Je l'avais quitté enfant, et le retrouvai jeune homme…

Appuyant les paumes sur le rebord de la fenêtre, le comte voûta légèrement le dos, adoptant ainsi une attitude très proche de celle qu'arborait souvent son jeune frère.

— Je n'avais jamais réellement prêté attention à l'ascendant que je pouvais avoir sur lui, murmura-t-il au ciel nocturne, tandis que son sourire refluait. Mais je le remarquai cette année-là… Il venait continûment vers moi, pour me demander ceci ou cela, pour solliciter que je l'aguerrisse à l'art de la bataille, ou simplement pour être dans mon giron. Ce fut ainsi qu'au lieu de dormir, ainsi qu'il aurait dû le faire, Adelphe partagea l'essentiel de mes nuits. Il paraissait ne jamais se lasser de ma présence, et ce en dépit de l'abomination qu'il me savait être… Je m'inquiétai beaucoup de cette fascination. Je me tenais pour une créature funeste, voyez-vous, et… je craignais d'attirer le courroux divin sur ma famille…

Sourcils froncés, Artus baissa la tête. Ses cheveux se déployèrent devant sa mâchoire, anormalement contractée.

— Je ne fus pas le seul à me soucier, poursuivit-il comme sa voix chutait d'une octave. Aliénor, à qui ce rapprochement n'avait pas échappé, vit la chose d'un très mauvais œil. Je ne sais si ce fut pure jalousie, ou si elle craignit simplement que j'emmenasse son protégé sur les sentiers de la guerre, mais elle s'offusqua grandement de cette entente. Je pus voir sa patience s'éroder au fil des mois… La nuit du banquet que nous donnâmes pour le dix-septième anniversaire d'Adelphe, elle se décida enfin à venir me trouver. Mais, n'étant pas d'humeur à la chicane, je lui demandai de différer cet entretien.

Le comte se tut, les yeux rivés aux aspérités de la pierre contre laquelle il était appuyé. Comme il s'abîmait dans un mutisme assourdissant, son infante s'aperçut qu'elle pouvait ressentir son désarroi. Tel un épais brouillard, des arabesques de désappointement émanaient d'Artus pour venir s'enrouler autour d'elle, l'emplissant d'une vive empathie. Le cœur serré par une peine qui ne lui appartenait pas, Rose approcha de son mentor, puis, passant les doigts sous sa noire chevelure, déposa une tendre caresse sur sa joue.

— Caton était sorti chasser, fit-il. J'avais décliné son invitation car je souhaitais prendre part aux festivités. Mais, la nuit avançant, je m'aperçus que j'avais plus soif que je ne l'aurais cru. Je profitai donc de l'effervescence générale pour quitter le logis seigneurial et gagner la bâtisse dévolue à notre armée. Là, je descendis dans les geôles où Boniface avait fait écrouer l'un de nos serfs, accusé de meurtre, en attendant que je rendisse justice…

Incroyablement consciente des tourments que ces souvenirs réveillaient en lui, Rose posa sa main sur l'une de celles de son mentor, toujours en appui contre le rebord de la fenêtre.

— J'ignorais qu'Aliénor m'avait suivi, reprit-il tandis que ses doigts s'entremêlaient à ceux de son infante. Lorsqu'elle entra à son tour dans les geôles, elle me surprit au milieu de mon repas… La terreur dans son regard… et ce dégoût presque palpable… J'en restai figé. Je la vis alors se détourner et ressortir, très calmement… Je n'osai pas la suivre, de peur d'accroître son effroi. Puis, une partie de moi voulait croire qu'elle trouverait la force qu'Adelphe avait eue… Je compris mon erreur une vingtaine de minutes plus tard. Averti par un désagréable pressentiment, je sortis des geôles où je ressassais l'événement et regagnai la cour… J'y parvins à temps pour… voir Aliénor se jeter du haut du donjon.

Sincèrement affligée, Rose resserra sa main sur celle du comte, qui lui rendit aussitôt cette discrète étreinte. Il resta ainsi plusieurs minutes, immobile, ses prunelles d'émeraude braquées sur le vide.

— Quoi que vous fassiez, *lady*, ne montez pas au sommet du donjon, murmura-t-il soudain, en tournant la tête vers son infante. Si Adelphe vous voyait là-haut…

Les traits d'Artus se brouillèrent, rompant son masque d'imperturbabilité pour laisser transparaître la douloureuse anxiété qui perlait au-dessous. Rose sentit alors l'implacable étau du remords se refermer sur son âme, et la lacérer de ses serres.

Une nouvelle fois, elle l'avait mésestimé.

Sous prétexte que ses propres aspirations n'avaient pas été comblées, elle s'était arrogé le droit de le juger, niant par là même la bienveillance avec laquelle il l'avait toujours traitée. Parce qu'elle n'avait pas accordé d'intérêt aux luttes intestines qui déchiraient la maison Arimath, le pourquoi de ces dix années d'éloignement lui était demeuré caché. Faute de s'être montrée à la hauteur de vérités qu'elle aurait dû connaître, elle n'avait rien su non plus des combats que son mentor avait menés pour elle… Douillettement lovée dans son ombre, elle avait vécu une existence confortable ; ignorante des dangers qu'Artus encourait par sa faute ; inconsciente des drames qu'elle avait engendrés en se laissant couver de la sorte… Bien à l'abri dans la bulle qu'il avait créée pour elle, elle s'était comportée comme une enfant gâtée, tirant sans cesse sur la manche de son protecteur pour qu'il lui accordât son attention…

Or, malgré cela, Artus avait tout tenté pour la protéger.

Depuis qu'ils avaient éliminé le scélérat marquis de Frohel et son acolyte, le comte de Malavoie, tout un pan de la société immortelle s'était révélée au regard de Rose, bouleversant la perception qu'elle en avait eue jusqu'ici. Désormais, elle mesurait les risques qu'Artus avait pris en faisant d'elle sa maîtresse. L'infranchissable distance qu'il avait maintenue entre eux chaque fois qu'ils quittaient la tranquillité de son antre lui paraissait à présent nécessaire. Voire très insuffisante. Car leurs congénères n'étaient pas naïfs : la présence quasi perpétuelle de la comtesse au côté du régent suffisait à démontrer leur liaison, et ce quelles que fussent les précautions prises pour la dissimuler. Pour espérer endiguer les commérages, ne serait-ce qu'un peu, il aurait au moins fallu qu'ils cessassent de loger sous le même toit.

Artus avait forcément eu conscience de cela.

Alors, pourquoi ne lui avait-il pas signifié de rester sur ses terres ? Pourquoi, plutôt que de la renvoyer dans son fief, s'était-il exposé aux pernicieuses attaques de ses pairs ? Fallait-il voir un lien avec les paroles énigmatiques qu'il avait prononcées, deux siècles auparavant, dans le parc du manoir ? Voyait-il toujours en elle quelque chose de si primordial qu'il estimait son devoir de la préserver en toutes circonstances ? Ce « fragment de mystère » qu'il avait prétendu déceler méritait-il vraiment qu'il passât un accord avec le sieur Thorfinn Raugmundr, que Rose savait désormais être le plus puissant Oström après le *Könungr* ?

De nouveau, les motivations réelles ou supposées de son mentor lui échappaient totalement. Elle ne pouvait que dresser le constat des événements. Un constat accablant pour elle-même, et ce par quelque bout que l'on prît la situation. Car, en refusant de s'intéresser au fonctionnement de sa retorse société, elle avait non seulement contraint le comte à en déjouer les pièges à sa place, mais elle l'avait aussi convaincu de son incapacité à composer avec ces difficultés. De ce fait, quoi d'étrange à ce qu'Artus ait refusé de lui faire part des virulentes menées qui avaient conduit à son exil ? Elle lui avait indirectement prouvé qu'elle n'en avait que faire…

Elle s'était montrée égoïste. Et irresponsable.

Deux adjectifs que Rose avait toujours tenus pour étrangers à son caractère.

Mais, à force de trop de facilité, sa vigilance était tombée en sommeil. À trop attendre que son amant lui rendît enfin l'amour qu'elle lui portait, elle avait oublié qui il était. Elle avait fait fi des complexités de sa charge, ainsi que des terribles pressions auxquelles il était perpétuellement soumis. Obnubilée par la passion qu'il lui inspirait, elle n'avait pas voulu voir qu'Artus se devait d'être, avant tout, le régent de cette traîtresse maison…

Elle s'était montrée indigne de lui, de sa confiance, et des efforts qu'il avait consentis pour elle. Les reproches qu'elle pouvait formuler à son encontre n'excusaient en rien les travers de sa propre attitude… Elle lui avait fait défaut au moment exact où il avait eu besoin d'elle. Et cela la couvrait de honte…

— Ne craignez rien, Artus, assura-t-elle doucement. Je ne mettrai pas un pied dans ce donjon. Je vous en fais le serment.

Le comte l'observa une seconde, puis, hochant brièvement la tête, il détourna les yeux et se redressa. Sa main libéra celle de son infante, laquelle recula d'un pas. Une minute supplémentaire s'écoula dans cet épais silence, puis Artus pivota finalement vers sa compagne.

— Vous plairait-il de voir une véritable antiquité, *lady* ? demanda-t-il.

— Qu'entendez-vous par « véritable » ? releva celle-ci, taquine, mais surtout anxieuse de le distraire des tourments qu'elle percevait encore. Serait-ce quelque chose de plus ancien que vous ?

Le regard d'Artus s'éclaira d'une pointe d'amusement.

— Il se trouve que oui, en effet, convint-il.

— Vraiment ? Eh bien, voilà qui pique ma curiosité…

Comme un sourire naissait aux lèvres du comte, il offrit son bras à la comtesse. Cette dernière l'accepta, heureuse d'être parvenue à le divertir, puis ils se dirigèrent vers la porte de cette vaste salle, accompagnés par le froufrou soyeux des riches étoffes qui les vêtaient.

— Le sieur Raugmundr a-t-il gagné Saint-Pétersbourg ? questionna Rose, désinvolte, tandis qu'ils passaient dans le couloir.

Son compagnon lui adressa un rapide coup d'œil.

— Hilda ? dit-il simplement.

La comtesse réprima le rictus maussade qui voulut s'emparer de ses traits. Il n'avait pas envisagé un instant que cette remarque ait pu venir d'un savoir qu'elle aurait elle-même acquis. Immédiatement, il avait supposé qu'elle avait été instruite par quelqu'un d'autre. Ce qui rendait la chose d'autant plus déprimante…

— En effet, confirma-t-elle néanmoins.

— Quand ?

— Après l'assaut de l'abbaye.

Une poignée de secondes passa dans un parfait silence.

— Je pensais qu'elle vous avait parlé lors de notre rencontre sur la route, après leur fuite de la forteresse, révéla Artus.

— Était-ce pour éviter ses bavardages que vous lui fîtes voler les souvenirs de nos retrouvailles au manoir ?

Cette fois-ci, le comte adressa à son infante un regard beaucoup plus appuyé.

— Oui et non.

— Ce qui signifie ?

— À ce moment, la priorité était de taire votre retour. Puisque Hilda vous avait vue à Boissy, elle aurait fini par en faire mention une fois revenue auprès de Magnus et des Arimath que j'avais dépêchés à sa rescousse. Or, sachant que notre clan abritait de dangereux félons, c'était un risque que je n'étais pas prêt à courir… Ce pourquoi je chargeai Montorgueil de s'assurer qu'Hilda ne se souviendrait pas vous avoir vu.

Rose opina, la mine empreinte d'une gravité inhabituelle. Tandis qu'un calme contemplatif les englobait derechef, le mentor et son infante franchirent l'angle du corridor.

— Vous m'aviez donc bien placée sous la protection des séides de Raugmundr, reprit la comtesse après quelques instants.

— Vous ne fûtes jamais livrée à vous-même, *lady*. Si je ne pouvais vous écrire, je n'ignorais cependant rien de vos mouvements… ou, du moins, presque rien.

Déstabilisée par l'animosité qui colora ces derniers mots, Rose feignit de les ignorer. Mais la flambée d'espoir qui embrasa son cœur lui fut, elle, impossible à nier.

— N'est-ce pas dangereux pour Raugmundr d'entreprendre un si long trajet ? s'enquit-elle, s'attelant à museler son trouble. Parcourir tant de lieues alors qu'il se sait la cible privilégiée de Prelati me paraît plus qu'aventureux…

— Raugmundr est une fine mouche. Je ne me soucie pas pour lui.

Le comte et sa compagne terminèrent de remonter le couloir, puis s'engagèrent dans un escalier à vis dont l'étroitesse les obligea à se séparer. Se félicitant pour la seconde fois de la nuit d'avoir opté pour une robe

« polonaise », dont le tombé court et retroussé dégageait les chevilles et permettait aux dames de profiter des joies de la promenade sans s'empêtrer dans leurs jupes, Rose suivit son mentor jusqu'au palier du premier étage, puis lui prit de nouveau le bras.

— Quelles dispositions avez-vous prises à propos de Prelati ? interrogea-t-elle ce faisant.

Posant sur elle ses fascinantes prunelles émeraude, Artus la sonda d'un regard perçant :

— Cela vous intéresse-t-il ?

— Grandement.

— Il n'y a pas grand-chose que je puisse faire au sujet de Francesco, confia le comte après une brève pause. Hormis attendre, et chercher sa patte dans chacun des mouvements des renégats qui ne manqueront pas de proliférer dans les années à venir.

— Que pensez-vous qu'il fera de la tablette ?

Un court soufflement se fit entendre.

— L'étudier, annonça Artus, le ton las.

Rose soupesa la question qui lui vint à l'esprit. Était-ce bien le moment d'interroger son mentor sur les paroles de Prelati ?

— … Il semblait connaître la légende du médaillon, fit-elle pourtant remarquer. C'est bien de cela qu'il parlait lorsqu'il fit mention de cette « chaîne radieuse », n'est-ce pas ?

Un seul coup d'œil suffit à la comtesse pour constater qu'Artus avait réintégré sa posture de régent. Son intonation distante le lui confirma lorsqu'il répondit :

— Exact.

— J'ignorais que cette fable était à ce point illustre parmi les nôtres.

— « Illustre » n'est pas le terme approprié…

Rose patienta un instant, mais son mentor ne daigna pas clarifier ses propos. Estimant qu'il serait malhabile d'insister, elle opta pour un angle d'attaque différent :

— Je doute que Prelati sache tirer de cette relique davantage que vous ne le fîtes.

— Ne le dépréciez point trop, *lady*. À l'heure où nous parlons, plusieurs vaisseaux naviguent vers les Amériques et la Nouvelle- Espagne, avec à leur bord plusieurs renégats.

— Quoi ? hoqueta la comtesse en braquant sur Artus un regard effaré. Mais, comment cela se peut-il ?

— Souvenez-vous qu'au cours des mois passés les Lamies attaquèrent plusieurs de nos ports…

— L'alchimiste planifiait ce voyage ?

— Bien entendu. Se rendre sur ces terres faisait, depuis le début, partie des objectifs de Prelati.

— Que cherche-t-il ?

— À votre avis, *lady* ? Que pourrait bien vouloir cet arrogant personnage ?

La mine tendue, Rose ralentit considérablement le pas.

— Des terres…, souffla-t-elle, prenant brutalement conscience de ce qu'une telle chose impliquait.

— Soit très précisément ce que les Pa-Nek veulent, et nous soupçonnent de vouloir aussi, adjoignit Artus. En embarquant ses factieux depuis nos côtes, Francesco escompte sûrement que les Pa-Nek blâment l'alliance Oström et Arimath de n'avoir pas su l'en empêcher. Ce qu'ils feront certainement, sachant combien nous redoutions tous l'expansion de l'un ou l'autre clan…

— Ces reproches auront-ils une incidence ?

L'un des sourcils du comte s'envola dans les hauteurs de son front, puis redescendit aussitôt :

— Nous ferons en sorte qu'elle soit bénéfique.

— De quelle façon ?

— Jusqu'ici, Satchedet a rejeté les propositions que nous fîmes en prétextant qu'au bout du compte Oström et Arimath se ligueraient pour empêcher l'implantation Pa-Nek au Nouveau Monde. Nous n'avions guère d'autre possibilité que respecter cet interdit, sachant le conflit qui résulterait si nous passions outre. Mais, puisque Prelati a forcé le passage, Satchedet sera contrainte d'accepter un compromis, car elle ne tolérera pas plus que nous la perspective de voir les renégats et leurs acolytes Lamies s'établir en maître sur ce nouveau continent…

Le regard errant sur les lattes du parquet, Rose se remémora la dernière tentative d'entente qui avait eu lieu à ce propos, entre les trois maisons susdites. Olaf ayant comme toujours refusé de parlementer avec les ambassadeurs Pa-Nek, ce fut Artus qui les avait reçus. Rose avait évidemment épié la conversation, qui s'était tenue à huis clos dans le bureau du comte. Ce qu'elle avait entendu l'avait convaincue de l'intransigeance de Satchedet, la régente Pa-Nek. La condescendance dont celle-ci avait également fait preuve – par le biais de ses intermédiaires – avait laissé Rose pantoise. Et cela sans parler de la scabreuse condition qu'elle avait eu le culot de poser en préalable aux négociations. Le seul souvenir de cette requête suffit d'ailleurs à allumer de menaçants brandons dans les iris de la comtesse…

— Qu'elle nous cherche noise ne changera rien aux impératifs de la situation, poursuivit Artus. Elle sera contrainte de céder.

Se sentant relativement mal disposée à l'égard de la grande prêtresse Pa-Nek, Rose jugea préférable de retourner au précédent sujet de conversation.

— Quel est le rang de Prelati ?

— Le même que le vôtre, *lady*.

— Il appartient aux castes inférieures ? fit-elle, incrédule.

Artus acquiesça :

— Francesco a très tôt montré d'excellentes facultés de nuisance. Cela ne pouvait donc qu'empirer avec le temps.

— À quelle capacité pensez-vous ?

— Le nom de Gilles de Rais vous évoque-t-il quelque chose, *lady* ?

Intriguée, la comtesse secoua la tête en signe de dénégation.

— Si vous souhaitez mieux connaître Prelati, vous devriez vous pencher sur l'histoire de ce baron.

Comprenant que son mentor n'en dirait pas davantage, Rose mémorisa le nom qu'il lui avait donné et se promit de se renseigner.

— Qu'il prenne ou non pied en Nouvelle-Espagne, je ne crois toujours pas que Prelati saura déchiffrer la tablette mieux que vous ne le fîtes, réaffirma-t-elle, convaincue.

— Il est certain, en tout cas, qu'il ne fera pas montre de la même discrétion…

— Vous songez à l'érudit ?

Le comte manifesta son assentiment d'une pensée, que son infante perçue tracassée. Mais elle eut beau chercher, aucun mot apaisant ne lui vint. L'érudit avait maintes fois démontré son efficacité. Il ne tarderait donc pas à apprendre l'existence de cette tablette indigène. Or, lui que l'on savait désormais être sur les traces d'Artus n'aurait sans doute aucune difficulté à conjecturer sur la manière dont le comte avait acquis la relique.

— Croyez-vous qu'il tentera quelque chose ? demanda Rose, l'angoisse tapie au fond de la gorge.

— Contre moi ?

— Oui.

— … Possiblement.

Machinalement, la comtesse resserra son bras autour de celui de son mentor. L'idée que l'insaisissable et tentaculaire érudit pût décider d'une offensive à l'encontre d'Artus lui gelait les os.

— Quoi qu'il choisisse de faire, il y mettra toute la méticulosité que nous lui connaissons, murmura l'Héritier dans un quasi-soliloque. À moi de dûment employer le temps qui me sera imparti…

— S'il y a quoi que ce soit que je puisse faire pour vous aider, dites-le-moi, et je m'exécuterai sans une hésitation.

Le comte tourna la tête vers son infante, qu'il examina avec un mélange de sévérité, d'intérêt et d'indécision. Rose lui retourna son regard, parfaitement au fait des réflexions peu flatteuses qu'une telle affirmation devait lui avoir inspirées.

— Je sais de quoi j'ai l'air en disant cela, souligna-t-elle, la voix ferme. Mais soyez assuré que j'ai retenu la leçon… Ma confiance vous est acquise, Artus. Dorénavant elle le sera toujours. En toutes circonstances, et quoi qu'il puisse m'en coûter.

Le mentor et son infante échangèrent un long regard. Puis, appuyant une main sur celle que Rose avait posée sur son bras, Artus reporta son attention sur l'extrémité du couloir, les traits sensiblement relâchés.

Épilogue

Avril 1792, château de Cyme-Grise

Une ample cape passée autour de ses épaules, la comtesse de Greer quitta cette chambre aux fenêtres murées.

Les bagages avaient été achevés dans le courant de la nuit dernière, et avaient été chargés sur la berline. De sorte qu'à cet instant seul restait à prendre les passeports qu'ils avaient fait dresser pour le voyage. Ce que la comtesse avait pris soin de faire avant de sortir, en s'assurant d'emporter le petit sac de soie dans lequel elle avait glissé les papiers. Fin prête, elle traversa ce qui restait du corridor puis s'engagea dans l'escalier à grand degré, l'esprit accaparé par le trajet à venir.

— *... siez-vous que je manquerais le départ?*

Rose modéra son allure, extirpée de ses pensées par l'inflexion de cette voix.

— *Non. Je savais que vous viendriez.*

— *Je vois que vous commencez à me connaître*, fit le jeune homme avec un sourire audible.

— *Il semblerait.*

Atteignant le bas de l'escalier, la comtesse s'arrêta dans l'ombre de l'un des magistraux piliers de pierre qui soutenaient la voûte du grand hall. De l'autre côté de l'imposant vestibule, les silhouettes du vicomte de Janlys et du prince Golitsyne se profilaient par les portes ouvertes. Usant de son exceptionnelle acuité auditive, Rose continua d'épier leur conversation.

— *Tenez, j'ai là de quoi vous aider à passer le temps*, déclara Adelphe en tendant à son vis-à-vis un paquet indistinct.

S'en saisissant, le prince ne fit toutefois pas mine de l'ouvrir.

— *Encore ?* s'étonna-t-il.

— *L'on n'offre jamais trop de cadeaux.*

Pensif, le Slave baissa le nez sur le colis qu'il avait entre les mains.

— *Et pourquoi ceci ?* interrogea-t-il en fixant un petit quelque chose qui trônait sur le dessus du paquet.

— *Touche d'élégance à la française*, susurra Adelphe en affectant le maniérisme aristocratique qu'il exécrait. *Révolution ou pas, nous avons une réputation à tenir, très cher !*

Le prince releva la tête, visiblement amusé.

— *J'ai songé que vous pourriez emporter un peu de ce printemps que vous semblez apprécier*, reprit le vicomte en recouvrant son sérieux. *Ainsi, peut-être son souvenir adoucira-t-il votre amertume lorsqu'il vous faudra revenir.*

— *… Je ne comprends pas.*

Coinçant derrière son oreille la mèche échappée de son catogan, Adelphe inclina légèrement la tête sur le côté :

— *Quoi donc ?*

— *Vous ne ménageâtes pas vos efforts pour me rendre agréables ces trois années passées au château. Pourquoi cela ?*

Rose esquissa une lippe embarrassée. Comme souvent, Vassili se montrait d'une honnêteté abrupte.

— Aussi délicates furent les conditions de notre rencontre, je ne vous vis jamais comme un ennemi, répliqua posément le jeune M. d'Holival. *Puis… je sais ce par quoi il vous a fallu passer. Il m'était inconcevable de vous laisser affronter cela tout seul.*

— J'ai l'habitude d'être seul.

— Vous savez comme moi que l'on ne s'habitue jamais à la solitude, Vassili. L'on s'y résigne seulement…

Le prince considéra derechef le présent qu'il n'avait toujours pas ouvert.

— Votre constante sollicitude me fut un soutien on ne peut plus inattendu, mais aussi très précieux, annonça-t-il avec toute l'inexpressivité que lui seul était capable d'appliquer à une déclaration de cette nature. *Merci, Adelphe.*

— Je vous en prie, répondit le jeune homme en se fendant de l'enivrant sourire dont son frère et lui partageaient le secret. *Ce n'était rien que très naturel.*

S'approchant de lui, Vassili le gratifia alors d'une franche accolade. À demi dissimulée derrière son lointain pilier, Rose eut l'expression de son ébahissement. Adelphe, quant à lui, resta une seconde sans réaction. Puis, tapotant l'épaule du Slave, il se dégagea aussitôt :

— Allons. Il est temps.

Vassili hocha la tête.

— Au revoir, mon ami.

— Au revoir, mon prince…

Un fin sourire affleura aux lèvres du Slave. Adressant au vicomte un dernier signe de tête, il se détourna et prit la direction de la berline qui patientait à plusieurs mètres de là. Sans attendre, Rose déserta sa presque cachette et entreprit de rejoindre le jeune M. d'Holival, resté seul sur le perron. Dès qu'elle fut entrée dans son champ de perception, Adelphe fit volte-face.

— Très chère comtesse, salua-t-il en tendant une main dans laquelle la comtesse glissa la sienne, une fois parvenue à sa hauteur. Voici donc venue l'heure de la séparation.

Comme le jeune homme effleurait d'un baiser le dos de sa main, Rose pressa doucement ses doigts entre les siens.

— Êtes-vous sûre de vouloir partir ? s'enquit-il en se redressant, un nuage au fond de ses prunelles outremer.

— Tout à fait sûre, certifia la comtesse avec aplomb. Mes yeux et mes oreilles seront plus utiles là-bas qu'ici.

— Artus pourrait envoyer un autre de ses féaux.

— Je sais. Votre frère et vous me l'avez bien répété un millier de fois.

— Cela n'aura cependant rien changé…

— Non, en effet. Vous pourriez d'ailleurs me le rabâcher un millier de fois supplémentaires, je n'en partirais pas moins.

Le jeune homme arbora une petite moue contrariée, à laquelle Rose opposa un sourire attendri.

— Au vu du peu de crédit que l'on m'accorde, cette tâche sera plus aisée à remplir pour moi que pour n'importe qui d'autre, avança-t-elle, un rien taquine. Il s'écoulera bien moins d'une décennie avant que ne vienne le soir de mon retour.

— Nous ne l'entendions pas autrement, madame, certifia Adelphe. Aussi n'escomptez pas vous attarder.

Touchée par ce que ces mots évoquaient, Rose vint à son tour enlacer le jeune homme. Ils s'étreignirent quelques secondes, puis la comtesse fit mine de reculer.

— Ne voulez-vous point attendre ? s'alarma Adelphe, comprenant que son amie s'apprêtait à partir. Il sera de retour d'un instant à l'autre.

Rose secoua la tête.

— J'ai déjà fait mes adieux à l'Héritier, argua-t-elle, camouflant avec maestria la peine que lui infligeait cette séparation.

— Mais il v…

— Il a plus important à faire que saluer une vassale. Du reste, la route est longue. Je me refuse à lanterner davantage.

Une mimique désapprobatrice se peignit sur les traits du jeune homme, mais elle fut sitôt supplantée par un sourire bienveillant.

— Comme il vous plaira, soupira-t-il.

— Au revoir, Adelphe. Prenez grand soin de vous…

— À la condition que vous fassiez de même, madame.

S'adressant un ultime et large sourire, ils se séparèrent tout à fait, puis Rose rejoignit promptement la berline. Le valet qui attendait près de la portière l'ouvrit avant qu'elle ne l'atteigne, lui permettant ainsi de monter à bord sans avoir à ralentir. Le cœur serré, elle s'installa sur la banquette faisant face à celle occupée par son serviteur.

Dans son habit de satin blanc orné de broderies argentées, sa blonde chevelure reflétant la clarté lunaire presque autant que ses iris translucides, Vassili ressemblait à un ange de glace. Si splendide et imperturbable que l'eût été ce dernier, il tenait devant lui un livre qu'il venait apparemment d'entamer. Un coup d'œil au carré de tissu abandonné sur le coussin de la banquette, au côté d'un petit bouquet de trois jonquilles, apprit à Rose qu'il s'agissait du présent remis par Adelphe. Elle envisagea une seconde de s'enquérir du titre de l'ouvrage, puis se ravisa. Elle ne voulait pas déranger Vassili dans sa lecture, et ne se sentait pas non plus la force de tenir l'un des monologues repentants auxquels le prince la contraignait encore, la plupart du temps…

Le fouet du cocher claqua subitement. La berline se mit en route tandis que Rose portait le regard par la fenêtre de sa portière. Déterminée à ne pas fléchir, elle s'évertua à paraître sereine en répondant aux signes que lui adressait le jeune M. d'Holival. Mais, bientôt, la trajectoire prise par le carrosse la soulagea de cet exercice. Attristée, la comtesse tint les yeux loin de l'ovale vitré qui perçait la paroi arrière du carrosse.

Regarder le château s'éloigner ne lui apporterait rien de plus. Elle avait une tâche à accomplir. Elle ne reviendrait pas avant de l'avoir fait.

Depuis le perron, Adelphe regarda l'équipage rapetisser. Alors qu'il lui adressait de multiples au revoir, son sourire s'effilocha, quittant ses traits comme l'eau s'écoule d'une clepsydre.

Disparue, la jovialité. Envolée, la bonhomie.

Ce visage-ci ne parlait plus que de chagrin.

Adelphe resta pourtant là, à agiter machinalement la main, jusqu'à ce que la berline eût disparu derrière la muraille de l'avant-cour. Après quoi il fit demi-tour et s'engouffra dans la pénombre du château. Comme il traversait le vestibule à grandes enjambées, il cilla à maintes reprises, tentant de dissiper l'ondée qui noyait ses yeux. Une perle d'affliction s'enfuit néanmoins, solitaire, sur sa joue veloutée.

L'essuyant d'un revers de main, l'éternel jeune homme bifurqua tout à coup vers ses appartements, le poing serré sur un mouchoir de soie immaculé.

Glossaire

1. Frac : habit masculin, consistant en une veste courte, s'arrêtant à la taille, et pourvue à l'arrière de longues basques. Le frac était un vêtement informel, il se portait surtout pour les activités d'extérieur comme les promenades à pied ou à cheval.

2. Culotte(s) : la culotte était un vêtement qui couvrait le bas du corps depuis la ceinture jusqu'au-dessous du genou, ou jusqu'à mi-mollet. La noblesse ne portait pas le pantalon, elle ne portait que des culottes. De là vint le sobriquet de « sans-culottes » donné par les nantis aux révolutionnaires, lesquels ne portaient bien sûr pas le traditionnel habit de l'aristocratie.

3. Dolman : veste d'uniforme. Courte et ajustée à la taille, elle était surtout portée par les cavaliers.
Ganse : cordonnet d'ornement, plat ou rond, tressé à deux ou trois branches, utilisé dans la confection d'uniforme.
Brandebourg : ornement en broderie ou en galon entourant les boutonnières, ou bien utilisé en guise de boutonnières.

4. « ... avec les états généraux » : sous l'ancien régime, assemblée exceptionnelle convoquée par le roi de France.

Composée de représentants des trois ordres (noblesse, clergé, tiers état), cette assemblée était appelée à statuer sur les problèmes du pays.

5. Hétaïre : dans l'antiquité grecque, ce mot désignait une courtisane de très bonne éducation. L'hétaïre n'était pas uniquement sollicitée pour des faveurs sexuelles ponctuelles. Cultivée et raffinée, elle tenait en quelque sorte le rôle d'une compagne.

6. Brusquembille : ancien jeu de cartes.
Trictrac : jeu de hasard et de calcul, auquel l'on jouait fréquemment pour de l'argent.

7. Redingote : vêtement de coupe assez proche du frac, mais dont l'ajustement peut varier.

8. Estafier : domestique armé, en livrée, qui faisait fonction de garde du corps.

9. « … qu'à nos seuls quartiers » : ici, le chevalier de Montorgueil fait référence à ce que, sous l'Ancien Régime, l'on appelait les « quartiers de noblesse ». Il s'agissait d'un recensement de l'ascendance noble d'un individu. Ce recensement prenait en compte aussi bien la branche paternelle que maternelle, et était cumulatif. Par exemple, si les deux grands-parents paternels d'un individu étaient nobles, ainsi qu'un seul de ses grands-parents maternels, cela lui conférait trois quartiers de noblesse. Toute la difficulté de ce système était de prouver sa généalogie, ainsi que les titres de noblesse supposément possédés par ses aïeux.

10. Lovelace : élégant séducteur, Lovelace est un personnage du roman épistolaire *Clarissa, or, the History of a Young Lady*, écrit par Samuel Richardson. Lors de sa parution, ce roman connut un certain succès et l'on prit pour habitude de donner le nom de « Lovelace » à tous les galants du même acabit que lui.

11. Pharaon : jeu de cartes de hasard et d'argent.

12. Panier : élément de vêture « du dessous », constitué d'une armature en osier et servant à soutenir les jupes.

13. Logogriphe : énigme en vers, dans laquelle on compose avec les lettres du mot à deviner plusieurs autres mots, qu'il faut deviner aussi.

14. « ... dont il boutonna le pont » : les culottes (cf. ci-dessus) présentaient en guise de fermeture un large rabat de tissu, que l'on fixait à l'aide d'une série de boutons. Ce rabat était appelé « pont », car cela ressemblait à un pont-levis.

15. Shako : coiffure militaire de forme tronconique.
Sabretache : sacoche plate portée à la ceinture par les officiers et les cavaliers.

16. Drouais(e) : adjectif relatif à la ville de Dreux, ou à ses habitants.

17. Nubile : adjectif se disant d'une fille en âge de se marier. En France, au Moyen Âge (et ce jusqu'à la Révolution), une

fille était considérée nubile à douze ans. Pour un garçon, la nubilité était fixée à quatorze ans.

18. Caraco : corsage cintré, à manches longues, présentant des basques de longueur variable.

Achevé d'imprimer en août 2015
Par CPI Brodard & Taupin - La Flèche (France)
N° d'impression : 3012378
Dépôt légal : septembre 2015
Imprimé en France
81121525-1